本专著为国家社科基金项目

《弗吉尼亚·伍尔夫小说理论研究》（09BWW019）最终成果

承蒙浙江大学董氏文史哲研究奖励基金资助出版

走向生命诗学

——弗吉尼亚·伍尔夫小说理论研究

Towards Life Poetics:
A Study of Virginia Woolf's Theory of Fiction

高奋 著

人民出版社

序

经过潜心研究和苦心打磨，高奋的这部学术专著终于杀青，将由享有盛名的人民出版社出版发行。我为高奋感到高兴，也为英语文学界即将问世的这项新成果感到兴奋。

在许多同事眼里，高奋是一位执着、真诚、敬业，富有探索精神的人。近年来，她作为浙江大学英语语言文学学科带头人和外国文学研究所所长，积极开展学科建设，推进与哈佛大学、牛津大学等著名高校的学术交流，与国内外许多重要学术机构保持着良好的互动交流关系。她和她的团队在浙江大学成功举办的"现代主义与东方文化国际学术研讨会"等在国内外学界产生了良好的反响。广泛的学术交流，使她的英语文学研究具有开阔的视野与敏锐的眼光，善于博采众长，推陈出新。近几年来，高奋兢兢业业，不懈努力，在国内重要学术期刊上发表了多篇伍尔夫研究论文，受到学界同行的关注与好评。

全书新见迭出，给人多方启迪。我认为，其价值主要表现在以下两个方面：

一、在这部厚实的书稿中，高奋将伍尔夫的小说理论置于整个西方文论的思想长河中，在广泛论证和分析伍尔夫的思想与古希腊、英国、法国、俄罗斯、美国文学与文论的渊源关系的基础上，从本质、思维、形式、批评、境界等方面系统而深入地阐明伍尔夫小说理论的内涵和价值，研究视野开阔，综合分析能力强，令人赞叹。这部著作不仅首次完整地研究了伍尔夫的小说理论，而且通过剖析伍尔夫与西方重要文艺思潮、文化活动的关系，论及20世纪文艺思想发展史上的诸多重要问题，值得关注西方现代文学思想发展历程的读者去细细品味研读，从中获得启示。

二、高奋的研究之所以能在国内外汗牛充栋的伍尔夫研究中脱颖而出，在选题、方法和观点上颇具原创性，是因为她坚持以中西诗学观照伍尔夫的小说理论，用基于审美体悟的、精深广博的中国诗学来映照并揭示同样基于审美感悟的、混沌零碎的西方作家文论的内涵和价值。其研究可以为进一步拓展西方艺术家文论研究提供范例。高奋出身于书香之家，自小受中国传统文化的熏陶，大学学习和工作期间，她始终保持对中国古典文论的兴趣，阅读了大量有关中国哲学、禅宗、画论、文论的书籍；同时她在浙江大学为本科生和研究生开设西方文论课程20余年，善于以中西贯通的方式审视并推敲西方文学和文论。凭借这些积累，她自然能在伍尔夫研究上提出独到见解。

高奋能始终如一地坚守在伍尔夫研究园地里，花费十余年光阴撰就这部专著，真可谓"焚膏油以继晷，恒兀兀以穷年"，板凳甘坐十年冷。她的这种治学精神值得我们赞赏与学习。我很高兴把它推荐给读者，衷心祝愿高奋在现代主义文学研究上取得更大成就。谨以数语缀于篇前，以申贺意！

殷企平

2016 年 3 月 27 日

目　录

Contents

前　言

　　本书是国家社科基金项目"弗吉尼亚·伍尔夫小说理论研究"
（09BWW019）的最终研究成果。这是国内外第一部用中西诗学观照和阐释英
国小说家兼文论家弗吉尼亚·伍尔夫的小说理论的专著，从审美渊源、诗学
内涵和实践价值三方面系统阐释伍尔夫小说理论的生命诗学本质，旨在推进
对英美作家文论的梳理、分析和研究，揭示融美学与文艺为一体的生命诗学
的价值。专著中的部分章节已陆续发表在《外国文学评论》、《外国文学》、
《浙江大学学报》等国内学术期刊上，体现了我的学术立场和思考基点。

　　小说家的文论是诗意的，它的基点是审美体验和创作感悟，看似零散模
糊，不成体系，实质却以情志为本，透彻地洞见文艺的本质和肌理。本书以
小说家伍尔夫的随笔、作品、日记、书信为研究对象，用审美观照的方法将
伍尔夫那些灵动的、无以名状的直觉感悟聚合成形，照见其混沌思想之全景
和内质。所讨论的主要问题是：小说家伍尔夫的小说理论的渊源是什么？她
对艺术本质、创作思维、作品形神、文艺批评和艺术境界等艺术根本问题作
了怎样的阐释，达到了怎样的境界？她在文艺创作中如何实践其诗学思想？
本书的内容分为三个层次，渊源、诗学思想和创作例证，以上下两篇呈现。

　　基础部分从全球化视野出发，整体研究伍尔夫对英国、古希腊、俄罗斯、
法国、美国及东方国家的作家作品评论，通过梳理和论析伍尔夫与欧美及东
方文学的关系，揭示其生命诗学的渊源。这一部分各章节的主要观点是：伍
尔夫对英国文学的评论重在揭示其生活艺术的幽默知性和尘世之美；她对古
希腊文学的探讨着重阐明其生命形态的非个性化特性；她对俄罗斯文学的剖
析重在揭示其灵魂艺术的博大深邃；她对法国文学的探讨侧重揭示其心灵表
现的整体和谐；她对美国文学的反思重在指出其生命塑形的创新缺失；她对

中国、日本等东方文学的评点重在推崇其生命意境的超然宁静和天人合一。它们构成了伍尔夫小说理论的审美渊源和国际化视野。

主体部分从本质、创作、形式、批评、意境五个方面阐明伍尔夫的生命诗学的内涵和本质，重点梳理和论析伍尔夫对艺术根本性问题的思考和感悟：文艺的本质是什么？艺术与生活是什么关系？创作构思的过程是怎样的？文学形式的本质与形态是什么？文艺批评该如何定位？批评的模式是怎样的？什么是文艺之真？文艺的最高境界是什么？这一部分的各章节从不同视角切入，指出伍尔夫诗学的出发点是对模仿论与修辞学等西方主导诗学理念的反思，她所批判的观点包括：文学本源（现实）被视为所认知的客观现实或心理现实或精神理念；文学构思被视为对素材和主题的组合和确认；文学批评被视为对作品的内在构成或外在语境的认知或阐释；文学形式被视为再现或表现认知对象的手段；文学真实被视为客观现实之真等。她在充分体悟东西方文学经典的基础上，实践了五个方面的超越：文学本质上，实践从表象到本真的超越；创作理论上，实践从感知到想象的超越；批评思想上，实践从认知到观照的超越；文学形式上，实践从对立到统一的超越；文学境界上，实践从真实到意境的超越。这些超越构成了她的生命诗学的总体思想：小说从本质上说是记录生命的艺术形式；它以生命为创作定位，视现实为主体精神和客观实在的契合，视构思为澄明心境和想象之游的结合；它坚持批评是从观照到感悟的审美体验；它视生命的情感思想为文学的肌质，视情感思想的艺术表现为形式；它将文学真实视为生命之真和艺术之幻的契合；它以物境、情境和意境表现文学的境界，其意境具有"超以象外"的特征，其核心指向生命本真。她的生命诗学的核心理念是：文学本质上是表现生命的艺术形式，因而其创作、思维、形式、批评和境界都是以生命真实为最高准则的，超越于理性认知和现实对应之上。

拓展部分以创作实践印证伍尔夫生命诗学的价值。通过细致解读伍尔夫的作品《海浪》和《雅各的房间》，重点揭示伍尔夫的生命诗学在其文学创作中的实践形式及其价值：《海浪》表现了以"记忆叙述生命"的构思模式，以"情感思想构建生命"的构成特征，"随物赋形、神制形从和气韵生动"的形式特征，以及"天人合一、乐天知命"的象外之境；《雅各的房间》展现了

"以声音表现形神，以物象并置实现诗意升华，以内外聚焦铸就整体，用意象揭示对命运的彻悟"的现代小说原创形式。

研究方法的创新主要体现在：以中西诗学为参照，以中国传统观照法为方法，不仅揭示伍尔夫生命诗学的渊源、内涵和价值，而且重新审视融文艺与美学为一体的生命诗学的价值。伍尔夫之所以能洞察西方诗学的局限，是因为她的思想融艺术与美学为一体。其生命诗学的渊源是生命共感，源自审美阅读、创作体验和欧美诗学。其生命诗学的范畴聚焦于文学本质、创作思维、作品形神、文学批评、艺术境界，其方法是透视、对比和评判，具有全景性、澄明性、超感官、超理性和重趣味的本质特性，与中国诗学的情志说、虚静说、神思说、知音说、妙悟说、趣味说、文质说、形神说、真幻说、意象说、意境说等范畴相呼应。采用中国传统审美的"观照法"，以观照主体的澄明心境去体悟被观照物的本质，可以洞见伍尔夫的思想与苏格拉底、雪莱、柯勒律治、陀思妥耶夫斯基、屠格涅夫、庄子、王弼、刘勰、陆机、司空图、王国维、朱光潜、宗白华等众多中西大家的美学观点和艺术境界的共通之处在于：以生命真实为最高准则，超越人类理性认知的局限，走向天人合一之境。

本书的实际撰写过程算得上十年磨一剑。它是对我的博士论文《弗吉尼亚·伍尔夫生命诗学研究》的拓展、锤炼、深化，记录了我的研究思想的发展轨迹。

我对伍尔夫研究的认识始于 1995 至 1996 年在美国印第安纳大学做访问学者期间。在那里我一边聆听女性主义研究专家 Susan Gubar 等教授的课程，一边大量阅读现代主义作家作品和 20 世纪西方文论。期间最打动我同时又最困扰我的是弗吉尼亚·伍尔夫的作品，我寻思今后一定要找机会认真研究一下这位极敏锐极深刻的小说家。2004 年起，我在浙江大学读博，师从殷企平教授，将研究对象锁定在伍尔夫小说上。2006 至 2007 年，我在国家留学基金资助下在剑桥大学任高级研究学者，访学期间我在剑桥大学和牛津大学的图书馆里查阅大量资料，同时在剑桥大学聆听 19 世纪英国文学专家 S. A. Collini、现代主义研究专家 Anne Fernihough 等诸多学者的课程，并与著名教授 Mary Jacobus 进行了愉快的学术交谈，也去牛津大学聆听伍尔夫研究专家

Hermione Lee 教授的课程。2008 年 12 月，我出席在旧金山召开的美国现代语言协会年会，倾听了多位国际著名教授的学术报告，比如 Jonathan Culler、Stanley Fish、Majorie Perloff、Christine Froula 等，自己也在会上宣读了论文。这一切开阔了我的视野，提供了有益的启示，使自己久思不得其解的疑惑得以澄清，有效推进了研究。2009 年获得国家社科基金立项后，我对整个研究作了全面的拓展和深化，不仅将研究扩展到伍尔夫的国际视野这一极少有人涉足的领地，揭示伍尔夫原创思想的丰厚源泉，而且加大力度和广度，更为深入地以中西生命诗学照见伍尔夫理论的生命诗意。

在此，我要感谢给予我指导、帮助和关爱的老师和亲友们。我的博士生导师殷企平教授课业殷勤，诲人不倦，常以"问道"、"求实"督责于我们，使我们不敢懈怠于学业，不敢辜负于时光，其视野的广博和文章的精深令我收益丰厚。中国社科院的盛宁先生治学严谨，对后学奖掖有加，我每次向《外国文学评论》投稿，不论刊发与否，他都提出深刻而具体的审读意见，使我真切感悟研究的要义。上海社科院的瞿世镜先生是伍尔夫研究专家，他真诚地将自己的全部伍尔夫研究成果赠送给我们外国文学研究所，为进一步研究构筑平台，其情可感。美国新奥尔良大学的钱兆明教授当时正兼任浙江大学永谦讲座教授，不仅与我合作撰写论文，使我有机会在美国现代语言协会2008 年年会上宣读论文，而且为我邮寄研究资料，他关于现代主义与东方文化的专著和课程给我带来启示。浙江大学比较文学与世界文学研究所的吴笛教授、张德明教授对我的写作曾提出宝贵意见。浙江大学外语学院的同事们和我的师兄妹们给予我无私的支持。言语难以表达我对各位关心和支持我的老师和朋友们的由衷感谢！

我要特别感谢我的父母高文郎和胡文娟，他们始终关注我的研究，叮嘱我做对社会有益的课题。父母 20 世纪 50 年代大学毕业，多年从事文教工作，在那个"书荒"的岁月中，他们用音乐和艺术体操构筑家庭的温馨，用书籍提供思想的乐园，不仅要求我们背诵诸子选段，而且促使我们囫囵吞读中国文学四大名著、《后汉书》、《史记》等。许多年后，我研读《文心雕龙》、《二十四诗品》等诗学著作时，依旧能感受到儿时的愉悦。我要感谢我的先生寿勤泽，他为研究宋代绘画史购买了许多有价值的国学研究书籍，为我了解和把握中国诗学的核心思想提供资料和思想交流的便利。虽然涉足的领域远隔东西方文化之重洋，闲暇间的交谈常常开启心智。宋代欧阳修、苏轼、黄庭坚等人的诗论画论与 20 世纪的伍尔夫诗学竟可以相通，于是自老庄至朱光潜、宗白华等古今名家的著作自然进入阅读书目，收益丰厚。我还要感谢我的孩子寿临东，我修改论文期间，正是他大学学习期间，寒暑假时他常常在客厅里花几个小时演绎用色彩和明暗绘制风景画或静物画的全程，让我真切地观照艺术创作的过程，直观地感知文艺诗学的内蕴。

我还要感谢《外国文学评论》、《外国文学》、《浙江大学学报》等多家学术期刊刊发了我的论文。

以中国古典诗学为参照，整理并揭示西方艺术家和文学家随感式文论的渊源、内涵和价值，是一件非常有意义的工作。它的价值在于不仅让我们真切领悟中西艺术和诗学的相通性，而且让我们明白，真正恒久的、深刻的理论是基于审美体验之上的洞见。站立在先辈们博大精深的思想沃土之上，我们哪怕只能向前迈进一点点，那也是非常值得的。

我已深深地醉心于这一研究领域，我会继续前行。

高 奋

2016 年 3 月 15 日于杭州

绪论：走向生命诗学

英国现代作家弗吉尼亚·伍尔夫（Virginia Woolf，1882—1941）不仅出版了《雅各的房间》（*Jacob's Room*，1922）、《达洛维夫人》（*Mrs. Dalloway*，1925）、《到灯塔去》（*To the Lighthouse*，1927）、《奥兰多》（*Orlando*，1928）、《海浪》（*The Waves*，1931）、《幕间》（*Between the Acts*，1941）等世人瞩目的小说，也发表了《现代小说》（"Modern Fiction"，1925）、《班内特先生与布朗夫人》（"Mr. Bennett and Mrs. Brown"，1924）等 500 余篇随笔，阐发其批评感悟和小说理论。虽然学界对伍尔夫小说的研究已经取得丰硕成果，但对她的小说理论的研究却相对滞后。导致这一现状的原因很多，20 世纪以来西方学界对基于理性认知和逻辑分析之上的文论思潮和职业批评的推崇和拓展，以及由此而形成的对基于审美体悟之上的艺术家批评的忽视和冷落是重要原因。

伍尔夫的小说理论自成一体。它的独特性不仅如西方学者所言，体现在"非经典、充满好奇、开放性和非学术性"[①]的风格上，更重要的是，它根植于创作者的生命体验和审美感悟，具有全景性、澄明性、超感官、超理性和重趣味的生命诗学特征，与西方经典文论立足于知性假说，注重归纳、演绎、逻辑、分析、体系和道德功效的特性有很大差异。

伍尔夫的小说理论以生命体验和审美感悟为根基。这一根基，一方面源于她对英国文学传统的充分汲取和反思。她继承并推进了乔叟、莎士比亚、约翰·多恩、斯特恩、笛福、雪莱、柯勒律治、德·昆西、沃尔特·司各特、简·奥斯丁、艾米丽·勃朗特、乔治·爱略特、托马斯·哈代、约瑟夫·康

---

① McNeillie，Andrew. "Introduction". in Virginia Woolf. *The Essays of Virginia Woolf* (vol. 1). ed. Andrew McNeillie. London：The Hogarth Press，1986，p. ix.

拉德等英国作家所开辟和构建的文学传统。另一方面源于她对国外文学的充分领悟和重构。她博览和领悟了柏拉图、索福克勒斯、欧里庇得斯、埃斯库罗斯、屠格涅夫、陀思妥耶夫斯基、托尔斯泰、契诃夫、蒙田、普鲁斯特、司汤达、爱默生、梭罗、梅尔维尔、惠特曼等古希腊、俄罗斯、法国、美国文学的作家作品，也汲取东学西渐带给欧洲的东方形象和东方审美视野。由此她进入了人类最深层的、共通的本质层面。

基于其审美感悟，伍尔夫不仅从小说本质、创作思维、作品形神、批评方法、艺术境界等多个方面构建其生命诗学的内涵，而且将诗学运用于创作实践之中。伍尔夫生命诗学的基点是她从众多作家作品中洞见的一种由心而发的生命共感，它融感悟与认知为一体，超越了纯粹理性思辨的晦涩，在一定程度上与中国生命诗学中的虚静说、神思说、知音说、妙悟说、趣味说、文质说、真幻说、意境说遥相呼应，彰显文艺诗学最为根本的理则：以生命真实为最高准则，超越人类理性认知的局限，走向广阔的天人合一的境界。

第一节　研究现状述评①

弗吉尼亚·伍尔夫的小说理论作为一种整体思想尚未得到学界的充分研究，虽然伍尔夫作为一名小说家已在文学界获得很高声誉，被誉为现代主义文学代言人②、女性主义思想之母③、天启式的审美家④。伍尔夫的小说理论主要阐发在500余篇随笔之中，其中绝大部分是书评和论述文。其批评继承和推进了欧美浪漫主义的艺术家批评传统，与20世纪英美职业批评的理念和实践不同。在近百年的研究中，伍尔夫作为艺术家的批评随笔未能获得英美学界足够重视。我们将对此作细致探讨。

---

① 有关西方和中国学界对伍尔夫全部作品的百年研究述评，详见附录一和附录二。

② 比如在 Bradbury, Malcolm and Jame McFarlane. *Modernism*: *1890－1930*（1976）和 David Lodge 的相关评论中，伍尔夫的小说作品多次作为例证以说明现代主义文学的特点。

③ 20世纪80年代，Jane Marcus 曾出版多部著作，奠定伍尔夫作为女性主义思想之母的地位，这些著作包括：*Art and Anger*: *Reading Like a Women*（1988）；*Virginia Woolf and the Languages of Patriarchy*（1988）；*New Feminist Essays on Virginia Woolf*（1981）；*Virginia Woolf*: *A Feminist Slant*（1983）；*Virginia Woolf and Bloomsburgy*: *A Centenary Celebration*（1987）。

④ 哈罗德·布鲁姆：《西方正典》，江宁康译，译林出版社2005年版，第343页。

一、研究现状①

伍尔夫对小说理论的阐述是随感式的，以书评方式陆续发表在英美报纸杂志上。大部分文章匿名发表于英国富有影响力的文学周刊《泰晤士文学增刊》（*The Times Literary Supplement*）之中，也刊登在《新政治家》（*The New Statesman*）、《标准》（*The Criterion*）、《雅典娜》（*The Nation and Athenaeum*）、《新共和》（*The New Republic*）、《耶鲁评论》（*The Yale Review*）等30余种英美重要期刊上，字数约达"一百万"②。

这些文学随笔经编辑后陆续结集出版。伍尔夫自选集有2种，《普通读者Ⅰ》（*The Common Reader*，first series，1925）和《普通读者Ⅱ》（*The Common Reader*，second series，1932）。伍尔夫去世后，她丈夫伦纳德·伍尔夫历时20余年，编辑出版伍尔夫随笔集5种：《飞蛾之死》（*The Death of the Moth*，1942）、《瞬间集》（*The Moment and Other Essays*，1947）、《船长临终时》（*The Captain's Death Bed and Other Essays*，1950）、《花岗岩与彩虹》（*Granite and Rainbow*，1958）、《现代作家》（*Contemporary Writers*，1965）。20世纪70年代，《伦敦风景》（*The London Scene*，1975）、自传《存在的瞬间》（*Moments of Being*，1976）、《书和画像》（*Books and Portraits*，1977）和《妇女与写作》（*Women and Writing*，1979）等更多随笔集出版。1986年至2011年，经过25年的不懈努力，一套完整的、有详尽注释的、按时间顺序排列的六卷本《弗吉尼亚·伍尔夫随笔集》（*The Essays of Virginia Woolf*，1986—2011）出版。

伍尔夫的全部随笔大致可分为三类。一类是书评，评述古典的或当代的、知名的或不知名的作家作品。这一类随笔数量众多，大约占伍尔夫全部随笔的九成以上。一类是有关小说的论述性文章，探讨现代小说的形式、文学批评的方法、小说创作的过程、小说与生活的关系、小说类型等问题，这一类文章数量不多，但影响力较大，部分曾引发学界的争鸣，为现代主义小说的形成作出重要贡献。一类是随感，记录作者对众多事物的感悟，漫谈她的审

---

① 本节主体部分发表于《浙江大学学报》2016年第1期，标题为：《近百年弗吉尼亚·伍尔夫小说理论研究述评》。

② McNeillie, Andrew. "Introduction". in Virginia Woolf. *The Essays of Virginia Woolf* (vol. 1). ed. Andrew McNeillie. London: The Hogarth Press, 1986, p. ix.

美思想，所评论对象包括飞蛾、夏夜、伦敦街头、果园、钓鱼、战争、政治等，看似漫不经心、漫无边际，却蕴藏着作者对生命和文学的深切领悟。

鉴于伍尔夫的随笔中，批评类随笔居多，英美学界对她的小说理论的探讨主要集中在她的文学批评的风格和思想之中。

（一）20 世纪 20 年代的开放性争鸣

伍尔夫最先引发英美学界争议的随笔是《班内特先生与布朗夫人》（"Mr. Bennett and Mrs. Brown"）。此文 1923 年和 1924 年先后刊登于《纽约晚报》、《雅典娜》、《当代》等，是为回应阿诺德·班内特对她的人物的"鲜活性"[①] 的质疑而作的，它拉开了伍尔夫与班内特长达十年的争鸣，[②]也引发了学界的争论。伍尔夫在回应中以讲故事的方式塑造了一个活生生的人物"布朗夫人"，指出班内特、威尔斯、高尔斯华绥等英国爱德华时代的小说家笔下那些只注重外部表象描述的人物是苍白、单薄而不完整的，而乔治时代的作家乔伊斯、艾略特等又因为彻底丢弃了原有的工具而使自己的作品显得"晦涩"[③]。她的观点是：小说的人物应该是"有无限能力和无限多样性的"，[④]我们不仅要描写人物的言行举止和所处世界，还要揭示其沉默的表象之下强大的内在魅力，因为小说人物就是"我们借以生活的精神，就是生命本身"，[⑤]它是"坚实的、活生生的、有血有肉的"。[⑥]

文章发表后，同时代批评家给出两种不同回应：一种驳斥伍尔夫的观点，认为班内特等小说家充分继承了狄更斯以来的英国小说传统。[⑦] 另一种赞同伍

---

① Bennett，Arnold. "Is the Novel Decaying?". *Cassell's Weekly*. 28 March，1923：74

② 见 Bennett，Arnold. "Is the Novel Decaying?". *Cassell's Weekly*. 28 March，1923：74 和 Bennett，Arnold. "Another Criticism of the New School". *Evening Standard*. 25 November：5；2 December 1926：5. 论战的核心问题是小说人物真实性问题，伍尔夫的回应就是发表《班内特先生与布朗夫人》。对论战的完整叙述见 Hynes，Samuel. "The Whole Contention Between Mr. Bennett and Mrs. Brown". *Novel*. 1，Fall 1967：34—44。

③ Woolf，Virginia. "Mr. Bennett and Mrs. Brown". *The Captain's Death Bed and Other Essays*. London：Harcourt Brace Jovanovich，Inc.，1978，p. 116.

④ Woolf，Virginia. "Mr. Bennett and Mrs. Brown". *The Captain's Death Bed and Other Essays*. London：Harcourt Brace Jovanovich，Inc.，1978，p. 119.

⑤ Woolf，Virginia. "Mr. Bennett and Mrs. Brown". *The Captain's Death Bed and Other Essays*. London：Harcourt Brace Jovanovich，Inc.，1978，p. 119.

⑥ Woolf，Virginia. "Mr. Bennett and Mrs. Brown". In Majumdar，Robin and Allen McLaurin (eds). *Virginia Woolf：The Critical Heritage*. London：Routledge & Kegan Paul，1975，p. 119.

⑦ Beresford，J. D.. "The Successors of Charles Dickens". Majumdar，Robin and Allen McLaurin (eds). *Virginia Woolf：The Critical Heritage*. London：Routledge & Kegan Paul，1975，pp. 120—123.

尔夫的观点，认为人物塑造问题不应该局限在英国文学范畴内探讨，而应该从世界文学视野来观照；班内特等小说家塑造的人物类似木偶，只有外部细节描述，而伟大作家笔下的人物都是鲜活的"有机整体"，恰如伍尔夫所言。①

两种观点针锋相对，一定程度上反映了班内特等批评家所持的新古典主义立场与伍尔夫等批评家所推崇的浪漫主义立场之间的对垒。前者坚守约翰逊等英国新古典主义批评家所倡导的"戏剧是生活的镜子"②的立场，强调人物描写须忠实于生活的真实，对伍尔夫削弱人物外部描摹的创作实验持否定和质疑态度。③后者推崇柯勒律治等浪漫主义批评家所倡导的有机整体理论，遵循"一个活的物体必须是一个有组织的东西，而所谓有组织，不就是将部分结合在一个整体之内，为了成为一个整体而结合起来，以致每个部分本身既是目的又是手段吗？……生命是什么样，形式也是什么样"的思想，④强调人物塑造应追随心灵的意旨，从多个视角切入，将人物的各个部分精妙和谐地组合成一个有机整体；他们旨在突破英国文学根深蒂固的模仿论思想，推进伍尔夫那种"有品质，有个性，有文学创作般的力度"⑤的批评思想。在此期间，伍尔夫发表一系列富有原创思想的重要随笔和著作，包括：《现代小说》(1925)、《小说的艺术》(1927)、《狭窄的艺术桥梁》(1927)、《生活与小说家》(1926)、《小说概观》(1929)、《一间自己的房间》(1929)等，进一步阐发她的小说理论，其思想的活跃与她所处的布鲁姆斯伯里文化圈⑥对她的支

---

① Smith, Logan Pearsall. "First Catch Your Hare". Majumdar, Robin and Allen McLaurin (eds). *Virginia Woolf: The Critical Heritage*. London: Routledge & Kegan Paul, 1975, p. 126.

② 约翰逊：《〈莎士比亚戏剧集〉序言》，李赋宁等译，见《莎士比亚评论汇编》上卷，中国社会科学出版社 1979 年版，第 41—42 页。

③ 比如 Feiron Morris、Frank Swinnerton、Edwin Muir 等都不同程度地对伍尔夫在《班内特先生与布朗夫人》中的观点提出质疑和否定观点。见 Majumdar, Robin and Allen McLaurin eds. *Virginia Woolf: The Critical Heritage*. London: Routledge & Kegan Paul, 1975, pp. 130—137。

④ 柯勒律治：《关于莎士比亚的演讲》，见《古典文艺理论译丛》(卷一)，知识产权出版社 2010 年版，第 413—414 页.

⑤ Bell, Clive. "Cliver Bell on Virginia Woolf's Painterly Vision". Majumdar, Robin and Allen McLaurin (eds). *Virginia Woolf: The Critical Heritage*. London: Routledge & Kegan Paul, 1975, p. 138.

⑥ 这是一个延续了 30 余年的松散的文化圈，在英国颇有知名度，其成员大都毕业于剑桥大学，推崇 G. E. 穆尔的伦理学思想，在文学、艺术、美学、政治、经济等领域有着敏锐的领悟和独到的见解。核心成员包括：小说家弗吉尼亚·伍尔夫和 E. M. 福斯特，文学评论家德斯蒙德·麦卡锡，艺术批评家罗杰·弗莱和克莱夫·贝尔，传记作家利顿·斯特雷奇，画家邓肯·格兰特、瓦妮莎·贝尔，政论家和小说家伦纳德·伍尔夫，经济学家约翰·梅纳德·凯恩斯，政治哲学家 G. L. 狄更生，哲学家伯特兰·罗素，汉学家阿瑟·韦利等。

持密不可分。然而她的浪漫主义立场与当时英美学界的反浪漫主义思潮格格不入。从白璧德的《卢梭与浪漫主义》（1919）到 T. S. 艾略特在《传统与个人才能》（1919）、T. E. 休姆《论浪漫主义和古典主义》（1924），当时的英美学界正在全面批判浪漫主义的天才观、道德观、自然观、想象问题等，宣布古典主义的复兴，阐发非个性化、客观对应物等崇尚客观性的文论，新批评思潮呼之欲出。伍尔夫的观点显得不合时宜，未能获得学界的理解和接纳。

（二）20世纪三四十年代的新批评质疑

20世纪三四十年代，英美新批评成为主流思潮。批评家们大都质疑伍尔夫的批评思想与实践的局限性。路易斯·克罗南伯杰（Louis Kronenberger）的观点有较大代表性。他指出伍尔夫的文学随笔未能引起 E. M. 福斯特①、戴维·戴奇斯②等批评家关注的原因是，"弗吉尼亚·伍尔夫曾改变小说的面貌，却丝毫未能改变文学批评的面貌，她未曾拓展批评的前沿，她不能吸引批评信徒。"她的批评虽然像她的小说一样别具一格，但是她并不是"文学批评的创新者"，甚至不能被称为"批评家"，因为她的批评并无出色的知性和系统，充其量只能说是"有针对性的"，但绝不是"创新的"。③ 他的评判依据是：伍尔夫"很少以纯粹的批评方式对待文学：她以一个作家的方式对待她同时代的作品，以一个读者的方式对待过去的文学作品"④。也就是说，他觉得她的批评具有作家的想象性和敏感性，也运用读者的同化、关联和对比方法，却唯独不曾像批评家那样去分析和寻求作品的内在意义或时代精神；她的批评风格独特，重视语言表达的愉悦、新奇、诙谐和诗意，但不重视意义的分析揭示；其语言过于精致，风格夸张。

克罗南伯杰的批评，连同 F. R. 利维斯、贺拉斯·格拉格瑞、戴爱娜·

① 1941年，福斯特在剑桥大学里德讲座中作了题为《弗吉尼亚·伍尔夫》的学术报告，全面回顾和总结了伍尔夫的创作成就，但对伍尔夫的文学随笔仅简略带过。见 Forster, E. M. "Virginia Woolf". *Virginia Woolf Critical Assessments* (vol. 1). ed. Eleanor McNees. Mountfield: Helm Information Ltd. 1994。

② Daiches, David. *Virginia Woolf*. Bournemouth: Richmond Hill Printing Works Ltd., 1945. （这是伍尔夫研究的第二本专著，在当时有一定影响力。其中对伍尔夫文学随笔同样简略带过。）

③ Kronenberger, Louis. "Virginia Woolf as Critic". ed. Eleanor McNees. *Virginia Woolf Critical Assessments* (vol. 1). Mountfield: Helm Information, 1994, p. 101.

④ Kronenberger, Louis. "Virginia Woolf as Critic". ed. Eleanor McNees. *Virginia Woolf Critical Assessments* (vol. 1). Mountfield: Helm Information, 1994, p. 102.

特里林、马克·斯格拉等同时代批评家对伍尔夫缺乏道德观、轻视现实、缺乏价值观的质疑，[①] 代表了当时英美职业批评家对伍尔夫的艺术家批评的不认同。对他们而言，伍尔夫的评论仅仅"记录了心灵在志趣相投的经典作品中的历险记"，[②]并不符合职业批评的基本准则：带着明确的理念，带着历史感，对作品进行"鉴赏、分类、解释"。[③]他们的确定理念是当时盛极一时的新批评准则：将研究重心从外部环境研究转入文学作品本身，采用文本细读法，着重分析语词、意象和象征而非人物、思想和情节，[④]在小说批评中重点关注艺术形式的"独创性"和"道德关怀"[⑤]。用这些准则去评判伍尔夫的批评随笔，她自然只能被列入"随笔家"，而不是严肃的"批评家"。伍尔夫的批评思想在很长时期内被边缘化或遭质疑，与英美新批评对它的否定性评判关系极大。

（三）20 世纪六七十年代的整体研究

经过 20 世纪 50 年代的沉寂后，60 年代的批评家开始肯定伍尔夫的批评思想的价值，这一转变得益于法国批评家让·盖吉特（Jean Guiguet）对伍尔夫批评思想的整体分析和肯定性评价。盖吉特是第一位在其研究专著中用一个章节的篇幅深入探讨伍尔夫的全部随笔的批评家。[⑥]他以 20 世纪 60 年代前

---

① 见 Leavis, F. R.. After *To the Lighthouse*. Scrutiny 10 (January 1942), pp. 295—298; Gregory, Horace. "On Virginia Woolf and Her Appeal to the Common Reader". *The Shield of Achilles*, New York, 1944, p. 192; Trilling, Diana. "Virginia Woolf's Special Realm". *The New York Times Book Review*, 21 March 1948, p. 28; Schorer, Mark. "Virginia Woolf". *The Yale Review*, xxxii, December 1942, p. 379 等。

② Kronenberger, Louis. "Virginia Woolf as Critic". ed. Eleanor McNees. *Virginia Woolf Critical Assessments* (vol. 1). Mountfield: Helm Information, 1994. p. 103.

③ 蒂博代：《六说文学批评》，三联书店 2002 年版，第 91 页。

④ Abrams, M. H.. *A Glossary of Literary Terms* (7ᵗʰ Edition). Shanghai: Foreign Language Teaching and Research Press, 2004, p. 181.

⑤ 利维斯：《伟大的传统》，袁伟译，三联书店 2002 年版，第 12 页。

⑥ 从 20 世纪 30 年代至 60 年代，英、美、法等国已经出版 10 余本伍尔夫研究专著，比如：Winifred Holtby. *Virginia Woolf*. Wishart, London, 1932; Floris Delattre. *Le Roman Psychologique de Virginia Woolf*. J. Vrin, Paris, 1932; David Daiches. *Virginia Woolf*. New Directions, New York, 1942; Deborah Newton. *Virginia Woolf*. Melbourne University Press, 1946; Joan Bennett. *Virginia Woolf, Her Art as a Novelist*. Cambridge University Press, 1945; R. L. Chambers. *The Novels of Virginia Woolf*. Oliver&Boyd, London, 1947; Bernard Blackstone. *Virginia Woolf, A Commentary*. The Hogarth Press, London, 1949; Maxime Chastaing. *La Philosophie de Virginia Woolf*. Presses Universities de Paris, 1951; Irma Rantavaara. *Virginia Woolf and Bloomsbury*. Helsink, 1953; James Hafley. *The Glass Roof: Virginia Woolf as Novelist*. Berkeley: University of California Press, 1954. 这些专著均以伍尔夫小说为研究对象，很少探讨伍尔夫的批评随笔。

已经出版的 6 种伍尔夫随笔集①为研究对象,将它们放置在欧美文学批评传统这一大背景中作整体考察,重点阐明了伍尔夫小说理论的立场、特性、渊源和体系。主要观点如下:

1. 批评立场:伍尔夫的文学创作始于批评随笔,其创作过程表现出融阅读、创作和批评为一体的特征。

2. 批评特性:伍尔夫视批评为阅读艺术,其核心批评观表述在《普通读者 I》的序言之中,重点强调批评的"直觉性"、"整体性"和"愉悦性"。

3. 批评渊源:伍尔夫对待文学的总体态度、批评的穿透力和批评的真诚与活力方面深受济慈、柯勒律治、福楼拜等作家批评家的影响,在阅读的态度上受到其父亲莱斯利·斯蒂芬的影响,她与德斯蒙德·麦卡锡、哈罗德·尼克逊、罗杰·弗莱和利顿·斯特雷奇等布鲁姆斯伯里文化圈中批评家的观点相近,与 I. A. 理查德、T. S. 艾略特、约翰·M. 默里等观点相左。

4. 批评体系:伍尔夫选编《普通读者 I》和《普通读者 II》的基本目标在于揭示"生活潮流"的"流行主题",她按时间顺序将有名的和无名的作家混合编排,表明她的批评就像她的小说一样旨在揭示有机世界整体。②

他的结论是:

> 它(伍尔夫的批评)看起来就像是对传统的护估,不是以审美或伦理原则或系统的名义,而是以生命的有机延续的名义、以人类生活的名义、以社会生活的名义,同时也是以思想发展的名义,将人性加入到它自己的经验之中。③

盖吉特是第一位全面观照并肯定伍尔夫的批评理论的学者,他之所以能阐明并揭示她的小说理论的内涵和价值,与他的法国批评背景密不可分。20

---

① 6 种随笔集为:《普通读者 I》(*The Common Reader*, first series, 1925)、《普通读者 II》(*The Common Reader*, second series, 1932)、《飞蛾之死》(*The Death of The Moth*, 1942)、《瞬间集》(*The Moment and Other Essays*, 1947)、《船长临终时》(*The Captain's Death Bed and Other Essays*, 1950)、《花岗岩与彩虹》(*Granite and Rainbow*, 1958)。

② Guiguet, Jean. *Virginia Woolf and Her Works*. Trans. Jean Stewart. London: The Hogarth Press, 1965, pp. 125—167.

③ Guiguet, Jean. *Virginia Woolf and Her Works*. Trans. Jean Stewart. London: The Hogarth Press, 1965, p. 163.

世纪早期的法国批评,像其他欧洲国家的批评一样,全面清算了 19 世纪后期盛行的实证主义和历史主义批评思潮,但是它的批评重心并不像英美新批评那样落在文本细读上,而是将"追寻作家深层内在生命"、"与诗人的精神历程相遇合"① 视为批评的重要任务。阿尔贝·蒂博代在其杰出的著作《批评生理学》(1930) 中充分阐释了艺术家批评的地位和价值,指出艺术家批评作为一种敏锐、深刻和富有成效的"寻美的批评",②它延续了欧洲浪漫主义的宏大思想,追寻在美感与直觉上与作家作品的内在思想相通达,既"深入到他的内心相当的程度以感觉他",又能"从他那里走出相当的距离来理解他",③以抵达"人类精神的矿藏和母腹",④真正诠释了文艺批评的本质。

基于这样的批评背景和理念,盖吉特敏锐地感悟并认同伍尔夫将批评、阅读和创作融为一体的立场,将她的核心思想概括为"批评即阅读艺术"。他将伍尔夫批评思想置于欧美文学批评传统之中,阐明其理论渊源是济慈、柯勒律治等人的浪漫主义思想,论述其观点与布鲁姆斯伯里文化圈其他艺术批评家的思想共鸣,辨清她与英美新批评家的不同。这样的整体观照入木三分,清楚而深入地论述了伍尔夫批评思想的根、茎、枝、叶,其影响力是巨大的。

盖吉特对伍尔夫的肯定性评价得到了英美学者的回应,马克·戈德曼发表论文为伍尔夫的批评思想辩护。首先,他在论文中探讨了伍尔夫批评思想在英美遭否定的缘由,指出深层的原因在于,推崇科学性和客观性的英美新批评将它视为佩德——王尔德式的印象批评而加以排斥。其实伍尔夫与新批评先驱 T. S. 艾略特的批评目标大致相同:前者倡导普通读者批评,目的在于消解现代批评中理智与情感、感性与理性、个人与非个人之间的对立;后者虽然反对印象批评,但致力于消解印象批评与知性批评之间的对立,以实现直觉感悟与理性分析之间的平衡。其次,戈德曼指出伍尔夫的普通读者批评思想源于她对形式的情感性的强调,她的观点与布鲁姆斯伯里文化圈中罗杰·弗莱的审美理论和克莱夫·贝尔的"有意味的形式"观点相通,同时也深受亨利·詹姆斯、福楼拜和柯勒律治的影响。最后,戈德曼以 20 世纪欧美

① 乔治·布莱:《批评意识》,百花洲文艺出版社 2010 年版,第 2 页。
② 蒂博代:《六说文学批评》,三联书店 2002 年版,第 121 页。
③ 蒂博代:《六说文学批评》,三联书店 2002 年版,第 130 页。
④ 蒂博代:《六说文学批评》,三联书店 2002 年版,第 137 页。

现代批评为背景，阐明伍尔夫的"中庸观"的价值：英美新批评用非个性化和客观性反对印象主义和主观主义的做法，表明它未能走出主观与客观、模仿与表现相对立的困境；而伍尔夫在主观批评模式与分析性批评模式之间构建了一条中庸之道，将艺术家和职业批评家的双重身份融合为普通读者，有益于弥合读者大众与批评团体之间的鸿沟。①

20 世纪 70 年代，戈德曼出版专著《读者的艺术：弗吉尼亚·伍尔夫作为文学批评家》（1976），旨在"用一种更清晰的、统一的视角研究她的全部随笔，揭示可追寻的整体设计"。②戈德曼认为，伍尔夫相信作者对时代的理解决定他的透视视角和表现风格，这种"现实观"主导了伍尔夫的整个小说理论。他按时间顺序将伍尔夫对英国文学的评论划分为 6 个阶段，证明正是她的"现实观"引导她去追寻现代文学形式，帮助她确立普通读者批评立场和原则。她的批评思想的价值在于消解英美批评中的二元对立局限：

> 伍尔夫是这样一位批评家，她的"中庸"模式介于 T. S. 艾略特所说的"理解"和"感悟"这两个极端的中间，所倡导的正是我们所需要的批评模式。伍尔夫在随笔中始终坚持理性与情感、感性与理性、个人批评与非个人方法之间的必要的、创造性的平衡。③

如果说盖吉特的研究让学界开始认识伍尔夫批评思想的内涵，那么戈德曼的研究则启动了将伍尔夫小说理论纳入英美主流批评，肯定其价值的工程。戈德曼的主要贡献在于，他不仅深入剖析伍尔夫批评思想遭忽视的深层原因，而且通过揭示伍尔夫与 T. S. 艾略特批评思想上的共通点，阐明艺术家批评的整体观在突破英美新批评困境时可发挥的作用。他们的论述迄今依然是伍尔夫小说理论研究中的重要文论。

此外，英国批评家安东尼·福斯吉尔（A. Fothergill）为皮特·福克纳

---

① Goldman, Mark. "Virginia Woolf and the Critic as Reader". (*PMLA*, 80, June 1965: 275—84) *Virginia Woolf Critical Assessments* (vol. 2). ed. Eleanor McNees. Mountfield: Helm Information Ltd. , 1994, pp. 105—122.

② Goldman, Mark. *The Reader's Art: Virginia Woolf as Literary Critic*. Netherlands: Mouton &. Co. B. V. , Publishers, The Hague, 1976, p. 3.

③ Goldman, Mark. *The Reader's Art: Virginia Woolf as Literary Critic*. Netherlands: Mouton &. Co. B. V. , Publishers, The Hague, 1976, p. 4.

(Peter Faulkner) 的专著《现代主义》(*Modernism*，1977) 撰写了《弗吉尼亚·伍尔夫的批评随笔》一章，论述了他对某些特定问题的理解。他指出：伍尔夫的观点体现了她作为转型期的年轻小说家对小说形式的困惑和思考，并不像学界所认定的那样界定了现代小说的特性；她的批评观与创作实践之间存在着矛盾性；她偏爱思想的开放性，其随笔并无系统性；她对"物质主义"小说家的批判源于她对新形式的呼唤；她认定现代小说形式以开放性和不确定性为主要特征，作家、文本和读者之间处于一种积极主动的渗透关系。最后福斯吉尔特别指出，学界对伍尔夫的批评思想认识不够充分，原因在于批评家总是错误地将传统的概念和定义套用到她富有创意的新思想上，而这些传统概念和定义却正是她立志突破的。①福斯吉尔的论文点到即止，部分结论有新意。同年，维佳·L. 萨尔玛 (Vijay L. Sharma) 的专著《重新评价作为文学批评家的弗吉尼亚·伍尔夫》(*Virginia Woolf as Literary Critic*，*A Revaluation*，1977) 出版，旨在揭示"伍尔夫看似随意的随笔背后隐藏着一些基本原则"。②它指出：伍尔夫的创作思想以双性同体为核心理念，表现出对事物的两面性的和谐把握，其概念类似中国的阴阳说；其小说理论主要观点体现在现实观、视角说和形式观之中；其核心批评思想是将普通读者的直觉感悟与批评家的知性理解融为一体；其批评实践表明，伍尔夫不仅擅长审美批评，也关注形式批评。萨尔玛的研究的特点是研究视野的整体性。她从揭秘伍尔夫的思维方式出发，考察伍尔夫对现实、小说和审美之间的关系的理解，揭示伍尔夫的读者批评理论超越二元对立的本质，并在比照伍尔夫与 T. S. 艾略特、E. M. 福斯特、劳伦斯等人的思想的异同中阐明其价值。这两位学者的研究虽不及盖吉特和戈德曼那样有突破性作用，但在批评形式、思维等问题上有所推进，在一定程度上拓展了对伍尔夫思想的认识。

总体而言，这一阶段的研究是富有成效的。其中，盖吉特的研究最为深入，他不带先入之见地进驻伍尔夫批评思想的内部，用伍尔夫随笔的内在精神理解她的随笔，如实梳理和概括伍尔夫的批评思想。福斯吉尔的总结笼统

---

① A. 福斯吉尔：《弗吉尼亚·伍尔夫的批评随笔》，载彼得·福克纳：《现代主义》，昆仑出版社 1989 年版，第 51—65 页。

② Sharma, Vijay L.. *Virginia Woolf as Literary Critic*，*A Revaluation*，New Delhi：Arnold—Heinemann Publishers (India) Private Ltd. ，1977, p. 14.

而简短，他关于学界用传统概念阻碍研究推进的说法不失启示作用。戈德曼和萨尔玛在一定程度上存在推进了研究，但是他们将批评置于自己所认定的"清晰概念"之上，比如"现实观"、"双性同体"等，一定程度上狭隘或遮蔽了伍尔夫本人的思想。

（四）20 世纪 80 年代的回顾总结

20 世纪 80 年代，美国著名批评家雷纳·韦勒克在《近代文学批评史》（第 5 卷，1986）中开辟一节，回顾总结伍尔夫的批评思想。韦勒克首先除去了英美学界贴在伍尔夫身上的各种标签：印象主义者、唯心主义者、柏格森主义者、经验主义者等，只简单地说明伍尔夫曾汲取穆尔的伦理学思想。他阐明伍尔夫的批评目标引申于约翰逊博士的"普通读者"观念，推崇一种受本能引导去创造整体的普通读者阅读方式，比如去创造一幅个人画像、一个时代概貌、一种艺术理论。他有选择地点评了伍尔夫的相关随笔，指出：伍尔夫独特的批评视角是去把握小说家的布局，这一视角贯穿在她论述锡德尼、笛福、斯特恩、奥斯丁、康拉德等作家的批评随笔中；伍尔夫的评判标准是"普遍的人性、概括的功力、创造的情境和人物的功力"[①]，这一标准运用于她对吉辛、詹姆斯、威尔斯、劳伦斯、乔伊斯等作家的批评中。伍尔夫批评思想的最高境界是实现生活和艺术的平衡。

韦勒克的结论是：

> 论一种文学理论甚至小说理论，虽然弗吉尼亚·伍尔夫或许没有作出重大贡献，她却完成了批评家的任务：她描述了诸多主要小说家的特性，而且敏锐地加以评判，能把特性描述和评判熔于一炉，因为她懂得，评判产生于描述和解释。偶尔她也许流于武断，或突发奇想，不过在她的最佳文章中，她达到了她承认哈兹里特所成功体现的境界，"他单举所论作者的独特品质，并且有力地打上烙印"[②]。

---

① 雷纳·韦勒克：《近代文学批评史》（第 5 卷），杨自伍译，上海译文出版社 2009 年版，第 124 页。

② 雷纳·韦勒克：《近代文学批评史》（第 5 卷），杨自伍译，上海译文出版社 2009 年版，第 141 页。

　　韦勒克以简练的笔触概括了伍尔夫的批评目标、视角、标准等，评析了伍尔夫的主要批评随笔，完成了对伍尔夫部分随笔的鉴赏、分类和解释，其概括、论析和评点功力深厚。不过他的着力点在于概括和评述，不像盖吉特、戈德曼那样，以欧美传统或现代批评为参照，从整体比照中阐明伍尔夫思想的渊源、活力和创意。他在分类点评伍尔夫的批评目标、视角、标准之外，不曾理会伍尔夫的每一篇批评随笔均是一种整体，综合实践了她的立场、视角和标准：即从普通读者立场出发，整体透视某作家作品的时代特征、作家个性、文本形式及作品意蕴。韦勒克认可伍尔夫描述和评判小说家的能力，但认为她在作品技巧分析上不充分，他曾这样评论道："她的随笔固然洞识到斯特恩其人其世界，读来却令人失望：斯特恩主要的名气在于独创性，他写了一部关于小说的小说，他对旧式小说的滑稽模仿，他处理时间的手法，凡此种种，她只字不提——然而正是由于所有这些特点，斯特恩后来才成为小说史上的一位关键人物。"[1] 不难看出，他的评判和分析带着英美新批评的标准，这也是为什么他对她的总体评价不高，认为她缺乏创意。这与他对 T. S. 艾略特和 F. R. 利维斯的高度评价呈鲜明对比。这样的评价在 20 世纪 80 年代比较普遍，比如穆罕默德·亚西（Mohammad Yaseen）也指出，伍尔夫除了《现代小说》和一些关于形式和技巧的言论外，她在小说理论方面的贡献是微小的。[2]

　　伊丽莎白·麦迪森的评论则代表着另一种态度。她从伍尔夫的文章中梳理出伍尔夫自己的批评原则，即普通读者定位、重塑作者世界与对比评判、愉悦与文采兼备三项原则，用它们来审视和分析她的批评随笔，发现她的批评模式颇具创意："她的批评形式与众不同，其视野广博而非专注……她赋予普通读者自由地跨界进入神圣批评领域的权利，让他进入作者的世界，去重构作者世界的驱动力，去对比和评判其创作，以清晰动人的散文去表达其发现……以伍尔夫自己的批评界定为评判标准，其批评是真诚而有洞察力的，

---

[1] 雷纳·韦勒克：《近代文学批评史》（第 5 卷），杨自伍译，上海译文出版社 2009 年版，第 118 页。

[2] Yaseen, Mohammad. "Virginia Woolf's Theory of Fiction". *Virginia Woolf Critical Assessments* (vol. 2). ed. Eleanor McNees. Mountfield: Helm Information Ltd., 1994, p. 131.

忠诚于其明晰的准则。"①

80年代的批评数量不多，韦勒克与麦迪森的批评分别代表两种不同的声音。前者依然以新批评的准则去审视伍尔夫批评的优劣，其评判虽比30年代至50年代时期要宽容得多，但依然带着某种凌驾其上的姿态，不曾深入伍尔夫本人的思想。后者则顺着伍尔夫自己的眼光去考察她的批评模式，以读者与作者对话的方式深入她的思想，因而能揭示其内在奥秘。

（五）20世纪90年代以后的评论

90年代以后，英美女性主义学者对伍尔夫随笔的研究升温，以肯定性评价为主。比如：朱丽叶·达辛贝尔（Juliet Dusinberre）在《弗吉尼亚·伍尔夫的文艺复兴》（*Virginia Woolf's Renaissance*：*Woman Reader or Common Reader*，1997）中探索伍尔夫的随笔对妇女文学传统的追寻，以及对出版、身体、业余爱好者等议题的思考。②蕾拉·博罗斯南（Leila Brosnan）的《阅读弗吉尼亚·伍尔夫的文论和新闻报道》（*Reading Virginia Woolf's Essays and Journalism*，1997）从历史视角解读伍尔夫的部分随笔。③艾丽娜·吉尔梯瑞（Elena Gualtieri）的《弗吉尼亚·伍尔夫的文论：勾勒过去》（*Virginia Woolf's Essays*：*Sketching the Past*，2000）细致研究伍尔夫随笔的两种写作类型，指出它们为女性主义批评确立了写作模式。④贝丝·C. 罗森伯格（Beth Carole Rosenberg）与吉娜·杜比诺（Jeanne Dubino）主编的《弗吉尼亚·伍尔夫与随笔》（*Virginia Woolf and the Essay*，1997）探讨了伍尔夫与历史、文学史、阅读、体裁和女性主义的关系。⑤

帕米拉·考费和赫麦妮·李在后现代主义的视域中推进了伍尔夫的小说理论研究。考费在专著《弗吉尼亚·伍尔夫与后现代主义》（1991）中提出要将"伍尔夫放置于后现代主义的叙事和文化理论的语境中进行研究"，以便将

① Madison，Elizabeth C.. "The Common Reader and Critical Method in Virginia Woolf's Essays". Journal of Aesthetics Education，vol. 15，No. 4（Oct.，1981），p. 73.

② Dusinberre，Juliet. *Virginia Woolf's Renaissance*：*Woman Reader or Common Reader*. London：Palgrave，1997.

③ Brosnan，Leila. *Reading Virginia Woolf's Essays and Journalism*. Edinburgh：Edinburgh University Press，1997.

④ Gualtieri，Elena. *Virginia Woolf's Essays*：*Sketching the Past*. London：Palgrave，2000.

⑤ Rosenberg，Beth Carole & Jeanne Dubino. *Virginia Woolf and the Essay*. London：Macmilian Press Ltd.，1997.

伍尔夫研究从现代主义和女性主义的牢笼中解放出来,让其进入各种文学关系,避免将其局限在某一特定流派或思潮。①她用一个章节的篇幅重点阐述了伍尔夫普通读者批评的表现形式和价值,指出伍尔夫既反对印象式批评也反对形式结构批评,她创造了一种"自我反省式审美批评",即将批评重心放置在文本、世界、读者三者关系之上,"努力为自己的艺术创造观众,使艺术获得更为广泛的观众反应"②的批评新模式。赫麦妮·李在全面回顾伍尔夫的批评随笔史和学界的研究史的基础上,揭示伍尔夫作为"读者接受理论的先驱",其文学批评具有"读者与作者对话"的本质特性。③她认为伍尔夫批评常常融"批评、历史和传记"为一体,以大胆的、有创意的、微妙的综合化和场景化的过程呈现其批评思想,其批评形式表现出"召唤的、场景的、感知的"等主要特性。④

可以看出,90年代以后的批评已经用解构主义思想彻底打破英美传统批评和新批评的束缚,不仅拓展了研究议题,而且深化了"普通读者批评"理论的内涵,凸显了伍尔夫批评思想的多元化和整体性本质。

在中国,基于中华传统的整体思维模式,学者们着重对伍尔夫小说理论的"形"与"神"作了整体观照。虽然我们的研究起步于20世纪80年代后期,论文的篇数不多,但大致已经形成了自己的研究特色和深度。瞿世镜从时代变迁论、主观真实论、人物中心论、论实验主义、论未来小说和伍尔夫的文学理想等方面整体概括了伍尔夫的小说理论。⑤殷企平在此基础上将其提炼为生活决定论。⑥盛宁对伍尔夫的名言"1910年的12月,或在此前后,人性发生了变化"作了历史的、社会的、文本的多层面考察,指出伍尔夫真正要说的是:"1910年12月,或在此前后,人物形象发生了变化。"⑦ 笔者发表

---

① Caughie, Pamela L.. *Virginia Woolf and Postmodernism*: *Literature in Quest and Question of Itself*. Urbana and Chicago: University of Illinois Press, 1991, p. 2.

② Caughie, Pamela L.. *Virginia Woolf and Postmodernism*: *Literature in Quest and Question of Itself*. Urbana and Chicago: University of Illinois Press, 1991, p. 169.

③ Lee, Hermione. "Virginia Woolf's Essays". *Cambridge Companion to Virginia Woolf*. ed. Sue Roe. Shanghai: Shanghai Foreign Language Education Press, 2001, p. 91.

④ Lee, Hermione. "Virginia Woolf's Essays". *Cambridge Companion to Virginia Woolf*. ed. Sue Roe. Shanghai: Shanghai Foreign Language Education Press, 2001, p. 101.

⑤ 瞿世镜:《弗吉尼亚·伍尔夫的小说理论》,载《论小说与小说家》,上海译文出版社1986年版,第347—369页。

⑥ 殷企平、高奋、童燕萍:《英国小说批评史》,上海外语教育出版社2001年版,第180页。

⑦ 盛宁:《关于伍尔夫的"1910年12月"》,《外国文学评论》2003年第3期。

10 余篇论文,从本质、批评、创作、形式、境界等多个层面整体观照伍尔夫小说理论,阐明其生命诗学本质:综合解析伍尔夫有关现代小说、人物、形式、艺术性和本质的批评随笔,阐明其小说理论的核心思想是——小说是记录人的生命的艺术形式;① 考察伍尔夫有关批评的系列文章,揭示其批评思想超感官、超理性、重趣味的生命体悟本质;② 以中西诗学为参照,指出伍尔夫在重构现实观时,剥离了其中的认知成分,将其还原为直觉感知与客观实在物的契合;③ 全面阐述伍尔夫生命诗学的要旨;④ 从中西诗学观照伍尔夫的"构思说",指出其"去物象"、"去自我"之说和"想象说"与中国诗学的"虚静说"和"神与物游"相近;⑤综合分析伍尔夫的随笔和小说,阐明伍尔夫传达了文学真实的本质乃生命之真与艺术之幻的平衡的观点,其观点与海德格尔的"真"和中国传统诗学的"真幻说"相近;⑥ 深入分析伍尔夫的古希腊文学随笔,指出她以由感及悟的方式揭示了古希腊文学的特性,其方式不同于亚里士多德所树立的分析性和概念化范式;⑦ 全面分析伍尔夫的美国文学随笔,指出她以古希腊、俄、法、英文学为参照,剖析美国文学的原创性、技法、整体性和困境。⑧ 此外,郝琳梳理了伍尔夫与唯美主义代表人物的交往关系,剖析两者在文学观点、道德关怀及艺术理念上的相通之处。⑨ 伍尔夫基于审美阅读和创作体验的小说理论与基于审美经验的中国传统诗学⑩有着天然的亲和力,中国学者的整体观照站在人心共通的立场,以中国传统诗学博大精深的范畴映照伍尔夫相类似的感悟,以意逆志,洞见了伍尔夫思想的内蕴和价值。

---

① 《小说:记录生命的艺术形式——论弗吉尼亚·伍尔夫的小说理论》,《外国文学评论》2008 年第 2 期,第 53—63 页。

② 《批评,从观到悟的审美体验——论弗吉尼亚·伍尔夫的批评理论》,《外国文学评论》2009 年第 3 期,第 32—40 页。

③ 《中西诗学观照下的伍尔夫现实观》,《外国文学》2009 年第 5 期,第 37—44 页。

④ 《弗吉尼亚·伍尔夫生命诗学研究》,《英美文学研究论丛》2010 年第 12 期,第 334—342 页。

⑤ 《从伍尔夫"构思说"看中西诗学的共通性》,载《外国文学研究 60 年》,何辉斌主编,浙江大学出版社 2010 年版。

⑥ "Virginia Woolf's Truth and Zhenhuan in Chinese Poetics". *Modernism and the Orient*. ed. Zhaoming Qian. New Orleans: The New Orleans University, 2012. pp. 147—162.

⑦ 《弗吉尼亚·伍尔夫论古希腊文学》,《外国文学》2013 年第 5 期,第 41—48 页。

⑧ 《弗吉尼亚·伍尔夫论美国文学》,《江西社会科学》2013 年第 11 期,第 66—72 页。

⑨ 郝琳:《伍尔夫之"唯美主义"研究》,《外国文学》2006 年第 6 期,第 37—43 页。

⑩ 陈伯海:《中国诗学之现代观》,上海古籍出版社 2006 年版,第 3 页。

二、述评

相对于伍尔夫作品研究的繁荣和丰富而言，近百年的伍尔夫小说理论研究可以说是不充分的。这不仅因为已有成果的研究范围大都局限于伍尔夫几篇重要随笔，特别是她关于英国文学的随笔，而且因为英美职业批评家们总是忙着用自己的理论去评判伍尔夫的思想，未能从伍尔夫的随笔出发去理解、总结和评判她的艺术家批评思想的丰富性和深刻性。

伍尔夫的批评体现了典型的艺术家批评特征。艺术家批评，即艺术家所从事的批评，是一种"寻美的批评"，它遵循欧洲浪漫主义思想，采用"把自己置于作者的位置上，置于研究对象的观点上，用作品的精神来阅读作品"[1]的方法，努力实践批评者与作者作品之间的情感思想交流，同时又保持足够的距离，可以从外部考察和理解作品。对它而言，批评只是精神的一种消遣，只想告诉读者作品好在什么地方，为什么好，没有什么实用目的，因而它对作品的评判是趣味的，批评风格中包含大量对比、比喻乃至审美创作；它相信批评与创作本质上是同一的。这类批评的源头可追溯到柏拉图的《斐德若篇》和蒙田的《随笔集》，其批评典范可参照维克多·雨果的《论莎士比亚》、保罗·瓦莱里的《达·芬奇方法引论》等。[2]法国批评家阿尔贝·蒂博代对艺术家批评的概括和论述几乎就是对伍尔夫那些"记录了心灵在志趣相投的经典作品中的历险记"的随笔的写照。伍尔夫曾撰写《我们该如何读书》一文，详尽阐明阅读与批评的目的、步骤、方法，指出：阅读和批评的目的是享受精神自由和表达独立见解，它大致包含两个步骤：首先需摆脱先人之见，进入作者的世界，用充分的理解获得完整的印象和感受；然后用评判和比较去梳理和鉴别繁杂的印象和感受，在想象力、洞察力和学识的帮助下感悟作品的真义；评判的标准是我们的情趣，它来自我们的天性和阅读积淀。伍尔夫思想的源头正是她无比推崇的柏拉图对话录、蒙田随笔和柯勒律治、雪莱、济慈等人的浪漫主义思想。

而20世纪的英美批评总体来看体现了职业批评的精神和风格。职业批评，即专业工作者的批评，是一种"求疵的批评"。它最初设定为一种建议批

---

① 蒂博代：《六说文学批评》，三联书店2002年版，第122页。
② 蒂博代：《六说文学批评》，三联书店2002年版，第110—167页。

评，旨在为作者提供关于创作的准则和体裁的建议，"批评家通过这种批评所欲照亮的不是已经完成的艺术之城，而是将要遵循的艺术之路，因此这是一种教育式批评，某种程度上的教授批评"。①它把批评家置于了解或设定批评准则的权威地位，按照既定准则对作品进行鉴赏、排列和解释，但很少品味作品，文学只是批评的附庸，换句话说，批评就是"将某些观点付诸实施，作品就是这些观点的应用"。②这类批评大致有三个特性：首先它是历史的，擅长在文学史发展过程中考察作品，以便提炼出可以延续为历史的那些共性；同时它是道德的，所有文学问题都是道德问题；它也是哲学的，只有像哲学家那样提出和创立理念才能完成批评的使命。③蒂博代对职业批评的描述大致概括了 20 世纪英美伍尔夫批评研究的主要动向。批评家究竟是否定还是认同伍尔夫的批评，很大程度上取决于他们的预设准则和批评目标。由于班内特的新古典主义理念、克罗南伯杰等批评家的新批评法则与伍尔夫的艺术家批评理念相对立，因而他们批评中的"求疵"比重较大。实际上他们只是用她的随笔阐发了自己的观点，并未真正走进伍尔夫的思想。戈德曼、萨尔玛、韦勒克、麦迪森、考费等批评家在一定程度上走进了伍尔夫的思想，但是他们依然随身携带某些预设准则，透过他们所持的新批评、女性主义、后现代主义思想来审视伍尔夫的思想，所领悟的观点大致取自其预设理论与伍尔夫思想的交汇处，比如"现实观"、"双性同体"、"自我反省式审美批评"等，而且往往将这些非本质的观点视为伍尔夫的核心思想来构建体系，以偏概全的现象不断出现，而伍尔夫本真的思想依然有待揭示。迄今为止，比较深入的阐释依然来自法国批评家盖吉特。他不带先入之见地进入伍尔夫的思想，追踪其渊源，揭示其内涵与特性，所阐发的观点被后来的学者们不断地重释。中国学者的整体观照同样不带先入之见，在考察其思想源流时具有国际性视野，比如考察她对古希腊、美国文学的接受和理解；在考察其本质、形式观、创作观时具有跨文化比照的特性，比如在中西诗学的语境下揭示其理论的生命本质、超越性、直觉性等，所进行的研究与欧美研究形成互补。

---

① 蒂博代：《六说文学批评》，三联书店 2002 年版。第 76 页。
② 蒂博代：《六说文学批评》，三联书店 2002 年版，第 114 页。
③ 蒂博代：《六说文学批评》，三联书店 2002 年版，第 74—109 页。

结语：伍尔夫小说理论研究的滞后与英美职业批评者对伍尔夫的误读有很大关联，不过伍尔夫小说理论研究的过程表明，艺术家批评与职业批评之间的沟壑正在缩小。如果我们能不带任何先见进驻伍尔夫随笔的内部，追踪它的渊源，考察它的分支，眺望它的全景，品味它的意蕴；然后再将它与中西文学史上诸多杰出的艺术批评家的思想相比照，并用我们自己的天性来辨析、鉴赏、分类和揭示它的内涵和价值，那么我们作为职业批评家也完全可以感受和领悟伍尔夫那艺术批评家的灵动趣味和深刻思想。在伍尔夫的小说理论这片开阔的领地中，我们可以透过她的眼睛欣赏英国、古希腊、俄国、法国、美国及东方文学的审美视域和特性，它们是她的想象力和创造力的源泉；我们可以全景考察她关于小说本质、创作构思、作品形式、艺术真实和艺术境界的构想，这是她的创造性思想的主体内涵；我们会品味她将思想应用于创作时的智慧和乐趣；最终我们会瞥见她的思想深潭中最本源最核心的生命写作的奥秘。

第二节　走向生命诗学研究

本书首先整体考察伍尔夫对英国文学、古希腊文学、俄国文学、法国文学、美国文学的评论，以及伍尔夫作品中的"中国眼睛"的意味，揭示伍尔夫小说理论的思想基础是审美感悟。以此为基础，本研究将伍尔夫的全部随笔与小说、自传、日记、书信等一手资料放置在中西诗学的语境中加以考察，旨在从小说本质、创作思维、作品形神、批评要旨和艺术境界五个方面梳理和阐释她的生命诗学。最终，以其代表作《海浪》为研究范例，从创作构思、内在构成、作品形式和艺术境界几个方面印证伍尔夫小说理论在作品中的实践。

一、研究语境：西方诗学和中国诗学

之所以以西方诗学为研究语境，是因为它是伍尔夫小说理论的基础和反思对象。伍尔夫的小说理论是在大量阅读、感悟和评论欧美作家作品和理论著作，不断创作文学作品的基础上构建的，西方诗学是它的根基和拓展的平台。

伍尔夫全部批评随笔共计500余篇，大致可分为三类：

第一类是书评，评论古典的或当代的、知名的或不知名的作家作品，涉及英国、俄国、法国、美国、古希腊、中国、日本等多个国家的文学。其中有纵论某一国别文学的，比如：《论不懂希腊》、《俄国人的视角》、《论美国小说》；也有评论某文学时期的，比如《伊丽莎白时代的戏剧读后感》、《现代小说》、《现代散文》；绝大多数随笔是评论某特定作家作品的，比如：《帕斯顿家族和乔叟》、《沃尔特·司各特爵士》、《艾迪生》、《鲁滨逊漂流记》、《斯特恩》、《简·奥斯丁》、《〈简·爱〉与〈呼啸山庄〉》、《德·昆西自传》、《大卫·科波菲尔》、《乔治·梅瑞狄斯的小说》、《亨利·詹姆斯》、《乔治·爱略特》、《托马斯·哈代的小说》、《约瑟夫·康拉德》、《福斯特的小说》、《D. H. 劳伦斯随感》、《再论陀思妥耶夫斯基》、《俄国背景》《屠格涅夫掠影》、《蒙田》、《爱默生的日记》、《梭罗》、《赫尔曼·梅尔维尔》等。

第二类是论述性文章，探讨小说形式、批评方法、创作构思、小说现状等论题。重要文章包括：《现代小说》、《班内特先生与布朗夫人》、《狭窄的艺术桥梁》、《小说的艺术》、《小说概观》、《我们该如何读书》、《倾斜之塔》等。

第三类是散文，阐发作者对生命和文学的深切领悟。重要随笔包括：《飞蛾之死》、《瞬间：夏夜》、《街头漫步：伦敦历险》、《夜幕下的苏塞克斯》、《太阳和鱼》等。

伍尔夫的文学作品包括：9 部小说、2 部论著、3 部传记、44 篇短篇小说。

另外还包括：5 卷日记集、5 卷书信集以及一些未完成手稿。

在漫长而多产的文学创作和文学评论的过程中，她充分领悟西方经典的精髓，广泛阅读、反思和洞察西方诗学的优势与局限，尽力拓展文学创作和小说理论的多种可能性。

伍尔夫所反思和质疑的西方诗学核心理念之一是修辞学研究方法。修辞学、语言学是西方诗学的基本研究方法。诚如钱穆所言："西方文化主要在对物，可谓是科学文化，中国文化主要是对人对心，可称之为艺术文化。"[1]西方诗学对文学的研究是一种对"物"的科学研究，被称为"文学科学"，[2]其研究

---

[1] 钱穆：《现代中国学术论衡》，岳麓书社 1986 年版，第 239 页。
[2] 让·韦斯格尔伯：《20 世纪》，载让·贝西埃、伊·库什纳等主编：《诗学史》，史忠义译，百花文艺出版社 2001 年版，第 806 页。

的主要范畴是文学文本的修辞或语言结构。自从亚里士多德在完成《修辞学》后成功撰写《诗学》以来，西方文艺界对亚里士多德"更多以逻辑学家和理论家的身份"①思考并撰写的《诗学》推崇备至。《诗学》相对于西方诗学，如同《圣经》相对于西方文化。在亚里士多德的《诗学》中，模仿说是主导整部《诗学》的核心思想，修辞学则为阐明其诗学理论提供"推理论证"②的研究方法和从类属、功能、结构安排、组成部分到具体语言问题③的研究框架。自西塞罗、贺拉斯至中世纪，西方诗学"一直被包括在修辞学的范畴内，而在实践中，修辞学对于诗艺的主导地位从来不曾受到质疑"。④ 16、17 世纪，诗学依然与修辞学"结盟"。⑤ 18、19 世纪，西方诗学的研究对象从审美客体过渡到审美主体的感觉。文艺界对灵感、想象、趣味和美的兴趣远远超越对诗艺的兴趣，然而人们对亚里士多德的《修辞学》的重视并没有减弱。修辞学和诗学始终如影随形。⑥ 20 世纪无疑是西方诗学思想最丰富的世纪。其诗学思想最接近科学，然而参照最多的思想家依然是亚里士多德，⑦只是对文本的研究已经不再依据修辞学理论，而是依据一门新兴学科，即语言学。⑧美国著名批评家乔纳森·卡勒曾在其颇见功力的著作《文学理论》(*Literary Theory, A Very Short Introduction*，1997)中将西方文学研究的两种基本模式概括为诗学模式和阐释学模式。诗学模式也可称为语言学模式，它以某种确定的意义为出发点，通过分析作品的语言、结构、技巧等来论证这种意义的可行性；阐释学模式从性别、社会、精神、文化和政治等特定视角出发，解释

---

① 弗朗西斯科·德拉科尔特、伊娃·库什纳：《古代诗学》，载让·贝西埃、伊·库什纳等主编：《诗学史》，史忠义译，百花文艺出版社 2001 年版，第 29 页。

② 亚里士多德：《修辞术》，载苗力田主编：《亚里士多德全集》(卷 9)，中国人民大学出版社 1997 年版，第 336 页。

③ 亚里士多德：《诗学》，载苗力田主编：《亚里士多德全集》(卷 9)，中国人民大学出版社 1997 年版，第 641 页。

④ 达尼埃尔·雷尼埃—博莱：《中世纪诗学》，载让·贝西埃、伊·库什纳等主编：《诗学史》，史忠义译，百花文艺出版社 2001 年版，第 65 页。

⑤ 弗朗索瓦·科尔尼利亚、乌尔里克·兰格：《16 世纪的诗学史》，载让·贝西埃、伊·库什纳等主编：《诗学史》，史忠义译，百花文艺出版社 2001 年版，第 225 页。

⑥ 参见弗朗索瓦·克洛东：《浪漫主义诗学》，载让·贝西埃、伊·库什纳等主编：《诗学史》，史忠义译，百花文艺出版社 2001 年版，第 512—570 页。

⑦ 参见让·韦斯格尔伯：《20 世纪》，载让·贝西埃、伊·库什纳等主编：《诗学史》，史忠义译，百花文艺出版社 2001 年版，第 662 页。

⑧ 参见让·韦斯格尔伯：《20 世纪》，载让·贝西埃、伊·库什纳等主编：《诗学史》，史忠义译，百花文艺出版社 2001 年版，第 730 页。

文本，以赋予作品新的意义。①前者即西方传统诗学模式，重在剖析作品内在构成元素与意义之间的关系；后者为西方 20 世纪的主导批评模式，重在依据某种认识论觅得作品的新内涵。而法国著名批评家伊夫·塔迪埃（J. Y. Tadie）则将帕西·卢伯克（Percy Lubbock）、福斯特（E. M. Forster）和韦恩·布斯（Wayne C. Booth）等注重分析小说内在技巧和结构的批评家划为20 世纪小说诗学的英美学派。②总而言之，在西方诗学中，文学作品一直被视为理性所认知的"物"，其语言文本是被剖析的主要对象。伍尔夫不仅以艺术家的感悟观照和批评数百部文学作品，而且直言不讳地对修辞学研究方法提出质疑，其目标正是想在西方根深蒂固的理性认知方法之外，为由感及悟式的审美思维争得一席之地。

　　伍尔夫所反思和质疑的西方诗学核心理念之二是模仿论。模仿论是西方诗学的支柱。由于理性认知模式根深蒂固，西方诗学一开初便面临着"诗是真实还是谎言"、"诗应该以乐为本还是以教育为本"等基本难题。③对真实的追求和对道德的重视使柏拉图将诗歌置于从属于道德的位置，他甚至愿意为育人而将诗人逐出理想国。亚里士多德从文学与现实的关系出发阐释文学的本质，提出模仿说，指出诗人或模仿过去、现在的真实事件，或模仿传说、设想的事，或模仿应该发生的事，由此他确立了文学的现实性本质。同时，亚里士多德以"净化说"（catharsis）赋予文学道德的力量，充分强调文学用恐惧和怜悯来净化心灵的作用。④西方诗学的核心思想由此奠定。虽然由于种种原因，《诗学》原著曾一度在西方文化中缺席，⑤然而贺拉斯的《诗艺》依然为文学擎起"寓教于乐"的旗帜，捍卫了文学的存在价值。⑥16 世纪以后，亚里士多德原著重新出现并占据西方文学领地。模仿说和净化说广泛传播，并

---

　　① Culler, Jonathan. *Literary Theory, A Very Short Introduction*. Oxford: Oxford University Press, 1997, pp. 61—62.

　　② 伊夫·塔迪埃：《20 世纪的文学批评》，史忠义译，百花文艺出版社 1998 年版，第 258—266 页。

　　③ 弗朗西斯科·德拉科尔特、伊娃·库什纳：《古代诗学》，载让·贝西埃、伊·库什纳等主编：《诗学史》，史忠义译，百花文艺出版社 2001 年版，第 5—12 页。

　　④ 参见亚里士多德：《诗学》，载苗力田主编：《亚里士多德全集》（卷 9），中国人民大学出版社 1997 年版，第 641—688 页。

　　⑤ 亚里士多德的《诗学》直至 1278 年才由纪·德·莫尔贝克译成拉丁文，15 世纪以前很少有人读过原著。

　　⑥ 参见弗朗西斯科·德拉科尔特、伊娃·库什纳：《古代诗学》，载让·贝西埃、伊·库什纳等主编：《诗学史》，史忠义译，百花文艺出版社 2001 年版，第 17—42 页。

依据时代和文化的需要被进一步阐释,文学成为再现生活和启蒙道德的重要介质。文学的模仿对象不断在现实生活、文学经典、自然、内在情感和精神、心理意识之间摆动,现实的"事件"与内在的"激情"是钟摆的两极。虽然曾出现突破模仿说的思想家,他们(比如德国的赫尔德、英国的柯勒律治)视文学为表现人的想象力、精神和无意识的符号和象征,[1]但是从漫长的文艺史来看,模仿说的主导位置牢不可破。"再现说"和"表现说"所变动的主要是模仿的对象,真正意义上的"表现"并不多见。关于这一点,卡西尔的《人论》和苏珊·朗格《情感与形式》曾予以详细论述。[2]与模仿说紧紧相随的是文学伦理学,它作为一种支撑,有力地撑起西方诗学的腰杆。总而言之,作为西方诗学的核心,模仿说始终将诗学的评判标准不同程度地锁定在文学作品与所模仿对象的一致性的标杆上,无论是语言学诗学还是阐释学诗学,都难以使文学获得真正的自主性和艺术性。伍尔夫的数百篇文学批评随笔和数十篇小说理论随笔所要突破的正是文学与现实之间的直接对应性和一致性,为文学的生命本质和艺术性争得认同的基础。

伍尔夫对西方诗学核心理念的反思和批判,是在充分汲取西方文学经典的精髓和那些集艺术和美学为一体的艺术家诗学的基础上完成的。西方艺术家的思想在西方诗学体系中并未获得严肃而认真的重视。诚如徐复观所言:"西方由康德所建立的美学及尔后许多的美学家,很少是实际的艺术家。而西方艺术家所开辟的精神境界……常和美学家所开辟的艺术精神,实有很大的距离。在中国,则常常可以发现在一个伟大的艺术家的身上,美学与艺术创作,是合而为一的。"[3]作为20世纪伟大作家之一,伍尔夫毕生探寻的正是一种融美学与艺术为一体的诗学。这一目标不仅决定了她对柯勒律治、济慈、雪莱、屠格涅夫、陀思妥耶夫斯基等文学家的美学思想的推崇,也决定了她对建立在纯粹理性认知基础上的传统诗学的反思。

之所以以中国诗学为语境,是因为东方文学曾为伍尔夫提供超越的空间,它可以为我们的研究提供观照的光源。

---

① 参见罗兰·莫尔捷:《18世纪的法国、德国、英国和意大利诗学》,载让·贝西埃、伊·库什纳等主编:《诗学史》,史忠义译,百花文艺出版社2001年版,第385—503页。

② 相关引文分别见本书第九章第一节。

③ 徐复观:《中国艺术精神》,华东师范大学出版社2004年版,《自序》,第4页。

为了走出西方诗学的有限空间，伍尔夫始终坚持广博而开放的国际视野。伍尔夫在创作和理论上的创新性很大程度上源于她对国际上其他文化思想的借鉴和吸收。自 1904 年伍尔夫撰写并发表第一篇批评随笔至 1941 年去世，伍尔夫曾大量阅读英、美、俄、法、古希腊及部分东方国家的文学作品，撰写了几百篇批评随笔。同时自 1917 年至 1946 年，弗吉尼亚·伍尔夫与她丈夫伦纳德·伍尔夫所创办并经营的霍加斯出版社，不仅从奥地利、俄国引进、翻译和出版弗洛伊德、陀思妥耶夫斯基、托尔斯泰、契诃夫、屠格涅夫等人的心理学、文学著作，也翻译来自德国、法国、中国、印度、非洲的作品。弗吉尼亚作为出版社的负责人之一，很大程度上参与了选题、翻译、校对、出版等流程。大量而广博的阅读既为她的创新思想的形成，也为英国现代主义的形成和发展带来了丰富的思想源泉和推进动力。①

伍尔夫的国际视野虽然尚未获得西方学界的充分关注，但是已经有学者开始对此作专题研究。1995 年，帕特丽莎·劳伦斯（Patricia Laurence）在《弗吉尼亚·伍尔夫与东方》（"Virginia Woolf and the East"，1995）一文中指出，弗吉尼亚·伍尔夫是跨文化、跨阶级的，她不仅站立在连接妇女的私人领域和公共领域的桥梁上，而且站立在连接不同国家的创作审美领域的桥梁上。②2005 年，克里斯汀·弗洛拉（Christine Froula）在专著《弗吉尼亚·伍尔夫和布鲁姆斯伯里先锋派：战争、文明、现代性》（*Virginia Woolf and the Bloomsbury Avant-Garde War，Civilization，Modernity*）中指出，伍尔夫的最大贡献就是用小说完成了走向尚未存在的文明的思想航程。③显然，正是超越自我、国籍和文明的开放意识为伍尔夫构建新诗学提供了可能的空间。

伍尔夫对中国文化的间接感知曾为其提供审美的想象空间。伍尔夫对中国文化的感知是间接的，仅仅局限于阅读和评论一些英译东方作品和英美作家描写东方的作品，欣赏一些东方绘画和与访问东方的亲朋好友保持通信联

---

① 关于伍尔夫与霍加斯出版社，详见附录四。

② Laurence，Patricia. *Virginia Woolf and the East*. London：Cecil Woolf Publishers，1995，p. 3.

③ Froula，Christine. *Virginia Woolf and the Bloomsbury Avant-Garde War，Civilization，Modernity*. New York：Columbia University Press，2005，p. xii.

系。①但是这种间接感知是重要的。它的重要性表现在伍尔夫作品的关键之处不断出现中国意象，比如她的主要人物丽莉·布瑞斯科（《到灯塔去》）和伊丽莎白·达洛维（《达洛维夫人》）都有一双"中国眼睛"。它的重要性也表现在中国文化留给伍尔夫一个超越西方文化的想象空间。诚如帕特丽莎·劳伦斯所言，"她并没有假装懂得他者文化，伍尔夫和其他现代作家（比如亨利·詹姆斯）对他者文化的态度是好奇而矛盾的。他们享受并渴望'不懂'，因为这给他们留出了想象和创新的空间。对于伍尔夫来说，中国就是这样一个空间"。②

中国诗学是融美学与艺术为一体的典范，其深厚积淀可以提供充足光源，帮助我们整体观照伍尔夫朦胧而深刻的思想。我们通常认为，中西方诗学的不同源于思维方式的根本性差异，前者重感悟，重直觉；后者重逻辑，重认知。③对感悟和直觉的珍视使中国诗学将文学根植于生命体验之中，对逻辑和认知的重视使西方诗学将文学放置于理性审视之下。这样的说法比较适合评说中西方主导诗学。其实西方诗学中并不缺乏重感悟、重直觉、融艺术与美学为一体的思想家，比如赫尔德、柯勒律治、雪莱、席勒，伍尔夫也是其中一员。只是他们的思想有待更深入的观照，而中国诗学可以为照亮这片有生命力的土壤提供最好的光源。

中国诗学之所以能提供参照光源，是因为中国诗学映照的是文学的生命本质。重视生命、表现生命是中国诗学的精神命脉，它使中国诗学显示出独特的气质和风韵。"中国人以生命概括天地本性，天地大自然中的一切都有生命，都具有生命形态，而且具有活力。生命是一种贯彻天地人伦的精神，一种创造本质。中国艺术的生命精神，就是一种以生命为本体、为最高真实的精神。"④生命气质体现在中国的文学、书法、绘画、音乐、戏曲、园林和篆刻

① 伍尔夫曾阅读、评论过《聊斋志异》、《源氏物语》等英译东方著作，也曾通过阅读、评论英美作家菲尔丁·豪、约瑟夫·赫格希姆等作家描绘东方诸国的小说间接感受东方；她多次出席罗杰·弗莱举办的中国画展；她与访问日本的好友瓦厄莱特·狄金森通信联系，与在中国武汉大学任教的侄儿朱利安·贝尔保持通信联系，并在朱利安的推荐下与其在中国的友人——作家和画家凌叔华，通信交往三年之久（1937—1941）。正是在伍尔夫的鼓励下，凌叔华开始用英文撰写自传体小说 *Ancient Melodies*，该小说 1954 年由伍尔夫与其丈夫创办的霍加斯出版社出版。详细论述见本书第六章。
② Laurence, Patricia. *Virginia Woolf and the East*. London: Cecil Woolf Publishers, 1995, p. 10.
③ 朱良志：《中国艺术的生命精神》，安徽教育出版社 2006 年版，第一编，序。
④ 朱良志：《中国艺术的生命精神》，安徽教育出版社 2006 年版，第一编，序。

等多个领域，而中国诗学集中表达了生命体验的思维方式、艺术形式和趣味境界。

中国诗学之所以能提供理想光源，还因为中国诗学已经构建了完备的生命诗学思想。简略地说，中国诗学大致包括三个层面的内涵。

其一，它以感物、感兴、神思、虚静、情理、意象等组成生命创作的体验过程，展示了缘心感物（感物）、创造性灵感勃发（感兴）、想象的展开（神思）、构思的深化（虚静）、情感的渗透（情理）和形象的孕育（意象）的创作构思整个过程。①

其二，它以情志、气韵、形神、文质、情景、真幻、意境等构成生命艺术的形式，展示以情感思想为质（情志），以文质彬彬为形（文质），以情景交融（情景）、虚实相生（虚实）和形神兼备（形神）为法，以似与不似为真（真幻）和象外之象为境（意境）的艺术作品。②

其三，它以知音、兴会、美丑、趣味、自然等构成审美感受过程，展示了"不可以言语求而得，必将深观其意焉"③（知音）、欣然感发（兴会）、美丑对立统一（美丑）、注重作品趣味之高雅（趣味）以及推崇平淡自然（自然）的审美观照过程。④

这三个层面的内涵囊括了中国诗学对艺术本质、创作构思、艺术形式、艺术境界和批评接受等基本问题的整体感悟，为我们把握伍尔夫的诗学提供了参照语境和观照空间。

总之，以中西诗学为参照，我们不仅能够全面揭示伍尔夫诗学的渊源和内涵，而且可以深入探明其价值和意义。

二、研究方法：中国传统的审美观照法

（一）何谓"观照法"

"观"作为一种方法，指称以主体的心灵去映照万物之"道"的审美体验方法。与它相对的是以主体的外在感官观察和分析万物之"形"的理性认知方法。"观"是中国自先秦以来就普遍采用的一种感知事物的方法。经由老

---

① 参见胡经之：《中国古典文艺学丛编》（一），北京大学出版社2001年版。
② 参见胡经之：《中国古典文艺学丛编》（二），北京大学出版社2001年版。
③ （宋）苏轼：《东坡七集》后集卷十《既醉备五福论》，据《四部备要》本。
④ 参见胡经之：《中国古典文艺学丛编》（三），北京大学出版社2001年版。

子、庄子的阐发而上升为道家的审美体验,即直觉体悟。唐宋之后,受佛教影响,取自佛经的"观照"成为中国审美感知的重要方式。其内涵与道家的"观"大致相同,强调观照主体的内心澄明和对被观照物的本质的洞见。它表达了运用直觉感悟,使主体的生命精神与万物的本真相契合的思想。作为一种审美体验,观照法与重逻辑推理的西方传统认知方法不同,具有直觉感悟、整体观照、物我契合等生命体验的特征。

(二) 采用"观照法"的依据

伍尔夫推崇以想象洞察作品之内质,其批评法与"以心灵洞见对象之本质"的中国传统观照法相近。伍尔夫曾在《我们应该怎样读书》中明晰地探讨批评的方法。她认为,研究的共识是:依照自己的直觉,运用自己的心智,得出自己的结论。为了实现这一目标,批评家首先必须摒弃先入之见,顺着作者的视线透视作品整体,然后通过评判和对比,深入领悟作品的完整意义。批评家所依凭的是他的想象力、洞察力和学识,其评判的标准是趣味。① 虽然伍尔夫不曾给她的研究方法以特定的命名,然而她的批评方法与中国传统的"知人论世"、"以意逆志"的审美观照法相近。

伍尔夫的文学随笔和她的小说一样,其文体带有明显的直觉感悟特性,整体观照更有益于洞见其整体思想的轮廓和核心。伍尔夫的论文从文体上看更接近于散文而不是严谨的学术论文,例如《班内特先生与布朗夫人》中的虚构故事,《一间自己的房间》(A Room of One's Own,1929)中的个人体验,《狭窄的艺术桥梁》中的抒情笔触等。不论是思想的陈述还是理论的阐发,伍尔夫所呈现的往往是活泼灵动的生命感悟,而不是严谨规范的逻辑论证,观照更能够将她那些灵动的、鲜活的、无以名状的直觉感悟聚合成形。

总之,伍尔夫的诗学是一种生命诗学,观照式的生命体验法更易于顺应自然,洞见其思想之全景。

三、核心思想

本专著的核心思想是:伍尔夫的小说理论以审美感悟和创作体验为基础,深入反思和批判西方传统诗学的核心理念,构建了以生命为最高真实的生命

① Woolf, Virginia. "How should One Read a Book". *The Common Reader* (*Second Series*). London: The Hogarth Press, 1959, pp. 258—270.

诗学思想。其核心思想是：文学本质上是表现生命的艺术形式，因而其创作、形式、批评和境界都是以生命真实为最高准则的，是超越理性认知和超越与现实的直接对应的。这一核心思想昭示：文艺诗学本质上是美学与艺术的综合，任何单一的偏颇都可能使它走入困境。

称伍尔夫的小说理论为"生命诗学"的依据：

其一，"诗学"指称作家创作文学作品时应用于实践的一系列原则或观念。其术语与文学创作中广义的创作形式——"诗"——并不混淆。作为探讨文学创作艺术的一门学问，诗学最早源于希腊文"poiesis"，表示诗歌吟唱人"poietes"的活动。其最早争论的基本问题包括：诗是真实还是谎言，诗应该以乐为本还是以教育为本，诗是否首先存信息于形式之中。①其后，具体争论问题因时代的不同而不同，但其探索创作原则和创作观念的核心理念并没有改变。如：18世纪认定"诗学"为追寻创作艺术内在本质的学问，"一种无愧于我们时代的诗学应该具有整齐和完备的体系，一切都被置于一种简单的规律下，源于某种共同原则的具体规则则犹如它的枝桠"；② 20世纪的"诗学"则旨在探索文学的"体系、功能、结构、文学机制、接受"，③"展示它们的共同性，它们的创作经过，各自的体裁的本质"④。伍尔夫以小说为切入点，对文学创作的原则和观念作了全面的思考和阐述，可以归入诗学范畴。

其二，"生命诗学"，指称以生命为本体、为最高真实的诗学。伍尔夫诗学的核心思想是：生命是文学的最高真实。伍尔夫认为，小说是写人的，它是完整而忠实地记录一个真实的生命的唯一艺术形式。⑤以这一理念为核心，伍尔夫从小说本质、创作定位、批评方法、文学形式、艺术境界等多个视角切入，撰写了大量随笔，构成了一个开放的体系，我们可以称其为生命诗学。

生命诗学思想的形成与她作为现代人的生命体验密切相关。她自13岁开

---

① 参见弗朗西斯科·德拉科尔特、伊娃·库什纳：《古代诗学》，载让·贝西埃、伊·库什纳等主编：《诗学史》，史忠义译，百花文艺出版社2001年版，第5—12页。

② 转引自阿妮·贝克：《18世纪法国的诗学思考》，载让·贝西埃、伊·库什纳等主编：《诗学史》，史忠义译，百花文艺出版社2001年版，第392页。

③ 转引自让·韦斯格尔伯：《20世纪》，载让·贝西埃、伊·库什纳等主编：《诗学史》，史忠义译，百花文艺出版社2001年版，第806页。

④ 伊夫·塔迪埃：《20世纪的文学批评》，百花文艺出版社1998年版，第257页。

⑤ Woolf，Virginia. "Phases of Fiction". *Granite and Rainbow*：*Essays*. London：Harcourt Brace Jovanovich，Inc.，1958，p. 141.

始便不断遭受母亲、姐姐、父亲、哥哥相继死亡的严重心理困境，并因此患上了终身缠绕的疯癫疾病，曾多次企图自杀。而她所处的时代所爆发的两次世界大战又让她亲历生灵涂炭的人间惨剧。这种惨痛的体验和氛围使生命探索和生命写作成为她走出恐惧和绝境所必须依靠的精神力量，也促使她反思文学的本质。她从未接受正规教育，自小就在父亲的书房里博览欧美文学家和思想家的著作和传记，遍尝人生百味，对崇尚生命感悟的作品表现出特别的偏好。这一独特的体验练就了她对生命本质的高度敏感性。对她而言，文学是捕捉、表现和阐释生命真实的最自如的形式。"一个作家灵魂中的每一个秘密，他生命中的每一次体验，他精神中的每一种品德，都赫然大写在他的作品中。"①她如是说。成年后，她在布鲁姆斯伯里文化圈中与思想敏锐、视野开阔的中青年学者们一起辨识、反思和批判现行的文艺美学、哲理思辨和伦理道德；在丈夫和自己经营的霍加斯出版社享受出版的自由，最大限度地抛开了文学创作与经济利益、意识形态和审查制度等各社会因素的利害关系。她那缘心感物式的自学历程和思想隐退式的生活环境使她不曾受到西方根深蒂固的理性认知和道德至上的美学理念的浸染，使她能够直观感知天地自然和生命精神的本质，探索并书写出独具匠心的生命诗学和生命文学。

四、结构和议题

本书分上篇和下篇两个部分。

上篇重点考察伍尔夫对英国文学、古希腊文学、俄罗斯文学、法国文学、美国文学的评论和伍尔夫作品中的"中国眼睛"的内涵，揭示伍尔夫的审美视野和思想渊源。

第一章纵论伍尔夫对英国文学的评论。通过剖析伍尔夫独特的编年史、批评模式和她对英国文学特性的概括，展现她对 14 世纪至 20 世纪的英国文学重要作家作品的评析。重点探讨下面的问题：伍尔夫以何种方式编排英国文学编年史？她采用怎样的批评模式？她从不同时期的英国作家作品中感悟到怎样的英国文学传统特性？

第二章探讨伍尔夫对古希腊文学的整体观照。通过全面梳理伍尔夫的随笔、日记、书信等，重点探讨下列问题：伍尔夫为何对古希腊文学情有独钟？

---

① Woolf, Virginia. *Orlando, A Biography*. London: The Hogarth Press, 1928, pp. 189—190.

她如何透视索福克勒斯、欧里庇得斯、埃斯库罗斯等古希腊戏剧大师的作品？她从中参悟到哪些文学特质？她由感及悟式的批评与亚里士多德《诗学》中的分析性和概念化批评范式在内涵和价值上有何不同？

第三章探讨伍尔夫对俄罗斯文学的审美感悟。通过分析伍尔夫的相关随笔，重点探讨下列重要问题：在英国的"俄罗斯热"中，伍尔夫就外国文学接受问题曾作怎样的思考？她以什么方式领悟俄罗斯文学，重点关注陀思妥耶夫斯基、契诃夫、托尔斯泰、屠格涅夫等著名作家作品的哪些形式特征？在她的文学创新中，俄罗斯文学究竟发挥了什么作用？

第四章探讨伍尔夫对法国文学的接受，通过她对法国作家蒙田、普鲁斯特、司汤达、莫洛亚等人的评论，集中论述下列问题：她对法国文学了解多少？她对法国文学采用了怎样的接受方式？她从法国文学中领悟到的主导特性是什么？法国文学如何影响她的创作？

第五章探讨伍尔夫对美国文学的反思。通过她对华盛顿·欧文、爱默生、梭罗、惠特曼、梅尔维尔、德莱塞、亨利·詹姆斯等多位美国作家的评论，论述下列问题：她对美国文学了解多少？她曾对美国作家作品作何评论？她对美国文学的创新问题曾作出怎样的论析？

第六章探讨伍尔夫对东方文学的领悟。通过全面梳理伍尔夫的随笔、日记、书信等，重点探讨下列问题：伍尔夫的"中国眼睛"缘何而来？其深层喻意是什么？

下篇从理论和实践两个层面论析伍尔夫生命诗学的内涵价值和艺术表现。这两个层面就像两组相互印证的同心圆。

第一组同心圆映现伍尔夫诗学的全景。以伍尔夫所有相关论文、随笔为研究对象，从小说本质、创作思维、作品形神、批评方法、艺术境界五个方面揭示其诗学的内涵和价值。

第七章探讨伍尔夫诗学的生命本质。共分两节。第一节整体考察伍尔夫一生最关注的五大问题：现代小说是什么，小说人物是什么，小说形式是什么，小说是否是艺术，小说是什么。透过这些问题，探讨她对爱德华时期和乔治时期的小说模式和人物形象的批判，她对卢伯克基于修辞学和 E. M. 福斯特基于模仿论的小说理论的质疑，以及她对克莱夫·贝尔和罗杰·弗莱的形式主义美学思想的批判性接受。在此基础上，阐明其生命诗学的渊源、内涵及主旨，指出其思想精髓是：小说是记录人的生命的唯一艺术形式。第二节通过分析伍尔夫对现代小说困境的认识和对现代小说模式的批判，指出她在广泛阅读和领悟欧美经典的基础上，构建了生命创作说，其观点超越物质精神二元论、模仿论和净化说。

第八章探讨伍尔夫诗学的创作定位。共分两节。第一节质疑西方学者将伍尔夫的"现实"（即创作的本源）等同于"真实"的观点，指出她将现实理解为主体精神与客观实在的契合，其观点与中国传统的"观物取象"审美观相通。第二节以西方诗学中的构思说为基点，以中国诗学的虚静说和神思说为参照，阐释伍尔夫有关澄明创作心境、有机构思步骤和想象性构思进程等观点。

第九章探讨伍尔夫诗学的文学形式。共分两节。第一节充分追溯伍尔夫对贝尔、弗莱和柯勒律治的形式美学思想的继承和反思，阐释伍尔夫视情感关系和情感表现为形式的观点；然后揭示她对人与人、人与自我、人与自然、人与命运等基本情感关系的形式表现和理念；最后将她的形式观与中西方诗学相比照，指出它的价值在于：突破再现说和表现说所内在的形式内容二元论，与卡西尔、苏珊·朗格的符号论美学及朱光潜、宗白华的形式观相通。第二节以《雅各的房间》为例，展现其形神合一的创作范例，探讨她在构思和创作《雅各的房间》的新形式时，如何充分领悟、汲取和重构古希腊戏剧，又如何以"非个性化"和"整体"为创作目标，构建了全新的现代小说形式。

第十章探讨伍尔夫诗学的批评方法。共分两节。第一节解读伍尔夫的"普通读者"批评立场和"透视法"批评视角，剖析她的"比较和评判"批评方法和"趣味"准绳，最后将其批评方法与中西主导批评方法相比较，阐明伍尔夫批评方法的价值在于：它呈现了一种超越理性认知的审美观照法。第二节探讨伍尔夫的批评模式，阐明此模式与西方批评的主导模式的差异；揭示它的对话批评立场和"意境重构"与"对比评判"相结合的形态，并与中国诗学中的"知人论世"、"以意逆志"等基本批评方式相比照。

第十一章探讨伍尔夫诗学的真实观和艺术境界。共分两节。第一节论述她对西方传统真实观的反思和批判，指出她从反思西方传统的事实之真和精神之真的二元对立出发，从大量欧美小说作品中提炼出事实之真、想象之真、情感之真、心理之真、心灵之真等诸种小说真实的形态；揭示她的艺术表现生命之真的理念和文学真实的本质乃生命之真与艺术之幻的平衡的观点；并阐明其距离说、人和现实关系说以及诗意说；阐明其真实观的价值在于，突破西方真实观的线性发展轨迹，表达了从整体观照艺术本质的理念，其观点与中国传统诗学的真幻说相近。第二节以中国的意境说为参照，细致解读伍尔夫的随笔和短篇小说，阐明伍尔夫的创作不仅直观表现物境和情境，而且传达"超以象外，得其环中"的意境；所表现的文学境界具有宗白华的"直观感相的摹写、活跃生命的传达和最高灵境的启示"三个层次特性，以及王国维的有我之境和无我之境的区分。

第二组同心圆由第十二章的两节构成，重在映照伍尔夫的诗学思想在其作品中的实践。以《海浪》为研究例证，从创作构思、内在构成、艺术形式、生命境界等方面揭示其诗学的实践。与第一组同心圆应和。

第一节通过分析伍尔夫《海浪》中的关键意象，"包着一层薄薄气膜的圆球"，揭示伍尔夫"以记忆叙述生命"的构思特征和"以情感思想构建生命"的构成特征，并指出伍尔夫的生命写作的价值是：克服传统写作的情节化和表面化，开放地表现生命的飘忽性和深刻性。第二节深入解读"圆球"和"海浪"等艺术形式所表现的生命精神，指出《海浪》具备"随物赋形"的形式特征和"天人合一"、"乐天知命"等主题意蕴，充分体现形神合一的生命诗学特性。

上篇　审美感悟

文学创作的前提是对文学本身有深刻的审美感悟，而审美感悟是建立在审美阅读和审美交流基础之上的。这既是伍尔夫的经历也是她的准则：通过大量的作品阅读、随笔撰写和文艺对话，获得对多个国别文学的传统、技巧、风格的领会和把握。

伍尔夫的审美感悟大致来自三个不同的源泉：家庭、布鲁姆斯伯里文化圈和霍加斯出版社。

一、家庭向她提供了基础教育、图书资源和阅读原则

弗吉尼亚·伍尔夫原名艾德琳·弗吉尼亚·斯蒂芬，出身于知识分子家庭。父亲莱斯利·斯蒂芬是一位学者，毕业于剑桥大学，曾在剑桥大学三一学院担任研究员，后离开剑桥去伦敦供职，1882 年开始编写学术工具书《英国传记辞典》（*Dictionary of National Biography*），终生喜爱哲学思考和文学批评。母亲朱莉亚·斯蒂芬是典型的维多利亚时代中产阶层女性，美丽、聪颖、乐于助人，喜爱阅读文艺作品，是伍尔夫《到灯塔去》中的拉姆齐夫人的原型。

弗吉尼亚·斯蒂芬的基础教育主要是由父亲莱斯利和母亲朱莉亚负责的。她的兄弟索比和艾德里安都上了公学并进入剑桥大学接受高等教育，但她和姐姐瓦妮莎却从未上过学。母亲教她拉丁文、历史和法语，父亲教她数学。不过，她并没有从父母那里学到多少知识，数学尤其少，倒是父亲的故事、诗歌背诵和小说朗读令她着迷。此外，她也跟着家庭教师学绘画、跳舞、音乐等，按照维多利亚时代对女性的要求，变得多才多艺、举止优雅。弗吉尼亚自幼喜欢讲故事，9—13 岁曾编过一份报纸《海德公园门新闻》，在上面发表了不少早期习作，母亲是她的作品的忠实读者。她很早便开始阅读家庭图书馆中的书籍，所涉范围广博，内容庞杂，阅读速度惊人。比如，她曾在日记中记录自 1897 年 1 月 1 日至 6 月 30 日 6 个月期间的阅读书目，所阅读书籍多达 25 本，其中包括卡莱尔的《回忆录》、狄更斯的《双城记》、坎贝尔的《柯勒律治生平》、麦考利的《英国史》、卡莱尔的《法国大革命》、托马斯·阿诺德的《罗马史》等。[①] 连莱斯利都惊呼"弗吉尼亚是在吞书，读得比我都快"[②]。

快速地、反复地、大量地阅读各类书籍是伍尔夫的终身习惯，所阅读的书籍不仅包括大量的英国经典和当代作品，也包括古希腊、俄、法、美等国的经典名著。书籍阅读所获的感悟和启示，以随笔、日记、书信等方式记录

---

① 参见 Bishop, Edward. *A Virginia Woolf Chronology*. London: Macmillan Press Ltd., 1989, pp. 1—2.

② 昆丁·贝尔：《伍尔夫传》，萧易译，江苏教育出版社 2005 年版，第 54 页。

下来，其思想精髓则以艺术的方式表现在小说之中。阅读是伍尔夫的创作和批评的基础。

伍尔夫的基本阅读原则得益于父亲的教诲。父亲告诉她：必须自行抉择应该读什么书；要学会有识别力地阅读；做评判时不要受到他人的影响；永远不要因世人的赞美而赞美，或顺从批评家的旨意发表批评；要学会用尽可能少的语词来表达自己的思想。①所有这些原则，伍尔夫都毕生遵循。

二、布鲁姆斯伯里文化圈是她孕育与阐述原创思想的场所

1904 年，莱斯利·斯蒂芬去世后，他的四个孩子搬家至伦敦布鲁姆斯伯里的戈登广场 46 号。索比开始每周四晚上在家中招待他的剑桥同学，一起合作出版诗集《欧佛洛斯涅》（Euphrosyne，1905），由此开启了一个延续 30 余年的松散的布鲁姆斯伯里文化圈活动。其核心成员包括：小说家弗吉尼亚·伍尔夫和 E. M. 福斯特，文学评论家德斯蒙德·麦卡锡，艺术批评家罗杰·弗莱和克莱夫·贝尔，传记作家利顿·斯特雷奇，画家邓肯·格兰特、瓦妮莎·贝尔，政论家和小说家伦纳德·伍尔夫，经济学家约翰·梅纳德·凯恩斯，政治哲学家 G. L. 狄更生，哲学家伯特兰·罗素，汉学家阿瑟·韦利等。②这一文化圈的朋友们大部分毕业于剑桥大学，推崇剑桥大学教授 G. E. 穆尔的伦理学思想，在文学、艺术、美学、政治、经济等领域有着敏锐的领悟和独到的见解。他们定期聚会，从多个视角讨论"美"、"善"、"现实"等问题，批判维多利亚时代的文化传统，弘扬欧美文艺经典，介绍东方文化。最为重要的是，他们秉持独立批判精神，将聚会活动变成原创思想的培育场所。

> 该文化圈领袖人物的与众不同之处是他们能身体力行自己的信仰。这里没有禁忌的话题，没有不假思索便被接受的传统，没有不敢下的结论。在保守的社会里，他们是另类；在绅士的社会里，他们是粗鲁的；在你死我活的社会里，他们与世无争。对于认定是正

---

① 昆丁·贝尔：《伍尔夫传》，萧易译，江苏教育出版社 2005 年版，第 54—55 页。

② 参见 Laurence, Patricia. *Lily Briscoe's Chinese Eyes*: *Bloomsbury, Modernism and China*. Columbia: University of South Carolina Press, 2003, pp. 119—120; Roe, Sue. *Cambridge Companion to Virginia Woolf*. Shanghai: Shanghai Foreign Language Education Press, 2001, p. 1.

确的事物，他们充满热情；对于认定是平庸的事物，他们无情拒绝；对于妥协行为，他们坚决反对。[①]

正是在质疑、争论、反思等种种思想交锋之中，他们各自的独创思想逐渐形成，并独立著书出版。福斯特、弗莱、凯恩斯、贝尔、麦卡锡、斯特雷奇、伦纳德·伍尔夫等均出版了大量著作且富有影响力。弗吉尼亚·伍尔夫是文化圈中最多产、最有影响力的成员之一。

三、霍加斯出版社赋予伍尔夫博览国际文化和当代思想的广阔视野[②]

自 1917 年伦纳德·伍尔夫与弗吉尼亚·伍尔夫创建霍加斯出版社，至1946 年它被合并，霍加斯大约出版了 525 种图书。夫妻俩以独到的标准和趣味重点开发先锋文化、大众文化和国际文化等边缘乃至未开垦的出版领域。图书出版范围非常宽泛，包括文学、艺术、政治、音乐、教育、法律、心理、哲学、文化人类学、绘画、摄影、书信、游记、翻译作品等多个学科领域，思想性、专业性著作与通俗浅显的畅销书并举。[③]

伍尔夫夫妇特别关注国外文化的翻译与出版。自 1921 年开始，伍尔夫夫妻亲自参与翻译俄国作家陀思妥耶夫斯基、托尔斯泰、契诃夫等人的作品，俄国人深刻的灵魂描写为伍尔夫打开了全新的视域，关于这一点，她曾多次撰文论述。1924 年，霍加斯出版社获得了国际心理分析协会（International Psycho—Analytical Institute）论文的出版权，从而成为了弗洛伊德在英国的授权出版商。在著名心理学家厄内斯特·琼斯主编下，1924 年至 1946 年间，霍加斯共出版该协会的论著 27 种，率先将心理分析理论引入英国。其中比较著名的作品包括弗洛伊德的《论文集》（1924—1925）、《自我和本我》（1927），厄内斯特·琼斯的《论噩梦》（1931），安娜·弗洛伊德的《自我与防卫机制》（1937）等。另外，霍加斯也出版来自德国、法国、中国、印度、非洲的作品的英译本。

伍尔夫夫妇着力打造了霍加斯系列丛书 7 套：（1）霍加斯文学批评系列，

---

① 罗森鲍姆：《回荡的沉默：布鲁姆斯伯里文化圈侧影》，杜争鸣、王杨译，江苏教育出版社2006 年版，第 7 页。

② 详见附件四《霍加斯出版社与英国现代主义的形成和发展》。

③ "Hogarth Press Publications，1917—1946：Duke University Library Holdings". http：//library. duke. edu/rubenstein/scriptorium/literary/hogarth. htm.

共35种；（2）霍加斯文学演讲系列，共16种；（3）莫登斯战争与和平演讲系列，共8种；（4）霍加斯当代诗人系列，共29种；（5）霍加斯书信系列，共12种；（6）当今问题小册子系列，共40种，旨在探讨当时的社会、政治和经济问题；（7）建构世界与动摇世界系列（1937），即苏格拉底、达尔文等西方著名人士的传记系列。①伍尔夫夫妻邀请当时社会上的著名人士就文学、批评、社会、政治、时势等议题撰写论著，作者们的论点大都代表时代的声音，对当时社会有一定影响。

这些翻译作品和系列丛书的策划、运作和出版过程既为伍尔夫打开了国际视窗，也为她开阔的思想的形成和发展提供了丰富的源泉和动力。

在漫长的阅读、对话和领悟的过程中，伍尔夫始终坚持普通读者的定位，将自己对作家作品的零碎感受熔铸成一个个有形的观点，以艺术家的敏锐洞察并阐释她对英、古希腊、俄、法、美等国文学的传统、特性、风格的审美感悟。它们既构成了她的思想渊源和审美视野，也构筑了她的创新平台。

笔者将分六章逐一予以讨论。

---

① Yela, Max. "Seventy Years at the Hogarth Press: The Press of Virginia and Leonard Woolf". http://www. lib. udel. edu/ud/spec/exhibits/hogarth/.

第一章　论英国文学①

　　英国文学是弗吉尼亚·伍尔夫审美感悟的传统根基和创新平台。

　　自 1904 年至 1941 年，伍尔夫用 30 余年时间，不仅评论了从 14 世纪到 20 世纪数百位重要、次要和无名的英国作家，而且出版了两本英国文学批评随笔自选集《普通读者》(Ⅰ、Ⅱ)，独具匠心地勾勒出英国文学的疆界。在她的建构中，英国文学是一个有机体：其边界清晰，但又与其他国别文学有着应和关系；其结构自然，内在构成并非由主要作家和重要作品直线串联而成，而是主次交错、多种体裁相关联的存在大链条；其审视深入，既虚实相映又对比评判；其概括中肯，基于大量作家作品分析和国别文学对照。伍尔夫的有机建构不像亚里士多德的"情节整一律"那般严谨，"任何部分一经挪动或删削，就会使整体松动脱节"，②而更接近柯勒律治的有机诗学，"在使相反的、不调和的性质平衡或和谐中显示出自己来"③。梳理和揭示她的独特建构，有益于从另一视角整体观照英国文学疆界的边界、内涵和特性。

　　英美学界侧重从伍尔夫的英国文学随笔中提炼她的批评思想，盖吉特④、雷纳·韦勒克⑤、戈德曼⑥等都曾作分析，另外也关注伍尔夫与其他英国作家

---

　　①　本章已发表于《外国文学》2015 年第 5 期，标题为：《弗吉尼亚·伍尔夫对英国文学疆界的有机建构》。

　　②　亚里士多德：《诗学》，见《诗学·诗艺》，中国人民大学出版社 1962 年版，第 28 页。

　　③　柯勒律治：《文学生涯》，见《十九世纪英国诗人论诗》，人民出版社 1984 年版，第 69 页。

　　④　Guiguet, Jean. *Virginia Woolf and Her Works*. Trans. Jean Stewart. London：The Hogarth Press，1965.

　　⑤　雷纳·韦勒克：《近代文学批评史》(第五卷)，杨自伍译，上海译文出版社 2009 年版，第 111—141 页。

　　⑥　Goldman, Mark. *The Reader's Art：Virginia Woolf as Literary Critic*. Netherlands：Mouton & Co. B. V., Publishers, The Hague, 1976, pp. 7—31.

之间的传承关系，比如伍尔夫对莎士比亚的阅读，①雪莱对伍尔夫的影响②等，但很少有人对伍尔夫的英国文学评论作总体观照。伍尔夫曾赋予英国文学怎样的编年史框架？她采用了怎样的审美批评模式？她就英国文学的基本特性作出了怎样的归纳？这些是本章拟探讨的问题。

一、以"愉悦"为目的的编年史

20 世纪二三十年代，伍尔夫在对英、美、法、俄、古希腊文学撰写了 20 余年的批评随笔后，出版了两本自选集《普通读者 I》（1925）和《普通读者 II》（1932），按年代顺序编排自 14 世纪至 20 世纪的英国文学随笔，其中穿插了评论古希腊、法国和俄罗斯文学的随笔 3 篇，以独特的方式呈现她对英国文学疆界的建构和领悟。伍尔夫自选集的选编宗旨是"愉悦"，而编写体例则是"编年史"，她的有机观念正是通过将愉悦说和"编年史"所代表的不同文学批评立场相结合而传递出来的。

在《普通读者 I》的序言中，伍尔夫借助约翰逊（Samuel Johnson）博士的话语，阐明了她以"愉悦"为目的的编排宗旨：

> 在约翰逊博士心目中，普通读者不同于批评家和学者，他受教育的程度没那么高，天赋也没那么高。他阅读是为了自己的愉悦，而不是为了传授知识或纠正他人的看法。最重要的是，他受本能的牵引，要凭借自己所了解的一鳞半爪来创造一个整体——某个人物的画像、一个时代的勾勒、一种艺术创作理论。③

在这里，伍尔夫以"愉悦"作为阅读宗旨，其观点类似新古典主义时期盛行的愉悦说，比如德莱顿的"愉悦如果不是诗歌的唯一目的，也是主要目的"④，约翰逊的"只有对一般自然的再现才能给人以愉悦，才能使愉悦恒

---

① Schwartz, Beth C.. "Thinking Back Through Our Mother: Virginia Woolf Reads Shakespeare". *ELH*, vol. 58, No. 3 (Autumn, 1991), pp. 721—746.

② Brown, Nathaniel. "The 'Double Soul': Virginia Woolf, Shelley and Androgyny". *Keats—Shelley Journal*, vol. 33 (1984), pp. 182—204.

③ Woolf, Virginia. "The Common Reader". *The Essays of Virginia Woolf*, vol. 4. Andrew McNeillie, ed. London: The Hogarth Press, 1994, p. 19.

④ John Dryden. "Of Dramatic Poesy: An Essay" (1668). *Essays*. ed. W. P. Ker, vol. 1, Oxford: Clarendon Press, 1900, p. 100.

久"。①只是新古典主义的愉悦说重在阐明文学的教益作用，将文学视为"在读者那里实现某种效果的工具"，以"教益、情感和愉悦"为效果的具体表现；②而伍尔夫的"愉悦"强调的是文学阅读中普通读者自主领悟的重要性，文学批评是"遵循自己的直觉，运用自己的判断，得出自己的结论"③的过程。

不过，在对文学本质的理解上，伍尔夫与新古典主义的立场大致相同，那就是，文学在本质上是对人的本性的描写，它是超越特定历史形态的。约翰逊的一段话颇能说明这一立场：

> 掌握自然知识只是诗人的任务的一半，他还必须熟知所有的生活形态。诗人的本性要求他评估所有的幸与不幸，观察激情在不同情境下的力量，追踪心灵在不同的制度和气候、风俗影响下所发生的变化……他必须消除自己的年龄和地域带来的偏见，他必须在抽象和不变的心境中思考是非问题，他必须抛开现行的法律和舆论，去探寻一般的和超验的真谛。④

约翰逊关于文学揭示人性和文学超越自我、国家和历史的理解，正是伍尔夫在两本《普通读者》中反复申明的。她不仅声称其愉悦说源自约翰逊，而且从读者角度重构了约翰逊的文学本质说：读者的任务是去追踪并领悟作者对一个人、一个时代、一种文论的描写，沟通的媒介是读者和作者共通的本能和天性。她几乎在每一篇随笔中都追踪并揭示：作家作品是否超越历史"事实"，去表现"更高超的抽象表达，走向虚构艺术更纯真的真义"。⑤

但是，她的随笔体例却采用了"编年史"这一特别强调历史主义精神的模式。为了便于分析，我们将自选集的目录列出：

---

① Johnson, Samuel. "Preface to Shakespeare". *Johnson on Shakespeare*. ed. Sir Walter Raleigh. Oxford: Henry Frowdc, 1908, p. 11.

② M. H. 艾布拉姆斯：《以文行事——艾布拉姆斯精选集》，赵毅衡、周劲松等译，译林出版社2010年版，第7页。

③ Woolf, Virginia. "How should One Read a Book?". *The Common Reader* (Second Series), p. 258.

④ Johnson, Samuel. "The History of Rasselas (chapter X)". In *The Theory of Criticism*, *From Plato to the Present*. ed. Raman Selden, Essex: Longman Group UK Limited, 1988, p. 89.

⑤ Woolf, Virginia. "How should One Read a Book?". *The Common Reader* (Second Series), p. 264.

《普通读者 I》的目录：

帕斯顿家族和乔叟

论不懂希腊

伊丽莎白时代的栈房

伊丽莎白时代戏剧读后感

蒙田

纽卡斯尔公爵夫人

漫谈伊夫林

笛福

艾迪生

无名者的生活

简·奥斯丁

现代小说

《简·爱》与《呼啸山庄》

乔治·爱略特

俄罗斯视角

论四位无名作者

赞助人与藏红花（注：论作家与读者的关系）

现代散文

康拉德

论当代作家

《普通读者 II》的目录：

陌生的伊丽莎白时代的人

三百年后读多恩

锡德尼的《阿卡迪亚》

《鲁滨逊漂流记》

多萝西·奥斯本的《书信集》

斯威夫特的《寄斯特娜的日记》

《感伤的旅程》

切斯特菲尔德爵士家书

两位牧师

范尼·伯尼

杰克·米顿

德·昆西自传

四位人物

威廉·哈兹里特

杰拉尔丁和简

布朗宁夫人的《奥罗拉·利》

伯爵的侄女

乔治·吉辛

乔治·梅瑞狄斯的小说

克里斯蒂娜·罗塞蒂

托马斯·哈代的小说

我们该如何读书

从中可以看出伍尔夫编目的三大特点：

1. 按照年代顺序编排从 14 世纪乔叟到 20 世纪康拉德等作家的随笔。只是她选择作家的标准不像常规编年史那样以作家作品的崇高性、代表性、原创性、影响力为依据①，以线性的方式串联各时期的重要作家作品；她的选目是多元的，串联是曲线的，既包括重要作家，如乔叟、多恩、笛福、斯威夫特、斯特恩、简·奥斯丁、乔治·爱略特、托马斯·哈代、康拉德等，也包括次要和无名作者，如伊丽莎白时代作家群、伊夫林、艾迪生、纽卡斯尔公爵夫人、切斯特菲尔德爵士、多萝西·奥斯本等；

2. 所选体裁是多样的，小说、戏剧、诗歌、书信、日记、传记、理论杂乱汇集；

3. 在英国文学为主体的编年史中，穿插古希腊、法国、俄罗斯文学。

相对于常规编年史而言，除了"按照所探讨的作者的年代顺序编排目

---

① 哈罗德·布鲁姆在《西方正典》的序言中提出这几条经典评判依据，在某种程度上代表着学界对编年史选材标准的共识。

次"① 之外，它看起来既不完整又不规范。这一非常规编年史体例，究竟是传承还是颠覆了文学编年史的传统，值得探讨。

以编年方式构建国别文学史的做法始于 19 世纪，其基础是黑格尔的历史主义和孔德的实证主义。在民族文化即民族精神的表现和自然科学是最可靠的研究方法等思想的影响下，自 19 世纪中后期起，文学史家们纷纷按年代顺序建构文学史，以诠释文学史即时代精神的构成、表现和发展的观念。②希波里特·泰纳关于文艺创作及其发展史受制于"种族、环境和时代"三要素的观点是其中最有代表性的思想："在每一种情形下，人类历史的机制都是相同的。人们不断发现精神和灵魂某种最原初的普遍特性，它是内在的，由自然附加于某种族身上，或者说它是由于环境作用于种族而获得或产生的……有三种不同的原因有助于产生这种基本的道德形态——种族、环境和时代"，③因此，"要了解一件艺术品，一个艺术家，一群艺术家，必须正确地设想他们所属的时代的精神和风貌概况。这是艺术品最后的解释，也是决定一切的根本原因"④。可以看出，文学编年史的基本立场是：将文学史等同于时代精神和风俗习惯演化史；认定文学的发展取决于人类历史的发展；混淆文学批评与自然科学、社会科学之间的根本区别；忽视文学自身的本质、规律和价值。

伍尔夫采用了编年史体例，但仅仅接受了文学与历史相关联的观点，并不接受文学取决于历史的立场。她将愉悦说与"编年史"体例合一，结果产生了独特的"有机发展整体"⑤。其有机性主要表现在两个方面：

（一）相信文学在本质上是共通的，其宗旨在于揭示人类天性；国别文学对比更能有效地显现英国文学的独特性

《普通读者 I》中有三对醒目的国别文学对比：作为欧洲文学源头的古希腊文学与作为英国文学源头的乔叟作品的对比，法国蒙田的随笔与同时代的英国伊丽莎白时期文学的对比，19 世纪俄罗斯经典作家与深受俄罗斯文学影

---

① 雷纳·韦勒克：《近代文学批评史》（第五卷），杨自伍译，上海译文出版社 2009 年版，第 131 页。

② 参见蒂博代：《六说文学批评》，赵坚译，三联书店 2002 年版。

③ Taine, H. A.. "History of English Literature". In *The Theory of Criticism*, *From Plato to the Present*, ed. Raman Selden, Essex: Longman Group UK Limited, 1988, pp. 423—424.

④ 泰纳：《艺术哲学》，傅雷译，人民文学出版社 1963 年版，第 7—8 页。

⑤ Guiguet, Jean. *Virginia Woolf and Her Works*. Trans. Jean Stewart. London: The Hogarth Press, 1965, p. 156.

响的英国近现代作家的对比。这些对比显然是有意而为之，旨在让人明辨英国
文学的优劣。伍尔夫在随笔《伊丽莎白时代的栈房》中曾明确论述这一用意：

> 伊丽莎白时代的散文如何不适用，法国散文如何已自足，通过
> 对比锡德尼的《诗辩》与蒙田的随笔即可明了……锡德尼的散文是
> 绵绵不绝的独白，偶有妙语佳词，以强化悲情和说教，但它长篇累
> 牍，既不活泼也不口语化，不能牢牢抓住其思想，或灵活准确地适
> 应其思想的变化。与此相比，蒙田则擅长行文，了解文体的力量与
> 局限，能巧妙地进入连诗歌都无法达到的情感缝隙，能以不同的方
> 式传达与诗歌同样优美的节奏，能表达被伊丽莎白时代的散文完全
> 忽略的微妙和强烈情感。①

与这段引文相呼应的是，伊丽莎白时期的随笔与蒙田的随笔在编目上前
后相连。类似的国别文学对比论述在自选集中反复出现，英国作家作品的特
性大都是在英、法、俄多种文学对比中提炼出来的。我们将在本章第三部分
详述。

（二）文学发展与人类历史发展相互呼应，因而将艺术虚构与生活真实并
置，更能映现伟大作家的艺术独创性和思想深度

在自选集目录中，伍尔夫将各时期的主要作家与次要、无名作家并置，
有意建构了生活真实与艺术虚构相对照的格局。生活真实大都通过评点不知
名作者的日记、传记、作品来勾勒，它们只提供事实，远未达到揭示人性的
深度；艺术虚构通过分析经典作家作品来揭示，它们实现了更为高超的抽象，
能够表现精神和本质。②英国文学的技巧、风格、主题、意境都是通过现实与
虚构的比照来揭示的，而不是通过理性的归类、鉴赏和解释来完成。

这种对比有时直接应用在单篇随笔中。比如在《帕斯顿家族和乔叟》中，
实有其人的英国帕斯顿家族的日记所描绘的 14、15 世纪的真实生活，与同时

---

① Woolf, Virginia. "The Elizabethan Lumber Room". *The Essays of Virginia Woolf*, vol. 4, p. 57.

② Woolf, Virginia. "How should One Read a Book?". *The Common Reader* (Second Series), p. 264.

代作家乔叟的文学虚构相映成趣。再比如《伊丽莎白时代的栈房》、《伊丽莎白时代戏剧读后感》中的文学评论是以哈克鲁特（Hakluyt，1552—1616）的五卷本航海游记为参照的。

这种对比更多体现在上下篇目的呼应之中。比如对于 17 世纪的时代特性是通过评点无名作家纽卡斯尔公爵夫人（Margaret Newcastle，1624—1674）的日记、诗歌、戏剧和随笔，以及约翰·伊夫林（John Evelyn，1620—1706）的日记和多萝西·奥斯本（Dorothy Osborne，1627—1695）的书信集来呈现的，所衬托的是 17 世纪的约翰·多恩和托马斯·布朗的杰出创作。再比如 18 世纪的社会特性记录在切斯特菲尔德爵士（Lord Chesterfield，1694—1733）的家书[1]、詹姆斯·伍德福德（James Woodforde，1740—1803）的日记[2]和贺拉斯·沃尔浦尔（Horace Walpole，1717—1797）的书信中，[3] 所对应的是丹尼尔·笛福（Daniel Defoe，1660—1731）和劳伦斯·斯特恩（Lawrence Sterne，1713—1768）的伟大作品。

这种编排方式，对伍尔夫来说颇有情趣，是走近著名作家的一种方式：

> 传记作品和回忆录……为我们点亮了无数这样的房间，展现这些人的日常生活、磨难、失败、成功、饮食起居、爱恨情仇，直至死亡……凡此种种，正是我们阅读这些生活和文字的方法之一，通过它们来照亮过去时代的许多窗口，从他们的日常习惯中认识那些故去的著名人士，甚至在想象中走近他们，惊讶于他们的秘密，或者拿出他们的剧本或诗歌，看看当着作者的面朗读他们的作品，效果是否不同。[4]

可以看出，在对待历史真实与文学虚构的关系的问题上，伍尔夫既不像

---

[1] Woolf, Virginia. "Lord Chesterfield's Letter to His Son". *The Essays of Virginia Woolf*, vol. 5. ed. Clarke, Stuart N. London: The Hogarth Press, 2009, pp. 410—417.

[2] Woolf, Virginia. "Two Parsons". *The Essays of Virginia Woolf*. vol. 5. ed. Clarke, Stuart N. London: The Hogarth Press, 2009, pp. 417—423.

[3] Woolf, Virginia. "Horace Walpole". *Granite and Rainbow: Essays*. London: Harcourt Brace Jovanovich, Inc., 1958, pp. 181—186.

[4] Woolf, Virginia. "How should One Read a Book?". *The Common Reader (Second Series)*, pp. 261—262.

泰纳那样只预设历史对文学的决定性作用，也不像约翰逊那样只预设文学对历史的超越性，倒像雷蒙·威廉斯在《漫长的革命》中论述的那样，"假定价值观或艺术作品可以在不参照它们得以表现的特定社会状况下就进行充分研究，这种看法当然是错误的；但是假定社会解释是决定性的，或者说价值观与艺术作品不过是副产品，这种看法同样是错误的"，重要的不是去预设哪一种具有"先在性"，而是去关注"它们本身及它们之间的相互关系"。①伍尔夫在编目上将不同层次、体裁、国别的作家作品按照年代顺序编排，所呈现的只是一种并置或对照关系，其中并无人为预设的先在性和决定性观念。她的主观评判只应用于单篇随笔之中，应用于对比作家作品与真实生活之后，但从不曾用它先在地统管整个体系。

如果说伍尔夫的编目是有机的，那它也是平淡自然式的，看起来就如真实的自然界那般繁杂、凌乱、无序，因为真正的凝聚力是超然其外的。她对英国文学疆界的有机建构非常接近她最推崇的浪漫主义诗人柯勒律治对"想象"的有机性的描述：

> 它调和同一的和殊异的、一般的和具体的、概念和形象、个别的和有代表性的、新奇与新鲜之感和陈旧与熟悉的事物、一种不同寻常的情绪和一种不同寻常的秩序……并且当它把天然的与人工的混合而使之和谐时，它仍然使艺术从属于自然；使形象从属于内容；使我们对诗人的钦佩从属于我们对诗的感应。②

在伍尔夫所建构的英国文学有机疆界中，唯一的内在机制只是简简单单的对比：虚实对比、内外比照和异同并置，其中并无人为预设的逻辑、假说和推论。

二、虚实相映与对比评判并重的批评模式

与虚实对照的编年史体例一致，伍尔夫几乎在每一篇随笔中都采用了虚实相映与对比评判并重的批评模式，即：将作家作品置于真实的时代背景中

①　Williams, Raymond. *The Long Revolution*. Harmondsworth: Penguin, 1965, pp. 61—62.
②　柯勒律治：《文学生涯》，见《十九世纪英国诗人论诗》，人民出版社 1984 年版，第 69 页。

予以全景观照，通过同类作品对比对其作出评判，揭示作家在艺术风格和主题上如何表现人类本性。这一批评模式的重要性体现在下面两点上：

首先，虚实相映的目的并不是为了证明真实生活对艺术创作的影响力，恰恰相反，它是为了探明艺术虚构在多大程度上超越了生活真实。对伍尔夫来说，文学批评最需要回答的问题是：

> 一本书受到作者的生活经历的影响了吗——在多大程度上可以让作为个体的人演绎作为作家的创作者？我们应该在多大程度上拒绝或接受作为个体的作者在我们心中激起的同情之心和厌恶之情……没有什么比在一个如此个人化的事件中受偏见的引导更致命的了。[1]

也就是说，批评家只有看清了作为作家的创作者在多大程度上高于作为个体的人，他才能把握该作家在多大程度上突破了个人经历和生活事实的遮蔽，以一种更高超的艺术抽象去表现"人性中虽不是最诱人却是最恒久的东西"[2]或"琐碎的生活场景之下最持久的生命形式"[3]。从这个意义上说，她的批评既不像克罗南伯杰所评的那样，只"记录了心灵在志趣相投的经典作品中的历险记"，[4]也不像戈德曼所总结的那样，表达了"作者的现实观决定他的审美信念和内容形式"[5] 的信念。这些都只是她的批评形式，她的目标是去揭示作家在虚构艺术上对生活真实和历史真实的超越。

其次，在虚实对照的基础上实现对作品的充分感受和整体观照后，批评家必须依托自己的"想象力、洞察力和学识"对作品进行充分的"对比和评判"。这个阶段的对比是在同类书籍之间进行的，批评家需要做的是将所评作品与"同类中最杰出的作品进行比较"，[6] 以便用相关的伟大思想照亮和明确

---

① Woolf，Virginia. "How should One Read a Book?". *The Common Reader* (*Second Series*). p. 263.

② Woolf，Virginia. "Defoe". *The Essays of Virginia Woolf*，vol. 4，p. 104.

③ Woolf，Virginia. "Jane Austen". *The Essays of Virginia Woolf*，vol. 4，p. 149.

④ Kronenberger，Louis. "Virginia Woolf as Critic". ed. Eleanor McNees. *Virginia Woolf Critical Assessments* (vol. 1). Mountfield：Helm Information，1994. p. 103.

⑤ Goldman，Mark. *The Reader's Art：Virginia Woolf as Literary Critic*. Netherlands：Mouton &. Co. B. V.，Publishers，The Hague，1976，pp. 7—31.

⑥ Woolf，Virginia. "How should One Read a Book?". *The Common Reader* (*Second Series*)，p. 267.

"我们心灵深处不断翻滚的模糊念头"。[1]这是一种全景视野，它将作家作品置于整个艺术史领域中进行审视和判断，以超越批评家的个人喜好或单一理论的褊狭。

她用这一批评模式洞见了英国伟大作家的原创性和超然性，比如乔叟、莎士比亚、多恩、柯勒律治、雪莱等。

1. 在随笔《帕斯顿家族和乔叟》中，伍尔夫是这样评论14世纪乔叟的作品的：基于真实的帕斯顿家族的书信，她描绘了14、15世纪英国家族的生存图景：父子两代人不同的生活目标、旨趣和态度，以及儿子对同时代作家乔叟作品的喜爱。在两代人生活描写的中间地带，她插入了对乔叟诗作的评论，以现实真实与文学虚构相比照的方式，阐明了乔叟的原创特性：

其一，中世纪生活的简朴和单调，与自然环境的荒凉和原始，造就了乔叟直观、欢快、明确的诗歌风格。他的创作是对严酷生活的一种逃离。"在乔叟眼里，乡野太宽广、太荒凉，并不怡人。他仿佛已体验过这种痛苦，本能地回避风暴与岩石，转向五月天和明快的景致；回避严酷和神秘，转向欢乐和确定"。[2]

其二，基于这一本能的审美取向，乔叟的诗作在措辞的简朴和人物的平实上与当时的简单生活形态与严酷环境相符，在基调的明快和主题的诗意上高于现实生活。"它是诗歌的世界。这里的一切比日常世界或散文更快、更强烈、更有序……有些诗行提前半秒说出了我们想说的，好像我们在文字形成之前就读到了自己的思想；有些诗行让我们重复阅读，它们凭借其加强特性和魔力在脑海中长久闪亮。"[3]

伍尔夫认为，在艺术技巧上，乔叟的优势显著。比如：在自然描写上，他的技法高于华兹华斯、丁尼生；在人物塑造的活力上，唯有康拉德可以与他媲美；在幽默营造上，他比笛福、斯特恩、乔伊斯更自如。他的诗作的最大优势在于赋予单调无趣的日常生活以诗意、幽默和快乐。"当她们（指称诗句）优雅地走过，从队伍后面探出乔叟的脸，它与所有的狐狸、驴子、母鸡

① Woolf, Virginia. "How should One Read a Book?". *The Common Reader* (*Second Series*), p. 269.

② Woolf, Virginia. "The Pastons and Chaucer". *The Essays of Virginia Woolf* (vol. 4). ed. Andrew McNeillie. London: The Hogarth Press, 1992, p. 27.

③ Woolf, Virginia. "The Pastons and Chaucer". *The Essays of Virginia Woolf* (vol. 4), p. 32.

一起，嘲笑生活的盛况与典礼——诙谐、知性、法国式的，同时根植于英国幽默的广阔基础之上。"①

在评论乔叟诗作时，伍尔夫既没有复述乔叟的意识，也没有用生活真实来评判他的作品的真实性，而是在现实的严酷、单调、无趣与乔叟诗作的欢快、明确、诗意的对比中，凸显乔叟的创作源于生活又高于生活的特性与价值；在对比乔叟与诸多英国其他名家中，显现他的原创技巧之高超。

2. 伍尔夫始终将莎士比亚视为英国文学的最高境界和最佳楷模，常常用他来评判其他作家的优劣。她在《一间自己的房间》中盛赞莎士比亚超然物外的创作心境："……为了尽力将内心的东西全部而完整地表现出来，艺术家的头脑必须是澄明的，就像莎士比亚的头脑一样……里面不能有障碍，不能有未燃尽的杂质。"②莎士比亚之所以伟大，是因为在他的作品中读不到任何牢骚、怨愤、憎恶、抗争、告诫、谴责、报复、苦难等个人情绪，因此他的诗章喷薄而出，酣畅淋漓。这种超然无我的境界正是伍尔夫在批评中不断追寻和特别赞赏的，"如果真的有人曾完整地表达自己，那必定是莎士比亚。如果真的有过澄明的、没有障碍的头脑……那必定是莎士比亚的头脑"③。

3. 伍尔夫认为约翰·多恩的伟大之处在于能将纷繁复杂的事物融为一体，并予以有力表现。她在随笔《轻率》中将多恩与莎士比亚并列，赞扬他能够超然于一切自我意识、性别意识和道德评判之上，自如地表现纷繁复杂的世界的本来面目。"在他晦涩的思想中某些东西让我们痴迷；他的愤怒灼人，却又能激发情感；在他茂密的荆棘丛中，我们可以瞥见最高的天堂之境、最热烈的狂喜和最纯粹的宁静。"④她在随笔《三百年后读多恩》中指出，多恩的诗歌有一种与伊丽莎白时代文学迥然不同的品质，那就是，将"那些原来分散在生活河流中的元素……变成了一个整体"⑤的力量。他所以有这种力量，是因为"他是一个大胆而积极的人，喜欢描写事物的本来面目，能够将他那敏

---

① Woolf, Virginia. "The Pastons and Chaucer". *The Essays of Virginia Woolf* (vol. 4), p. 33.

② Woolf, Virginia. *A Room of One's Own*, p. 58.

③ Woolf, Virginia. *A Room of One's Own*, p. 59.

④ Woolf, Virginia. "Indiscretions". *The Essays of Virginia Woolf*, vol. 3, ed. Andrew McNeillie. London: The Hogarth Press, 1988, p. 463.

⑤ Woolf, Virginia. "Donne After Three Centuries". *The Essays of Virginia Woolf*, vol. 5. ed. Clarke, Stuart N. London: The Hogarth Press, 2009, p. 350.

锐的感官所捕获的每一丝震颤都如实地表达出来"。①与伊丽莎白时期作家们偏爱拔高、综合和美化的审美取向相反，他喜欢精确描写细节，喜欢将相互矛盾的生活场景并置，喜欢将人物内心格格不入的欲望聚合，充分表现了生命和世界的复杂性和多样性。这一审美取向赋予他的诗歌以极强的生命力、深刻性和超然性，以致"只要我们读他的诗作，倾听他那富有激情和穿透力的声音，他的形象便穿越漫长的岁月再次出现，比他那个时代的任何人都更挺拔、高傲、不可思议"②。

4. 在她看来，托马斯·布朗是开创英国心理小说和自传的第一人。她在随笔《伊丽莎白时代的栈房》中高度评价布朗："他强烈的自我中心为所有的心理小说家、自传作家、忏悔体作家和各种各样的私人生活描写开创了道路。是他率先从人与人的关系描写转向孤独的内心世界。"③ 布朗的最大贡献是，他带着敬畏和自信，详尽记录自己的内心世界，坚持不懈地借助冥思来洞穿它的奥秘，持之以恒地描写神秘而幽暗的"人"的心灵世界。由此，她在随笔《读书》中这样总结道："总之，托马斯·布朗爵士将整个问题提出来了，这问题后来变得如此重要，变成认识作者自我的问题。在某处，在每一个地方，或明或暗地描写出下一个人的形象。"④

5. 伍尔夫推崇柯勒律治的艺术表现力和深刻思想，认为他以极精妙的诗句表现了敏感、复杂的心灵波动。她在随笔《站在门边的人》中赞美他是"所有试图表现人类心灵的错综复杂及其细微皱褶的作家的先驱"；⑤又在随笔《作为批评家的柯勒律治》中评价他的文章深刻而超凡脱俗，能够将"原本在那里的一切揭示出来，而不从外界强加任何东西"。⑥ 她赞美雪莱的超然心境，在随笔《卓尔不群的人》中指出他的伟大"不在其明晰的思想，也不在其完美的表达，而在他的心境。我们穿过层层乌云和阵阵旋风，到达一个极为宁

---

① Woolf, Virginia. "Donne After Three Centuries". *The Essays of Virginia Woolf*, vol. 5. p. 351.

② Woolf, Virginia. "Donne After Three Centuries". *The Essays of Virginia Woolf*, vol. 5. p. 361.

③ Woolf, Virginia. "The Elizabethan Lumber Room". *The Essays of Virginia Woolf*, vol. 4, p. 58.

④ Woolf, Virginia. "Reading". *The Captain's Death Bed and Other Essays*. London: Harcourt Brace Jovanovich, Inc. , 1978, p. 175.

⑤ Woolf, Virginia. "The Man at the Gate". *The Death of the Moth*. New York: Harcocourt, Brave and Company, Inc. , 1942, pp. 106—107.

⑥ Woolf, Virginia. "Coleridge as Critic". *Books and Portraits*. ed. Mary Lyon. London: The Hogarth Press, 1977, p. 47.

静、平和的无风世界"①。

对比评判显然是上述评论中最锐利的武器,不仅助她明辨艺术对生活的超越,而且明辨作家的独创性。她也常常用这一方法照见作家的局限,阐明他们的问题在于无法超越生活事实、个人思想、社会道德等等,比如伊丽莎白时代作家群、艾迪生、哥尔德斯密斯、哈兹里特、罗斯金、梅瑞狄斯等。

1. 在随笔《伊丽莎白时代的栈房》中,伍尔夫以哈克鲁特的五卷本航海游记为参照,照见了伊丽莎白时期文学的华丽和肤浅,"整个伊丽莎白时期的文学撒满了金条和银子,充斥着各种圭亚那传说以及美洲故事……"②

在随笔《伊丽莎白时代戏剧读后感》中,她指出伊丽莎白时代的戏剧就像一片"丛林和荒野"③。戏剧家们沉浸在对独角兽、珠宝商、神秘岛和热那亚宫殿的幻想之中,远离现实生活,其描述完全不靠谱,"他们不是停留在现实生活上空某处,而是一直飞升至九霄之外,在那里长时间只看见云彩聚散"。④作品中充斥着杂多的人物、喧闹的氛围、滔滔不绝的语言、错综曲折的情节,而人物的情感和思想却被遮蔽了。与有个性、有情感、有思想、有灵魂的俄国人物相比,英国的戏剧人物"就像印在纸牌上的面孔那样扁平粗糙,缺乏深度、广度和复杂性"。⑤伍尔夫从那些枯燥、浮夸、华丽的语言中只能隐约看到了那个时代的男女富有活力的面孔和身体,听到了他们的笑声和喊声,感觉到那个时期人们的幽默。

而在随笔《陌生的伊丽莎白时代的人》中,她重点讨论了该时代的诗歌和散文,认为它们清新、鲜活而优美,却不能"朴实而自然地谈论普通事物"。⑥它用词夸张华丽,只关注奇思妙想,或冥想死亡与灵魂,语言空泛冗长,不能触及活生生的人。与同时期法国作家蒙田的作品相比,英国的诗歌散文缺乏形式的活泼、思想的准确、节奏的美妙和风格的微妙,它的幽默和

---

① Woolf, Virginia. "Not One of Us". *The Death of the Moth*. New York: Harcocourt, Brave and Company, Inc., 1942, p. 126.

② Woolf, Virginia. "The Elizabethan Lumber Room". *The Essays of Virginia Woolf*, vol. 4, p. 56.

③ Woolf, Virginia. "Notes on an Elizabethan Play". *The Essays of Virginia Woolf*, vol. 4, p. 62.

④ Woolf, Virginia. "Notes on an Elizabethan Play". *The Essays of Virginia Woolf*, vol. 4, p. 63.

⑤ Woolf, Virginia. "Notes on an Elizabethan Play". *The Essays of Virginia Woolf*, vol. 4, p. 65.

⑥ Woolf, Virginia. "The Strange Elizabethans". *The Essays of Virginia Woolf*, vol. 5. ed. Clarke, Stuart N. London: The Hogarth Press, 2009, p. 335.

想象尚不成形。①她特别撰写随笔《锡德尼的〈阿卡迪亚〉》和《仙后》，剖析该时期作品的局限性。她认为《阿卡迪亚》是个纯粹的幻想故事，遵循当时的创作程式，让王子公主游历在神奇的国土上，语言抽象，场景优美，情节高贵，声音美妙，人物无瑕，但作品的世界与现实世界毫无关联。不过她也从中看到了英国文学的潜在元素："《阿卡迪亚》如同一个发光的球体，里面潜藏着英国小说的全部种子"，②这些种子包括：非个性化、史诗、写真小说、浪漫故事、心理小说等。斯宾塞的《仙后》同样是幻想故事，用恶龙、骑士、魔术及黎明、落日编织而成。它的创作信念是用"正直和高尚的行为准则塑造绅士和高贵的人"；③它的语言是高雅和世俗的混合体；它的人物尚不定型。不过伍尔夫也洞察了斯宾塞的优点：它能够调动我们的眼睛和身体的欲望，调动我们对韵律和冒险的渴望，"在阅读《仙后》时，我们感到全部的心身都被调动起来了，而不是个别部分"。④斯宾塞用诗歌的力量，将生活的酸甜苦辣吹到云霄之外，带给我们一种"更有力、更准确地表达情感"的能力。⑤

在评点伊丽莎白时期的文学时，伍尔夫将生活与艺术相对照、同类作品相对比的方法同样取得了极好的效果。只是这一次她指出的是，不论是艺术虚构被生活事实淹没还是艺术虚构完全脱离生活真实，虚构艺术的活力都将荡然无存。

2. 她撰写随笔《奥利弗·哥尔德斯密斯》，指出哥尔德斯密斯的创作具有开阔的视野、巧妙的构思、生动的人物塑造和优美的风格，但是他过分强调了道德准则，坚持美德有报的立场，因而其作品的深度和亲和力受到了损害。⑥她在随笔《艾迪生》中指出他的长处在于其优美流畅的文笔，但是他过于重视文雅、道德和品位等特定标准，导致作品缺乏思想和情感，既无复杂

---

① Woolf，Virginia. "The Elizabethan Lumber Room." *The Essays of Virginia Woolf*，vol. 4，p. 57.

② Woolf，Virginia. "The Countess of Pembroke's Arcadia". *The Essays of Virginia Woolf*，vol. 5，p. 373.

③ Woolf，Virginia. "The Faery Queen". *The Essays of Virginia Woolf*，vol. 6. ed. Clarke, Stuart N. London：The Hogarth Press，2011，p. 488.

④ Woolf，Virginia. "The Faery Queen". *The Essays of Virginia Woolf*，vol. 6，p. 489.

⑤ Woolf，Virginia. "The Faery Queen". *The Essays of Virginia Woolf*，vol. 6，p. 491.

⑥ Woolf，Virginia. "Oliver Goldsmith". *The Captain's Death Bed and Other Essays*. London：Harcourt Brace Jovanovich，Inc.，1978，pp. 3—14.

性也无完整性。①

3. 在随笔《威廉·哈兹里特》中，她指出他的不足在于过强的自我意识和爱憎分明的个性，这使他的作品充满怨恨且不协调，思想和情感常常处于对立状态。只有当他处于忘我心境时，他才能创作佳作。②她从罗斯金极高的社会名声背后看到了他令人扼腕之处。她在随笔《罗斯金》中用他卓越而孤傲的生平解释为何他的作品总是充斥着布道、说教和训斥，认为《现代画家》《芝麻与百合》等作品中的雄辩之词虽然值得阅读，但他的《自传》中的清纯风格和半透明的意味更值得回味。③

总之，伍尔夫之所以能敏锐地洞见英国作家的伟大与不足，是因为她始终以生活真实为参照，进行对比评判，其目的在于揭示艺术的超越性。她的批评与圣伯夫的传记式批评、泰纳的社会环境式批评有着根本性的区别，因为后者，就如普鲁斯特在《驳圣伯夫》中一针见血地指出的那样，从不曾注意到，作家在作品中的"自我"与他在真实生活中的"自我"是完全不同的，④用生活真实去捆绑艺术虚构，只会让艺术窒息。而作为文学家的伍尔夫自始至终对此有清醒的认识，因而始终在比照两者的不同中揭示作品的价值与局限。

三、英国文学的特性

伍尔夫对英国文学的概括是在国别文学对比基础上给出的。她在随笔《现代小说》中对照俄国文学的"灵魂"的博大、完整和深刻，指出英国小说的基本特色是："从斯特恩到梅瑞狄斯的英国小说都证明，我们对幽默和喜剧、尘世之美、知性活动和身体之美妙有着天然的喜爱"。⑤她在随笔《班内特先生与布朗夫人》中比照法国作家笔下那些富有"人性"的人物塑造，指出英国作家擅长表现人物的"古怪形貌和举止，她身上的纽扣和额头的皱纹，

① Woolf, Virginia. "Addison". *The Essays of Virginia Woolf*, vol. 4, pp. 107—117.
② Woolf, Virginia. "William Hazlitt". *The Essays of Virginia Woolf*, vol. 5. ed. Clarke, Stuart N. London: The Hogarth Press, 2009, pp. 494—505.
③ Woolf, Virginia. "Ruskin". *The Captain's Death Bed and Other Essays*. London: Harcourt Brace Jovanovich, Inc., 1978, pp. 48—52.
④ 普鲁斯特:《驳圣伯夫》，王道乾译，百花洲文艺出版社1992年版，第65页。
⑤ Woolf, Virginia. "Modern Fiction". *The Essays of Virginia Woolf*, vol. 4, p. 163.

头发上的丝带和脸上的粉刺。她的个性主宰着全书"①。这两段描述从神和形两个方面概括了英国文学的一般特性，它们的共通点在于，将英国文学的一般特性指向幽默的"个性"。这一特性虽然是在比照俄国文学的深刻"灵魂"和法国文学的和谐"人性"之时概括出来的，它的基础却是伍尔夫对英国作家作品的大量评论。这些评论不仅给她的概括以有力的支撑，而且让整个英国文学变得异常生动。

既然伍尔夫在概括英国小说时，重点聚焦斯特恩之后的小说，我们就一起来看看她究竟如何评价18世纪之后的英国小说家对人物"个性"的创建。

伍尔夫特别欣赏那些用开阔的视野和富有生命力的"个性"来构建尘世之美的英国小说家，比如丹尼尔·笛福、沃尔特·司各特、狄更斯、哈代、康拉德。

她认为笛福（Daniel Defoe，1660—1731）是英国最伟大的小说家之一。在随笔《笛福》中，她指出：他总是将人物置于孤立无援的绝境，用亲身经历和参悟熔铸人物的血与肉，"他似乎把他的人物深深记在心中，能够以他自己也不完全清楚的方式体验他们"；他着重表现人物的"勇气、机智和诚实"等人性中最真实最根本的东西，"他达到了一种洞察的真实，这比他自称的事实的真实要珍贵得多，也持久得多"。② 她在随笔《鲁滨逊漂流记》中进一步剖析了他独特的透视法，指出他始终顺着人物的目光看世界，构建世界，他只关注"现实、事实和本质"这只尘世"大瓦罐"，③ 平铺直叙地描绘事实，实事求是地观察世界，一切都是为了表现纯粹的"尘世"之美。最终他让普普通通的劳作变成了美的艺术："由于坚定地相信那只瓦罐的硬度及品质，他让所有其他元素都服从于他的设计；他将整个宇宙融为一体。"④由此，伍尔夫将笛福列为"写真"类小说家之最，⑤ 因为他将作品建立在对人性中"最恒久的东西的领悟上"。⑥

① Woolf, Virginia. "Mr. Bennett and Mrs. Brown". *The Captain's Death Bed and Other Essays*. London: Harcourt Brace Jovanovich, Inc., , 1978, p. 102.
② Woolf, Virginia. "Defoe". *The Essays of Virginia Woolf*, vol. 4, pp. 102—103.
③ Woolf, Virginia. "Robinson Crusoe". *Granite and Rainbow: Essays*. London: Harcourt Brace Jovanovich, Inc., 1958, p. 379.
④ Woolf, Virginia. "Robinson Crusoe". *Granite and Rainbow: Essays*, p. 381.
⑤ Woolf, Virginia. "Phases of Fiction". *Granite and Rainbow: Essays*, pp. 94—103.
⑥ Woolf, Virginia. "Defoe". *The Essays of Virginia Woolf*, vol. 4, p. 104.

她对沃尔特·司各特（Walter Scott，1771—1832）的威佛利小说的评价很高。在随笔《沃尔特·司各特爵士》中，她称它们是"让鲜活的人物用真实的语言说出真情实感"①的小说，认为它们对人与自然、人与命运的关系的全景描写具有长盛不衰的活力。这种活力来自司各特赋予人物的生命种子，"司各特的人物同莎士比亚和简·奥斯丁的人物一样，他们的身上有着生命的种子"，②它能够"让人物用对话揭示自我"。③

她对查尔斯·狄更斯（Charles Dickens，1812—1870）的深刻印象停留在他所刻画的那些怪诞而又充满生命力的人物上。在随笔《大卫·科波菲尔》中，她认为人物的生命力源自狄更斯极强的形象思维能力，他们身上具有一种不会减弱或消退的力量，不是分析性或阐释性的，而是用自然流淌的创造力一气呵成的；塑造他们的元素不是精确的细节，而是挥洒自如而又非同凡响的语词；他们是活生生的，在作者充盈的呼吸之中像生命的气泡一般一个一个地诞生。④

她认为托马斯·哈代（Thomas Hardy，1840—1928）拥有"唯有他才享有的举世公认的崇高地位"。⑤在随笔《托马斯·哈代的小说》中，她从他谦逊诚实的品性、恬淡诗意的态度和博览群书的视野出发，整体观照他的威塞克斯系列小说，指出他的卓越之处在于，他始终用大自然来映照人的命运，而不是局限于人与人之间的关系。他意识到大自然蕴含着一种精神，它对人类的命运或同情或嘲讽或无动于衷，因此他"不曾将光芒直接投射到人的心灵上，而是越过人心将光芒照射在石楠荒原的黑暗中或狂风中摇曳的大树上"，⑥让我们从人物对大地、风暴和四季的敏锐感受中读懂他们的内心世界，感受他们的生命力。他的人物既是"受自己的激情和癖好驱使的普通人"，又

---

① Woolf, Virginia. "Sir Walter Scott". *The Moment and Other Essays*. London: Harcourt Brave Jovanovich, Inc. , 1948, p. 62.

② Woolf, Virginia. "Sir Walter Scott". *The Moment and Other Essays*. London: Harcourt Brave Jovanovich, Inc. , 1948, p. 66.

③ Woolf, Virginia. "Sir Walter Scott". *The Moment and Other Essays*, p. 68.

④ Woolf, Virginia. "David Copperfield". *The Moment and Other Essays*. London: Harcourt Brave Jovanovich, Inc. , 1948, p. 78.

⑤ Woolf, Virginia. "The Novels of Thomas Hardy". *The Essays of Virginia Woolf*, vol. 5. ed. Clarke, Stuart N. London: The Hogarth Press, 2009, p. 561.

⑥ Woolf, Virginia. "The Novels of Thomas Hardy". *The Essays of Virginia Woolf*, vol. 5. p. 567.

具有"与我们心灵相通的象征意味"。① 他最好的作品是用"瞬间幻象"来表现的，而不是用说理来阐明的，因此能带给读者震撼人心的艺术效果："哈代带给我们的不是某时某刻的生活摹写，而是整个世界和人类命运的景象，它是用强大的想象力、深刻的诗意才华和充满仁爱的心灵来表现的。"②

她对波兰血统的康拉德（Joseph Conrad，1857—1924）充满敬意。在随笔《康拉德先生：一次对话》和《约瑟夫·康拉德》中，她重点探讨了康拉德的"双重视像"，一种既深入其内又飘然其外的观察和体悟世界的方式。她认为，康拉德本人和他的作品都是两个截然对立的人物（或者说思维方式）的结合，一个是擅长观察、精于分析、思维敏锐的马洛，一个是为人纯朴、忠诚守信、寡言少语、坚信世间万物基于"少数非常简单的信念"的船长，"作品独特的美源自两者的结合"。③ 这一结合不仅使不同的事物和多元的自我和谐融合，而且瞬间照亮人物，照亮隐而不露的古老信念。他的作品"完整而宁静，无比纯洁，无比美丽，它们在我们的记忆中升起，就像炎热的夏夜，一颗又一颗星星缓慢而庄重地显现出来"④。

她高度赞扬那些以幽默的人物"个性"构建英国文学中最令人愉悦的作品的小说家，比如劳伦斯·斯特恩和简·奥斯丁。

她认为斯特恩（Lawrence Sterne，1713—1768）的伟大之处在于"抓住了事物的本质"，⑤并以极其幽默的方式揭示它们。她在随笔《感伤的旅程》和《斯特恩》中，一方面从斯特恩的生平经历入手，揭示其艺术思想的根基和内质：他自小随父亲奔走四方；青年时代在剑桥大学博览众书，无比喜爱拉伯雷、塞万提斯等作家自由奇幻的写作风格；他担任牧师后，生活自由随性，时常与乡绅怪才喝酒聊天；因此在 45 岁那一年他将长久蕴藏在心中的奇思妙想倾泻出来，写成《项狄传》时，所表现的是他内心最真实的"幽默精神"，

---

① Woolf, Virginia. "The Novels of Thomas Hardy". *The Essays of Virginia Woolf*, vol. 5. p. 566.

② Woolf, Virginia. "The Novels of Thomas Hardy". *The Essays of Virginia Woolf*, vol. 5. p. 571.

③ Woolf, Virginia. "Mr. Conrad: A Conversation". *The Captain's Death Bed and Other Essays*. London: Harcourt Brace Jovanovich, Inc. , 1978, p. 80.

④ Woolf, Virginia. "Joseph Conrad". *The Essays of Virginia Woolf*, vol. 4, p. 232.

⑤ Woolf, Virginia. "The 'Sentimental Journey'". *The Essays of Virginia Woolf*, vol. 5. ed. Clarke, Stuart N. London: The Hogarth Press, 2009. p. 404.

它的根基是他的"享乐哲学",① 即"不断地思考世界时的盎然乐趣"。②另一方面,她从斯特恩离经叛道的行文风格入手,揭示其艺术风格的奥秘:他那些跳跃、不连贯、充满嘲讽和诗意的句子,虽然离传统文学风格很远,却与生活非常接近。"似乎没有一部文学作品能如此准确地流入人们的大脑皱褶,既表达不断变化的情绪,又回应最微妙的奇思妙想和冲动,而且所表达的思想竟然极其准确,极为简练。最佳的流动性与最高的持久性并存。"③这种微妙而准确的艺术风格源自斯特恩对观察视角和创作手法的调整。他最关注的不是外部事实而是"内心情感的历险";他频繁使用"对比"手法为他的作品增添清新、愉悦和力量;他的风格的精髓在于"把人生的艰辛化为哈哈一笑的勇气"。④他是伍尔夫序列中"讽刺与奇幻"类小说家之最。⑤

她盛赞简·奥斯丁(Jane Austen,1775—1817)能够赋予琐碎的生活场景以"最持久的生命形式"。⑥她在随笔《简·奥斯丁》中指出,奥斯丁幽默、独立和深思的个性和有限的生活圈决定了她聚焦人物性格、生活场景和反讽基调的艺术特性。奥斯丁既擅长用曲折的对话表现人物性格的复杂性和完整性,"那种难以捉摸的性质是由许多很不相同的部分组成的,需要特殊的天才才能将它们融为一体";⑦也擅长用微妙的、对比的场景显现尘世生活的深度、美感和活力,"在琐碎和平凡中,他们的话语突然充满了意义,这一刻成为两个人生命中最难忘的时光。它充盈、闪亮、发光;它悬挂在我们面前,深邃、宁静、微微颤动";⑧最重要的是,奥斯丁能从心而发去塑造人物"个性"的真善美,"她用无过失的心灵、无懈可击的品位、近乎严厉的道德作为参照,映照那些偏离了善、真和诚的言行,呈现了英国文学中最令人愉悦的描写"⑨。

她喜爱那些用丰富的"个性"去表现人物的知性活动的作家,并直截了

① Woolf, Virginia. "The 'Sentimental Journey'". *The Essays of Virginia Woolf*, vol. 5. ed. Clarke, Stuart N. London: The Hogarth Press, 2009, p. 406.

② Woolf, Virginia. "Sterne". *Granite and Rainbow: Essays*, p. 175.

③ Woolf, Virginia. "The 'Sentimental Journey'". *The Essays of Virginia Woolf*, vol. 5, p. 403.

④ Woolf, Virginia. "The 'Sentimental Journey'". *The Essays of Virginia Woolf*, vol. 5. ed. Clarke, Stuart N. London: The Hogarth Press, 2009. p. 407.

⑤ Woolf, Virginia. "Phases of Fiction". *Granite and Rainbow: Essays*, pp. 130—135.

⑥ Woolf, Virginia. "Jane Austen". *The Essays of Virginia Woolf*, vol. 4, p. 149.

⑦ Woolf, Virginia. "Jane Austen". *The Essays of Virginia Woolf*, vol. 4, p. 151.

⑧ Woolf, Virginia. "Jane Austen". *The Essays of Virginia Woolf*, vol. 4, p. 152.

⑨ Woolf, Virginia. "Jane Austen". *The Essays of Virginia Woolf*, vol. 4, p. 152.

当地指出他们存在的问题，比如：詹姆斯·鲍斯威尔、德·昆西、勃朗特姐妹、乔治·爱略特、梅瑞狄斯、福斯特、劳伦斯等。

她充分肯定传记作家詹姆斯·鲍斯威尔（James Boswell，1740—1795）的出色才能，在随笔《鲍斯威尔的天才》中指出他的伟大之处在于能够用情感素材描绘一个人的心灵。"鲍斯威尔并不满足于仅仅看到'外部世界的有形变化'，他追寻的是'书信和对话中的心灵景象'，为此他勇往直前。他有一种罕见而美好的品格，能够'以极大的喜悦沉思那些上帝恩赐给人类的杰出精神'。也许这就是大多数人觉得他可爱的原因，一切源于他对生命的浪漫和兴奋的绝妙领悟。"[1]

伍尔夫偏爱德·昆西（Thomas De Quincey，1785—1859）的创作风格。在随笔《德·昆西自传》中，她认为德·昆西的散文能带来平静和完美的感觉，像音乐一般触动我们的感受，将我们带入一种心境，在那里我们的心情变得安宁，视野变得开阔，眼前呈现的是生命的丰美和宇宙的浩瀚。"情感并未直露地表达，而是借助意象在我们面前慢慢呈现，将错综复杂的意义完整地表现。"[2] 德·昆西的杰出之处在于他擅长表达自我意识和瞬间思想，能够将"转瞬即逝的事件行为与强烈情感的逐渐激发"这两个不同生命层面的东西巧妙地融合，成功地将飘忽不定的意识幻象展现在我们面前。他表达思想的有效方式是启用复杂长句，但是语言冗长、文风散漫、结构涣散也是他的局限。

她对夏洛蒂·勃朗特（Charlotte Bronte，1816—1855）和艾米丽·勃朗特（Emily Bronte，1818—1848）姐妹的评价一分为二。在随笔《〈简·爱〉与〈呼啸山庄〉》中，她指出夏洛蒂极强的个性和自我意识所带来的野性、对抗性和创造性，使作品表现出特定的"美、力量和迅捷"，[3] 但其"个性"人物的局限性也同样显著：性格简单，风格粗糙，囿于个人化情绪。艾米丽的作品带着浓郁的诗意，其灵感来自抽象的概念；作品的世界超然于尘世之外，

---

① Woolf, Virginia. "The Genius of Boswell". *Books and Portraits*. ed. Mary Lyon. London: The Hogarth Press, 1977, pp. 179—180.

② Woolf, Virginia. "De Quincey's Autobiography". *The Essays of Virginia Woolf*, vol. 5. ed. Clarke, Stuart N. London: The Hogarth Press, 2009, p. 453.

③ Woolf, Virginia. "'Jane Eyre' and 'Wuthering Heights'". *The Essays of Virginia Woolf*, vol. 4, p. 168.

却带着强烈的生命力，"她似乎可以撕去我们借以认识人类的所有东西，向这些无法识别的透明人物身上注入一股生命力，使他们能够超然地生活在尘世之外。"①

她充分肯定乔治·爱略特（George Eliot，1819—1880）给人物和场景注入大量的回忆和幽默所带来的"灵魂的舒适、温暖和自由"。②她在随笔《乔治·爱略特》中以爱略特的一生经历和留给他人的印象为向导，整体审视她的作品，虽然发现了不少瑕疵，比如思想缓慢，时常说教，自我意识显著等，但她特别欣赏爱略特对人性的出色刻画。"她能捧起一大把人性的重要元素，用宽容和健全的理解将它们宽松地融合在一起，我们重读作品时发现，这不仅使她的人物鲜活自如，而且能出乎意料地激起我们的欢笑和泪水。"③

她认为梅瑞狄斯（George Meredith，1828—1909）作品的主要问题是，它的哲学思想无法与作品本身相融。她在随笔《乔治·梅瑞狄斯的小说》中指出，作家的自我意识太强，执着于教诲，其场景的营造和人物的塑造似乎只是为作家表达对宇宙万物的看法而作的，因而作品显得华而不实。人物的不真实主要表现在：他们与所处环境格格不入，几乎是概念的化身，像蜡像一般被程式化、类型化。她的结论是，"如果小说中的人物全都是名存实亡的，即使它充满深刻的智慧和崇高的教诲，也还是算不上真正的小说……梅瑞狄斯作为一名了不起的创新者，激发了我们对小说的兴趣，值得感谢。我们对他的创作心存疑惑，难以作出定论，主要是因为他的创作带有实验性质，作品内诸多成分无法和谐地融为一体"④。

伍尔夫赞赏福斯特（E. M. Forster，1879—1970）的想象力、洞察力和构思力，赞同他用传统与自由、幻想与现实、真理与谎言的对立去表现思想的结构，肯定他的作品在内容、技巧、智慧、深度和美感方面所达到的高度，但是她认为在他的小说的核心"总有一种含糊不清、模棱两可的东西"，⑤ 这

---

① Woolf, Virginia. "'Jane Eyre' and 'Wuthering Heights'". *The Essays of Virginia Woolf*, vol. 4, p. 170.

② Woolf, Virginia. "George Eliot". *The Essays of Virginia Woolf*, vol. 4, p. 174.

③ Woolf, Virginia. "George Eliot". *The Essays of Virginia Woolf*, vol. 4, p. 175.

④ Woolf, Virginia. "The Novels of George Meredith". *The Essays of Virginia Woolf*, vol. 5. ed. Clarke, Stuart N. London: The Hogarth Press, 2009, pp. 550—551.

⑤ Woolf, Virginia. "The Novels of E. M. Forster". *The Death of the Moth*. New York: Harcocourt, Brave and Company, Inc., 1942, p. 169.

使他的作品缺乏内聚力和表现力。她撰写随笔《福斯特的小说》，指出这种模棱两可的东西就是他在再现现实与表现思想之间的不融合。他具有精确的观察力，能够忠实描写错综复杂、纷繁琐碎的社会现实和个人生活，但是他的现实堡垒太坚固，以致作品的灵魂被牢牢地锁闭在堡垒之内。整体被割裂，表现力因此受损。

她认为劳伦斯（D. H. Lawrence，1885—1930）所持的视角具有"拒斥众多观点，歪曲其他观点"[1]的特性，其艺术表现力犀利、深刻、明快、自如、精湛，"对生活的表现栩栩如生，富有色彩和立体感，如同小鸟在一幅画中啄樱桃那般鲜活"，"从某种意义上它比我们能想象的真实生命更富有生命力"，[2] 然而与普鲁斯特的厚重和稳定相比，劳伦斯的作品给人一种急躁、不安、充满欲望的感觉。她在随笔《D. H. 劳伦斯随感》中，将这种骚动不安的风格归因于劳伦斯独特的经历和信念所带来的束缚和他极力割裂传统所导致的缺陷。"劳伦斯的出生给予他一种强烈的推动力。它将他的视线设置在特定视角，赋予他显著的创作特征。他从不回首往事，也从不观照事物，仿佛它们只是人们的好奇心；他也不将文学视为文学本身……将他与普鲁斯特相比，我们发现他不呼应任何人，不继承传统，对过去毫不理会，也不关注现在，除非它对将来有影响。作为作家，缺乏传统的状况对他影响巨大"。[3]

回顾伍尔夫对英国作家作品的评论，我们发现她赞赏那些趣味超然、视野开阔，能充分表现情感思想的整体性和复杂性的作家，比如柯勒律治、雪莱、德·昆西、沃尔特·司各特、简·奥斯丁、艾米丽·勃朗特；她喜爱那些虽然有自我意识，但从心而发，塑造出鲜活个性的作家，比如夏洛蒂·勃朗特、乔治·爱略特、查尔斯·狄更斯；她批评那些囿于自我意识，自视极高，喜欢将道德规范或自己的思想强加于人的作家，比如哈兹里特、罗斯金和梅瑞狄斯。她在评论20世纪英国小说家时，明显地表现了"生命"写作的取向。她推崇哈代的全景视野，青睐他在人与自然的关系中表现生命的脆弱、强大和复杂；她珍视康拉德的双重视像，既保持对心灵和万物的精深观察又

---

① Woolf, Virginia. "Notes on D. H. Lawrence". *The Moment and Other Essays*. London: Harcourt Brave Jovanovich, Inc., 1948, p. 94.

② Woolf, Virginia. "Notes on D. H. Lawrence". *The Moment and Other Essays*., pp. 94—95.

③ Woolf, Virginia. "Notes on D. H. Lawrence". *The Moment and Other Essays*. London: Harcourt Brave Jovanovich, Inc., 1948, p. 97.

保持对生命整体的直觉感悟，而且坚信生命的本质是简单而恒定的；她坚持由表及里、内外合一的原则，对福斯特被外物所累的表现形式深感惋惜；她坚持艺术表现的整体性立场，在称颂劳伦斯的作品的生命力的同时，对他凸显生命之"欲望"的创作特性持保留态度。

可以看出，她关于英国小说具备"幽默和喜剧、尘世之美、知性活动和身体之美妙"特性的概括是基于大量评论之上的提炼，而不是一种预设。无论是笛福、哈代等对人在自然中的活动的描绘，还是简·奥斯丁、乔治·爱略特、梅瑞狄斯等对人在社会中的活动的刻画，英国小说的基本场景就在尘世之中，表现着知性的和身体的活动，而且秉承了乔叟以来的幽默感和喜剧性。

结语：伍尔夫所建构的英国文学疆界是独特的。它不像常见的国别文学疆界那样，按照预设标准进行严格选择，按照逻辑性或历史性建构封闭体系，具有鲜明的统一性、恒定性、排他性、二元对立等特征，就比如利维斯用独创性和道德关怀等标准将英国文学的伟大传统浓缩在少数几个作家身上。[①] 她只是从文学表现人性这个原点出发，兼容了文学的超越性与历史性、真实与虚构、重要与次要、一般与特殊、伟大与缺陷、恒常与变化、内与外、同与异等多种对立元素。其实在她看似无序的编目之下，隐藏着她对英国文学疆界不断向外向内拓展的动态发展历程的揭示，即从乔叟对"生活"的幽默直观描写，到锡德尼和斯宾塞对"身体活动"的无边幻想，到多恩对"自我心理"的探索，到笛福和斯特恩对"现实和人性"的把握，到简·奥斯丁、爱略特对"情感思想"的刻画，直至哈代对"生命"的表现。当然，她只是将感知英国文学疆界的广度和深度的自由空间留给了读者，而没有给出直白的概括。

---

① 利维斯：《伟大的传统》，袁伟译，三联书店 2002 年版，第 1 页。

第二章 论古希腊文学^①

古希腊文学是弗吉尼亚·伍尔夫心中的圣地和创意的源头。

自 1897 年伍尔夫在伦敦国王学院开始学习希腊文起，反复阅读古希腊作品成为她的终身爱好。她撰写随笔《论不懂希腊》（"On Not Knowing Greek"，1925）和《完美的语言》（"The Perfect Language"，1917），揭示古希腊文学的特征和精髓，毫不掩饰对它的钟爱和追寻："我们渴望了解希腊，努力把握希腊，永远被希腊吸引，不断阐释希腊"，^②"当我们厌倦了模糊和混乱，厌倦了基督教及其带给我们的安慰，厌倦了我们的时代，我们就会转向希腊文学"。^③ 她还通过小说《雅各的房间》（*Jacob's Room*，1922）道出欧美人心目中的古希腊情结："希腊的悲剧是所有高贵灵魂的悲剧"。^④

在近百年伍尔夫研究中，西方批评界在探讨伍尔夫的现代主义特征、女性主义思想和后现代主义风格等主导议题的时候，会简要论及伍尔夫对希腊的兴趣。比如，在论述伍尔夫的"双性同体"观时提及她曾阅读柏拉图；^⑤在探讨其女性主义思想渊源时提到古希腊思想的影响；^⑥在阐述她与布鲁姆斯伯

---

① 本章已发表于《外国文学》2013 年第 5 期，标题为：《弗吉尼亚·伍尔夫论古希腊文学》。

② Woolf, Virginia. "On Not Knowing Greek". *The Essays of Virginia Woolf*, vol. 4, ed. Andrew McNeillie. London: The Hogarth Press, 1994, p. 38.

③ Woolf, Virginia. "On Not Knowing Greek". *The Essays of Virginia Woolf*, vol. 4, ed. Andrew McNeillie. London: The Hogarth Press, 1994, p. 51.

④ Woolf, Virginia. *Jacob's Room*. London: Bantam Books, 1998, p. 180.

⑤ Heilbrun, Carolyn. *Towards Androgyny: Aspects of Male and Female in Literature*. London: Victor Gollancz, 1973; Bazin, Nancy Topping. *Virginia Woolf and the Androgynous Vision*. New Brunswick: Rutgers University Press, 1973.

⑥ Marcus, Jane (ed.). *New Feminist Essays on Virginia Woolf*. London: Macmillan, 1981; Marcus, Jane (ed.). *Virginia Woolf and the Languages of Patriarchy*. Bloomington: Indiana University Press, 1988.

里文化圈的关系时，提到古希腊思想的影响作用；①在论析其现代性时，提及古希腊思想在其作品中的表现。②迄今为止，仅有一部著作专论伍尔夫与古希腊文化的关系，《弗吉尼亚·伍尔夫作品中的希腊精神和缺失感》（*Hellenism and Loss in the Work of Virginia Woolf*，2011）。该著作带着鲜明的女性主义立场，从家庭、教育、社会文化三个方面阐明：伍尔夫痴迷古希腊文化是为了弥补她的缺失感，她试图从古希腊文化中找到与父亲、兄长和布鲁姆斯伯里文化圈的男性朋友所从属的维多利亚传统相抗衡的力量，找到将知识权威与不同观点相融合的知性工具，以捕捉瞬息即逝的生活，将它转化为一种可把握的现实形式。③该著作重在论述古希腊精神作为伍尔夫的"缺失感"的填充物的缘由、作用和价值，并不关注伍尔夫本人对古希腊文学的观照和领悟。

伍尔夫为何对古希腊文学情有独钟？她如何透视古希腊文学？她从中参悟到哪些文学特质？她的审美批评的立场、目标和方式如何？本章将重点探讨这些问题。

一、古希腊情结

弗吉尼亚·伍尔夫对古希腊的兴趣最初是由她哥哥索比激发的。她在自传《往事杂陈》（"A Sketch of the Past"）中回忆道："他（索比）是第一个向我介绍古希腊的人，将它作为珍贵的东西传递给我。"④她记得，那天索比从学校回家，无比激动和兴奋，带着一丝羞涩，将赫克托尔和特洛伊故事讲给她听。

希腊文学习开启了她的阅读生涯。1897 年至 1900 年，她在伦敦国王学院听课，学习希腊文和拉丁文。1901 年，她阅读了索福克勒斯的《安提戈涅》、

---

① McNeillie，Andrew. "Bloomsbury". In Roe，Sue. *Cambridge Companion to Virginia Woolf*. Shanghai：Shanghai Foreign Language Education Press，2001.

② Froula，Christine. *Virginia Woolf and the Bloomsbury Avant-Garde War*，*Civilization*，*Modernity*. New York：Columbia University Press，2005.

③ Koulouris，Theodore. *Hellenism and Loss in the Work of Virginia Woolf*. Franham：Ashgate Publishing Limited，2011. 下面这段引文较好地表达了作者的观点："古希腊不仅回应了伍尔夫不断被迫面临的'缺失'之情并构成她的审美思想，而且诠释了她的心智矛盾，这种矛盾贯穿她的一生，构成了她对重要的社会、政治历史时刻（战争、女性主义、教育、种族主义、法西斯主义等）的怀疑和批判。"（p. 16）

④ Woolf，Virginia. *Moments of Being：Unpublished Autobiographical Writings*. ed. Jeanne Schulkind，Second Edition. London：The Hogarth Press，1985，p. 108.

《俄狄浦斯在科伦纳斯》、《特拉奇尼埃》等剧本。1902—1903 年，她师从家教简妮特·凯斯继续学习希腊文，阅读柏拉图、欧里庇得斯、埃斯库罗斯等人的作品。[①]

哥哥索比的意外死亡，将希腊深深地印入她的生命之中。1906 年 9 月，弗吉尼亚和瓦妮莎，索比和艾德里安，两姐妹和两兄弟分两组出游希腊，并在奥林匹亚会合，一起游览雅典和其他希腊景点。10 月下旬，索比先回伦敦，其他人继续游览君士坦丁堡。等兄妹们一起回到伦敦时，发现索比病得非常严重。11 月 20 日，索比因伤寒去世，年仅 26 岁。这一次希腊游的灾难性后果给弗吉尼亚带来刻骨铭心的痛，进一步加剧了此前母亲去世（1895）、同母异父的姐姐去世（1897）和父亲去世（1904）带给她的不能承受的痛。她用多部小说表现对生命的困惑、追寻和领悟，其中《雅各的房间》，一部以索比为原型的小说，主人公雅各正是在雅典神庙领悟了生命意义之所在。

此后，阅读古希腊作品成为她生命中不可或缺的一部分。1907 年至 1909 年，她阅读了荷马、柏拉图、索福克勒斯、欧里庇得斯和阿里斯托芬等众多作家作品，并记录随感，此笔记近年被结集为《希腊笔记》[②] 珍藏于英国苏赛克斯大学图书馆。1917 年她撰写随笔《完美的语言》，评论《希腊文集》（*The Greek Anthology*），发表在《泰晤士文学副刊》上。1917 年至 1925 年期间，她反复阅读埃斯库罗斯、索福克勒斯、柏拉图、荷马、欧里庇得斯的作品，并尝试翻译练习。[③]正是在这一时期，她创作并出版了她最具创意的作品《雅各的房间》（1922）、《达洛维夫人》（1925）、《普通读者 I》（1925）。收录在《普通读者 I》中的随笔《论不懂希腊》是她对古希腊文学的全景透视和纵论，而小说《雅各的房间》则以独具匠心的艺术形式表现了古希腊精神。[④]

1926 年以后，伍尔夫日记中有关古希腊文学的阅读记录逐渐减少，但是

---

① Bishop, Edward. *A Virginia Woolf Chronology*. London: The Macmillan Press Ltd., 1989, pp. 1—4.

② Woolf, Virginia. *The Greek Notebook* (*Monks House Papers*/A. 21). ms, University of Sussex Library, Brighton, United Kingdom.

③ 伍尔夫在日记中多次记录所阅读的古希腊作家和作品。具体可查阅其 5 卷本日记全集 Woolf, Virginia. *The Diary of Virginia Woolf* (5 vols). Ed. Anne Olivier Bell and Andrew McNeillie. London: The Hogarth Press, 1977—1984. 主要日期包括：1901/1/22, 1907/1, 1909/1/4, 1917/2/3, 1918/8/15, 1919/1/30, 1920/1/24, 1920/11/4, 1922/9/21, 1922/11/11, 1922/12/3, 1923/1/7, 1924/2/16, 1924/8/3, 1934/10/29, 1934/10/29, 1939/9/6, 1939/11/5 等。

④ 关于《雅各的房间》对古希腊精神的表现，见本书下篇第九章第二节。

在构思和创作每一部新作品期间，伍尔夫必定阅读古希腊作品。1932年，伍尔夫夫妻再次访问了希腊。1939年9月，当世界大战的警报在伦敦上空首次被拉响时，伍尔夫又开始阅读古希腊作品，以获得"心灵安宁"。①

对伍尔夫而言，古希腊文学的魅力在于，它以质朴的艺术形式表现了"稳定的、持久的、原初的人"，它的一小片便足以"染遍高雅戏剧的汪洋大海"。②她将20余年不间断地阅读古希腊作品所获得的审美体验和审美领悟集中阐发在随笔《论不懂希腊》之中，揭示古希腊文学的艺术特性和表现力。

二、整体观照

伍尔夫对古希腊文学的领悟和论述是整体观照式的，这一点表现在她的随笔《论不懂希腊》的题目、结构和风格之中。③

该随笔题目的神来之笔在于"不懂"。伍尔夫阐述了"不懂"的两大显在原因：（一）现代人和古希腊之间存在着种族和语言不同所导致的"不懂"；（二）现代人和古希腊人之间横亘着巨大的传统断裂，以致现代人无法像追溯自己的祖先那样，顺着同一条河流回溯。由此，伍尔夫凸显了古希腊文学"没有学派、没有先驱、没有继承者"④的特质，并指出自称"懂得"是虚荣和愚蠢的，人们真正能够做的就是从古希腊文学的"零星片段"中用心领悟古希腊精神。这一题目和序言为她采用以心观文的整体观照法奠定了基础。

《论不懂希腊》的主要结构是由现实与艺术的比照构成的。论述的开端是对古希腊的自然环境、社会环境和戏剧表演场景的想象性描写；主体部分从多个侧面评述和对比古希腊著名戏剧家索福克勒斯、欧里庇得斯、埃斯库罗斯的作品，期间插入柏拉图就苏格拉底的论辩过程所做的描述；结尾又回到想象中的古希腊，看到生活在天地之间的古希腊人，感受他们对世界、生存

---

① Bishop, Edward. *A Virginia Woolf Chronology*. London: The Macmillan Press Ltd., 1989, p. 208.

② Woolf, Virginia. "On Not Knowing Greek". *The Essays of Virginia Woolf*, vol. 4, ed. Andrew McNeillie. London: The Hogarth Press, 1994, pp. 41—42.

③ 伍尔夫曾发表两篇关于古希腊文学的随笔，《完美的语言》（1917）和《论不懂希腊》（1925），前一篇侧重探讨其语言特色，后一篇全面论述其文学特性，两者均围绕古希腊文学的非个性化特性展开，基本观点相同。从某种程度上看，前一篇相当于后一篇的初稿。因此，本章重点论析《论不懂希腊》，以《完美的语言》为补充。

④ Woolf, Virginia. "On Not Knowing Greek". *The Essays of Virginia Woolf*, vol. 4, ed. Andrew McNeillie. London: The Hogarth Press, 1994, p. 49.

和命运的深切感悟。从总体看，该结构宛若一个立体的圆球，球体的上下两端是生活在天地之间的古希腊人的行动和感悟；中间部分从多个视角论述古希腊戏剧家们的艺术表现方法；贯穿整个球体的中线是古希腊文学的"非个性化"①总体特质。

随笔的风格似行云流水，有急有缓，穿越了整个古希腊文学的疆域。对古希腊现实的描写灵动而悠远，自然环境、生存状态、性格形貌跃然纸上，豁然洞见远古的时空天地。对古希腊剧作家的论述详略有度，由表及里，全面揭示该时期经典作品的情感思想厚度，比如，对索福克勒斯及其剧作《伊莱克特拉》的论述详尽细致，不仅评述剧中人物的特点和人物对话的情感力度，而且揭示蕴藏在情感之下的人性，阐明个体情绪升华为普遍情感的方法——合唱队。对欧里庇得斯和埃斯库罗斯的论述则简约地浓缩在对比之中，寥寥数语便概括其特性。论述过程不断插入各种旁证，比如以苏格拉底的论辩凸显该时期的思维特征，以英国小说家简·奥斯丁和法国小说家普鲁斯特的创作来佐证古希腊创作方式的普遍性等。与此同时，生动的比喻和意象频频出现在抽象的论述之后，将抽象的概念与直观的形象并举，以象外之意突破理论的晦涩和语义的有限。总之，整个古希腊文学带着鲜明的特点被有声有色地放置在读者面前。

三、古希腊文学四大特性

凭借整体观照，伍尔夫重点揭示了古希腊文学的四大表现特征：情感性、诗意性、整体性、直观性。它们全都指向"非个性化"这一总体特性。

伍尔夫对四大特征的揭示是以古希腊的现实场景为参照的，以此昭示文学特征形成的缘由。场景描写给人身临其境的感觉：一个原生态的、残酷的生存环境；一群健谈善辩、个性外向的人们；一种简单的、户外的、公共的生活形态。戏剧表演是露天的，在有限的时间内，将耳熟能详的故事演绎给在座的一万七千名观众。因此，创作和表演的重心并不在于情节的发展，而在于突出重点，表现激情、整体性和力度。

古希腊戏剧的四大特征由此导出。

（一）情感性

伍尔夫认为古希腊戏剧是情感的，其情感性主要体现在剧中人物的声音

---

① Woolf, Virginia. "On Not Knowing Greek". *The Essays of Virginia Woolf*, vol. 4, p. 39.

之中。索福克勒斯的伊莱克特拉在关键时刻的叫喊声交集着绝望、欢喜、仇恨等多种极端情绪，带着震撼人心的力量，将内心的痛苦和煎熬直接传递出来，直击人心。正是通过富有激情的对话，人物的性格、外貌、内心冲突和信念都鲜活地呈现出来。

伍尔夫从三个层面阐释了"情感"的作用：首先，"这些叫喊声赋予剧本角度和轮廓"，其中重要时刻的叫喊"维系着全书的重量"。其次，这些叫喊声包含多重内涵，凸显了人物的整体性和复杂性，"这些站在阳光下面对山坡上的观众的人物是活生生的、复杂微妙的，而不是人类的画像或石膏模型"。最后，这些叫喊声传递出人类最基本的信念，比如英雄主义、忠诚等。

由此，一个个"稳定的、持久的、最初的人"出现在观众面前，[1] 他们是

> 确定的、无情的、直接的……他们的声音清晰而响亮；我们看到毛茸茸的黄褐色身体在阳光下的橄榄树丛中嬉戏，而不是优雅地摆放在花岗岩底座上，矗立在大英博物馆暗淡的走廊上。[2]

在这里，声音是生命表现的有意味形式，它以特定的方式呈现作品的结构、人物与意味：它将千姿百态的生活片段聚合为有形的结构，呈现时间维度上的生命轮廓；它将多侧面的言行举止汇聚成鲜活的人物，表现空间维度上的生命厚度；它将纷繁的意识碎片维系到一个核心上，凸显时空维度上的生命本质。它是简单的，一切都可以浓缩为情感，用声音直接表达；它又是复杂的，数种互不相容的情感纠结在一起，难分难解；它更是智慧的，一切复杂均可以追溯至有限的、共通的信念。而所有这一切，正是对古希腊现实生活中那些外向的、健谈的、聚集在公共场所的人们的生命活动的精妙表现。

（二）诗意性

伍尔夫认为古希腊文学能够以独特的方式将人物及其情感从个别的、具体的层面升华到普遍的、不朽的诗意境界。它的升华方式既不是萨克雷式的作者点评，也不是菲尔丁式的开场白引导，它运用的是一种不打断全剧节奏

---

① Woolf, Virginia. "On Not Knowing Greek", *The Essays of Virginia Woolf*, vol. 4, pp. 41–42.

② Woolf, Virginia. "On Not Knowing Greek", *The Essays of Virginia Woolf*, vol. 4, p. 42.

的插入——合唱队的作用。合唱队成员并不在剧中扮演任何角色，只是给出间歇的歌唱，他们或点评，或总结，或唱出作者的想法，或唱出相反的观点。

伍尔夫首先简析了不同的合唱作用：索福克勒斯用合唱表达他想要强调的东西，"美妙、崇高、宁静，他的合唱从他的剧本中自然地导出，没有改变观点，而是改变了情绪"；欧里庇得斯的合唱超越了剧本本身，发出"怀疑、暗示、质询的气氛"。①

然后她从剧情与合唱的关系出发，概括了古希腊剧作家将个人情绪升华到非个性化诗意的三种方法：

> 索福克勒斯写出了人们实际可能说的话，只是语句的组织使它们体现出神秘的普遍性和象征的力量；欧里庇得斯把不相容的东西结合在一起，增大了它的小空间，就像在屋角放几面镜子使小屋显大一样；埃斯库罗斯通过大胆和连续的暗喻来达到增大的效果，他并不描述事物本身，而是描述事物在他脑海中引起的回响和反映；他的描述与事物原型的距离足够近，可以表现其形貌，又足够远，足以将它强化、放大，使它壮丽辉煌。②

伍尔夫相信，"意义远在语言之外"，合唱队是古希腊戏剧揭示事物的象外之意的绝妙方式。不论是索福克勒斯的递进式深化，还是欧里庇得斯质问式比照，还是埃斯库罗斯的大胆暗喻，他们都在剧情、人物、对话等表象之外，构建了另一个通向深层意味的维度。两者之间的张力，为观众超越具体进入普遍诗意提供了通道。

（三）整体性

伍尔夫相信古希腊文学是整体的，其整体性源于其思维特性。她插入柏拉图所描写的苏格拉底与弟子对话的场景，揭示苏格拉底探寻真理的整个过程："这是一个疲惫的过程，费力地紧扣语词的准确内涵，判断每一个陈述的内涵，专注而挑剔地紧随着观点的缩小和变化，逐步坚固和强化，直至变成

---

① Woolf, Virginia. "On Not Knowing Greek". *The Essays of Virginia Woolf*, vol. 4, p. 44.
② Woolf, Virginia. "On Not Knowing Greek". *The Essays of Virginia Woolf*, vol. 4, p. 45.

真理。"① 伍尔夫从这一论证过程中看到的不是逻辑推理和演绎归纳的思辨过程，而是"从各个角度观察（同一个问题）"，"从大处着眼，直接观察，而不是从侧面细察"的整体思维方式和"真理似乎是各种各样的，真理需要我们用所有的感官去追寻"②的领悟方式。

她将这种观照方式概括为古希腊艺术家、哲学家洞见真理的通用艺术，并用诗意的语言对整个过程加以描述：

> 正是这种艺术，首先用一两句话传达背景和氛围，接着以极为机敏和巧妙的方式进入错综的辩论过程，而又不失其生动和优雅，然后精简为直白的陈述，继而上升、拓展，在更为极端的诗歌方式才能达到的高空飞翔——正是这种艺术，它同时以如此多的方式影响着我们，将我们引入一种狂喜的精神境界，一种当所有的力量都被调动起来营造出整体的时候才能达到的境界。③

这段话概括了"直觉感知——思辨——观点——整合——洞见"的复杂思维过程。在这一过程中，"整体观照"是关键之所在，它既是"直觉感知"的出发点，又是"洞见"真谛的至高点，"思辨"和各种"观点"的获得只是一个中间过程，在没有进入"整合"之前，真理是无法获得的。这既是伍尔夫对苏格拉底洞见真理的完整过程的概括，也是她对索福克勒斯等戏剧家的表现方式的领悟，同时也是她的批评方式的写照，《论不懂希腊》就是一个范例。对伍尔夫而言，希腊文学是"一个没有美丽细节或修辞强调的整体"，④正是其整体观照特性赋予其艺术形式以质朴而浑厚的表现力。

（四）直观性

伍尔夫认为古希腊文学是直观性的，其直观性体现在语词的简洁和活力上。由于历史的鸿沟，我们既不能准确发音，也无法感悟其细微之处，尤其不能体会其幽默，然而古希腊文学的"每一个词都带着从橄榄树、神庙和年

---

① Woolf, Virginia. "On Not Knowing Greek". *The Essays of Virginia Woolf*, vol. 4, p. 46.
② Woolf, Virginia. "On Not Knowing Greek". *The Essays of Virginia Woolf*, vol. 4, pp. 46—47.
③ Woolf, Virginia. "On Not Knowing Greek". *The Essays of Virginia Woolf*, vol. 4, p. 47.
④ Woolf, Virginia. "On Not Knowing Greek". *The Essays of Virginia Woolf*, vol. 4, p. 47.

轻的身体中奔涌出来的活力"，① "我们可以听见人们的声音，他们的生命景观是直接而无掩饰的"，② 它让我们看见了古希腊原始的土地、海洋和原初的人。这种直观的、鲜活的表达来自语词的简练和意象的运用。

伍尔夫这样描述其直观性：

> 每一点肥肉都被剔除，只留下结实的精肉。天然质朴的风格，没有一种语言能够比它更快捷地表达，舞动着、摇摆着、充满活力而又掌控自如。那些语词（我们也会多次用于表达自己的情感），大海、死亡、花朵、星星、月亮③……如此清晰，如此确定，如此强烈，要想简洁而准确地表现，既不模糊轮廓又不遮蔽深度，希腊文是唯一理想的表现方式。④

古希腊文学的直观性和活力来自意象的运用。大海、死亡、花朵、星星、月亮所激发的联想既是形象的，可以让我们看见天空、大地、海洋的美丽；又是意会的，可以让我们领悟死亡的残酷和生命的脆弱。希腊文学就是这种直观而又震撼地冲击着读者的心灵，让他们清晰看见万物的形貌的同时，又强烈感受到物象之下的深层意蕴。这便是伍尔夫对古希腊文学的理解，既具象，又抽象。

在随笔的结尾，伍尔夫又重新回到古希腊现实世界，就像随笔的开头那样。所不同的是，开头进入的是古希腊人的日常生活，而结尾进入的是古希腊人的生命意识。奔放、机智、俏皮的古希腊人的日常形貌被赋予哲学家和剧作家的领悟和艺术表现之后，终于将深藏在他们生命意识之中的那丝忧伤和坦诚表现了出来：

> 数千年前，在那些小小的岛屿上，他们便领悟了必须知晓的一切。耳边萦绕着大海的涛声，身旁平展着藤条、草地和小溪，他们

---

① Woolf, Virginia. "On Not Knowing Greek". *The Essays of Virginia Woolf*, vol. 4, p. 48.

② Woolf, Virginia. "The Perfect Language". *The Essays of Virginia Woolf*, vol. 2, ed. Andrew McNeillie. London: The Hogarth Press, 1994, pp. 116—117.

③ 这几个单词的原文是希腊文。

④ Woolf, Virginia. "On Not Knowing Greek". *The Essays of Virginia Woolf*, vol. 4, p. 49.

比我们更清楚命运的无情。生命的背后有一丝哀伤，他们却不曾试图去减弱。他们清楚自己站在阴影中，却敏锐地感受着生存的每一丝震颤和闪光。他们在那里长存。①

伍尔夫对古希腊文学的论述是从心而发的。她始终站在古希腊人直面苍茫大海和无常命运这一现实场景之中，透过他们的性情来体验和洞见他们的文学表现力和独特性。她读懂了古希腊人对生命的真切领悟。

四、批评立场、目标和方法

伍尔夫对古希腊文学的评述是基于生命体验和审美体验之上的，这种评述与基于理性分析和概念提炼的研究是不同的。前者重在凸显文学作品的独特性和唯一性，揭示文学作品作为生命体验的表现力和整体性；后者重在提炼文学作品的共性和普适性，揭示文学作品作为语言、文化、历史文本的技巧性和超验性。

我们不妨以亚里士多德的《诗学》为比照，来阐明伍尔夫对古希腊文学评述的特性和价值。两者的研究对象均是古希腊史诗、悲剧和喜剧，由于两者的立场、方法和目标不同，结论也截然不同。

（一）立场：作品整体与生命整体之别

亚里士多德从研究者（主体）出发，将文学作品（客体）作为一个不受外在因素干扰的有机整体加以分析和概括。他不仅明确指出悲剧的完整性在于"有头、有身、有尾"，② 而且用整部诗学详尽论证、阐释悲剧的各个有机部分：首先比照各艺术类型的媒介、对象、方式的不同，从殊相中推导出艺术的"模仿"共性；然后以模仿论为基础，概括并规定悲剧的六大成分，深入论述各成分的定义、内涵、关联、作用；最后简析史诗、喜剧与悲剧之间的异同和优劣，突出悲剧特性的普适性。在整个论述中，具体作品被不断提及，但主要用于佐证研究者的观点，推导出有关艺术的本质、构成、方法和作用的理论假说。

伍尔夫将读者、作者、作品和现实融为一体，从人心共通这一基点出发，

---

① Woolf，Virginia. "On Not Knowing Greek". *The Essays of Virginia Woolf*，vol. 4，pp. 50—51.

② 亚里士多德：《诗学》，罗念生译，人民文学出版社 1990 年版，第 25 页。

以普通读者的身份体悟具体的悲剧作品：首先感悟古希腊的现实，然后顺着作者的视野透视他的作品，领悟并揭示他对生活在天地之间的人的艺术表现，最后又从现实回视作品，获得妙悟。在这一过程中，批评者与作家、作品的情感思想处于交互神游的状态，作为生命整体合而为一，并无主客体之分。在整个论述过程中，她通过声音、合唱队、语词等细微之处领悟戏剧作品鲜活的情感、思想和意象，不仅道出古希腊文学的独特性和唯一性，而且在开阔的视域中复原艺术生命的复杂形态和精神活力。

（二）目标：普适概念与独特意象之别

亚里士多德对悲剧、喜剧的分析是静态的、有序的、合乎逻辑的。他以高度概括为要务，提出概念，揭示定义，归纳内在关联，构建完整的诗学体系，其结论是超验的、形而上的、普适的。它重在获得抽象的普适概念，以牺牲文学作品的独特性和体验性为代价。

伍尔夫对悲剧的整体观照是动态的、无序的、随意的，旨在透过对混沌碎片的感悟和联想，勾勒出希腊悲剧的整体视象。比如，通过"声音"来感知具体作品的视角、轮廓、信念；透过"合唱队"来揭秘诗意表现的多种方式；透过苏格拉底的思辨过程来阐明古希腊艺术的内在整体性；透过"语词"来构建直观视像。她重在揭示作品的独特性和生命活力，同时也揭示具象背后的通感。

（三）方法：分析性与感悟性之别

亚里士多德对戏剧的分析是在概念范畴内展开的，以界定、分析、推论、判断、逻辑演绎、提炼、综合为主导方法，最终形成逻辑严密的体系，其模仿说、陶冶说成为西方文论的牢固根基。

伍尔夫对悲剧的观照是由感及悟的，以感物、比照、隐喻、意象等动态手法对具体作品进行多视角观照和揭示，重在揭示作品的审美感染力和内在意蕴，其整体观照法可照见生命体的形和神。

结语：细细品味亚里士多德与伍尔夫对古希腊文学的评述的差异，可以在一定程度上窥见现代批评困境的症结之所在。亚里士多德从古希腊文学的殊相中求共相，其分析性、概念化的研究不仅揭示了普适的文艺理论，而且为西方学界确立了文学批评的标准和范例。此后，分析性和概念化的批评获得普遍推崇，直至 20 世纪文学理论完全凌驾于文学批评之上，将伍尔夫式的感悟性、观照式批评贬为"印象式批评"而彻底边缘化。然而文学理论的超验性、普适性、抽象性与文学作品的经验性、独特性、形象性之间的断裂和对立也达到了前所未有的程度。理论流派的繁荣和更迭带来的是文学批评的抽象化、概念化和程式化，学者们在分析具体作品时常常陷入"一筹莫展的境地"，[①] 文学文本解读因为与作品的情感思想和审美特性的距离愈来愈大而逐渐失去活力。

伍尔夫的观照不仅让我们看到了古希腊文学的独特性，而且激发我们对文学批评的形式和活力的重新思考。这正是它的价值之所在。

---

① 勒内·韦勒克、奥斯汀·沃伦：《文学理论》，刘象愚等译，江苏教育出版社 2005 年版，第 156 页。

第三章　论俄罗斯文学

　　俄罗斯文学是弗吉尼亚·伍尔夫现代小说创新实践中的最重要的"铜镜"。

　　在 20 世纪初期的英国"俄罗斯热"中，英国作家以各种态度和方式回应陀思妥耶夫斯基、屠格涅夫、契诃夫、托尔斯泰等人的英译作品所带来的巨大影响。高度赞美之声不绝于耳，断然否定之词时有耳闻。弗吉尼亚·伍尔夫是英国作家中能清醒地看待"俄罗斯热"的作家，不仅在评论俄罗斯文学的随笔中明确论析"如何接受外国文学"这一问题，而且坚持在英俄对比的立场上去分析和总结俄罗斯文学的艺术特色。用批评家罗伯塔·鲁本斯特纳（Roberta Rubenstein）的话说，就是："俄罗斯作家无疑影响了她，但她也影响了英国人对俄罗斯作家的理解……她协助形成了将俄罗斯文学融入英国理解的过程"。[1] 她的中肯态度带给她创新的空间，助她以俄罗斯文学为参照，探明英国文学的优势与局限，重设现代小说的重心，开创英国现代小说的新形式。

　　西方学界 20 世纪 70 年代开始关注伍尔夫与俄罗斯文学的关系。70 年代的代表性论文是《弗吉尼亚·伍尔夫与俄罗斯视角》（"Virginia Woolf and the Russian Point of View"），通过分析伍尔夫的《现代小说》、《俄罗斯视角》等 10 余篇涉及俄罗斯文学的随笔，阐明伍尔夫的现代主义技法与陀思妥耶夫斯基等人的创作的渊源关系。[2] 迄今唯一的学术专著《弗吉尼亚·伍尔夫与俄罗斯视角》（*Virginia Woolf and the Russian Point of View*）2009 年出版，全

---

[1] Roberta Rubenstein. *Virginia Woolf and the Russian Point of View*. New York：Plagrave Macmillan，2009，p. 5.

[2] Rubenstein，Roberta. "Virginia Woolf and the Russian Point of View"，*Comparative Literature Studies*，vol. 9，No. 2，June 1972，pp. 196—206.

面论述弗吉尼亚·伍尔夫"对伟大的俄国文学的批评性和想象性回应"。① 另有学者论及伍尔夫对陀氏的态度的嬗变,② 还有学者探讨伍尔夫与人合作翻译俄罗斯作品时究竟发挥了怎样的作用③。国内学者则从"陌生感"切入,探讨伍尔夫的俄罗斯文学观。④这些研究大都聚焦俄罗斯文学对伍尔夫的影响,很少有人整体考察伍尔夫对俄罗斯文学的立场、聚焦点和接受程度。更具体地说,在英国的"俄罗斯热"中,伍尔夫就外国文学接受问题曾作怎样的思考?她揭示了俄罗斯四位著名作家的哪些艺术特性?在她的文学创新中俄罗斯文学究竟发挥了怎样的作用?这些是本章探讨的主要问题。

一、英国"俄罗斯热"与伍尔夫对外国文学接受问题的思考

20 世纪初,英国"俄罗斯热"(Russophilia)的兴起大致以 1912 年康斯坦斯·加内特翻译的陀思妥耶夫斯基《卡拉马佐夫兄弟》的英译本出版为显著标记。这股热潮的前期基础是 1894 年至 1911 年间屠格涅夫和托尔斯泰的主要作品的英译本的出版。当 1912 年至 1922 年 10 年间陀思妥耶夫斯基、契诃夫、果戈理的主要作品的英译本也陆续出版时,英国学界对俄罗斯文学的痴迷达到了顶点。在此期间俄罗斯芭蕾在伦敦歌剧院的频繁演出⑤和俄罗斯画展的举办⑥进一步增强了人们对这一外来文化的欣赏、想象和崇拜。可以说,英国"俄罗斯热"的根基和主干是对俄罗斯小说及其所刻画的"俄罗斯灵魂"(Russian Soul)的关注、探究和回应。当时的评论家曾作生动概括:

---

① Roberta Rubenstein. *Virginia Woolf and the Russian Point of View*. New York: Plagrave Macmillan, 2009, p. 16.

② Kaye, Peter. *Dostoevsky and English Modernism*, 1900—1930. Cambridge: Cambridge University Press, 1999, pp. 52—53.

③ Marcus, Laura. Introduction to *Translations from the Russian: Virginia Woolf and S. S. Koteliansky*. Ed. Stuart N. Clarke. *Southport, England: Virginia Woolf Society of Great Britain*, 2006. Reinhold, Natalya. "'A Railway Accident': Virginia Woolf Translates Tolstoy". *Woolf across Culture*. Ed. Natalya Reinhold. New York: Pace University Press, pp. 237—248.

④ 蒋虹:《弗吉尼亚·伍尔夫的俄罗斯文学观》,《俄罗斯文艺》2008 年第 2 期,第 61—66 页。

⑤ 弗吉尼亚的丈夫伦纳德·伍尔夫曾在自传中回忆他们对俄罗斯芭蕾趋之若鹜的盛况,"夜复一夜,我们成群结队地进入歌剧院,被一种新的艺术所吸引……"见 Woolf, Leonard. *Beginning Again: An Autobiography of the Years* 1911 to 1918. London: The Hogarth Press, 1964, p. 37。

⑥ 在这一时期,最著名的画展当属由布鲁姆斯伯里文化圈的罗杰·弗莱与克莱夫·贝尔主办的"第二届后印象主义画展",展出英国、法国、俄国画家的当代作品。弗莱随后撰写随笔《Larionow 与俄罗斯芭蕾》,论析俄罗斯知名舞台设计师 Larionow 的舞台设计和背景画与芭蕾之间的关系。见 Fry, Roger. "M. Larionow and the Russian Ballet". *A Roger Fry Reader*. Ed. Christopher Reed, Chicago: The University of Chicago Press, 1996, pp. 290—296。

俄罗斯小说所表现的心灵和精神的骚动似乎突然间对其他国家的小说家产生了作用；它的影响力四处传播，最终以各种不同方式，将如何表现灵魂、真相、无形的世界这一问题萦绕在欧洲小说家的心中。[①]

面对俄罗斯小说的巨大影响力，英国小说家的回应态度大致可分为两种：热诚赞美和断然否定。

当时的大多数英国作家对俄罗斯艺术赞不绝口。最著名的例子是一份由34名英国作家和知识分子共同署名，1914 年 12 月 23 日发表在《泰晤士报》上的联合声明，署名者包括俄罗斯小说主要翻译者康斯坦斯·加内特、当红小说家阿诺德·班内特、高尔斯华绥、威尔斯、亨利·詹姆斯等。他们在声明中感谢俄罗斯作家给他们带来了全新的艺术视角，声称俄罗斯文学让人深切地感受到"发现了一个新家园，邂逅了一群未知的人们，表达了沉重的思想，这一思想深藏在我们的精神深处，从不曾言说且只能隐约地有所感觉"[②]。1927 年阿诺德·班内特曾列出 12 部最伟大小说，它们全都是俄罗斯小说。[③] E. M. 福斯特在《小说面面观》（1927）中写道："没有英国小说家像托尔斯泰那样伟大……没有英国小说家像陀思妥耶夫斯基那样深刻地揭示人的灵魂。"[④] 伦纳德·伍尔夫在自传中写道：俄罗斯芭蕾给"陷入黑暗的英国带来了启示"[⑤]。而凯瑟琳·曼斯菲尔德则在日记和书信中频频赞美契诃夫"伟

① Brewster, Dorothy. *East—West Passage: A Study in Literary Relationships*. London: Allen and Unwin, 1954, p. 186.

② The *Times* of London, December 23, 1914: 10. Quoted in Richard Garnett, *Constance Garnett: A Heroic Life*. London: Sinclair—Stevenson, 1991.

③ Bennett, Arnold. "The Twelve Finest Novels". March 17, 1927. *Arnold Bennett: The Evening Standard Years: "Books and Persons" 1926—1931*. Ed. Andrew Mylett. London: Chatto and Windus, 1974, pp. 32—34.

④ Forster, E. M. *Aspects of the Novel*. 1927. London: Edward Arnold, 1974, p. 16.

⑤ Woolf, Leonard. *Beginning Again: An Autobiography of the Years 1911 to 1918*. London: The Hogarth Press, 1964, p. 37.

大"①，托尔斯泰"出色"②，陀思妥耶夫斯基深刻③，不断赞叹他们作品中的人物活力④、思想深度⑤、结构独特性⑥等。这样的例子不胜枚举，可以说，赞美是当时英国学界的一种普遍态度，它既包含着人们对一种全新形式的热诚接纳，也隐含着对本国文学现状的失望和不满。

少数作家对俄罗斯小说持断然否定态度，D. H. 劳伦斯是代表。他对俄罗斯小说的总体态度是批判的。他反对托尔斯泰在《安娜·卡列尼娜》中给出的安娜自杀的结局，认为它表明托尔斯泰否定自身的自然情感和个体自由，向虚假的社会道德规范屈服。⑦他尖锐抨击陀思妥耶夫斯基，断定他的小说"是了不起的寓言……但是是虚假的艺术"，因为小说中"所有人物都是堕落的天使，即使是最肮脏的小人物，这一点我无法容忍。人们不是天使，他们是人。但是陀思妥耶夫斯基将他们当作神学或宗教个体，使他们成为神性的术语……它们是糟糕的艺术，虚假的真理"。⑧在他眼中，陀氏小说的主要人物都是"病态的"、"分裂的"，他们是纠结于各种矛盾观点中的理性主义者或精神主义者，缺乏血性活力，所体现的是作家本人的病态心理。劳伦斯的批判态度与他当时正全力表现的"血性意识"密切相关。他坚信唯有"血性意识"与激情、性欲、无意识等生命动机有机相连，而"智性意识"试图将人与其"最深层的意识形式"相分离，因而是僵死的；陀氏的基督式人物与托尔斯泰

---

① Stead, C. K., ed. *The Letters and Journals of Katherine Mansfield: A Selection*. London: Penguin Books, 1977, p. 137.

② O'Sullivan, Vincent &Margaret Scott, eds. *The Collected Letters of Katherine Mansfield* (vol. I). Oxford: Clarendon Press, 1984, p. 309.

③ Woods, Jonna. *Katerina: The Russian World of Katherine Mansfield*. Auckland: Penguin Books Ltd. 2001, p. 132.

④ Murry, John Middleton, ed. *Between Two Worlds: An Autobiography*. London: Jonathan Cape, 1935, p. 355.

⑤ Hanson, Clare, ed. *The Critical Writings of Katherine Mansfield*. London: Macmillan, 1987, p. 34.

⑥ Stead, C. K., ed. *The Letters and Journals of Katherine Mansfield: A Selection*. London: Penguin Books, 1977, p. 137.

⑦ See Zytaruk, George. *D. H. Lawrence's Response to Russian Literature*. The Hague: Mouton, 1971.

⑧ Lawrence, D. H.. "Letter to John Middleton Murry and Katherine Mansfield". 17 February 1916, in James T. Bolton et al. *Letter of Lawrence* (vol. II). Cambridge: Cambridge University Press, 1979, p. 646.

的僵化道德体系正是病态的"智性意识"的体现。①可以看出，劳伦斯对俄罗斯小说的批判力源自其强烈的个体创作理念。

伍尔夫没有采用这两种极端态度中的任何一种，而是以一种中立的姿态给出评价。她一方面认同俄罗斯文学的巨大影响力和特色，"对现代英语小说最基本的评价都不可避免地要涉及俄罗斯文学的影响，而一提起俄罗斯文学，人们就得冒这样的风险，会觉得除了他们的小说之外其他任何创作都是浪费时间……在每一位伟大的俄罗斯作家身上我们都能发现圣人特质……他们的思想如此博大，如此悲天悯人……"②另一方面，她清醒地看到英国文学代表着另一种古老文明的声音，"他们（指俄罗斯作家——笔者注）也许是正确的，无疑比我们看得更远，没有我们那种明显的视野障碍。但是我们也许能看到他们不能看到的东西，否则我们的沮丧中为何总夹杂着抗议声呢？这抗议声是另一个古老文明的声音，它在我们身上培育出享受和争斗的本能，而不是忍受和理解的本能"③。也就是说，伍尔夫在热忱肯定俄罗斯文学深刻的灵魂描写的同时，并不妄自菲薄，而是努力辨明英俄文学之间的差异，探究文化背景与艺术形式之间的关系。

她之所以能从容淡定地面对"俄罗斯热"，是因为她用 20 年时间阅读了数百部英、俄、美、法、古希腊作品，对它们的特征和差异了然于胸。她于1912 年蜜月旅行中开始阅读陀思妥耶夫斯基的法文版《罪与罚》，在此后 10余年中她以极大的热情，几乎通读了加内特翻译的陀思妥耶夫斯基、托尔斯泰、契诃夫、屠格涅夫的全部英译小说，还一边学俄语一边与科特林斯基合作翻译俄罗斯作品、回忆录，校对霍加斯出版社的英译本。在此基础上，她自 1917 年至 1933 年撰写了 15 篇随笔，评论陀氏四人的作品，并在《现代小说》等重要文章中反复提及俄罗斯文学。而对英、美、法、古希腊作品，她阅读的起始时间更早，不仅大量地阅读自乔叟至康拉德、自荷马至欧里庇得斯、自蒙田至普鲁斯特、自华盛顿·欧文至海明威④的作品，而且撰写数百篇

① Lawrence, D. H. "Psychoanalysis and the Unconscious". *Fantasia of the Unconscious*. London: Heinemann, pp. 171-208.

② Woolf, Virginia. "Modern Fiction". *The Essays of Virginia Woolf*, vol. 4, ed. Andrew McNeillie. London: The Hogarth Press, 1994, p. 163.

③ Woolf, Virginia. "Modern Fiction". *The Essays of Virginia Woolf*, vol. 4, ed. Andrew McNeillie. London: The Hogarth Press, 1994, p. 164.

④ 参见本书第一、二、四、五等章。

随笔，评论作家作品的风格和思想。她的俄罗斯小说批评的主要基点是英俄文学对比。这一点我们会在下一个部分详述。

正是基于对英俄文学本质差异的深入领悟，她对英国作家直接模仿俄罗斯小说的行为极不赞同。她在随笔《俄罗斯观点》中，评析了英国作家高尔斯华绥在他的英语小说中以俄罗斯人惯用的"兄弟"称呼一位陌生人的做法，指出在英俄两种截然不同的文学中做出这样的模仿是不妥的，"不论我们多么期望追随俄罗斯的范例，明智的做法是，我们要接受这样的事实，不能用'兄弟'称呼一个陌生英国人"，因为"语词不仅表达人物之间的态度，而且传递作者对世界的态度"①。英文中"兄弟"的对应词是"伙伴"，隐含着讽刺、幽默意味，而俄文的"兄弟"则带着共同苦难和真挚同情的意蕴，它所表达的"俄罗斯内涵"是无法在英国文学中找到根基的。由此，伍尔夫阐明了直接模仿的灾难性后果："我们对俄罗斯文学作如此不尽如人意的模仿都如此艰难，足以显示我们与他们之间的鸿沟。我们变得笨拙且不自在，或更糟糕的是，我们否定自己的特色，我们做作地描写质朴与善良，结果令人厌恶地变得多愁善感。"②

她在随笔《俄罗斯视角》中就英国作家对俄罗斯文学或赞美或批判的两极化态度曾作简要分析。她认为，语言差异可能给外来作品附上神秘而朦胧的魅力，以致在学界掀起狂热崇拜之错觉，因为翻译在使作品失去原有的语言风格、发音、个性特征的同时，凸显了外来作品独特的感染力。翻译后的作品，"就像经历了一场地震或一次铁路事故，不仅丢掉了他们所有的衣服，而且丢掉了更微妙更重要的东西，即他们的风格和个性特征。留下来的是非常有力、非常感人的东西，英国人的狂热崇拜足以说明这一切。但是损失了这么多东西，我们很难确信我们没有错觉、歪曲或读错重心。"③而文化差异则让读者和作者之间丧失了无隔阂交流、共同价值观和熟悉的风格特征，容易导致怀疑和拒绝的态度。"外国读者往往具有独特的敏锐和超然，拥有锐利的

---

① Woolf, Virginia. "The Russian View". *The Essays of Virginia Woolf* (vol. 2). ed. Andrew McNeillie. London: The Hogarth Press, 1987, p. 341.

② Woolf, Virginia. "The Russian View". *The Essays of Virginia Woolf* (vol. 2), pp. 342 - 343.

③ Woolf, Virginia. "The Russian Point of View". *The Essays of Virginia Woolf* (vol. 4), p. 182.

视角；但全然没有自在性、轻松感、信赖感和共同价值观，以及由此带来的亲切、理智、无隔阂的交流。"① 对于那些不去了解外国作品的文化背景与创作理念，直接用自己的情感、理念、价值观对其进行批判或赞美的做法，伍尔夫认为，"如果这样做，我们会对自己作为读者是否称职提出质疑。"②

她就如何阅读外国文学提出了三点建议：

首先，要去了解外国作家作品的不同的文化背景和思想背景。"我们需要了解作者所谙熟的大量事物，它们构成了他的思想背景。如果我们能够构想这一切，那么作品呈现在我们面前的那些形象，作者所构建的形式，就会变得容易理解。"③ 这段话来自《俄罗斯背景》（"Russian Background", 1919）一文，伍尔夫透过契诃夫的短篇小说感知俄罗斯文化背景，悟出：那一片"如此哀伤又如此热烈"的"空寂辽阔的原野"正是"俄罗斯灵魂"的总背景。④ 了解背景后，读者与作者之间在时空、情感、思想上的距离就拉近了。

其次，要真切把握外国作品，重点是去获得整体感。这种整体感是基于长期的生活积累和大量的阅读之上的。比如阅读本民族作品，我们对文学作品的风格主题耳熟能详，轻而易举便能领悟其深意。而阅读外国作品，就像聆听一首全新的曲调，"当调子陌生，结尾是一个问句，或只是继续描写人物的对话，就如契诃夫的小说，我们就需要非常大胆、敏锐的文学鉴赏力，才能听懂该调子，特别是听懂将整个调子融为一体的最后几个音符。也许我们需要阅读大量故事之后才能获得这种整体感，它是我们获得满意理解的最根本的东西，只有这样我们才能将各个部分合而为一，才知道契诃夫并不是散漫地乱写一气，而是有意给出这个音符，那个音符，以完整地表达他的含义。"⑤ 对伍尔夫而言，整体感是大量阅读作品后油然而生的一种极具穿透性的直觉感悟，它是理解作品的基点。这种整体感可以将作品中所有令人困惑的碎片瞬间聚合，将作品营造的世界完整地呈现在我们面前。

---

① Woolf, Virginia. "The Russian Point of View". *The Essays of Virginia Woolf* (vol. 4). ed. Andrew McNeillie. London: The Hogarth Press, 1992, p. 182.

② Woolf, Virginia. "The Russian Point of View". *The Essays of Virginia Woolf* (vol. 4), p. 184.

③ Woolf, Virginia. "Russian Background". *The Essays of Virginia Woolf* (vol. 3). ed. Andrew McNeillie. London: The Hogarth Press, 1987, p. 84.

④ Woolf, Virginia. "Russian Background". *The Essays of Virginia Woolf* (vol. 3), p. 85.

⑤ Woolf, Virginia. "Russian Point of View". *The Essays of Virginia Woolf* (vol. 4), p. 184.

最后，深入理解外国文学的关键是参悟作品的重心。"我们必须四处搜索，搞清这些陌生故事的重心在哪里"，当我们发现契诃夫的故事的重心是"灵魂患病了，灵魂治愈了，灵魂未被治愈"时，再次去重新阅读故事，就会发现原来看来如此随意、无结局、平常的故事，"现在看来却具有独到而非凡的意味，大胆的选择，准确的布局，只有俄罗斯人才能加以掌控"，它们"开阔了我们的视野，使我们的灵魂获得了惊人的自由"。①

关于外国文学接受问题，伍尔夫既不赞同被动的模仿，也不赞同先入为主式的批判或盲目崇拜式的赞美。她的立场和方法是不带偏见的整体透视和领悟：首先感悟其文化思想背景，然后透视其整体性，最后把握其重心。其宗旨是真切地看清外国作品的本来面目。不过，这只是她的批评方法的前半部分，也就是"以充分的理解去获取印象和感受"的那一部分，因为批评对象是外国文学，因而过程更复杂一些；批评的后半部分是用"对比和评判"去梳理和鉴别繁杂的印象和感受，在想象力、洞察力和学识的帮助下感悟作品的真义。②伍尔夫对俄罗斯文学的洞见正是在英俄文学对比的基础上获得的。

二、"俄罗斯灵魂"批评

英美学者曾着重探讨了俄罗斯小说家对伍尔夫的影响的关键之处。比如陀思妥耶夫斯基的"意识流方式方法"和"描写人物与内在心理的手法"，③契诃夫的"印象式的人物行为描写与幽默悲悯混同的手法"和"细致入微的心理描写与对完整结局的忽视"，④托尔斯泰"将日常生活转化为艺术"的能力⑤和对"隐藏在心灵之下的心理"的描写，⑥以及屠格涅夫对"多重的、矛盾的'我'的塑造"。⑦这些梳理大致围绕伍尔夫的"意识流技巧"展开，旨在佐证俄罗斯创作技法与她的现代主义技巧之间的影响关系。

其实，伍尔夫的视野要开阔和深入得多。她通过大量阅读俄罗斯作品和

---

① Woolf，Virginia. "Russian Point of View". *The Essays of Virginia Woolf*（vol. 4），p. 185.

② Woolf，Virginia. "How should One Read a Book?". *The Common Reader*（*Second Series*），p. 267.

③ Rubenstein，Roberta. *Virginia Woolf and the Russian Point of View*. New York：Plagrave Macmillan，2009，p. 29.

④ Rubenstein，Roberta. *Virginia Woolf and the Russian Point of View*，p. 66.

⑤ Rubenstein，Roberta. *Virginia Woolf and the Russian Point of View*，p. 111.

⑥ Rubenstein，Roberta. *Virginia Woolf and the Russian Point of View*，p. 108.

⑦ Rubenstein，Roberta. *Virginia Woolf and the Russian Point of View*，p. 135.

日记，认识到英俄文学的本质差异在于：俄罗斯文学主要表现"同情苦难的精神"，而英国文学主要表现"好奇的，或娱乐的，或知性的精神"，也就是说，面对生活的苦难，英国文学"倾向掩饰或美化它"，俄国文学则"相信它，挖掘它，解释它，跟随着错综复杂的痛苦，创造出最具精神性的、最深刻的现代作品"。① 由此她得出"俄罗斯小说的主要特点是灵魂"②的结论，并将批评聚焦于"俄罗斯灵魂"，透视陀、契、托、屠四位作家笔下那深邃的、微妙的、全景的和虚实交融的心灵迷宫的艺术特色；在英俄文学比较中阐明其独特性。我们不妨细致考察。

（一）陀思妥耶夫斯基的网状结构

伍尔夫认为，陀思妥耶夫斯基的伟大在于表现"俄罗斯灵魂"的"深邃和博大"。③

在陀氏作品并不复杂的情节下面，联结着一个巨大的灵魂海洋，他总能以独特的方式将有形的现实世界与无形的心灵世界巧妙相连，让读者直接感受到灵魂的搏动。她在随笔《再论陀思妥耶夫斯基》、《年轻的陀思妥耶夫斯基》和《陀思妥耶夫斯基在克兰福》中极其生动地概括和分析了陀氏几种不同的"灵魂"结构。

第一种"灵魂"结构以《永恒的丈夫》为代表，它就像用"海面上的一圈浮子"联结着"拖在海底的一张大网"，大网中包含着深不可测的灵魂这一巨大的"海怪"。④ 陀氏杰出的表现力在于：

> 在所有作家中，唯有陀思妥耶夫斯基一人有能力重构那些瞬息即逝的、纷繁复杂的思想状态，重现瞬息万变的思想的完整脉络，表现它们时隐时现的轨迹。他不仅能够追踪已成形的鲜活念头，而且能够指向心理意识之下那个阴暗的、似乎蕴藏着无数不明之物的

---

① Woolf，Virginia. "The Russian View". *The Essays of Virginia Woolf*（vol. 2），pp. 342—343.

② Woolf，Virginia. "Russian Point of View". *The Essays of Virginia Woolf*（vol. 4），p. 185.

③ Woolf，Virginia. "Russian Point of View". *The Essays of Virginia Woolf*（vol. 4）. Ed. Andrew McNeillie. London：The Hogarth Press，1992，p. 185.

④ Woolf，Virginia. "More Dostoevsky". *The Essays of Virginia Woolf*（vol. 2）. Ed. Andrew McNeillie. London：The Hogarth Press，1987，p. 84.

地下世界，那是欲望和冲动在黑暗之中盲目涌动的地方。①

第二种"灵魂"结构表现在《赌徒》中，它就像在一片嘈杂的心灵倾诉中，突然抛下一根用"独白"铸就的绳子，它带着读者"疯狂地跨越极其危险的深渊，仿佛面对真实的危机，瞬间顿悟那些只有在重压之下才能获得的启示"，然后眼前的谜团散去，一切变得明晰。② 在这里，陀氏出色的表现力以另一种方式呈现：

> 只有陀思妥耶夫斯基才有能力成功地尝试这样的写作模式，即便在《赌徒》这样一部不算太成功的作品中，人们依然可以看出它承受了多么可怕的风险：多少次在推测转瞬即逝的心理中他的直觉可能出错，而在瞬息念头急剧递增的过程中……他的激情又如何濒临爆炸边缘，他的场景几近情节剧，他的人物几乎不可避免地可能陷入疯癫或癫痫的状态……陀思妥耶夫斯基并不去控制这一态势……他用一个核心意图就能将所有的一切聚合为一个整体。③

第三种"灵魂"结构表现在《舅舅的梦》中。这是一种夸张的"笑闹剧"，陀氏狂放的想象力喷薄而出，即使在逗乐中，也不忘深入追踪人物琐碎、细微、错综的生命轨迹。作品的表现力体现在那张"无比复杂的关系网里，在这张生命之网中糅进了如此多的哀伤和不幸，你越想搞懂它，迷茫和困惑就越多"④。

伍尔夫认为，这些独特而有力的结构"完全由纯粹的灵魂成分构成"，"灵魂是最重要的，它的激情，它的骚动，它那惊人的美与恶的混杂"。其结构的深邃就体现在，它透彻地表现了灵魂的复杂性和完整性：

① Woolf, Virginia. "More Dostoevsky". *The Essays of Virginia Woolf* (vol. 2), p. 85.
② Woolf, Virginia. "A Minor Dostoevsky". *The Essays of Virginia Woolf* (vol. 2). Ed. Andrew McNeillie. London: The Hogarth Press, 1987, p. 165.
③ Woolf, Virginia. "A Minor Dostoevsky". *The Essays of Virginia Woolf* (vol. 2). Ed. Andrew McNeillie. London: The Hogarth Press, 1987, p. 166.
④ Woolf, Virginia. "Dostoevsky in Cranford". *The Essays of Virginia Woolf* (vol. 3). Ed. Andrew McNeillie. London: The Hogarth Press, 1987, p. 115.

那些善恶分明的旧的分界线被消融，人们既是圣徒又是小人，他们的行为既美好又卑劣。他们让我们又爱又恨。我们所习惯的泾渭分明的善恶区分不复存在。我们最喜欢的常常是最大的罪犯，罪孽最深重的人激起我们最强烈的钦佩和爱。①

同时表现了灵魂的共通性：

不论你是高贵的还是质朴的，是流浪汉还是贵妇人，对他都是一样的。无论你是谁，你都是这种复杂的液体，这种幽暗、动荡、珍贵的东西的容器，是灵魂的容器。灵魂是不受任何限制的，它流溢着，泛滥着，与其他人的灵魂交融着……它倾泻出来，滚烫、炙热、混杂、精妙、可怕、压抑，人类的灵魂。②

基于对陀氏如此深刻的领悟，伍尔夫发出由衷的赞叹："除了莎士比亚，没有比这更打动人心的作品了。"③

在这一深度剖析之后，是她对英俄文学的差异性的透彻分析。她认为：

在创作对象上，英国文学擅长"表现外部世界的一切现象：行为举止、风景、着装打扮、主人公对其朋友的影响等，但很少深入描写人物愤怒时的复杂心理状态"，而陀氏的作品恰恰相反，他"用人物复杂的情感迷宫构筑起生命视像"，因此她指出，英国文学"对人性的表现太少了"。④

在创作基调上，英国作家擅长营造并表现"幽默场景"，而陀氏将"幽默内嵌于生活之中"，将一切留给读者自己去思考，她因此感受到"小说艺术的新概念"。⑤英国文学擅长描绘"色调明快而微妙"的喜剧场景，而陀氏则在夸

---

① Woolf, Virginia. "Russian Point of View". *The Essays of Virginia Woolf* (vol. 4). Ed. Andrew McNeillie. London: The Hogarth Press, 1992, pp. 186.

② Woolf, Virginia. "Russian Point of View". *The Essays of Virginia Woolf* (vol. 4). Ed. Andrew McNeillie. London: The Hogarth Press, 1992, pp. 186—187.

③ Woolf, Virginia. "Russian Point of View". *The Essays of Virginia Woolf* (vol. 4). Ed. Andrew McNeillie. London: The Hogarth Press, 1992, pp. 187.

④ Woolf, Virginia. "More Dostoevsky". *The Essays of Virginia Woolf* (vol. 2). Ed. Andrew McNeillie. London: The Hogarth Press, 1987, pp. 85—86.

⑤ Woolf, Virginia. "A Minor Dostoevsky". *The Essays of Virginia Woolf* (vol. 2). Ed. Andrew McNeillie. London: The Hogarth Press, 1987, p. 167.

张放肆的闹剧中自如地呈现"一张无比复杂的关系网",她因此感叹,"我们没有必要低估喜剧的价值,陀思妥耶夫斯基的完美创作表明,我们的创作似乎遗漏了最重要的东西"。①

在创作立场上,英国作家总是受制于某种"秩序和形式","倾向于讽刺而不是同情,细察社会而不是理解个人",而陀氏却"不受这些限制",因此他可以自如地表现"人的灵魂"。②

在这些对比中,伍尔夫对陀氏艺术特色的领悟与她对本国文学的反思同等重要。她以英国文学为镜,迅捷而有力地提炼出陀氏的艺术特征;同时又以陀氏为镜,照见英国文学的优势与缺憾。通过对比,伍尔夫洞见陀氏创作最根本的奥秘在于他的直觉性,"直觉是概括陀思妥耶夫斯基的创作天才的最合适的词。当他的直觉最饱满的时候,他能够读懂最黑暗最深层的心灵中那些最难懂的天书"。③ 这段话喻示了伍尔夫对陀氏原创性的破解。她领悟到,正是直觉,让陀氏直入灵魂最深处,感受心灵最深刻的混沌;也是直觉,让他照见思想的错综和情感的强烈,助他以浑然天成的方式书写灵魂。

(二)契诃夫的情感布局

伍尔夫认为契诃夫的伟大在于表现了"俄罗斯灵魂"的"脆弱与微妙"。④

在《契诃夫的问题》、《俄罗斯背景》等随笔中,伍尔夫指出,契诃夫最大的创意在于用情感表现灵魂的微妙,似乎他只要"轻轻一拍就能将情感打碎,让它们不连贯地四处散落在作品之中",⑤ 让这些情感摇曳着光芒,将心灵的轨迹标出。⑥那些随意、平常、无结局的故事,在读者领悟其创作重心之后,其独特趣味和开阔视野便跃然纸上,看似平淡却意味深长。这种情感布局渗透在作品的结构、人物和风格等方方面面。

---

① Woolf, Virginia. "Dostoevsky in Cranford". *The Essays of Virginia Woolf* (vol. 3). ed. Andrew McNeillie. London: The Hogarth Press, 1987, pp. 113—115.

② Woolf, Virginia. "Russian Point of View". *The Essays of Virginia Woolf* (vol. 4). ed. Andrew McNeillie. London: The Hogarth Press, 1992, pp. 186—187.

③ Woolf, Virginia. "More Dostoevsky". *The Essays of Virginia Woolf* (vol. 2). ed. Andrew McNeillie. London: The Hogarth Press, 1987, p. 86.

④ Woolf, Virginia. "Russian Point of View". *The Essays of Virginia Woolf* (vol. 4). ed. Andrew McNeillie. London: The Hogarth Press, 1992, p. 185.

⑤ Woolf, Virginia. "Tchehov's Questions". *The Essays of Virginia Woolf* (vol. 2), p. 247.

⑥ Woolf, Virginia. "Russian Background". *The Essays of Virginia Woolf* (vol. 3). ed. Andrew McNeillie. London: The Hogarth Press, 1987, p. 85.

他的谋篇布局浑然一体，具备一种不雕琢、无俗套、平淡天真的原生态特性。"他天生便是讲故事的人。不论他观察什么地方，看到什么，待在什么地方，故事都会快速地自然生成，带着一种浑然天成的直接性，令人想起世界文学最初时期人们所具备的天生的讲故事能力"。①他的人物塑造简洁有力、性情毕露："这绝不是戴着面具的契诃夫在说话；是医生在说话；他在那儿，活生生的，他自己，一个普通人，直觉地观察事物；他身上有一种个性，敏锐地感知着生命。契诃夫作品中有无数人物，全都不同，他们的不同是用极简洁极确定的笔画清晰勾勒的。"②他的创作风格因富含言外之意而独具匠心："他选择素材时颇具原创性，使得故事的构思与众不同……在他那些残酷、粗糙的画面中，特别是关于农民生活的故事中，不是因为那暗示同情的话使作品凸显创意吗？"③

伍尔夫透过英俄文学对比揭示了契诃夫的构思的价值。英俄文学背景的巨大差异在于：前者处于"极复杂、极有序的社会文明"中，而后者背衬着"空旷寂寥的原野，那里既没有烟囱，也没有灯光"。④在这一比照中回视契诃夫那些荒野人物的心灵冲动和他们孤寂生活中的无尽问题和无望结局，便能深刻感受到契氏小说中残酷现实与丰盈心灵的对垒，以及主人公直面生命的无奈和缺憾时的忧伤。这一剖析与伍尔夫对同样处于荒凉环境中的英国作家乔叟的分析截然不同，她认为乔叟的创作特性是以明快风格"回避严酷和神秘，转向欢乐和确定"。⑤伍尔夫因此总结出英国文学美化苦难而俄罗斯文学直面痛苦的巨大差异。

伍尔夫对契诃夫创作的根本性理解是，他描绘了那些"记忆的景象"，"那些珍藏在心中的风景"。⑥"记忆"，是她用以概括契诃夫浑然天成的构思、人物、叙事的关键词，以此破解他的灵感源泉和形式奥秘。唯有萦绕在心中

①　Woolf, Virginia. "Tchehov's Questions". *The Essays of Virginia Woolf* (vol. 2). ed. Andrew McNeillie. London：The Hogarth Press, 1987, p. 246.

②　Woolf, Virginia. "Tchehov's Questions". *The Essays of Virginia Woolf* (vol. 2), p. 246.

③　Woolf, Virginia. "Tchehov's Questions". *The Essays of Virginia Woolf* (vol. 2), ed. Andrew McNeillie. London：The Hogarth Press, 1987, p. 247.

④　Woolf, Virginia. "Russian Background". *The Essays of Virginia Woolf* (vol. 3), p. 84.

⑤　Woolf, Virginia. "The Pastons and Chaucer". *The Essays of Virginia Woolf* (vol. 4), ed. Andrew McNeillie. London：The Hogarth Press, 1992, p. 27.

⑥　Woolf, Virginia. "Russian Background". *The Essays of Virginia Woolf* (vol. 3), p. 84.

的记忆，才能琐碎却浑然一体，简约却个性鲜明，粗糙却唯美，平淡却意味深长。

（三）托尔斯泰的生命视野

伍尔夫认为，托尔斯泰着重表现了"生命"，他的所有作品都隐藏着"为什么活着"这一核心问题。[①]

她在《俄罗斯视角》、《托尔斯泰的〈哥萨克〉》等随笔中指出，托氏采用了"由外而内"的视野以呈现生命全景，给人的感觉就像站在山顶，用望远镜将物景心景尽收眼底，"一切都惊人地清晰，极其锐利"。[②] 其生命视野的创意在于，将可视可感的外在世界与绵延不断的内在思绪完美结合：在人物塑造上，其人物个性既体现在打喷嚏的细微动作中，也表现在对爱和永恒的思考中；在场景描写中，作品的景、物和人聚合，既可看见山脉、战士、哥萨克姑娘等生动形象，又可感受太阳和寒冷等鲜活感觉；人物的思想是可视的，依托一连串谜一般的问题无休止地向前伸展，却始终不曾给出明确答案。[③]

伍尔夫将托尔斯泰的作品与英国小说作对比，指出前者的出色在于以"深刻心理和无比真诚"实践"极度简单和极度微妙的完美结合"，后者的出色在于"喜剧风格"。[④] 透过这一对比，她揭示托氏的优势在于对整体性的把握，他"把世界放在指尖上把玩"并"不停地追问它的意义"。[⑤] 这一"圆球"意象足以体现托氏融外在世界与内在思想为一体的生命视野的全景性。

（四）屠格涅夫的虚实交融

伍尔夫认为，屠格涅夫的独创性在于虚实交融，即"将事实与幻象融合"的创作风格。她大量阅读屠氏的作品和书信后，在《屠格涅夫的小说》、《屠格涅夫掠影》、《胆小的巨人》等随笔中探讨了他的文学观和创作技巧。她这样概括他的主要文学观：其一，文学的源泉不仅来自观察，也来自无意识；其二，创作的关键在于将事实与幻象融为一体。她认为屠氏的作品便是虚实

---

① Woolf, Virginia. "Russian Point of View". *The Essays of Virginia Woolf* (vol. 4), ed. Andrew McNeillie. London: The Hogarth Press, 1992, p. 188.

② Woolf, Virginia. "Russian Point of View". *The Essays of Virginia Woolf* (vol. 4), p. 188.

③ Woolf, Virginia. "Tolstoy's *The Cossacks*". *The Essays of Virginia Woolf* (vol. 2). ed. Andrew McNeillie. London: The Hogarth Press, 1987, pp. 77—79.

④ Woolf, Virginia. "Tolstoy's *The Cossacks*". *The Essays of Virginia Woolf* (vol. 2), p. 79.

⑤ Woolf, Virginia. "Russian Point of View". *The Essays of Virginia Woolf* (vol. 4). ed. Andrew McNeillie. London: The Hogarth Press, 1992, p. 189.

交融的典范：他一方面明察秋毫地观察世间万物，另一方面睿智地揭示事物背后的真相。①她从创作视角、情节结构、整体性和思想性等多个层面揭示这一特性。

屠格涅夫擅长从不同视角看同一事物，作品的场景往往由相互对立的事物构成，既盘根错节、纷繁复杂，又根枝相连、环环紧扣，浑然一体，意蕴无穷。"生动而充满意蕴的第一个场景导出了后面的其他场景。它们自然地尾随而来，形成对照、距离和厚度。最后，一切都齐备了。这是一个自成一体的世界……出色的场景不是一幕一幕转瞬即逝的，而是一连串场景首尾相连，贯穿其中的是人性共通的情感。"②

作品的结构"以情感为联结物，而不是事件"，③叙述中时常出现插入式的景物描写片段，打断了事件的连续性，却始终保持着人物情感的连续性。"屠格涅夫倾听情感的耳朵十分灵敏，虽然他会启用突兀的对比，或者从人物身上游离开转而去描写天空或森林，但他真切的洞察力能够将一切聚合在一起。"④

作品的整体性基于情景交融的模式，其高超之处在于，思想的表现往往通过意象来完成。"屠格涅夫有着出色的把握情感的力量，他把月亮、围着茶壶而坐的人们、声音、鲜花和花园的温暖等所有这一切融合为一体，将它们熔铸成熠熠发光的瞬间。"⑤"在这一高度暗示的艺术中，效果来自无数感触的积累，无法简单地归因于某个重要段落或某一出色场景……在清澈的表层下面是无尽的深度，它的简约中包含着一个宽广的世界。"⑥

作品的思想深度在于，人物不仅追问形而上的生命意义问题，而且思考具体的俄罗斯现实问题。作者隐退在人物的争吵之外，以旁观者的身份静观他们的争端、冲突、谬误，不予评论。

---

① Woolf, Virginia. "The Novel of Turgenev". *The Captain's Death Bed and Other Essays*. London: Harcourt Brace Jovanovich, Inc. , 1978, pp. 55—57.

② Woolf, Virginia. "A Glance at Turgenev". *Books and Portraits*. Ed. Mary Lyon, p. 129.

③ Woolf, Virginia. "The Novel of Turgenev". *The Captain's Death Bed and Other Essays*. London: Harcourt Brace Jovanovich, Inc. , 1978, p. 58.

④ Woolf, Virginia. "The Novel of Turgenev". *The Captain's Death Bed and Other Essays*, pp. 58—59.

⑤ Woolf, Virginia. "A Glance at Turgenev". *Books and Portraits*, p. 130.

⑥ Woolf, Virginia. "A Giant with Very Small Thumbs". *Books and Portraits*. ed. Mary Lyon. London: The Hogarth Press, 1977, pp. 132—133.

伍尔夫深知屠格涅夫除了俄罗斯背景之外，曾长年旅居欧洲，几乎是一位"国际公民"，[①] 与欧洲文学最为贴近。她对屠氏的关注和研究较多。继 20 年代阅读和评论屠氏作品后，于 1933 年再次投入大半年的时间反复地阅读作品，全面论述其创作原则和特征。她对他的评价极高，认为他是用"最根本的人性"进行写作的作家，所表现的是"最深层的情感"。[②]

伍尔夫对俄罗斯四位小说家的评论是突破性的。她像巴赫金一样重点关注俄罗斯小说结构的艺术特色，所不同的是，巴赫金侧重剖析陀思妥耶夫斯基人物的复杂自我意识，揭示其将"众多地位平等的意识连同它们各自的世界，结合在某一个统一的事件之中，而互相间不发生融合"[③] 的复调结构，阐明其价值在于突破已定型的"独白型"欧洲小说模式；而伍尔夫聚焦陀、契、托、屠四位小说家在"外在世界与内在心灵"的关系上的创意结构，揭示"俄罗斯灵魂"的多种创作手法：陀氏用情节浮标联结灵魂海洋的网状结构、契氏用情感碎片标出心灵轨迹的情感布局、托氏融外景内情为一体的生命世界、屠氏将事实与幻象合一的虚实交融模式，其价值在于突破已定型的"尘世之美"[④] 型英国小说模式。虽然人们已经普遍认定陀氏等四位小说家"最出彩的是他们具有刻画人物的复杂心理状态的无与伦比的能力"，[⑤] 但像伍尔夫那样凭借作家的敏锐感受，如此深入地揭秘他们的艺术结构的评论并不多见。

三、俄罗斯"铜镜"与现代小说创新

那么，在伍尔夫的小说创新中，她是如何借鉴俄罗斯创作特色的？是否像鲁本斯特纳等西方学者所论证的那样，只是直接汲取了俄罗斯小说家的创作技法？

从伍尔夫对待外国文学的态度和立场看，她的借鉴不会止步于浮光掠影的技法模仿，她寻求的是一种基于本民族文学传统之上的突破。在这一过程

---

① Woolf, Virginia. "A Giant with Very Small Thumbs". *Books and Portraits*. ed. Mary Lyon. London: The Hogarth Press, 1977, pp. 131—133.

② Woolf, Virginia. "The Novel of Turgenev". *The Captain's Death Bed and Other Essays*, p. 61.

③ 巴赫金：《陀思妥耶夫斯基诗学问题》，载《诗学与访谈》，白春仁等译，河南教育出版社 1998 年版，第 4—5 页。

④ Woolf, Virginia. "Modern Fiction". *The Essays of Virginia Woolf*, vol. 4, p. 163.

⑤ Wachtel, Andrew Baruch and Ilya Vinitsky. *Russian Literature*. Cambridge: Poility Press, 2009, p. 125.

中，俄罗斯文学是一面极为重要的"铜镜"，助她看清本民族文学的局限与优势，确立现代小说的重心，实验创新技法。俄罗斯文学的影响就像她所熟悉的其他外国文学的影响一样，是以隐在的、重构的方式呈现的，并无直接的外国技法植入。

首先，俄罗斯文学的"铜镜"作用在于帮助伍尔夫明确英国现代小说的局限。正是通过英俄文学对比，对照俄罗斯小说悲天悯人的博大灵魂，伍尔夫明晰了英国文学传统对外部世界、幽默、喜剧、特定秩序和形式的擅长和青睐，"从斯特恩到梅瑞狄斯的英国小说都证明，我们对幽默和喜剧、尘世之美、知性活动和身体之美妙有着天然的喜爱"。① 她认为这一传统延续到现代小说时期，表现为物质主义小说"不关心精神，只关心肉体"②和精神主义小说"思想相对贫乏"和"方法上有局限"③的弱势。她刻意关注俄罗斯小说家在"外在世界与内在心灵"关系上的创意，这与她对英国小说的局限的感知密切相关。

其次，俄罗斯"铜镜"的作用在于帮助伍尔夫认识并阐明现代文学重心的改变。伍尔夫在《现代小说》中宣称，英国现代文学的重心已经与过去不同，人们更关注"琐碎的、奇妙的、瞬息即逝的或刻骨铭心"④的心理感受，因而文学家的任务是去"表达这种变化的、未知的、无限的精神，不论它可能以怎样不合常规或者错综复杂的形式呈现……"⑤ 她将这一重心的改变锁定在 1910 年前后，因为在那一年，"人与人之间的一切关系……都变了。人际关系一变，宗教、行为、政治、文学也要变。"⑥ 导致变化的原因很多，比如朝代的改换（英王爱德华七世的去世和乔治五世的即位），新思想的冲击（爱

① Woolf, Virginia. "Modern Fiction". *The Essays of Virginia Woolf*, vol. 4, p. 163.

② Woolf, Virginia. "Modern Fiction". *The Essays of Virginia Woolf*, vol. 4, ed. Andrew Mc-Neillie. London: The Hogarth Press, 1994, p. 158.

③ Woolf, Virginia. "Modern Fiction". *The Essays of Virginia Woolf*, vol. 4, ed. Andrew Mc-Neillie. London: The Hogarth Press, 1994, p. 161.

④ Woolf, Virginia. "Modern Fiction". *The Essays of Virginia Woolf*, vol. 4, ed. Andrew Mc-Neillie. London: The Hogarth Press, 1994, p. 160.

⑤ Woolf, Virginia. "Modern Fiction". *The Essays of Virginia Woolf*, vol. 4, pp. 160-161.

⑥ Woolf, Virginia. "Character in Fiction". *The Essays of Virginia Woolf*, vol. 3, ed. Andrew McNeillie. London: The Hogarth Press, 1988, p. 422.

因斯坦等物理学和弗洛伊德心理学的广泛传播①）、新艺术的引进（后印象派画展的举办②）等，然而单纯就现代文学而言，决定性的影响来自俄罗斯文学，伍尔夫对此曾作论析："在阅读了《罪与罚》和《白痴》之后，年轻小说家们谁还会相信维多利亚时期所塑造的'人物'……将人物从它所陷入的不成形的状态中拉出来，明晰它的边界，深化它的内质，表现人与人之间能激起我们最强烈情感的冲突，这就是乔治时代作家的问题。导致两代人决裂的是这一问题意识而不是乔治国王即位"。③

　　最后，俄罗斯"铜镜"的作用在于为伍尔夫实验创新技法提供启示。伍尔夫清楚地知道，物质主义小说完全拘束在情节、喜剧、悲剧、爱情、利益、可信度等英国文学传统形式中，其手法仅限于表现外在世界；精神主义小说彻底抛弃一切传统技法，却陷入思想和方法上的晦涩和贫瘠之中。④伍尔夫努力突破物质主义与精神主义的对立，积极借鉴陀氏等小说家联结外在世界与内在心灵的精湛技法，充分运用从他们作品中洞见的那些根本性的东西：陀思妥耶夫斯基的"直觉"，契诃夫的"记忆景象"，托尔斯泰的"生命视野"和屠格涅夫的"人性"。她以英国传统元素"幽默、喜剧、尘世之美、智性活动和身体之美妙"⑤为主体，融入俄罗斯技法，其作品体现出鲜明的重构特性。比如，《达洛维夫人》的"直觉"印象，就包裹在一张由达洛维夫人、塞普蒂莫斯、彼得等人物行走在伦敦大街时的所见、所闻、所思编织而成的多重意识网络中，里面包含着欢快、幽默、骄傲、平静、狂想、痛苦等多重情感的对抗、交汇与变换，但绝没有陷入痛苦、哀伤、悔恨的情感深渊。又比

　　① 伍尔夫在《小说人物》的草稿中曾提到由于爱因斯坦等人的科学理论的快速发展，现代人对人物的兴趣比上一辈人更浓，她还写道："如果你读过弗洛伊德的书籍，你在 10 分钟内可获知的事实或可能性，是我们的父母们不能想象的"。见 Woolf, Virginia. "Character in Fiction". *The Essays of Virginia Woolf*, vol. 3, ed. Andrew McNeillie. London: The Hogarth Press, 1988, p. 504.
　　② 第一次后印象派画展举办于 1910 年 11 月，它一反人们所熟悉的印象派绘画对纯粹视觉的模仿，去追求艺术表达思想和情感的力量，因此它"大胆地切断艺术中单纯再现因素，以便……在至为简洁、至为抽象的要素中，确立其表现形式的根本法则"。（见罗杰·弗莱：《罗杰·弗莱艺术批评文选》，江苏美术出版社 2010 年版，第 105 页。）
　　③ Woolf, Virginia. "Mr. Bennett and Mrs. Brown". In Majumdar, Robin and Allen McLaurin (eds). *Virginia Woolf: The Critical Heritage*. London: Routledge & Kegan Paul, 1975, pp. 117—118.
　　④ Woolf, Virginia. "Modern Fiction". *The Essays of Virginia Woolf*, vol. 4, ed. Andrew McNeillie. London: The Hogarth Press, 1994, pp. 160—161.
　　⑤ Woolf, Virginia. "Modern Fiction". *The Essays of Virginia Woolf*, vol. 4, ed. Andrew McNeillie. London: The Hogarth Press, 1994, p. 163.

如《到灯塔去》的"记忆"叙述，用窗、夜、灯塔等浮标联结拉姆齐先生、拉姆齐夫人、丽莉等人物的心灵之网，在晚宴、去灯塔等现实事件中完成人物心灵间的对立、对话和悟道的过程，逃离和超越痛苦是作品的主旋律。再比如《海浪》的"生命视野"，在外在自然与内在独白的对位中走过从日出到日落的生命全程，外景内情中展现的全是英国人特有的知性思考、尘世之行、喜剧语词、身体之美等。

　　结语："夫以铜为镜，可以正衣冠；以史为镜，可以知兴替；以人为镜，可以明得失。"①伍尔夫在阅读、评析和借鉴俄罗斯文学的过程中，心中时刻惦记着如何为英国文学"正衣冠"。正是基于对英国文学传统的笃信，她在"俄罗斯热"中努力客观地透视俄罗斯文学，洞见它的特性，以此照亮英国现代文学的局限、优势和重心，最终以自己的独到领悟和大胆实践，重新激活英国文学传统，完成了将英国现代小说推向世界的壮举。

---

① 《旧唐书·魏徵传》。

第四章　论法国文学①

　　法国文学带给伍尔夫的是"惊喜和兴奋"，②不像古希腊文学和俄罗斯文学那样，隔着时空、语言和文化上的鸿沟，既给人震撼又令人困惑。基于她对法国文化和语言的熟悉和掌握，以及英法文学在文化和思想背景上的相近性，伍尔夫对法国文学的关注重心落在其优于英国文学之处，而不像她对古希腊文学和俄罗斯文学那样，重点关注文化背景的不同和创作风格的差异。

　　近年来西方学界比较关注普鲁斯特对伍尔夫的影响问题。比如法国批评家让·盖吉特（Jean Guiguet）指出伍尔夫与普鲁斯特的作品在自我的多元性、双性同体立场、同性恋描写、对真实的领悟等方面具有相近性，这种相近源于两位作者相似的性情和欧洲文明共通的背景。③伊丽莎白·肖（Elizabeth M. Shore）依托细致的比较研究，推进盖吉特的观点，指出这些相近性主要体现在伍尔夫的《奥兰多》之中。④梅尔斯（C. J. Mares）翔实论证伍尔夫对视觉艺术与文学艺术的界限的突破和把握得益于普鲁斯特的影响。⑤路易斯（Pericles Lewis）通过对比两位作家的代表作，阐明伍尔夫的创作和理论深受普鲁斯特的影响，主要表现在句型、叙述视角等方面。⑥不过，伍尔夫对

---

　　① 本章已发表于《外国语文》2015 年第 3 期，标题为：《弗吉尼亚·伍尔夫论法国文学》。

　　② Woolf, Virginia. "On Not Knowing French". *The Essays of Virginia Woolf* (vol. 5). Ed. Struart N. Clarke. London：The Hogarth Press, 2009, p. 4.

　　③ Guiguet, Jean. *Virginia Woolf and Her Works*. Trans. Jean Stewart. London：The Hogarth Press, 1965, p. 247.

　　④ Shore, Elizabeth M. "Virginia Woolf, Proust, and *Orlando*". Comparative Literature, vol. 31 (summer 1979), pp. 232—245.

　　⑤ Mares, C. J.. "Reading Proust：Woolf and the Painter's Perspective". *Comparative Literature*, vol. 41 (1989), pp. 327—359.

　　⑥ Lewis, Pericles. "Proust, Woolf, and Modern Fiction". *Romantic Review*, Vol. 99, 2008, pp. 77—86.

法国文学的了解并不局限于普鲁斯特，虽然他是她最为喜爱的作家。她曾广泛阅读蒙田、司汤达、莫洛亚、福楼拜、瓦莱里、莫泊桑、巴尔扎克等人的作品，不仅评论他们的作品，而且从中提炼对法国文学的总体概括。

　　但是学术界很少有人整体考察伍尔夫对法国文学的审美感悟方式、特性概括和所受影响。她对法国文学知道多少？她对文明背景相通的法国文学采用了怎样的审美方式？她如何概括法国文学的主导特性？法国文学如何影响她的创作？本章重点探讨这些问题，以揭示伍尔夫感悟外国文学的另一种模式。

一、伍尔夫与法国文学

　　从伍尔夫的日记和书信看，她曾多年阅读法国重要作家作品。她大约于1903 年（21 岁）开始阅读蒙田随笔，1906 年开始阅读福楼拜和巴尔扎克，1912 年阅读司汤达，1922 年起持续阅读当时分七部陆续出版的普鲁斯特小说《追忆逝水年华》（法文版），1924 年开始阅读保罗·瓦莱里、安德烈·莫洛亚、莫泊桑等人的作品，曾就蒙田、普鲁斯特、司汤达、莫洛亚的作品撰写随笔。

　　伍尔夫对法国主要作家作品的阅读是长期的、反复的、尽可能全面的。比如，她 1903 年开始阅读蒙田随笔，1924 年再次通读 5 卷本《蒙田随笔》，撰写并发表随笔《蒙田》(1924)，1931 年为撰写《三个基尼》，又着重阅读蒙田论述妇女激情的随笔。又比如，她用 10 余年的时间（1922—1934）追踪阅读普鲁斯特的《追忆逝水年华》，不断将它与英国、古希腊、俄罗斯、美国文学作品相比照，与她同时期创作的小说《达洛维夫人》(1925)、《到灯塔去》(1927)、《奥兰多》(1928) 相比照。再比如，她于 1912 年蜜月旅行期间阅读司汤达的《红与黑》，至 1935 年游览荷兰、意大利之际，她依然在阅读该作品。她对司汤达、瓦莱里、莫洛亚的阅读均持续 10 年以上，所涉猎作品广泛。

　　伍尔夫对法国文学的阅读并不局限于文学作品本身。除作品之外，她喜爱涉略作家的日记、通信、随笔、传记，也博览法国文学史、文化史，欣赏法国绘画和音乐。对她而言，作家、社会、作品是同等重要的。她对福楼拜的阅读始于他的通信集，继而细读《包法利夫人》；她阅读蒙田的随笔，并去法国参观蒙田故居；她多次欣赏画展，领悟后印象主义代表人物塞尚、凡·

高、高更等人的作品，也不断出席莫扎特的音乐会和歌剧，同时频繁与福斯特、斯特雷奇、威尔斯、罗杰·弗莱、叶芝等著名作家和艺术家一起探讨法国作家作品。这些概括只局限于日记中有记载的部分，她的实际文学阅读和文化活动无疑更为丰富。①

正是基于对法国文学长期的、全方位的阅读和领悟，她对法国文学及其重要作家有着深刻的领悟。她对他们的评价极高，称赞蒙田是描绘"灵魂的图像、重量、色彩和边界"的第一人，②普鲁斯特是"迄今为止最伟大的现代小说家"③。她对他们的极高评价在随笔中的表现方式是：普鲁斯特、蒙田、福楼拜在她的文学评论中总是作为参照典范出现。

二、对法国文学的审美方式

伍尔夫对外国文学的审美方式因国别的不同而不同。比如，她对"没有学派、没有先驱、没有继承者"④的古希腊文学的领悟，主要采用"以心观文"的整体观照法。⑤她对基于"空寂辽阔的原野"⑥的俄罗斯文学的阅读，主要采用全景观照和英俄对比法，以透视和洞见其"不同"的特性和意蕴。⑦她对共同根植于欧洲文明的法国文学的感悟，则更多表现为典范式的参照。也就是

---

① 这些事实梳理于伍尔夫 5 卷本日记集：Woolf, Virginia. *The Diary of Virginia Woolf* (5 vols). Ed. Anne Olivier Bell and Andrew McNeillie. London：The Hogarth Press, 1977－1984 和 6 卷本书信集：Woolf, Virginia. *The Letters of Virginia Woolf* (6 vols). ed. Nigel Nicolson and Joanne Trautmann. London：The Hogarth Press, 1975－1980. 重要日期包括：1903, 1924/1/31, 1931/9/3, 1931/4/16（蒙田）；1922/5/5, 1922/10, 1923/1/7, 1924/2/8, 1925/4/8/, 1926/7/2, 1927/3/30, 1928/6/6, 1928/8/25, 1929/5/13, 1934/4/26, 1934/5/21, 1934/10/25（普鲁斯特）；1912/8, 1924/7/5, 1934/10/25, 1935/5（司汤达）；1907/2/7, 1929/1/8, 1934/10/25, 1937/4/4, 1940/5/31（巴尔扎克）；1906/7, 1907/8/8, 1934/12/15（福楼拜）；1924/2/24, 1727/7/27, 1928/5/20, 1930/2/26（安德烈·莫洛亚）；1924/10/3, 1924/11/22（瓦莱里）；1934、8、21, 1934、10、4（莫泊桑）；1911/3, 1911/11/8, 1913/10/3（后印象主义画展）；1918/7/13, 1920/1/25, 1930/1/9, 1933/1/21（莫扎特音乐会、歌剧）。
② Woolf, Virginia. "Montaigne". *The Essays of Virginia Woolf*, vol. 4, ed. Andrew McNeillie. London：The Hogarth Press, 1994, p. 71.
③ Woolf, Virginia. *The Letters of Virginia Woolf* (vol. 3). ed. Nigel Nicolson and Joanne Trautmann. London：The Hogarth Press, 1977, p. 365.
④ Woolf, Virginia. "On Not Knowing Greek". *The Essays of Virginia Woolf*, vol. 4, ed. Andrew McNeillie. London：The Hogarth Press, 1994, p. 49.
⑤ 见第二章。
⑥ Woolf, Virginia. "Russian Background". *The Essays of Virginia Woolf* (vol. 3). ed. Andrew McNeillie. London：The Hogarth Press, 1987, p. 85.
⑦ 见第三章。

说，在某种程度上，她认为法国文学"比英国文学写得更好一些"，① 因而可以将其视为文学的典范来映照英国作品的不足。她虽然以"错觉"一词来形容这一定位，并指出此"错觉"源于英国人对法国文学的"陌生感和魅力"，② 但是她认为"必须承认法国文学依然居主导地位"，而且曾在一个世纪乃至一个半世纪之前对英国人具有"巨大的吸引力"。③

　　基于这一立场，她常常在评论英国作家或论述小说理论时，引出法国重要作家为参照，以阐明英国文学的局限。比如在批评伊丽莎白时代的散文在形式、技巧和思想上的不成熟时，她对比了锡德尼的《诗辩》与蒙田的《随笔》："锡德尼的散文是绵绵不绝的独白……它长篇累牍，既不活泼也不口语化，不能牢牢抓住其思想……与此相比，蒙田则擅长行文，了解文体的力量与局限，能巧妙地进入连诗歌都无法达到的情感缝隙……能表达被伊丽莎白时代的散文完全忽略的微妙和强烈。"④在这里，蒙田的典范地位显而易见。这样的例子在伍尔夫的随笔中比比皆是，比如在随笔《论小说的重读》中，为了批判帕西·卢伯克的《小说的技巧》中"书的本身即书的形式"的观点，伍尔夫分析了法国作家福楼拜的短篇故事《纯朴的心》，旨在证明，书的本身并非卢伯克所看重的形式技巧，而是读者从故事中体验到的"激情"。她在同一篇随笔中申明福楼拜已是"成熟男人"，而司各特的创作则显得"孩子气"。⑤又比如，在指出劳伦斯的小说具有"一种不稳定的、轻微摇晃的、闪烁的"缺陷时，她以普鲁斯特作品的自如与深厚来比照。⑥再比如，在评点福斯特的小说在内容、技巧、智慧、深度和美等方面一应俱全，却唯独缺乏内聚力和表现力时，她以普鲁斯特为典范，阐明只有当创作成为"兴趣和事物自

　　① Woolf, Virginia. "On Not Knowing French". *The Essays of Virginia Woolf* (vol. 5). ed. Struart N. Clarke. London: The Hogarth Press, 2009, p. 5.

　　② Woolf, Virginia. "On Not Knowing French". *The Essays of Virginia Woolf* (vol. 5). ed. Struart N. Clarke. London: The Hogarth Press, 2009, p. 5.

　　③ Woolf, Virginia. *The Essays of Virginia Woolf* (vol. 6). ed. Struart N. Clarke. London: The Hogarth Press, 2011, p. 554.

　　④ Woolf, Virginia. "The Elizabethan Lumber Room". *The Essays of Virginia Woolf*, vol. 4, p. 57.

　　⑤ Woolf, Virginia. "On Re-reading Novels". *The Moment and Other Essays*. London: Harcourt Brave Jovanovich, Inc., 1948, pp. 160, 164.

　　⑥ Woolf, Virginia. "Notes on D. H. Lawrence". *The Moment and Other Essays*. London: Harcourt Brave Jovanovich, Inc., 1948, p. 95.

身美的自然流溢"① 时，作品才可能有深度和力度。

这种以普鲁斯特、福楼拜、蒙田等为典范的参照式评点大都出现在伍尔夫对英国现代小说家的评点之中，这些法国作家在她的心目中代表着欧洲近现代创作的至高点；这与她常常将莎士比亚、乔叟、多恩、托马斯·布朗、笛福、斯特恩、简·奥斯丁、柯勒律治视为典范，昭示英国文学的至高点，有着异曲同工之妙。伍尔夫这一做法与她所遵循的批评原则有密切关系。伍尔夫认为文学批评必须由两个部分组成："以充分的领悟去获取印象，这只是阅读的前半程……我们还要对这些纷繁的印象进行判断，将这些转瞬即逝的印痕变成坚实而恒久的思想"，而作出判断时必须实施的重要环节是"将每一本书与同类中最杰出的作品进行对比"。② 法国文学正是伍尔夫作评判时用于对照的杰出范本。

三、法国文学的主要特性

伍尔夫对法国文学的总体概括大致定格在她对法国式的布朗夫人的描述中：

> 英国作家会把布朗老太太塑造成一个"人物"，他会凸显她的古怪形貌和举止，她身上的纽扣和额头的皱纹，头发上的丝带和脸上的粉刺。她的个性主宰着全书。**法国作家会把这些都抹去，他为了更好地突出人性，宁愿牺牲布朗夫人个人，而塑造出一个更抽象、匀称、和谐的整体。** 俄罗斯人则会穿透肉体，显示灵魂，让灵魂独自游荡在滑铁卢大道上，向生命提出一个巨大的问题，直到读完全书，它的回声依然萦绕在我们耳边。③

伍尔夫相信，法国小说更重视揭示人性，重在表现生命整体。它既不像现代英国小说那样只注重物质描写，也不像现代俄罗斯小说那样只注重灵魂

---

① Woolf, Virginia. "The Novels of E. M. Forster". *The Death of the Moth*. New York: Harcocourt, Brave and Company, Inc, 1942, p. 172.

② Woolf, Virginia. "How should One Read a Book?". *The Common Reader (Second Series)*, pp. 266-262.

③ Woolf, Virginia. "Mr. Bennett and Mrs. Brown". *The Captain's Death Bed and Other Essays*. London: Harcourt Brace Jovanovich, Inc., 1978, p. 102. 标黑系笔者所加。

揭示，它关注的是生命整体和生命内在各成分的匀称与和谐。

伍尔夫是从蒙田、普鲁斯特、安德烈·莫洛亚、司汤达等作家的作品中获得这一总体印象的，"表现生命整体"贯穿在她对这些作家的评论中。

在《蒙田》（"Montaigne"，1925）中，伍尔夫给蒙田的总体定位是"灵魂书写大师"："讲述自我，追踪自己的奇思妙想，描绘出整个灵魂的图像、重量、色彩和边界，它的混乱、多变和不完美——这种艺术只属于一个人，蒙田"。[①] 她认为蒙田通过整体描写灵魂，生动而真切地表现了灵魂包容"害羞、傲慢；贞洁、好色；唠叨、沉默；勤劳、娇弱；聪颖、笨拙；忧郁、开朗；撒谎、真实；博学、无知；慷慨、贪婪、浪费"[②] 等相互冲突的成分为一体的本质特性，揭示了它的复杂性、不确定性和整体性。在此基础上，伍尔夫概括了蒙田对生命本质的理解：

> 运动和变化是生命的本质；僵化便是死亡；墨守成规便是死亡；让我们想什么就说什么，重复自己，反驳自己，发出最荒唐的胡言乱语，追逐最古怪的幻想，不管世人怎么做，怎么想，怎么说。除了生命之外（当然还有秩序），其他一切都不重要。[③]

除了揭秘蒙田的生命理念，伍尔夫进一步阐明蒙田的表现手法。她认为蒙田创作的关键是启用了"与灵魂交流"的独特手法，他相信"交流是我们的主要任务"。[④] 依托这一手法，他的随笔行文灵动自如，具备触及人性和触及生命真谛的深刻性。另外，蒙田擅长发挥"想象力"的作用，他能将灵魂中无以计数的成分，不论轻重，全都交织在一起，使生命在神秘的面纱背后若隐若现。

> 除了事实本身的意义之外，我们还有一种奇妙的能力，那就是用想象力来改变事实。观察灵魂如何时常投射她的光与影，使重要

---

① Woolf, Virginia. "Montaigne". *The Essays of Virginia Woolf*, vol. 4, ed. Andrew McNeillie. London: The Hogarth Press, 1994, p. 71.

② Woolf, Virginia. "Montaigne". *The Essays of Virginia Woolf*, vol. 4, p. 75.

③ Woolf, Virginia. "Montaigne". *The Essays of Virginia Woolf*, vol. 4, p. 75.

④ Woolf, Virginia. "Montaigne". *The Essays of Virginia Woolf*, vol. 4, p. 76.

的变得空洞，微弱的变得重要，使白天充满梦幻，使幻影与事实一样令人激动，弥留之际还拿小事开涮。①

再者，蒙田创立了活泼空灵的语句，伍尔夫这样描述它们的奇特性："简短而支离，绵长而博学，逻辑清晰而又自相矛盾"，它们不仅让人听见灵魂的"脉搏和节奏"，而且看见它在帷幔后"跳动"。"那些捉摸不定的、反复无常的成分"被奇迹般地融合为一个整体。②

伍尔夫从神和形两个层面揭示了蒙田所表现的"灵魂"的本质和特性，深刻而独到。这种犀利的评点同样体现在她对普鲁斯特的评论中。她在随笔《小说概观》（"Phases of Fiction"，1929）中，将普鲁斯特作为"心理小说家"和"诗意小说家"的典范进行了论述，用"复杂深奥的发光体"来形容普鲁斯特的作品。它"多孔而柔韧，极具吸附力"，就像"薄而有弹性的气囊"，将意识、知觉、观念、记忆、梦想、知识、事物等整个世界包容在内；它毫无偏见，向一切"有力量的、被感觉到的事物敞开"；它复杂深奥，用"感悟这一深深的蓄水池"为人物赋形，待他像浪涛一般刚浮出水面，又将其沉入"思想、评论和分析的变动不居的大洋之中"，③ 以赋予人物以生命。

她认为普鲁斯特的作品展现的是一个融"思想者与诗人"为一体的生命世界，它是双重的、整体的，不仅照亮生命意识的表象，而且揭示生命意识的本质：

> 作为思想者与诗人的融合体，我们往往在其极其精妙的观察之后，领悟到其意象的飞翔——美丽、出彩、直观，仿佛那用分析传递力量的心灵突然升入空中，从高处用暗喻向我们表现事物的另一面。这一双重视野使普鲁斯特的重要人物及其跃然其上的整个世界更像一个球体，总有一面是遮蔽的，而不是一个一览无余的平台。④

---

① Woolf, Virginia. "Montaigne". *The Essays of Virginia Woolf*, vol. 4, ed. Andrew McNeillie. London: The Hogarth Press, 1994, p. 77.
② Woolf, Virginia. "Montaigne". *The Essays of Virginia Woolf*, vol. 4, p. 78.
③ Woolf, Virginia. "Phases of Fiction". *Granite and Rainbow*: *Essays*, pp. 123—125.
④ Woolf, Virginia. "Phases of Fiction". *Granite and Rainbow*: *Essays*, pp. 125—126.

这里，伍尔夫不仅指出普鲁斯特具有奇妙的表现生命的复杂性的能力，如同蒙田所做的那样，而且揭示了普鲁斯特优于蒙田之处——诗意的传递。普鲁斯特的诗意源自精巧的隐喻中，"它们从思想的岩石下涌出，就像甘泉，将一种语言转化为另一种语言。每个场景仿佛都是双面的，一面正对着光，被精确地描绘，细致地考察；另一面藏于阴影中，只有当作者有信心和有视像的时候，用隐喻才能表现。"① 在伍尔夫看来，普鲁斯特在心理描写上要比亨利·詹姆斯更精彩，在诗意表现上则优于梅瑞狄斯、哈代和艾米丽·勃朗特。

伍尔夫凸显了普鲁斯特在表现生命整体时那种包罗万象的立体性和意味深长的诗意性，拓展了她对蒙田的心灵整体的概括。这种拓展性同样体现在她对其他法国作家的评论中。她在随笔《论不懂法国》（"On Not Knowing French"，1929）中，用"智慧"（Intelligence）概括法国现代作家安德烈·莫洛亚的创作特性，突出了他用"交流"表现生命整体的能力：

> （莫洛亚）最主要的特性无疑是智慧……英国读者考虑最多的就是它，也许因为它在我们自己的小说中极为罕见。智慧不太容易去界定。它既不是出色，也不是知性。它也许是这样一种感觉，兴趣点既不落在人们做什么上，也不落在人际关系上，而是主要落在与第三方的交流能力上，这第三方就是对抗的、高深莫测的、（或许）可说服的、被称为普遍生命的东西。②

可与莫洛亚"与普遍生命交流"相媲美的，是司汤达对普遍生命的探索。伍尔夫在随笔《司汤达》（"Stendhal"，1924）中指出，他所刻画的人物拥有"雄心、谨慎、激情、科学性"，他们"探索着爱的本质，用不知疲倦的好奇心追问着人类灵魂的内在构成"。③

伍尔夫对蒙田、普鲁斯特、莫洛亚和司汤达的专论，代表着她对法国文

---

① Woolf, Virginia. "Phases of Fiction". *Granite and Rainbow: Essays*, p. 139.

② Woolf, Virginia. "On Not Knowing French". *The Essays of Virginia Woolf* (vol. 5). ed. Struart N. Clarke. London: The Hogarth Press, 2009, p. 5.

③ Woolf, Virginia. "Stendhal". *The Essays of Virginia Woolf*, vol. 4, ed. Andrew McNeillie. London: The Hogarth Press, 1994, p. 417.

学的认识深度。虽然她从他们的作品中领悟到的重心各不相同，但是不论是蒙田的"灵魂"，普鲁斯特的"生命发光体"，还是莫洛亚的"智慧"或司汤达的"人物"，他们的共同特性是对整体的追寻，对内在构成的匀称性和和谐度的表现。这一特性是她无法从英国、古希腊、俄罗斯、美国等其他国家的文学中获得的，这正是伍尔夫从法国文学中获益最多之处。

四、法国文学对伍尔夫的影响

西方批评家在探讨普鲁斯特对伍尔夫的影响时，主要依托作品对比，揭示普鲁斯特的特定主题和思想在伍尔夫作品中的重现，比如多元自我、双性同体、同性恋、叙述视角、句型等。这些分析自然有其道理，但是不免给人"只见树木，不见森林"的感觉。创作是一个整体，这是伍尔夫的一贯立场，如若她的创作在某一观点上模仿普鲁斯特，在某一技巧上模仿蒙田或陀思妥耶夫斯基，这样的创作充其量只能成为一种拼贴，既无内聚力，也无表现力，绝不可能催生《达洛维夫人》、《到灯塔去》这样的经典名作。影响研究的目标不应该局限于寻找和论证具体的关联性和相似性，更重要的是去揭示隐藏在关联性之下的共通性，以及基于这一共通性之上的重构和创新。

伍尔夫从法国文学中，特别是从普鲁斯特作品中，收获的是一种根本性的启示，而不是一些具体的观点和技法。这种根本性的启示源自她对法国文学生命整体表现的高度关注。这一点清晰地记录在她的书信和日记中。

伍尔夫对普鲁斯特作品的领悟经历了从语言到形式，再到本质的升华历程。1922 年 5 月 6 日，她首次读完普鲁斯特的作品后写信给艺术批评家罗杰·弗莱，告诉他，普鲁斯特激活了她表现灵魂和思想的欲望，她几乎写不出成形的句子来，"几乎没有人曾像他那样打动我的内在语言中枢，萦绕在我的心中。"[①] 5 个月后，她又写信给弗莱，对普鲁斯特作品的创新形式有了更深的理解，她赞叹："究竟怎样赋予那些飘忽的东西以形式，使它以美而持久的形式表现出来？我们不得不放下书本，喘喘气。所带来的愉悦已经变得可感，就像将太阳、美酒、葡萄与静谧和强烈的生命力熔铸在一起。"[②] 三年后，当伍

① Woolf, Virginia. *The Letters of Virginia Woolf* (vol. 2). ed. Nigel Nicolson and Joanne Traut-mann. London: The Hogarth Press, 1976, p. 525.

② Woolf, Virginia. *The Letters of Virginia Woolf* (vol. 2). ed. Nigel Nicolson and Joanne Traut-mann. London: The Hogarth Press, 1976, pp. 565—566.

尔夫完成了《达洛维夫人》后，伍尔夫对普鲁斯特的创作有了本质的把握：

> 我不知道这一次（指《达洛维夫人》）我是否取得了什么？不管怎么说，与普鲁斯特相比，它几乎算不了什么。我现在依然沉浸在其中。普鲁斯特的最大特性是将最敏感的与最坚韧的东西融合为一体。他找到了那些蝴蝶身上各不相同的图案中的最基本的纹路。他既像羊肠线那般艰涩，又像蝴蝶翅膀那般飘忽。[①]

伍尔夫对普鲁斯特的感悟是本源性的，而不是表象性的。她从感悟语言的活力和形式的复杂性出发，最终洞见了艺术生命背后的奥秘，那就是：将纷繁复杂的表象和恒久深刻的本质融为一体。

伍尔夫将这一洞见置于英国文学深厚的传统之中，创造出全新的主题和形式。在《达洛维夫人》、《到灯塔去》、《海浪》等作品的意识流中，伍尔夫所注入的，均是英国文学的传统元素，而照亮并创新这些古老元素的灵感则部分来自法国文学的"灵魂交流"、"发光体"和"智慧"。

结语：法国文学曾对伍尔夫产生影响，这是不容置疑的，但是伍尔夫对它的接受不是模仿性的，而是基于整体观照之上的彻悟。她对法国文学的典范式参照，体现了她提升和创新英国文学的决心和立场。她对蒙田、普鲁斯特、莫洛亚、司汤达等作家的整体观照深入而独到。正是依靠这种澄怀味象式的洞见，伍尔夫激活了自己的创新能力。

---

① Woolf, Virginia. *The Diary of Virginia Woolf* (vol. 3). ed. Anne Olivier Bell and Andrew McNeillie. London: The Hogarth Press, 1980, p. 7.

第五章　论美国文学①

美国文学为弗吉尼亚·伍尔夫反思文学创新提供了实例。

伍尔夫对美国文学的态度，反思大于汲取。一方面，英美文学之间的亲缘关系和传承关系，使伍尔夫很难从美国文学中感受到显著的新意或卓越之处。它既不能像古希腊、俄罗斯文学那样带给她极大的震撼与困惑，也不能像法国文学那样带给她惊喜与兴奋，它暴露在她面前的更多的是一种年轻文学的幼稚和缺陷。另一方面，美国文学从模仿走向创新的过程所暴露的问题，为立志创新现代小说的伍尔夫带来了弥足珍贵的启示。

自 1905 年至 1927 年，伍尔夫在广泛阅读美国作家作品的基础上撰写和发表了近 20 篇随笔，②评论华盛顿·欧文、爱默生、梭罗、惠特曼、梅尔维尔、德莱塞、亨利·詹姆斯等多位美国作家作品，并在此基础上，撰写随笔《论美国小说》（"American Fiction"，1925），纵论对美国文学的反思，阐释实现文学创新的关键之所在。她的论析主要集中在美国文学的原创性、技法、整体性、困境等方面。反思的基础是广博的比较文学视野，即她以英国、法国、古希腊、俄罗斯等国文学为参照评析美国作家作品。

就在 1925 年，伍尔夫先后发表了《论不懂希腊》（"On Not Knowing Greek"，1925）、《蒙田》（"Montaigne"，1925）、《现代小说》（"Modern Fiction"，1925）、《俄罗斯视角》（"Russian Point of View"，1925）和《论美国文学》（"American Fiction"，1925）5 篇重要文章，纵论古希腊文学、法国作家蒙田的随笔、英国现代小说、俄罗斯文学和美国文学。从写作的时间看，《论

---

① 本章已发表于《江西社会科学》2013 年第 11 期，标题为：《弗吉尼亚·伍尔夫论美国文学》。
② 伍尔夫就美国作家作品所撰写随笔见其 6 卷本随笔集：Woolf, Virginia. *The Essays of Virginia Woolf*, vol. 1—6, ed. Andrew McNeillie. London：The Hogarth Press, 1988—2011. 主要的评论作家包括亨利·詹姆斯、梅尔维尔、惠特曼、爱默生、赫尔吉海姆、德莱塞、拉德纳、华盛顿·欧文、海明威等。

美国文学》是伍尔夫在完成对俄、英、法、古希腊等国文学的纵论之后最后撰写的,① 可以说,她对美国文学的反思是以她对古希腊文学的原创性、俄罗斯技法的丰富性、法国作家蒙田的创作整体性和英国现代小说的困境的深入思考和领悟为参照的,其关注的核心是美国文学创新问题。

西方学者曾探讨伍尔夫对海明威的批评激起后者何种回应,② 或比较伍尔夫与亨利·詹姆斯的创作异同。③ 但很少有人关注伍尔夫对美国文学的反思的内涵与价值。虽然伍尔夫对美国文学的批评仅限于 20 世纪 30 年代之前的作家作品,有着明显的历史局限性,然而她比照式的批评方式依然为我们照亮了一片被忽视的领地。本章在回顾伍尔夫与美国文学的关系的基础上,主要从伍尔夫论美国文学的四个聚焦点——原创性、创作技法、创作整体和美国文学的困境——切入,揭示她对美国文学的剖析,阐明她的论析的价值。

一、伍尔夫与美国文学

伍尔夫曾广泛涉猎美国作家作品,不过对它热情和兴趣没有像对法国文学、俄罗斯文学、古希腊文学那般强烈。根据她的日记和书信,她最早阅读的是美国作家艾伯特·劳伦斯·洛厄尔（Abbott Lawrence Lowell）和亨利·詹姆斯（Henry James）的作品,那年她 15 岁,正如饥似渴地浏览家庭图书室中的藏书。洛厄尔是她的教父,詹姆斯是父亲的老朋友（后来是布鲁姆斯伯里文化圈的一员）,选读他们的作品对伍尔夫而言是自然而然的。此后,伍尔夫一直追踪阅读詹姆斯的作品,并撰写多篇书评,却很少再在日记或书信中提到洛厄尔的作品。

像这样对作品仅作短期阅读的情形,在她的美国文学阅读中比较普遍,这显然不同于她对英国、古希腊、俄罗斯、法国经典作品的持久兴趣。她曾

---

① 从撰写及发表的时间先后看,《俄罗斯视角》的第一稿《俄罗斯观点》发表于 1918 年 12 月 9 日,《现代小说》的第一稿发表于 1919 年 4 月 10 日,《蒙田》发表于 1924 年 1 月 31 日,《论不懂希腊》起笔于 1922 年冬天,完稿于 1924 年下半年,是特地为《普通读者》撰写的。《论美国文学》起笔于 1925 年 4 月,发表于 1925 年 8 月。除《论美国文学》之外,其余 4 篇文章均在充分修改的基础上被伍尔夫选入她的第一本随笔自选集《普通读者 I》之中,于 1925 年出版。《论美国小说》在伍尔夫去世后,由她丈夫伦纳德·伍尔夫选入伍尔夫随笔集《瞬间集》（1947）之中。

② Donaldson, Scott. "Woolf vs Hemingway". *Journal of Modern Literature*, vol. 10, No. 2 (June 1983), pp. 338—342.

③ Smith, J. Oates. "Henry James and Virginia Woolf: The Art of Relationships". *Twentieth Century Literature*, vol. 10, No. 3 (Oct., 1964), pp. 119—129.

阅读华盛顿·欧文（Washington Irving）、爱默生（Ralph Waldo Emerson）、梭罗（Henry David Thoreau）、沃尔特·惠特曼（Walt Whitman）、赫尔曼·梅尔维尔（Herman Melville）、德莱塞（T. Dreiser）、赫尔吉海姆（Joseph Hergesheimer）、庞德（Ezra Pound）、厄内斯特·海明威（Ernest Hemingway）、舍伍德·安德森（Sherwood Anderson）、辛克莱·刘易斯（Sinclair Lewis）、林·拉德纳（Ringgold Lardner）等作家的作品。大部分是短期接触，阅读完毕，或完成一篇书评，此后较少提及。①

这种阅读方式表明，伍尔夫较少从美国文学中获得她极为珍视的创意，更多看到的是它的问题。她认为美国文学所面临的两大主要问题是："它或者缺乏丰富的文化底蕴，或者强装出一股阳刚之气。"因为它抑或"渴望调和欧美文学"，抑或"蔑视欧洲文学规范"。这样各执一端的态度，不仅不能推进美国文学的发展，而且"必然以保护或嘲笑的方式损害它自己"②。

她对美国作家作品的分析，集中在原创性、创作技法、创作整体和美国文学困境四个问题上。

二、原创性问题

原创性是伍尔夫论述美国文学时重点关注的问题。无论在纵论美国文学史之际，还是在评价美国作家作品之时，原创性均是她评判优劣的准绳。

在《论美国文学》中，她将美国作家划分为"拥戴英国"与"拥戴美国"两大阵营，深入剖析了两大阵营的特性与局限。前者以辛克莱·刘易斯为代表，包括爱默生、霍桑、亨利·詹姆斯、伊迪斯·华顿夫人、赫尔吉海姆等作家。他们扎根于英国经典，亦步亦趋地模仿、继承和推进英国模式，但是在这一过程中牺牲了自己的美国特色；他们具有美国人的自我意识，但缺乏

---

① 伍尔夫对美国作家作品的阅读记录见其 5 卷本日记集：Woolf, Virginia. *The Diary of Virginia Woolf* (5 vols). Ed. Anne Olivier Bell and Andrew McNeillie. London：The Hogarth Press, 1977 —1984，或 6 卷本书信集：Woolf, Virginia. *The Letters of Virginia Woolf* (6 vols). Ed. Nigel Nicolson and Joanne Trautmann. London：The Hogarth Press, 1975—1980。重要日期包括：1905/2/22，1908/8/8，1915/10/14，1917/10/17，1919/3/21，1920/1/1，1920/4/8，1921/8/29，1921/11/15，1921/12/22，1933/5/5，1934/8/30（亨利·詹姆斯）；1919/8/7，1922/2/14，1928/9/10（梅尔维尔）；1918/12/10（庞德）；1918/1/3，1937/3/28（惠特曼）；1911/3/3（爱默生）；1897/1（洛厄尔）；1918/12/12，1919/5/29，1919/12/25，1920/7/8，1920/12/16（赫尔吉海姆）；1919/8/21（德莱塞）；1925/4/19（拉德纳）；1919/4/3（华盛顿·欧文）；1927/9/3，1927/9/9，1927/10/9（海明威）。

② Woolf, Virginia. "A Real American". *The Essays of Virginia Woolf*, vol. 3, ed. Andrew McNeillie. London：The Hogarth Press, 1988, p. 86.

足够的信心去认同美国文化，于是将自己定位成穿梭在英美文学之间的导游或译员，既为自己不得不展示美国特色感到羞愧，又为欧洲人对它的嘲笑而感到愤怒。后者以舍伍德·安德森为代表，包括惠特曼、梅尔维尔、德莱塞等作家，他们具有强烈的美国意识，怀着"忠实于事实的本质"的决心，立志创建美国特色。由于缺乏足够的文化底蕴，他们宁愿用自己的简陋手法去表现取自美国文化心脏的珍贵原创素材，让它不加修饰地裸露在新大陆的清新空气之中，任凭别人的嘲笑和讽刺，决不愿将美国思想和情感硬塞进陈旧的欧洲文学的外壳之中。

伍尔夫详尽描述了这两大阵营作家的痛苦。刘易斯们痛苦，是因为他们必须以英国的传统形式来掩饰自己作为美国人在文化根基上的匮乏；安德森们痛苦，是因为他们必须大声申明自己作为美国人的骄傲，其表现方法却极其简单。其结果是：

> 文笔更微妙，或者说更复杂的作家们，那些亨利·詹姆斯们，那些赫尔吉海姆们，那些伊迪斯·华顿们，他们决定拥戴英国，却因此尝到了苦果，因为他们夸大了英国文化，夸大了传统的英国优雅举止，过分地强调或在错误的地方强调了社会差异，这些差异虽然最先吸引外国人的注意力，却并不是最深刻的东西。他们的作品在精致优雅的语言这方面所取得的成就，在对价值观念的不断曲解中和对表象差别的痴迷中，丧失殆尽。[①]
>
> 那些简单粗糙的作家们，比如沃尔特·惠特曼、安德森先生、马斯特斯先生，他们决定拥护美国，他们好战凶猛，自我意识强，在抗议中炫耀卖弄……他们的创新性、独特性和个性。[②]

在伍尔夫看来，刘易斯们与安德森们的局限在本质上是相通的，那就是文与质、形与神的割裂。无神则形无生气，无形则不能通神。刘易斯们在继

---

① Woolf, Virginia. "American Fiction". *The Moment and Other Essays*. London: Harcourt Brave Jovanovich, Inc. 1948, p. 124.

② Woolf, Virginia. "American Fiction". *The Moment and Other Essays*. London: Harcourt Brave Jovanovich, Inc. 1948, p. 125.

承英国文学优雅的形式之后，所表现的并不是美国精神，而是英国化的文化思想，他们的原创性"在对价值观念的不断曲解中和对表象差别的痴迷中"丧失殆尽。安德森们有足够的决心和意志去表现独特的、本土的美国精神，却因形式的简陋而无法传神，其作品显得"炫耀卖弄"。正是由于形与神的分离，浑然一体的原创性作品在美国文学中比较罕见，这是伍尔夫意识到的关键问题。

这一文质相异、形神相隔的现象曾普遍出现在美国作家作品中，伍尔夫曾逐一撰文论述。

比如，她从华盛顿·欧文（1783—1859）的美国故事中看到的是英国随笔。这些故事被设定在美国新大陆的背景中，但故事内容却充满了英国人特有的记忆和传统。她在随笔《华盛顿·欧文》中这样评价他："那勇敢而坚定的绅士的片段是英国随笔中的一流样品，故事段落中蕴含着精彩的幽默和文字魅力，但是它们迫使我们重复所有人都说过的故事。他不曾讲述他自己的生命故事。"①

再比如，伍尔夫虽然对亨利·詹姆斯（1843—1916）的作品赞赏有加，却对其原创性的欠缺颇为遗憾。她曾撰写《亨利·詹姆斯的最新小说》、《旧的秩序》、《亨利·詹姆斯的创作技法》、《边缘之中》、《亨利·詹姆斯的书信》、《亨利·詹姆斯的鬼故事》等多篇随笔，评论他的作品、书信、回忆录，揭示他的优势与局限，对他的评价是所有美国作家中最高的。②她知晓他"四处漂泊，不停追寻"的生活状态，赞赏他"超然物外，无拘无束"的创作心境，以及对世界和生活永不枯竭的好奇心；③她认定他是一位"伟大的作家"，④因为他像所有伟大的作家那样，拥有特定的创作风格和思想基调，而且能挥洒自如。"柔和之光穿越往昔岁月，让昔日最平凡的人物都洋溢出美的光

---

① Woolf, Virginia. "Washington Irving". *The Essays of Virginia Woolf*, vol. 3, ed. Andrew McNeillie. London: The Hogarth Press, 1988, p. 30.

② 伍尔夫评论亨利·詹姆斯的随笔包括: "Mr. Henry James Latest Novels" (1905), "The Old Order" (1917), "The Method of Henry James" (1918), "Within the Rim" (1919), "The Letters of Henry James" (1920), "Henry James Ghost Stories" (1921)。

③ Woolf, Virginia. "The Letters of Henry James". *The Essays of Virginia Woolf*, vol. 3, ed. Andrew McNeillie. London: The Hogarth Press, 1988, pp. 200—201.

④ Woolf, Virginia. "The Method of Henry James". *The Essays of Virginia Woolf*, vol. 2, ed. Andrew McNeillie. London: The Hogarth Press, 1994, p. 348.

彩，在幽暗中显现出许多被白天的强光所遮蔽的细节，整个场景深刻、丰富、平和而幽默，这看起来是他的天然风格和持久基调。他所有以年迈的欧洲作为年轻美国人的背景的故事都具有这样的风格。"①然而她对他的推崇主要限定在他的高超创作技法上。她认为他在"知识和技法上胜人一筹"，②赞扬他的小说表现了整体风貌，不仅具有细致入微的观察分析，而且立意颇高，能够用小说揭示普遍意义，③但是她也指出他的最大问题是，思想与风格的融合度欠缺，④视角的新颖性欠缺⑤。

那么，富有原创性的美国文学作品应该是怎样的呢？伍尔夫给出的范例是美国作家林·拉德纳的短篇故事《我理解你，艾尔》。她认为，拉德纳具备无拘无束的力量、出色的天赋、从容敏锐的洞察力、稳健的风格，透过他的作品，"我们能够透视到美国社会深处，看见这个社会完全依照它自己的旨趣运转"，⑥他"为我们提供了某种独特的东西，某种本土的东西，旅游者可以将这种东西作为纪念品带回去，向不肯轻信的人们证明，他确实到过美国，并发现那片土地充满异国情调"⑦。也就是说，拉德纳的作品用独特的美国风格表现了美国内在的本土精神，其形和神是合而为一的。

伍尔夫评判美国文学时所遵循的原创性准则与她在评析古希腊文学时所揭示的原创性特性在本质上是相通的。

伍尔夫认为古希腊文学的原创性在于，它以质朴的艺术形式表现了"稳定的、持久的、原初的人"。⑧她通过评点和对比索福克勒斯、欧里庇得斯、

① Woolf, Virginia. "The Old Order". *The Essays of Virginia Woolf*, vol. 2, ed. Andrew McNeillie. London: The Hogarth Press, 1994, p. 168.

② Woolf, Virginia. "On Re-reading Novels". *The Essays of Virginia Woolf* (vol. 6). ed. Struart N. Clarke. London: The Hogarth Press, 2011, p. 429.

③ Woolf, Virginia. "Within the Rim". *The Essays of Virginia Woolf*, vol. 3, ed. Andrew McNeillie. London: The Hogarth Press, 1988, p. 23.

④ Woolf, Virginia. "Within the Rim". *The Essays of Virginia Woolf*, vol. 3, ed. Andrew McNeillie. London: The Hogarth Press, 1988, pp. 22—23.

⑤ Woolf, Virginia. "Mr. Henry James Latest Novels". *The Essays of Virginia Woolf*, vol. 1. ed. Andrew McNeillie. London: The Hogarth Press, 1986, pp. 22—23.

⑥ Woolf, Virginia. "American Fiction". *The Moment and Other Essays*. London: Harcourt Brave Jovanovich, Inc., 1948, p. 123.

⑦ Woolf, Virginia. "American Fiction". *The Moment and Other Essays*. London: Harcourt Brave Jovanovich, Inc., 1948, p. 123.

⑧ Woolf, Virginia. "On Not Knowing Greek". *The Essays of Virginia Woolf*, vol. 4, ed. Andrew McNeillie. London: The Hogarth Press, 1994, pp. 41—42.

埃斯库罗斯的作品，重点揭示了古希腊文学四大原创特性：情感性、诗意性、整体性、直观性。

它的情感性主要体现在剧中人物的声音之中。富有激情的人物对话交集着绝望、欢喜、仇恨等多种极端情绪，将人物的性格、外貌、内心冲突和信念全都鲜活地呈现，"我们看到毛茸茸的黄褐色身体在阳光下的橄榄树丛中嬉戏，而不是优雅地摆放在花岗岩底座上，矗立在大英博物馆暗淡的走廊上。"① 它的诗意性体现在它以合唱队方式将人物情感从个别、具体的层面升华到普遍、不朽的诗意境界的过程中，比如索福克勒斯用合唱表达所要强调的东西，"美妙、崇高、宁静，他的合唱从他的剧本中自然地导出，没有改变观点，而是改变了情绪"；欧里庇得斯用合唱超越剧本本身，发出"怀疑、暗示、质询的气氛"。② 它的整体性体现在它作为"一个没有美丽细节或修辞强调的整体"③的形式特征中，它"从大处着眼，直接观察，而不是从侧面细察"。它能够"将我们引入一种狂喜的精神境界，一种当所有的力量都被调动起来营造出整体的时候才能达到的境界"④。它的直观性体现在"每一个词都带着从橄榄树、神庙和年轻的身体中奔涌出来的活力"⑤的创作形态中。"那些语词……大海、死亡、花朵、星星、月亮……如此清晰，如此确定，如此强烈，要想简洁而准确地表现，既不模糊轮廓又不遮蔽深度，希腊文是唯一理想的表现方式。"⑥

古希腊文学的原创性就体现在形神合一的完美特性中。在那里，声音与心灵、境与意、形与神、言与意是浑然一体的，换句话说，其文学表现形式与被表现的生命精神是浑然一体的。这既是最高境界的文学，又是最具原创性文学。虽然，伍尔夫在探讨美国文学中着重强调的是文学形式与民族精

---

① Woolf, Virginia. "On Not Knowing Greek". *The Essays of Virginia Woolf*, vol. 4, ed. Andrew McNeillie. London: The Hogarth Press, 1994, p. 42.

② Woolf, Virginia. "On Not Knowing Greek". *The Essays of Virginia Woolf*, vol. 4, ed. Andrew McNeillie. London: The Hogarth Press, 1994, p. 44.

③ Woolf, Virginia. "On Not Knowing Greek". *The Essays of Virginia Woolf*, vol. 4, ed. Andrew McNeillie. London: The Hogarth Press, 1994, p. 47.

④ Woolf, Virginia. "On Not Knowing Greek". *The Essays of Virginia Woolf*, vol. 4, ed. Andrew McNeillie. London: The Hogarth Press, 1994, p. 47.

⑤ Woolf, Virginia. "On Not Knowing Greek". *The Essays of Virginia Woolf*, vol. 4, ed. Andrew McNeillie. London: The Hogarth Press, 1994, p. 48.

⑥ Woolf, Virginia. "On Not Knowing Greek". *The Essays of Virginia Woolf*, vol. 4, ed. Andrew McNeillie. London: The Hogarth Press, 1994, p. 49.

神的合一，尚未深入论及言与意、境与意、形与神等各种创作层面的融合，但是两者在本质上是一致的。

三、创作技法问题

在评析美国文学时，伍尔夫曾多次指出美国作家在创作技法上是简单而粗糙的。

她在随笔《赫尔曼·梅尔维尔》中赞赏梅尔维尔的非凡想象力和生动活泼的叙述，但是觉得他的技巧不够成熟，作品的真实性有欠缺。[①]她在随笔《一个真正的美国人》中称赞西奥多·德莱塞是一位真正的美国作家，但认为他的创作技法有欠缺。他作品的活力来自他对"美国田野、美国男人和女人、美国本土气息，它的原初性，它的乐善好施，它的富饶"的描写，但是他缺乏一位作家所必备的品质，比如"专注的精神、观察力和写作方法"。她认为，"德莱塞先生充满热情地描写他们自己，他的作品具有自己的特性——美国人的特性。他自己还不是一位伟大作家，但他拥有伟大的成分，以此为起点，一百年后伟大的美国作家将会诞生。"[②]她在随笔《三个黑皮肤的彭尼家人》（"Three Black Pennys"，1918）、《爪哇岬》（"Java Head"，1919）、《金子与铁块》（"Gold and Iron"，1919）、《美的追踪》（"The Pursuit of Beauty"，1920）、《愉悦小说》（"Pleasant Stories"，1920）中评论了赫尔吉海姆的五部小说，得出的总体印象是，小说太过程式化，"坚硬而凝固"[③]。小说的内容似乎被拢在一起，整整齐齐地塞入"形式"之中，小说的人物好像上了发条一般，机械而呆板。她给作者的建议是，他应该写一部"不渲染家具、妇女的衣着和生活细节的小说"[④]，"立意应更高一点"[⑤]。

---

① Woolf，Virginia. "Herman Melville". *Books and Portraits*. Ed. Mary Lyon. London：The Hogarth Press，1977，pp. 99—104.

② Woolf，Virginia. "A Real American". *The Essays of Virginia Woolf*，vol. 3，ed. Andrew McNeillie. London：The Hogarth Press，1988，pp. 87—88.

③ Woolf，Virginia. "Three Black Pennys". *The Essays of Virginia Woolf*，vol. 2，ed. Andrew McNeillie. London：The Hogarth Press，1994，p. 336.

④ Woolf，Virginia. "Java Head". *The Essays of Virginia Woolf*，vol. 3，ed. Andrew McNeillie. London：The Hogarth Press，1988，p. 47.

⑤ Woolf，Virginia. "Java Head". *The Essays of Virginia Woolf*，vol. 3，ed. Andrew McNeillie. London：The Hogarth Press，1988，p. 49. 除去已经引用的 2 篇随笔之外，伍尔夫另外 3 篇评论赫尔吉海姆的随笔是："Gold and Iron"，"The Pursuit of Beauty"，"Pleasant Stories". *The Essays of Virginia Woolf*，vol. 3，ed. Andrew McNeillie. London：The Hogarth Press，1988，pp. 139—140，233—234，273—274.

她曾发表随笔《一篇关于批评的随笔》（"An Essay in Criticism"，1927），评论海明威的作品，指出他在创作风格上缺乏现代主义特性。她认为，《太阳照常升起》并无新意，"是一部直露的、生硬的、直言不讳的小说"，[①]它公开而坦率，毫无做作之处，通过对事实的精选，构建故事；但小说中的人物未得到充分描写，扁平而粗略；作品流露出作者的自我意识和男子气概；作品的思想是被故事的最后一句话照亮的，而不是由读者意会出来的。它更像法国作家莫泊桑的小说而不像俄罗斯作家契诃夫的小说。伍尔夫指出它的两大缺陷是："对话的过量"和"比例的失调"，[②]最严重的缺憾是，那些被称为"生命、真理、现实"[③]的东西与作家擦肩而过。

伍尔夫对美国作家的直率评点曾引发争议，尤其是她对海明威的批评。然而考虑到伍尔夫是透过俄罗斯小说家的丰富技法来审视美国小说的局限的，她的观点就不难理解了。她的评论焦点，比如对作品的"真实性"、作家的"专注精神"和"观察力"、作品的"立意"及"生命、真理、现实"的表现力的特别关注，与她在同一时期对俄罗斯小说家陀思妥耶夫斯基、契诃夫、托尔斯泰和屠格涅夫的创作技法的推崇密切关联。她在随笔中直接用契诃夫的精妙来反衬海明威的不足就是例证。

自 1917 年至 1933 年，伍尔夫曾撰写和发表 10 余篇随笔，详尽评析和揭示陀思妥耶夫斯基、契诃夫、托尔斯泰和屠格涅夫的精湛技法。她认为陀思妥耶夫斯基擅长以独特的方式将有形的现实世界与无形的心灵世界巧妙相连，让读者直接感受灵魂的搏动。他的作品就像用"海面上的一圈浮子"联结"拖在海底的一张大网"，捕捉深不可测的灵魂这一巨大的"海怪"，[④]其作品的深邃和博大体现在对人类灵魂的完整性和复杂性的透彻表现之中。契诃夫的作品看似平淡却意味深长，"随意、无结局、平常"[⑤]的故事下隐藏着浑然天

---

① Woolf，Virginia. "An Essay of Criticism". *Granite and Rainbow: Essays*. London: Harcourt Brace Jovanovich，Inc. ，1958，p. 87.

② Woolf，Virginia. "An Essay of Criticism". *Granite and Rainbow: Essays*. London: Harcourt Brace Jovanovich，Inc. ，1958，p. 91.

③ Woolf，Virginia. "An Essay of Criticism". *Granite and Rainbow: Essays*. London: Harcourt Brace Jovanovich，Inc. ，1958，p. 92.

④ Woolf，Virginia. "More Dostoevsky". *The Essays of Virginia Woolf* (vol. 2). Ed. Andrew McNeillie. London: The Hogarth Press，1987，p. 84.

⑤ Woolf，Virginia. "Russian Point of View". *The Essays of Virginia Woolf* (vol. 4). Ed. Andrew McNeillie. London: The Hogarth Press，1992，p. 185.

成的结构、鲜活的人物、精妙的构思和无尽的言外之意。托尔斯泰的作品以高远的立意呈现生命全景，给人的感觉就像站在山顶，用望远镜将远景近景尽收眼底。[①]屠格涅夫作品的表现力度和深度基于其"将事实与幻象融合"的创作原则，他擅长将精细的观察与睿智的揭示相结合，其人物始终深刻意识到他们与外在世界的密切关联。[②]

总之，俄罗斯小说家的精深技法使她着迷，陀思妥耶夫斯基对"灵魂"的真切表现、契诃夫的平淡自如和意味深长、托尔斯泰的高远立意与屠格涅夫的深刻揭示作为种种范例，左右并影响着她对英美国家的文学创作的自我反省和自我批判，这一点显著体现在她在《现代小说》中对英国现代小说的反思中，也表现在她对美国文学的反思中。在那里，俄罗斯作品就像一面铜镜，映现出英美创作的局限。

四、创作整体性问题

在评析美国文学时，伍尔夫还指出美国作家在创作整体性上的欠缺。

她从爱默生的作品中，看到了一位个性独立得有点与世隔绝的思想者。在随笔《爱默生的日记》（"Emerson's Journals"，1910）中，伍尔夫指出，爱默生总是从自己的情感出发推及他人；他相信人是由一些孤立的品性组合而成，人们可以单独发展或褒扬这些品性；他的句子就像他的思想一样是坚硬而碎片状的。她认为，爱默生思想的最大长处和最大短处都在于它的简单性，它的坚硬和确定来自他对少数事物的专注把握和对大多数事物的忽视，他那孤立的、抽象的思想虽然能够在高处闪光，却缺乏生命活力。

　　他具有诗人的天赋，至少能够将遥远的、抽象的思想转化成坚实而闪光的东西，即使不能化成有血有肉的鲜活的东西……他的日记和作品中所表现出的那种简单化特性，不仅源自他对许许多多事物的忽略，更源自他对少数事物的专注。由此，他获得一种非凡的提升，就像无实体的思想直接正视真理。他将我们带到凌驾于世界

①　Woolf, Virginia. "Russian Point of View". *The Essays of Virginia Woolf* (vol. 4). ed. Andrew McNeillie. London: The Hogarth Press, 1992, p. 188.

②　Woolf, Virginia. "The Novel of Turgenev". *The Captain's Death Bed and Other Essays*. London: Harcourt Brace Jovanovich, Inc., 1978, pp. 55—57.

之上的顶峰，一切熟悉的事物都变得无足轻重，变成浅灰色、粉色的平面……然而这样的提升是不具备可行性的，任何打断都可能会让它消失。①

她从梭罗的《瓦尔登湖》中看到了一个独具天性的人。在随笔《梭罗》（"Thoreau"，1917）中，她指出，他对人的本性和才智有着莫大的信赖；他宁愿与自然为伴，与荒蛮为伴，为的是证明人是无所不能的；他对自己抱有浓厚的兴趣，在原始而简单的生活中感受并袒露自己的内心世界；他是一个自我主义者，但对人类充满责任心。他的思想高洁而纯粹，擅长与自己交流，与自然交流，却缺乏人际交流能力。因而，虽然"他有着印第安人的顽强、坚韧和健全的心智，同时又具备现代人的自我意识、苛刻的不满和敏感的气质。他对人性的领悟似乎时常超越人类力量之所及。他对人类寄予的期望和为人类制定的任务比任何慈善家都要高"，虽然"他的书振聋发聩，情操高洁，每个字都诚恳真挚，每句话都精雕细刻"，但是我们读过之后却有一种"奇怪的距离感；我们感觉他正在努力与我们交流，却无法沟通"。②

伍尔夫对美国经典作家爱默生和梭罗的评论看似挑剔且尖刻，然而将这些评述与她在同一时期对蒙田的评论相对照，我们能够看出她所推崇和倡导的是对生命思想的整体表现。

她在《蒙田》一文中这样概括蒙田对灵魂和思想的整体描写：它"讲述自我，追踪自己的奇思妙想，描绘出整个灵魂的图像、重量、色彩和边界，它的混乱、多变和不完美"，③ 它"害羞、傲慢；贞洁、好色；唠叨、沉默……"是一个由种种相互冲突的成分融合而成的复杂的、不确定的整体。她认为，正是通过表现混沌的精神整体，蒙田揭示了生命的本质："运动和变化是生命的本质；僵化便是死亡；墨守成规便是死亡……"④

---

① Woolf，Virginia．"Emerson's Journals"．*Books and Portraits*．ed. Mary Lyon. London：The Hogarth Press，1977，pp. 88—89.

② Woolf，Virginia．"Thoreau"．*Books and Portraits*．ed. Mary Lyon. London：The Hogarth Press，1977，pp. 96—97.

③ Woolf，Virginia．"Montaigne"．*The Essays of Virginia Woolf*，vol. 4，ed. Andrew McNeillie. London：The Hogarth Press，1994，p. 71.

④ Woolf，Virginia．"Montaigne"．*The Essays of Virginia Woolf*，vol. 4，ed. Andrew McNeillie. London：The Hogarth Press，1994，p. 75.

　　基于自己对蒙田的多变的、不确定的、自相矛盾的、活泼的生命描写的领悟和推崇，伍尔夫看出并点明了爱默生和梭罗只关注少数形而上的真理却忽视大量实际存在的事物的不完整和局限。这其实是一种更高意义上的文艺索求，一种让抽象的思想与具体的偶然事物相结合的诉求，一种恰如其分地表现生命存在的前瞻性意识。这种意识在萨特的存在主义作品和后现代的诸多作品中得到了充分的表现，而伍尔夫则是先行者之一，其启示来自于蒙田和斯特恩。

五、美国文学的困境

　　伍尔夫对美国文学的整体思考是用一种困境意识来体现的，这一点与她对现代英国小说的困境思考极其相似。两者所面临的困境虽然不同，但是伍尔夫所给出的突破困境的思路是相似的。

　　在《论美国文学》中，伍尔夫探讨了美国文学所面临的困境：作为一种缺乏根基的文学，美国作家长期挣扎在"模仿英国文学"还是"忠实于事物本质"的两难境地中。他们或者继承英国文学娴熟的创作形式，却以牺牲美国精神的表现为代价；或者忠实表现美国精神，却因缺乏合适的形式或拥有过分强烈的民族意识而显露其文学的简单幼稚。

　　在《现代小说》中，伍尔夫论析了英国现代小说所面临的困境：英国现代小说大致可分为物质主义小说和精神主义小说两大类。前者是物质性的，它用"大量技巧和巨大精力"来描写"微不足道的、转瞬即逝的东西"，却忘却了"生命或精神，真实或现实"等本质的东西；[1]后者是精神性的，它"不惜一切代价，揭示生命最深处的火焰的闪烁"，[2]却为此丢弃传统的写作方法，其全新的表现形式看似裸露且不完整。

　　面对英美文学的不同困境，伍尔夫没有简单地用"二者择其一"的方法破解僵局，分别在"拥戴英国"/"拥戴美国"或"物质主义"/"精神主义"之间做出抉择。她所采用的共同方法是，超越对立双方的优劣，在一个更高层次的第三空间，用超越国界的文艺视野，呼唤形神合一的创新文学。

　　要走出美国文学的困境，伍尔夫提出：美国作家的创新表现方式可以是

---

[1]　Woolf, Virginia. "Modern Fiction". *The Essays of Virginia Woolf*, vol. 4, p. 159.
[2]　Woolf, Virginia. "Modern Fiction". *The Essays of Virginia Woolf*, vol. 4, p. 161.

无限多样的。他们既可以"毫不在乎英国见解和英国文化，而依然生机勃勃地写作"，就像拉德纳一样；也可以"具备所有文化素养和艺术才能而不滥用"，就像薇拉·凯瑟一样；还可以"依靠自己的力量写作，不依赖任何人"，像芬妮·赫斯特小姐一样。①重要的是，他们须深深扎根于自己的国土和传统，有足够的信心认同自己的文化，同时能从容而坦然地吸收世界其他文化的璀璨，并能将它们融会贯通。

　　要走出英国现代小说的困境，伍尔夫指出："并不存在'小说的合适素材'，一切都可以是小说的合适素材，一切情感，一切思想；头脑和灵魂的一切品质都可以提取；没有一种感悟是不合适的"，重要的是要去"突破她，侵犯她"，唯有如此，我们才能恢复现代小说的青春，确保她的崇高地位。②

　　结语： 伍尔夫所评论的作家包括华盛顿·欧文、爱默生、梭罗、惠特曼、梅尔维尔、德莱塞、亨利·詹姆斯、赫尔吉海姆、海明威、舍伍德·安德森、辛克莱·刘易斯、林·拉德纳等作家。从研究对象看，所选择的作家同时包含着古典的与现代的、有名的与无名的，看似随意而为，但大致能看出他们代表着美国文学的不同时期。从批评风格看，既有对作品的直觉感悟，也有基于比照之上的理性评判，其风格不同于同时代作家 D. H. 劳伦斯在《美国古典文学探讨》（1924）中所倡导和实践的，将批评纯粹看作批评家个人感受的传达，认定批评的"试金石是感情，不是理智"；③也不同于 F. R. 利维斯在《伟大的传统》（1947）中所树立的学院派典范，重在对作品技法的独创性和道德思想的表现力作深入缜密的分析。

　　伍尔夫的批评所遵循的是一种从观到悟的审美体验，她以普通读者为立场，首先对作品作全景透视，然后以比较的方法对作品做出评判，而比较评判的准绳是则人心共通的生命趣味。④她对美国文学的评论充分体现了这一准则。无论是在《论美国文学》中，还是在论海明威、亨利·詹姆斯、梅尔维

---

① Woolf，Virginia. "American Fiction". *The Moment and Other Essays*. London：Harcourt Brave Jovanovich，Inc.，1948，p. 125.

② Woolf，Virginia. "Modern Fiction". *The Essays of Virginia Woolf*，vol. 4，p. 164.

③ D. H. 劳伦斯：《乡土精神》，载戴维·洛奇编：《二十世纪文学评论》，上海译文出版社 1987年版，第221页。

④ 详见本书第十章第一节，或见高奋：《批评，从观到悟的审美体验——论弗吉尼亚·伍尔夫的批评理论》，《外国文学评论》2009年第3期，第32—40页。

尔等作家中，文章的基本构架都是对作家作品的全景透视；显在或隐在的比照则随处可见，伍尔夫仿佛站在古希腊、俄罗斯、法国、英国的文学之巅，从不同侧面观照美国作家作品，揭示其优势与局限；最后依凭心灵感悟，自然而然地阐明深刻而开放的观点。

　　作为20世纪初期的英国小说家兼文论家，伍尔夫的批评思想和实践不可避免地带有历史的局限性。但是她的开阔审美视野、比照式的批评方式和生命至上的审美立场却可以带给她一双目光如炬的慧眼，能让她看得更远更深。这或许就是她带给我们的启示。

第六章 "中国眼睛"①

中国文化为弗吉尼亚·伍尔夫打开了新的视野和思想。

与大多数欧美作家一样，弗吉尼亚·伍尔夫表现中国文化的方式主要有两种：首先，将"中国的瓷器、丝绸、茶叶、扇子等富有东方情调的物品或简笔勾勒的中国人散落在作品之中，有意无意地抒发想象中的中国意象和中国形象"；其次，基于自己对中国哲学、文化、艺术的了解，"作品的整体构思自觉体现对中国思想的领悟，通过形式技巧、叙述视角、人物风格、主题意境等多个创作层面，隐在或显在地表现出基于中西方美学交融之上的全新创意。"②出现在伍尔夫作品中的直观中国意象包括中国宝塔、千层盒、茶具、瓷器、瓦罐、旗袍、灯笼等，它们散落在她的小说和随笔之中，喻示着中国文化物品已成为英国日常生活的一部分。伍尔夫的深层次理解基于她对有关东方文化的文学作品和视觉艺术的领悟和洞见，在创作中表现为全新的创作心境、人物性情和审美视野，其显著标志是她作品中三个人物的"中国眼睛"。他们分别是：随笔《轻率》（"Indiscretions"，1924）中的英国玄学派诗人约翰·多恩、小说《达洛维夫人》（*Mrs. Dalloway*，1925）中的伊丽莎白·达洛维和小说《到灯塔去》（*To the Lighthouse*，1927）中的丽莉·布里斯科。这三位典型欧洲人的脸上突兀地长出"中国眼睛"，这与其说是随意之笔，不如说是独具匠心。

英美学者已经关注到伍尔夫的"中国眼睛"，并尝试阐释其内涵。帕特丽莎·劳伦斯（Patricia Laurence）曾撰写《伍尔夫与东方》（"Virginia Woolf and the East"，1995）一文，指出伍尔夫赋予其人物以"中国眼睛"，旨在以

---

① 本章发表于《广东社会科学》2016 年第 1 期，标题为：《弗吉尼亚·伍尔夫的中国眼睛》。
② 高奋：《"现代主义与东方文化"的研究进展、特征和趋势》，《浙江大学学报》2012 年第 3 期，第 31 页。

"东方"元素凸显人物的"新"意。①此后劳伦斯在专著《丽莉·布里斯科的中国眼睛》(*Lily Briscoe's Chinese Eyes*，2003) 中，通过布里斯科的"中国眼睛"透视 20 世纪二三十年代英国"布鲁姆斯伯里文化圈"与中国"新月派"诗社之间的对话和交往，回顾和总结英国人认识、接受和融合中国文化的历史、途径及表现形式。她指出丽莉的"中国眼睛"，"不仅喻示了英国艺术家对中国审美观的包容，而且暗示了欧洲现代主义者乃至当代学者对自己的文化和审美范畴或其普适性的质疑"，② 代表着英国现代主义的"新感知模式"。③不过她的研究聚焦布鲁姆斯伯里文化圈，重在提炼英国现代主义的普遍理念，并未深入探讨伍尔夫的"中国眼睛"的渊源和意蕴。另外，厄米拉·塞沙吉瑞 (Urmila Seshagiri) 比较笼统地指出，伍尔夫的《到灯塔去》"批判了 20 世纪初期英帝国独断式的叙述方式，用丽莉·布里斯科的眼睛所象征的东方视角担当战后贫瘠世界的意义仲裁者"。④

那么，伍尔夫的"中国眼睛"缘何而来？其深层意蕴是什么？这是本章探讨的主要问题。

一、东方文化与"中国眼睛"

伍尔夫笔下的三双"中国眼睛"集中出现在她发表于 20 世纪 20 年代中期的作品中，即随笔《轻率》(1924)、《达洛维夫人》(1925)、《到灯塔去》(1927) 中，这与她对中国文艺的感悟过程及"中国风"在英国的流行程度相关。像大多数欧美人一样，她对中国文化的了解最初是从东方文化中提炼的，不过当她最终在作品中启用"中国眼睛"一词时，它背后的中国诗学意蕴是明晰的。

她感知和了解中国和东方其他国家的主要途径之一是她的亲朋好友的旅游、译介以及她本人与中国朋友的通信交流。1905 年，她的闺密瓦厄莱特·迪金森去日本旅游，期间曾给她写信描述日本的异国风情，伍尔夫随后撰写

---

① Laurence, Patricia. *Virginia Woolf and the East*. London: Cecil Woolf Publishers, 1995, p. 10.

② Laurence, Patricia. *Lily Briscoe's Chinese Eyes: Bloomsbury, Modernism and China*. Columbia: University of South Carolina Press, 2003, p. 10.

③ Laurence, Patricia. *Lily Briscoe's Chinese Eyes: Bloomsbury, Modernism and China*. Columbia: University of South Carolina Press, 2003, p. 326.

④ Seshagiri, Urmila. "Orienting Virginia Woolf: Race, Aesthetics, and Politics in *To the Lighthouse*". *Modern Fiction Studies*, vol. 50, No. 1. Spring 2004, p. 60.

随笔《友谊长廊》（"Friendships Gallery", 1907），以幽默奇幻笔触虚构迪金森在日本的游览经历。① 1910 年和 1913 年，她的朋友、剑桥大学讲师高·洛·狄更生两次访问中国，他在出访中国之前已出版《中国人约翰的来信》（*Letters from John Chinaman*, 1903），讽刺英国人在中国的暴行。1912 年，弗吉尼亚与伦纳德·伍尔夫结婚，后者此前曾在锡兰工作 6 年，回国后撰写并出版了《东方的故事》（*Stories of the East*, 1921）。1918 年至 1939 年，她的朋友、汉学家阿瑟·韦利（Arthur Waley, 1889—1966），继牛津大学汉学教授理雅各（James Legge, 1815—1896）的七卷本《中国经典》（*The Chinese Classics*）和剑桥大学汉学教授翟理斯（Herbert Allen Giles, 1845—1935）的《中国文学史》（*A History of Chinese Literature*）之后，翻译和撰写了 10 余部有关中国和日本的文史哲著作，包括《170 首中国诗歌》（*A Hundred and Seventy Chinese Poems*, 1918）、《更多中国诗歌》（*More Translations from the Chinese*, 1919）、《中国绘画研究导论》（*Introduction to the Study of Chinese Painting*, 1923）等，② 伍尔夫曾在小说《奥兰多》前言中感谢韦利的"中国知识"对她的重要性。③ 1920 年，伍尔夫的朋友、哲学家罗素到中国北京大学担任客座教授，回国后出版《中国问题》（*The Problem of China*, 1922）一书，论述他对中国文明的领悟和建议。1925 年，她的密友、艺术批评家罗杰·弗莱，选编出版了《中国艺术：绘画、雕塑、瓷器、纺织品、青铜器、玉器导论》（*Chinese Art, An Introductory Handbook to Painting, Sculpture, Ceramics, Textiles, Bronzes & Minor Arts*, 1925），并撰写序言《论中国艺术的重要性》（"The Significance of Chinese Art"），详述他对中国视觉艺术的理解④。1928 年，她的另一位密友、传记作家利顿·斯特雷奇，出版了一部关于中国皇帝和皇太后慈禧的讽刺传奇剧《天子》（*Son of*

---

① Woolf, Virginia. "Friendships Gallery". *The Essays of Virginia Woolf* (vol. 6). ed. Struuart N. Clarke. London: The Hogarth Press, 2011, pp. 515—548.

② 韦利的其他重要著作包括：《源氏物语》（*The Tale of Genji*, 1925—1933）、《道德经研究及其重要性》（*The Way of Power, A Study of the Tao Te Ching and its Place in Chinese Thought*, 1934）、《孔子论语》（*The Analects of Confucius*, 1938）、《中国古代三种思维》（*Three Ways of Thought in Ancient China*, 1939）等。

③ Woolf, Virginia. "Preface". *Orlando*. Oxford: Oxford University Press, 1992, p. 5.

④ Fry, Roger, Laurence Binyon, et al. *Chinese Art: An Introductory Handbook to Painting, Sculpture, Ceramics, Textiles, Bronzes & Minor Arts*. London: B. T. Batsford Ltd., 1935, pp. 1—5.

Heaven，1928)。1935 年至 1937 年，伍尔夫的侄儿朱利安·贝尔到中国国立武汉大学教书，不断写信给她，介绍中国文化和他喜爱的中国画家凌叔华。1938 年，朱利安在西班牙战死后，伍尔夫与凌叔华直接通信，探讨文学、文化与生活，并在信中鼓励、指导和修改凌叔华的小说《古韵》。上述人员都是伍尔夫所在的布鲁姆斯伯里文化圈的核心成员，该文化圈曾坚持 30 余年的定期活动，他们对中、日等国文化的深入了解和主动接纳对伍尔夫的影响深远。他们有关中国文化的作品基本出版于 20 世纪 20 年代，这与伍尔夫 20 年代作品中出现三双"中国眼睛"相应和。

伍尔夫对中国和东方文化的深层领悟源于她对相关文艺作品的阅读。20 世纪初期，英国汉学研究有了很大发展，一方面理雅各、翟理斯、韦利、劳伦斯·宾扬等传教士和汉学家所翻译的中国典籍和文艺作品在 20 世纪二三十年代大量出版；另一方面伦敦大学东方研究院于 1916 年成立，[①] 阅读英译中国作品或学习汉语变得便利。中国艺术在 20 世纪初期的英国社会受到热捧，一位出版商曾在前言中概括这一态势："对中国艺术的兴趣和领悟正在日益增强，近二三十年中，有关这一专题的著作大量出版便是明证"。[②]他在该书中列出了 20 世纪头 30 年有关中国艺术的出版书目，其中以"中国艺术"为题目的专题论著多达 40 余本。[③]伍尔夫的藏书中有阿瑟·韦利的《170 首中国诗歌》、翟理斯的《佛国记》（*The Record of Buddhist Kingdoms*，1923）和《动荡的中国》（*Chaos in China*，1924)、奇蒂的《中国见闻》（*Things Seen in China*，1922）等书籍，[④] 同时伍尔夫夫妇共同经营的霍加斯出版社曾出版两部有关中国的著作，《今日中国》（*The China of Today*，1927）和《中国壁橱及其他诗歌》（*The China Cupboard and Other Poems*，1929)[⑤]。伍尔夫究竟阅读过多少有关中国的书籍已很难考证，从她撰写的随笔看，她曾阅读一

① 何培忠主编：《当代国外中国学研究》，商务印书馆 2009 年版，第 184—190 页。
② Fry, Roger, Laurence Binyon, et al. *Chinese Art：An Introductory Handbook to Painting，Sculpture，Ceramics，Textiles，Bronzes & Minor Arts*. London：B. T. Batsford Ltd. , 1935, p. v.
③ Fry, Roger, Laurence Binyon, et al. *Chinese Art：An Introductory Handbook to Painting，Sculpture，Ceramics，Textiles，Bronzes & Minor Arts*. London：B. T. Batsford Ltd. , 1935, p. 5.
④ Laurence, Patricia. *Lily Briscoe's Chinese Eyes：Bloomsbury, Modernism and China*. Columbia：University of South Carolina Press, 2003, p. 164.
⑤ King—Hall, Stephen. *The China of Today*. London：Hogarth Press, 1927；Graves, Ida. *The China Cupboard and Other Poems*. London：Hogarth Press, 1929.

些英美作家撰写的东方小说，也阅读过中、日原著的英译本。她不仅积极领悟人与自然共感共通的东方思维模式，而且青睐东方人温和宁静的性情。

她对东方审美的领悟大致聚焦在人与自然共感共通的思维模式中。

她体验了以"心"感"物"的直觉感知。在随笔《东方的呼唤》（"The Call of the East"，1907）中，她评论英国作家夏洛特·罗利梅（Charlotte Lorrimer）的小说，赞同小说家的观点，"我们已经遗忘了东方人当前依然拥有的珍贵感知，虽然我们能够回忆并默默地渴望它。我们失去了'享受简单的事物——享受中午时分树下的阴凉和夏日夜晚昆虫的鸣叫'的能力"。她认为"这是欧洲文化走近神秘的中国和日本时常有的精神状态；它赋予语词某种感伤；他们能欣赏，却不能理解。"虽然该小说仅描述了一位西方妇女目睹日本母亲平静地接受丧子之痛的困惑和费解，伍尔夫对它的评价却很高，认为"这些在别处看来极其细微的差异正是打开东方神秘的钥匙"。[①]

她深深迷恋于人与自然共通的审美思维。她曾撰写随笔《心灵之光》（"The Inward Light"，1908）和《一种永恒》（"One Immortality"，1909），评论英国作家菲尔丁·豪（Harold Fielding Hall，1859—1917）的两部同名小说。她在随笔中大段摘录小说中的东方生命意象：

> 世界万物鲜活美丽，周围的草木花鸟都与它一样是有灵魂的，正是这些相通的灵魂构成了和谐而完整的世界。
>
> 生命是河流，是清风；生命是阳光，由色彩不同的独立光束组合而成，它们是不可分割的，不可指令某一色彩的光束在灯盏中闪烁而另一色彩的光束在炉火中燃烧。生命是潮汐，它以不同方式流动，其本质却相同，它穿越每一种生命体，穿越植物、动物和人类，他们自身并不完整，只有当无数个体融合起来时才构成整体。[②]

她认为这些东方思想，完全不同于西方那些"枯燥而正式"的信仰，充

---

① Woolf, Virginia. "The Call of the East". *The Essays of Virginia Woolf* (vol. 6). ed. Struart N. Clarke. London: The Hogarth Press, 2011, pp. 323—324.

② Woolf, Virginia. "The Inward Light". *The Essays of Virginia Woolf*, vol. 1, ed. Andrew McNeillie. London: The Hogarth Press, 1986, pp. 171—172.

分表现了生命体与大自然的共感与应和。她这样评价这部小说：

> 的确，本书给人的印象是一种特别的宁静，同时也有一种特别
> 的单调，部分可能出自无意识。那些不断用来表达其哲学思想的隐
> 喻，取自风、光、一连串水影和其他持久之力，它们将所有个体之
> 力和所有非常规之力，均解释为平和的溪流。它是智慧的、和谐的，
> 美得简单而率真，但是如果宗教诚如豪先生所定义的那样，是"看
> 世界的一种方式"，那么它是最丰富的方式吗？是否需要更高的信
> 念，以便让人确信，最大限度地发展这种力量是正确的。①

虽然伍尔夫的点评表现出一种雾里看花的困惑感，不过她对物我共通的东方思想的领悟是深刻的。她感悟到，作品的"智慧"、"和谐"与"美"是通过隐喻（均取自自然持久之力）来表现的，而隐藏在"物象—心灵"隐喻模式之下的，是东方哲学的基本思想，即自然持久之力与生命个体之力是共通的，均可以解释为"平和的溪流"。她的点评，从某种程度上应和中国传统的共通思想，比如王夫之的"形于吾身之外者，化也；生于吾身之内者，心也。相值而相取，一俯一仰之间，几与为通，而浡然兴矣"。身外的天化与身内的心灵之间存在着一个共通的结构模式（"相值而相取"），当个体生命在天地之间悠然而行之际，心灵与物象的通道忽然开通，审美意象油然而生。② 难能可贵的是，伍尔夫在赞叹"所有人的灵魂都是永生的世界灵魂的组成部分"③ 的东方思想之时，已经自觉地领悟到东方艺术之美在于物我共通的哲学理念及其表现方式。

在阅读中国原著英译本时，她感受到中国文学真中有幻、虚实相生的创作风格。她曾撰写随笔《中国故事》（"Chinese Stories"，1913），专题评论蒲松龄的《聊斋志异》。她觉得《聊斋志异》的故事就如"梦境"一般，不断"从一个世界跳跃到另一个世界，从生转入死"，毫无理路且总是出人意料，

---

① Woolf, Virginia. "The Inward Light". *The Essays of Virginia Woolf*, vol. 1, ed. Andrew McNeillie. London: The Hogarth Press, 1986, p. 173.

② 转引自朱良志：《中国艺术的生命精神》，安徽教育出版社 2006 年版，第 259—260 页。

③ Woolf, Virginia. "One Immortality". *The Essays of Virginia Woolf*, vol. 1, ed. Andrew McNeillie. London: The Hogarth Press, 1986, p. 256.

令她疑惑它们究竟是奇幻的"童话"还是散漫的"儿童故事"。虽然一头雾水，她还是从中捕捉到了艺术之美感："它们同样颇具幻想和灵性……有时会带来真正的美感，而且这种美感因陌生的环境和精致的衣裙的渲染而被大大增强。"①正是基于这一启示，她在随后的创作中不断思考生活之真与艺术之幻的关系问题，不断提问："何谓真，何谓幻……柳树、河流和沿岸错落有致的一座座花园，因为雾的笼罩而变得迷蒙，但是在阳光下它们又显出金色和红色，哪个是真，哪个是幻?"②她的答案是：文学之真从本质上说是生命之真与艺术之幻的平衡，"最完美的小说家必定是能够平衡两种力量并使它们相得益彰的人。"③她的真幻平衡说与中国明清时期小说家们的"真幻说"相通，比如幔亭过客称赞《西游记》"文不幻不文，幻不极不幻。是知天下极幻之事，乃极真之事；极幻之理，乃极真之理"；④脂砚斋评《红楼梦》"其事并不真实，其情理则真"；⑤闲斋老人称颂《儒林外史》"其人之性情心术，一一活现纸上"；⑥均揭示了对文学艺术虚实相生本质的自觉意识。

她从日本古典名作《源氏物语》(*The Tale of Genji*，1925) 英译本中感悟到了东方艺术形式美的奥秘。她从这部错综复杂的宫廷小说中看到的不是日本女子凄婉的命运，而是东方艺术之美。她指出，作品的美表现在"雅致而奇妙的、装饰着仙鹤和菊花"的物品描写中，其根基是创作者紫式部的审美信念，即"真正的艺术家'努力将真正的美赋予实际使用的物件，并依照传统赋形'"，由此艺术之美才可能无处不在，渗透在人物的呼吸、身边的鲜

---

① Woolf，Virginia. "Chinese Stories". *The Essays of Virginia Woolf*，vol. 2，ed. Andrew McNeillie. London：The Hogarth Press，1987，pp. 7—8. 其英文原文是："The true artist strives to give real beauty to the things which men actually use and to give to them the shapes which tradition has ordained."

② Woolf，Virginia. *A Room of One's Own*. San Diego：Harcourt Brace Jovanovich，Inc.，1957，pp. 15—16.

③ Woolf，Virginia. "Phases of Fiction". *Granite and Rainbow：Essays*. London：Harcourt Brace Jovanovich，Inc.，1958，p. 144.

④ (清) 幔亭过客：《西游记题记》，载黄霖、蒋凡主编：《中国历代文论选新编·明清卷》，上海教育出版社 2007 年版，第 218 页。

⑤ (清) 脂砚斋：《红楼梦评语》，载黄霖、蒋凡主编：《中国历代文论选新编·明清卷》，上海教育出版社 2007 年版，第 352 页。

⑥ (清) 闲斋老人：《儒林外史序》，载黄霖、蒋凡主编：《中国历代文论选新编·明清卷》，上海教育出版社 2007 年版，第 362 页。

花等每一个瞬间中。[①] 伍尔夫对紫式部艺术思想的推崇与领悟，在一定程度上贴近中国审美"平淡自然"的境界，比如司空图的"俯拾即是，不取诸邻。俱道适往，著手成春。如逢花开，如瞻岁新"[②]或苏轼的"随物赋形，尽水之变"[③]。这里，司空图与苏轼将随物赋形视为创作的最高境界，强调艺术之真在于外在之形与生命之真的自然契合，不刻意雕琢，无人工之痕。伍尔夫从紫式部的作品中感悟到的也正是随物赋形的创作理念。

除了物我共感共通的审美思维之外，她另一个关于中国文化的深刻印象是中国人宁静、恬淡、宽容的性情。她曾评论美国小说家赫尔吉海姆的两部小说《爪哇岬》（*Java Head*，1919）和《琳达·康顿》（*Linda Condon*，1920）。她在随笔《爪哇岬》中生动描述了出生高贵、个性恬淡的中国女子桃云，她嫁到美国后，对邻里无事生非的飞短流长淡然处之，对道德败坏人士的挑逗诱惑不为所动，但最终因环境所迫吞下鸦片药丸，在睡梦中安静死去。[④]在随笔《美的追踪》中，她列出了两尊远古的美的雕像，"一尊是灰绿色的中国菩萨，另一尊是洁白的古希腊胜利女神"，指出小说主人公琳达·康顿早年的生活是由灰绿色的中国菩萨主宰的，"她的表情意味深长且宁静，蔑视欲望与享受"。[⑤]

这便是伍尔夫的中国和东方印象。虽然零碎，但从每一个碎片中，她都读出了中国和东方其他国家的思维之美与性情之和，以及它们与欧美文艺的不同。

单纯依靠这些文字碎片，很难获得对中国思维和性情的整体理解，幸运的是，她从 20 世纪初广泛流行在英国的"中国风"（Chinoiserise）物品上所绘制的中国风景图案中获取了直观的视觉印象。这些简单而宁静的中国图像频繁出现在瓷器、屏风、折扇、壁纸、画卷、丝绸、玉器之上，展现在伦敦中国艺术展和大英博物馆东方艺术部中，或者以建筑物的形式矗立在英国国

---

　　① Woolf，Virginia. "The Tale of Genji". *The Essays of Virginia Woolf*，vol. 4，ed. Andrew McNeillie. London：The Hogarth Press，1994，p. 267.

　　② （唐）司空图：《诗品》，据人民文学出版社郭绍虞集解本。

　　③ （宋）苏轼：《苏轼文集》卷十二，中华书局 1986 年版。

　　④ Woolf，Virginia. "Java Head". *The Essays of Virginia Woolf*，vol. 3，ed. Andrew McNeillie. London：The Hogarth Press，1988，pp. 49—50.

　　⑤ Woolf，Virginia. "The Pursuit of Beauty". *The Essays of Virginia Woolf*，vol. 3，ed. Andrew McNeillie. London：The Hogarth Press，1988，p. 233.

土上（比如坐落在伦敦皇家植物园邱园中的中国宝塔，修建于 1761—1762 年）。这其中，最广为人知并给人深刻印象的是源自中国的垂柳图案青花瓷盘（willow—pattern blue plate）。

最初这些青花瓷盘是由传教士和商人从中国带到欧洲的。17、18 世纪在荷兰东印度公司（VOC）的全球贸易活动推动下，青花瓷盘开始从中国大量销入欧洲各国。英国人从 17 世纪开始仿制中国青花瓷，到 18 世纪已经建立了较大规模的陶瓷生产厂家。他们不仅模仿中国青花瓷盘的图案，而且采用转印图案技术，将复杂图案做成瓷胚，用机械方式大量重复印制，同时他们还赋予垂柳图案以凄美的中国爱情故事。这些青花瓷故事在维多利亚时期的报刊、书籍、戏剧、小说中被不断演绎，将一个带着浓郁中国风情的故事慢慢定型，在英国社会家喻户晓，成为英国人遥望中国文化的一扇视窗。

青花瓷盘上的基本图案是这样的：瓷盘中心是一棵大柳树，柳枝随风飘扬；柳树的左边矗立着亭台楼阁，四周环绕着桃树、玉兰树等，树下扎着可爱的篱笆；柳树的右边有一座小桥，桥上行走着三个人。小桥的前方是湖泊，不远处有一条遮篷船，船夫正站在船头撑篙，更远处是一座小岛，上面有农舍、宝塔和树木。柳树的正上方飞翔着一对斑鸠，四目相对，含情脉脉。

垂柳图案青花瓷盘

图案的背后流传着一则古老的中国爱情故事：很久以前，在中国杭州，一位官吏的女儿爱上了父亲的文书，但父亲逼迫女儿嫁入豪门，于是那对情侣只能私奔。桥上的三个人正是出逃中的女儿和她的恋人，以及后面紧紧追赶着的手执皮鞭的父亲。女儿和恋人乘渡船逃到小岛上生活了多年，后来被人发现后被烧死。他们的灵魂化作斑鸠，飞翔在当初定情的柳树上空，形影不离。①

这一青花瓷传说有很多版本，以童谣、儿童故事、戏剧、小说乃至电影等方式不断在英国重复演绎。比如，1865 年，在利物浦的威尔士王子剧院上演了戏剧《垂柳瓷盘的中国原创盛典》（*An Original Chinese Extravaganza Entitled the Willow Pattern Plate*）；1927 年由美国人詹森执导，所有角色均由中国人扮演的古装默片《青花瓷盘的传说》（*The Legend of Willow－Pattern Plate*）在伦敦首映，英国女王陛下出席了首映仪式。②

这种瓷盘与传说同步且长期传播，几乎将垂柳图作为中国的象征印入几代英国人的心中。瓷盘中所展现的中国审美方式既困扰了英国人（尤其是早期英国人），也在潜移默化中让英国人默认了这一表现方式，乃至视其为理解中国思想的参照物。

查尔斯·兰姆（Charles Lamb）1823 年点评青花瓷盘图案时所表达的不解，代表了早期英国人对东方思维的困惑。兰姆认为它是"小小的、毫无章法的、蔚蓝而令人迷醉的奇形怪状的图案"，那上面有女子迈着碎步走向停泊在宁静的小河彼岸的轻舟，而"更远处——如果他们世界中的远和近还可以估计的话——可以看见马群、树林和宝塔"③。兰姆既不习惯画面中的远近距离完全不符合透视法的布局，也不习惯将人物非常渺小地置于自然风景之中的表现方式，它与西方绘画聚焦人物而隐去自然风景的传统做法是截然不同的。

对 20 世纪初期的伍尔夫而言，这一视像却为她理解令人费解的中国文字故事提供了参照物。她阅读蒲松龄《聊斋志异》中的志怪故事后，觉得"那些氛围古怪且颠三倒四的小故事，读了三五则后，让人觉得好像行走在垂柳图案青花瓷盘里那座小桥上一般"④。可以看出，伍尔夫对垂柳图案比较熟悉，

---

① O'Here, Patricia. "The Willow Pattern that We Know: The Victorian Literature of Blue Willow". *Victorian Studies*, 1993 (summer). Fantannaz, Lucienne and Barbara Ker Wilson. *The Williow Pattern Story*. London: Angus & Roberyson Publish, 1978.

② 沈弘：《〈青花瓷盘的传说〉——试论填补中国电影史空白的一部早期古装默片》，《文化艺术研究》2012 年第 4 期，第 36—44 页。

③ Lamb, Charles. "Old China". In *The Portable Charles Lamb*. Ed. John Mason Brown. New York: Viking, 1949, p. 291.

④ Woolf, Virginia. "Chinese Stories". *The Essays of Virginia Woolf*, vol. 2, ed. Andrew McNeillie. London: The Hogarth Press, 1987, p. 8.

她尝试用它来理解蒲松龄的故事在人、兽、鬼之间的快速变形，理解那些"梦境"一般的无厘头叙述。

至此，我们已经追踪了伍尔夫的"中国眼睛"与东方文化（特别是中国文化）之间的渊源关联。作为20世纪初期渴望了解并热情接纳中国文化的英国作家，伍尔夫不仅从大量阅读中感受东方人的思维模式和性情，而且将东方人直观感应昆虫、河流、阳光、清风、人兽鬼幻变及中国女子的恬淡、中国菩萨的宁静无欲等点点滴滴均注入垂柳图案青花瓷盘之中。整个东方便异常生动地呈现在她的面前。中国青花瓷盘所发挥作用就如"眼睛"一般，将一种全新的观察世界和理解生命的方式展现在她面前。正是透过"中国眼睛"，伍尔夫重新审视并拓展了英国人的生命故事。

二、"中国眼睛"与中国式创作心境、人物性情、审美视野

伍尔夫在随笔《轻率》和小说《达洛维夫人》、《到灯塔去》中所描绘的"中国眼睛"的内涵各有侧重，分别体现了她对中国式创作心境、人物性情和审美视野的感悟。

在《轻率》中，伍尔夫给英国玄学派诗人约翰·多恩安上了一双"中国眼睛"，以赞誉他拥有中国式的整体观照思维模式和超然自如的创作心境。在该随笔中，伍尔夫将英国作家分为三类：一类作家在创作中隐含着性别意识，比如乔治·爱略特、拜伦、济慈、约翰逊等；另一类作家超然于性别意识之上，但注重作品的道德教诲作用，比如弥尔顿、托马斯·布朗、马修·阿诺德等；最后一类作家最伟大，他们超然于一切自我意识、性别意识和道德评判之上，整体观照活生生的世界的本来面目，他们包括莎士比亚、约翰·多恩和沃尔特·司各特。在论述约翰·多恩时，伍尔夫给他嵌入了一双"中国眼睛"，并详细描述他的高超之处：

> 有一位诗人，他对女人的爱荆棘满地，又抱怨又诅咒，既尖刻又温柔，既充满激情又隐含亵渎。在他晦涩的思想中某些东西让我们痴迷；他的愤怒灼人，却能激发情感；在他茂密的荆棘丛中，我们可以瞥见最高的天堂之境、最热烈的狂喜和最纯粹的宁静。不论是他年轻时用一双狭长的中国眼睛凝视着喜忧参半的世界，还是他年老时颧骨凸显，裹在被单中，受尽折磨，最后死于圣保罗大教堂，

*我们都不能不喜爱约翰·多恩。*①

伍尔夫之所以将约翰·多恩与莎士比亚一起并置于英国文学的巅峰，是因为他们能够整体考察、理解和表现生命，旨在表现生命的本真面目而不是以自我意识、性别意识、道德意识去束缚和评判它们。她认为，莎士比亚伟大，是因为他能够"将内心的东西全部而完整地表现出来"，他的头脑"是澄明的"，里面没有障碍和未燃尽的杂质；②而多恩的"中国眼睛"则代表着超然于自我、社会、世界之上的创作境界。她对多恩的狂放和纯真的赞叹，不禁让人联想到陶渊明对生命的整体观照。在阿瑟·韦利赠送伍尔夫的《170首中国诗歌》中，有12首陶渊明诗作的英译文，③其中包括他著名的《形影神三首》，以形、影、神三者的对话揭示道家的人生哲理。在陶渊明"影答形"诗节中有一行"与子相遇来，未尝异悲悦"（自从我影子与你形体相遇以来，一直同甘共苦，喜忧参半）。阿瑟·韦利的译文是"Since the day that I was joined to you/We have shared all our joys and pains"；④而伍尔夫在评点多恩时，采用了"Whether as a young man gazing from narrow Chinese eyes upon a world that half allures，half disgusts him"（他年轻时用一双狭长的中国眼睛凝视着喜忧参半的世界）。用词虽然不同，但是他们对喜忧参半的现实本质的理解却相近，所启用的是一种超然于二元对立思维之上的整体观照法。

他们以"顺其自然"作为人生最高境界的态度同样相近。陶渊明的人生最高境界表现在"神释"的最后四行中，"纵浪大化中，不喜亦不惧。应尽便须尽，无复独多虑。"（在宇宙中纵情放浪，人生没有什么可喜，也没有什么可怕，当生命的尽头来临，那么就让生命之火熄灭吧，不必再有什么顾虑。）韦利的英译文是："You had better go where Fate leads—/Drift on the Stream of Infinite Flux/Without joy，without fear/When you must go—then go/And

① Woolf，Virginia. "Indiscretions". *The Essays of Virginia Woolf*，vol. 3，ed. Andrew McNeillie. London：The Hogarth Press，1988，p. 463.
② Woolf，Virginia. *A Room of One's Own*，p. 58.
③ Waley，Arthur. *A Hundred and Seventy Chinese Poems*. New York：Alfred A Knope，1918，pp. 103—116.
④ Waley，Arthur. *A Hundred and Seventy Chinese Poems*. New York：Alfred A Knope，1918，p. 107.

make as little fuse as you can." ① 而伍尔夫则在随笔中直接描写了走入生命尽头的多恩，以及她对他始终如一的喜爱之情："or with his flesh dried on his cheek bones, wrapped in his winding sheet, excruciated, dead in St Paul's, one cannot help but love John Donne." （还是他年老时颧骨凸显，裹在被单中，受尽折磨，最后死于圣保罗大教堂，我们都不能不喜爱约翰·多恩。）综合考察伍尔夫对多恩狂放诗句的包容，对他超然诗境的赞美，对他死亡形态的坦诚，以及对他由心而发的喜爱之情，超然自如和观照生命本真无疑是她对他的人生和创作的最高评价，而这一切都是透过他的"中国眼睛"来传递的。

在小说《达洛维夫人》中，伍尔夫借助伊丽莎白·达洛维的"中国眼睛"，表现了中国式淡泊宁静的人物性情。

伊丽莎白是达洛维夫妇的女儿，两位黄头发蓝眼睛的欧洲人所生的女儿，却拥有中国人的特征，"她黑头发，白净的脸上有一双中国眼睛，带着东方的神秘色彩，温柔、宁静、体贴人"。② 关于她的中国血缘，伍尔夫作了含糊其词的交代，暗示达洛维家族带着一点蒙古人血统。在小说中，伊丽莎白出场次数不多，总是与母亲达洛维夫人最憎恨的人物基尔曼一起出现。达洛维夫人憎恨基尔曼是因为她是一位虔诚的基督教徒，对达洛维夫人这样的有产阶级怀着极度的嫉妒和仇恨。达洛维夫人感受到了基尔曼内心强压的激愤，由此对宗教产生怨恨之情，认为是宗教使她走火入魔，是宗教摧毁了基尔曼的灵魂。伊丽莎白对母亲和基尔曼之间的敌对情绪心知肚明，却能淡然处之。她喜爱自然和小动物；宁愿住在乡下，不受外界干扰，做自己想做的事；她"个性上趋于被动，不善言辞"，"美丽、端庄、安详"；"她那双美丽的眼睛因为没有别人的眼睛可对视而凝视着前方，茫然而明亮，具有雕塑一般凝神专注和难以置信的天真"。③

伊丽莎白善良、美丽、平和、淡泊的柔和形象，几乎可以说是英国人心目中的东方人的典型形象，恰如垂柳图案中的中国女子，《爪哇岬》中的中国

---

① Waley, Arthur. *A Hundred and Seventy Chinese Poems*. New York: Alfred A Knope, 1918, p. 108.

② Woolf, Virginia. *Mrs. Dalloway*. London: Penguin Books, 1996, p. 135.

③ Woolf, Virginia. *Mrs. Dalloway*. London: Penguin Books, 1996, pp. 149—150.

媳妇桃云、《源氏物语》中的日本女子、《东方的呼唤》中的日本母亲和宁静安详的中国菩萨。伊丽莎白个性平和，拥有轻松快乐的心境，与小说中其他人物因爱憎分明而充满烦恼和痛苦的心理状态形成显著反差：比如女主人公克拉丽莎·达洛维热爱生活，但内心缺少温暖，心中不时涌动莫名的仇恨；男主人公彼得·沃尔什理智而尖刻，与他人和社会格格不入，其内心脆弱且封闭，只能在梦中获得平和心境；塞普蒂莫斯·沃·史密斯个性冷漠、麻木不仁，内心充满恐惧，直至最终走上不归路；多丽丝·基尔曼偏执扭曲，狂热信仰宗教，但内心冷漠无情，言行举止充满怨恨和痛苦。这部典型的意识流小说，深入揭示了众多英国人物的复杂心理状态，表现了他们努力消解内心情绪冲突，取得心理平衡的过程。伍尔夫让"有一双中国眼睛"的、平静宽容的伊丽莎白作为其他人物的反衬，就好比用宁静、平和、友好、安详等人类天性去映衬战后英国社会弥漫着的仇恨、冷漠、恐惧、偏执等负面情绪，显然是有意而为之。

伍尔夫这一中西比照模式和立场并非基于盲目想象，而是形象地表现了她所在的布鲁姆斯伯里文化圈对中国人的共识。曾到北京大学担任客座教授的哲学家罗素（布鲁姆斯伯里文化圈主要成员之一）在专著《中国问题》(1922)中明确论述了这一共识，他以中西对比模式揭示了中国人平和、宽容、幸福的生活形态及理念："一个普通的中国人，即使他贫穷悲惨，也要比一个普通的英国人更为幸福。他之所以幸福，是因为该民族建立在比我们更人道、更文明的观念基础上……中国，作为对我们科学知识的回报，将会给我们一些她的伟大宽容与沉思的恬静心灵"；[1] 他认为中国人的基本性格是，"中国，从最高层到最底层，都有一种冷静安详的尊严"。[2] 罗素有关中国人的哲学论述与伍尔夫的中国人形象几近琴瑟和鸣。

在小说《到灯塔去》中，伍尔夫用丽莉·布里斯科的"中国眼睛"阐释了天人合一的审美视野。

丽莉·布里斯科是《到灯塔去》中拉姆齐夫妇的朋友，她用她那双"中

---

① 罗素：《中西文明的对比》，载何兆武、柳卸林主编：《中国印象：外国名人论中国文化》，中国人民大学出版社 2011 年版，第 357—358 页。

② 罗素：《中国人的性格》，载何兆武、柳卸林主编：《中国印象：外国名人论中国文化》，中国人民大学出版社 2011 年版，第 368 页。

国眼睛"整体观照了拉姆齐一家围绕"到灯塔去"这一主情节展开的现实事件和心理历程。丽莉的魅力在于有"一双狭长的'中国眼睛',白皙的脸上略带皱纹,唯有独具慧眼的男人才会欣赏",① 同时她具备"一种淡淡的、超然的、独立的气质"。② 这一独特的形貌,不仅赋予她智慧、从容、超然、独立的气质,也赋予她观察者的角色,让她承担起融理性与感性、主体精神与客观自然为一体的职责,以实现从天人相分到天人合一的转化。

她用"中国眼睛"洞察到的令人困惑的情形是:拉姆齐先生所代表的理性思辨与拉姆齐夫人所代表的感性领悟之间截然对立。拉姆齐先生只关注"主观、客观和现实本质",③ "为了追求真理而全然不顾他人的感情",④ 所代表的是柏拉图在《理想国》中所推崇的那类只追求绝对真理的西方哲学家,他们只追求"一个'真'字。他们永远不愿苟同一个'假'字",⑤ 他们关注本体和现象的区分,依托理性认知来追寻形而上本体(真理)。这种纯粹的理性思辨模式,其内在隐藏着"天人相分"的理念,即预设现象界与本体界是割裂的,追寻真理是"从一个理念到另一个理念,并且最后归结到理念"的过程,不需要依靠任何感性事物。⑥ 而拉姆齐夫人关注的是"人"本身,她对世界的理解和对自我的洞察均源自对自然之物的凝视和直觉感悟:"她从编织中抬起头,正好看见灯塔的第三道闪光,她仿佛与自己的目光相遇了,就像她在独处中探究自己的思想和心灵那样……"⑦ 她所代表的是一种物我混沌式的天人合一,即"天"与"人"在根本上是相合不分,同源一体的。丽莉用她的"中国眼睛"敏锐地观察到拉姆齐夫妇之间的根本对立,在自己的绘画创作中长久地思考如何在拉姆齐先生和她的画作"这两股针锋相对的力量之间取得瞬间平衡",⑧ 最后在经历了长时间的生命体悟(尤其是残酷战争)之后,她以自己的精神之旅感应拉姆齐先生一家到灯塔去的现实之旅,在忘却表象,忘却自我的某一瞬间,她在画作中央添加了关键的"一条线",终于取

---

① Woolf, Virginia. *To the Lighthouse*. London: Penguin Books, 1996, p. 42.
② Woolf, Virginia. *To the Lighthouse*. London: Penguin Books, 1996, p. 157.
③ Woolf, Virginia. *To the Lighthouse*. London: Penguin Books, 1996, p. 38.
④ Woolf, Virginia. *To the Lighthouse*. London: Penguin Books, 1996, p. 51.
⑤ 柏拉图:《理想国》,郭斌和、张竹明译,商务印书馆2010年版,第230页。
⑥ 柏拉图:《理想国》,郭斌和、张竹明译,商务印书馆2010年版,第270页。
⑦ Woolf, Virginia. *To the Lighthouse*. London: Penguin Books, 1996, p. 97.
⑧ Woolf, Virginia. *To the Lighthouse*. London: Penguin Books, 1996, p. 283.

得了拉姆齐先生所代表的理性之真与她的画作及拉姆齐夫人所代表的感性之爱两股力量之间的瞬间平衡，实现了从天人相分到天人合一的转化。

> 当她忘却对外在事物的感知，忘却她的姓名、个性、容貌，也忘却卡迈克尔的存在的时候，她脑海深处不断涌现场景、人名、话语、记忆和观点，它们像喷泉一般，喷洒到眼前这块耀眼的、令人惧怕的白色画布上，而她就用绿色和蓝色在上面绘制。

> 她看着画布，一片模糊。她一阵冲动，似乎在刹那间看清了它，她在画面的中央画了一条线。作品完成了，结束了。是的，她精疲力竭地放下画笔，想道：我终于画出了心中的幻象。①

丽莉在画面中央添加的那"一条线"，类似于中国诗学中的"物化"意象，在一定程度上表现了审美创作主客体浑然一体的境界。它以物我两忘为基点，在创作主体超越个体自我和现实表象的瞬间，实现物与我之间的互化，或者说"天"与"人"之间的合一。它是小说整体结构上的中心点，将小说第一部分"窗"中拉姆齐夫妇之间理性和感性的对立，第二部分"时光流逝"中残酷战争所带来的毁灭性打击，和第三部分"到灯塔去"中丽莉的精神之旅与拉姆齐一家的现实之旅之间的交相呼应，用"一条线"交汇在一起，喻示精神与现实、主体与客体、我与物这些平行前行的线最终合一。它具化为詹姆斯·拉姆齐的觉醒（即他意识到物理灯塔与想象灯塔实为一体）和丽莉的顿悟（即她在拉姆齐先生与她的画作这两股针锋相对的力量之间取得瞬间平衡），以"一条线"为聚合的表征，喻示天人合一的境界。

伍尔夫的小说结构与她所熟悉的青花瓷盘"垂柳图"的布局极为相似。在垂柳图中，一对青年男女从相恋、抗争、夫妻生活到化为斑鸠的悲剧故事被巧妙地置入垂柳、小桥、小岛和斑鸠等空间物象中，背衬着天空、湖泊、大地、树木、亭台楼阁，呈现出人与自然合一的全景图：垂柳下的恋情——小桥上的抗争——小岛农舍里的夫妻生活——灵魂化为斑鸠。不同时空的场景以循环模式共置在青花瓷的圆形平面上，其中心就是那对"斑鸠"，表现了

---

① Woolf, Virginia. *To the Lighthouse*. London：Penguin Books, 1996，pp. 234，306.

物我互化、天人合一的象外之意。伍尔夫的小说用战前某下午、战争某夜晚、战后某上午共置出一个循环时空图，最后以"一条线"将它们聚合在一起，所表现的同样是物我互化（万物世界与理性精神互化）的天人合一之境。

伍尔夫与她的朋友对中国诗学的"物化"理论是有自觉意识的，将它视为中国艺术的根本特性："他们（指中国人，笔者注）用心灵和直觉感受去理解动物这一生命体，而不是用外在和好奇的观察去理解它们。正是这一点赋予他们的动物之形以独特的生命活力，那是艺术家将内在生命神圣化和表现化的那一部分"。①

结语：伍尔夫的"中国眼睛"是直觉感知的，它的基点是大量阅读东方和中国故事；又是创造性重构的，它的源泉是创作主体的生命体验和审美想象。借助这双"中国眼睛"，伍尔夫不仅深切领悟了中国诗学的意蕴，而且拓展了人类生命故事的内涵和外延。

---

① Fry, Roger, Laurence Binyon, et al. *Chinese Art：An Introductory Handbook to Painting，Sculpture，Ceramics，Textiles，Bronzes & Minor Arts*. London：B. T. Batsford Ltd., 1935, pp. 4—5.

下篇　生命诗学

没有透彻的小说理论，就不可能有真实而深刻的小说创作。基于 20 年间（1904—1924）大量阅读英国、古希腊、俄罗斯、法国、美国文学所积累的审美感悟，伍尔夫撰写了系列有关小说理论的随笔，阐发她的文学思想。最著名的随笔包括：《论小说的重读》（1922）、《现代小说》（1925）、《班内特先生与布朗夫人》（1924）、《我们该如何读书》（1925）、《生活与小说家》（1926）、《小说的艺术》（1927）、《狭窄的艺术桥梁》（1927）、《小说概观》（1929）、《倾斜之塔》（1940）等。这些随笔对小说本质、创作思维、作品形神、批评方法、艺术境界等问题做了深入探讨。

我们在这一部分将分六章逐一予以论述，最后一章以伍尔夫的小说《海浪》为例，考察其诗学在作品中的实践。

第七章　小说本质

自从伍尔夫的随笔《现代小说》（"Modern Fiction"，1925）与《班内特先生与布朗夫人》（"Mr. Bennett and Mrs. Brown"，1924）发表以来，除了伍尔夫同时代的批评家曾对此持质疑态度之外，①大多数英美批评家都将它们视为"现代主义文学的宣言"，② 伍尔夫也因此被马尔科姆·布拉德伯里、戴维·洛奇等批评家认定为现代主义小说的代表人物。即使在女性主义批评和文化批评如火如荼的 20 世纪八九十年代，批评的重心虽然转移，伍尔夫作为重要的现代主义者的地位依然稳如磐石。获得如此桂冠，一方面说明批评界已充分肯定了伍尔夫的文学成就，另一方面也给伍尔夫的思想和作品涂上了一层想当然的色彩。诚如戴维·洛奇所言，伍尔夫符合他为现代主义小说框定的基本原则：形式具有实验性特征，内容以意识描写为主，注重审美技巧的使用，采用灵活多样的叙述视角和时间处理方法。③也如弗莱彻和布雷德伯里所言，伍尔夫在《现代小说》中表达了"一种把小说置于人类意识流之中的请求"。④然而我们不可以因此得出结论，认为伍尔夫的创作目标就是去表现意识流。这不仅因为我们无法用它来解释伍尔夫多变的形式，而且因为如此确定的结论可能遮蔽伍尔夫丰富的思想。

伍尔夫的确与她同时代的现代主义作家们共享时代的思潮，但是她的创

---

① 比如 Feiron Morris 直言不讳地声明《班内特先生与布朗夫人》中的观点是"错误的"（Morris, Feiron. "Review of 'Mr. Bennett and Mrs Brown'". *Virginia Woolf Critical Assessments*（Vol. 2）. Ed. Eleanor McNees. Mountfield: Helm Information Ltd. , 1994, p. 51）。

② Minow-Pinkney, Makiko. *Virginia Woolf and the Problem of the Subject*. Brighton: Harvester, 1987, p. 1.

③ 戴维·洛奇：《现代主义小说的语言：隐喻和转喻》，载马·布雷德伯里、詹·麦克法兰编：《现代主义》，胡家峦等译，上海外语教育出版社 1992 年版，第 450 页。

④ 约翰·弗莱彻、马尔科姆·布拉德伯里：《内省的小说》，载《现代主义》，胡家峦等译，上海外语教育出版社 1992 年版，第 381 页。

作与理论始终保持着自己的特色。批评家迈克尔·惠特华斯（Michael Whit-worth）曾提醒大家关注伍尔夫与其他现代主义者之间的区别，并将这种区别归因于伍尔夫的思想中包含着"维多利亚后期的美学思想"。①其实，通过考察伍尔夫对英、古希腊、俄、法、美等大量作品的评论，我们已经知晓伍尔夫拥有开阔的国际视野。她从多种国别文学的阅读和领悟出发，对文学的本质的思考是本源性的、综合性的，超越于意识、事实、心理等单一聚焦点的。

本章将从两个层面阐释伍尔夫对小说本质的思考：首先考察她对现代小说理论的认识和反思，阐明她对小说的生命本质的洞见；然后探讨她对现代小说困境的反思，探讨她所构建的"生命创作说"。

第一节　小说，记录生命的艺术形式②

20 世纪的伍尔夫文论研究始终处于一种随波逐流的选择状态。英国著名伍尔夫批评家赫麦妮·李（Hermione Lee）指出了这一点。她这样总结这一研究现状：当伍尔夫主要以现代主义者身份被讨论时，重点落在 1919 年至 1927 年期间她关于小说的宣言，如《班内特先生与布朗夫人》和《狭窄的艺术桥梁》；当女性主义和马克思主义批评模式盛行的时候，批评的注意力转向她关于妇女的回忆录、书信、日记，《一间自己的房间》和《三个基尼》成为首选的阅读文本；近期，越来越多的兴趣落在伍尔夫对知性问题的反思上，对历史、科学、进化论、精神分析、技术、消费主义和绘画等一系列问题的探讨上。③

在这些研究中，有一个明显的缺失，那就是对伍尔夫的小说理论的整体审视。自 1923 年伍尔夫发表《班内特先生与布朗夫人》至 1941 年伍尔夫去世，英美学术界对伍尔夫的小说理论大都持质疑的态度，④最为显著的质疑反

---

① Whitworth, Michael. "Virginia Woolf and Modernism". *The Cambridge Companion to Virginia Woolf*. Ed. Sue Roe, Susan Sellers. Shanghai: Shanghai Foreign Language Education Press, 2001, p. 147.

② 本节已发表于《外国文学评论》2008 年第 2 期，标题为：《小说，记录生命的艺术形式——论弗吉尼亚·伍尔夫的小说理论》。

③ Lee, Hermione. "Virginia Woolf's Essays". *Cambridge Companion to Virginia Woolf*. Ed. Sue Roe. Shanghai: Shanghai Foreign Language Education Press, 2001, pp. 94—95.

④ Feiron Morris、J. D. Beresford、Frank Swinnerton、Edwin Muir 等都不同程度地对伍尔夫在《班内特先生与布朗夫人》中所发表的观点提出质疑和否定观点。见 Majumdar, Robin and Allen McLaurin eds. *Virginia Woolf: The Critical Heritage*. London: Routledge & Kegan Paul, 1975, pp. 120—137。

映在伍尔夫与阿诺德·班内特（Arnold Bennett）之间的论战中。[①] 20 世纪 40 年代，英美批评家剖析了伍尔夫小说理论和批评的局限性，比如描述性的语言风格、轻视现实的态度和缺乏价值观等。[②] 60 年代，马克·戈德曼（Mark Goldman）从伍尔夫小说批评理论的读者定位、形式主义美学渊源和柯勒律治、詹姆斯等批评思想渊源切入，探讨伍尔夫作为艺术家和批评家所持的一种"中庸"[③]批评立场和方法。70 年代，约翰·弗莱彻（John Fletcher）、马尔科姆·布拉德伯里（Malcolm Bradbury)[④]和戴维·洛奇（David Lodge）[⑤]等将伍尔夫定位成现代主义作家，引用伍尔夫文论特定段落说明现代主义特征。80 年代，穆罕默德·亚西（Mohammad Yaseen）指出除了《现代小说》和一些关于形式和技巧的言论外，伍尔夫在小说理论方面的贡献是微小的。[⑥] 90 年代，帕米拉·考费（Pamela Caughie）在其重要专著《弗吉尼亚·伍尔夫与后现代主义》（*Virginia Woolf and Postmodernism*，1991）中，以后现代主义思想为立足点，论证伍尔夫小说理论的后现代立场，指出伍尔夫小说理论的价值在于"倡导文学阅读的新方法和批评的新方法，努力为她自己的艺术创造观众，使艺术获得更为广泛的观众反应"[⑦]。可以看出，英美学术界对伍尔夫小说理论的评价一直在肯定与否定的争议中摇摆，一些核心问题尚待重新

[①] 见 Arnold Bennett. "Is the Novel Decaying?". *Cassell's Weekly*, 28 March, 1923：74 和 Arnold Bennett. "Another Criticism of the New School". *Evening Standard*, 25 November：5；2 December 1926：5. 论战的核心问题是小说人物真实性问题，伍尔夫的回应就是发表《班内特先生与布朗夫人》。对论战最完整的叙述见 Samuel Hynes. "The Whole Contention Between Mr. Bennett and Mrs. Brown". *Novel*, 1, Fall 1967：34—44。

[②] 见 Horace Gregory. "On Virginia Woolf and Her Appeal to the Common Reader". *The Shield of Achilles*, New York, 1944, p. 192；Diana Trilling. "Virginia Woolf's Special Realm". *The New York Times Book Review*, 21 March 1948, p. 28；Mark Schorer. "Virginia Woolf". *The Yale Review*, xxxii, December 1942, p. 379。

[③] Goldman, Mark. "Virginia Woolf and the Critic as Reader". *Virginia Woolf Critical Assessments* (vol. 2). Ed. Eleanor McNees. Mountfield：Helm Information Ltd., 1994, p. 115。

[④] 约翰·弗莱彻、马尔科姆·布拉德伯里：《内省的小说》，载马·布雷德伯里、詹·麦克法兰编：《现代主义》，胡家峦等译，上海外语教育出版社 1992 年版，第 380—381 页。

[⑤] 戴维·洛奇：《现代主义小说的语言：隐喻和转喻》，载马·布雷德伯里、詹·麦克法兰编：《现代主义》，胡家峦等译，上海外语教育出版社 1992 年版，第 450 页。

[⑥] Yaseen, Mohammad. "Virginia Woolf's Theory of Fiction". *Virginia Woolf Critical Assessments* (vol. 2). Ed. Eleanor McNees. Mountfield：Helm Information Ltd., 1994, p. 131。

[⑦] Caughie, Pamela L. *Virginia Woolf and Postmodernism：Literature in Quest and Question of Itself*. Urbana and Chicago：University of Illinois Press, 1991, p. 169。

审视。国内学者瞿世镜①、殷企平②、盛宁③等曾对伍尔夫小说理论作总体评述和分析。

本节将在充分吸收国内外已有研究成果的基础上，通过整体审视伍尔夫在现代小说、小说人物、小说形式、小说艺术、小说本质等方面与阿诺德·班内特、帕西·卢伯克（Percy Lubbock）、福斯特（E. M. Forster）等现代小说家和理论家的争论，考察伍尔夫小说理论与克莱夫·贝尔（Clive Bell）、罗杰·弗莱（Roger Fry）的形式主义美学思想以及与欧洲文学传统之间的关系，整体梳理并廓清伍尔夫小说理论的内涵、核心及渊源。

一、现代小说是什么？

现代小说是什么？这是伍尔夫最先思考，也是思考时间最长的基本问题。自 1919 年发表《现代小说》（"Modern Novels"）到 1940 年《倾斜之塔》（"The Leaning Tower"）完成，伍尔夫一直都在思考现代小说的困境、任务、形式和成因。其中，《现代小说》（"Modern Fiction"，1925）④代表了伍尔夫对现代小说思考的精髓。

迄今为止，《现代小说》是伍尔夫所有文论中最受关注、最多引用、最多选入各类文集的文论之一，也是争议最多、误解最多的文论之一。⑤自从该文发表以来，对它的批评大致可以分为两类。一类批评的重心落在伍尔夫对阿诺德·班内特、威尔斯、高尔斯华绥为代表的"物质主义"小说的批判上，另一类批评的焦点是伍尔夫对乔伊斯为代表的"精神主义"小说的肯定。前者大都出自伍尔夫同时代的批评家，对伍尔夫的观点持批判或否定态度；⑥后者大都出自 20 世纪 40 至 80 年代的批评家，肯定并推崇伍尔夫对现代主义的

---

① 瞿世镜：《弗吉尼亚·伍尔夫的小说理论》，载《论小说与小说家》，上海译文出版社 1986 年版，第 347—369 页。

② 殷企平、高奋、童燕萍：《英国小说批评史》，上海外语教育出版社 2001 年版，第 180 页。

③ 盛宁：《关于伍尔夫的"1910 年 12 月"》，《外国文学评论》2003 年第 3 期，第 33 页。

④ 《现代小说》（"Modern Fiction"，1925）是伍尔夫 1919 年发表的《现代小说》（"Modern Novels"）的修改稿。

⑤ Caughie, Pamela L. *Virginia Woolf and Postmodernism: Literature in Quest and Question of Itself*, p. 177.

⑥ 这种批判的态度主要通过对《班内特先生与布朗夫人》的批评间接表现出来。见 Majumdar, Robin and Allen McLaurin eds. *Virginia Woolf: The Critical Heritage*. London: Routledge & Kegan Paul, 1975, pp. 120—137。

阐述，并将伍尔夫归入现代主义者行列。①但是从 80 年代起，后一类批评家开始批判伍尔夫只关注心理、精神，却忽视外在世界的局限："如果'生命'从物质主义者笔下逃走，她和她的同盟者也同样未能展现生活的广阔性，它的活力，它的梦想，它的美丽或卑贱"。②上面两种批评，或者以"18 至 19 世纪的概念和定义"③为评判准则，或者以现代主义的标准为出发点，对《现代小说》的分析和解读都表现出二元对立的特征。其实，批评家安东尼·福斯吉尔（Anthony Fothergill）在 70 年代曾经指出伍尔夫文论的"中立、客观的意识"，④帕米拉·考费在 90 年代也指出伍尔夫的中立立场："伍尔夫并没有像通常所理解的那样，倡导一种小说（现代主义）而否定另一种（传统小说），而是通过对比两种小说模式来提供另外的模式。"⑤

批评界之所以忽视《现代小说》的中立立场，是因为他们未能整体把握伍尔夫对现代小说的危机意识，她的对比研究的论述风格，以及她为走出这一危机而设定的创作立场。《现代小说》的开场白是带着明确的危机意识的。它指出，这么多个世纪以来，文学创作几乎一直在探索，时而朝这个方向走一下，时而朝那个方向走一下。当下最值得关注的问题是，哪些道路可能通向沃土，哪些道路可能通向荒漠。⑥

带着这种危机意识，伍尔夫对比分析了当时英国社会最瞩目的两类作家，即"爱德华时期"作家和"乔治时期"作家。她批判爱德华时期小说家的物质主义再现，因为"生命拒绝活在那里"；⑦她肯定乔治时期作家试图更加接近生命的精神主义表现，也指出它"思想相对贫乏"⑧的局限性。在这一对比的过程中，她对现代主义小说作了精彩的描述，明确界定了现代小说的任务：

———————————

① 最为著名的结论来自约翰·弗莱彻、马尔科姆·布拉德伯里：《内省的小说》，第 380—381 页和戴维·洛奇：《现代主义小说的语言：隐喻和转喻》，第 450 页。

② Yaseen, Mohammad. "Virginia Woolf's Theory of Fiction". *Virginia Woolf Critical Assessments* (vol. 2), p. 126.

③ 安东尼·福斯吉尔：《弗·伍尔夫的文学评论》，载瞿世镜选编：《伍尔夫研究》，上海文艺出版社 1988 年版，第 516 页。

④ 安东尼·福斯吉尔：《弗·伍尔夫的文学评论》，载《伍尔夫研究》，第 506 页。

⑤ Caughie, Pamela L.. *Virginia Woolf and Postmodernism：Literature in Quest and Question of Itself*, p. 177.

⑥ Woolf, Virginia. "Modern Fiction". *The Essays of Virginia Woolf*, vol. 4. ed. Andrew McNeillie. London：The Hogarth Press, 1994, p. 158.

⑦ Woolf, Virginia. "Modern Fiction". *The Essays of Virginia Woolf*, vol. 4, pp. 158—159.

⑧ Woolf, Virginia. "Modern Fiction". *The Essays of Virginia Woolf*, vol. 4, p. 161.

> 生命不是一系列对称并置的马车灯；生命是一圈光晕，一个半透明的气囊，包裹着我们，从意识的开端到意识的终结。表达这种变化的、未知的、无限的精神，不论它可能以怎样不合常规或者错综复杂的形式呈现，尽可能少掺和混杂的外在事物，这难道不正是小说家的任务吗？[①]

但是她对现代主义的描述和界定常常被广泛理解为她对小说的界定，而她在文章结尾处为小说走出困境而设定的立场却被忽略了。帕米拉·考费指出了这种误解：伍尔夫这一著名段落"并不是像许多读者所相信的那样，在为小说提出方法，而是在描写乔伊斯和理查森的特殊方法。伍尔夫并没有像批评家所常常争辩的那样将物质主义形式从文学经典中驱逐出去"[②]。考费用伍尔夫在另一篇文论中对简·奥斯丁的赞赏为自己的观点佐证，其实就在《现代小说》结尾处，伍尔夫清楚地表达了她倡导多元小说模式的开放态度。她为乔治时期和爱德华时期的小说树立了两种理想的比照对象，即以揭示灵魂为特征的俄国小说和以表现"幽默和喜剧、尘世之美、知性活动、身体之美妙"[③] 见长的英国小说。同时她为小说设定了一个以表现"生命本身"为宗旨的开放性创作立场："并不存在'小说的合适素材'，一切都可以是小说的合适素材，一切情感，一切思想；头脑和灵魂的一切品质都可以提取；没有一种感悟是不合适的"，[④]只要它们能够使我们"更加接近我们愿意称之为生命本身的东西"。[⑤]这一比照和结论表明，伍尔夫评析爱德华时期小说与乔治时代小说的真正目的并不是为了"强调'内在生命'的重要性"，"否定外在世界"，[⑥]以便确立其中一种为正确模式。她之所以批判物质主义者，不是因为他们再现了外部世界，而是因为他们迷失在生活的表象之中，"他们描写了不重

---

① Woolf, Virginia. "Modern Fiction". *The Essays of Virginia Woolf*, vol. 4, pp. 160—161.

② Caughie, Pamela L. *Virginia Woolf and Postmodernism: Literature in Quest and Question of Itself*, p. 178.

③ Woolf, Virginia. "Modern Fiction". *The Essays of Virginia Woolf*, vol. 4, p. 163.

④ Woolf, Virginia. "Modern Fiction". *The Essays of Virginia Woolf*, vol. 4, p. 164.

⑤ Woolf, Virginia. "Modern Fiction". *The Essays of Virginia Woolf*, vol. 4, p. 162.

⑥ Yaseen, Mohammad. "Virginia Woolf's Theory of Fiction". *Virginia Woolf Critical Assessments* (vol. 2), p. 126.

要的东西；他们用大量技巧和巨大精力来使微不足道的、转瞬即逝的东西看起来好像是真实而永恒的"；①她赞赏精神主义者，不仅仅因为他们表现了意识，更重要的是因为他们试图"接近心灵的本质"。②可以看出，伍尔夫最根本的小说创作立场是：用一切可能的艺术方法表现生命本身。

《倾斜之塔》是伍尔夫对现代小说的再思考。论文通过探讨小说创作与社会环境的关系、现代精神主义小说的成因等问题，进一步肯定了她在《现代小说》中提出的创作立场。她以作家为研究视角，分析 19 世纪的社会与 19 世纪的创作之间的关系，证明社会环境与作家的创作之间确实有"某种联系"。③接着以 20 世纪的动荡给作家带来的"斜塔效应"④为缘由，解释现代小说以精神主义为特征的原因："当四周的一切都摇摆不定的时候，唯一相对稳定的人就是你自己。当所有的面孔都变幻莫测、模糊不清的时候，唯一能看清楚的面孔就是自己的面孔。于是他们书写自己——在戏剧中，在诗歌中，在小说中。"⑤但是，置身于现代社会这座"自我"的"倾斜之塔"之中，伍尔夫依然充满希望地憧憬在无阶级差异、无斜塔的未来社会里，文学将变得更强有力且色彩纷呈。⑥显然，她并没有视精神主义为小说的唯一模式。

二、小说人物是什么？

伍尔夫对"人物是什么"这一问题的思考同样建立在对爱德华时期和乔治时期小说模式的反思和批判的基础上。这一思考通过与爱德华时期小说代言人阿诺德·班内特的直接争鸣得以表现。1923 年，阿诺德·班内特发表《小说衰退了吗？》（"Is the Novel Decaying?"）一文，对年青一代小说家的人物塑造的真实性提出质疑，认为伍尔夫的《雅各的房间》"一心专注于细节的新颖和灵巧，而人物却无法生气勃勃地存活在头脑中"。⑦伍尔夫很快作出回

---

① Woolf，Virginia. "Modern Fiction". *The Essays of Virginia Woolf*，vol. 4，p. 159.

② Woolf，Virginia. "Modern Fiction". *The Essays of Virginia Woolf*，vol. 4，p. 161.

③ Woolf，Virginia. "The Leaning Tower ". *The Moment and Other Essays*. London：Harcocourt Brave Jovanovich，Inc.，1948，p. 132.

④ Woolf，Virginia. "The Leaning Tower". *The Moment and Other Essays*，p. 145.

⑤ Woolf，Virginia. "The Leaning Tower". *The Moment and Other Essays*，p. 148.

⑥ Woolf，Virginia. "The Leaning Tower". *The Moment and Other Essays*，p. 151.

⑦ Bennett，Arnold. "Is the Novel Decaying?". *Virginia Woolf Critical Assessments*（vol. 1）. ed. Eleanor McNees. Mountfield：Helm Information Ltd.，1994，p. 184.

应，于同年发表《班内特先生与布朗夫人》，①翌年发表修改稿《小说中的人物》②（"Character in Fiction"），详尽阐释她对人物的理解。

与《现代小说》一样，伍尔夫的重要文论《班内特先生与布朗夫人》在批评界引发的评论焦点同样落在爱德华时期小说与乔治时期小说孰是孰非的问题上。比如，有批评家详尽探讨伍尔夫与班内特争鸣的整个过程，指出这篇文章是伍尔夫"在一场长达十余年的论战中（对班内特——笔者注）所发出的一记重击，所代表的观点更多是个人的而不是时代的"。③另有学者提出针锋相对的观点，认为伍尔夫是在用"女性主义"抗击班内特的"性别主义"。④还有批评家从剖析伍尔夫的论断"1910 年 12 月，或者大约此时，人的性格变了"⑤出发，认为伍尔夫以此论断说明，精神主义小说顺应了由人际关系变化而引发的一系列社会变化，而物质主义小说则依然无法挣脱维多利亚主义的传统。⑥总体而言，批评家对《班内特先生与布朗夫人》的解读同样表现出二元对立的立场。帕米拉·考费精当地指出了批评家在解读《现代小说》和《班内特先生与布朗夫人》时的共同误区，即认定伍尔夫"在两种不同的小说，即物质的和精神的、现代的和传统的、再现的和实验的之间作出选择"。⑦

---

① 此文章同时刊登在三家报刊上，三家报刊和发表时间分别为：*New York Evening Post*，11/17/1923；*Nation and Aestheum*，12/01/1923；*Living Age*（Boston），02/02/1924.

② 此稿首先在剑桥大学演讲，此后经微小修改，于 1924 年 7 月在《标准》上刊出。1925 年此文改题为《班内特先生与布朗夫人》，由霍加斯出版社以单行本出版，并于 1925 年 8 月在一家报刊分两期发表（该文分两期发表的报刊和发表时间分别为 *New York Herald Tribune*，08/23/1925 和 08/30/1925），这就是我们今天所见的《班内特先生与布朗夫人》。伍尔夫自 1923 年 11 月至 1925 年 8 月共发表文章 5 次，演讲 1 次，出版单行本 1 种，虽然实际的文章只有两篇或者一篇文章的两稿，也足以看出她对"人物是什么"这一问题的关注和重视。

③ Hynes, Samuel. "The Whole Contention Between Mr. Bennett and Mrs. Woolf". *Virginia Woolf Critical Assessments* (vol. 2). ed. Eleanor McNees. Mountfield: Helm Information Ltd., 1994, p. 52.

④ Daugherty, Beth Rigel. "The Whole Connection Between Mr. Bennett and Mrs. Woolf, Revisited". *Virginia Woolf Critical Assessments* (vol. 2). ed. Eleanor McNees. Mountfield: Helm Information Ltd., 1994, p. 64.

⑤ Woolf, Virginia. "Character in Fiction". *The Essays of Virginia Woolf*, vol. 3. ed. Andrew McNeillie. London: The Hogarth Press, 1988, p. 421. 关于此论断的内涵，国内外学者众说纷纭，国内学者盛宁、瞿世镜等对此作过论述，见盛宁：《关于伍尔夫的"1910 年 12 月"》，《外国文学评论》2003 年第 3 期，第 25—33 页；瞿世镜：《弗吉尼亚·伍尔夫的小说理论》，载《论小说与小说家》，上海译文出版社 1986 年版，第 348—349 页。

⑥ Yaseen, Mohammad. "Virginia Woolf's Theory of Fiction". *Virginia Woolf Critical Assessments* (vol. 2), pp. 124—125.

⑦ Caughie, Pamela L. *Virginia Woolf and Postmodernism: Literature in Quest and Question of Itself*, p. 178.

伍尔夫正是凭借对比研究的方法和客观中立的立场廓清了她对人物的理解。文章首先提议将同时代的现代作家划分为爱德华时代作家与乔治时代作家两大阵营，并断言"1910 年 12 月，或者大约此时，人的性格变了"，由此为人物多样性观点提供论辩基础。然后通过虚构布朗夫人的故事，并将她放入英国、法国、俄国等不同小说模式中，证明人物塑造方法可以"因为作者的年代、国籍和气质的不同而不同"。①接着文章论证了威尔斯、高尔斯华绥、班内特笔下的布朗夫人的不完整和不充实，指出这些作家的致命伤是"他们对人物本身或作品本身不感兴趣，他们感兴趣的是外在的东西"，②同时她分析了乔治时代作家丢弃通用方法，却没有办法将布朗夫人表现给读者的窘境。③最后郑重回答了"人物是什么"的问题：人物就是"我们赖以生存的精神，就是生命本身"，因此他们应该是"有无限能力和无穷多样性的"。④

伍尔夫在《班内特先生与布朗夫人》中视人物为"生命本身"的观点与她在《现代小说》中将创作立场设定为"生命本身"的观点是完全一致的，可以看出，这两篇论文基本反映了她对小说的定位：表现生命本身。这种定位不是无本之木，是建立在她大量阅读和深入感悟英国文学各个时期的作品以及古希腊、俄、法、德、美等多种国别文学作品的基础上的。从 1904 年到 1925 年，伍尔夫评论了自乔叟至康拉德，自埃斯库罗斯至普鲁斯特等众多国内国际重要作家作品。她既赞誉乔叟、司各特、笛福、简·奥斯丁、狄更斯、托尔斯泰、哈代等对生命世界由外而内的表现方式，也赞誉蒙田、托马斯·布朗、斯特恩、德·昆西、艾米莉·勃朗特、陀思妥耶夫斯基、契诃夫、屠格涅夫、普鲁斯特等对生命世界由内而外的表现方式。对她而言，重要的并不是究竟采用由外而内的创作视角，还是由内而外的创作视角，而是作家是否再现了外表琐碎的生活场景下的"最恒久的生命形式"，⑤或者表现了纷乱的印象和感受中的那颗灵魂，"它的激情和痛苦，它那令人震撼的美与丑的混

① Woolf, Virginia. "Character in Fiction". *The Essays of Virginia Woolf*, vol. 3, p. 426.
② Woolf, Virginia. "Character in Fiction". *The Essays of Virginia Woolf*, vol. 3, p. 428.
③ Woolf, Virginia. "Character in Fiction". *The Essays of Virginia Woolf*, vol. 3, p. 432.
④ Woolf, Virginia. "Character in Fiction". *The Essays of Virginia Woolf*, vol. 3, p. 436.
⑤ Woolf, Virginia. "Jane Austen". *The Essays of Virginia Woolf*, vol. 4, ed. Andrew McNeil-lie. London: The Hogarth Press, 1994, p. 152.

杂"。①简而言之，重要的是作家是否再现或表现了生命本身，这是伍尔夫评价小说的标准，也是她创作小说的定位。

三、小说的形式是什么？

伍尔夫在反思帕西·卢伯克（Percy Lubbock）的《小说的技巧》（*The Craft of Fiction*，1921）的基础上撰写了《论小说的重读》（"On Re-reading Novels"，1922）一文，阐述她对小说形式的理解。伍尔夫肯定了当时著名的小说理论家卢伯克的"（书的）形式表明了它的真正品质"②这一观点。她认同形式是小说共有的不朽品质："的确存在着某种我们可以知晓的持久的东西，某种我们可以用手触摸的固态的东西。……只有当我们依照作者的意图，形成自己的印象，我们才可以有能力感悟形式本身，而这种形式是不变的，不论人的思绪和社会时尚发生怎样的变化。"③但是，伍尔夫不赞同卢伯克的"书的本身就是书的形式"这一观点，提出了"'书的本身'并不是你能看到的形式，而是你可感觉的情感"④的观点。这一观点引起批评界的关注，曾被视为伍尔夫小说理论重要的原则之一。⑤

伍尔夫的"'书的本身'并不是你能看到的形式，而是你可感觉的情感"包含着两重内涵。首先，"书的本身"是形式与内容的合一，即伍尔夫称为"情感"的东西；而不是单独由作品的结构和技巧构成的，即卢伯克称为"形式"的东西。伍尔夫与卢伯克的最大分歧在于，伍尔夫不赞同卢伯克将形式等同于他用令人敬佩的明晰思路去追寻的那些方法。⑥她通过剖析读者对福楼拜的短篇小说《纯朴的心》的整体阅读过程，说明读者理解作品的要素是他自己的顿悟，一种读者感悟的情感与作品表达的情感相融合的理解瞬间，而不是作品的技巧和结构，一种"夹杂在我们与我们所了解的书本之间"的东

---

① Woolf，Virginia. "The Russian Point of View". *The Essays of Virginia Woolf*，vol. 4，p. 186.

② Woolf，Virginia. "On Re-reading Novels". *The Moment and Other Essays*. London：Harcocourt Brave Jovanovich，Inc.，1948，p. 158.

③ Woolf，Virginia. "On Re-reading Novels". *The Moment and Other Essays*，p. 158.

④ Woolf，Virginia. "On Re-reading Novels". *The Moment and Other Essays*，p. 160.

⑤ Richter，Harvena. *Virginia Woolf：The Inward Voyage*. Princeton：Princeton University Press，1970，pp. x—xi.

⑥ Woolf，Virginia. "On Re-reading Novels". *The Moment and Other Essays*，p. 159.

西。①她认为，好的作品"既有视象，又有表现，两者是完美结合的"，只有那些情感软弱、技艺高超的作品才使读者"感受到的东西与表述和言辞分离开来"。② 因此读者并不能用眼睛看见卢伯克所说的形式，只能用心灵感觉到作品留下的整体感。

　　显然，伍尔夫反对的是将作品的形式与内容分离，片面地用文本的结构、技巧和方法充当作品形式的观点。她用"情感"一词代表形式与内容的整体，然后又将多种情感构成的整体称为"形式"，因此，伍尔夫的"形式"的内涵与卢伯克的"形式"的内涵是截然不同的。帕米拉·考费曾对他们之间的不同作出这样的阐释："两人都强调作品是一个'整体'，卢伯克的整体就是文本元素，而伍尔夫的整体是读者对这些元素的整理。也就是说，卢伯克的'形式'是静态的，是作者导向的；伍尔夫的'情感'是动态的，是读者导向的。"③虽然这一解释中的"读者导向"定位值得商榷（因为伍尔夫所说的"感情"必定同时包含作者的情感和读者的情感，就如她在文章中称，"作者的感情越浓烈，文字的表达会因为没有疏漏或缺陷而越精确"④ ），考费的观点还是从特定视角指出两种"形式"的不同。

　　其次，形式是表现情感的艺术。伍尔夫认为直观地感悟情感只是阅读或创作小说的第一步，我们还需要把握一部作品到底包含多少种情感，每种情感包含多少种特质，每种情感由多少种不同元素构成。所有这些情感的关系就构成小说的形式。伍尔夫用反问的方式道出了她对小说形式的理解，并将其命名为艺术。她说："难道就没有某种超越情感的东西，某种由情感引发，却又能安置情感、排列情感、整合情感的东西——那种卢伯克先生称为形式，而我们简要称之为艺术的东西吗？"⑤对于这一反问，伍尔夫的结论是肯定而明确的。她从作品、创作、阅读三个层面对形式作出全面界定，指出：首先从作品角度看，形式就是多种情感之间的关系；其次从创作角度看，形式就是作者表现情感关系的技法；最后从阅读角度看，形式就是读者对情感关系的

---

① Woolf, Virginia. "On Re-reading Novels". *The Moment and Other Essays*, p. 160.
② Woolf, Virginia. "On Re-reading Novels". *The Moment and Other Essays*, p. 161.
③ Caughie, Pamela L.. *Virginia Woolf and Postmodernism: Literature in Quest and Question of Itself*, p. 173.
④ Woolf, Virginia. "On Re-reading Novels". *The Moment and Other Essays*, p. 160.
⑤ Woolf, Virginia. "On Re-reading Novels". *The Moment and Other Essays*, p. 161.

领悟。①

作为情感的整体，伍尔夫的"形式"是有意味的。戈德曼从伍尔夫思想的源头切入，认为伍尔夫接受了形式主义美学家克莱夫·贝尔的"有意味的形式"理论的影响，表达了有意味的形式的观点，即"形式既是情感的因，也是情感的果"。②的确，贝尔用"有意味的形式"术语阐明，在每件作品中，激起审美情感的是独特的线条和色彩的组合，这些组合所构成的形式给人以审美的感受，因而可以称为"有意味的形式"。③伍尔夫充分吸收了贝尔的观点：贝尔将"有意味的形式"视为视觉艺术共有的性质，伍尔夫也将"形式"视为小说的共有的性质；贝尔将艺术作品视为艺术家的"审美情感"的表现，伍尔夫也将小说作品视为小说家的"情感"的表现。但是，贝尔与伍尔夫观点上的差异也是很明显的，对于这一点，批评界的关注并不多见。我们将在下一节作详细探讨。

然而，毋庸置疑，伍尔夫正是以贝尔的艺术形式观为基础，构建了她对小说形式的理解，将小说界定为一种以情感为材料的艺术。这一观点的重要价值在于，它在小说和艺术之间架起了一座真正的桥梁。

四、小说是艺术吗？

虽然伍尔夫在《论小说的重读》中将小说界定为艺术，但是并没有详细阐述这一观点。1926 年她发表《生活与小说家》（"Life and the Novelist"），专题探讨了小说艺术的创作过程，翌年她发表文论《小说的艺术》（"The Art of Fiction"），通过评论 E. M. 福斯特同年出版的小说理论著作《小说面面观》（*Aspects of the Novel*，1927），揭示英国小说缺少艺术性的原因。

伍尔夫认为小说艺术与其他艺术的不同在于它无法逃避现实生活而存在。小说家总是暴露在生活之中，因此他不能像画家或音乐家那样可以将自己单独关闭起来，只与一盘苹果和一只颜料盒或者一本乐谱和一架钢琴为伴，直接进入艺术创作。小说家的创作包含两个必要的阶段：第一阶段，他必须暴露于生活之中，接受来自生活的各种印象；第二阶段，他需要像其他艺术家

---

① Woolf, Virginia. "On Re-reading Novels". *The Moment and Other Essays*, pp. 165−166.

② Goldman, Mark. "Virginia Woolf and the Critic as Reader". *Virginia Woolf Critical Assessments* (Vol. 2), p. 113.

③ 克莱夫·贝尔：《有意味的形式》，载蒋孔阳主编：《二十世纪西方美学名著选》（上），复旦大学出版社 1987 年版，第 156 页。

一样退隐到室内，掌控并坚固他们的感知，使它们变成艺术构造物。①小说的创作是一个艰苦的选择和建构的过程。只有经历了全过程，小说家所依据的原初生活场景才可能转化为本质而持久的东西。

但是，大多数作家往往止步于写作的第一阶段，在记录所感知的生活印象后便早早结束了创作。伍尔夫以斯特恩小姐的《国王的代理人》为例，分析一个好的材料如何被创作成一种只能让人感觉到生活，所塑造的人物却一片模糊的小说。伍尔夫认为这是一种"沉浸在表象之中"②的小说，这样的小说不是艺术，无论它的语言多么流畅，技法如何出色。

小说家之所以陷入这样的误区，一方面是因为被生活所误导。生活总是让作家相信，他看到的和掌握的生活越多，他的书就会写得越好。但是生活并不会说明，它是粗俗而混杂的，它最炫耀的部分常常是毫无价值的。"表象和活动是生活引诱作家追随其后的诱饵，好像它们便是本质的东西，作家一旦抓住它们便可以达到目标似的"，③伍尔夫这样点评道。要摆脱生活的诱导，不陷入生活表象的泥潭，作家必须进入创作的第二个阶段。在这一阶段，他必须离开生活表象，独自退隐到创作中去；他必须学会迅捷地领悟生活的珍品，略去废物；他必须从生活的表象中提炼本质的材料，并将它们冶炼成持久的东西。④

小说家之所以陷入误区，另一方面是因为被批评家所误导。在《小说的艺术》中，伍尔夫从福斯特对英国作家梅瑞狄斯、哈代和亨利·詹姆斯的评论中总结出福斯特的基本批评立场："小说被视为寄生物，她既然从生活中汲取养分，就必须满怀感恩之心，模仿生活，否则就消亡。"⑤她以委婉却敏锐的笔触，指出了福斯特所代表的批评立场给英国文学带来的后果：这种批评立场，常常被冠以"人性"的美名，却让日常生活窒息了小说的艺术本质；这种批评立场，为了坚持模仿论的准则，对具有艺术性的作家作品作出完全否

---

① Woolf, Virginia. "Life and the Novelist". *Granite and Rainbow*：*Essays*. London：Harcourt Brace Jovanovich, Inc., 1958, pp. 41—42.

② Woolf, Virginia. "Life and the Novelist". *Granite and Rainbow*：*Essays*, p. 44.

③ Woolf, Virginia. "Life and the Novelist". *Granite and Rainbow*：*Essays*, p. 46.

④ Woolf, Virginia. "Life and the Novelist". *Granite and Rainbow*：*Essays*, p. 47.

⑤ Woolf, Virginia. "The Art of Fiction". *The Moment and Other Essays*, p. 111.

定的评价;①这种批评立场使英国的小说中没有作品可以与《战争与和平》、《卡拉马佐夫兄弟》或《追忆逝水年华》媲美,因为,在英国,"小说不是艺术品"。②

为走出这一误区,伍尔夫呼吁英国小说家抛开自己根深蒂固的模仿生活的写作传统,将小说从对生活的依附中解放出来,还小说以自身的艺术本质:

> 如果英国批评家不是只关注国内,不是如此煞费苦心地捍卫被称之为生活的那种东西的权利,那么英国小说家也可能会更大胆一些。他可能会远离那张始终存在的茶桌,抛开那些貌似合理实则违背常情的程式,这些程式历来被视为人类全部冒险的再现。虽然,故事可能会摇晃,情节可能会支离,人物可能会碎裂。但是,小说却可能成为一件艺术品。③

在这里,伍尔夫不仅像批评家所说的那样,指出了福斯特的批评缺乏审美理论的局限,④而且将批评的锋芒直指英国文学批评的软肋,即英国文学批评过于推崇模仿论以致丢失文学的艺术性的现状。

可以看出,伍尔夫所论述的"小说艺术"不同于亨利·詹姆斯、卢伯克、福斯特所探索的"小说艺术"。当亨利·詹姆斯提出"小说存在的唯一理由是它试图再现生活"⑤的时候,当卢伯克从主题、叙述、读者等多个方面研究小说的形式和方法的时候,当福斯特从故事、人物、情节、幻想、预言、图式和节奏七个方面剖析小说的时候,他们所指的"小说艺术"是小说再现生活的写作方法和技巧;但是当伍尔夫认为陀思妥耶夫斯基的作品是艺术,而英国小说不是艺术的时候,她所指的"小说艺术"是一种在远离生活的状态中

---

① 比如福斯特这样评论詹姆斯的小说艺术:"只有当人们生活的大部分内容都消失后他才能写出一部小说。只有残废的生物才能在他的小说中呼吸。"转引自 Woolf, Virginia. "The Art of Fiction". pp. 108—109。

② Woolf, Virginia. "The Art of Fiction". *The Moment and Other Essays*, p. 111.

③ Woolf, Virginia. "The Art of Fiction". *The Moment and Other Essays*, p. 112.

④ Caughie, Pamela L.. *Virginia Woolf and Postmodernism: Literature in Quest and Question of Itself*, p. 171.

⑤ James, Henry. "The Art of Fiction". *The Great Critics: An Anthology of Literary Criticism* (3rd edition). Eds. James Harry Smith, Edd Winfield Parks. New York: W. W. Norton & Company, 1967, p. 653.

彻底重塑生活的艺术。在那种孤独的状态中，作家不是用他的笔，而是用他的情感彻底重组他对生活的感知，比如福楼拜用极度痛苦或陀思妥耶夫斯基用心灵挣扎铸就文学。小说以独特的方式呈现蕴藏着我们丰富情感的那种持久的东西，这就是伍尔夫对小说艺术的理解。

这里，伍尔夫已经从"形"（外在形式）的再现，走向了"神"（内在意蕴）的表现。从这一角度看，克莱夫·贝尔的"有意味的形式"对伍尔夫的影响是极其重要的。另一个影响伍尔夫思想的是罗杰·弗莱。他在《论美学》（1909）中提出"人具有过双重生活的可能性，一种是'现实生活'，一种是'想象生活'"，"现实生活"就是人的"本能反应"，"想象生活"就是人的"知觉和情感"。[①]他认为"造型艺术是想象生活的表现，而不是现实生活的摹本"；[②]人在艺术活动中如果能够脱离生活利害关系，以纯粹目光观照艺术品，他才会充分感受到现实生活中无法感受的情感。这些观点与伍尔夫的观点相近。

然而，伍尔夫虽然推崇贝尔形神合一的"有意味的形式"，但她并不认为"有意味的形式"只能局限于"审美情感"之中，即一种由艺术情感激起的特殊情感之中。贝尔强调艺术与生活完全脱离：

> 要欣赏一件艺术作品，我们无须从生活中携带什么，无须具备有关生活的观念与事物的知识，无须熟悉生活中的各种情感。艺术将我们从一个人类活动的世界转移到一个审美升华的世界之中。一时间，我们与人世的利害关系相隔绝，我们的预见力和记忆力被囚禁，我们升华于现实生活的洪流之上。[③]

与贝尔不同，伍尔夫虽然强调小说艺术应该与生活保持一定的距离，以便穿透生活表象呈现生命本质，但她认为小说艺术的基础始终是作家或读者

---

① 罗杰·弗莱：《论美学》，载蒋孔阳主编：《二十世纪西方美学名著选》（上），复旦大学出版社1987 年版，第 176 页。

② 罗杰·弗莱：《论美学》，载蒋孔阳主编：《二十世纪西方美学名著选》（上），复旦大学出版社1987 年版，第 178 页。

③ 克莱夫·贝尔：《有意味的形式》，载蒋孔阳主编：《二十世纪西方美学名著选》（上），复旦大学出版社 1987 年版，第 166 页。

对生活的感悟。她没有像贝尔那样将"情感"升华到"审美情感"层面，悬置在艺术作品与作者或读者之间的某一高处，而是视"情感"为普遍共享的材料，用以沟通作者、作品和读者。她也强调艺术升华，但她认为艺术升华不是通过将艺术形式悬置于生活之上来实现的，而是从作家没有自我意识障碍的自由而宁静的心境中流淌出来的，[①]是从艺术作品源于但高于生活的情感关系中产生的。从某种意义上说，伍尔夫的理论调和了贝尔将艺术与生活割裂的立场。

在艺术与生活的关系上，罗杰·弗莱的理解与伍尔夫的理解更为相近。弗莱在《回顾》（1920）中阐述的关于艺术与生活的关系清楚地昭示了伍尔夫的美学理念。弗莱赞同托尔斯泰的观点："艺术作品并不是把已经存在于别处的美记录下来，而是表现一种情感，这种情感是艺术家感受到的并且是传达给观众的"，[②]并以此为基础得出这样的结论：

> 我提出艺术作品的形式是其最基本的性质，但是我相信这种形式是艺术家对现实生活中的某种情感加以理解的直接结果，虽然这种理解无疑是一种专门的和独特的理解，并且含有一种超越于世的性质。……我认为形式与其所传达的情感在审美的整体中是相互不可分割地联系在一起的。[③]

这一段话几乎可以说是对伍尔夫艺术观的概括。

五、小说是什么？

通过批判当时最典型的爱德华时期与乔治时期的小说，伍尔夫廓清了生命写作的立场；通过反思 20 世纪二三十年代最重要的文学批评家卢伯克和福斯特[④]的小说理论，伍尔夫阐明了小说的"情感"形式和"艺术"本质。于是，1927 年至 1932 年期间，她在《诗歌、小说和未来》[⑤]（"Poetry, Fiction

---

① Woolf, Virginia. *A Room of One's Own*. San Diego: Harcourt Brace Jovanovich, Inc. , 1957, p. 108.
② 转引自罗杰·弗莱：《回顾》，载《二十世纪西方美学名著选》（上），第 195 页。
③ 罗杰·弗莱：《回顾》，载《二十世纪西方美学名著选》（上），第 195 页。
④ 依据 Wallace Martin. *Recent Theories of Narrative*. Ithaca: Cornell University Press，1986，卢伯克和福斯特是 20 世纪二三十年代最重要的批评家。
⑤ 此文后经微小修改，以《狭窄的艺术桥梁》为题，收录在《花岗岩与彩虹》（1958）中。

and the Future", 1927)、《小说概观》（"Phases of Fiction", 1929）、《一间自己的房间》(1929)、《普通读者 II》（*The Second Common Reader*，1932）等文章和著作中对小说作出界定。其时，她已经完成了五部最重要的小说《雅各的房间》(1922)、《达洛维夫人》(1925)、《到灯塔去》(1927)、《奥兰多》(1928)、《海浪》(1929)，无论在理论上还是在实践上，她都有能力对小说的本质作出形象而全面的描述。①

伍尔夫首先从理论上对小说作了整体构想，其范围包括创作心态、小说体裁、小说构成、创作意境和艺术特征五个方面。

小说家的创作心态应该是和谐而平衡的。他没有现代作家那种强烈的自我意识，他像伊丽莎白时期的作家或像歌颂夜莺的济慈那样，拥有"接受事物的本来面目的力量"，可以将多种不同的情感和谐而完整地表达出来。②

小说的体裁应该是综合而开放的，可以同时拥有散文、诗歌、戏剧和小说的特点。"它将是用散文创作的，但是带有诗歌的众多特征。它将拥有少量的诗歌的喜悦，但是带着大量的散文的平淡。它将具有戏剧性，但不是戏剧。它是用于阅读的，不是用于表演的"。③

小说的构成成分应该是情感和思想，而不是小说家所一向认定的事实，因此小说将与生活保持更远的距离，却对生命本质表现出前所未有的关注。

> 它将不同于我们现在所熟悉的小说，主要区别在于它将与生活保持更远的距离。它将像诗歌一样，描写轮廓而不是细节。它将几乎不再使用那奇妙的记录事实的力量，那曾是小说的属性之一。它将很少叙述人物的房子、收入和职业；它将与社会小说和环境小说几乎不再保持亲缘关系。有了这些限制，它将从不同的视角贴切而生动地表现人物的情感和思想。它将像诗歌那样表现头脑与思想的关系以及头脑在孤寂时候的独白，而不是像小说迄今所做的那样，

---

① 关于理论界对小说的定义的详尽研究，参见殷企平：《小说艺术管窥》，百花文艺出版社 1995 年版。

② Woolf，Virginia. "Poetry, Fiction and the Future". *The Essays of Virginia Woolf*，vol. 4，p. 433.

③ Woolf，Virginia. "Poetry, Fiction and the Future". *The Essays of Virginia Woolf*，vol. 4，p. 435.

其表现仅仅局限在或者主要放置在人们之间的关系和他们的活动。①

此外，小说的构成成分中还会增加大量被传统小说遗忘的、从来未曾探索过的那部分生命状态、情感和生存困境，比如人类与玫瑰、夜莺、晨曦等自然景象的情感关系和人类与死亡、命运等自然法则的情感关系。再者，小说的构成成分是整体的、复杂的，而不是单一的、浅表的。小说将表现人与自然、人与命运的关系，表现人的想象、梦想和矛盾。②

小说将拥有升华的意境，能够摆脱纷繁杂乱的生活细节和事实，回旋着升入诗意的境界，但同时又擅长表现生命的常态：

> 在与生活保持一定距离的状况下，这一未命名的小说将被创作出来，因为只有这样，才能从更开阔的视野书写生命的某些重要特征。它将用散文创作，因为如果能够摆脱众多小说家必然加在小说身上的负荷——承载大量细节和事实——散文写作将表明，它能够从地面上升高，不是猛然升起，而是翻滚着、回旋着升起，与此同时，散文还能与日常生活中的人物的趣味和爱好保持关联。③

小说将具有艺术性，有着艺术作品的整体性和形象性。它仿佛是一个与生命有着镜像般相似的创造物，呈现出精神目光所能想象的形体结构，依据情感关系的特征，时而呈方块状，时而呈宝塔形，时而伸展出侧翼和拱廊。④

可以看出，伍尔夫对小说的构想完全将小说塑造成一种生命艺术。它以生命的情感和思想为躯体，以生命的艺术幻象为外表，以生命的意境为灵魂，所呈现的是一个鲜活的生命。而它所扬弃的传统小说则是一种以事实和细节为躯体，以人性为灵魂，以写作技巧为外表的生活的仿真品。

伍尔夫对小说的构想不是凭空幻想之物，而是有着坚实的根基的。这个

---

① Woolf, Virginia. "Poetry, Fiction and the Future". *The Essays of Virginia Woolf*, vol. 4, p. 435.

② Woolf, Virginia. "Poetry, Fiction and the Future". *The Essays of Virginia Woolf*, vol. 4, p. 436.

③ Woolf, Virginia. "Poetry, Fiction and the Future". *The Essays of Virginia Woolf*, vol. 4, p. 438.

④ Woolf, Virginia. *A Room of One's Own*, p. 74.

根基就是她对英、法、俄、美等国的经典小说的全面阅读、透彻感悟和深刻洞察。她在《小说概观》中全面对比评论从笛福到普鲁斯特数十部英、法、俄、美著名小说家的作品。她以小说创作者的透视法为分类标准，将小说家及作品分成 6 种类型，分别探讨了笛福、诺里斯、特罗洛普、莫泊桑等作家用精确的观察和朴素的笔触记录的真实人物，司各特、史蒂文森等作家用浪漫的幻想构造的虚幻人物，狄更斯、简·奥斯丁和乔治·爱略特等作家用细致的洞察刻画的男女人物，亨利·詹姆斯、普鲁斯特、陀思妥耶夫斯基等作家用深刻的感悟塑造的心灵人物，皮科克等作家用飘忽怪异的思维勾勒的奇幻人物，以及斯特恩、普鲁斯特、托尔斯泰、艾米莉·勃朗特等作家用诗情画意凝练的诗性人物。

在纵论欧美文学史上数十位著名作家及其作品之后，伍尔夫对小说作了完整的界定：

回首往昔，整个世界始终是变动不居的，然而不论小说家如何改变场景和各种关系，**所有小说中有一个元素是恒定的，那便是人的元素。** 小说是写人的，它从我们心中激发的情感与我们在现实生活中激发的情感是一样的。**小说努力使我们相信，它是完整而忠实地记录真实的人的生命的唯一艺术形式。** 全面地记录生命，不是巅峰和危机，而是情感的成长和发展，这是小说家的目标……①

除了理论构想和文学评论之外，伍尔夫还用人物虚构来重塑复杂的、独特的、完整的人的艺术形象。《普通读者 II》几乎是不同艺术形象的展览厅，里面挤满了伍尔夫所虚构的"有趣味的、复杂的、独特的个人"② 形象。这些虚构人物的素材来自伊丽莎白时代作家哈维的书信札记、多恩的诗作、锡德尼的《阿卡迪亚》、笛福的《鲁滨逊漂流记》、多萝西·奥斯本的《书信集》、斯威夫特的《写给斯特娜的日记》、斯特恩的《伤感的旅程》、德·昆西的自

---

① Woolf, Virginia. "Phases of Fiction". *Granite and Rainbow: Essays*. London: Harcourt Brace Jovanovich, Inc. , 1958, p. 141. 黑体为笔者所加。

② Woolf, Virginia. "The Strange Elizabethans". *The Common Reader* (*Second Series*). London: The Hogarth Press, 1959, p. 17.

传、梅瑞狄斯的小说、哈代的小说等。其中,最美丽的生命是由德·昆西表现的:

> 如果我们尝试着揣摩自己的感受,我们会发现自己仿佛沉浸在音乐之中——被打动的是我们的感觉而不是大脑。句子的升降瞬息带给我们安抚,引导我们远离世俗,近物淡去,细节消逝。我们的心灵因此而开阔,充满感悟;静静伫立,领悟德·昆西希望我们接纳的那些思想,它们慢慢地、庄重地逐一呈现;充实而丰满的生命;浩瀚雄伟的天穹;精致壮观的鲜花……情感未曾直接陈说,而是通过重叠的意象缓慢地将错综而完整的意义呈现在我们的面前。①

结语: 伍尔夫极其重视"小说是什么"这个本源问题的价值和作用:"如果小说像我们所说的那样陷入了困境,也许是因为没有人坚定地抓住她,赋予她严谨的界定。她既没有特地为她制定的准则,也没有为她的利益所做的思考。虽然规则可能会错,必然被打破,但是它们是有益的——它们赋予它们的主体尊严和秩序,允许她在文明社会中获得自己的空间,证明她是有价值的"。②从 1919 年至 1932 年,伍尔夫用 10 余年时间思考这一问题,最后终于坚定地抓住了"她"。伍尔夫捕获小说定义的过程就像她所赋予的小说定义一样,都是艺术性的。她首先将小说从生活表象层面沉淀到生命本质层面,然后用生命情感融合分裂已久的形式和内容,再在远离生活的房间里将源于生活的感知锻造成持久的艺术品,最后撒下小说作品的大网,捞起那颗融生命、形式、艺术为一体的最重要的核心,它就是:小说是记录生命的唯一艺术形式。伍尔夫对小说的定义与苏珊·朗格对艺术的定义相近,后者坚信"艺术是人类情感的符号形式的创造"。③我们可以感悟到两者之间的共通之处。在艺术哲学的星空中始终闪烁着诗人哲学家和哲学诗人的光芒,如席勒、尼

---

① Woolf, Virginia. "De Quincey's Autobiocraphy". *The Common Reader* (*Second Series*), pp. 133—134.

② Woolf, Virginia. "The Art of Fiction". *The Moment and Other Essays*, p. 108.

③ 苏珊·朗格:《情感与形式》,刘大基等译,中国社会科学出版社 1987 年版,第 51 页。

采、狄尔泰、瓦雷里、海德格尔、陀思妥耶夫斯基、普鲁斯特……在敬重生命、着力表现生命感悟的本质层面上，伍尔夫与他们的光芒交相辉映。

第二节　走出现代小说的困境①

从 20 世纪中叶到 21 世纪初，西方批评界不断发出"小说死亡"、"文学终结"的断言。所幸的是，无论是莫拉维亚（Alberto Moravia）、默多克（Iris Murdoch），还是米勒（J. Hillis Miller），当西方批评家们以各种方式发出这一断言的时候，他们并不是旨在宣布一种不幸的结局，而是努力表达对现代文学困境的认识和对其本质的反思。他们为陷入危机的现代文学开出良方，助它走出困境。虽然良方各不相同，但足以引发世人对这一问题的关注。不过，早在他们之前，伍尔夫不仅为现代小说把了脉，切准了病症，而且为它开出了药方。只是伍尔夫的观点尚未引起充分的关注，本节将给予全面的透视和评判。

一、困境意识

1925 年，伍尔夫在《现代小说》（"Modern Fiction"）中这样描述现代小说的现状：

> 多个世纪以来，我们在机器制造方面取得了长足的进展，却很难说在文学创作方面有什么起色。我们并没有写得更好，只能说我们一直在写，时而朝这个方向试一下，时而朝那个方向试一下。……站在平地上，在人群中间，被尘土半遮了眼睛，我们羡慕地回首那些幸福的勇士们，他们已经在战役中获胜，他们的成功带着如此平静的色彩，我们忍不住窃窃私语：他们的战役不像我们的那样残酷。就让文学史学家们来判断，由他们来评说我们是处于小说的伟大时期的开端、中期还是末端，因为站在平地上，我们的所见非常有限。我们只知道某些感激之意和敌对情绪在鞭策着我们，

---

① 本节已发表于《英美文学研究论丛》2015 年春季，标题为：《弗吉尼亚·伍尔夫论现代小说的问题与出路》。

一些道路仿佛通向肥沃的土地，另一些道路似乎通向尘土和荒漠，
这也许值得作一番探讨。①

在这段描述中，我们能够感觉到伍尔夫对现代小说的困惑和期盼。如果作一番形象描述，我们似乎可以看见一个三岔路口，前方是通向不同方向的两条现代小说支路，背后是一条主干道，隐约浮动着昔日大师们平静的笑脸。这两条支路分别被她称为物质主义和精神主义。站在传统与现代的中间地带，伍尔夫不仅敏锐地察觉到两者之间的鸿沟，而且感觉到这一断裂已经使现代小说陷入困境。她在《现代小说》和《班内特先生与布朗夫人》中细致对比剖析现代社会中最盛行的两种小说（即物质主义和精神主义），分别列举它们的优劣，以唤起人们对现代小说困境的关注。

由于种种原因，西方批评界在解读这两篇文章的时候，大都未能关注伍尔夫的困境意识。他们或者对这两篇文章持批判或否定意见，②不能接受伍尔夫对阿诺德·班内特、威尔斯、高尔斯华绥为代表的物质主义小说的批判；或者肯定并赞同伍尔夫对以乔伊斯为代表的现代主义小说的认同，将她也归入"现代主义者"行列。③也就是说，批评家们关注的是伍尔夫对物质主义和精神主义的选择，却忽视了伍尔夫的中立立场。20 世纪 70 年代曾有批评家隐约提到伍尔夫的中立立场，④ 一直 90 年代，才有西方批评家明确指出，伍尔夫并没有像批评界所理解的那样，以倡导现代主义小说来否定传统小说，而是通过对比来提供另外的创作模式。⑤这一观点超越了先前批评家所持的二元对立立场，读懂了伍尔夫对现代主导小说的反思和对未来小说的构想。只是批评界尚未意识到伍尔夫的困境意识的重要性。

---

① Woolf, Virginia. "Modern Fiction". *The Essays of Virginia Woolf*, vol. 4, ed. Andrew Mc-Neillie. London: The Hogarth Press, 1994, p. 158.

② 这种批判的态度主要通过对《班内特先生与布朗夫人》的批评间接表现出来的。见 Majum-dar, Robin and Allen McLaurin eds. *Virginia Woolf: The Critical Heritage*. London: Routledge & Kegan Paul, 1975, pp. 120—137。

③ 最为著名的结论来自约翰·弗莱彻、马尔科姆·布拉德伯里：《内省的小说》，第 380—381 页；戴维·洛奇：《现代主义小说的语言：隐喻和转喻》，第 450 页。

④ 安东尼·福斯吉尔：《弗·伍尔夫的文学评论》，载瞿世镜选编：《伍尔夫研究》，上海文艺出版社 1988 年版，第 506 页。

⑤ Caughie, Pamela L.. *Virginia Woolf and Postmodernism: Literature in Quest and Question of Itself*. Urbana and Chicago: University of Illinois Press, 1991, p. 177.

伍尔夫的困境意识是重要的。它既是伍尔夫自 1904 年至 1925 年 20 余年不间断地评论现代小说后的心得,[①]也是她在这 20 余年间大量品味欧美经典后的妙悟。[②]她在《现代小说》和《班内特先生与布朗夫人》中对现代小说困境的剖析和反思是她积 20 余年功力的一次厚积薄发。

二、对困境的剖析和反思

伍尔夫在《现代小说》和《班内特先生与布朗夫人》中将现代小说归为两类,即"物质主义"小说和"精神主义"小说。它们是伍尔夫透视现代小说困境的两个视点。

何谓"物质主义"小说?伍尔夫曾给予简要的界定:"如果我们给所有这些小说系上了'物质主义'这样的一个标签,我们是指他们描写了不重要的东西;他们用大量技巧和巨大精力来使微不足道的、转瞬即逝的东西看起来好像是真实而永恒的。"[③]这一界定体现了伍尔夫对这一类小说的致命弱点的总体描述。她在多篇评论和随笔中剖析和反思了这一类型小说的渊源、技巧、形式和本质,我们将逐一梳理。

从渊源上看,"物质主义"是现实主义的一种狭隘表现形式。伍尔夫这样描述两者之间的关系:

> 虽然我们可以高调谈论现实主义的发展,可以大胆断言小说为生活提供了镜子,事实上,生活的素材太难把握,在转化成文字之前,只能将它压缩和提炼,只有少部分素材可以被少数小说家使用。

---

① 从 1904 年到 1925 年伍尔夫发表《现代小说》之时,伍尔夫在《泰晤士报文学副刊》、《全国书评》、《耶鲁评论》、《纽约先驱论坛报》等英美重要报刊上发表了大量文学评论。其评论范围包括福斯特、劳伦斯、毛姆、高尔斯华绥、威尔斯、多萝西·理查森、W. E. 诺里斯、西奥多·德莱塞等众多英美现代作家作品,也包括克莱顿·汉密尔顿、哈罗德·威廉斯、约翰·哈里斯等现代批评家的文学理论著作。这些文章经整理后主要结集在《现代作家》(1965)中出版。

② 自 1904 年至 1925 年,她不仅大量评论现代小说,而且大量阅读和感悟欧美传统作品。所评论的主要作家包括:英国作家乔叟、斯威夫特、笛福、斯特恩、简·奥斯丁、柯勒律治、雪莱、康拉德等;俄国作家陀思妥耶夫斯基、托尔斯泰、契诃夫等;法国作家蒙田;美国作家爱默生、梭罗、赫尔曼·梅尔维尔、爱伦·坡、惠特曼和古希腊戏剧家索福克勒斯、埃斯库罗斯、欧里庇得斯等。可以看出,伍尔夫非常关注传统经典作家作品,有系统地阅读各个时期、多个国家的作品,表现出超越国籍、民族、语言和思维的开放视域。此名单来自 Woolf, Virginia. *The Essays of Virginia Woolf*, vol. 1, 2, 3, 4, ed. Andrew McNeillie. London: The Hogarth Press, 1988—1994 的目录,只精选了一些著名作家。

③ Woolf, Virginia. "Modern Fiction". *The Essays of Virginia Woolf*, vol. 4, p. 159.

这些小说家们费时费力地将他们之前一两代作家的创意不断重塑。到这个时候，这些模子已经牢固地定型了，要打碎它需要付出很大的精力，因此公众很少会自找烦恼，试图在这一方面爆破它。①

伍尔夫对于物质主义小说的渊源的论述犀利而深刻，精辟地揭示了这类小说被限制、被僵化后变成某种固定模板的特征。

从创作技巧上看，"物质主义"是僵化且守旧的。伍尔夫曾形象描绘物质主义者为恪守传统规范而过分注重细节以至丢失作品的灵魂的窘境：

> 为了表明故事的可靠性和逼真性，所投入的大量精力不仅被浪费了，而且放错了地方，反倒遮蔽了构思的光芒。作者仿佛被束缚了，无法行使自主意志，而是受制于某个强大而无所顾忌的暴君，被迫提供情节、喜剧、悲剧、爱情旨趣，以及故事中所弥漫的可信度，如此完美，以至于人物如果活过来，会发现自己衣着的每一粒纽扣都符合当前的时尚。②

从形式上看，"物质主义"是一具外型完整，里面装着各种填充物的模型。在这个模型中，填充的大都是作家本人的观念或事实，比如班内特（Arnold Bennett）的"事实"③、高尔斯华绥（J. Galsworthy）的"道德密码"、④杰克斯（L. P. Jacks）的"宗教和哲学沉思"、⑤威尔斯（H. G. Wells）的"影射"、⑥斯威纳顿（Frank Swinnerton）的"细节和片段"、⑦坎南（Gilbert Cannan）的"针砭时弊"、⑧诺里斯（W. E. Norris）的"空话、评论"⑨等。这些填充物不仅完全淹没作品的主题，使小说漂浮在表象中，而且

① Woolf，Virginia. "Philosophy in Fiction". *The Essays of Virginia Woolf*, vol. 2. ed. Andrew McNeillie. London：The Hogarth Press, 1987, p. 208.
② Woolf，Virginia. "Modern Fiction". *The Essays of Virginia Woolf*, vol. 4, p. 160.
③ Woolf，Virginia. "Books and Persons". *The Essays of Virginia Woolf*, vol. 2, p. 130.
④ Woolf，Virginia. "Mr Galsworthy's Novel". *The Essays of Virginia Woolf*, vol. 2, p. 153.
⑤ Woolf，Virginia. "Philosophy in Fiction". *The Essays of Virginia Woolf*, vol. 2, p. 209.
⑥ Woolf，Virginia. "The Rights of Youth". *The Essays of Virginia Woolf*, vol. 2, p. 294.
⑦ Woolf，Virginia. "Honest Fiction". *The Essays of Virginia Woolf*, vol. 2, p. 312.
⑧ Woolf，Virginia. "Mummery". *The Essays of Virginia Woolf*, vol. 2, p. 345.
⑨ Woolf，Virginia. "The Obstinate Lady". *The Essays of Virginia Woolf*, vol. 3, p. 43.

常常让人物成为观念的面具或化身，使作品丧失真实性。对这类作家而言，"文学就像建筑，是一种手段，具备某种用处"。①

从本质上看，它是浅表的，缺乏洞察力。它不关心精神，只关心肉体，它"常常缺少而不是获得了我们追寻的东西。无论我们称它为生命或精神，真实或现实，本质的东西已经走开或者前行，拒绝再被束缚在我们所提供的这身不合适的法衣里"②。它紧紧抓住的是事实、细节等人物或作品以外的东西，却"从不对人物本身或作品本身感兴趣"。③

伍尔夫特别指出，物质主义者的视野是狭隘的。他们的作品就像挂在华尔波尔（Hugh Walpole）小说中的那面绿色镜子，"镜子深处映现的是他们自己，除了他们自己和他们在镜中的视像，他们大约有三百年没见过其他物体了"。他们的共同信念是："人世间只有一种观念，一个家族"。④

何谓"精神主义"小说？伍尔夫给予这样的总体描述：它是"精神性的"，它"不惜一切代价，揭示生命最深处的火焰的闪烁，通过大脑传递着信息"。⑤我们将同样从伍尔夫诸多评论和随笔中提炼出她对精神主义小说的渊源、形式、技巧和本质的剖析和反思。

从渊源上看，它是彻底舍弃传统的，是纯粹创新的。伍尔夫曾经这样描绘心灵感知万物的过程："心灵接纳无数印象——零碎的、奇异的、稍纵即逝的或者刻骨铭心的。它们来自四面八方，像无数原子源源不断地落下。"⑥现代作家为了描绘这一奇妙的感知过程，只能丢弃传统的写作方法，采用全新形式表现心灵的丰富。于是作品就显得"没有情节，没有喜剧，没有悲剧，没有广为接受的爱情趣味或灾难性结局，或许没有一颗纽扣是按照邦德街裁缝的手艺缝上去的"⑦。

从形式上看，它是裸露的、不完整的。弃绝一切传统创作方法后，精神

---

①　Edel, Leon and Gordon N. Ray（ed.）. *Henry James and H. G. Wells*, London: Rupert—Davis, 1958, p. 264.

②　Woolf, Virginia. "Modern Fiction". *The Essays of Virginia Woolf*, vol. 4, p. 160.

③　Woolf, Virginia. "Mr. Bennett and Mrs. Brown". *The Captain's Death Bed and Other Essays*. London: Harcourt Brace Jovanovich, Inc. , 1978, p. 105.

④　Woolf, Virginia. "The Green Mirror". *The Essays of Virginia Woolf*, vol. 2, pp. 214—215.

⑤　Woolf, Virginia. "Modern Fiction". *The Essays of Virginia Woolf*, vol. 4, p. 161.

⑥　Woolf, Virginia. "Modern Fiction". *The Essays of Virginia Woolf*, vol. 4, p. 160.

⑦　Woolf, Virginia. "Modern Fiction". *The Essays of Virginia Woolf*, vol. 4, p. 160.

主义作品只剩下那些赤裸裸地无遮无掩且无始无终的人物意识，它"像一小堆敏感的物体，半透明半模糊，无穷无尽地表现着、扭曲着斑驳陆离的故事进程，人物的意识既是表又是里，既是外壳又是牡蛎"，残篇断语若隐若现，穿过人物的脑海，唤起各种想法，将无以计数的生活线索编织在一起。①它给人一种现实感，也给人一种漫无边际的迷失感。读者仿佛置身大海深处，看见的除了海水还是海水。在那里，无边无际的意识既是表象又是内质，既是肉体又是灵魂。人们既看不见事物的整体，也看不清事物的核心。

从创作技巧上看，它是原创性的，又是毁灭性的。它按照原子落入心灵的顺序记录生命，如实描绘零乱而不连贯地印刻在意识中的景物或事件的图案。为此，它彻底丢弃传统文学通用的方法，抛弃可信度、连贯性和历来有助于读者想象他们无法看到和摸到的东西的指示牌。②结果它看起来不是"亵渎"就是"晦涩"。③

从本质上看，它既是精神的和自我的，又是贫乏的和表象的。它努力靠近心灵，但是它的思想却是贫乏的，因为它总是被困在一个从不拥抱或创造外部事物的自我之中。④它的确表现意识的流动，却只表现意识的表象，因为人物的"触觉、视觉和听觉非常敏锐，但是感觉、印象、观点和情感在她的心中飞掠而过，彼此之间并无关联，也不曾深究，不曾像我们所期待的那样将光芒照入事物隐秘的深处"，因而当飘忽闪烁的意识流光芒投射到几个人物的身上时，这些人看起来活泼而鲜亮，但是"他们的言语与行为从未触及我们自然而然地期待的意义"。⑤

伍尔夫特别强调，精神主义小说的症结也许就在于它对传统写作手法的彻底弃绝。她以反问的方式指出：精神主义给人的那种封闭而狭隘的感觉或许可以"归因于创作方法上的某种局限，而不是思想上的局限"，"创作方法抑制了创造力"。⑥伍尔夫建议，我们应该"给这种崭新的表达方法以某种形

① Woolf, Virginia. "The Tunnel". *The Essays of Virginia Woolf*, vol. 3, pp. 10—11.
② Woolf, Virginia. "Modern Fiction". *The Essays of Virginia Woolf*, vol. 4, p. 161.
③ Woolf, Virginia. "Mr. Bennett and Mrs. Brown". *The Captain's Death Bed and Other Essays*. London: Harcourt Brace Jovanovich, Inc., , 1978, p. 116.
④ Woolf, Virginia. "Modern Fiction". *The Essays of Virginia Woolf*, vol. 4, pp. 161—162.
⑤ Woolf, Virginia. "The Tunnel". *The Essays of Virginia Woolf*, vol. 3, pp. 11—12.
⑥ Woolf, Virginia. "Modern Fiction". *The Essays of Virginia Woolf*, vol. 4, p. 160.

式，使它具有传统的、已经被接受的创作方法的形状"①。

伍尔夫对"物质主义"和"精神主义"的透视是鞭辟入里的。她不仅指出"物质主义"只继承现实主义的外形却丢失其本质的局限，而且指出它忽视现代人的心理和精神的局限。更重要的是，她指出这样的事实："物质主义"只看见自己，却看不见整个世界。她赞扬精神主义小说对意识的表现，同时指出它只表现意识的表象却无法表现意识的整体和深度的局限。她还指出它使精神与外在世界割裂的局限。最重要的是，她质疑精神主义者彻底弃绝传统创作手法乃至作品形式的行为，认为正是这一点限制了精神主义小说的发展。

在所有的问题中，最严重的是，无论是物质主义还是精神主义，它们都患上了只描写表象的致命伤。"当代很多佳作仿佛都是在压力下用苍白的速记符号记录而成，它出彩地刻录了人物走过屏幕时的行为和表情。可光芒瞬息消退，给我们留下的是难以忘怀的不满之情。"②伍尔夫如是说。然而现代小说家们对此茫无头绪："英语中全部的语言财富都摆在他们身后，他们却胆怯地用手和书传递着最微不足道的铜板。他们被放置在永恒视景前一个全新的视角上，却只能拿出笔记本，专注而痛苦地记录飞掠的微光（微光照在什么东西上呢？）以及短暂的灿烂（或许那里面空无一物）。"③

伍尔夫认为，小说像真正的生命那样是完整而鲜活的。她相信"小说不是挂在钉子上并饰以光耀的那种东西，恰恰相反，它生机益然地走在大路上，与真实的男人和女人擦肩而过"④。正是这种"小说表现真实的人"的理念使伍尔夫敏锐意识到"物质主义"和"精神主义"的致命弱点是什么。我们不妨对此作一简要的概括：

其一，无论是物质主义还是精神主义，它们都漂浮在表象中而没能深入本质，如何才能表现完整的、真正的生命呢？

其二，当物质主义纯粹依靠传统技巧来拼装小说的时候，现代思想只能

---

① Woolf, Virginia. "The Tunnel". *The Essays of Virginia Woolf*, vol. 3, p. 12.

② Woolf, Virginia. "How It Strikes a Contemporary". *The Essays of Virginia Woolf*, vol. 4, pp. 238－239.

③ Woolf, Virginia. "How It Strikes a Contemporary". *The Essays of Virginia Woolf*, vol. 4, p. 240.

④ Woolf, Virginia. "Romance and the Heart". *The Essays of Virginia Woolf*, vol. 3, p. 368.

作为填充物被塞入不合身的外套，除了变成木偶还能是什么？当精神主义勇敢地丢弃传统技巧的时候，却将形式也一起丢弃了，缺乏骨架的思想怎么可能站立呢？现代小说应该从传统文学中汲取什么，才可能使小说形神兼备呢？

其三，外在世界与内在意识是一个世界的两个部分，缺一不可，然而物质主义与精神主义却各执一半，现代小说怎样才能将它们合而为一呢？

三、经典的启示

面对困惑，伍尔夫并没有想当然地独创，而是充分阅读英、俄、法、古希腊等众多经典作家作品，从中汲取精髓。

伍尔夫从英国文学传统中汲取的是对生命的有机性的幽默而欢快的再现。她几乎涉猎了英国文学史上所有重要时期的重要作家。她赞誉乔叟穿透中世纪的严酷自然环境和单调生活表象，再现了明快丰满的世界和鲜活生动的人物；①她透过伊丽莎白时代文学的肤浅的幻想，看见那些被遮蔽在复杂情节之下的人物富有活力的面孔和身体；②她从 17 世纪的约翰·多恩和托马斯·布朗的作品中感悟了他们对自我的复杂性的探索和表现；③她肯定 18 世纪的笛福是英国最伟大的小说家之一，因为"他的作品建立在对人性中虽不是最诱人却是最恒久的东西的领悟上"；④她盛赞简·奥斯丁能够"赋予表面的和琐碎的生活场景以最持久的生命形式"；⑤她批评夏洛蒂·勃朗特浓郁的自我意识，但充分肯定其揭示"人性中正在沉睡的巨大激情"⑥的尝试；她赞扬艾米莉·勃朗特的创作才能，认为她"能够使生命挣脱对事实的倚重，寥寥数笔就画出灵魂的面孔而无须描写身体"；⑦她推崇乔治·爱略特给人物和场景注入大量的回忆和幽默所带来的"灵魂的舒适、温暖和自由"；⑧她赞颂康拉德的天才作

---

① Woolf, Virginia. "The Pastons and Chaucer". *The Essays of Virginia Woolf*, vol. 4, p. 28.

② Woolf, Virginia. "Notes on an Elizabethan Play". *The Essays of Virginia Woolf*, vol. 4, pp. 64—65.

③ Woolf, Virginia. "Donne After Three Centuries". *The Essays of Virginia Woolf*, vol. 5, p. 351; Woolf, Virginia. "The Elizabethan Lumber Room". *The Essays of Virginia Woolf*, vol. 4, p. 58.

④ Woolf, Virginia. "Defoe". *The Essays of Virginia Woolf*, vol. 4, p. 104.

⑤ Woolf, Virginia. "Jane Austen". *The Essays of Virginia Woolf*, vol. 4, p. 149.

⑥ Woolf, Virginia. " 'Jane Eyre' and 'Wuthering Heights'". *The Essays of Virginia Woolf*, vol. 4, p. 168.

⑦ Woolf, Virginia. " 'Jane Eyre' and 'Wuthering Heights'". *The Essays of Virginia Woolf*, vol. 4, p. 170.

⑧ Woolf, Virginia. "George Eliot". *The Essays of Virginia Woolf*, vol. 4, p. 174.

品，认为它们以敏锐的洞察力讲述着生活背后"某种非常悠久而又完全真实的东西"。①从这些评论中，我们能够看出她对英国文学传统的总体态度：伍尔夫并不反对英国文学青睐生活场景描写的传统，但关注它能否表现生命中最持久的东西；她批判的是那种迷失在生活表象中的情节编造（如物质主义小说）或那种淹没在印象感受中的意识堆砌（如精神主义小说），因为生命的本质从那里逃走了。

伍尔夫从古希腊文学传统中获得的是对生命原初的非个性化本质的直观呈现。她认为希腊文学的语言是清晰、坚定而强烈的，它简单而准确，既不模糊轮廓又不遮蔽深度；它的主题是有力、熟悉而简练的；它的人物是明确、无情而直接的。我们从作品中感受到的是"在阳光照耀下的橄榄树丛中嬉戏的毛茸茸的黄褐色人体"，是"稳定、持久、原初的人"，是"生存的每一丝震颤和闪光"。②

伍尔夫从俄国文学传统中获得的是对灵魂的复杂性的深刻把握。伍尔夫强烈地感受到陀思妥耶夫斯基、托尔斯泰和契诃夫对灵魂的执着探测，指出"灵魂是俄国小说的主要人物"。③她为陀思妥耶夫斯基对灵魂描写的深邃博大而震撼，"它向我们倾泻，火烫、炙热、杂乱、奇妙、恐怖、压抑——人的灵魂"；④她为契诃夫对灵魂的精妙刻画而惊喜，"当我们阅读这些似乎什么也没说的小故事的时候，视域变得开放，心灵获得奇妙的自由"；⑤她为托尔斯泰对生命的执着而着迷，"在所有光鲜的花瓣中都趴着这只蝎子——'为什么活着?'"⑥

伍尔夫从法国作家蒙田的作品中领悟了他对心灵的复杂成分的绝妙融合。伍尔夫认为蒙田通过讲述自己，追踪自己的奇思异想，勾勒出"整个灵魂的图案、分量、颜色和疆域"。⑦他用自己那些支离而博学，富有逻辑而又自相矛

---

① Woolf, Virginia. "Joseph Conrad". *The Essays of Virginia Woolf*, vol. 4, p. 232.
② Woolf, Virginia. "On Not Knowing Greek". *The Essays of Virginia Woolf*, vol. 4, pp. 40—51.
③ Woolf, Virginia. "The Russian Point of View". *The Essays of Virginia Woolf*, vol. 4, p. 185.
④ Woolf, Virginia. "The Russian Point of View". *The Essays of Virginia Woolf*, vol. 4, p. 186.
⑤ Woolf, Virginia. "The Russian Point of View". *The Essays of Virginia Woolf*, vol. 4, p. 187.
⑥ Woolf, Virginia. "The Russian Point of View". *The Essays of Virginia Woolf*, vol. 4, p. 188.
⑦ Woolf, Virginia. "Montaigne". *The Essays of Virginia Woolf*, vol. 4, p. 71.

盾的句子，不仅让我们听到了"灵魂的脉搏和节奏"，而且奇迹般地调和了"灵魂中那些反复无常的成分"。①

伍尔夫从美国文学感受到一种新文学所面临的困境。作为一种缺乏根基的文学，美国文学家们在很长时期内一直挣扎在"模仿英国文学"还是"忠实于事物本质"的两难境地中。亨利·詹姆斯、辛克莱·刘易斯等选择了前者，他们继承了英国文学娴熟的创作技法，却牺牲了美国特色。沃尔特·惠特曼、赫尔曼·梅尔维尔、舍伍德·安德森等选择了后者，他们忠实地表现美国精神，却因为缺乏合适的形式和拥有过分强烈的民族意识与自我意识而将形式的幼稚裸露在读者面前。②

伍尔夫凭借广泛的阅读和开放的心态，以敏锐的洞察力穿透文学作品由生活场景或印象感受构建的表层叙述，参悟到伟大作品深处那真实而持久的生命本质。这就是她从英、俄、法、美、古希腊众多作品中感悟到的共性和汲取的精髓。

正是从不同的生命艺术中，伍尔夫感受到了文学创作的开放性。面对完整的、粗犷的、博大的、和谐的等丰富多彩的生命表现形式，她相信从如此丰富的小说类型中做出单一的选择是无益的，因为"它们让我们充分感受到了小说艺术的无限可能性，提醒我们小说的视域是无际的，任何方法，任何试验，哪怕是想入非非的尝试都无须禁止，当然虚伪和做作除外"。③ 对伍尔夫而言，究竟应该像英国和古希腊文学那样从外在场景导出内在生命本真，还是像俄国和法国文学那样用内在印象和感受构建生命整体，这并不是非此即彼的两难选择，是可以根据创作需要而定的。

四、走出困境："生命创作说"及其价值

既不能像物质主义与精神主义那样停留在表象层面，又不能让物质与精神割裂，更不能让生命的本真裸露；既不能将不般配的传统模式套在现代小说的身上，又不能彻底打碎形式使现代小说露出窘相，那么现代小说究竟应该是怎样的呢？伍尔夫相信"生命创作"（life writing）是融物质与精神、表

---

① Woolf, Virginia. "Montaigne". *The Essays of Virginia Woolf*, vol. 4, p. 78.
② Woolf, Virginia. "American Fiction". *The Moment and Other Essays*. London: Harcocourt Brave Jovanovich, Inc., 1948, pp. 113—127.
③ Woolf, Virginia. "Modern Fiction". *The Essays of Virginia Woolf*, vol. 4, pp. 163—164.

象与本质、形式与内容为一体的最好的整合体。她从创作的任务、素材、人物、方法和本质等多个方面阐释"生命创作"思想，为现代小说走出困境开出一剂良方。

小说创作的任务是表现生命，因此创作的素材是开放的。她相信小说家的任务是表现"变化的、未知的、无限的精神"。[①] 为了完成这一艰巨的任务，她强调小说的素材是开放的，一切情感和思想都是小说的合适素材，只要它们能够使我们"更加接近我们愿意称之为生命本身的东西"。[②]

小说的人物就是鲜活的生命，因而其形象是丰富多彩的。伍尔夫在《班内特先生与布朗夫人》（1925）中指出，人物是"固态的、活生生的、有血有肉的"。[③]他就是"我们赖以生存的精神，就是生命本身"。[④]

生命创作的方法是独具匠心而艺术的。它包括：创作心境的自由性、作品体裁的开放性、内在构成的情感性、作品境界的诗意化和艺术视象的形象性。不仅如此，它还超越西方文学所一贯重视的人与人之间的关系，更多地关注人与自然、人与命运、人与自我的关系。[⑤]

生命创作的核心是人。小说"是完整而忠实地记录真实的人的生命的唯一艺术形式"，[⑥]伍尔夫在《小说概观》（1929）中这样界定小说的生命本质。10 余年后，她在《倾斜之塔》（1940）中重申了这一本质：作家"描写的对象不是个体而是无数个体的集合物。两个字可以包容作家所观察的一切，那就是：生命"。[⑦]

从任务到人物，从方法到本质，伍尔夫对小说创作的生命本质的感悟呈现出逐步完善的过程，然而其核心观点始终是一致的，那就是：小说表现真实的生命。

伍尔夫的"生命创作说"超越了西方传统的模仿论，其观点更具包容性

---

① Woolf，Virginia. "Modern Fiction". *The Essays of Virginia Woolf*，vol. 4，p. 162.

② Woolf，Virginia. "Modern Fiction". *The Essays of Virginia Woolf*，vol. 4，p. 163.

③ Woolf，Virginia. "Mr. Bennett and Mrs. Brown". *The Essays of Virginia Woolf*，vol. 3，p. 388.

④ Woolf，Virginia. "Character in Fiction". *The Essays of Virginia Woolf*，vol. 3，p. 436.

⑤ Woolf，Virginia. "Poetry, Fiction and the Future". *The Essays of Virginia Woolf*，vol. 4，ed. Andrew McNeillie. London：The Hogarth Press，1994，pp. 433—438.

⑥ Woolf，Virginia. "Phases of Fiction". *Granite and Rainbow：Essays*. London：Harcourt Brace Jovanovich, Inc. ，1958，p. 141.

⑦ Woolf，Virginia. "The Leaning Tower ". *The Moment and Other Essays*，p. 128.

和生命力。困境意识产生之际，必定是某种存在形态衰落之时，就如亚里士多德的《诗学》诞生于希腊悲剧终结之时，20 世纪西方文论的繁荣出现在西方传统文学岌岌可危之时。①面对衰落，常规的破解方式是实施模式的替换。比如，当意大利小说家莫拉维亚声明"19 世纪的长篇小说死亡了"的时候，他旨在点明这样的事实，即精于再现现实的"不变性和稳定性"的 19 世纪长篇小说模式已经不适于表现 20 世纪的"语言和现实的相对性"。他破解这一困境的方法是：用"隐喻小说"模式取代 19 世纪的"社会档案"小说模式，用隐喻的暗示性表现思想意识的含混和不可名状，以摆脱传统小说的预设性所导致的格式化模板。②又如，当英国小说家艾丽丝·默多克发出"小说已经远离真实"的哀叹的时候，她力图阐明这样的事实，即当代小说的主导模式已经分化为"社会小说"和"个人小说"两极，因此不能有效表现个人和社会融汇于一体的广阔图景。她破解的方法是，倡导人物与意象相结合的创作模式。③可以看出，上述两种思考均以现实与小说模式之间的协调性为审美标准，最终以选择某一理想模式来破解困境。这样的反思和解决问题的方法是具体而非本质的。它们着眼于现实，观点有一定的合理性，却显露出排他的弱点，其结果是，小说将不断随着现实的变化而陷入困境。作进一步思考，可以看出，它们共同的基点是模仿论所追求的文学与现实之间的对应性，因而其观点在西方有一定的普遍性。伍尔夫的"生命创作说"以生命真实为评判标准，所批判的是现行模式中不能表现生命精神的那部分弱点，所倡导的是创作模式的开放性和创作形式的艺术性。她的思想超越了单纯追求模仿的局限，表现出对小说本质的深刻洞察。在超越模仿论这一点上，伍尔夫的思想与希利斯·米勒的思想相应合。米勒突破文学模仿现实的思想，指出"每一部作品都有它自己的真，这个真不同于任何其他作品的真"，④"每一部文学作品都告知我们不同的、独特的另一个现实，一个超现实"⑤。

伍尔夫的"生命创作说"超越了以社会道德功用强化文学的权威性的传

---

① 参见希利斯·米勒：《文学死了吗》，广西师范大学出版社 2007 年版，第 53—54 页。
② 阿·莫拉维亚：《关于长篇小说的笔记》，载《20 世纪世界小说理论经典》（下卷），第 32—39 页。
③ 参见殷企平、高奋、童燕萍：《英国小说批评史》，第 246—255 页。
④ 希利斯·米勒：《文学死了吗》，广西师范大学出版社 2007 年版，第 52 页。
⑤ 希利斯·米勒：《文学死了吗》，广西师范大学出版社 2007 年版，第 118 页。

统做法，深入揭示文学表现生命精神的内在意义，其领悟更贴近文学的本质。自从柏拉图谴责诗歌的危害，亚里士多德提出净化说之后，文学的社会道德功用几乎成为赋予文学以存在意义的关键砝码。亚里士多德之后，每一个时代都以不同方式重申着净化说，努力使人们相信，"作品是对社会现实及其占主导地位的意识形态的准确再现"，"文学塑造了社会结构和信念"。① 为了捍卫这一学说，不仅文学的教育作用和认知作用被放大，而且理论界只能坚守模仿论立场，坚持文学与现实之间的对应关系，以拥有牢固的基础。但是，关键的问题是，强调文学的社会道德功用虽然可以赋予文学存在的意义，然而这种意义是从外部赋予文学的，会随着社会现实的变迁而使文学不断陷入不合时宜的困境。2002 年，米勒在《论文学》（On Literature，2002）中努力淡化这一根深蒂固的说法，指出文学的意义在于它是一种"施行"（performative）语言，可以将读者导入一个想象的、虚拟的现实。② 哈罗德·布鲁姆（Harold Bloom，1930—　）在《西方正典》（The Western Canon，1994）中，从另一个角度阐说文学的内在力量，"莎士比亚或塞万提斯，荷马或但丁，乔叟或拉伯雷，阅读他们作品的真正作用是增进内在自我的成长。深入研读经典不会使人变好或变坏，也不会使公民变得更有用或更有害。心灵的自我对话本质上不是一种社会现实"。③ 与米勒和布鲁姆一样，伍尔夫也超越了文学的社会道德功用说。所不同的是，米勒和布鲁姆重在强调文学对读者的自然影响力，以淡化文学的社会道德功用说，然而其基本思维方式与西方传统诗学一脉相承。伍尔夫重在揭示文学的生命本质，突出文学作为生命情感和生命精神的表现形式所内在的、本真的力量。她的"生命创作说"不是以"文学净化读者心灵"这样的单向度思维为基础的，而是以"文学是从人的生命根源处流出"这样的整体感悟为基础的。

　　真正与伍尔夫的"生命创作说"相通的是中国传统美学的缘心感物的思想。自先秦《尚书》至清代诗人的文论，生命的"情志"一直被中国传统诗人和学者视为文艺作品的灵魂。比如，先秦《尚书》中的"诗言志，歌永

---

① 希利斯·米勒：《文学死了吗》，广西师范大学出版社 2007 年版，第 147 页。
② 希利斯·米勒：《文学死了吗》，广西师范大学出版社 2007 年版，第 162 页。
③ 哈罗德·布鲁姆：《西方正典》，江宁康译，译林出版社 2005 年版，第 21 页。

言"；①《礼记》中的"诗，言其志也；歌，咏其声也；舞，动其容也，三者本于心"；②汉朝《毛诗序》中的"诗者，志之所之也。在心为志，发言为诗"；③晋朝陆机的"诗缘情而绮靡"；④唐朝孔颖达的"蕴藏在心，谓之为'志'。发见于言，乃名为'诗'"；⑤唐朝李商隐的"况属词之工，言志为最"；⑥五代徐铉的"其或情之深，思之远，郁积乎中，不可以言尽者，则发为诗"；⑦元朝杨维桢的"诗本情性，有性此有情，有情此有诗也"；⑧明朝汤显祖的"世总为情，情生诗歌，而行于神"；⑨清初黄宗羲的"诗人萃天地之清气，以月露风云花鸟为性情，其景与意不可分也"；⑩清朝袁枚的"若夫诗者，心之声也，性情所流露者也"。⑪从这些挂一漏万的引文中，最能感知到的是中国诗人和学者缘心感物的诗性思维。而缘心感物的直觉思维也正是伍尔夫的"生命创作说"的根基。

结语：21 世纪伊始，米勒发表专著《论文学》，专题讨论文学的困境问题，可以看出学术界对这一问题的关注程度。凭借陀思妥耶夫斯基、特罗洛普、亨利·詹姆斯、本雅明、普鲁斯特、白朗修（Maurice Blanchot）和德里达这样一支融艺术家和美学家为一体的"杂牌军"的力量，米勒将文学升华为一种普遍而永恒的文本，认为它是"对文字或其他符号的一种特殊用法，在任一时代的任一人类文化中，它都以各种形式存在着"，⑫表达了西方批评家走向艺术和美学融合的旨趣。而伍尔夫则走得更远一些，她广泛汲取欧美经典作品的通感，将文学升华为生命精神的表现，清晰地传达了西方艺术家基于艺术实践的美学思想。其"生命创作说"超越西方传统的模仿论和净化说，与中国传统诗学的情志说共通，可以为走出现代文学的困境提供启示：要走

---

① （先秦）《尚书·虞书·舜典》，据《四部丛刊》本。
② （先秦）《礼记·乐记》，据《四部丛刊》本。
③ （汉）《毛诗序》，《毛诗正义》，据《十三经注疏》本。
④ （晋）陆机：《文赋》，据《全晋文》本。
⑤ （唐）孔颖达：《诗大序正义》，据《十三经注疏》本。
⑥ （唐）李商隐：《樊南文集·献侍郎巨鹿公启》，据《四部备要》本。
⑦ （五代）徐铉：《骑省集·肖庶子诗序》，据《四库全书》本。
⑧ （元）杨维桢：《东维子文集·剡韶诗序》，据《四部丛刊》本。
⑨ （明）汤显祖：《耳伯麻姑游仙诗序》，《汤显祖集》诗文集卷三十。
⑩ （清）黄宗羲：《南雷文定·景洲诗集序》，据《四部丛刊》本。
⑪ （清）袁枚：《答何水部》，《小仓山房尺牍》卷七，据民国十九年国学书局刊本。
⑫ 希利斯·米勒：《文学死了吗》，广西师范大学出版社 2007 年版，第 21 页。

出文学的困境，我们不仅需要反思它的形式，更需要反思它的本质；我们不仅需要对它进行理论剖析，更需要对它进行审美观照。伍尔夫在这一点上无疑是成功的。而融美学与艺术为一体的中国传统诗学则可以为这样的反思提供广阔的空间。

第八章 创作思维

本章将从两个方面探讨伍尔夫对创作思维的思考：（一）创作之本源，现实；（二）创作之过程，构思。

第一节 现实，心物交感与观物取象①

诚如朱光潜所言，"诗必有所本，本于自然；亦必有所创，创为艺术"。②艺术之"本"通常被称为"现实"，指称创作者所理解的创作本源。不同诗学对"现实"的理解是不同的，比如西方诗学的"现实"（Reality）是认知的，中国诗学的"现实"是感物的。西方诗学对"现实"的认知可上溯至柏拉图，其《理想国》将"现实"分割为"看得见的世界"和"知性世界"，③以此构建的"模仿说"和"理念说"主导着西方文艺思维。中国诗学的现实"感物说"可上溯至先秦时期，其经典之说——"乐者，音之所由生也，其本在人心之感于物也"④——对后世的影响极其深远。有鉴于传统思维的惯性力量，批评界在评判具体作家的现实观时，常常会因循常规而作出判断，却忽视其真正的内涵。对弗吉尼亚·伍尔夫的现实观的阐释便是一个例证。

伍尔夫曾在《现代小说》（"Modern Fiction"，1925）中描绘一颗平凡的心灵在普通一天的情形，也在《达洛维夫人》（*Mrs. Dalloway*，1925）、《到灯塔去》（*To the Lighthouse*，1927）等小说中生动表现人物的意识流，这些描绘和表现通常被视为伍尔夫对"现实"的理解，其中所包含的印象的、直

---

① 本节已发表于《外国文学》2009 年第 5 期，标题为：《中西诗学语境下的伍尔夫现实观》。
② 朱光潜：《诗论》，见《朱光潜全集》（卷 3），安徽教育出版社 1987 年版，第 49 页。
③ Plato. *The Republic*, Book 6. Translated by B. Jowett (3rd ed.). Oxford: Clarendon Press, 1888, p. 210.
④ （先秦）《礼记·乐记》，据《四部丛刊》本。

觉的、意识的特征使批评家们普遍认为伍尔夫心目中的"现实"必定是心理的、主观的。卢卡奇便是典型代表，他在批判现代主义用主观经验歪曲现实的时候，特别指出伍尔夫是这一类创作的极端例证："现代主义作家们将主观经验视为现实，结果赋予现实整体一幅歪曲的画面（弗吉尼亚·伍尔夫就是一个极端的例证）"。①伍尔夫的"现实"真的是主观的吗？

20 世纪 80 年代以后，西方批评界注意到伍尔夫曾反复论及并界定"现实"，开始意识到这一概念的重要性。批评家马克·哈塞（Mark Hussey）曾针对伍尔夫视生命为"现实的本质"②的说法，指出："我们可以推测，'生命'与'现实'是同义词。'现实'是伍尔夫词汇中非常特殊的术语，将对理解她的自我观和自我在尘世中的位置发挥关键的作用"。③苏里·巴兹莱（Shuli Barzilai）指出伍尔夫的"现实"包含两层内涵：情景和真实。④这些批评家注意到伍尔夫曾多次将现实（Reality）、真实（Truth）、生命、精神等并置，因此将伍尔夫的"现实"理解为真实、生命、精神的同义词。⑤伍尔夫的"现实"真的是精神的同义词吗？

本节尝试将伍尔夫的现实观放置于中西诗学相应理论的观照之中，整体考察伍尔夫对"现实"的构建过程及其内涵。

一、什么是"现实"？

伍尔夫曾多次谈论"现实"，几次将"现实"与真实、精神等概念并列放置，但是两者并不等同。伍尔夫曾在《现代小说》中这样说："当我们承认小说批评共有的含混性之后，让我们冒险说出自己的观点，在我们看来，目前最流行的小说形式常常是缺少而不是获得了我们所追寻的东西。无论我们称

---

① Lukacs, Georg. *Realism in Our Time*: *Literature and the Class Struggle*. Trans. John and Necke Mander. New York and Evanston: Harper and Row, 1964, p. 51.

② Woolf, Virginia. *The Diary of Virginia Woolf*, vol. 3, ed. Anne Olivier Bell and Andrew McNeillie. London: The Hogarth Press, 1980, p. 113.

③ Hussey, Mark. *The Singing of the Real World*: *The Philosophy of Virginia Woolf's Fiction*. Columbus: Ohio State University Press, 1986, p. 34.

④ Woolf, Virginia. "Virginia Woolf's Pursuit of Truth". *Virginia Woolf*: *Critical Assessments*, vol. 2, ed. Eleanor McNees. Sussex: Helm Information Ltd. , 1994, p. 21.

⑤ 见 Hussey, Mark. *The Singing of the Real World*. *The Philosophy of Virginia Woolf's Fiction*. Columbus: Ohio State University Press, 1986, pp. 96—106; Woolf, Virginia. "Virginia Woolf's Pursuit of Truth". *Virginia Woolf*: *Critical Assessments*, vol. 2, ed. Eleanor McNees. Sussex: Helm Information Ltd. , 1994, pp. 19—30。

它为生命或精神，真实或现实，本质的东西已经走开或者前行，拒绝再被束缚在我们所提供的这身不合适的法衣里。"①她也曾在日记中这样写道："我的理论是，由于某种原因，人类的思想总是在追寻某种东西，相信那就是事物的核心：这种东西我们可能称之为现实，或真实，或生命……"② "清醒而确切地说，生命是最奇特的，其中蕴藏着现实的本质"③。在这些论述中，伍尔夫的确将现实、生命、精神和真实这些最普通而又最复杂的概念并置，但是这并没有暗示这些概念是相互混同、互为同义的，就像哈塞和巴兹莱所相信的那样。伍尔夫的本意是用生命、精神、真实和现实等概念来指代无以名状的、神秘莫测的"本质"；她用这些术语以及省略号来喻示，如果从不同的视角审视，我们可以用多种不同的概念来表述"本质"。我们可以认定这样的分析更合理，因为伍尔夫曾分别对这些概念作出界定或阐释，其中对"现实"的界定是最明确的。

伍尔夫对"现实"的详尽界定见《一间自己的房间》（*A Room of One's Own*，1929）。伍尔夫这样写道：

> "现实"是什么？它似乎是某种非常飘忽不定、非常不可靠的东西——时而现身为尘土飞扬的马路，时而呈现为大街上的一小片报纸，时而又成了阳光下的一朵水仙花。它能够使屋里的一群人快乐，并使不经意说出的一席话被人记住。它使星光下散步回家的人无法保持平静的心情，使静默的世界比言说的世界更真实——然后它又出现在喧嚣的皮卡迪利大街的公共汽车里。有时它又似乎出现在离我们很远的物体中，我们看不清那些是什么性质的东西。但是不论它触到的是什么，它都能使它们变得固定而恒久。那是白昼的外壳被抛入树篱之中后所留下的东西，那是逝去的岁月和我们的爱恨所

---

① Woolf, Virginia. "Modern Fiction". *The Essays of Virginia Woolf*, vol. 4, ed. Andrew McNeillie. London: The Hogarth Press, 1994, p. 160.

② Woolf, Virginia. *The Diary of Virginia Woolf*, vol. 1, ed. Anne Olivier Bell and Andrew McNeillie. London: The Hogarth Press, 1977, p. 205.

③ Woolf, Virginia. *The Diary of Virginia Woolf*, vol. 3, ed. Anne Olivier Bell and Andrew McNeillie. London: The Hogarth Press, 1980, p. 113.

留下的东西。①

　　细致推敲伍尔夫的界定，我们可以发现，她所理解的“现实”是一个整体，由两种成分构成。一种是自然界的实在物，比如马路、报纸、水仙花、星光、公共汽车等各种形体的东西。它们是心外之物，我们可以观察、感觉、触摸它们，但是无法改变它们；它们是岁月的表征，存在的形象。一种是主体的感知，比如，屋里的快乐、一小段话语的记忆、星光下的情绪、静寂中的冥思、公共汽车里的喧闹。它们是心灵的感应，是感官碰撞实在物之后从心灵深处迸发的意念和感悟。两者的整合便构成了伍尔夫的“现实”。（为了论述的方便，我们权且以客观“现实”和主观“现实”指代伍尔夫的“现实”的两种成分。）可以看出，这样的一种“现实”观，既承认客观“现实”与主观“现实”各自独立，又强调两者之间的契合。在这里，人与所感知的世界不是二分的，而是共存的。艺术是对人与物两个世界之间的张力的表现。

　　伍尔夫的现实观与西方诗学中主导的现实观并不相同。西方诗学的现实观是基于理性认知。柏拉图在《理想国》第六卷中用线段分割的寓言阐释了认知过程的四个阶段。他将认知排列成一个等级序列，将感知事物的外部现象列为最低等级，把握事物的基本原则（理式）列为最高等级。因循这一认知模式，西方诗学大致概括出几种基本现实观：一般地再现自然或人的激情、主观地再现自然或人的激情、科学地再现自然客体和社会生活、再现自然和精神中的固有理念、再现超验理念、再现艺术自己的世界等。②不同的文艺流派也据此划出：古典主义、现实主义、浪漫主义、自然主义、现代主义、后现代主义。这些现实观中大致包含两类“现实”，即可感知的自然或人的情感和可认知的理念。其表现方式大致也可分为两类，即客观再现和主观再现（或曰表现）。在这里，人与所认知的世界是主客体二分的，艺术是对人的认识的再现或表现。认知对象和认知方法的不同构成不同的现实观和艺术流派。

　　西方批评家对伍尔夫的现实观的评判依据是其自身所坚持的现实观。卢

---

　　① Woolf, Virginia. *A Room of One's Own*. London: Harcourt Brace Jovanovich, Inc. , 1957, pp. 113—114.

　　② Selden, Raman. *The Theory of Criticism: from Plato to the Present*. London: Longman Group UK Limited, 1988, p. 8.

卡契对伍尔夫的批评代表了一种现实观对另一种现实观的否定。卢卡奇坚持艺术反映客观真实，通过典型人物展示时代精神，因此断定现代主义对个体主观经验的表现是一种对现实的歪曲；马克·哈塞将伍尔夫的"现实"等同于真实、精神等理念，则代表了对"文学再现理念"的现实观的认同。

当然，仅仅凭借一段短短的陈述，我们还不能清楚说明伍尔夫对"现实"的理解。伍尔夫之所以形成如此独特的"现实"界定，是经历了一个思考过程的。我们不妨剖析整个过程。

二、回归客观实在世界

伍尔夫的客观"现实"是从无数观念的捆绑中剥离出来的。她的短篇小说《墙上的斑点》（"The Mark on the Wall"，1917）完整记录了这一历程。《墙上的斑点》是一篇新奇而优美的意识流作品，其表现手法曾引起广泛关注，从某种程度上反而遮蔽了所表达的思想。整篇小说看似漫无边际，实际上却拥有精致的结构和清晰的思路。除去"看见墙上的斑点"和"斑点即蜗牛"的简短开头和结尾，《墙上的斑点》的主体部分大致可分为"斑点是钉子吗"、"斑点是玫瑰花瓣吗"、"斑点是木块裂纹吗"三部分意识流，全程呈现对"现实"的客观内涵的探索过程。

小说开头，"我"对"城堡上飘扬的红旗"的无边幻觉被墙上的斑点打断，"我"却因此而松了一口气。

"我"从斑点联想到"钉子"，然后让意识流动在过去、现在和未来的时间维度中，思考快速变迁的生活方式背后那些观念的客观性。"我"发现，不论是以前的房客将钉子上的挂件从油画换成肖像画，还是"我"不断更换自己喜爱的物件和生活方式，还是想象中的未来男女们不断摸索路径，大家更换或摸索的不仅仅是画像、物件或生活方式，而且是快速产生又迅速消亡的种种观念。"我们的观念多么容易蜂拥而上，追逐一件新事物，就像一群蚂蚁热切地扛一片稻草一般，扛了一会儿，就把它搁下了"。[1]正因为我们的观念如此易变，如此不确定，"我"只能叹息："生命多神秘！思想多不准确！人类

---

[1] Woolf, Virginia. "The Mark on the Wall". *The Complete Shorter Fiction of Virginia Woolf*, New Edition, ed. Susan Dick. London: The Hogarth Press, 1989, p. 77.

多无知！"①显然，观念的客观性被打上了问号。那么什么才是客观的呢？

"我"从斑点联想到"玫瑰花瓣"，然后从那些易变的观念表层向下沉落，让意识在特洛伊城、莎士比亚、现代人的形象、现代社会的规矩、研究古墓的上校等多维时空中漫游。"我"隐隐约约地感觉到那些真正的东西似乎正在被我们的虚构、概括、规矩和知识所遮蔽和替代。"我"发现虚构的历史令人沉闷，鲜活的形象被概括成肤浅的外壳，真实的生活被限定在标准和规矩里，知识的考证竟完全受制于古墓的箭镞或伊丽莎白时代的铁钉。于是，"我"认定，在这样的世界里是无法生活的。未来的小说家会丢弃肤浅的概括而将笔触探入思想的深处；未来的人们会抛开林林总总的惠特克尊卑序列表而享受生活的自由；未来的世界安宁而开阔，那里没有教授、专家和管家，人们只要用自己的思想就可以感知世界。无疑，历史、文学、法规和知识的客观性遭到了"我"的质疑。如果人类如此重要的记载或发现都可能是不客观的，那么还有客观的东西吗？

"我"从斑点联想到"木块的裂纹"，然后"我""看见"了那个实在的、真实的世界，那里有树木、草地、森林、小河、红松鸡、鱼儿，以及一切和人类一样鲜活的实在体。那里的树木就像人一样经历着四季的触摸和自然的拷问，然后倒下，变成百万条生命分散到世界各地。

这时，"我"蓦然惊醒，听到有人在说，墙上的斑点是一只蜗牛。

这便是伍尔夫探寻客观"现实"的历程，其构思的精妙在于它的形象性和对比性。全文虽然曾几处使用"现实"这一词语，却从未直接谈论或阐述现实，所有的思考都是在不同形象的对比中进行的。无边的幻觉（如城堡上的红旗）与客观实在体（如墙上的斑点）的对比构成了全文主要的结构，具体表现在三个方面：

第一，人类瞬息万变的观念与人类光裸的生命体之间的对比。观念的快捷变化所带来的生活方式的剧变让生命体感受到的并不是恒定的本真而是无边的偶然性。"要是拿生活与什么相比的话，就只能比作一个人以每小时五十英里的速度在地铁内飞射，射到另一头的时候，头发上一根发针也不剩。光着身子被射到上帝的脚下！……是的，这些比喻可以表明生活的飞速变迁，

① Woolf, Virginia. "The Mark on the Wall". *The Complete Shorter Fiction of Virginia Woolf*, p. 78.

表明那永久的损耗和维修；一切都如此偶然，如此凑巧。"①

　　第二，由历史虚构、经验概括、社会规范和知识体系构建的文明与盛开着火红色和湛蓝色鲜花的自然之间的对比。有限的概括、规定和考证让生命感知到的并不是真实和自由而是沉闷而僵化的规训。"每一件事都有特定规则。在某个时期，餐桌台布按规定要用花毯做成，上面印着黄色小方格……另一种花样就不能被视为真正的桌布。人们会觉得多么吃惊，又是多么奇妙啊，当他们发现这些真实的事物，星期天的午餐、星期天的散步、乡间房屋和餐桌台布并不全都是真实的，而是半幻影的东西，不相信它们所得到的处罚不过是一种违规的自由感！我不知道到底是什么取代了它们，取代了那些真正的、平常的东西？"②

　　第三，自然界的实在物与人类的生命体之间的对比。人类生命体之外的实在物不仅给人类带来平静而幸福的联想，而且带来温馨的现实感。"我体会到一种心满意足的现实感，这种现实感立即将那两位大主教和大法官逐入阴影之中。这是一件具体而真实的东西。我们半夜从噩梦中惊醒时，也往往急急地开灯，安静地躺一会儿，欣赏衣柜，欣赏实在物，欣赏现实，欣赏外在世界，以确认除了我们之外还存在着其他物体。这就是我们想弄清的一切。"③

　　当小说最后告诉我们墙上的斑点是一只蜗牛的时候，我们和伍尔夫一样有了一种水落石出的轻松感。伍尔夫用感悟的利剑，逐一剥离了积淀在斑点上的那一层层严严实实的观念的封尘，不论它们是历史的、社会的、语言的还是知识的，于是我们终于直接面对那只蜗牛，那只可以亲手触摸的活生生的实在物。而伍尔夫也终于和盘托出了她心目中的客观"现实"：可以直接感知的活生生的实在体。伍尔夫所剥离的不仅是夹在"人"和"客观实在物"之间那层厚重的观念积淀，而且是柏拉图所倡导并传承的"无须感性之物的帮助便可以从假设升入理念"④的认知思维。作品中的"我"从层层叠叠的认

---

　　① Woolf, Virginia. "The Mark on the Wall". *The Complete Shorter Fiction of Virginia Woolf*, p. 78.

　　② Woolf, Virginia. "The Mark on the Wall". *The Complete Shorter Fiction of Virginia Woolf*, p. 80.

　　③ Woolf, Virginia. "The Mark on the Wall". *The Complete Shorter Fiction of Virginia Woolf*, p. 82.

　　④ 参见 Plato. *The Republic*, Book 6. Translated by B. Jowett (3rd ed.). Oxford: Clarendon Press, 1888, pp. 210—213。

知幻觉中回归到鲜活而实在的蜗牛，昭示了"我"从人所认知的"现实"回归客观实在世界的过程。

伍尔夫对客观"现实"的感悟可以追溯到穆尔（G. E. Moore）和他的著作《伦理学原理》（*Principia Ethic*，1903）。穆尔的思想曾对伍尔夫以及布鲁姆斯伯里文化圈的其他成员产生巨大影响，伍尔夫的丈夫伦纳德·伍尔夫对此有评述："穆尔及其著作对我们的巨大影响在于，它们突然从我们的眼前移开了模糊而厚重的水垢、蜘蛛网和窗帘，仿佛第一次向我们展示了真理和现实的本质，展示了善、恶、性格和行为。它们替代了耶稣、基督、圣保罗、柏拉图、康德和黑格尔困惑我们的那些宗教的、哲学的梦魇、错觉和幻想，带给我们的是普通常识的新鲜空气和纯真光亮。"①作为新实在论哲学和分析哲学的创始人之一，穆尔的创意之一是将客观实体看成与主观意识并存的独立实体，并承认物质的客观实在性，强调以直觉观照的方式认识客观实体。②伍尔夫的《墙上的斑点》显然受到穆尔的哲学观点的影响，它强调的正是将客观实在物从人类主观意识的厚重缠绕中剥离出来，使客观实体作为一个独立体存在于人的意识之外，以鲜活的形象直接激发主体的直觉感受。

三、回归主观直觉感知

伍尔夫所理解的主观"现实"是一种直觉感知。她在《墙上的斑点》中，以批判的态度反思虚构历史、概括形象、制定规矩和考证知识等从假设到理念的主观认知的局限性，呼唤用自己的思想直接感知客观世界。"在这里，就像鱼儿用鳍翅划开水面一般，人们可以用自己的思想划开世界，轻轻地擦过睡莲的茎条，在装着白色海鸟蛋的鸟巢上空盘旋……在世界的中心扎根，透过灰蒙蒙的海水、海水里的瞬息闪光以及倒影向上凝视，这里多么静谧啊。"③她在《现代小说》中形象描写了心灵直觉感知客观世界的动人景象："心灵接纳无数印象——零碎的、奇异的、稍纵即逝的或者刻骨铭心的。它们来自四面八方，像无数原子源源不断地落下；当它们落下，构成星期一和星期二的

---

① Woolf, Leonard, *An Autobiography*. Oxford: Oxford University Press. 1980, p. 93.
② Moore, G. E.. "A Refutation of Idealism". *Principia Ethica*. Cambridge: Cambridge University Press, 1903.
③ Woolf, Virginia. "The Mark on the Wall". *The Complete Shorter Fiction of Virginia Woolf*, p. 81.

生命时，重点与过去并不相同，重要瞬间来自那里而不是这里"。①从两段优美的描写中可以看出，伍尔夫的主观"现实"是个体的"心"对大千世界的"物"的直觉感知，而不是"理性通过自身的辩证力量而获得的"理念。②

主观"现实"是直觉感知的，主要由视觉和感觉印象组成。伍尔夫在《夏夜瞬间》中指出了这一点。伍尔夫认为，现实的瞬间"大部分是由视觉和感觉印象构成的"，③所感知的对象是时空中的万物及其变化：首先，我们的感知是空间的，视觉和感觉敏感地张开着，接受着天地之间有形和无形的事物对我们的冲击。"白天非常热。炎热过后，身体的表层打开，好像毛孔都张开了，一切都敞开了，不像在寒冷时节那样封闭着和紧缩着。空气穿透衣服，把清凉传到我们的皮肤上……"④同时，我们的感知是时间的，自然秩序的细微变化都会引发我们的改变。"微小的光点，忽明忽暗地越过田野，好像在传达一种疑虑。点灯的时间到了吗？农妇们在问，我能再看一会儿吗？灯暗了，又点亮了，所有的疑虑都消退了。"⑤无疑，在"现实"的瞬间，台上的主角是那些瞬息万变、千姿百态的视觉和感觉印象，它们通过身体的感官，激发心灵的万千思绪，似野马脱缰，莫测行踪。但是它们并不是主动的，而是被动的，因为操纵它们的是主体感官所无法左右的自然及其运行秩序。"瞬间就与这些来来回回的变化和必然发生的落下、飞升、点灯连接在一起。"⑥

主观"现实"是直觉感知的，它以主体的内在意识为核心。伍尔夫认为，视觉和感觉印象组成的仅仅是主观"现实"的外延，其核心是"一个意识的结，有一个被分成四颗头、八条腿、八只手臂、四个独立的躯体的核心。它们并不受制于太阳的运行、猫头鹰的作息和灯盏亮熄的规则，而是协助这些规则的施行"⑦。它是精神的和意识的，带着强烈的自我渴望。"难道我们就不能张开宽大的翅膀轻轻地飞翔吗？不能只用一只翅膀吗？……不能神气地亲

---

① Woolf, Virginia. "Modern Fiction". *The Essays of Virginia Woolf*, vol. 4, ed. Andrew Mc-Neillie. London: The Hogarth Press, 1994, p. 160.

② Plato. *The Republic*, Book 6. Translated by B. Jowett (3rd ed.). Oxford: Clarendon Press, 1888, p. 212.

③ Woolf, Virginia. "The Moment: Summer's Night". *The Moment and Other Essays*. London: Harcocourt Brave Jovanovich, Inc., 1948, p. 3.

④ Woolf, Virginia. "The Moment: Summer's Night". *The Moment and Other Essays*, p. 3.

⑤ Woolf, Virginia. "The Moment: Summer's Night". *The Moment and Other Essays*, p. 4.

⑥ Woolf, Virginia. "The Moment: Summer's Night". *The Moment and Other Essays*, p. 4.

⑦ Woolf, Virginia. "The Moment: Summer's Night". *The Moment and Other Essays*, p. 4.

临壮丽的峰巅？不能躺在那高高的山脊上，沐浴月光的清辉……"①它是超越身体的，又是情感的，既显得无所不能，又显得微不足道；既可以将自己幻化为自然万物，又可能为自己的卑微黯然神伤。"这就是为什么瞬间变得坚硬，被强化，被弱化，开始染上个人的特性；渴望被人爱、被另一个身体紧紧拥抱；渴望掀开黑夜的面纱，见到激情燃烧的眼睛。"②

伍尔夫由感知和意识构建主观"现实"的观点，在一定程度上与英国浪漫主义诗人柯勒律治的观点相似。柯勒律治曾同样指出感官印象和内在意识对创作的重要性，他曾这样概括艺术创作的世界："当然，艺术是属于外部世界的，因为它全靠视觉与听觉的想象以及其他的感官印象而起作用；这些方面，如不精通熟练，那么历史上就不会有也不可能有一位音乐家或诗人……如果他不是首先为一种强有力的内在力量、一种情感所推动，他将始终是一名蹩脚的、不成功的艺坛耕耘者……"③

柯勒律治对伍尔夫的影响是巨大的。从伍尔夫评说柯勒律治的两篇主要文章《评论家柯勒律治》（"Coleridge as Critic"，1918）、《站在门边的人》（"The Man at the Gate"，1940）中可以看出，伍尔夫曾大量阅读柯勒律治的作品，曾这样描绘她的阅读感受："在柯勒律治的多册书信中，聚集着大量颤动着的有形物质，好像它们将自己连接在树干上，悬挂在那里。句子仿佛水滴滚落窗户一般，一滴融入另一滴，等它们抵达窗框的底部时，整个窗户都变得模糊不清了。"④她对柯勒律治的评价极高，称赞他思想神圣、境界高洁、评论超凡脱俗、见解深邃而有创意，几乎将最好的评语都给了他。⑤无疑，柯勒律治的艺术观曾给伍尔夫带来启发和灵感。

四、现实观：心物交感与观物取象

在伍尔夫的"现实"中，客观"现实"与主观"现实"是合一的、不可分割的。她在1928年9月10日的日记中记录了自己对"现实"的顿悟：

① Woolf, Virginia. "The Moment: Summer's Night". *The Moment and Other Essays*, p. 5.

② Woolf, Virginia. "The Moment: Summer's Night". *The Moment and Other Essays*, p. 6.

③ 柯勒律治：《方法初论》，载伍蠡甫主编：《西方文论选》（下），上海译文出版社1979年版，第520页。

④ Woolf, Virginia. "The Man at the Gate". *The Death of the Moth*. New York: Harcocourt, Brave and Company, Inc., 1942, p. 105.

⑤ Woolf, Virginia. "Coleridge as Critic". *Books and Portraits*. Ed. Mary Lyon. London: the Hogarth Press Ltd., 1977, pp. 45—49.

那是某个 8 月份的一次经历，我那时意识到我称为"现实"的那东西是什么：一个我眼前所见到的东西，某种抽象的东西，但是现身在丘陵或天空上；除此之外没有什么东西是重要的；我将憩息在其中继续生存。我称它为"现实"。有时我幻想它是我所追寻的最必要的东西。但是，一旦提笔写作后，谁知道呢？不将"现实"变成这个或那个，它们是通而为一的，那有多难。也许这就是我的礼物，这就是我与他人不同之处。我想有这样敏锐的感觉也许是罕见的，但是谁知道呢？我将表达出来。①

这里，伍尔夫对"现实"的感知体现出主客观合一的性质。具体地说，伍尔夫的"现实"是"眼前所见的东西"与"抽象的东西"的契合，其契合物为"丘陵或天空"。更进一步说，她的"现实观"包含两层内涵：

其一，"现实"是客观实在物（物）与主观感知（心）的契合；

其二，"现实"的艺术表现形式是直观生动且意蕴丰富的物（意象）。

（一）现实：心物交感

伍尔夫相信，"现实"是主观直觉感知与客观实在物的交感，以主观直觉感知为先导，以客观实在物为表现。她在另一段关于"现实"的陈述中阐释了这一点："现在这一瞬间是由什么构成的呢？如果你年轻，未来就像玻璃一样平放在现在的上面，使现在摇晃和颤抖；如果你年老，往昔就像厚重的玻璃一样平压在现在的上面，使现在摇动和扭曲。"②在这里，发挥主导作用的始终是直觉感知，它或者体现为对"未来"的想象，或者体现为对"过去"的记忆，在它们的冲击下，客观实在将发生瞬间变形。两者一旦契合，所呈现的就是某种带上了主体精神的"现实"。

伍尔夫的理解是独特的，却又是普遍的。我们可以在集美学理论与艺术创作为一体的思想家的阐述中找到相通的感悟。比如，柯勒律治在《论诗或艺术》中，着重表达了"艺术之本质即心与物之契合"的思想。他说：

① Woolf, Virginia. *The Diary of Virginia Woolf*, vol. 3, ed. Anne Olivier Bell and Andrew McNeillie. London: The Hogarth Press, 1980, p. 196.

② Woolf, Virginia. "The Moment: Summer's Night". *The Moment and Other Essays*, p. 3.

　　关于艺术本身的性质，也许可以解释为是介于某一思想与某一事物之间的，或者……是自然的事物和纯属人类事物之间的一致与和谐。它是思维领域中形象化的语言，它和自然的区别，就在于所有组成部分被统一于某一思想或概念之中……把全部事物形象安置在人类心灵的一切疆界中，进而从形象所具的形式本身得出和引出与之十分近似的那些道德见解，使外在的变为内在的，内在的变为外在的，自然变为思想，思想变为自然——这就是艺术中天才之奥秘。[①]

　　在中国传统诗学中，将文艺之本"现实"理解为"心"与"物"交感的"感物说"是广为接受的基本观点。自先秦《乐记》提出艺术之本乃"人心之感于物"后，[②]这一"感物说"不断被汉、魏晋南北朝、宋、元、明和清的艺术家和美学家重申和强调。比如，班固（汉）提出"皆感于哀乐，缘事而发"，[③]刘勰（南朝梁）认为"情以物迁，辞以情发"，[④] 钟嵘（南朝梁）主张"气之动物，物之感人，故摇荡性情，形诸舞咏"，[⑤]梁肃（唐）指出"诗人之作，感于物，动于中，发于咏歌，形于事业"，[⑥]苏轼（宋）称艺术乃"神与万物交"，[⑦]郝经（元）视文艺创作为"物感于我，我应之以理而辞之耳"，[⑧]宋濂（明）指出"及夫物有所触，心有所问，则沛然发之于文"，[⑨]艾穆（明）说"故情以遇迁，景缘神会，本之王窍，吐为完音"，[⑩]叶燮（清）认为创作乃"遇物触景之会，勃然而心，旁见侧出，才气心思，溢于笔墨之外"，[⑪]刘熙载

---

　　① 柯勒律治：《论诗或艺术》，载伍蠡甫主编：《西方文论选》（下），上海译文出版社 1979 年版，第 520 页。

　　② （先秦）《礼记·乐记》，据《四部丛刊》本。

　　③ （汉）班固：《汉书·艺文志》，据中华书局本。

　　④ （南朝梁）刘勰：《文心雕龙·物色》，徐正英、罗家湘注译，中州古籍出版社 2008 年版，第 426 页。

　　⑤ （南朝梁）钟嵘：《诗品序》，据人民文学出版社本。

　　⑥ （唐）梁肃：《周公瑾墓下诗序》，据《全唐文》本。

　　⑦ （宋）苏轼：《苏东坡集》前集卷二十三《书李伯时山庄图后》，据商务印书馆本。

　　⑧ （元）郝经：《郝文忠公陵川文集》卷二十二《文说送孟驾之》，据乾隆刊本。

　　⑨ （明）宋濂：《宋文宪公文集》卷三十四《叶夷仲文集序》，据严荣校刻本。

　　⑩ （明）艾穆：《大隐楼集》卷首《十二吟稿原序》，据 1922 年甘氏刊本。

　　⑪ （清）叶燮：《原诗·外篇》，据人民文学出版社本。

（清）指出"在外者物色，在我者生意，二者相摩相荡而赋出焉"①。

（二）"现实"的表现形式：观物取象

以心与物的交感为"现实"，艺术的表现形式是带上了主体的感知的物。从上面所引的伍尔夫日记可以看出，伍尔夫相信艺术的表现物是"丘陵或天空"，即具体事物与抽象思想的融合；同时这一物象并不单单代表物象本身，而是"通而为一"的。伍尔夫的表述比较朦胧，如果用中国传统的"观物取象"观照伍尔夫的观点，可以深入体会其思想内涵。"观物取象"是中国古代文化中最朴素的感知和表现世界的方法。它倡导用心灵观照天地，用心物交感把握自然天性，用心物之象传达其意。其内在意蕴包括：

1. "观"的整体性与深刻性。从《周易》可以看出，伏羲氏创卦象的时候，上观天文，下观地理，近观人际关系及鸟兽，远观城邑田地及器皿，呈现出直觉体悟世间万物，全方位多视角观照人与世界的关系的特征。其观照的深刻性是通过频繁启用沟通与比较手法来实现的。②伍尔夫的"观"同样体现整体性和深刻性。以《墙上的斑点》为例，伍尔夫对"斑点"的观照从过去到现在到未来，从艺术到生活到自然，从观念到规则到知识，从特洛伊到中国到罗马……其观照之广度几乎没有边界，而观照的深度则通过多层次的比较而充分展现。

2. "物"的客观性与朴素性。在中国古典美学中，所观之物均为日、月、山、川、瓜、果等客观存在之物，充分体现了以天地万物之"本体"呈现自然造化之本真的朴素思想。伍尔夫在《墙上的斑点》中努力剥离依附在"斑点"上的观念和知识，还原"斑点"蜗牛之本真的过程同样体现了伍尔夫回归"物"之客观性和朴素性的索求。

3. "取"的普遍性与特殊性的统一。在中国古典美学中，"取"象是用心灵观照万物，从中精取物象以达其意的过程。"物"是丰富多彩、纷繁复杂和无边无际的，而心灵所能选取的"意"之象却是有限而意蕴深厚的，因此"取"的过程是主体从"观物"到"虚静"再到"心物相交"的神思过程。晋代陆机曾称其为从"精骛八极，心游万仞"到"笼天地于形内，挫万物于笔

---

① （清）刘熙载：《艺概·赋概》，据上海古籍出版社本。
② 张乾元：《象外之意——周易意象学与中国书画美学》，中国书店 2006 年版，第 137 页。

端"①的过程；刘勰将其精练地概括为"神与物游"的过程。②伍尔夫在论述取象的过程时，强调了创作主体从丰富的表象中提炼本质的材料，并将它们冶炼成恒久的东西的重要性："作家的任务就是选择一件物体，用它表现20件物体"，③"他必须从生活中迅捷地提炼珍品，略去垃圾……如果他从生活中获得的战利品能够通过他的挑剔，它们就会变得坚实，被制作成恒久的东西，给他带来深刻的魅力。"④

4. "象"的直观性与象征性的统一。此处的"象"已经不仅仅是简单的物象，而是融入了主体的心灵意蕴的"象外之象"了，因此它是心的创造，含有象征的内涵，却依然保留物象的直观性。其意蕴深厚的象征内涵直指事物之本质，而生动形象的直观之形则广开想象之无际。如《周易》称："参伍以变，错综其数。通其变，遂成天地之文。极其数，遂定天下之象。"⑤又如老子所言："道之为物，惟恍惟惚。惚兮恍兮，其中有象；恍兮惚兮，其中有物。"⑥从伍尔夫的日记中可以看出，她深切地感悟到，"现实"并不是这个或那个表象，"现实"多样性的背后是它那"道通为一"的本质。她在论文、小说中多次表述这一思想。如：她用"四颗头、八条腿、八只手臂、四个独立的躯体"的瞬间意象，传达"天地与我并生，万物与我为一"⑦的思想。又如，在《到灯塔去》中，伍尔夫通过拉姆齐夫人对"灯塔"的凝视，传达心与物相通的境界。再如，在《海浪》中，伍尔夫用"海浪"阐发生命循环的思想："奈维尔、珍妮、苏珊和我，就像海浪拍岸一般碎裂散落，让位于下一片树叶、某一只小鸟、一个拿铁环的孩子……"⑧

结语： 英国文论家里德（Herbert Read，1893—1968）曾在《艺术的意

---

① （晋）陆机：《文赋》，《文选》卷十七，据四部丛刊本。
② （南朝梁）刘勰：《文心雕龙·神思》，徐正英、罗家湘注译，中州古籍出版社2008年版，第271页。详尽段落为"寂然凝虑，思接千载；悄焉动容，视通万里；吟咏之间，吐纳珠玉之声；眉睫之前，卷舒风云之色；其思理之致乎。故思理为妙，神与物游。神居胸臆，而志气统其关键；物沿耳目，而辞令管其枢机。枢机方通，则物无隐貌；关键将塞，则神有遁心"。
③ Woolf, Virginia. "Life and the Novelist". *Granite and Rainbow*: *Essays*. London: Harcourt Brace Jovanovich, Inc., 1958, p. 45.
④ Woolf, Virginia. "Life and the Novelist". *Granite and Rainbow*: *Essays*, p. 47.
⑤ （先秦）《周易·系辞上》，据《十三经注疏》本。
⑥ （先秦）老子：《道德经·第二十一章》，据《四部丛刊》本。
⑦ （先秦）《庄子·齐物论》，据《四部丛刊》本。
⑧ Woolf, Virginia. *The Waves*. London: Vintage, 2000, p. 186.

义》(*The Meaning of Art*，1930)中剖析东西方艺术的本质区别。他认为西方艺术的本质在于凭借人类的理智和感觉去认知世界，而东方艺术的本质在于以人类的自然本性打通物象世界与心灵世界。前者是理性的，旨在表现人类的自我认知和意识；后者是天性的，旨在表现心与物两个世界之间的情态。①伍尔夫在解构理性对"物"和"自我"的无限认知的基础上，用纯粹的"物"与"心"的交感构建"现实"，表现出对认知"现实"的深刻反思。这一独特的现实观决定了她的创作的独特性。

第二节　构思，从"澄明心境"到"想象之游"②

本节从弗吉尼亚·伍尔夫对西方创作构思的反思、扬弃和继承出发，以中国诗学的"虚静说"、"神与物游"为参照，揭示其构思说的内涵与价值。

一、伍尔夫的"构思说"对西方传统诗学的反思、扬弃和继承

伍尔夫在《生活与小说家》("Life and the Novelist"，1926)中阐述了她对创作构思过程的理解。这一阐述是在直言不讳地批判西方传统构思说的基础上完成的，所围绕的核心问题是"小说家究竟应该与生活保持什么样的关系"。

伍尔夫认为，创作构思过程必须包含两个阶段，缺一不可：

第一阶段，创作者感知并接纳来自生活的各种印象。"味觉、声响、运动，这儿几个语词，那儿一个姿势，一个男人进来，一个女人出去，乃至大街上行驶的汽车，人行道上徘徊的乞丐，以及这一场景中的红色和蓝色、光亮和阴影，他都需要给予足够的关注并激发自己的好奇心。他不能停止接纳印象，就像大海中的鱼不能停止海水穿过它的鱼鳃一样"。③

第二阶段，创作者独自退隐到室内，在孤独的状态中，用"想象"粉碎、选择、提炼和综合感官印象，获取对生活的参悟。"在那间孤独的房间里……最奇特的过程发生了。生活臣服于上千种原理和实践。它被控制了，被杀死

---

① 转引自郑旭：《中国美术史》，团结出版社 2005 年版，第 1—3 页。

② 本节已发表于《外国文学研究 60 年》，浙江大学出版社 2010 年版，标题为：《从伍尔夫"构思说"看中西诗学的共通性》。

③ Woolf, Virginia. "Life and the Novelist". *Granite and Rainbow：Essays*. London：Harcourt Brace Jovanovich, Inc., 1958, p. 41.

了。它与这个相融，与那个相持，与另外的相应和。"最终，创作者"掌控他们的感悟，坚固这些感悟，将它们转化为他们的艺术构造物"。①

在完整经历这两个阶段后，小说家才能将原初的感官印象锻造成鲜活丰满的艺术品。"一年后，当我们写出咖啡馆的场景的时候，我们记忆中那些表面印痕都消失了。在薄雾中出现了某种纯粹的、令人敬畏的和永恒的东西，那是我们奔放的情感激流的骨骼和实体。"②

伍尔夫对构思过程的阐释是有针对性的，矛头指向西方文学偏重表象模仿和修辞建构的创作倾向。她指出，当今社会的小说中，四分之三的作品是在感受现实后匆匆完稿的，也就是说，它们只经历了构思的第一阶段。这样的创作，所需要的仅仅是足够的词汇、语法和章节划分，所完成的只是将"柔性的和刚性的，短暂的和永恒的等多种不相容的生活素材混合在一起"。③它们可以清楚描写人物的穿着、举止和言谈，却无法表现他们是什么样的人。伍尔夫认为这一创作现象背后存在着实质性的问题。她这样为其把脉：

> 我们一直让自己沉浸在表象之中。所有对生活的再现已经耗竭了我们的想象力。我们就像在电影院那样，一直坐着，被动地观看我们面前的银屏上所发生的一切，所用的只是眼睛而不是心灵。当我们想启用我们所学的关于人物的技能以便帮助他们渡过某种危机的时候，我们发现我们没有精力和力量来作这种处理。……因为，我们对这些人物的了解是依照生活运行方式赋予我们的。人物的塑造是通过观察一个人不连贯的、鲜活而自然的事件来完成的……最后，虽然人们可能觉得生活已经摆在面前，然而那个正在被表现的特定生活却依然是含混的。④

并提出解决方案：

---

① Woolf, Virginia. "Life and the Novelist". *Granite and Rainbow: Essays*, pp. 41—42.
② Woolf, Virginia. "Life and the Novelist". *Granite and Rainbow: Essays*, p. 42.
③ Woolf, Virginia. "Life and the Novelist". *Granite and Rainbow: Essays*, p. 42.
④ Woolf, Virginia. "Life and the Novelist". *Granite and Rainbow: Essays*, p. 44.

他必须使自己暴露在生活之中；他必须冒被生活误导和被生活的假象蒙骗的危险；他必须从生活中迅捷地领悟珍品，略去垃圾。但是在某一时刻，他必须离开这位同伴，独自退隐到那间神秘的房间里，在那里，如果他从生活中获得的战利品能够通过他的挑剔，它就会变得坚实，被制作成恒久的东西，给他带来深刻的魅力。[①]

这里，伍尔夫用生动的比喻形象说明了西方现代文学存在的问题：为了再现生活，创作构思依照生活原样画像，结果文学作品迷失在模糊的表象之中。她用"眼睛"与"心灵"的区别揭示了问题的实质：眼睛只能看到现实的既成形象，如果无法摆脱成象，那么无论是依样画像还是重组塑形，文学创作将始终局限于对已有表象的被动模仿之中；心灵却能穿透表象而感受现实整体，凭借想象力触及并表现现实的本质。可以看出，针对文学与现实生活的关系问题，伍尔夫在西方传统诗学的标准答案——文学观察并模仿现实——之外，努力阐明了自己的观点：文学在感知和领悟现实的基础上，用想象提炼并表现其本真。她不仅扬弃了文艺模仿说，而且用"离开这位同伴，独自退隐到那间神秘的房间里"这样的语句表达了创作须超越表象进入内在生命体验的寓意。

伍尔夫对模仿性构思的批判和对构思的想象性和生命体验性的推崇与英国浪漫主义作家柯勒律治的"有机说"一脉相承，并有所推进。

柯勒律治曾清楚剖析文学创作的两种基本类型。一类是缺乏整体感的简单聚合，比如鲍蒙特（Beaumont）、弗莱彻（Fletcher）等人的戏剧作品；另一类是从自身生长并成形的有机整体，如莎士比亚的作品。前者依据的是文学创作的机械论，即霍布斯（Thomas Hobbes）、休谟（David Hume）等思想家们依据自然科学中的力学原理对心灵活动机制所作的阐释。该理论相信，心灵是由基本元素组合而成的，其基本组合原理或者说"想象"原理是：分离和把分离的东西重新组合，使之成为一个整体。这个整体在秩序上可以是新的，但各组成部分却绝不是新的。后者依据的是有机生命体的成长过程，相信文学创作过程就像生命体一样，自然生长而成，柯勒律治是该学说的阐

---

① Woolf，Virginia．"Life and the Novelist"．*Granite and Rainbow*：*Essays*，p. 47.

释和倡导者。①他将机械论式的"分离后再进行简单重组"思维方式称为"幻想"，予以批判，着重倡导一种有机"想象"，即在溶解、弥散、消耗原有感知基础上的彻底重构。②他不仅强调创造性"想象"的有机性而且在《生命理论》中详尽阐发生命有机体的基本特性。

伍尔夫在创作的过程和思想两个层面上继承和推进了柯勒律治的有机说。

在创作过程层面上，柯勒律治和伍尔夫的第一类型/阶段均为感官印象的简单聚合，第二类型/阶段都是分解、溶化原初印象基础上的再创造。所不同的是，柯勒律治着力强调了第二创作类型的重要性；而伍尔夫将两者整合为构思所必备的两个阶段，明确了创作构思的二次感悟性。从这一角度看，伍尔夫超越了二元对立的思维模式，从整体上推进了对创作构思过程的阐说。

在创作思想层面上，伍尔夫阐发了构思的有机特性，继承并推进了柯勒律治对生命体的有机特性的描述。柯勒律治注重"想象"的生命力和有机性，认为"想象"所发挥的神奇综合能力使伟大的文学作品像植物一样，具有整体性、生长性、同化性、内在性和有机性等生命体的特性。他在《生命理论》中详尽阐述了生命体的有机特性：就部分和整体的关系看，整体就是一切，整体先于部分；就形成的过程看，生命是生长的、进化的，而不是拼凑的、组合的；从个体与万物的关系看，同化并吸纳万物是生命体生长的必然过程；从内在本质看，生命体是先天固有的，是从内部产生的，而不是由外物组合的；从各部分关系看，它们互相依存、互相渗透，是一个有机整体。

伍尔夫则依照生命体的有机特性阐发了创作构思的整体性、生长性、同化性、内在性和有机性。我们不妨逐一论述。

伍尔夫指出，将万物同化为一个整体是创作构思的重要步骤。她在《致青年诗人的一封信》中指导青年诗人在自我与外部世界之间寻找一种恰当的关系："现在你需要做的就是站到窗前，让你的韵律感有力地、自由地一开一合，一开一合，直至各不相同的事物彼此合而为一，直到出租车随着水仙花

---

① 参见 Abrams, M. H.. *The Mirror and the Lamp：Romantic Theory and the Critical Tradition*. Oxford：Oxford University Press，1953，pp. 176—199。

② 柯勒律治这样界定"想象"："为了重构，它溶解、弥散、消耗；如果这个历程走不通，它至少也要努力把对象理想化和统一化。即使所有客体在本质上是确定而僵化的，想象的本质却是充满活力的"，转引自 Abrams, M. H.. *The Mirror and the Lamp：Romantic Theory and the Critical Tradition*，p. 168。

起舞，直到所有零乱的事物整合为一个整体"。①伍尔夫关于接纳万物以构思作品整体的描述，与柯勒律治关于心灵同化万物的有机论观点具有本质上的一致性，后者认为："对于心灵的种子来说，事件和意象就是有活力并能够激发精神的外在世界机制，它们像光、空气、水分那样重要；没有它们，种子就会腐烂并死亡。在心灵进化的全过程中，感知客体必须刺激心灵；心灵也必须同化和消化来自外界的东西"。②

伍尔夫曾形象描绘创作构思的内在性和生长性。她相信，创作的源泉是无意识："小说家的主要愿望是尽量潜入无意识之中，我希望我并不是在透露本行业的秘密。他必须长久地沉浸到一种冷静的生活状态之中。他的生活过得安静而有序……这样，没有东西会打破他正在体验的幻觉，没有东西会打扰或搅乱周围神秘的嗅觉、感觉和那飘忽而虚幻的精神，即想象的驰骋、撞击和瞬间感悟"。③而构思的过程则是选择、构想和整合无意识和有意识的记忆要点的过程：

> 无意识，或许就意味着表层意识正在打瞌睡而深层意识却在高效率地工作……假设你经历了繁忙的一天，游历伦敦。回来后你能说出你的所见所闻吗？你的头脑是不是一团模糊，一片迷茫？但是，稍稍休息片刻……你最感兴趣那些风景、声音和话语就自然而然地浮到意识的表面，留存在记忆之中；那些微不足道的东西则被遗忘了。作家的经历就是这样……一番休息后，面纱被掀起，露出事物本身，精简而紧凑，那就是要写的东西。④

通过整合记忆要点，作者不仅表现瞬息万变的精神状态和思想之流，而且生动折射意识之下那个无以言说的本真世界，"那个幽隐而丰富的黑暗世

---

① Woolf, Virginia. "A Letter to a Young Poet". *The Death of the Moth*. New York：Harcocourt, Brave and Company, Inc, 1942, p. 221.
② 转引自 Abrams, M. H. *The Mirror and the Lamp：Romantic Theory and the Critical Tradition*, p. 172。
③ Woolf, Virginia. "Professions for Women". *The Death of the Moth*, pp. 239—240.
④ Woolf, Virginia. "The Leaning Tower". *The Moment and Other Essays*. London：Harcocourt Brave Jovanovich, Inc. , 1948, p. 134.

界，那个欲望和冲动在黑暗中盲目驰骋的所在地"。①显然，在这一过程中，"想象"穿梭于有意识的或无意识的记忆中，在不断的撞击和感悟中留下一连串浮标。当所有感悟的浮标在某一瞬间契合为一个整体的时候，构思就完成了。伍尔夫对构思过程的描述，形象阐释了柯勒律治对有机体的内在性和生长性的理解："有机形式是内在的；它从内部生长并成形，它成长的充分程度决定了它外形的完满性。"②

伍尔夫在多篇重要论文中强调了作品的有机性和整体性。首先，作品是由多种复杂的、对立的和矛盾的情感和判断构成的整体，其内在各部分具有相互渗透和相互作用的特性。③它可以将世界上最奇妙、最变化无常的生命表现出来，将它的"忸怩的、高傲的；纯洁的、淫荡的；唠叨的、缄默的；勤劳的、柔弱的；灵巧的、憨厚的；忧郁的、开朗的；欺骗的、真诚的；有见识的、无知的；自由的、贪婪的、挥霍的"等多重矛盾性格和谐地纳入一个整体之中。④其次，作品具有与生命情感相应的直观形体结构，不论它是方块状、宝塔形，还是如教堂一般坚固且带有穹顶，"它是留存在精神目光中的一个形体结构……这一形体源于某种与之相应的情感"。⑤伍尔夫的描述与柯勒律治有关生命的有机整体性的论述具有异曲同工之妙，后者相信"构成生命的两种对立成分是互渗的，由此孕育出一个更高层次的第三者，容纳着前两者"。⑥

柯勒律治对伍尔夫的影响是直接而巨大的，伍尔夫对柯勒律治创作思想的推进同样是显著而有价值的。柯勒律治的《生命理论》主要阐说的是生命体的有机特征，而伍尔夫的多篇随笔主要阐释的则是创作构思的有机特征。可以说，伍尔夫尝试完成的正是柯勒律治的有机说需要继续完成的那个主体部分，她的贡献在于清晰地阐明了文艺构思的想象性和生命体验性。不仅如此，

---

① Woolf, Virginia. "More Dostoevsky". *Books and Portraits*. Ed. Mary Lyon. London: the Hogarth Press Ltd., 1977, p. 142.

② 转引自 Abrams, M. H. *The Mirror and the Lamp: Romantic Theory and the Critical Tradition*, p. 173。

③ Woolf, Virginia. *A Room of One's Own*. San Diego: Harcourt Brace Jovanovich, Inc., 1957, p. 74.

④ Woolf, Virginia. "Montaigne". *The Essays of Virginia Woolf*, vol. 4, ed. Andrew McNeillie. London: The Hogarth Press, 1994, p. 73.

⑤ Woolf, Virginia. *A Room of One's Own*, pp. 74—75.

⑥ 转引自 Abrams, M. H. *The Mirror and the Lamp: Romantic Theory and the Critical Tradition*, p. 174。

她还进一步阐发了实现想象性构思的条件、过程和至境。

二、伍尔夫的"澄明心境"和"想象之游"与中国诗学的"虚静说"和"神与物游"

伍尔夫的构思说不仅吸收并推进了柯勒律治的想象性和有机性思想，而且阐释了创作心境的澄明性和创作想象的物我契合性等特质，尝试解决了构思的两个关键问题："创作构思如何实现从第一阶段的现实感受到第二阶段的审美想象的转换"和"审美想象的过程和至境是什么"。伍尔夫的思想表现出与中国传统诗学的"虚静说"和"神与物游"相近的特征，我们将以比照的方法予以论述。

（一）"澄明心境"与"虚静说"

伍尔夫认为，要实现从感受现实到审美想象的创作阶段转换，创作者必须拥有"澄明（Incandescent）①心境"。她用整部《一间自己的房间》探讨"什么样的精神状态最适合创作"的问题，她的唯一答案是："要想将内心的东西全部而完整地释放出来，艺术家的头脑必须是澄明的，就像莎士比亚的一样……不能有障碍，不能有未燃尽的杂质。"②这里，伍尔夫指明要去除的障碍和杂质是现实表象和自我意识。

伍尔夫在多篇论文和随笔中表达了略去表象，表现本真的思想。她在《墙上的斑点》中充分描绘了将客观物体从历史的、社会的、语言的、知识的观念中移出的过程，呼吁直接感知活生生的实在体本身。③她在《现代小说》、《班内特先生与布朗夫人》、《隧道》中着重批判了"物质主义"和"精神主义"只能漂浮在事实、观念、思绪和印象等琐碎而短暂的表象中，却无法深入本真的致命缺陷。④她在《生活和小说家》中直接阐述略去现实表象的必要性和重要性："生活始终在激烈地、怨愤地申述，她是小说的适宜的终点，作

---

① Woolf, Virginia. *A Room of One's Own*, pp. 58—59.

② Woolf, Virginia. *A Room of One's Own*, p. 58.

③ Woolf, Virginia. "The Mark on the Wall". *The Complete Shorter Fiction of Virginia Woolf*, New Edition, ed. Susan Dick. London: The Hogarth Press, 1989, pp. 77—82.

④ Woolf, Virginia. "Modern Fiction". *The Essays of Virginia Woolf*, vol. 4, ed. Andrew McNeillie. London: The Hogarth Press, 1994, p. 159; Woolf, Virginia. "The Tunnel". *The Essays of Virginia Woolf*, vol. 3, ed. Andrew McNeillie. London: The Hogarth Press, 1988, pp. 11—12; Woolf, Virginia. "Mr. Bennett and Mrs. Brown". *The Captain's Death Bed and Other Essays*. London: Harcourt Brace Jovanovich, Inc., 1978, pp. 94—119.

家对她的了解和把握越多，他的书就会越好。然而，生活却不会补充说明这样的事实：她是粗俗而混杂的；对于小说家来说，她最炫耀的部分常常是毫无价值的。"①总之，她反复强调创作者必须从表象中提炼本质的东西，将它们冶炼成持久的艺术品。

　　与此同时，伍尔夫多次指出创作必须超越自我情感和自我意识，以获得自由、澄明的心境。伍尔夫认为文艺作品中的自我情感、自我意识是令人不快的、多余的、不幸的："对作家性别的任何有意识强调——无论是骄傲的还是惭愧的——都是恼人而多余的"；② "各种意识——自我意识、种族意识、性别意识、文明意识——它们与艺术并无关联，却夹杂在作家和书稿之间，其后果……是不幸的"。③她认为在所有重要创作元素中，"去自我"或者说无我的澄明心境是最重要的，它是区别作品的伟大与低劣的主要分界线。"华兹华斯、司各特和简·奥斯丁的许多作品有一种坦诚的平静，几乎渐入睡眠境地……他们仿佛有意拒绝满足被现代人刺激得十分敏锐的感觉：视觉、听觉、触觉——首先是人的感觉，然后是他的深度以及感悟的多样性、复杂性和困惑，总之，他的自我。这些感觉在华兹华斯、司各特和简·奥斯丁的作品中非常罕见。那么，那种逐渐地、愉快地、彻底地左右我们的安定感是由什么激发的呢？是他们的信念的力量，他们的信念影响了我们。"④她坚决地声明，必须杀死"房间里的天使"，去除各种自我情感、欲望和偏见的幽灵。⑤

　　可以看出，伍尔夫扬弃的是现实表象，而不是现实本身。现实生活经过主体的审美观照后，将不再以"形似"的面目再现其表象，而是以"传神"的方式表现其本真，这就是伍尔夫力图传达的思想。伍尔夫曾在《艺术家和政治》（"The Artist and Politics", 1947）一文中直接阐述这一思想。她指出，虽然艺术家坚持认为将艺术与政治混淆无异于在艺术中掺杂低劣的东西，但是艺术家与社会之间始终存在着某种形式的默契，艺术传达的是艺术家对整

---

① Woolf, Virginia. "Life and the Novelist". *Granite and Rainbow*: *Essays*, p. 46.

② Woolf, Virginia. "Women Novelists". *The Essays of Virginia Woolf*, vol. 2, pp. 315—316.

③ Woolf, Virginia. "American Fiction". *The Moment and Other Essays*, p. 116.

④ Woolf, Virginia. "How It Strikes a Contemporary". *The Essays of Virginia Woolf*, vol. 4, p. 239.

⑤ Woolf, Virginia. "Professions for Women". *The Death of the Moth*, pp. 235—242.

个人类的激情和情感而不是具体的社会表象。①西方批评家往往只关注伍尔夫对现实表象的疏离，却忽视伍尔夫去除表象以传达本真的努力，因此导致长期的误读。

伍尔夫的"澄明心境"与中国诗学的"虚静说"在本质上相近。

"虚静"本是中国道家思想家倡导的一种修身养性的方式，后转化为中国传统诗学一种重要思维方式。其主要思想源于老子的"致虚极，守静笃"一说，②强调保持虚静心态，以超越表象，把握本真。经晋代陆机等描述后，南朝（梁）的刘勰阐明了"虚静"在创作构思中的重要价值，提出"是以陶均文思，贵在虚静，疏瀹五藏，澡雪精神"的思想。③此后，皎然（唐）、苏轼（宋）、李贽（明）、金圣叹（清）等思想家继续阐发"虚静说"，其主旨基本保持一致，即强调通过"去物象"、"去自我"，营造一个适宜文艺创作和审美的虚明心境。

"物"是审美主体观照的对象，然而它必须是纯粹的。所谓"去物象"就是从实用功利中移出物象而作审美把握；从特定时空中移出物象以观其永恒；从具体形态中移出物象以观其精神；从异己状态中移出物象而使物我契合，去除原本那个与我对立的物象，重塑一个与我合一的生命体。④这是一个从物到非物再到物的过程。比如，中国清代画家郑板桥曾作画论，"文与可画竹，胸有成竹；郑板桥画竹，胸无成竹。浓淡疏密，短长肥瘦，随手写去，自尔成局，其神理具足也"；⑤这里郑板桥的"胸无成竹"就是指那种已经从个体成见、特定时空和具体形态中移出物象的状态，他所表现的"竹"已不再是单纯的物象本身，而是蕴含着创作主体所感悟的生命的美、本真和精神。再比如，老子所言，"大音希声，大象无形"，⑥最大的乐声反而听起来无音响，最大的形象反而看不见形迹；这里的"音"和"象"已经超越具象而传达出生

---

① Woolf，Virginia．"The Artist and Politics"．*The Moment and Other Essays*．London：Harcocourt Brave Jovanovich，Inc．，1948，pp．225—228．

② （先秦）老子：《道德经·第十六章》，载任继愈：《老子绎读》，北京图书馆出版社 2006 年版，第 35 页。

③ （南朝梁）刘勰：《文心雕龙》，载周振甫：《文心雕龙今译》，中华书局 2007 年版，第 249 页。

④ 参见朱良志：《中国艺术的生命精神》，安徽教育出版社 2006 年版，第 238—239 页。

⑤ （清）郑板桥：《郑板桥集·题画》，据中华书局本。

⑥ （先秦）老子：《道德经·第四十一章》，载任继愈：《老子绎读》，北京图书馆出版社 2006 年版，第 93 页。

命整体之神韵。

　　"我"是审美主体，要获得审美心境，"我"必须超越自我的七情六欲，超越自我心智的局限。所谓"去自我"就是虚以待物，获得心灵的恬淡和自由，回归真我。这是一个从我到非我再到我的心理活动过程，通过这一过程，"我"实现了心灵的超越。"'真我'之心清静微妙，如玉壶冰心，它可以臻万物于一体，达到与万物同致的境界。"①就如老子"致虚极"说所言，只有保持虚静心境，才能观照万物。②又如庄子"若一志"说所言，专一心志，不要用耳倾听，而要用心倾听，最理想的是用气倾听。耳只能听取外在声音，心只能获得符号概念，而气则可以以虚境包容万物。只有达到空明的虚境才能够容纳道的聚集。③这种空明的心境就是"去自我"之后的审美境界。

　　伍尔夫的"澄明心境"与中国诗学的"虚静说"的相近性不仅体现在对"去物象"和"去自我"的澄明心境的自觉意识，而且表现在对超越尘世与自我以表现生命本真的终极目标的自觉意识。她在《一间自己的房间》中建议女性拥有超然物外的创作观以表现事物本质："除非她能够丢弃转瞬即逝的和个人的东西，构筑永恒的殿堂，否则丰富的情感和恰当的感悟都将无济于事。我说过，我要等待她面对'一景'。我会坚持这一点，直到她鼓足勇气，振作精神，表明她不仅能浮光掠影，而且能够由表及里，触及事物的本质"。④伍尔夫所追求的"一景"，在中国清代画家石涛的画论中则以"一画"的表述出现："人为物蔽，则与尘交；人为物役，则心受劳。劳心于刻画而自毁，蔽尘于笔墨而自拘，此局隘人也，但损无益，终不快其心也。……画乃人之所有，一画人之未有。"⑤人被外物所蒙蔽，只能与世俗交往；人被外物所驱使，心灵必定受操劳。费心于细节如同自我毁灭，蒙蔽于世俗如同自我束缚，只有损害没有补益，无法表达合适的心声。绘画一般人都会，然而能够做到不为

---

　　① 参见朱良志：《中国艺术的生命精神》，安徽教育出版社 2006 年版，第 242 页。
　　② （先秦）老子：《道德经·第十六章》，载任继愈：《老子绎读》，北京图书馆出版社 2006 年版，第 35 页。原文为："致虚极，守静笃。万物并作，吾以观复。"
　　③ （先秦）《庄子·人间世》，原文为："若一志，无听之以耳而听之以心，无听之以心而听之以气！听止于耳，心止于符。气也者，虚而待物者也。唯道集虚。虚者，心斋也。"载孙海通译：《庄子》，中华书局 2007 年版，第 28 页。
　　④ Woolf, Virginia. *A Room of One's Own*, pp. 96—97.
　　⑤ （清）石涛：《苦瓜和尚画语录》，载潘运告编注：《中国历代画论选》（下），湖南美术出版社 2007 年版，第 155 页。

物使，不与尘交，画出事物之本真的画是非常少的。这里，伍尔夫的"一景"与石涛的"一画"同样表达了艺术表现事物本真的真谛，中西艺术家对创作的理解在此处获得奇妙的共感。

（二）"想象之游"与"神与物游"

伍尔夫在描述构思过程的时候，重点突出了"想象之游"的隐喻。她虽然吸收了柯勒律治有机论的精髓，却没有像柯勒律治一样以植物生长来暗喻文艺创作的有机性，而是采用"游"的隐喻来应和创作构思从思接千载走向物我契合的过程特征。她将处于构思状态中的作者比喻成"一个在深水湖边正沉浸在白日梦中的垂钓者，手中的钓竿高高悬挂在水面上。她正放任想象无拘无束地畅游在无意识深处的每一块岩石和每一道缝隙之间。于是，体验翩然而至……"① 其喻体之无形较之"植物"之有形，更能体现创作构思从无形到有形的特性。

下面一段描述比较典型地体现了伍尔夫的"想象之游"，表明了伍尔夫对构思的过程及至境的理解。

比如，有这样一个剧院场景。我们需要了解一位青年男子对下面包厢中一位夫人的感情。大量的意象和比照驱使我们去欣赏那长毛绒座椅和夫人衣服的样式、色彩、质地和纹路，以及灯光的明暗、闪烁或色彩。就在我们的感官吸纳这一切的同时，我们的心灵也正有序地、睿智地探入青年男子朦胧的情感之中。我们的思绪随着情感衍生、调节、伸展，渐渐远去，直至最终在意义的碎片中逐渐耗尽，几乎跟不上情感的变化。此时忽然亮光一闪又一闪，隐喻一个个呈现，心灵之目照亮了黑暗的洞穴，我们看见了无形的思想那坚实而可触摸的物质之形高悬，就像蝙蝠悬挂在光亮从未射入的原始黑暗中一样。②

这段引文选自伍尔夫一篇题为《绘画》的随笔，伍尔夫用这番描述来衬托普鲁斯特作品所达到的艺术美。我们不妨将它想象成一幅精美的画像。画

① Woolf，Virginia. "Professions for Women". *The Death of the Moth*，pp. 239—240.
② Woolf，Virginia. "Pictures". *The Moment and Other Essays*，pp. 174—175.

像所传达的只是一位青年男子对下面包厢中一位夫人的感情。我们首先顺着青年男子的目光看见了夫人及其周围的一切，然后我们的心灵便随着"想象"游入青年男子丰富的情感之中。这是一个艰难的过程，我们的想象游弋在如此复杂的情绪迷宫之中，体会着瞬息万变的思绪碎片，却无力捉住青年男子的情感的确切形状。就在几乎迷失方向的瞬间，我们蓦然看见了表现"无形的思想"的"坚硬而可触摸的物质之形"，于是，所有情感碎片便在一刹那间整合为一体，紧紧裹住思想与物象的契合物，饱满的形式自然成形。在绘画中，某一瞬间的思想情感可以通过青年男子特定的眼神、姿态等形象来传递；而在文学作品中，简单或繁复的语言描述可能恰恰遮蔽思想和情感的丰富性。为了克服表象的遮蔽，完整表现思想情感的复杂状态，伍尔夫让想象游弋在纷繁的思绪中，直至找到"无形的思想"与"有形的物象"的契合物。唯有这一物我契合之物，才能够充分表达语言尚不能涉足的那片思想和情感的原始森林。

伍尔夫就构思过程所阐发的"想象之游"与我国南朝梁文论家刘勰的"神与物游"说就本质而言是共通的。刘勰这样描写文学创作的神思过程：

> 文之思也，其神远矣。故寂然凝虑，思接千载；悄焉动容，视通万里；吟咏之间，吐纳珠玉之声；眉睫之前，卷舒风云之色；其思理之致乎？故思理为妙，神与物游。神居胸臆，而志气统其关键；物沿耳目，而辞令管其枢机。枢机方通，则物无隐貌；关键将塞，则神有遁心。[①]

文章的构思，其想象可以飞翔至非常遥远之地。当作家以澄明的心境静思的时候，其思绪可以上接千年之久；当作家涤尽杂念的时候，悄然改变面部表情，其视觉便通达万里之外；作家吟诵之时，好像发出圆润之音；凝视之际，眼前仿佛呈现风云变幻之景；这一切不是构思的结果吗？因此，艺术

---

① （南朝梁）刘勰：《文心雕龙》，载周振甫：《文心雕龙今译》，中华书局 2007 年版，第 248 页。这一段落被广泛视为中国诗学经典之言，许多专著曾作出现代阐释，如周振甫：《文心雕龙今译》，中华书局 2007 年版，第 248 页；张乾元：《象外之意——周易意象学与中国书画美学》，中国书店 2006 年版，第 227—234 页；成复旺：《神与物游——中国传统审美之路》，山东人民出版社 2007 年版，第 3—8 页；赖力行、李清良：《中国文学批评史》，湖南教育出版社 2003 年版，第 126—128 页。

构思之妙，在于主体精神与外在物象相交游。精神蕴藏在内心，情感、思想、气势和内质为其关键；外物经由耳目来感受，语言主管其表达。如果表达顺畅，则物象可以充分描绘；如果精神活动的关键被阻塞，那么精神就会遁于无形。

在这一段描述中，"思理为妙，神与物游"是统括一切内涵的关键句。"神"即审美主体的精神，主要指以澄明之心感知和体验物象之美的思想情怀；"物"即审美感知的对象，是指荡涤外在表象之后的审美客体。"神思"即"想象"，或曰创作构思活动。"神与物游"即追求精神与物象的交融，以达到心与物、形与神、内与外合一的过程。在这一过程中，"神"居内，"物"居外；"神"以情感、思想、气势和内质为关键，"物"经"耳目"感知之后以语言为传导。两者唯有经"想象"交游后才可以使内外通畅，从而达到物我合一、形神兼备；如若缺乏神思之交游，则内外不交、神物不合，主体精神逃遁。显然，想象是开通内外阻塞、实现物我合一的关键途径。

这里，无论是伍尔夫的"想象之游"还是刘勰的"神与物游"，其实质都是审美想象之游，其过程表现为创作者的"心神"与被观照的"物象"之间的交游，最终均以物我契合后所获得的"象"为文学表现的形式。可以说，伍尔夫在作品中频频启用"灯塔"、"海浪"等意象所体现的诗学理念，与刘勰的"神用象通"一说所传达的思想是共通的。

伍尔夫构思说与中国诗学神思说的共通点主要体现在"超越现实感受的功利性"（澄明/虚静）和"进行二度审美体验"（想象/神与物游）这两个层面。这正是构思中最重要的融入内在生命体验的过程，也是经典作品所以能体现出真、善、美的关键点。与陆机、石涛、刘勰等中国思想家的"虚静说"和"神与物游"的自觉性以及深刻性相比，伍尔夫的"澄明说"和"想象之游"尚处于直觉感悟层面，但是，他们对构思的本质的理解已经达到共通境地：构思，就是以超功利的心境，用想象打通心与物的隔阂，以实现物我合一、形神合一的过程。

三、伍尔夫构思说的价值

伍尔夫对西方现代创作的质疑和扬弃，表达了基于审美体验的诗学思想对基于修辞学和模仿论的西方主导诗学理念的反思。

西方主导构思说的根基是修辞学和模仿论。在古代西方诗学中，古希腊思想家对构思的理解经历了从灵感说走向修辞说的历程，灵感说的支持者与诗艺规则的支持者进行了旷日持久的争论，"神赋灵感"概念与"诗艺"概念长久处于二元对立状态，最终非理性诗人被柏拉图逐出理想国，亚里士多德则运用逻辑学、修辞学的推理方法和论证框架牢固确立了文艺模仿说。亚里士多德相信悲剧是对一个完整而严肃的行动的模仿，因而"情节是悲剧的第一原则，恰似悲剧的灵魂"，①创作构思就是对情节的缜密安排。

中世纪诗学一直被置于语法学和修辞学之间，甚至被纳入逻辑学，构思则被西塞罗的《论构思》、《埃尔尼乌斯修辞学》等经典修辞学教程界定为对作品总体结构的谋划（即选择主题并确定提纲），其宗旨在于揭示特定寓意。文艺复兴时期的诗学继承了修辞学传统，摇摆于模仿古典文学和模仿大自然之间，构思主要是从他人文本的碎片中选择主题和组合材料的过程。

16世纪诗学凭借亚里士多德《诗学》原文的重新发现及其巨大影响力，开始从修辞学中独立出来，其思想继续维持在修辞学的轨道上，但开始向诗的创造性倾斜，构思被视为基于模仿和修辞之上的一种幻想，即在明确的意图引导下寻找主题的过程。②17世纪诗学在创作经验与诗艺规则的争议中推进了对亚里士多德《诗学》的阐说，模仿说被视为核心思想，情节的统一性和逼真性则是构思的要素。

18世纪以及19世纪的浪漫主义时期，以作家为主体代言人的新诗学挑战古老的模仿说并最终与之决裂，创作主体的激情成为创作表现的对象，灵感、天才、创造和想象等概念获得高度重视。在这一情形下，文艺创作突破素材安排和结构谋划的旧俗套，构思被视为情感、思想在心灵中自然生长的过程，柯勒律治的"有机说"是这一思想的至高点。19世纪的现实主义诗学和自然主义诗学又将模仿现实视为诗学的要义，旨在反映或分析现实，创作构思重新成为以逼真性为目标的素材安排和情节建构。③

---

①　亚里士多德：《诗学》，载苗力田主编：《亚里士多德全集》（卷9），中国人民大学出版社1997年版，第651页。

②　比如，菲利普·锡德尼在《诗辩》中明确诗是一种模仿艺术，并就创作构思阐述了这样的思想："每个技工的技能就在于其对作品的观念，或事先的设想，而不在于其作品本身。而诗人有那种观念，这是明白的；它表现在如此杰出地，如其所设想的那样，把它传达出来。"（锡德尼：《为诗辩护》，载伍蠡甫、胡经之：《西方文艺理论名著选编》（上），北京大学出版社1985年版，第173页）

③　参见让·贝西埃、伊·库什纳等主编：《诗学史》，史忠义译，百花文艺出版社2001年版；伍蠡甫、胡经之：《西方文艺理论名著选编》（上、中、下），北京大学出版社1985年版。

可以看出，西方"构思说"以模仿说和修辞学为基础，是对一个已经确定的目的的实现。不论这些确定的目的是一个行动、一种寓意、一部经典、一种幻想、一段情感、一种现实，构思就是对这些目的的逼真模仿和修辞实现，其要旨是有意识地再现或表现所认知的世界、情感或精神。因此构思的过程注重主题选择和谋篇布局，以艺术与所模仿客体的一致性和艺术的内在一致性为最高准则。

然而在这一基于模仿说和修辞学的主导旋律之外，一直回响着另一种声音，一种基于审美体验之上的思考。这一声音的源头是朗吉弩斯基于希腊文学之精华而写就的《论崇高》，随后不断出现在各时代杰出作家基于创作审美体验的文章之中，比如但丁的《论俗语》、薄伽丘的《异教诸神谱系》、高乃依质疑亚里士多德《诗学》的系列论文等，并终于在 18 世纪及 19 世纪的浪漫主义诗学中汇聚成一段强有力的乐章。审美体验与美学思辨融合，正是这一诗学乐章的显著特征，这一特征使它们不断冲破模仿说、修辞学、逻辑学对理性的推崇，从感知、激情、想象、趣味等生命体验的各个方面感悟文艺创作的过程、形式并接受、阐发由艺术体验激发的美学思考。

伍尔夫对修辞性构思的反思和批判正是对这一审美诗学的继承和推进。她的小说理论与庞德的意象说、叶芝的生命阐释等现代主义诗学一起，合力推动着基于审美体验的美学思想的发展和成熟。

结语：伍尔夫的观点与中国诗学相近，是因为两者均基于审美体验。伍尔夫的小说理论的基础是对欧美作品的审美感悟。自 1904 年至 1925 年，她曾阅读和评论大量欧美经典作品，所评论作家包括自乔叟至康拉德，自陀思妥耶夫斯基至契诃夫，自蒙田至惠特曼，自索福克勒斯至埃斯库罗斯等近百位。[①] 中国诗学则可以说是由创作体验和审美感悟汇聚而成的巨大宝库。自汉代的《毛诗序》至晚清的《人间词话》，看似零碎且缺乏线性体系的众多观点，从诗话、曲话、文论、画论、乐论、赋说、剧说等各个基点和感物、虚静、妙悟、体势、情志、意象、气韵、文质、体式等多个视角出发，立体而完整地呈现了文艺诗学作为生命情志的审美表现的特质。

---

① 数百位作者名单见 Woolf, Virginia. *The Essays of Virginia Woolf*, vol. 1, 2, 3, 4, ed. Andrew McNeillie. London: The Hogarth Press, 1988—1994.

　　中国诗学的神思说和伍尔夫的构思说的相近之处在于它们本质上的审美性。"神思"的概念可追溯到庄子。刘勰在《文心雕龙》的《神思》篇中，开篇即称庄子的"形在江海之上，心存魏阙之下"之说就是"神思之谓也"。①晋代的陆机曾在《文赋》中这样描写神思过程，"其始也，皆收视反听，耽思旁讯；精骛八极，心游万仞。其致也，情瞳昽而弥鲜，物昭晰而互进……于是沈辞怫悦，若游鱼衔钩，而出重渊之深"。②刘勰则在《神思》篇中精辟阐释构思全过程：在酝酿文思的时候，须思、视、吟；在构思过程中，须"澡雪精神"并"神与物游"；构思完成之际，则"神用象通"。③这些言说以不同方式揭示了"神思"的共通过程：它始于心物交感（感物）；然后超越现实感受的功利性，通过"去物象"和"去自我"达到内心的空明（虚静）；接着进入审美过程，让精神以超功利态度对原有体验进行二度体验（神与物游）；最后以物之象表现意之境（物化）。可以看出，"神思"的核心是超越形之束缚的审美神游。对现实之形的感知是基础，进行超功利的心神与物象的交游才是神思的主体部分。正是凭借超功利的二次审美感悟，审美主体才能在"心"与"物"的契合中悟出"道"之玄妙，最终以意与象的契合明"道"，进入天人合一的境界。伍尔夫将构思过程概括为现实感知与审美想象两个过程，并为实现审美想象提出了"澄明说"，描绘了心物神游直至物我契合的审美想象过程，其本质同样是审美性。

　　①　（南朝梁）刘勰：《文心雕龙》，载周振甫：《文心雕龙今译》，中华书局2007年版，第248页。
　　②　（晋）陆机：《文赋》，载胡经之主编：《中国古典文艺学丛编》（一），北京大学出版社2001年版，第95页。
　　③　（南朝梁）刘勰：《文心雕龙》，载周振甫：《文心雕龙今译》，中华书局2007年版，第248—253页。

第九章　作品形神

本章重点探讨伍尔夫对文学形式的思考，并以其小说《雅各的房间》为例，阐明其形神合一的表现方式。

第一节　文学形式，情感的关系和情感的表现

1922 年，伍尔夫在《论小说的重读》（"On Re-reading Novels"）中阐述她对小说形式的思考，提出"'书的本身'并不是你能看到的形式，而是你可感觉的情感"[①] 的观点。在此后的大半个世纪中，伍尔夫以"情感"阐释文学作品的"形式"的观点受到了英美批评家的关注（为论述的方便，以下用"情感说"指称伍尔夫这一观点），比如约翰斯东（J. K. Johnstone）考证了其理论渊源，指出伍尔夫"情感说"与罗杰·弗莱（Roger Fry）美学思想有直接继承关系；[②]马克·戈德曼（Mark Goldman）质疑约翰斯东的观点，认为伍尔夫"情感说"虽曾接受罗杰·弗莱与克莱夫·贝尔（Clive Bell）的形式主义美学思想的影响，然而她真正继承的是亨利·詹姆斯和柯勒律治的有机论；[③]哈维娜·里奇特（Harvena Richter）认为"情感说"是伍尔夫小说理论的两大主导原则之一；[④]穆罕默德·亚西（Mohammed Yaseen）肯定哈维娜的

[①]　Woolf, Virginia. "On Re-reading Novels". *The Moment and Other Essays*. London: Harcocourt Brave Jovanovich, Inc. , 1948, p. 160.

[②]　Johnstone, J. K. . *The Bloomsbury Group*. New York: Secker & Warburg, 1954.

[③]　Goldman, Mark. "Virginia Woolf and the Critic as Reader", *Virginia Woolf Critical Assessments* (Vol. 2). Ed. Eleanor McNees. Mountfield: Helm Information Ltd. , 1994, pp. 112−115.

[④]　Richter, Harvena. *Virginia Woolf: The Inward Voyage*. Princeton: Princeton University Press, 1970, pp. X−XI.

观点，并指出"情感说"代表伍尔夫对传统文学形式的综合；①帕米拉·考费（Pamela Caughie）从后现代立场出发，认为伍尔夫的"情感说"表达了文学批评的动态性和读者接受性质。②赫麦妮·李（Hermione Lee）认为"情感说"表达了伍尔夫对读者情感的关注。③虽然这些批评家都评点了伍尔夫的"情感说"，但是由于大多数评论只是论证其他观点时的一个佐证，因而表述十分简略，常常以结论性的方式直接呈现，缺乏说服力。

迄今，国内外尚无人全面梳理和揭示伍尔夫"情感说"的内涵和价值，但是对于终生致力于文学形式创新的伍尔夫来说，这一问题无疑是至关重要的。有鉴于此，我们将在考证伍尔夫"情感说"的渊源的基础上，充分揭示其内涵，并将其观点与中西诗学中的相关观点作对比评判，以重估其价值。

一、"情感说"的渊源

（一）关于"形式"

在西方传统文艺理论中，"形式"最常见的内涵有两种。一种指称文学作品的"体裁"或"类型"，比如小说体裁或十四行诗歌类型，另一种源于拉丁文"forma"，指称建构文艺作品的原理。④前者侧重于结构技巧研究，细致推敲作品的基本元素及其关系，其研究贯穿从古希腊诗学到当代西方批评的整个过程；后者侧重于内在构成思考，关注的重心是部分与整体之间的关系，其两大代表性观点是新古典主义的机械论和浪漫主义的有机论。更详尽地说，新古典主义机械论视整体为各部分的机械组合，而柯勒律治等浪漫主义者视整体为有生命的、生长的有机整体。⑤可以看出，侧重结构技巧的"形式"研究廓清了作品的要素及其关系，却始终将形式视为内容的表现手法，内容与形式呈二元对立关系；侧重内在构成的"形式"研究（即机械论和有机论）

① Yaseen, Mohammad. "Virginia Woolf's Theory of Fiction". *Virginia Woolf Critical Assessments* (vol. 2). Ed. Eleanor McNees. Mountfield: Helm Information Ltd., 1994, p. 126.

② Caughie, Pamela L.. *Virginia Woolf and Postmodernism: Literature in Quest and Question of Itself*. Urbana and Chicago: University of Illinois Press, 1991, p. 173.

③ Lee, Hermione. "Virginia Woolf's Essays". *Cambridge Companion to Virginia Woolf*. Ed. Sue Roe. Shanghai: Shanghai Foreign Language Education Press, 2001, pp. 91—108.

④ Abrams, M. H.. *A Glossary of Literary Terms* (7th Edition). Shanghai: Foreign Language Teaching and Research Press, 2004, p. 101.

⑤ Abrams, M. H.. *The Mirror and the Lamp: Romantic Theory and the Critical Tradition*. Oxford: Oxford University Press, 1953, pp. 156—225.

不同程度地揭示文学作品的整体性、复杂性和多样性，为突破形式内容二分法提供有益基础。

但是在有关形式和内容的关系问题上，西方批评家主要延续了柏拉图、亚里士多德以来的形式内容二分法的观点。关于这一点，苏珊·桑塔格（Susan Sontag，1934— ）在《反对释义》（"Against Interpretation"，1967）一文中作了很好的概括："事实上，西方对艺术的全部意识和思考，都一直局限于古希腊艺术模仿论或再现论所圈定的范围。……据此我们称为'形式'的东西被从我们称为'内容'的东西分离开来，并引起一种善意的行动，把内容当作本质，把形式当作附属。即便是在现代，在大多数艺术家和批评家业已放弃艺术是外部现实之再现这一理论而赞同艺术是主观之表现的理论时，模仿说的主要特征依然挥之不去。无论我们是基于图像（作为现实之图像的艺术）的模式来思考艺术作品，或是基于陈述（作为艺术家之表达的艺术）的模式来思考艺术作品，头一个想到的仍然是内容。内容可能已经发生变化。它现在或许不那么具象性，不那么有明显的现实色彩。然而人们依然断定，所谓艺术作品就是其内容。"[1]桑塔格对西方诗学中形式与内容二元对立的点评一针见血，不过她并不是唯一透彻地认识到这一诗学问题的批评家。

（二）弗莱与贝尔的形式观

英国形式主义美学批评家罗杰·弗莱（Roger Fry）和克莱夫·贝尔（Clive Bell）在 20 世纪初曾反思形式内容二分法及其"模仿论"基础，对 20 世纪西方现代美学产生较大影响，对伍尔夫的启发和影响尤为直接和显著。[2]我们不妨简要回顾弗莱与贝尔艺术形式观的演化过程。

1909 年，弗莱发表《论美学》（"On Aesthetics"）一文，以视觉艺术为研究对象，探讨艺术的本质，提出"艺术是想象生活的表现，而不是现实生活的摹本"[3]的美学观点。在这一理论中，弗莱将生活划分为"现实生活"和"想象生活"两部分，指出"现实生活"指称人的"本能反应"，"想象生活"

---

① 苏珊·桑塔格：《反对释义》，载李钧主编：《二十世纪西方美学经典文本》（卷三，结构与解放），复旦大学出版社 2001 年版，第 899 页。

② 由于学术、友情等关系，贝尔和弗莱终身与伍尔夫一家保持着密切关系。两人都曾是弗吉尼亚·伍尔夫的哥哥在剑桥大学的校友和亲密朋友，贝尔后来成为伍尔夫的姐夫，弗莱曾与伍尔夫姐姐同居，他们一起组建了布鲁姆斯伯里文化圈。

③ 罗杰·弗莱：《论美术》，载蒋孔阳主编：《二十世纪西方美学名著选》（上），复旦大学出版社 1987 年版，第 178 页。

指称人的"知觉和情感"。以此为基础，他阐述了两个主要观点：艺术不是对现实生活的模仿，而是对想象生活中的知觉和情感的表现，是脱离现实生活的利害关系的；艺术形式具有双重内涵：一方面，形式具有秩序化和多样化的特征，另一方面，其要素（比如绘画艺术中的线条、块面、空间、明暗度、色彩）具有唤起人们的情感的特性。弗莱的美学观点贡献是突破艺术模仿现实的观点，提出艺术表现"知觉和情感"的观点。[①]

1914 年，克莱夫·贝尔出版其重要理论著作《艺术》（*Arts*，1914），在罗杰·弗莱的美学观的基础上进一步探讨艺术的本质。贝尔提出了"有意味的形式"（Significant Form）理论："在每件作品中，激起我们审美情感的是以一种独特的方式组合起来的线条和色彩，以及某些形式及其相互关系。这些线条和色彩之间的相互关系与组合，这些给人以审美感受的形式，我称之为'有意味的形式'。'有意味的形式'也就是所有视觉艺术作品所共有的一种性质"。[②]在这一理论中，贝尔像弗莱一样提出艺术形式的双重内涵：形式一方面是指艺术作品内在各部分和各要素之间的关系和组合，比如视觉艺术的"线条和色彩之间的相互关系与组合"；另一方面是指艺术作品所激起的"审美情感"，即一种不同于日常情感体验的、升华于现实生活的洪流之上的审美情感。[③]与弗莱不同的是，贝尔解构的对象是西方传统美学中的内容与形式的二分法，即形式是"表露情感和传达思想的手段"[④]的观点。他用"有意味的形式"这一术语阐述"形式表现审美情感"的思想。这一思想消解了内容与形式的从属关系，曾被英国美学家奥斯本（Osborne）誉为"当代艺术理论中最令人满意"[⑤] 的一种。

1920 年，罗杰·弗莱发表《回顾》（"Reflection"，1920）一文，回顾和反思他自己和贝尔的美学理论。弗莱吸收了托尔斯泰在《什么是艺术》中阐

---

① 蒋孔阳主编：《二十世纪西方美学名著选》（上），复旦大学出版社 1987 年版，第 175—190 页。

② 克莱夫·贝尔：《有意味的形式》，载蒋孔阳主编：《二十世纪西方美学名著选》（上），复旦大学出版社 1987 年版，第 156 页。

③ 克莱夫·贝尔：《有意味的形式》，载蒋孔阳主编：《二十世纪西方美学名著选》（上），复旦大学出版社 1987 年版，第 166 页。

④ 克莱夫·贝尔：《有意味的形式》，载蒋孔阳主编：《二十世纪西方美学名著选》（上），复旦大学出版社 1987 年版，第 161 页。

⑤ 转引自蒋孔阳主编：《二十世纪西方美学名著选》（上），复旦大学出版社 1987 年版，第 10 页。

发的美学观点，不再刻意强调现实生活与想象生活的对立。他肯定贝尔的"有意味的形式"的价值在于挑战"艺术是生活情感的表现"的传统观念，同时反思贝尔的"艺术即审美情感的表现"的观点的局限性，提出艺术作品的本质是"形式"，而"形式"是"情感的表现"的论点，也就是说，超然于现实生活之上的是艺术的"形式"，而不是艺术所表现的"情感"，因此无须将艺术局限在"审美情感"之中。他提出，"形式是艺术家对现实生活中的某种情感加以理解的直接结果，虽然这种理解无疑是一种专门的和独特的理解，并且含有一种超脱于世的性质"，因此"形式与其所传达的情感在审美的整体中是互相不可分割地联系在一起的"。①

罗杰·弗莱和克莱夫·贝尔以视觉艺术为研究对象，经过 10 余年的思考，突破"艺术模仿现实生活"和"形式是表露情感和传达思想的手段"的西方传统美学观点，从艺术表现"知觉和情感"、"形式表现审美情感"这些初步的思考中推导出"艺术是情感的表现"、"形式与情感不可分割"这些突破性结论。

（三）伍尔夫的形式观

伍尔夫形式观的形成过程同样经历解构形式内容二元论和模仿论的历程，与弗莱和贝尔的思维过程大致相同。伍尔夫构建形式"情感说"的第一步是解构传统的形式"技巧说"，用"情感"将形式与内容合二为一。她剖析帕西·卢伯克（Percy Lubbock）的《小说的技巧》（*The Craft of Fiction*，1921），并在批判卢伯克将"形式"等同于"技巧"的观点的基础上，提出"'书的本身'并不是你能看到的形式，而是你可感觉的情感"的说法。她构建"情感说"的第二步是质疑文学模仿说，将小说从生活的附属品提升为艺术品。她评析福斯特（E. M. Forster）的《小说面面观》（*Aspects of the Novel*，1927），通过分析福斯特对英国作家梅瑞狄斯、哈代和亨利·詹姆斯的评论，总结出福斯特的模仿论立场，批判其不良后果，呼吁重塑小说的艺术本质。②

---

① 罗杰·弗莱：《回顾》，蒋孔阳主编：《二十世纪西方美学名著选》（上），复旦大学出版社 1987 年版，第 195 页。

② Woolf, Virginia. "The Art of Fiction". *The Essays of Virginia Woolf*, vol. 4, ed. Andrew McNeillie. London: The Hogarth Press, 1994, pp. 600−602.

与弗莱和贝尔不同的是，伍尔夫在完成对传统观念的解构后，其思考并没有停留在形式内容合一的理论层面，而是进一步探讨形式的内在构成，使形式研究重新回到实践层面。在《论小说的重读》的修改稿 ① 中，伍尔夫从作品、作者、读者三个层面对"形式"作出全面界定：

> 在谈论形式的时候，我们首先旨在表明某些情感之间的关系已经得到合理的处置；其次，表明小说家有能力梳理这些情感，并且能够用所继承的技法把它们表现出来，传达自己的旨意，更新模式，乃至作出一点创新；再者，表明读者能够看清这些技法，并且通过把握技法加深对作品的领悟；而在其他方面，随着小说家不断探索和完善其技法，我们期待小说将摆脱混杂现状，日益呈现其形之美。②

伍尔夫在这一界定中深入阐明了形式的双重内涵：其一，"形式"是由多种情感关系构成的；其二，"形式"是情感关系的表现艺术。这里，文学作品的实质或材料是"情感"，"形式"则是情感关系的表现，两者是一体的。伍尔夫曾用更简洁的语言这样表达形式的双重内涵：它"既有视像（vision），又有表现（expression），两者是完美结合的"。③ 也就是说，所感受的东西与所表述的言辞是无法分离的。

从伍尔夫的形式界定出发，做更深层次的观照，可以看出伍尔夫"情感说"在本质上更接近柯勒律治的有机理论而不是弗莱、贝尔的形式美学理论。在弗莱、贝尔的形式论中，艺术作品各要素（线条、色彩等）的关系与所激发的情感虽然合为一体，却依然像一枚硬币的两个面，具有清晰的界限，因为"要素"与"情感"并不同质；而在伍尔夫的"情感说"中，多种情感构成的视像与情感关系的表现完全融合为一体。在这里，形式（即情感关系的

---

① 1947 年发表于伦纳德·伍尔夫编辑的《瞬间集》中，具体写作年代不详，见 Woolf, Virginia. "Editorial Note". *The Essays of Virginia Woolf*, vol. 3. ed. Andrew McNeillie. London：The Hogarth Press, 1988, p. xxiv。

② Woolf, Virginia. "On Re-reading Novels". *The Moment and Other Essays*. London：Harcocourt Brave Jovanovich, Inc. , 1948, pp. 165—166.

③ Woolf, Virginia. "On Re-reading Novels". *The Moment and Other Essays*, pp. 160—161.

表现）与构成材料（即多种情感）是整体与部分的关系。从这一角度看，伍尔夫的"情感说"更接近柯勒律治的有机整体理论。批评家马克·戈德曼就坚持这一观点。戈德曼指出伍尔夫的批评，尤其是她的"情感说"，表现出解构情感与形式、主体与客体、内容与形式、理智与情感、欣赏与理解之间的二元对立的中庸立场。他认为，伍尔夫这一立场源于柯勒律治、亨利·詹姆斯的有机整体说，即"小说是一种有机物，像其他所有有机体一样，是一个按自身的比例持续生长的整体"[①]的观点；与克罗齐（Benedetto Croce）、理查德（I. A. Richards）、艾略特（T. S. Eliot）等人共享解构二元对立的立场。[②]戈德曼虽然未曾详尽探讨伍尔夫"情感说"的内涵，然而他对伍尔夫批评思想的深刻洞察有助于我们全面把握伍尔夫形式观。

从上面的梳理中可以看出，伍尔夫的"情感说"既不是对传统形式的综合，也不纯粹是对批评的读者倾向的强调。它的意义不仅在于吸收贝尔和弗莱对形式内容二元论和模仿论的批判性思考，而且在于进一步提出有关形式的有机整体观。更为重要的是，伍尔夫将情感的关系和情感的表现设定为形式研究的核心问题，形象地解答了有关情感关系和情感表现等具体创作问题。

二、形式：情感的关系和情感的表现

伍尔夫提出"情感说"的同时，清楚地知道她必须解答的基本问题是什么么。她在《论小说的重读》中清晰地提出了如下问题：

> 情感是我们的材料，但是我们如何断定情感的价值呢？有多少种情感无法被一则短篇小说所容纳？情感有多少特质？它由多少种不同元素构成？……难道就没有某种超越情感的东西，某种由情感引发，却又能安置情感、排列情感、整合情感的东西——那种卢伯克先生称为形式，而我们简要称之为艺术的东西吗？[③]

然而伍尔夫并没有在该文中给出直接的答案，也没有特别撰文解答这些

---

① 转引自 Goldman，Mark. "Virginia Woolf and the Critic as Reader". *Virginia Woolf Critical Assessments* （vol. 2）. ed. Eleanor McNees. Mountfield：Helm Information Ltd. ，1994，p. 115。

② Goldman，Mark. "Virginia Woolf and the Critic as Reader". *Virginia Woolf Critical Assessments* （vol. 2），pp. 105—122.

③ Woolf，Virginia. "On Re-reading Novels". *The Moment and Other Essays*，p. 161.

问题。她只是在《狭窄的艺术桥梁》（"The Narrow Bridge of Art"，1927）中，简略描述未来小说的情感属性："它将从不同的视角贴切而生动地表现人物的情感和思想。"它将描写"我们对玫瑰、夜莺、晨曦、夕阳、生命、死亡和命运这一类事物的感受"，它将表现"人与自然、人与命运的关系，表现他的想象和梦想，也表现生命的讥讽、反差、质疑、亲密和繁复。它将用现代人的头脑这一特定模型使格格不入的事物奇妙整合"。①

伍尔夫这一段话阐释了她对"情感"的理解，表达了她对"情感"构成的复杂性、客观性和整体性的认知。她不仅充分肯定传统小说关注人与人、人与现实的关系的情感特性，而且进一步提出重视人与人的心灵交感以及人与自然、人与命运、人与自我的情感关系的呼吁。对她而言，传统英美小说较少涉足的心灵交感、心物交感、生存困惑、生命形态等情感百态正是未来小说应该加以重点表现的对象。

这些基本情感关系，即人与人、人与自然、人与自我、人与命运等，共同构建了伍尔夫小说的视像。虽然伍尔夫并未从理论上进一步阐述这些难以言说的情感关系，但是她几乎在所有小说、短篇故事和随笔中都传神地表现了这些关系。最错综复杂的情感关系当然呈现在她的小说中，特别是《雅各的房间》、《达洛维夫人》、《到灯塔去》、《奥兰多》和《海浪》等。然而，她的短篇小说和随笔却以简短的篇幅精妙传达特定情感关系，逐一赋予这些无以名状的情感体验以洞察和感悟。限于篇幅，同时也是为了更深入的考察，我们将选择伍尔夫相关短篇小说和随笔，细细品味伍尔夫对几种基本情感关系的表现。

（一）形式：情感的关系

在表现人与人的情感关系的时候，伍尔夫着重刻画了情绪感知的无常和心灵交感的微妙。她的短篇小说《新装》（"The New Dress"，1925）、《爱同类者》（"The Man Who Loved His Kind"，1925）和《合与分》（"Together and Apart"，1925）分别表现了人与人之间情绪的瞬息万变和心灵交感的扭曲、障碍和分合。在《新装》中，贫穷的梅布尔为了体面出席达洛维夫人举办的晚宴，精心裁制了一件老式礼服。然而她的兴奋和自信在踏进达洛维夫

---

① Woolf，Virginia. "The Narrow Bridge of Art". *Granite and Rainbow*：*Essays*. London：Harcourt Brace Jovanovich，Inc.，1958，pp. 18—20.

人客厅的瞬间便彻底崩溃，卑微、妒忌、怨恨、窝囊等情绪喷涌而出，占据整个身心。她觉得所有人的目光、言谈都向她射出嘲笑和讽刺的利剑，感觉自己就像一只从牛奶盘里向外爬的苍蝇，令人讨厌。于是她在自我感知的陷阱中痛苦挣扎，用厚重的"自我中心"之幕遮蔽了心灵交感的通道。在《爱同类者》中，衣着寒碜的埃利斯先生与生活贫困的奥基菲小姐相遇在达洛维夫人盛大的晚宴上，为了掩饰各自内心的脆弱和不安，两人都举止傲慢，言行刻薄，相互用格格不入的言辞将内心的愤怒刺向对方，最后带着憎恨分手。过分强烈的自我情绪阻碍了他们之间思想和心灵的正常交流。在《合与分》中，塞尔先生与埃宁小姐在达洛维夫人的晚宴上相识，埃宁在交谈中对塞尔的淡淡关注触动了后者的真性情，但后者略带轻蔑的答复却让埃宁小姐产生遗憾之感。当埃宁小姐再一次表述对塞尔先生心爱的居住地的喜爱之情的时候，两人同时真切地感知到对方的真情，瞬间获得强烈的情感交融。但是现代人的冷静和躲避伤害的本能很快堵塞了情感的奔涌，一切都在刹那间归于平淡。在这个一波三折的情感分合过程中，瞬息万变的情绪感知只是心灵与心灵之间相互感应的先导，只有当相同的感知相互应合的瞬间，心灵交感的奇迹才蓦然产生，然后又随着感知的消逝而归于平淡。伍尔夫以敏锐的感悟精妙地呈现了人与人之间心灵交流的两个层面，即感知与交感。她这样描写道：

> 她那些感觉的纤维浮动着，肆意伸展，像海葵的触须，一会儿紧张震颤，一会儿冷淡怠倦，而她的大脑则远远地、冷静地飘浮在上空，吸纳并适时地归总信息……突然，就像雾中的闪光（这一意象像闪电一般自然而然形成并呈现），奇特的事情发生了；昔日曾感受过的狂喜忽然袭来，其攻势势不可当；那情绪既忐忑不安又心旷神怡，青春活力四射，血管和神经里充满了冰与火；令人震撼。①

在呈现人与自我的情感关系的时候，伍尔夫突出了对"生命非单一性"观念的体悟。她在随笔《夜幕下的苏塞克斯》（"Evening over Sussex：Reflec-

---

① Woolf, Virginia. "Together and Apart". *The Complete Shorter Fiction of Virginia Woolf*. Ed. Susan Dick. London：The Hogarth Press, 1985, pp. 185—187.

tions in a Motor Car"，1942）中让"我"面对夜幕下的苏塞克斯释放出四个完全不同的自我：一个自我为眼前的美丽所震撼，一个自我试图用语言捕捉美的体验却只能感受到美的逃逸，一个自我忧郁地从窗外飞驰的风景中读出了个体生命的流逝和消亡，一个自我则从天空闪亮的星辰中感受到未来的希望。最后当夜色完全遮蔽视线的时候，这些自我汇合起来，聚集在同一个躯体之内，在歌声中结束了旅程。①这一心形分离的情感历程同样出现在《街头漫步：伦敦历险》（"Street Haunting：A London Adventure"，1942）中。"我"为了购买一支铅笔，在夜色中漫步穿越了半个伦敦。这期间"我"曾幻化为一只巨大的眼睛领略伦敦的美丽，又化为一名侏儒，感受心灵的欲望与卑微。"我"在恍惚中瞥见六个月前站在阳台上的我，接着在书店里伴随一百年前的陌生人出游，然后在一家文具店感受一对夫妻爱怨交集的心理，最后终于结束冬夜的逃遁，在踏入家门的瞬间汇聚入自己的躯体。②伍尔夫这样概括生命情感的丰富性和原始性：

> 逐一走入这些生命，人们可以稍微深入一点，获得这样的幻觉：一个人并不束缚于单一的心灵，而是可以在短暂的数分钟内以其他人的心灵和躯体出现。他可以变成洗衣妇、酒店老板、街头歌唱者。离开个性的直线，拐上小路，穿越刺藤和粗大的树干，走进森林的心脏，那里居住着野兽，我们的伙伴，还有什么比这更有乐趣、更奇妙呢？③

在表现人与自然的情感关系的时候，伍尔夫表达了生命与天地同构的感悟。在散文《飞蛾之死》（"The Death of the Moth"，1942）中，她这样描写生命：

> 看着它（指飞蛾——笔者注），人们会觉得世界巨大能量中细小

---

① Woolf，Virginia. "Evening Over Sussex：Reflections in a Moter Car". *The Death of the Moth*. New York：Harcocourt，Brave and Company，Inc.，1942，pp. 7—11.

② Woolf，Virginia. "Street Haunting：A London Adventure". *The Death of the Moth*. New York：Harcocourt，Brave and Company，Inc.，1942，pp. 20—36.

③ Woolf，Virginia. "Street Haunting：A London Adventure". *The Death of the Moth*，p. 35.

而纯粹的一缕被置入它脆弱而细小的躯体中。每次它飞过玻璃窗格，我都幻想看见了一丝生命之光。它就是生命。①

生命是以个体的形式呈现的，是各不相同的，这是我们通过视觉分辨得出的常识。伍尔夫却独具慧眼，参悟到个体生命是自然能量的一种表现形式，是与外在世界同源的。换一句话说，伍尔夫强调自然能量对"乌鸦、耕地人、马儿，乃至贫瘠的、光秃秃的丘陵地"②等不同形体内质和生存状态的生命具有相同的驱动力和主宰力。这种外来的驱动力和主宰力使所有生命共同承受被创造、被驱使、被消灭的生死由天的无奈：

> 生命的能量从敞开的窗户滚滚涌入，在我和其他人类头脑中那些狭窄而错综的通道里左冲右突，这只飞蛾便是这种能量极为简单的一种形式，如此奇妙，如此令人爱怜，仿佛有人握着一颗微小而纯净的生命之珠，极其轻柔地给它缀上羽绒和羽毛，让它起舞、辗转，向我们揭示生命的本质。……看它驼着背、被驱使、被装饰、不堪重负，极其谨慎但带着尊严移动着，几乎使人忘却生活中的一切。想着它生为其他形式所可能具有的生命模样，不禁对它简单的动作萌发怜悯之情。③

从早晨到正午短短几个小时的生命历程中，那只由造物主精心制作的飞蛾翩翩起舞，在有限的时空中努力展现生命的美丽。然后，在某一个命定的时刻，在没有遭受任何有形的外力击打的情况下，它忽然从充满活力的舞蹈者变为笨拙僵硬的摇摆者，直至最终完全丧失生命的迹象。导致它死亡的是正午的来临，是那股"冷漠无情，不关注任何个体"的强大的自然能量。④这股能量既创造了生命，又结束了生命，让生与死共同完成了对生命整体的构建。伍尔夫用飞蛾短暂的生命历程精妙地昭示了生命与天地同构的关系。她

---

① Woolf, Virginia. "The Death of the Moth". *The Death of the Moth*. New York: Harcocourt, Brave and Company, Inc., 1942, p. 4.
② Woolf, Virginia. "The Death of the Moth". *The Death of the Moth*, p. 4.
③ Woolf, Virginia. "The Death of the Moth". *The Death of the Moth*, pp. 4—5.
④ Woolf, Virginia. "The Death of the Moth". *The Death of the Moth*, p. 5.

这种将生命过程看作纯粹的自然过程的思想，与庄子视死生之变与四时运行同质的观念极其相近，如"死生，命也，其有夜旦之常，天也。人之有所不得与，皆物之情也"，[①]"死生为一条"。[②] 这充分表明了伍尔夫以生死同构生命整体的生命观的质朴。

伍尔夫相信人与命运的情感关系主要表现为乐天知命的态度。她在《飞蛾之死》中，以飞蛾阐释了"乐天知命"的精神赋予生命的坚韧和快乐。飞蛾是微不足道的，它却在有限的时空中知足地享受着生命的乐趣：

> 那个上午仿佛蕴藏着巨大而丰富的乐趣，而它却只拥有一只蛾子的生命，而且是一只白天的蛾子，看起来真苦命；然而它是那么热切地享受这有限的机遇，不禁令人动容。它奋力飞向窗户的一角，驻留片刻，又飞到另外一角。[③]

伍尔夫呈现了"乐天知命"的精神赋予生命的美丽和尊严。渺小的飞蛾面对强大的死亡，毫无畏惧。它在临死前竭尽全力翻转仰面跌倒的身子，容止端庄，毫无怨尤地面对死亡，接受死亡，获得了生命过程的完整。正是乐天知命的精神和态度支撑起生命的全程，即便是飞蛾般短暂的历程。

> 在既无人关心又无人知晓的情形下，这只微不足道的小蛾子为了保存无人珍惜且无人意欲留存的生命，奋力与如此强大的力量展开搏斗，给人留下无以名状的感动。不知怎么的，我又一次看见了生命，一颗纯静的珠子。[④]

对伍尔夫来说，文学作品所表现的情感关系是无以计数的，我们的梳理只列出了伍尔夫作品最关注的基本关系。这些基本情感关系可以说构成了伍尔夫小说的主要形式，比如《夜与日》、《达洛维夫人》、《到灯塔去》和《岁

---

① （先秦）《庄子·大宗师》，据《四部丛刊》本。
② （先秦）《庄子·德充符》，据《四部丛刊》本。
③ Woolf, Virginia. "The Death of the Moth". *The Death of the Moth*, p. 4.
④ Woolf, Virginia. "The Death of the Moth". *The Death of the Moth*, p. 6.

月》中的心灵交感，《奥兰多》中人与自我的关系，《远航》、《雅各的房间》、《海浪》和《幕间》中人与自然、人与命运的关系，等等。我们还需要提问的是：作家该如何表现情感关系呢？伍尔夫对这一问题的回答似细细的珠玑散落在多篇论文之中。

（二）形式：情感的表现

伍尔夫认为文学是一种艺术，具有艺术品的基本品格，即整体性和形象性。文学的整体性表现为多种复杂情感和判断的聚合。文学的形象性则表现为与生命情感相应的直观形体结构。她在《一间自己的房间》中全面阐述了这一观点：

> 如果闭上眼睛，把小说作为一个整体来思考，那么小说似乎就是一个与生命有着某种镜像般相似的创造物，尽管带有无数的简化和歪曲。不管怎么说，它是留存在精神目光中的一个形体结构，时而呈方块状，时而呈宝塔形，时而伸展出侧翼和拱廊，时而就像君士坦丁堡的圣索非亚大教堂一样坚固结实且带有穹顶。……这一形体源于某种与之相应的情感。但是此情感随即与其他情感相融，因为形体不是由石头与石头而是由人与人之间的关系构成的。如此，小说就在我们心中激起各种矛盾、对立的情感。……显然，回顾任何小说名著，其整体结构都是无限复杂的，因为它是由众多不同的判断和情感构成的。①

文学的整体性与形象性不是孤立的，而是情感与世界之间的一种恰当关系。伍尔夫认为文学构思最重要的任务是将不同的事物融合起来，从零乱的万物中孕育出一个整体："那也许就是你的任务——从那些看起来格格不入实际上却神秘共通的事物之间找出关联，毫无畏惧地接纳迎面而来的所有体验，使整个身心投入其中，将你的诗歌锤炼成一个整体而非碎片。"②伍尔夫理解中

---

① Woolf, Virginia. *A Room of One's Own*. San Diego: Harcourt Brace Jovanovich, Inc., 1957, pp. 74—75.

② Woolf, Virginia. "A Letter to a Young Poet". *The Death of the Moth*. New York: Harcourt, Brave and Company, Inc., 1942, p. 221.

的整体是一种天人同构的整体，生命情感作为世界的一部分，始终与世界保持着和谐融合的关系。文学形式所构建的那个小世界映照的正是生命情感所存在的那个大世界。

文学的整体性与形象性所表现的是非个性化情感，而不是个体的自我情感。伍尔夫认为，假如作家无法描写真实的东西，只能描写自己一个人能够看到的东西，那么他的处境将是困难的。莎士比亚之所以被称为经典作家，其伟大之处在于他能够超然地将自己的一切特性"注入作品，又努力将其普遍化，于是我们随处都能感觉到莎士比亚，却不能在任何确定的时间和地点找到他"。①伍尔夫相信，作家应该超越个人情绪、性别意识、种族观念等局限。只有这样他才能契合众多不同的判断和情感为一体，完整地将内心的东西释放出来；只有这样他才能使文学作品成为一座超越尘世和个人的东西永恒殿堂，照亮所有人都感知和向往的东西。②

文学的整体性与形象性是通过情景交融的场景化手法表现的，其非凡的意义在于传达象外之意。伍尔夫认为，华兹华斯、丁尼生、梅瑞狄斯等人的作品缺乏情与景的交融，作家在充满激情地注视大自然的时候没有将自然与他的作品、他本人或其他人相联系，仅仅将其视为一种自身存在的可爱之物，因而是无法传情达意的。③而托尔斯泰、艾米丽·勃朗特等作家则通过心物交游的场景，传达出语言所无法描述的复杂情感和思想，让读者感受到一种深沉而热情的诗意。场景未必要复杂，景物不需要繁多，然而它一定要表达心与物的和谐交感，真实而有意味，这便是伍尔夫对情景交融的理解。她欣赏这样的美学观念，"石楠并不重要，岩石也不重要，可是当诗人的眼睛看出石楠和岩石所能表达的彼此间活生生的关系之后，它们是非常重要的——它们表现了一种与人类的生命共存的美，因而其意义是无穷的……"④对于伍尔夫

① Woolf, Virginia. "Personalities". *The Moment and Other Essays*. London: Harcocourt Brave Jovanovich, Inc., 1948, p. 170.

② Woolf, Virginia. *A Room of One's Own*. San Diego: Harcourt Brace Jovanovich, Inc., 1957, pp. 96—97.

③ Woolf, Virginia. "Patmore's Criticism". *Books and Portraits*. Ed. Mary Lyon. London: The Hogarth Press, 1977, pp. 50—54; Woolf, Virginia. "Phases of Fiction". *Granite and Rainbow*. London: Harcocourt Brave Jovanovich, Inc., 1958, pp. 135—137.

④ Woolf, Virginia. "Patmore's Criticism". *Books and Portraits*. Ed. Mary Lyon. London: The Hogarth Press, 1977, p. 51.

来说，写作的艺术是这样一种艺术，它"运用语言中的每一个文字，分清它们的轻重，辨认它们的色彩，聆听它们的声音，把握它们的关系，以便使它们相融……寄托言外之意……"①

文学的整体性和形象性以"真诚"（Integrity）为准绳，自由地表现源于本真的情感和思想。伍尔夫曾以文学经典为例，指出纷繁复杂的情感关系之所以在名著中显示出完整性，是因为它让所有人都看见了隐藏在自己天性中的那一道光，即人们心中的本真。一部名著能够使不同国籍的读者产生共鸣，是因为它是从人的心中流出的，是源于本真的。"大自然仿佛无比奇妙地在我们的心中亮起一道内在的光，我们可以由此判断小说家是否真诚。……当它被栩栩如生地呈现的时候，人们就会欣喜地欢呼：这不正是我常常感知、理解和向往的吗！"②创作就是呈现生命的本真，因此创作与批评的准则就是心灵本身，无须任何外在设定。

文学形式的整体性、形象性、非个人化、情景交融、真诚等诸多特性自然流畅地表现在伍尔夫的小说之中，在其短篇小说和随笔中的表现尤为精致。比如在《飞蛾之死》中，作者将一只不断从玻璃窗户的一侧飞向另一侧的微不足道的小飞蛾凸显在窗外宇宙世界的巨大背景之前，呈现在叙述人和读者的视线之中，构成一个圆锥形、开放式的透视视野。在窗外世界的蓬勃生机和强大力量的衬映下，不停飞落在狭小空间的普通小蛾唤起了叙述人的千般怜惜和万般唏嘘。生命体的活力、美丽、坚韧、乐天知命、短暂和无奈正是借助这股同情之心奇异地从小飞蛾草黄色的躯体直接导入读者的感知，生发出无限的感叹和豁然的顿悟。随笔展示的虽然只是飞蛾由生入死的短暂场景，不曾有过任何直接的说教，读者却由此获得异常完整的感悟。这种感悟的完整性不仅来自飞蛾的生死历程，而且来自人、飞蛾和世界之间无尽的情感关联。飞蛾的意象自然而鲜活，却是由窗户的狭窄、世界的巨大和"我"的感动衬托出来的。作为生命的象征，飞蛾所传递的意义远远超越物象本身，这便是伍尔夫所推崇的文学表现形式。

---

① Woolf, Virginia. "A Letter to a Young Poet". *The Death of the Moth*. New York: Harcourt, Brave and Company, Inc., 1942, p. 223.

② Woolf, Virginia. *A Room of One's Own*. San Diego: Harcourt Brace Jovanovich, Inc., 1957, p. 75.

三、"情感说"的价值

（一）与西方传统诗学中两大主导学说——再现说和表现说——相比，伍尔夫的"情感说"更突出文学的整体性、形象性和艺术性

"再现说"所倡导的艺术再现现实的观念几乎已经成为一种根深蒂固的集体无意识，深嵌在西方作家和批评家的头脑中。在他们的习惯思维中，形式与内容基本处于分离状态。关于这一点，桑塔格在《反对释义》中已经作出精辟论述。而表现说所推崇的文学表现艺术家的感受、思想和情感的观点同样深入人心，经朗吉弩斯、卢梭、歌德、华兹华斯、约翰·斯图亚特·密尔等人的阐发而发展成为一种长盛不衰的学说。然而表现说并没有消除形式内容二分的特征，只是将表现或者说再现的对象替换为"情感"，因此并不是严格意义上的表现说。关于这一点，20世纪符号论美学家恩斯特·卡西尔（Ernst Cassirer，1874—1945）的批评可谓切中要害："把重点放在强调艺术品的情感方面，那是不够的。诚然，所有独特的或者表现的（expressive）艺术都是'强烈情感的自发流溢'。但是如果我们不加保留地接受华兹华斯的定义，那么我们得到的就只是记号的变化，而不是决定性的意义变化。在这种情况下，艺术依然只是复写；只不过不是作为对物理对象的事物的复写，而成了对我们的内部生活，对我们的情感和情绪的复写。"[1]卡西尔认为，要超越这种纯粹的情感再现，需要的是对艺术形式的重视："艺术的确是表现的，但是如果没有构形（formative），它就不可能表现。"[2]

可以看出，无论是"再现说"还是"表现说"，其内容与形式二分的主要表征是：作品中所传达的思想情感与所表述的言辞是分离的。更确切地说，不论所传达的是现实、精神还是情感，所表述的言辞都被简单地等同于语言修辞或创作技巧，两者之间呈现先与后或者内与外的割裂关系。于是，不论是文学创作还是文学批评，常常出现技巧运用或文本剖析越精致，所能感悟的东西却越苍白或越破碎的离奇现象，因为表述的语言已经被剥离了思想和情感而成为没有生命的文字和技巧，我们怎么可能据此观照所表现的情感和思想整体呢。关于这一点，朱光潜作了精辟的分析。他认为，语言的生命全

---

[1]　恩斯特·卡西尔：《人论》，甘阳译，上海译文出版社1985年版，第180页。
[2]　恩斯特·卡西尔：《人论》，甘阳译，上海译文出版社1985年版，第180页。

在情感和思想；语言、思想和情感是一致的、平行的、不能分割的。但是，由于思想情感是与情景同生同灭的，而语言却在失去其思想和情感之后依然通过文字独立存在，于是便有了"情感思想是实质，语言是形式"的二分法，在这里语言被等同于文字，与思想情感分离。[①]贝尔、弗莱试图黏合的正是这一割裂的整体，而伍尔夫走得更远一些，直接将所传达的情感与所表述的语言融合为无可分割的整体。她用"情感"指称两者的整合体，并将其统称为"形式"，然后进一步将其构成分解为情感的关系和情感的表现，便于创作与批评。我们可以显著感受的是伍尔夫"情感说"所具有的整体性、形象性与艺术性。在这里，艺术形式是多种情感关系共同构建的综合视像，具有与所表述情感相应合的结构形态，所表现的情感经由创作者的积淀和感悟后呈现出超越现实表象的艺术性。

（二）与 20 世纪的西方现代美学理论相比照，伍尔夫"情感说"以更为简洁直观的方式与恩斯特·卡西尔、苏珊·朗格的符号论美学形成共鸣

20 世纪的西方美学从不同视角对艺术本质作出阐述，但是许多美学家在质疑传统诗学的局限性的同时，将艺术纯粹地等同于某一特定实质，忽视甚至否定艺术的表现性。比如，克罗齐（Bendetto Croce）质疑传统美学将艺术视为物理事实、功利活动、道德活动、概念知识等做法，提出"艺术即直觉"[②]的观点，但他强调直觉即表现，否认一封信的表现与绘画、音乐、小说的表现之间的区别，因而从本质上否认文艺的表现性。柯林伍德（R. G. Collingwood）追随克罗齐理论，提出艺术就是"表现自己的情感"，[③]无须表现方式。柏格森（Henri Bergson）批判艺术的功利性和物质性，认为艺术的目的在于揭开垂在大自然和我们之间、我们和意识之间的那层帷幕，揭示"一切事物的纯粹的本相"。[④]但是他认为艺术并不是有意识的、理性的、系统的，而是一种"感官或意识结构中天生的东西"，是以"纯真的方式，通过视

---

① 朱光潜：《诗的实质与形式（对话）》，载《朱光潜全集》（卷3），安徽教育出版社1987年版，第286—292页。

② 克罗齐：《美学纲要》，载蒋孔阳主编：《二十世纪西方美学名著选》（上），复旦大学出版社1987年版，第62页。

③ 柯林伍德：《艺术原理》，载蒋孔阳主编：《二十世纪西方美学名著选》（上），复旦大学出版社1987年版，第121页。

④ 柏格森：《笑》，载蒋孔阳主编：《二十世纪西方美学名著选》（上），复旦大学出版社1987年版，第147页。

觉、听觉或思想表现出来的东西"。①他对艺术的天然性的强调同样昭示对文艺的表现性的忽视。杜威（John Dewey）的"艺术即经验"②和马尔库塞（Herbert Marcuse）的"作为现实形式的艺术"③等学说同样表现出纯粹将文艺视为经验、现实等实质内容的倾向。

真正将内容与形式合一而又不曾忽视艺术的表现性的当推卡西尔和苏珊·朗格（Susanne K. Langer）的符号论美学。卡西尔以康德的艺术自主性理论为立足点，指出传统诗学的局限在于：从认识或道德范畴为艺术寻找外来准则，使艺术附属于认识或道德。他认为艺术"并不追究事物的性质或原因，而是给我们以对事物形式的直观。它决不是对我们原先已有的某种东西的简单复制。它是真正名副其实的发现。艺术家是自然的各种形式的发现者，正像科学家是各种事实或自然法则的发现者一样"④。正是凭借"艺术家是自然的各种形式的发现者"的思想，卡西尔实现了内容与形式的统一。也就是说，艺术家不仅要感受事物的内在实质，还必须赋予实质以形式，而给实质以形式才是艺术的本质。卡西尔进一步就艺术的形式本质作出阐释，指出了艺术形式的普遍性、观照性、直观性、统一性和连续性，并由此将艺术界定为"现象的最强烈瞬间的定型化"⑤和表现"各种形式的动态生命力"⑥的符号体系。苏珊·朗格在卡西尔理论的基础上进一步提出"艺术是人类情感的符号形式的创造"⑦的观点，并对形式的表现方式、艺术标准、艺术作用等作出详尽阐释。朗格认为，艺术符号与所表现的情感之间具有共同的逻辑形式，也就是说，艺术符号内在构成因素之间的张力与生命体多种情感之间的张力具有一致的逻辑形式。以音乐为例，音调结构的强与弱、流动与休止、加速与平缓等形式特征与人类情感的波动有着惊人的逻辑一致性。朗格还提出：衡量优秀艺术的准则是坦率和自由；艺术的作用在于表现非个性化的情感或

---

① 柏格森：《笑》，载蒋孔阳主编：《二十世纪西方美学名著选》（上），复旦大学出版社1987年版，第147页。
② 杜威：《内容和形式》，载蒋孔阳主编：《二十世纪西方美学名著选》（上），复旦大学出版社1987年版，第344—355页。
③ 马尔库塞：《作为现实形式的艺术》，载蒋孔阳主编：《二十世纪西方美学名著选》（下），复旦大学出版社1987年版，第425—438页。
④ 恩斯特·卡西尔：《人论》，甘阳译，上海译文出版社1985年版，第183页。
⑤ 恩斯特·卡西尔：《人论》，甘阳译，上海译文出版社1985年版，第186页。
⑥ 恩斯特·卡西尔：《人论》，甘阳译，上海译文出版社1985年版，第192页。
⑦ 苏珊·朗格：《情感与形式》，刘大基等译，中国社会科学出版社1987年版，第51页。

内在生命；"有意味的形式"是所有艺术的本质。

仔细比较伍尔夫的"情感说"与卡西尔、朗格的情感符号论，不难看出他们在艺术形式的本质、表现性、衡量标准等诸多观点上的共感。伍尔夫的"情感说"直观而生动，然而其洞察力并不逊色于卡西尔和苏珊·朗格逻辑缜密的美学思考。从某种程度上说，伍尔夫的视域可能更为深远。

（三）伍尔夫的"情感说"倡导形式与情感的合一和实质与表现的合一，与中国传统诗学与现代美学相近

中国传统诗学重视内容与形式的契合，"文质"说传达主要思想。"文"是指作品的表现形式，"质"是指作品的情感思想。早在先秦时期，孔子在《论语》中提出"质胜文则野，文胜质则史。文质彬彬，然后君子"，①强调文质契合的重要性。汉代扬雄继承孔子学说，指出"文，阴敛其质，阳散其文，文质班班，万物粲然"。②晋朝的陆机认为"理扶质以立干，文垂条而结繁"。③南朝梁刘勰深入阐述了文质对立统一的关系，提出文质经纬说："故情者文之经，辞者理之纬；经正而后纬成，理定而后辞畅：此立文之本源也"④，也就是说，情感思想是作品的经线，文辞是情感思想的纬线；经线摆正后纬线才能织成，情感思想确定后文辞才能晓畅：这是创作之本。唐宋朝之后，部分思想家虽然有重文轻质或重质轻文的不同侧重，但是文质兼备的观点一直得到坚持。

中国现代美学思想中，朱光潜与宗白华十分注重内容与形式的合一。朱光潜关于形式和内容的论述几乎可以用来概括伍尔夫"情感说"的本质："语言的形式就是情感和思想的形式，语言的实质也就是情感和思想的实质。情感、思想和语言是平行的，一致的：它们的关系是全体与部分而不是先与后或内与外。"⑤宗白华对形式特点的总结则形象地描述了伍尔夫"情感说"的内涵："1.一切艺术品，皆是感觉；2.一个感觉，不能成为艺术品，而为几个感觉的组合；3.不是几个感觉加起来的，乃系有组合的产出一特殊情调。"⑥这种油然而生的东西方思想的应和昭示了伍尔夫"情感说"的洞见之深刻和质朴。

---

① （先秦）《论语·雍也》，据《四部丛刊》本。
② （汉）扬雄：《太玄文》，据《四部丛刊》本。
③ （晋）陆机：《文赋》，《文选》卷十七，据《四部丛刊》本。
④ （南朝梁）刘勰：《文心雕龙》，徐正英、罗家湘注译，中州古籍出版社 2008 年版，第 308 页。
⑤ 朱光潜：《诗的实质与形式（对话）》，载《朱光潜全集》（卷 3），安徽教育出版社 1987 年版，第 292 页。
⑥ 宗白华：《艺术学》，载《宗白华全集》（卷 1），安徽教育出版社 1994 年版，第 513 页。

结语：伍尔夫的"情感说"并不是一个系统的学说，而是随处采集的零星感悟和直觉呈现的鲜活意象。我们在她集中探讨形式问题的论文中大约能网住几句意味深长的话语，而在其他看似不相关的作品中同样能感悟到她对形式的思考。对她而言，获得真理的唯一途径是"让真理碎裂成众多碎片，变成众多镜片，然后再选择"。①也正是因为这样，她灵动的笔端总是闪烁着"悟"的光芒，常常在不经意间为西方诗学打开一扇窗户，展示一片新的天地。也许她会给西方学者带去一丝困惑或一份欣喜，她带给东方学者的则是似曾相识的神往。让我们重新品味"悟"的价值。

第二节 形神契合的范本：《雅各的房间》

弗吉尼亚·伍尔夫的《雅各的房间》（*Jacob's Room*，1922）是形神契合的范例。这部与乔伊斯的《尤利西斯》（1922）和艾略特的《荒原》（1922）合力开创现代主义风格的作品，是伍尔夫第一部"懂得运用自己的声音"②的小说，充分实践了她对新的小说形式的构想："抛开那些貌似合理实则违背常情的程式"，"故事可能会摇晃，情节可能会支离，人物可能会碎裂。但小说却可能成为一件艺术品"。③它之所以能突破英国小说的传统程式，其创意源于古希腊经典戏剧，就像庞德借力于中国传统诗歌，艾略特借力于印度佛教思想一样。

长期以来，英美学界对《雅各的房间》的研究主要集中在新形式的特征及其文化政治喻义上。20 世纪 20 至 40 年代，英美批评家重点质疑其人物的"鲜活性"④ 和结构的"无叙述，无布局……无视角"⑤ 及无整体性和无统一

① Woolf, Virginia. "The Man at the Gate". *The Death of the Moth*. New York: Harcocourt, Brave and Company, Inc. , 1942, p. 109.

② Woolf, Virginia. *The Diary of Virginia Woolf* (vol. 2). ed. Anne Olivier Bell and Andrew McNeillie. London: The Hogarth Press, 1978, p. 186.

③ Woolf, Virginia. "The Art of Fiction". *The Moment and Other Essays*, p. 112.

④ Arnold Bennett. "Is the Novel Decaying?". *Cassell's Weekly*, 28 March, 1923, p.74.

⑤ Majumdar, Robin and Allen McLaurin (eds). *Virginia Woolf: The Critical Heritage*. London: Routledge & Kegan Paul, 1975, p. 107.

性。[①]50 年代以后，批评家着重分析其叙述、象征、结构和有机整体性等特征：其叙述被视为对传统的全知视角的挑战，[②]一种"不在场"叙述，[③]一种"随笔叙述人"叙述，[④]一种人物与叙述人分离的叙述[⑤]；其象征意蕴被揭示，雅各象征着"普世之爱"，[⑥]小说本身象征着永恒的神话，[⑦]雅各的"房间"象征着个性或心境；[⑧]其结构被视为类似"图画艺术"[⑨]或"写生簿"[⑩]或音乐节奏，[⑪]或以主人公雅各为核心的构架（类似《墙上的斑点》中的斑点或《楸园杂记》中的蜗牛）；[⑫]其有机整体性体现在"主体与客体，个体与世界，人物与感觉，松散地、共存地联结的小说世界中"。[⑬]另有批评家探讨小说情节与社会真实事件之间的关联，[⑭]论析小说对战争和父权文化的批判，[⑮]也有批评家指出

① Bennett, Joan. *Virginia Woolf : Her Art as a Novelist*. Cambridge: Cambridge University Press, 1945; Johnstone, J. K.. *The Bloomsbury Group*. New York: Secker & Warburg, 1954.

② Ruotolo, Lucio P.. *The Interrupted Moment : A View of Virginia Woolf's Novels*. Stanford: Stanford University Press, 1986, pp. 69—70.

③ Fleishman, Avrom. *Virginia Woolf : A Critical Reading*. Baltimore: The Johns Hopkins University Press, 1975, p. 64.

④ Froula, Christine. *Virginia Woolf and the Bloomsbury Avant-Garde War, Civilization, Modernity*. New York: Columbia University Press, 2005, pp. 73—80.

⑤ Caughie, Pamela L.. *Virginia Woolf and Postmodernism : Literature in Quest and Question of Itself*. Urbana and Chicago: University of Illinois Press, 1991, p. 69.

⑥ Kelley, Alice Van Buren. *The Novels of Virginia Woolf : Fact and Vision*. Chicago: University of Chicago Press, 1973, p. 81.

⑦ Love, Jean O.. *Worlds in Consciousness : Mythopoetic Thought in the Novels of Virginia Woolf*. Berkeley, Los Angeles and London: University of California Press, 1970, pp. 133—135.

⑧ Richter, Harvena. *Virginia Woolf : The Inward Voyage*. Princeton: Princeton University Press, 1970, p. 213.

⑨ Majumdar, Robin and Allen McLaurin (eds). *Virginia Woolf : The Critical Heritage*. London: Routledge & Kegan Paul, 1975, p. 101.

⑩ Zwerdling, Alex. *Virginia Woolf and the Real World*. Berkeley: University of California Press, 1986, p. 63.

⑪ Harper, H.. *Between Language and Silence : The Novels of Virginia Woolf*. Baton Rouge: Louisina State University Press, 1982, p. 88.

⑫ Bazin, Nancy Topping. *Virginia Woolf and the Androgynous Vision*. New Brunswick: Rutgers University Press, 1973.

⑬ Love, Jean O.. *Worlds in Consciousness : Mythopoetic Thought in the Novels of Virginia Woolf*. Berkeley, Los Angeles and London: University of California Press, 1970, p. 125.

⑭ Fleishman, Avrom. *Virginia Woolf : A Critical Reading*. Baltimore: The Johns Hopkins University Press, 1975; Zwerdling, Alex. *Virginia Woolf and the Real World*. Berkeley: University of California Press, 1986.

⑮ Handley, William R.. "War and the Politics of Narration in Jacob's Room". *Virginia Woolf and War : Fiction, Reality and Myth*. Ed. Mark Hussey. Syracuse: Syracuse UP, 1991: 110—133; Peach, Linden. *Virginia Woolf*. New York: St. Martin's, 2000.

它是一部"不连贯的狂想曲",表现了西方正统教育用希腊神话式理想将雅各诱入战争直至丧命的成长过程。[1]最新出版的一些研究专著着力探讨了伍尔夫对小说艺术的滑稽模仿。[2]

微观分析是已有研究的主要特征,学者们往往只剖析叙述、结构、人物等单一技巧,几乎不曾探讨其创新渊源,也很少对作品作全方位观照。国内研究成果非常少。尚无批评家通过探讨《雅各的房间》的创作与伍尔夫对古希腊文学的钟爱之间的关系,揭示其新形式的古希腊渊源,观照其形神契合的特性。这些正是本节探讨的目标。

一、构思：体现古希腊戏剧的精髓

伍尔夫大约在 1920 年 1 月开始构思《雅各的房间》,她在日记中这样记录自己的创作意图：

> 无疑,我现在要比……昨天下午我意识到自己可以用**新的形式**创作**新的小说**之前幸福多了。假设**一件事情**可以从**另外一件事情**上生发,就像《未写的小说》(若它不只是 10 页,而是 200 页),它不是把我需要的松散和轻灵给我了吗？它不是靠得更近一些,**包罗万象,包容一切**,但依然保持形式和速度吗？我的疑问是,它究竟能在多大程度上包容人类的心灵,我能够用对话网住这一切吗？我想这一次的**写作模式将彻底不同：没有脚手架,几乎看不见一块砖；一切都在微光之中,心灵、激情、幽默,一切都像雾中之火那样发光。**我需要创造一个空间,可放入如此之多的东西：一种欢快的气氛——一种不一致性——一束激起的光,它就在我美好的意向上驻足。我是否有足够的能力描绘事物,这还有一些疑问；那就设想让《**墙上的斑点**》、《**楸园**》和《**未写的小说**》**率起手,和谐地起舞。**怎样构建这种和谐,我还需要去寻找；作品主旨我还不清楚；但是两周以前我已经偶尔瞥见了无边的可能性。我想所面临的危险是那可恶

---

① Froula, Christine. *Virginia Woolf and the Bloomsbury Avant-Garde War, Civilization, Modernity.* New York: Columbia University Press, 2005, pp. 80—84.

② Rooyen, Lindy van. *Mapping the Modern Mind: Virginia Woolf's Parodic Approach to the Art of Fiction in* "Jacob's Room". Herstellung: Diplomica Verlag, 2012.

的自我中心主义，我认为它毁了乔伊斯和多萝西·理查德森……①

这一段话表明，伍尔夫将新小说和新形式的突破点放在创建"非个性化"和"整体"之上。它们体现在两个方面：

1. 新小说的创作目标是表现"非个性化"的"整体"。它"包罗万象、包容一切"，旨在表现"人类心灵"，而不是塑造英国传统小说中特立独行的典型人物及其故事情节。

2. 新形式的表现方式类似中国画的"写意"模式，即遗貌取神的方式。它让"一切都在微光之中"，整体勾勒人类的"心灵、激情和幽默"，脱略对具体事物的描写；因此它既不启用英国传统小说程式所提供的"脚手架"，比如情节、故事，也不凸显特定的"砖"，比如典型人物。

"脚手架"和"砖"是英国传统小说创作的必备工具，以便用精致的"工笔"，再现典型的人物、统一连贯的事件、真实可信的细节，将外在世界之形精致地模仿出来。但伍尔夫的目标是"传神"，让情感思想与形式完全融合，为此她决意放弃传统的"脚手架"和"砖"。

这一段话还表明，伍尔夫此前已经就"非个性化"的"整体"进行了短篇创作实验，她计划以这些短篇为基础，完成对长篇小说的新形式的构建。伍尔夫此前创作的三个短篇，以三种不同的形式，彻底改写了英国传统小说的结构和人物。《墙上的斑点》（1917）② 表现了以"斑点"为核心的发散性联想，作品透过易变的观念、虚构的历史和变迁的自然，重点展示"意识"的流动；③《楸园杂记》（1919）④ 表现了以"蜗牛"为联结物的多场景并置，作品让形形色色的人物的言行举止并行在同一时空之中，重在呈现"物象"的意蕴；《未写的小说》（1920）⑤ 以火车车厢里一张女人的"脸"为楔子，在散

---

① Woolf, Virginia. *The Diary of Virginia Woolf* (vol. 2). ed. Anne Olivier Bell and Andrew McNeillie. London: The Hogarth Press, 1978, pp. 13—14. 黑体为笔者所加。

② Woolf, Virginia. "The Mark on the Wall". *The Complete Shorter Fiction of Virginia Woolf*, New Edition, ed. Susan Dick. London: The Hogarth Press, 1989, pp. 77—82.

③ 对《墙上的斑点》的评论可参见本书下篇第八章第一节。

④ Woolf, Virginia. "Kew Gardens". *The Complete Shorter Fiction of Virginia Woolf*, New Edition, ed. Susan Dick. London: The Hogarth Press, 1989, pp. 83—89.

⑤ Woolf, Virginia. "An Unwritten Novel". *The Complete Shorter Fiction of Virginia Woolf*, New Edition, ed. Susan Dick. London: The Hogarth Press, 1989, pp. 106—115.

漫的臆想中展露纷乱生活的一角，重在表现"心灵"的飘忽。伍尔夫期望在这部正在构思的新小说中，让《未写的小说》中的"心灵"之旅、《墙上的斑点》中的"意识"流动和《楸园杂记》中的"物象"并置，和谐地起舞，实现心灵、意识和物象的融合。她的构思中的非个性化整体的目标是明晰的。

关于"非个性化"和"整体"，伍尔夫是从古希腊文学中获得领悟和启示的。伍尔夫自 15 岁（1897 年）开始学习希腊文，毕生坚持阅读古希腊经典。至 1920 年开始构思《雅各的房间》时，她已经反复阅读索福克勒斯、欧里庇得斯、埃斯库罗斯、阿里斯托芬、荷马、柏拉图等文学家和哲学家的作品，从中领悟了英国文学所不曾有的品质。① 1917 年，她在随笔《完美的语言》（"The Perfect Language"）中高度赞扬了古希腊文学的"整体美"和"非个性化品质"：

> 它们（古希腊文学作品）与我们的文学的不同在那些警句中表现得十分显著，如此深切和宽广的情感竟可以凝聚在如此小的空间之中……当我们想要将古希腊的世界视像化的时候，我们看见它就站在我们面前，背衬着天空，那里没有一丝云彩或一点碎物……
>
> 它们的另一种力量是，一种直率凝视事物之真的力量，和一种浑然天成之美，不是另外赋予的装饰，而是世界本质的一部分。它有一种**整体美**而不是局部美……这是**一种类似非个性化的品质**，它不是为了声音的变形而将所有的悲伤、激情或快乐充入语词之中……它是为了不以言说而以意会。②

伍尔夫以可视可感的语词概括了古希腊文学特有但英国文学欠缺的特性：一种浑然天成的整体美，具备非个性化的品质。这一特性正是她构思《雅各的房间》时所渴望实践的。当她立意要表现"心灵、激情和幽默"的时候，

---

① 伍尔夫在日记中多次记录所阅读的古希腊作家和作品。具体见 5 卷本日记全集 Woolf, Virginia. *The Diary of Virginia Woolf* (5 vols). ed. Anne Olivier Bell and Andrew McNeillie. London：The Hogarth Press, 1977－1984. 主要日期包括：1901/1/22, 1907/1, 1909/1/4, 1917/2/3, 1918/8/15, 1919/1/30, 1920/1/24, 1920/11/4, 1922/9/21, 1922/11/11, 1922/12/3, 1923/1/7, 1924/2/16, 1924/8/3, 1934/10/29, 1934/10/29, 1939/9/6, 1939/11/5 等。

② Woolf, Virginia. "The Perfect Language". *The Essays of Virginia Woolf*, vol. 2, ed. Andrew McNeillie. London：The Hogarth Press, 1994, pp. 117－118. 黑体为笔者所加。

她眼前浮现的正是古希腊文学所表现的原初世界：它那不关注细节的质朴视像，它那浑然天成的"整体美"，它那毫无"自我中心主义"的表现形式，它那用"对话"网住一切的戏剧手法。

1920—1925 年，在伍尔夫创作《雅各的房间》期间和之后，她持续不断地大量阅读古希腊作品，[1]撰写了纵论古希腊文学的重要随笔《论不懂希腊》。该随笔大约完成于 1924 年[2]，是她特别为《普通读者 I》（1925）撰写的。该随笔充分论述和发展了《完美的语言》中的主要观点，通过评论索福克勒斯、欧里庇得斯、埃斯库罗斯等戏剧大师的作品，阐明"古希腊文学是非个性化文学，也是卓越的文学"[3] 的论点，并详尽论述它的四大特性：情感性、诗意性、整体性和直观性。

《雅各的房间》创作于 1920 年至 1922 年间，时间上介于两篇随笔《完美的语言》（1917）和《论不懂希腊》（1925）之间。小说中多处出现描写、探讨与追寻古希腊景致与精神的场景，其作用是承上启下的，既充分表现随笔《完美的语言》对古希腊文学的初步感悟，又以两年的创作深化对古希腊的理解和表现，最终在随笔《论不懂希腊》中完成对古希腊经典的深度评论。也就是说，随笔《论不懂希腊》对古希腊戏剧的深刻评述与小说《雅各的房间》对古希腊文明意味深长的艺术表现是意蕴相通的。

二、创作：基于古希腊艺术的形神契合范本

《雅各的房间》共 14 章，形式新奇。14 章串联起主人公雅各的童年、少年、大学、访友、娱乐、恋爱、晚会、性爱、迷茫、探寻、交友、游览希腊、成熟和死亡等一生的 14 个横截面。各横截面之间间隔着大段空白，宛若 14 个同心圆，通透地串联在一起，以"雅各"这一似有若无的姓名为中轴。每一幅横截面上均呈现主人公雅各生命某阶段的几个瞬间场景，各场景之间除了时间上的共时性或延续性外，其情节是断裂或错置的，其时空关联是随意

---

① 从日记记录看，1920—1924 是她阅读古希腊文学最频繁的时期，主要日期包括：1920/1/24，1920/11/4，1922/9/21，1922/11/11，1922/12/3，1923/1/7，1924/2/16，1924/8/3 等。

② 伍尔夫在日记中写道，她直到 1923 年 11 月 16 日，依然为"希腊章节"纠结。见 Woolf, Virginia. *The Diary of Virginia Woolf*（vol. 2). ed. Anne Olivier Bell and Andrew McNeillie. London：The Hogarth Press，1978，p. 276。

③ Woolf，Virginia. "On Not Knowing Greek". *The Essays of Virginia Woolf*，vol. 4，ed. Andrew McNeillie. London：The Hogarth Press，1994，p. 49.

偶然的，既无因果性也无逻辑性。小说中的"人物"有120多位，他们或有姓名或无姓名，其形貌、举止、言行大都一鳞半爪，只闻其声，不显其貌。无论在整体结构上还是在微观细节上，它彻底颠覆了英国传统小说。

当然，这只是表象，是我们透过西方传统诗学所规定的情节、人物、结构等形式要素所看到的缺失和异常。如果转换视角，顺着伍尔夫力图表现人类非个性化的"心灵、激情和幽默"这一立意去透视，我们则可以洞见其基于古希腊戏剧特性之上的颇具创意的形神契合特性：以声音勾勒形神，以物象并置表现诗意，以内外聚焦构建整体性，以意象传达象外之意。

（一）用"声音"勾勒作品的形神

伍尔夫认为古希腊戏剧的独特性之一在于，它用"声音"构建作品的形神。她以索福克勒斯的戏剧为例，论述"声音"的两大作用。首先，人物在危急关头的叫喊是"绝望、兴奋和愤怒"等情感的强烈表达，它们在作品中发挥着"赋予剧本角度与轮廓"、"维系着全书的重量"① 的作用，是全剧的核心之所在。其次，人物的叫喊具有"痛彻肺腑的、振奋人心的力量"，其声音的细微变化足以令人感受到人物的"性格、外貌、内心的煎熬、极度的愤怒和刺激"及其"对处境的恐惧"；同时各种"声音"均无形地指向人物的内在信念（精神），比如"英雄主义、忠诚"，赋予"栩栩如生、复杂微妙"的人物以灵魂。②伍尔夫在感悟古希腊戏剧时，没有依循西方传统诗学"以情节为灵魂"的悲剧六大成分说，而是重点突出戏剧对话中的"声音"在情感表现中的关键作用，以揭示古希腊戏剧之所以能塑造"稳定的、恒久的、原初的人"③ 的深层原因。在伍尔夫看来，古希腊戏剧的情节和人物对观众而言是耳熟能详的，因而它的重心并不是情节发展和人物个性，而在于情感表达的力度和强度；它是情感的、体验的、直击心灵的，而不是文字的、逻辑的、技巧的。

基于这一领悟，伍尔夫在《雅各的房间》中同样让"声音"发挥了构建作品重心和表现人物情性的作用，只是形式有所不同。

---

① Woolf, Virginia. "On Not Knowing Greek". *The Essays of Virginia Woolf*, vol. 4, ed. Andrew McNeillie. London: The Hogarth Press, 1994, p. 41.

② Woolf, Virginia. "On Not Knowing Greek". *The Essays of Virginia Woolf*, vol. 4, p. 41.

③ Woolf, Virginia. "On Not Knowing Greek". *The Essays of Virginia Woolf*, vol. 4, p. 42.

伍尔夫对"声音"的重构是通过将传统戏剧单一的口头对话转化成现代生活多元的口头和文字对话来实现的。她用书信、对话、叫喊、自言自语、意识流、记忆等多种"声音"构建作品的形式，为此放弃了传统小说情节结构上的因果律、逻辑性和人物塑造上的典型性、连贯性和关联性。作品的结构和人物的性情通过"声音"来建构，这是她的创作的精妙之处。

在小说中，"声音"的第一个主导作用是构建并凸显作品的重心。在诸多声音中，有一种声音自始至终贯穿着小说，成为通透地串联小说14个横截面（章）的中轴，那就是亲人和朋友对小说主人公雅各的呼喊声。

它响彻在小说第一章，透过兄长阿彻对弟弟雅各的呼喊："雅——各！雅——各！"昭示了它的喻义："这声音饱含伤感。既无实体，也无激情，孤寂地飘入这个世界，无人应答，冲击着岩石——回响着"①。

随后，作为呼应，这一无人应答的呼喊声或轻或重地飘荡在小说的每一章中。它依次出现在：道兹山山顶上、剑桥大学走廊里、康沃尔农舍里、克拉拉的日记里、弗洛琳达的呼叫中、克拉拉的晚会上、母亲贝蒂的来信中、朋友的交谈中、范妮的记忆中、雅典卫城的夜色中、暗恋雅各的女性朋友们的记忆中。最后，雅各去世之后，"雅——各"的呼喊声穿出雅各房间的窗口，在窗外的树叶间无力地垂落下来。

"雅——各"这一声声呼喊不仅是串联小说各章节的中轴，而且喻示了对生命的无奈的领悟。雅各的生命空间是由"雅——各"这一名字和人们对它的呼喊支撑起来的，周围的人和物由此感觉到他的存在，分享他的情感、思想和活力。然而当雅各逝去之后，这个世界除了记住他的名字和形貌之外，其余的一切都随风飘逝，不留一丝踪迹。作品以看似漫不经心的一席话道出了对这一生命真谛的领悟：

> 人人都有自己的事情要想。个个都将往昔锁在心里，就好像一本背得滚瓜烂熟的书中的片片书页；他的朋友只能念出书名：詹姆斯·施帕尔丁或者查尔斯·巴吉恩，而对面过来的乘客却什么也念不出来——除了"一个红胡子男人"、"一个穿灰西装、叼烟斗的青

---

① Woolf, Virginia. *Jacob's Room*. New York: Bantam Boos, 1998, p. 3. 其余相关引文均出自此书，在文中以夹注形式标注页码。

年"之外。(78)

　　不管怎样,生命不过是一长串影子,天知道我们为什么会如此热切地拥抱着它们,看见它们离去时极其痛苦,只因为我们自己便是影子。如果这一切都是真实的话,为什么当我们站在窗边,忽然觉得坐在椅子上的年轻人是世界万物中最真切、最实在又是最熟悉的人的时候,我们依然无比惊讶?因为此刻过后,我们竟对他一无所知。(87—88)

　　这两段引文昭示了《雅各的房间》这一书名的意蕴,也喻示着小说的形式特征。作品让雅各周围的人们用各自不同的情感和思想,去审视一个无法穿透的生命实体——雅各,最终留下的只是一个姓名和一些音容笑貌。也就是说,每一个生命实体的情感和思想通常都封闭在自己的房间之内,他显露在天地之间的,印在朋友和世人的眼帘和记忆之中的,除了姓名和声音这些无实体的、无激情的、孤寂的、无人应答的东西之外,别无他物。这一感悟源于伍尔夫的切身体验。哥哥索比去世之后,伍尔夫发现自己对他所知甚少,她写信给索比最亲近的朋友,请他们写写索比。朋友们苦思冥想一阵后,都觉得这个任务太难,无法完成。[①]

　　"声音"的第二个主导作用是表现人物的复杂性情。在《雅各的房间》中,"声音"是人物的存在之居,它让人物活跃在书信、对话、叫喊、自言自语、意识流、记忆等空灵的形式之中,除了保留姓名和简单的人际关系之外,略去了人物所有必要的社会文化信息,使他们像精灵一般来去无踪。人物的社会现实链被割断,他们的复杂情感、独特个性和生命信念透过纯粹的"声音"被浓郁地宣泄出来。比如,母亲贝蒂的声音在雅各童年的时候总是泪水涟涟的,年轻寡妇的委屈、无助、伤心、迷茫、渴望和勇气通过一封封信传递出来;雅各长大后,贝蒂的声音变得洒脱、爽快;雅各去世后,贝蒂在他的房间内惊叫、抱怨、无奈、伤悲,情感的复杂无以言说。再比如,沉默寡言的雅各,他与伙伴在一起时会发出"天哪"、"扑哧"这样的大声疾呼或肆意大笑,毫无顾忌地流露出无畏、自信、叛逆、傲慢的年轻性情;他与年长

───────────────

　　① 昆丁·贝尔:《伍尔夫传》,萧易译,江苏教育出版社2005年版,第121页。

的人在一起则显得沉默、生硬、礼貌；与年轻女孩在一起，却字字千钧，显得漫不经心、超然物外、卓尔不群。这些表面上看似无关联甚至相互冲突的情绪，通过种种"声音"汇聚在一起，不仅表现了人物在不同时期、不同环境中的复杂情感、心理和思想，而且传递了人物的内在信念，比如贝蒂的随遇而安、雅各的执着。

伍尔夫淡化情节、人物、结构等传统小说的主要成分，将作品的形神维系在"声音"之上，实现了对英国传统小说程式的突破和重建。"声音"既无形又有形，它用呼喊、书信、对话、意识流所构建的世界和人物是变幻的、半透明的，完全不同于情节和人物这些传统"脚手架"和"砖"所构建的固态的"人类画像或石膏模型"[①]。它以灵动的方式展现作品之形的同时，也以飘忽的方式隐现作品之神，用伍尔夫的话说，那就是，"一切都在微光之中，心灵、激情、幽默，一切都像雾中之火那样发光"。显而易见，"声音"正是非个性化的"心灵"的绝妙化身，它凭借共通的人性，穿越包罗万象的复杂表象，将情感迅速而直接地传递给读者，激起读者的心灵共鸣。

（二）以"物象并置"表现非个性化诗意

伍尔夫认为古希腊文学的独特性之二在于，它具有将具体的、个别的情感和观点升华为普遍的、不朽的思想的诗意力量。古希腊戏剧实现诗意升华的通用方式是发挥合唱队的作用。比如，索福克勒斯会选择他要强调的东西，让合唱队"歌颂某种美德"；欧里庇得斯会让合唱队超越剧情本身，发出"疑问、暗示、质询"。[②]伍尔夫相信，古希腊剧作家通过合唱队的评论、总结或质询，在剧情的维度之外树立了一个思想的维度，为观众领悟作品的普遍诗意提供了有效的途径。

伍尔夫在《雅各的房间》中同样实践了诗意升华，只是她以自然和人类文明取代了合唱队的作用，用人与自然、人与文明"并置"的图景实现作品的诗意化。

在作品的每一章，伍尔夫都将个体人物与大自然、人类文明等并置于同

---

①　Woolf, Virginia. "On Not Knowing Greek", *The Essays of Virginia Woolf*, vol. 4, ed. Andrew McNeillie. London: The Hogarth Press, 1994, p. 41.

②　Woolf, Virginia. "On Not Knowing Greek". *The Essays of Virginia Woolf*, vol. 4, pp. 43—44.

一或不同的场景之中，用"物象并置"消融前景与背景之分，凸显两者之间的共通性。依托这些天人合一的物象并置，个体人物的喜、怒、哀、乐被自然地融入普遍的、诗意的、不朽的共感之中。

限于篇幅，我们列出部分章节，展示其物象并置关系：

第 1 章：海滩上泪水涟涟的寡妇贝蒂与她两个懵懂的儿子雅各和阿彻；与亘古的岩石、海浪、海滩、海滩上的头骨、暴风骤雨相依相伴

第 3 章：雅各就读于剑桥大学，纠结在保持本性和接受现代教育的矛盾之中；楼顶上，亮着古希腊思想、科学与哲学三盏明灯

第 4 章：雅各在船上、在康沃尔的农舍中与朋友们轻松对话；四周是锡利群岛的千年古岩、海水的轰鸣声、亿万里之外的星星

第 9 章：雅各访友、骑马、争吵、跳舞、在大英博物馆阅览，充满青春的野性；大英博物馆里，柏拉图与亚里士多德，索福克勒斯与莎士比亚，罗马、希腊、中国、印度、波斯的书籍并排站立

第 12 章：雅各游览希腊，寻找真爱；雅典卫城高耸入云霄，俯瞰全城，帕特农神庙活力四射，经久不衰

第 14 章：雅各在战场上死去；修建于 18 世纪的雅各的房间丝毫未变

伍尔夫在实践"物象并置"的诗意升华过程中，遵循两个基本理念：

其一，动态的形与静态的神的并置。小说每一章都表现雅各生命某阶段的横截面，每一个横截面都由多个场景拼贴而成，从多角度描绘雅各及周围人们的生活、情感、精神和自然时空。其中，作品对个体生活的描写始终是动态的，琐碎、飘忽、零乱的情感变迁和生活流变在眼前快速转换，像万花筒一般，瞬息万变，杂乱无章；然而作品对并置在个体生活片段之中或之外的自然和文明的描写却是静态的，亘古、壮观、深邃的自然和本源、恒久的文明思想以岩石、海浪、罗马营垒、雅典卫城这些自然人文景观和柏拉图、索福克勒斯、希腊、中国、印度这些文化名人和古国的静态形貌和名称出现。前者是动态的、鲜活的、不确定的形，后者是静态的、恒定的、博大精深的

神。伍尔夫将动态的生活之形与静态的自然、文明之神并置，构筑了从具体走向普遍诗意的通途。

其二，道通为一。伍尔夫通过人物之口，阐明了"多变成一"的真谛。小说中的人物吉妮·卡斯拉克珍藏着一个小小的珠宝盒，里面装着一些从路上捡来的普通卵石。她说，"要是你长久地凝视它们，多就变成了一，这是生命的奥秘。"（166）"多变成一"，"多"源于万物之"形"的相异，"一"指称万物之"神"的相通。正是基于这一源自印度哲人的思想，基于对万事万物道通为一的领悟，伍尔夫构建了以物象之"多"参悟精神之"一"的途径，实践了"多变成一"的升华。

伍尔夫以"物象并置"式的诗意升华改写了古希腊戏剧的"合唱队"式的升华，彰显其独特魅力。古希腊的"合唱队"是一种外置，在剧情之外用合唱之声追加对故事的评论、总结、质疑；合唱队成员在剧中不扮演任何角色，只忠实地传递剧作家的心声，其诗意升华中掺和着作家的主观声音。伍尔夫的"物象并置"是一种内嵌，它以同一场景或相邻场景的物象并置，构建天地、人、文明景观共存的全景式小说世界。物象并置本身是自然而随意的，由此引发的联想、感慨或震撼也是油然而生的，作者本人悄然引退。与古希腊人为的"合唱队"相比，伍尔夫自然而然的"物象并置"更多了一份诗意和韵味。

（三）以"内外聚焦"铸就整体性

伍尔夫认为古希腊文学的独特性之三在于其文学作品的整体性。她通过论析苏格拉底探寻真理的过程，说明古希腊的基本思维模式是整体思维，即"从各个角度观察（同一个问题）"，"从大处着眼，直接观察，而不是从侧面细察"。[①]她认为古希腊的整体思维以机敏的辩论、直白的陈述和观点的拓展为过程，"当所有的力量都被调动起来营造出整体的时候"，它才达到其至高境界。[②]

伍尔夫在《雅各的房间》中创造性地实践了这一整体性理念，她用"外在观照"和"内在审视"相交融的方式完成了对雅各这一生命体的全方位观

---

① Woolf, Virginia. "On Not Knowing Greek". *The Essays of Virginia Woolf*, vol. 4, ed. Andrew McNeillie. London: The Hogarth Press, 1994, p. 46.

② Woolf, Virginia. "On Not Knowing Greek". *The Essays of Virginia Woolf*, vol. 4, p. 47.

照和内在统一性建构。"外在观照"是由周围人们对雅各的印象、评价、态度等意识构成的，所涉人数众多，包括雅各亲近的母亲、兄弟、同学、女友，比较亲近的朋友、邻居和一面之交的路人。"内在审视"以雅各为核心，由他对自我、亲人、朋友、社会、自然、文明等世界万物的言、行、思构成。外在观照和内在审视均以感悟雅各的性情为目标，全面展示雅各的外在形貌和内在精神轨迹。

"外在观照"以众人的印象勾勒出雅各超凡脱俗的容貌和气质。雅各周围的人们从各自不同的视角出发，以书信、对话、意识流、记忆等方式表达对雅各的印象。人们的感觉纷乱、飘忽且随意，却大致指向某一共通特性，勾勒出雅各的个性轮廓：相貌不凡、超凡脱俗、英俊洒脱、酷似大英博物馆中的希腊雕像、酷似赫尔墨斯或尤利西斯的头像、最了不起的人、卓尔不群、漫不经心、具有浪漫气质等。这些来自众人的印象和评价从不同层面昭示了雅各思想上的超然、浪漫和纯真，容貌上的轮廓分明和俊美，言行举止上的温文尔雅、漫不经心和沉默寡言。这些美好的印象，使雅各捕获了众人的好感，尤其是女性朋友的钟爱。

"内在审视"以雅各的行、言、思揭示他对自己与生俱来的"率性而为"的本性的感知和把握。小说中，雅各的言行、举止和意识散落在断断续续、零零落落的片段之中，却可删繁就简地串联起他从天性的自然流露，到本性的自觉意识，再到信念的执着追寻的精神历程。

雅各"率性而为"的本性最初通过其浑然无知的"行"显现。幼童时期，雅各勇敢而独立，独自爬上布满起棱贝壳的远古岩石，"一个小孩必须叉开双腿，内心充满豪情，才能爬到岩石顶上"（3）；中学时期，雅各个性叛逆，对母亲的教诲置若罔闻，喜爱拜伦自由奔放的诗作，热衷于在野外捕捉蝴蝶。

雅各"率性而为"的自觉意识萌生于大学时期。他桀骜不驯地坚持，"我就是原本的我，我要保持我的本性"（40）。他大量阅读莎士比亚、斯宾诺莎、狄更斯的著作和古希腊戏剧等自己钟爱的作品。踏入社会后，他的自觉意识增强。虽然对未来一片茫然，但他认定"一个人必须投入地做点什么"（88）；他越发喜爱古希腊经典，"因为雅典的全部情操都投合他的心意，自由、大胆、高尚……"（94—95）；他结交具有"率真天性"的朋友；他坚持阅读心爱的书籍（莎士比亚、马洛、多恩、菲尔丁、雪莱、拜伦等）。他做这一切，是为了化解迷茫，抵御打击，认清自我。

雅各在游览希腊的途中终于悟出自己的生命信念。雅典卫城俯瞰整个马拉松平原的位置给了他信心和精神，他顿悟："希腊已成为过去；帕特农神庙已成为废墟；然而他还在那里"（191）。他开始思考如何治理国家、历史的意义、民主等问题。他遇上了他的真爱，一位"带有希腊情调"的优雅妇女。

雅各为实践其生命信念而捐躯。从希腊回国，雅各心中充满"文雅、文明、崇高、美德"等理念。他在伦敦海德公园了解了战争的局势，义无反顾地加入队伍，带着自己的信念，参军，战死。

这便是隐藏在凌乱万象之下的基本构图：一个天性不羁的男孩，一副超凡脱俗的容貌，一颗率性而为、为信念而生的心灵。无论是外在观照还是内在审视，意识的焦点均聚集在雅各的"本性"和"信念"及其相融之中。"本性"是与生俱来的；"信念"是觉悟和实践的。联结两者的媒介是那些与雅各情投意合的艺术作品，促使两者合一的圣地是雅典卫城，因为雅典卫城上矗立的神庙正是本性的力量破土而出化成信念的艺术表现：

> 它们极其确定地矗立在那里……体现出经久不衰的信念，其精神的力量破土而出，在别处仅仅表现为雅致而琐碎的观点。但是这种经久不衰的信念独立长存，对我们的赞叹浑然不觉。尽管它的美颇具人情味，能使我们变柔弱，激起我们心底的记忆、释放、悔恨和感伤，帕特农神庙对这一切全然不知。如果考虑到它一直如此醒目地矗立，经历了那么多个世纪，人们就会将它的光辉……与"唯有美才是永恒的"这样的信念联系起来。（188—189）

正是在雅典卫城的高地上，雅各的信念破土而出，完成了从懵懂、迷茫到清晰、坚定的精神之旅。古希腊文学中常见的那个"稳定的、持久的、原初的人"在雅各身上复活，小说的内在统一性和整体性牢固构建。

伍尔夫以内外意识聚焦的方式实现了整体的建构。她用雅各内在的生命本性和生命信念，磁铁一般吸附住四周人们对雅各的无以计数的印象碎片，使雅各这一生命体以完整的、充满无限意蕴的球体的形式呈现，而不是以人为串联的、有限的情节之线来虚构。外在的众人意识与内在的雅各意识之间的聚焦契合点正是古希腊精神。众人眼中具有"古希腊雕像"般容貌和气质的雅各，不仅具备与生俱来的"率性而为"的本性，而且始终保持、追寻这一古希腊初民的本色，并将它具化为信念，用生命来实践它。古希腊精神既是雅各的脊梁，也是整部作品的脊梁。

（四）用"意象"揭示对命运的彻悟

伍尔夫认为古希腊戏剧的独特性之四在于其作品的直观性。这种直观性以语词的简练和意象的运用直接将古希腊人的"生命景观"①呈现在我们面前，让我们不仅观看古希腊原始的土地、海洋和原初的人，而且体验他们对命运的彻悟。"如此清晰，如此确定，如此强烈，要想简洁而准确地表现，既不模糊轮廓又不遮蔽深度，希腊文是唯一理想的表现方式。"②

在《雅各的房间》中，伍尔夫创造性地发挥了意象的作用，用意味深长的意象比照将人物置身于生死命定的自然规律之中，以个体的生命态度昭示对命运的彻悟。

在诸多意象比照中，有一类多次出现在作品中，其意蕴大致相同：在生命的光晕之上，始终悬挂着死亡的黑剑，生死命定。比如，下面两段分别引自第二章和第四章，以人与文明、人与自然的比照喻示生死命定的自然法则。

> 儿子的声音与教堂的钟声同时响起，将生与死融为一体，难分难解，令人振奋。（14）
>
> 你可以看见悬崖上的裂缝，白色的农舍炊烟袅袅，一片安宁、明媚、祥和……然而，不知不觉中，农舍的炊烟低垂，显露出一种哀伤的氛围，一面旗帜在坟墓的上空飘动，安抚着亡灵。（57—58）

作为对生死命定这一自然法则的回应，小说用意象表现了两种生命形态：

一种是有目标的徒劳：

---

① Woolf, Virginia. "The Perfect Language". *The Essays of Virginia Woolf*, vol. 2, ed. Andrew McNeillie. London: The Hogarth Press, 1994, pp. 116—117.

② Woolf, Virginia. "On Not Knowing Greek". *The Essays of Virginia Woolf*, vol. 4, ed. Andrew McNeillie. London: The Hogarth Press, 1994, p. 49.

乳白色的螃蟹慢慢地绕着桶底，徒劳地用它的细腿攀爬陡直的桶帮。爬上，跌下；爬上，跌下；屡试屡败，屡败屡试。(11)

"我拿它们怎么办，博纳米先生？"

她拎出雅各的一双旧鞋。(227)

一种是漫无目的的行进：

如果你在一棵树下放一盏灯，树林里的昆虫都会爬过来……摇摇晃晃，用头在玻璃灯罩上瞎撞一气，似乎漫无目的……它们绕着灯罩蠕动，呆头瞎脑地敲打，仿佛要求进去……突然枪声大作……一棵树倒下，一种森林之死。(35)

"我从不认为死人可怜……他们安息了，"贾维斯夫人说，"而我们浑浑噩噩地度日，做傻事，竟不知其所以然。"(166)

这两种生命形态中，"有目标的徒劳"意象贯穿着小说的头尾，而"漫无目的的行进"意象则点缀在作品的中部。前者的"螃蟹"意象出现在第一章，"旧鞋"意象出现在最后一章，两个意象之间的呼应是显著的：螃蟹虽然不可能逃脱命运的水桶，不过它一遍一遍地尝试了；就像雅各的那双旧鞋，它护佑着雅各从家乡走到剑桥，从剑桥走到希腊，带着自己的自然天性和自觉意识，顺着前人的足迹，在天地之间悟得自己的生命信念，毅然决然地实践自己的使命，直至死亡。这双"旧鞋"虽然不可能带着雅各走出命运的"水桶"，却留下了清晰的足迹。同时，在漫长的人生历程中，雅各不断地陷入各种迷茫状态，就如同那些呆头瞎脑的"昆虫"和自我反思的"贾维斯夫人"。显然，对于生命的形态，伍尔夫的感悟是开放的、多元的，而不是封闭的、单一的。

雅各的一生，因为有"螃蟹"、"旧鞋"、"昆虫"等意象的衬托，似乎表现出一份悲壮和无奈；其实不然，它们更多昭示了生命的质朴、执着和对无情命运的坦然，就如伍尔夫从古希腊戏剧中感悟到的那样：

数千年前，在那些小小的岛屿上，他们便领悟了必须知晓的一切。耳边萦绕着大海的涛声，身旁平展着藤条、草地和小溪，他们

比我们更清楚命运的无情。生命的背后有一丝哀伤，他们却不曾试
图去减弱。他们清楚自己站在阴影中，却敏锐地感受着生存的每一
丝震颤和闪光。他们在那里长存。①

伍尔夫用这一段话揭示了古希腊人对命运的彻悟和坦然，它也是对《雅
各的房间》的深层意蕴的直观写照。

结语：伍尔夫在领悟、汲取古希腊艺术的基础上成功地实践了小说创作
上的形神契合：她以"声音"构建形神，有效突破传统小说程式，让"心灵"
伴着情感自由舞动；她以"物象并置"实现升华，树立了天人合一的诗意维
度，极大拓展艺术的内蕴；她以内外聚焦构筑整体，实现内在统一性与外在
开放性的并存，激活艺术品的生命力；她以"立象尽意"的手法，用渺小的
"象"揭示出深远的命运之"意"，让艺术回归其本源。所有这一切源于她对
古希腊戏剧的声音、合唱队、整体性和直观意象的妙悟和改写，源于她让心
灵、意识和物象和谐起舞的创意，源于她对形式与情感合一、实质与表现合
一的彻悟。

---

① Woolf, Virginia. "On Not Knowing Greek". *The Essays of Virginia Woolf*, vol. 4, ed. Andrew McNeillie. London: The Hogarth Press, 1994, pp. 50—51.

第十章　批评要旨

20 世纪西方文学批评重在对文学作品的内在构成和外在语境作科学的、理论的探索。然而，对文学性、技巧、符号、历史性、读者反应等的执着认知虽然使我们的目光更明晰，却常常阻断阅读带给我们的妙悟和乐趣。法国当代批评家让－伊夫·塔迪埃在完成对 20 世纪西方文学批评的全景式评述后曾感叹："也许应该回到语言之外的其他艺术形式带给我们的乐趣，才能更好地理解文学，还文学敏感细腻的真面目，才能把富有生命活力的形式和意义带给读者。"[1]我国学者在观照当代西方文论的魅力与局限时指出，解释是对创作和作品的内涵、意义和价值的深化、拓展和补充，而不是主观随意的消解和颠覆，致使批评成为与创作和作品无关的另一种东西。[2]这些不约而同的评点昭示了学界对现当代文学批评的反思。

批评究竟是对文学内在构成和外在语境的居高临下的科学认知，还是实现作品意义的审美体验？如果沿用艾布拉姆斯（M. H. Abrams）对文学批评的分类，那么 20 世纪的理论批评（theoretical criticism）和实践批评（pratical criticism）对这一问题的答案是不同的。理论批评重在探讨批评的总体原则、范畴、标准和方法，在评论具体作品时以特定文学理论为向导；实践批评重在探讨具体作家作品，批评过程中并不遵循特定理论假说。[3]理论批评家以专业研究人员居多，实践批评家以艺术家居多。[4]实践批评频繁呈现于普鲁

---

① 让－伊夫·塔迪埃：《20 世纪的文学批评》，史忠义译，百花文艺出版社 2002 年版，第 333 页。

② 陆贵山：《现当代西方文论的魅力与局限》，《外国文学评论》2008 年第 2 期，第 9 页。

③ Abrams，M. H.．*A Glossary of Literary Terms*（7th Edition）. Shanghai：Foreign Language Teaching and Research Press，2004，pp. 49—53.

④ 法国批评家阿尔贝·蒂博代（1874—1936）曾在《批评生理学》（1930）一文中将批评分为口头批评、专业批评和艺术家的批评三类，第一类指会谈、通信和日记等，第二类指专业研究人员的批评，第三类指艺术创作者的批评。

斯特、伍尔夫、劳伦斯等艺术家的笔端，表现出批评与创作感悟合而为一的特征。然而，它虽然时时呈现洞察作品真义的巨大魅力，其批评方法却常常被笼统地称为印象式批评（impressionistic criticism）或明断式批评（judicial criticism），其内涵、方法和价值很少得到总结。其实，在充分听取理论批评家近一个世纪的主题发言后，我们非常需要倾听实践批评家的感想，以便对批评有一个全面的认识。弗吉尼亚·伍尔夫对实践批评的总结和构想正是我们需要了解的。

　　本章将以中西传统诗学为参照，综合解读伍尔夫的随笔、日记、书信，探讨伍尔夫对文艺批评本质的思考，分析她的批评模式。

第一节　批评本质：从观到悟的生命体验①

　　批评是对文学规律的认知，还是对作品真义的感悟？弗吉尼亚·伍尔夫的答案与现当代西方主导批评理念并不相同。她阐发了以普通读者为立场、以透视法为视角、以比较和评判为方法、以趣味为准绳的批评思想，指出批评是一种从观到悟的审美过程，具有全景性、澄明性、超感官、超理性和重趣味等本质特性。其观点为西方批评阐明了一种有生命力的整体观照批评法，与中国诗学中有关文学批评的观点相近。

一、"普通读者"批评立场

　　伍尔夫对批评的思考是以质疑和反思同时代的批评惯例为起点的。她曾发表书评《谨慎与批评》（"Caution and Criticism"，1918），批评哈罗德·威廉姆斯（Harold Williams）在其专著《现代英国作家》（*Modern English Writers*，1918）中按时期分类，评论 360 位当代英国作家的做法，认为文学研究不是走马观花，而是为了"论证某种理论或揭示某种艺术观点"。②她还发表书评《小说的剖析》（"Anatomy of Fiction"，1919），批评克莱顿·汉密尔顿（Clayton Hamilton）在其专著《小说的材料和方法》（*Materials and*

---

　　① 本节已发表于《外国文学评论》2009 年第 3 期，标题为：《批评，从观到悟的审美体验——论弗吉尼亚·伍尔夫的批评理论》。

　　② Woolf，Virginia. "Caution and Criticism". *The Essays of Virginia Woolf*，vol. 2. Andrew McNeillie，ed. London：The Hogarth Press，1987，p. 303.

Methods of Fiction，1918）中将作家分别归入"现实主义"、"浪漫主义"等流派的做法，认为特征各异的艺术作品不可以如此笼统地归属于某一流派。① 她发表《论小说的重读》（"On Re-reading Novels"，1922）一文，质疑帕西·卢伯克（Percy Lubbock）在《小说技巧》（*The Craft of Fiction*，1921）中视技巧分析为小说批评的观点，指出艺术形式的内在构成是情感而不是技巧。② 她还发表了论文《小说的艺术》（"The Art of Fiction"，1927），批评 E. M. 福斯特在《小说面面观》（*Aspects of the Novel*，1927）中将"生活"视为批评标准的观点，呼吁文学创作和批评抛开根深蒂固的模仿论理念，让作品成为真正的艺术品。③ 可以看出，伍尔夫所质疑的是那些依照特定的认知理念所进行的批评。它们或者对作品进行精细分类，或者进行修辞技巧分析，或者考察作品与外在现实的一致性，所追求的是对文本的构成或现实性的科学阐释。

伍尔夫之所以质疑这些科学方法，是因为她的批评立场不同于上述批评观点。作为一名作家，她更关注的是批评是否能观照作品所表现的情感和思想的内涵、意义和价值。她不愿凌驾于作品之上，从权威视角剖析文本，而愿意站在普通读者的立场去体验作品。她借助约翰逊（Samuel Johnson）博士的感悟，阐明她的批评立场，所强调的不是对文本的认知而是对作品意义的感悟和创造：

> 在约翰逊博士心目中，普通读者不同于批评家和学者。他受教育的程度没那么高，天赋也没那么高。他阅读是为了自己的愉悦，而不是为了传授知识或纠正他人的看法。最重要的是，他受本能的牵引，要凭借自己所了解的一鳞半爪来创造一个整体——某个人物的画像、一个时代的勾勒、一种艺术创作理论。④

经过长时间的探讨，伍尔夫的普通读者立场已经获得西方学术界的认同。

---

① Virginia Woolf，"The Anatomy of Fiction". *The Essays of Virginia Woolf*，vol. 3. Andrew McNeillie，ed. London：The Hogarth Press，1988，p. 44.

② Woolf，Virginia. "On Re-reading Novels". *The Moment and Other Essays*. London：Harcocourt Brave Jovanovich，Inc.，1948，pp. 155—166.

③ Virginia Woolf. "The Art of Fiction". *The Moment and Other Essays*，pp. 106—112.

④ Woolf，Virginia. "The Common Reader". *The Essays of Virginia Woolf*，vol. 4. Andrew McNeillie，ed. London：The Hogarth Press，1994，p. 19.

20 世纪西方学术界对伍尔夫文学批评的研究主要集中在风格评析和影响研究两个方面。风格评析重在解读伍尔夫批评论文的文体特征及其价值。三四十年代的批评家因为伍尔夫批评风格偏重叙述且飘忽松散而将其逐出"严肃批评家"(critic)之列，只给予"文学散文家"(literary essayist)①称谓。60 年代后，她的批评所持的普通读者定位得到肯定，其非权威性的评论基调和非分析性的叙述风格得到探讨，其"印象式批评"被承认属于现代批评传统之列。②当时最有影响力的观点来自批评家戈德曼(Mark Goldman)，他指出伍尔夫的读者立场的价值在于解构了批评中的主客观二元对立。③ 80 年代后，伍尔夫批评文体的自我解构风格引起关注，其文风的叙述性、创造性和内省性得到深入阐释，被冠以"审美内省式批评"④(aesthetic, self-reflective criticism)的称谓，并归入后现代主义批评。其中重要观点由批评家考费(Pamela L. Caughie)提出。她认为，伍尔夫的读者立场的价值在于将批评的重心从单一的文本、世界或读者转入文本、世界和读者之间的关系。⑤影响研究主要探讨伍尔夫与沃尔特·佩特⑥及与克莱夫·贝尔、罗杰·弗莱、柯勒律治⑦等批评家之间的思想传承关系，同样肯定伍尔夫的读者批评立场。国内研究中，瞿世镜曾给予伍尔夫的印象式批评和作家透视法以肯定性的评述。⑧

对伍尔夫的读者批评立场的认同是非常有价值的，它确认了伍尔夫对传

---

① 参见 Gregory, Horace. "On Virginia Woolf and Her Appeal to the Common Reader". *The Shield of Achilles*, New York, 1944, p. 192; Trilling, Diana. "Virginia Woolf's Special Realm". *The New York Times Book Review*, 21 March 1948: 28; Mark Schorer, "Virginia Woolf", *The Yale Review*, xxxii, December 1942: 379。

② 参见 Goldman, Mark. "Virginia Woolf and the Critic as Reader". *Virginia Woolf Critical Assessments* (vol. 2). Eleanor McNees, ed. Mountfield: Helm Information Ltd., 1994, p. 115; Bell, Barbara Currier and Carol Ohmann. "Virginia Woolf's Criticism: A Polemical Preface". *Critique Inquiry* 1, December 1974: 361—371; Sharma, Vijay L., *Virginia Woolf as Literary Critic: A Revaluation*. New Delhi: Arnold-Heinemann, 1977。

③ Goldman, Mark. "Virginia Woolf and the Critic as Reader". *Virginia Woolf Critical Assessments* (Vol. 2). Eleanor McNees, ed. Mountfield: Helm Information Ltd., 1994, p. 107。

④ Caughie, Pamela L.. *Virginia Woolf and Postmodernism: Literature in Quest and Question of Itself*. Urbana and Chicago: University of Illinois Press, 1991, pp. 169—193。

⑤ Caughie, Pamela L.. *Virginia Woolf and Postmodernism: Literature in Quest and Question of Itself*, p. 174。

⑥ Meisel, Perry. *The Absent Father: Virginia Woolf and Walter Pater*. New Haven: Yale University Press, 1980。

⑦ Goldman. "Virginia Woolf and the Critic as Reader". *Virginia Woolf Critical Assessments* (Vol. 2), pp. 105—122。

⑧ 瞿世镜:《论小说与小说家》，上海译文出版社 2000 年版，第 370—377 页。

统批评立场的修正。更明确地说，伍尔夫的读者立场将批评从外在的、认知的立场，转化为共通的、感知的立场。批评不是对作品外在的指手画脚，而是对作品内在的感悟和重构。只是戈德曼和考费等批评家重点阐明伍尔夫的普通读者立场的内涵和重要性，未能进一步阐明伍尔夫的批评思想和方法。这一缺失的原因很多，其中包括学界对伍尔夫批评思想的误读。比如，人们相信她的批评是"无定形、无规则的"、[①]"不正式的、印象式的"，[②] 其批评随笔因其论述缺乏科学性而未曾在主流批评界获得信誉。

其实，普通读者立场只是一个基点，伍尔夫就此构建了她的批评思想和方法。

二、"透视法"批评视角

伍尔夫认为批评的第一要务是透视（perspective）。英文单词"perspective"的主要含义有两种，一是指"视角、观点和想法"，一是指绘画艺术中的"透视法"。前者强调观察视角的独特性，后者强调被观察物的整体性。伍尔夫的"perspective"指称的是西方绘画艺术中的透视法，我们可以从她的描述中得到确认：

> 我们的第一要务是掌握作家的透视法，这往往是非常艰巨的。……我们必须独自爬到这位作家的肩膀上，透过他的眼睛注视，直至我们理解他是按什么秩序排列小说家们必须注视的那群庞大而普通的对象的：个体和群体、他们身后的大自然、他们头顶的那股力量，为方便起见，我们不妨简称为上帝。[③]

这里，批评家需要做的并不是寻找特定的观察视角或提出确定的观点，而是顺着作家的视线，透视作家所创造的世界整体和这一世界中各成员之间

---

① 比如 Caughie 认为伍尔夫几乎从未明确回答"如何阅读"这一问题，虽然这是伍尔夫小说理论中的主导问题之一。见 Caughie. *Virginia Woolf and Postmodernism：Literature in Quest and Question of Itself*，pp. 180－181.

② Goldman，Mark. "Virginia Woolf and the Critic as Reader". *Virginia Woolf Critical Assessments*（vol. 2）. Eleanor McNees，ed. Mountfield：Helm Information Ltd.，1994，p. 115.

③ Virginia Woolf，"Robinson Crusoe". *The Common Reader*（*Second Series*）. London：The Hogarth Press，1959，p. 52.

的关系。

透视法的要义之一是它的全景性。伍尔夫曾以司各特、简·奥斯丁和皮科克为例，说明这一基本特性：

> 就这个人来说，人类是高大的，树是矮小的；就那个人来说，在背景的衬映下，树是高大的，人类是微小的。不论教科书怎么描写，作家们可以生活在同一时代，眼中事物的尺码却大不相同。以司各特为例，他的山朦胧而高大，他的人物是按比例塑造的。简·奥斯丁挑起茶杯里的玫瑰花来对应谈话的风趣。而皮科克却用一面奇幻的哈哈镜映照天地，在镜子里，茶杯或许是维苏威火山，维苏威火山或许是茶杯。但是司各特、简·奥斯丁和皮科克都生活在同一个时代，目睹同样的世界。在教科书里，他们被列在同一个文学时期。他们是不同的，因为采用了不同的透视法。①

在这一叙述中，透视始终是全景的，是关注各内在成分之间的关系的，不会因专注于某一特定成分而忽视整体。透视是全景的，因为作品中的世界虽然千变万化，但是"每一个世界都是连贯而完整的"；②透视是全景的，还因为透视法的不同将读者带入一个全然不同却整一的世界，"每一个世界的缔造者都精心地按照自己的透视之道创作，不论给我们带来多大的紧张感，都不会在同一部作品中用两种不同的现实困惑我们"③；透视是全景的，也因为完整的透视法带给人巨大的说服力，是作品成功与否的关键。"名著的成功并不在于它的完美无缺……而在于头脑所完全掌控的透视法具有巨大的说服力"④。

透视法的要义之二是它的澄明性。所谓澄明，即摒弃先见之明，品味事物具象的心境。伍尔夫这样表述这种心境：

---

① Woolf, Virginia. "Robinson Crusoe". *The Common Reader* (*Second Series*), pp. 52—53.

② Woolf, Virginia. "How should One Read a Book?". *The Common Reader* (*Second Series*). London: The Hogarth Press, 1959, p. 260.

③ Woolf, Virginia. "How should One Read a Book?". *The Common Reader* (*Second Series*), p. 260.

④ Woolf, Virginia. "The Novels of E. M. Forster". *The Death of the Moth*. New York: Harcourt, Brave and Company, Inc., 1942, p. 166.

通常，我们总是带着模糊的、犹豫不决的思绪开始阅读，想着小说是否逼真，诗歌是否真实，传记是否媚俗，史记是否会增强我们的偏见，等等。如果我们阅读之初能够抛开所有这些先入之成见，就会有一个极好的开端。不要去指令作者，而要努力与他合而为一，成为他的伙伴和参谋。如果你一开始便退缩，持保留意见，或评头品足，你肯定无法从阅读中获取最充分的理解。相反，如果你能尽力敞开心扉，那么从最初那些捉摸不定的句子开始，那些极其微妙的语词及其蕴意就会把你带入人类别样的天地。①

伍尔夫为透视设定了明确的前提条件，她建议消除的正是西方传统批评根深蒂固的准绳，比如真实性、道德性。她要求批评家直接进入作家的世界，而不是在阅读之前就带有某种外在的目标和标准。她建议从体会语词的意蕴开始，直接融入作品的情感和思想，而不是用成见将自己与作品的世界割裂开来。显然，伍尔夫澄明心境的核心是批评家与作品的合一，不带一丝既定的想法。这一想法有益于消解艺术家的实践批评常有的诟病。这一诟病就是，艺术家的批评中常常带着强烈的自我意识：艺术家"谈论作品很少。偶尔为之，必是出于爱或是出于恨。有时是为了捍卫他们自己的价值观"。②

伍尔夫不仅阐释透视法的要义，而且直接将透视实践于随笔和论文。最典型的例证是《在果园里》和《小说概观》。伍尔夫不仅阐明"不同的透视法产生不同的小说类型"的思想，而且用独特的方式整体观照欧美小说发展史。

在随笔《在果园里》中，伍尔夫以不同方式三次描写同一场景，形象地呈现小说的三类基本透视法，每一类透视法又可细分为若干种。

第一类是外部场景透视法。观察者分别从三个不同的目点透视，所呈现的视域不同，但都以外在景物为透视对象，且视线与画面相交时只形成一个中心点，是一种焦点透视。伍尔夫首先让我们平视睡在苹果树下一张长椅上

---

① Woolf, Virginia. "How should One Read a Book?". *The Common Reader* (*Second Series*), p. 259.

② 转引自让-伊夫·塔迪埃：《20世纪的文学批评》，史忠义译，百花文艺出版社2002年版，第3页。

的米兰达，我们可以近距离观看米兰达，看见她手中的书，书中的一行字，飘动的长裙以及身边的蝴蝶；接着她让我们仰视米兰达头顶 4 英尺处的苹果，清晰地听到周围的学童、老师、牧童和醉汉发出的声音；接着我们的目点不断升高，分别俯视 30 英尺、200 英尺、几英里之下的米兰达及其周围的人和物。总体而言，外部场景透视法包括平视、仰视、俯视三种。平视法的目点与景物持平，可见视域中人世间的范围最小，视像中的人与物的大小最贴近真实，各个细节清晰可见，各物体关系体现近大远小的特征。仰视的目点与景物成一定角度，可见视域中人世间的范围扩大，远景显得高大，视像中的人与物按比例描绘。俯视的目点升高，可见视域中人世间的范围最大，景物比例缩小但匀称，整体景物清晰度高。

第二类是内在心理透视法。目点或者出自人物本身，或者出自一定视距外的作者。前者直接呈现"意识"，视距极近，细节清晰，整体视图却难以观照（如"把我驮在它的背上，好像我是一片树叶，或一位女王"①）。后者或者透过作者的目点描述人物的"思维"（如"在她看来，一切都开始按某种模式环绕她"②），或者透过作者的目点呈现人物的"心灵"（如"玛丽在劈柴，她想；皮尔曼在放牛"③），视距拉大，心灵的整体性变得清晰。总体而言，内在心理透视法大致可分为两种，心理意识透视和心灵透视。前者重在透视意识流动的瞬间状况，后者重在透视心灵整体的运行过程。

第三类是整体透视法。从几英里高空俯视整个花园，不仅看见苹果树下的米兰达，其飘动在两棵树之间的紫色衣裙，也看见 24 棵苹果树构成的旖旎场景，树枝映在墙上的影子，几只舞动的小鸟。在这个和煦的整体场景中，米兰达不再是唯一的焦点，也不再是景物的中心，而是蔚然一体的万物中的一抹紫色。整个视图宛若一幅中国山水画或现代西方印象派画卷，传达出"谁言一点红，解寄无边春"④的无尽诗意。

《在果园里》中，伍尔夫以不同方式三次描写同一场景，形象地呈现小说的三类基本透视法，即外部景物透视法（可细分为平视、仰视、俯视三种）、

① Woolf，Virginia. "In the Orchard". *Books and Portraits*. Ed. Mary Lyon. London: The Hogarth Press，1977，p. 16.

② Woolf，Virginia. "In the Orchard". *Books and Portraits*，p. 16.

③ Woolf，Virginia. "In the Orchard". *Books and Portraits*，p. 17.

④ 苏轼：《苏轼诗集》（第 29 卷），中华书局 1992 年版。

内在心理透视法、整体场景透视法。[①]第一类透视外在物象，第二类透视内在意识，两者均以"象"的逼真为创作目标；第三类透视整体场景，"象"不再是透视的目标，"象"外之"意"才是真正要传达的。伍尔夫对同一场景的三次透视，展示了从"物象"到"心象"再到"意象"的创作走向。这一走向与西方绘画发展史呈对应关系。焦点透视历来是西方绘画的主要技法，其目标是具象的写真；而散点透视是中国画的主要特征，其目标是意境的呈现。进入 20 世纪后，焦点透视在西方"现代派"绘画中呈现衰落之势，而散点透视法的应用却有扩大的趋势，这在后印象主义绘画艺术中有具体的表现。[②]

在《小说概观》中，伍尔夫对比评判了数十部欧美作品，将它们分为六种类型，即写真的、浪漫的、性格的、心理的、讽刺与奇幻的和诗性的。每一类型享有共同的透视法，所比照的作家作品是跨时期、跨国度的。所概括的六种小说类型与《在果园里》描述的三类透视法呈对应关系。为了分析的便利，我们将这六种类型及其所比照作家列简表如下：

小说类型	所比照的作家
写真的	（英）笛福（Defoe, 1660—1731）、（英）诺里斯（W. E. Norris, 1847—1925）、（法）莫泊桑（Maupassant, 1850—1893）和（英）特罗洛普（A. Trollope, 1815—1882）
浪漫的	（英）司各特（Walter Scott, 1771—1832）、（英）史蒂文森（Robert L. Stevenson, 1850—1894）和（英）拉德克利夫夫人（A. Radcliff, 1764—1823）
性格的	（英）狄更斯（Charles Dickens, 1812—1870）、（英）简·奥斯丁（Jane Austen, 1775—1817）、（英）乔治·爱略特（George Eliot, 1819—1880）
心理的	（美）亨利·詹姆斯（Henry James, 1843—1916）、（法）普鲁斯特（M. Proust, 1871—1922）、（俄）陀思妥耶夫斯基（Dostoevsky, 1821—1881）
讽刺与奇幻的	（英）皮考克（T. Peacock, 1785—1866）和（英）斯特恩（Sterne, 1716—1768）
诗性的	（英）斯特恩、（俄）托尔斯泰（L. Tolstoy, 1828—1910）、（英）艾米丽·勃朗特（Emily Bronte, 1818—1848）和（法）普鲁斯特

① 论文中所采用的有关透视术语均来自殷光宇编著：《透视》，中国美术学院出版社 1999 年版。

② 徐书城：《绘画美学》，东方出版社 1991 年版，第 88 页。

　　写真的、浪漫的、性格的三种小说使用的是外部场景透视，以焦点透视为基本特征。三者之间的主要差异表现在目点的视角和视像的范围的变化上。"写真"小说目点高，视像范围大，以俯视方式透视由"上帝、人、自然"构成的实实在在的真实世界；透视的中心点是可视可感的"行动与事实"，因而行动着的人们、大千世界、人与自然的关系均清晰呈现，并严格遵照比例，既不会有什么东西太大，也不会有什么东西太小，真实性凸显。① "浪漫"小说家以仰视的方式透视由"过去与废墟、勋爵与秋天、海洋与悬崖"构成的想象世界，透视的中心点是古堡中人们的浪漫情感关系；想象世界作为巨大的背景烘托出浪漫、神秘、虚幻和怪诞的韵味。② "性格"小说家平视由"房屋、街道、田野与人物"构成的现实社会，画面中的"人"几乎和真人一般大小，平视的中心点是主要人物的个性，通过人际关系呈现，大自然作为背景几乎隐而不见。③

　　心理的和奇幻的两种小说属于内在心理透视，同样以焦点透视为基本特征。"心理"小说家近距离平视由人物的"思维流动过程"构成的具体可感的心理和灵魂的状况。透视的中心点是意识、思维，它们具有脱离现实世界，融天地万物与意识为一体，背负厚重的复杂情感的特征。④ "讽刺奇幻"小说家从远距离俯视心灵的怪异和敏感。由于视距拉大，透视者往往以游戏和嘲讽的心态透视心灵的奇思妙想。透视的中心点是心灵，同样具有脱离现实世界，融天地万物与思想为一体的特点，只是已经摆脱了沉重的情感负荷，拥有超然物外的心境。⑤

　　诗性小说属于整体透视，以散点透视为基本特征。"诗性"小说家从高处俯视人及其生存的整个世界，以超然的心态整体观照人与自然、爱和死亡等构成的诗意、完整、宁静的生命整体。人与物的描写不再以"象"的逼真为目标，人物的心理描写也简化，而人与万物的和谐关系凸显，措辞、场景、人物、氛围和意境等呈现诗化特征。小说成为有意味的艺术。⑥

　　① Woolf, Virginia. "Phases of Fiction". *Granite and Rainbow*：*Essays*. London：Harcourt Brace Jovanovich, Inc., 1958, pp. 94—103.
　　② Woolf, Virginia. "Phases of Fiction". *Granite and Rainbow*：*Essays*, pp. 103—110.
　　③ Woolf, Virginia. "Phases of Fiction". *Granite and Rainbow*：*Essays*, pp. 110—120.
　　④ Woolf, Virginia. "Phases of Fiction". *Granite and Rainbow*：*Essays*, pp. 120—130.
　　⑤ Woolf, Virginia. "Phases of Fiction". *Granite and Rainbow*：*Essays*, pp. 130—135.
　　⑥ Woolf, Virginia. "Phases of Fiction". *Granite and Rainbow*：*Essays*, pp. 135—141.

可以看出，伍尔夫 1923 年对创作透视法的感悟（《在果园里》）与她 1929 年对欧美小说创作透视法的梳理（《小说概观》）完全相通，所不同的仅仅是排序。排序的改变一方面因循小说发展的历史，另一方面有意识地突出从"物象"到"心象"再到"意象"的走向。从"写真"到"浪漫"到"性格"，代表着英国小说从笛福到司各特到简·奥斯丁的发展历史。伍尔夫如实勾勒小说从观察现实世界，到想象浪漫情爱，再到刻画人物个性的主要发展历程，突出以"物象"为目标的创作特征。从"心理"到"奇幻"到"诗人"的过程则融入了伍尔夫对小说的期望。在以普鲁斯特（20 世纪）为代表的"心理"小说之后，紧跟的却是以斯特恩（18 世纪）为代表的"奇幻"小说，而紧随其后的诗性小说实际尚不存在，是从几部小说中抽取片段加以阐发的。这种编排隐含着伍尔夫对未来小说的构想，即走出普鲁斯特和陀思妥耶夫斯基式的复杂心理迷宫，以斯特恩式的超然心态观照心灵整体；然后借助诗人的无限意境，使小说摆脱心灵的束缚，走向生命整体。

三、"比较与评判"批评方法和"趣味"准绳

以澄明心境透视作者创造的世界的全景，这仅仅是批评的第一要务。如何批评？以什么为准绳？这些问题同样重要。

伍尔夫的答案是：以评判（judge）和对比（compare）为方法，以趣味（taste）为准绳。伍尔夫指出，批评所遵循的共识是，"依照自己的直觉，运用自己的心智，得出自己的结论"，其过程是"评判林林总总的印象，将那些瞬息即逝的东西变成坚实和持久的东西，"所使用的利器是"想象力、洞察力和学识"（imagination，insight，learning），其评判的准绳是"趣味"。[①]

"对比和评判"的要义是超越感知与理性。首先，评判和对比是在心中进行的，远离具体的作品。"书已经不在面前，你则继续用心阅读，对比种种影像，同时博览众书以确保自己有足够的理解力，让对比过程充满活力和启发性"，只有"当令人陶醉的韵律被淡忘，壮美的语词消逝，视像的轮廓才会形成"。[②]显然，感悟是在超越作品所留下的具体感知之后才形成的。其次，对

---

① Woolf，Virginia. "How should One Read a Book?". *The Common Reader*（*Second Series*），pp. 258—270.

② Woolf，Virginia. "How should One Read a Book?". *The Common Reader*（*Second Series*），pp. 267—268.

比和评判虽然必须依凭"想象力、洞察力和学识"，但是其感悟的结果是无法强求的，只能静候其降临。伍尔夫这样描述这一奇妙过程："静候阅读的尘埃落下，等待冲突和问题平息，散步、聊天，将枯萎的花瓣从玫瑰花中除去，或者睡觉。然后，不经意间，造化完成转换，作品以全然不同的形式蓦然回到我们心中。它带着完整的意义浮上我们的心头。"[①]显然，感悟的形成是超越理性认知的。

"对比和评判"的向导是"趣味"，而"趣味"则是天成之物。伍尔夫认为，对比和评判的"明灯"是趣味，而趣味是一种"使我们全身震颤的激动……我们从感觉中认识它，随着个性的增强而赋予它活力。但是，随着岁月的流淌，我们可以适度调节它。当它贪心地、奢侈地用各种书籍（诗歌、小说、史记、传记）哺育自己，然后停止阅读，寻找大千世界中更为广阔的空间的时候，我们会发现它发生了变化；它的欲望不再强烈，而是变得深思熟虑。它不再简单地引导我们对具体书籍作出判断，而是告诉我们某些书籍享有共性"[②]。趣味之所以能够成为批评的向导，是因为它是一种天性，是人所共有的；它是来自书籍和世界的众多意识的积淀和内化；它是一种内在感悟，能够洞见千变万化的表象之后的共性。伍尔夫呼吁回归内心，以趣味为向导，去体悟艺术作品那超越事实和文字之上的美的感受和道的真谛："我们渴望离开这些半隐半现的陈述和近似，不再探寻人物的细微差异，而去欣赏更重要的抽象性，走向虚构艺术更纯粹的真谛。"[③]

显然，伍尔夫的批评方法不是基于理性的分析和推理，而是一种心灵感悟。正是凭借感悟式的对比和评判，伍尔夫在《小说概观》中极其形象地阐明了小说丰富的类型特征。伍尔夫对小说传统的剖析从笛福式的现实写真出发，经历司各特式的情感想象、简·奥斯丁式的性格刻画、普鲁斯特式的意识透视、斯特恩式的心灵奇幻，最后回到诗性的生命写真，为欧美小说传统勾勒出一个循环的"圆"。"圆"的核心就是"人的生命"。她所概括的小说类

---

① Woolf, Virginia. "How should One Read a Book?". *The Common Reader* (*Second Series*), pp. 266—267.

② Woolf, Virginia. "How should One Read a Book?". *The Common Reader* (*Second Series*), pp. 268—269.

③ Woolf, Virginia. "How should One Read a Book?". *The Common Reader* (*Second Series*), p. 264.

型既有多种多样的表现形式，又有清楚可辨的表现特征。虽然只是有限的六类，但是每一类型的特征却是由多位代表性作家的独特创作特征构成的，也就是说，随着时代的延伸，伟大小说家的不断涌现，小说的特征将是无限的。

伍尔夫对欧美小说的对比和评判是超越感知和理性的。她所对比和评判的既不是作品与世界或作者、读者的对应关系，也不是作品内在主要成分（如人物、主题）或各成分之间的关系，也不是作品的修辞特征，而是对作品的内涵、意义和价值的完整感悟，比如对作品全景的领悟，对情感思想和生命本真的洞察、对作品的艺术性的评判。

伍尔夫的评判是以趣味为导向的。她并没有用确定的外在标准一统所有的小说，而是依据作品的表现形式与所表现的思想情感之间的契合程度，突出笛福、简·奥斯丁、普鲁斯特、斯特恩、陀思妥耶夫斯基等不同类型的作家作品所呈现的艺术形式的真实性、想象性、形象性、自然性、超然性、深刻性、诗意境界等特征的伟大。这一开放式评判标准的合理性可以从苏珊·朗格的符号理论中获得有力的佐证："艺术没有使各种成分组合起来的现成的符号或规律，艺术不是一个符号体系，它们永远是未定的，每一部作品都从头开始一个全新的有表现力的形式。"[1]

四、伍尔夫批评思想的价值

将伍尔夫的批评思想置于中西批评观中加以观照，可以看出其两大主要价值：

（一）为西方批评史阐明了一种富有生命力的整体观照批评法

在西方文学批评史上，形形色色的批评理论都是带有确定的批评视角（perspective）的。艾布拉姆斯在《镜与灯》（*The Mirror and Lamp*，1953）中提出艺术批评四要素理论。他按照作品与世界、作品与欣赏者、作品与创作者和作品本身四种关系为批评理论设立了四个坐标，并依据其实质分别称四大批评为模仿说、实用说、表现说和客观说。[2]艾布拉姆斯的理论以简易而灵活的参照系将多种批评理论和谐地容纳在一起，令人信服地归纳了自柏拉图以来西方四大主导批评类型，获得了批评界的一致赞誉。略微遗憾的是，

---

[1] 苏珊·朗格：《情感与形式》，刘大基等译，中国社会科学出版社 1987 年版，第 12 页。

[2] Abrams, M. H.. *The Mirror and the Lamp*: *Romantic Theory and the Critical Tradition*. Oxford: Oxford University Press, 1953, pp. 3—29.

这其中唯独缺少了整体观照批评类型。作品与其他三要素只能分别相处，却无法共处。文学批评只分别探讨四种关系：作品与被模仿的世界的对应关系、作品与对欣赏者的施与效果的对应关系、作品与创作者的思想情感的对应关系以及艺术作品内在各部分之间的关系。其实，一部作品同时包含世界、创作者和隐在的读者，是否有一种方法可以对其进行整体观照？

伍尔夫所构想和实践的正是一种整体观照批评思想。欣赏者首先透过创作者的视线，看清作品所描写的世界的全景；然后借助想象力、洞察力和学识，用心对比和评判所获得的诸多印象和感受，最终悟出作品的完整意义。这是一种欣赏者与作品之间交互作用的批评模式，但是批评所探寻的目标既不是与世界的对应程度，也不是对欣赏者的施与效果；既不是创作者表现情感思想的准确性，也不是作品内在各部分之间的关系和结构，而是欣赏者对作品的完整意义的整体领悟。

这是一种普通的阅读和批评模式，广泛出现在集创作与美学为一体的艺术家的笔端，如蒙田、柯勒律治、屠格涅夫等。也许正因为普通，它总是被忽略，尤其在 20 世纪。然而它却是最能洞察作品的内涵、意义和本质的批评模式，不仅因为它能够"透视"作品全景，而且因为它是用"想象力、洞察力、学识"心悟的，是以"趣味"为导向的。这一从"透视"到"悟"的批评模式并非伍尔夫首创，她的贡献在于明晰地阐释其过程和要义并自如地实践它。这一阐释和实践的价值是巨大的，不仅促使我们反思现当代文艺批评的走向，而且帮助我们重新认识传统实践批评的价值。

（二）深入揭示审美批评的要旨和方法，其内涵与中国诗学相近

伍尔夫认为批评是一种从观到悟的审美过程，特别强调了批评与创作的同质性，其思想与南朝梁文论家刘勰的观点相近。伍尔夫指出文学批评的目的不是为了探明情节的逼真性、情感的真实性或结构的合理性，而是要进入作者的世界，感悟其中的生存状态，洞见其中的人生真谛。因此，批评的过程如同创作，最快捷地了解作品的方法不是去阅读，而是去创作，去体验表情达意的艰辛和困难。[1]伍尔夫的观念质朴而简单，若用刘勰的观点去映照，则可以看出其价值。

---

[1] 参见 Woolf, Virginia. "How should One Read a Book". *The Common Reader* (*Second Series*), pp. 259−263。

刘勰曾明晰概括批评与创作的同质性："夫缀文者情动而辞发，观文者披文以入情，沿波讨源，虽幽必显。世远莫见其面，觇文辄见其心。"①创作者总是先有情思而后完成文本的创作，阅读者则是先读文本而后领悟其中的情思，因此阅读就像沿着波流去追溯源头，纵然作品意蕴幽隐，必然能够使其显露。虽然时空遥远，批评者无法与创作者本人相见，然而细细体悟作品就能够感知其内心。也就是说，创作是观物——情动——辞发的过程，而批评则是观文——情动——妙悟的过程，两者殊途同归，所表现和领悟的都是人生的真谛。

伍尔夫认为批评是一种从观到悟的审美过程，重点突出了"透视"和"对比与评判"两个环节，其概念与中国诗学中的"观"和"悟"大致相应。

其一，伍尔夫"透视"的澄明性和全景性与中国诗学中的"观"的内蕴相近。"观"是中国自先秦以来就普遍采用的感知自然、社会和自我的方法。经由老庄的阐发而上升为道家哲学中静穆观照、涤除玄鉴以把握万物之本真的方法。其内蕴包括：（1）清除心中一切杂念，使之处于虚明状态，如老子的"致虚极，守静笃，万物并作，吾以观复"②；刘勰的"澡雪精神"③。（2）以"心"观"神"，而不是以"感官"知"形"。"观"是形而上的神遇，如庄子在"庖丁解牛"中所言，"以神遇而不以目视，官知止而神欲行"④；同时"观"是整体观照，如刘勰提出文艺审美"六观"说，"一观位体，二观置辞，三观通变，四观奇正，五观事义，六观宫商"⑤，将情思文风、遣词造句、融和变通、雅正奇诡、题材、节奏等全部放入观照的范围之中。

其二，伍尔夫的"对比和评判"所内蕴的超感官、超理性和重趣味的思想与中国传统的审美思想相近。

庄子的一段话最能阐明文艺审美超越感官与理性的至理：

> 若一志，无听之以耳而听之以心，无听之以心而听之以气！听
> 止于耳，心止于符。气也者，虚而待物者也。唯道集虚。虚者，心

---

① （南朝梁）刘勰：《文心雕龙》，徐正英、罗家湘注译，中州古籍出版社 2008 年版，第 453 页。
② （先秦）老子：《道德经·第十六章》，据《四部丛刊》本。
③ （南朝梁）刘勰：《文心雕龙》，徐正英、罗家湘注译，中州古籍出版社 2008 年版，第 272 页。
④ （先秦）《庄子·养生主》，据《四部丛刊》本。
⑤ （南朝梁）刘勰：《文心雕龙》，徐正英、罗家湘注译，中州古籍出版社 2008 年版，第 452 页。

斋也。①

这段话表达了三种境界。"无听之以耳而听之以心"意指收拢感官，停止向外求索，内通心灵，用心神与世界交往，以此超越"耳"所局限的外在之声。这是对感官的超越。"无听之以心而听之以气"意指超越个体意识，以无意识的澄明心境自然而然地去接受、去感应，以超越"心"所局限的个体认知。这是对理性的超越。感官只能获知外在表象，理性只能认知抽象概念，唯有澄明心境可以虚以待物，让"道"自然而然进入内心。②

庄子的三重境界在中国传统审美思想中表现为"知音"说、"妙悟"说和"趣味"说。"知音"传达审美原则，"妙悟"阐释审美过程，"趣味"代表审美境界。

"知音"源于先秦思想界对音乐的评论，后推广至所有艺术批评，刘勰曾在《文心雕龙》中专著"知音"一章，阐述"故心之照理，譬目之照形，目瞭则形无不分，心敏则理无不达"③的批评原则，强调以心观文。

"妙悟"和"趣味"作为审美范畴可以追溯到春秋时期，分别以庄子"庖丁解牛"中的"神遇"说和老子的"为无为，事无事，味无味"④为经典，分别推崇以"意会"和"无味"为审美的途径和至境。"妙悟"推崇以"悟"为审美之道，如严羽认为"大抵禅道惟在妙悟，诗道亦在妙悟……惟悟乃为当行，乃为本色"⑤；方孝孺指出"其心默会乎神，故无所用其智巧"⑥；汤显祖说"予谓文章之妙，不在步趋形似之见。自然灵气，恍惚而来，不思而至"⑦。"趣味"推崇以言外之趣为审美之至，如司空图认为艺术审美之极致在于"知味外之旨"，而艺术佳作之极致在于"近而不浮，远而不近，然后可以言韵外之致耳"⑧；苏轼认为审美之极致"乃识其奇趣"⑨。

---

① 《庄子·人间世》，据《四部丛刊》本。
② 参见成复旺：《神与物游——中国传统审美之路》，山东人民出版社2007年版，第287页。
③ （南朝梁）刘勰：《文心雕龙》，徐正英、罗家湘注译，中州古籍出版社2008年版，第453页。
④ （先秦）老子：《道德经·第六十三章》，据《四部丛刊》本。
⑤ （宋）严羽：《沧浪诗话·诗辩》，《历代诗话》，据中华书局何文焕本，载张寅彭选辑：《中国诗学专著选读》，广西师范大学出版社2006年版，第58页。
⑥ （明）方孝孺：《苏太史文集序》，《逊志斋集》卷十二，据四部备要本。
⑦ （明）汤显祖：《合奇序》，《汤显祖》诗文集卷三十二，据上海人民出版社本。
⑧ （唐）司空图：《司空表圣文集》卷二，《与李生论诗书》，据《四部丛刊》本。
⑨ （宋）苏轼：《经进东坡文集事略》卷十六，《书唐氏六家书后》，据《四部丛刊》本。

　　结语：伍尔夫对批评的感悟直觉而质朴，其思想远未达到中国传统审美思想的明晰和精辟的境界，然而两者的基本观点有相近性。这种源自心灵的自然洞见是弥足珍贵的。

第二节　批评模式：意境重构与比较评判

　　伍尔夫的艺术家批评模式与英美职业批评模式大相径庭，完全不遵循分析、演绎或推论程式。英美学界除了质疑伍尔夫的批评"缺乏分析能力"、[①]"主观性"[②]之外，往往将其归入"印象式批评"或"明辨式批评"之列。[③]即使马克·戈德曼（Mark Goldman）曾撰文为她辩护，证明她的批评理论宗旨是"实现理性与情感、感知与理智、个性批评与非个性化批评之间的创造性平衡"，应将她列入现代批评传统，也不得不承认"她的随笔是非正式的、印象式的"。[④]所谓"印象式批评"，在西方现代批评家的眼中，主要以沃尔特·佩特为代表，是"描述具体段落和作品中可感知的品质，表达批评家对作品的直接反应"[⑤]的主观性批评的代名词，其缺陷在于只重视主观性的直觉感知，却缺乏客观性的分析和评判，与 T. S. 艾略特所描述的现代批评精神相距甚远："批评的真义，并不是积累大量感知后获得的东西。在真正的鉴赏心灵中，感知不是量的积累，而是有其结构的。批评就是对这一结构的语言陈述，它是敏感性的发展。"[⑥]

　　伍尔夫被贴上"印象主义者"的标签，部分是因为她在颇具影响力的随笔《现代小说》中将"生命"框定在主观"意识"、"精神"之中，更多是因

---

　　① Gregory, Horace. "On Virginia Woolf and Her Appeal to the Common Reader". *The Shield of Achilles*, New York, 1944, p. 192.

　　② Trilling, Diana. "Virginia Woolf's Special Realm". *The New York Times Book Review*, 21 March 1948: 28.

　　③ Abrams, M. H. *A Glossary of Literary Terms*. Beijing: Foreign Language Teaching and Research Press, 1999, pp. 50—51.

　　④ Goldman, Mark. "Virginia Woolf and the Critic as Reader". *Virginia Woolf Critical Assessments* (Vol. 2). Eleanor McNees, ed. Mountfield: Helm Information Ltd., 1994, p. 115.

　　⑤ Abrams, M. H.. *A Glossary of Literary Terms*. Beijing: Foreign Language Teaching and Research Press, 1999, p. 50.

　　⑥ Eliot, T. S.. "The Perfect Critic". *The Sacred Wood*. London, 1920, p. 15.

为她的批评随笔全然不同于西方常规的批评范式，显得"不正式"。西方学者对伍尔夫的批评模式的探讨较少，尚处于阐释和辩护阶段。比如，雷纳·韦勒克在纵论伍尔夫的主要批评思想之时，曾提到她防止批评的"定性结构"的努力及其独特视角。[①]贝尔（Barbara Currier Bell）与奥曼（Carol Ohmann）剖析伍尔夫的"普通读者定位"、"传记与批评相结合"等批评特色，为她的"主观性"批评辩护。[②]麦迪森（Elizabeth C. Madison）从伍尔夫的批评理论中提炼出三项批评原则，普通读者、阅读标准和随笔界定，以肯定其印象式批评的合理性和价值。[③] 赫麦妮·李（Hermione Lee）指出伍尔夫的批评具有"读者与作者对话"的特性和"召唤的、场景的、感知的"形式。[④]

　　不论上述学者以怎样的方式为伍尔夫的批评实践作辩护，有一点是确定的：学者们均意识到，伍尔夫试图扬弃西方正统的分析性或演绎性模式，努力创造并实践一种既接近审美真实又揭示作品真谛的批评。伍尔夫曾数次在日记中表达创建新的批评模式的想法，她写道："我觉得……我能够构建一种新的批评模式，它比《泰晤士报文学副刊》上的文章更少一点僵化和正规的格式……一定有一种更简单、更微妙、更贴切的批评方法可用来评论作品，就像我们评价一个人一样，我若能找到的话"，[⑤]"批评的难处在于，它是如此肤浅，而作家是如此深刻……我们的批评只能鸟瞰冰山的尖顶，其余部分都在水面之下。我们或许可以这样开始，文章可以比常规的更碎一点，更散一点。"[⑥]

　　可以看出，伍尔夫扬弃和突破西方批评程式的目的是去消解批评家与作家之间的鸿沟，这是伍尔夫作为作家兼批评家特别渴望的。自亚里士多德以来，西方推崇以因果律为据、以推论或演绎为法的逻辑性批评模式，并依据

---

　　① 雷纳·韦勒克：《近代文学批评史》（第五卷），杨自伍译，上海译文出版社 2009 年版，第111—141 页。

　　② Bell, Barbara Currier and Carol Ohmann. "Virginia Woolf's Criticism: A Polemical Preface". *Critical Inquiry*, Vol. 1, No. 2 (Dec., 1974), pp. 361—371.

　　③ Madison, Elizabeth C.. "The Common Reader and Critical Method in Virginia Woolf's Essays". *Journal of Aesthetic Education*, Vol. 15, No. 4 (Oct., 1981), pp. 61—73.

　　④ Lee, Hermione. "Virginia Woolf's Essays". *Cambridge Companion to Virginia Woolf*. Ed. Sue Roe. Shanghai: Shanghai Foreign Language Education Press, 2001, pp. 91—108.

　　⑤ Woolf, Virginia. *The Diary of Virginia Woolf* (vol. 3). ed. Anne Olivier Bell and Andrew McNeillie. London: The Hogarth Press, 1982, pp. 53—54.

　　⑥ Woolf, Virginia. *The Diary of Virginia Woolf* (vol. 3). ed. Anne Olivier Bell and Andrew McNeillie. London: The Hogarth Press, 1982, p. 173.

修辞法确立了严谨的"始、叙、证、辩、结"程式，其宗旨是要从经验的、独特的、形象的作品中提炼出超验的、普适的、抽象的意念。伍尔夫既感受到它的分析、演绎、推论过程的严谨性，也意识到批评家们被赋予凌驾于作家、作品和普通读者之上的权威性的弊端。在这一模式中，批评家总是依据某种先入之理论，对作家作品实施"细微分析"和"断章取义"，以得出某种超验而普适的论断。它重在获得批评家在理论运用、细微分析和观点推导或演绎上的连贯性和一体性，却忽视对作品作整体观照，忽视对作家——作品——社会的整体把握。从总体看，它忽视了批评中读者——作品——作者的对话本质，重点突出批评家对作家作品实施分析、推论、演绎的主体作用。

伍尔夫提出了"普通读者"立场、"透视法"视角、"比较和评判"方法、"趣味"准绳等批评思想，旨在构建读者——作品——作者之间的对话批评模式，以便让批评在整体观照而不是在细微分析的平台上展开。在具体的批评实践中，伍尔夫实施了"意境重构"与"对比评判"相结合的模式。

何谓意境重构？何谓比较评判？运用这一批评模式，她揭示出了小说的哪些真义？她的批评模式有何价值？这是本节的主要问题。

一、意境重构

所谓"意境重构"，是指伍尔夫在批评随笔中，非常重视对社会、作家、作品作整体观照和意象呈现。不论被评论的是作家、作品、文学时期还是文学理论，她在批评随笔的前半部都重点透视当时的社会现状、作家个性、作品布局，这一透视常常以视觉化的意象形式表现，寥寥数语便生动地勾勒出作家所处时代的地域状况和生存形态，作家本人的性情、情感和思想，作品的背景、人物、语言、风格等，这些生动的呈现不仅展现相关作品的全景图，而且内含丰富的象外之意。

伍尔夫的"意境重构"模式是基于"普通读者"和"透视法"思想基础之上的。在"普通读者"理论中，她倡导一种出于"本能"的普通读者式批评，要求读者"凭借自己所了解的一鳞半爪来创造一个整体——某个人物的画像、一个时代的勾勒、一种艺术创作理论"[①]。在"透视法"观点中，她建

---

① Woolf, Virginia. "The Common Reader". *The Essays of Virginia Woolf*, vol. 4. Andrew Mc-Neillie, ed. London: The Hogarth Press, 1994, p. 19.

议读者爬到作家的肩膀上，透过"作家的眼睛观察他的世界"，直至我们理解他的作品的谋篇布局，理解他是"按什么秩序排列小说家们必须注视的那群庞大而普通的对象：个体和群体、他们身后的大自然、他们头顶的那股力量，为方便起见，我们不妨简称为上帝"①。"普通读者"和"透视法"均指向一种信念，即将文学批评置于整体观照社会、作家、作品的平台上。

我们不妨以《帕斯顿家族和乔叟》为例，考察她的观照方式及其价值。

《帕斯顿家族和乔叟》在结构上表现为社会现状——作家作品——社会现状相互比照的模式。文章始于对 15 世纪帕斯顿一家生存图景的想象性细描（基于真实的帕斯顿家族书信），以"约翰·帕斯顿的坟上没有墓碑"为中心意象，勾勒父子两代人在生活目标、生活旨趣、生活态度上的变化，并用儿子对乔叟（1340—1400）作品的喜爱过渡到对乔叟的评论。接着随笔透过乔叟的眼睛，描绘 14、15 世纪英国那荒凉、原始、严酷的自然环境，点明自然环境对诗人的创作取向的影响；然后不断引用乔叟的诗句，逐一评点乔叟作品中直观明快的世界、鲜活率真的人物、世俗化的道德、明亮简朴的语词。其评点不是分析性、推论性、演绎性的，而是图景式的，借助意象，将背景、人物、语言的特性生动地呈现出来，其意象精巧贴切。比如她这样评点乔叟的语言的生动性：

> 乔叟仿佛有一种艺术才能，能将最寻常的语词和最简单的感情放在一起，使它们相映生辉；一旦分离，则光彩全失。他带给我们的愉悦与别的诗人不同，作品与我们所感所见的东西的关联远比我们要密切得多。吃饭、喝酒、好天气、五月、公鸡与母鸡、磨坊主、年老农妇、鲜花——这些普普通通的事物组合在一起，竟带给我们一种诗意的感受，明亮而朴实，如同我们在野外所见一般，这对我们是一种特殊的刺激。这种不加修辞的语言别有一种韵味，毫无修饰的句子带着一种高贵炫目之美，宛若一群披着薄纱的女子款款走

---

① Virginia Woolf. "Robinson Crusoe". *The Common Reader* (*Second Series*). London：The Hogarth Press，1959，p. 52.

来，她们身体的曲线清晰可见。①

阅读这样的评论，显然是一种美的享受。它阐释的绝不是一种简单肤浅的印象，而是一种透彻感悟作品后的生动重构，具有极强的穿透力，能够迅捷地勾勒出作品的根本特色。它不像惯常的学术语言那样就事论事，逻辑性极强，而是生动的、虚实相生的、富有韵味的，我们仿佛可以亲眼目睹那景、那人、那美。

文章最后又回到帕斯顿的日记。帕斯顿家族的平淡生活和诗人乔叟的明快虚构之间的对照以这样的隐喻结束：

> 约翰爵士被埋葬了，他弟弟继承了爵位。帕斯顿的书信继续写着，生活与先前并无多大区别。在这一切之外，隐藏着一种不适和裸露的感觉，一种未曾洗澡穿上华贵服装的感觉；一种挂毯和着风拍打墙面的感觉……一种大风直接横扫没有树篱和小镇缓冲的大地的感觉……②

现实生活的艰涩与文学想象的诗意就这样被放在一起。帕斯顿家族的生活在一代一代的贫富交替和生死交接中向前推进，生活虽然简单、乏味、日复一日，但是终于有了乔叟那样的艺术家开始用艺术的挂毯拍击生活的墙面，用华美的文字包裹裸露的现实，虽然两者之间还不是那么合拍。文章的生动意蕴和无穷余味就通过这样的意境释放出来，而读者只能用心感悟。

伍尔夫所作的是全景观照。她对乔叟的世界了若指掌，轻松自如地描绘它的特性，却不作分析、佐证，也不作结论。若文章探讨的是生活与艺术的关系，那么结论是什么呢？若文章分析乔叟的风格，那么特征是什么呢？所有这些文学评论感兴趣的问题，伍尔夫都点评了，但没有定论。不过读者对中世纪的英国和乔叟的理解却变得清晰了一点，对生活与艺术的关系也若有

---

① Woolf, Virginia. "The Pastons and Chaucer". *The Essays of Virginia Woolf* (vol. 4). ed. Andrew McNeillie. London: The Hogarth Press, 1992, p. 33.

② Woolf, Virginia. "The Pastons and Chaucer". *The Essays of Virginia Woolf* (vol. 4). ed. Andrew McNeillie. London: The Hogarth Press, 1992, p. 35.

所悟。它们留给读者的是一种意境，用形象的图景描绘乔叟的美学态度、观点和手法，但是点到即止，只求画龙点睛，以一种"呈于象、感于目、会于心"的方式召唤读者去参悟其象外之意。

当然，伍尔夫进一步阐发了对乔叟的深层理解，只是所采用的不是分析推论，而是比较评判。

二、比较评判

所谓"比较评判"，指的是伍尔夫在随笔中广泛采用比较方法来实现对作品的深度评判，所遵循的审美标准是批评者从心而发的"趣味"，整个批评始终运作在"读者——作品——作者"的对话层面。伍尔夫推崇"依照自己的直觉，运用自己的心智，得出自己的结论"的批评原则，她建议批评者运用自己的"想象力、洞察力和学识"，依据自己的"趣味"，通过对比批评对象与其他经典作家作品，评判在阅读过程中获得的林林总总的印象，最终"将那些瞬息即逝的东西变成坚实和持久的东西"①。

我们不妨重新回到《帕斯顿家族和乔叟》，考察她的对比方法和评判结果。该随笔在大的框架上，是中世纪帕斯顿家族的真实故事与中世纪诗人乔叟的诗作的对比；在这一大框架之下，伍尔夫对乔叟的评论是以对比乔叟与其他英国作家来完成的。

在论及乔叟具有"卓越的讲故事才能"的时候，伍尔夫将他与当代作家加尼特（Garnett）和梅斯菲尔德（Masefield）相比较，以当代作家的过多事实堆砌和过度技巧使用，来衬托乔叟平实直观的叙事风格的出色。

在讨论乔叟明快而确定的自然景观描写时，她列举了华兹华斯对自然崇拜的病态成分和丁尼生局限于描写自然中细小物体的特性，以映照乔叟的自然描写的自如和真实。

在评点乔叟的人物颇具象外之意，无形之中就能将人物的内在信念表现出来时，她将这一罕见的能力与约瑟夫·康拉德早期小说作对比，指出这是"极为重要的才能，因为作品整个结构的重量就建立在它的上面"②。

---

① Woolf, Virginia. "How should One Read a Book?". *The Common Reader* (*Second Series*), pp. 258—270.

② Woolf, Virginia. "The Pastons and Chaucer". *The Essays of Virginia Woolf* (vol. 4). ed. Andrew McNeillie. London: The Hogarth Press, 1992, p. 29.

她欣赏乔叟的直率描写，认为这种不受道德束缚、不害羞、幽默地描写身体的才能，随着体面的到来而逐渐失去了。它在笛福的小说中变得"苍白"，在斯特恩的小说中只能"暗示"，在乔伊斯的小说中很少能听到过去的幽默笑声。

她特别赞誉乔叟将道德融入日常生活的表现方式，着重比对了两种不同的道德表现方式：

> 作家有两种，一种是牧师，他们拉着你的手，径直把你领到神秘殿堂；另一种是普通人，他们把信念植入血肉之中，描绘出整个世界，并不别除坏的或强调好的。华兹华斯、柯勒律治和雪莱属于牧师一类，他们给我们一篇篇美文挂在墙上，一句句格言像护身符一样可放在心上……而乔叟却让我们和平常人一起做平凡事。他的道德包含在人们的相互交往之中。我们看着他们吃饭、喝酒、欢笑、做爱，没有一点说教，我们却能感受到他们的标准，从而深深地浸入他们的道德之中。没有比这种将道德融入言行之中的说教方式更有感染力的了，它不是正经的劝诫，而是让我们自由走动，共享，自己去寻找真义。①

从某种程度上说，伍尔夫的对比评判就像她所赞赏的乔叟对道德的表现方式一样，为读者自己的感悟和判断留出了空间。它的目标不是将读者直接或强硬地领到某种确定的判断之前，它允许读者在对比中自行思考和取舍。她在讨论乔叟的讲故事能力、景物描写、人物描写、直率风格和道德取向等多视角点评中，涉及了 10 位英国作家，其视野开阔而深入，其参照直观而有效，其风格超越了批评家个人的主观评判。

正是基于这样的对比评判，伍尔夫完成了对乔叟诗篇的总体评价：

> 当我们走过这一真实而未经粉饰的乡村世界时……我们知道虽然它与日常世界相似，但实际上并不是日常世界。它是诗歌的世界。

---

① Woolf, Virginia. "The Pastons and Chaucer". *The Essays of Virginia Woolf* (vol. 4). pp. 31—32.

这里的一切比日常世界或散文更快、更强烈、更有序；它在形式上
有一种提升后的迟钝，那是诗歌的魔力之一；有些诗行提前半秒说
出了我们想说的，好像我们在文字形成之前就读到了自己的思想；
有些诗行让我们重复阅读，它们凭借其加强特性和魔力在脑海中长
久闪亮。诗作的整体性恰到好处，给人最深刻印象的变化和偏离之
力是造型能力和建构能力。不过，乔叟的独特之处在于，虽然我们
很快就感受到兴奋和陶醉，却无法用诗句来佐证……乔叟非常平衡，
非常均匀，很少使用隐喻。①

　　伍尔夫对乔叟艺术的点评是独具匠心的，很大程度上是因为它是在对比
生活与艺术的框架中完成的。伍尔夫着重揭示了乔叟诗作既与中世纪的生活
形态相呼应，又具有艺术和思想上的提升的特性。一方面，与中世纪现实生
活的艰辛、单调和无趣不同，乔叟用明亮、欢快的形式为荒凉原始的世界着
上了人类的暖色调，他构建的"诗歌世界"是温暖而带有笑意的；另一方面，
与中世纪的原始荒野和简单生存形态相呼应，乔叟的诗作在思想表达上是简
单而本源的，直观地书写了人和自然的本真——那些与生俱来却极易被复杂
生活表象遮蔽的本源思想。

三、伍尔夫对经典小说的透视与洞见

　　伍尔夫的批评模式就这样将"意境重构"与"对比评判"结合在一起。
前者的"透视性"观照旨在全面把握社会、作家与作品，后者的"对比性"
评判旨在对思想和形式作深入领悟。上面的分析只限于一篇随笔，实际上，
她的大部分随笔都是依照这一基本模式展开的。限于篇幅，我们选择她的
《小说概观》，考察她对重要的英、法、俄小说的透视和洞见。

　　在《小说概观》中，伍尔夫评论了数十部欧美作品，将它们分为六种类
型，即写真的、浪漫的、性格的、心理的、讽刺与奇幻的、诗性的，旨在洞
察其特性和本质。

----

① Woolf, Virginia. "The Pastons and Chaucer". *The Essays of Virginia Woolf* (vol. 4). ed.
Andrew McNeillie. London: The Hogarth Press, 1992, p. 32.

伍尔夫首先讨论"写真"小说。她从三个方面勾勒出这一类小说的共同意境：首先，它们描写的对象是事实和行动。"重点就落在事实上，它们最能向我们保证现实生活的稳定性，也落在金钱、家具和食品上，直到我们似乎牢牢地嵌入到固态宇宙那些固体的物质中"①。其次，作家透视和再现的是一个完整的世界。"现实世界是明亮、坚硬而圆满的，虽然带着它的偶然性，却依然是完整的。"（95—96）作家宛若全知全能的神一般主宰着他的王国，他的世界是严格按照比例创造的。最后，作家写作的目标是使读者相信他们所描写的世界就是真实世界，"上帝、人、自然全都是真实的，它们全都真实地生活在同一个现实中"（96）。

伍尔夫这样对比和评判这一类小说家：笛福是这类小说创作中"一个了不起的作家"（96），因为他不仅营造了一个令人信服的、和谐完整的王国，而且能够将人物引入一个深层领域，以"天意不可违"、"道德规范"等理念为事实和行动确立核心；诺里斯则代表这类创作中被遗忘的大多数作家，因为他"将所有的力量都限制在场景描写的可信度和勃勃生机上。表象就是一切，没有什么更有意味的了"（98）。莫泊桑的小说具体可感并真实可见，然而趣味褊狭，缺乏想象力；特罗洛普善于描写人物，但是带着强烈的个人情感，因而故事编造痕迹明显。这类小说中最严重的问题是鹦鹉学舌，只再现事实的影子，而不是真实的世界，"除了体面的外在形式，其中并无本质的东西"（103）。

罗列了种种优势与局限，伍尔夫对这一类能够使读者无条件相信其真实性的小说形式充满期待，指出它是无法替代的。

伍尔夫简要观照和评析了"浪漫"小说。它的世界是由勋爵、荒野古堡、爱情冒险等想象元素构成的，其最大特点是自由想象和情感表露。她认为司各特的想象笨拙、粗犷，但是有整体性；史蒂文森的想象优美、精确，却缺乏整体感；拉德克利夫的哥特式想象美丽、虚幻，却荒谬。

她的洞见是："浪漫"小说的局限在于它的世界过于远离普通人的生活经验，其构成元素怪异；它的优势在于表现了"一种深切而真实的情感"，揭开了"小说王国另一块土地上的面纱"（110）。

---

① Woolf, Virginia. "Phases of Fiction". *Granite and Rainbow：Essays*，p. 95. 下面的引文均引自同一随笔，在文中将以夹注的方式标明页码。

伍尔夫详尽透视了"性格"小说。她认为在这一类小说中，作家视野更开阔，他们将客观人物与浪漫情感糅为一体，再现人物个性。她对比了三种表现方式：

1. 狄更斯的人物个性夸张，两倍乃至十倍于真实的人，是一些"独立的、永恒的且永不改变的个体"（114）。其古怪离奇的个性给读者留下深刻印象，因为"狄更斯塑造人物的能力如此高明，以致连房屋、街道、田野都与人物共通，表现出强烈的个性"（110—111）。

2. 简·奥斯丁的人物完整而复杂。他们的大小合乎正常人的比例，他们的个性和人际关系不是直接描述的，而是通过对话自然呈现的。小说的总体写作特征是：作品具有整体性，拥有知性的、真实的、复杂的喜剧力量；人物超越二元对立的褊狭，性格复杂；作品的结构深深地嵌入作品深处，不仅意蕴深远而且具有非个性化特性。伍尔夫的洞见是：奥斯丁作品虽然没能突破人与人之间的关系的范畴，没有将人物放置于天地自然之中，然而她的作品依然是高超的，因为小说的情感思想"不是表现在故事之中，而是在其上；不是在事物本身，而是在事物的安排中"（117）。

3. 乔治·爱略特的优势是用第一人称"我"深刻揭示典型人物的情感和思考。她虽然不能像奥斯丁那样自如地出入人物的思维，敏锐而细致地展现它们，却能够以隐在观察家的身份，随心所欲地评析人物，推论人物的言行举止背后的动机。伍尔夫的洞见是："它不仅让我们体会思维流动的趣味，而且使我们明白如果我们按照这样的方式观察人的思维，我们就能更真实更敏锐地理解人物所说所做的一切。"（120）

伍尔夫详尽透视"心理"小说，指出它的特征是丢弃前三种小说类型对外在世界的依傍，将人物从现实世界中抽取出来，置于真空之中；让人物的意识活动成为创作对象，给读者带来自由品味心灵的乐趣。

她认为亨利·詹姆斯的《梅西所知道的》（*What Maisie Knew*）体现了心理小说的基本特征。它通过其他人物的意识将小女孩梅西的情感波动折射出来，让我们亲眼目睹心灵活动的形态。它的局限是：它仅仅将梅西当作无生命的事物置于多重意识的聚焦之下，其心灵世界缺乏人的天性，显得"做作"（122）。

她指出詹姆斯与普鲁斯特的最大区别在于，前者的小说充斥着作家本人的阐释和分析，思想和物质之间有着明显的分界线；而在后者的小说中，思想和物质之间是没有分界线的，一切行动和物件"都饱含着一系列思想、感觉、念头以及显然正在心灵之壁沉睡的记忆"（124）。这一分界线的消解使普鲁斯特的意识流拥有巨大的包容性，它"多孔、柔顺和善于吸收，让人感觉它是又薄又有弹性的气囊，逐渐向外伸展，不是想强制推广一种观念而是要容纳整个世界。这一宇宙整个沉浸在智慧的光芒中"（123）。伍尔夫洞见了它的局限和优势：它的无限包容性因缺少整体形式而显得隐晦而含糊，但是它向一切有力量、被感觉的意识敞开，让人物带着思绪、梦想、知识无限地生长发展，构成"深奥的、发光的"（125）生命体。

她从陀思妥耶夫斯基融多重矛盾为一体的心理写作中看见了心理小说的最高境界。陀氏不仅像普鲁斯特一样能照亮意识活动的表面和本质，而且能够让对立的、矛盾的心理纠结在人物的意识之中，使他成为复杂混沌的整体；更重要的是，这些复杂心理自然地从人物心底涌出，而不是强加的。陀氏与普鲁斯特的不同在于，前者旨在表现灵魂的真实，而后者重在展示心理的状态。

伍尔夫这样阐发心理小说的情感本质："在普鲁斯特、陀思妥耶夫斯基、亨利·詹姆斯以及所有尝试表现情感和思想的作家作品中，充溢着作家的情感洪流，仿佛只有当小说是一个储蓄思想和情感的深深水库时，这些微妙而复杂的人物才能被塑造出来"（129）。

伍尔夫以心理小说的复杂性、情感性为对照物，衬托出"讽刺与奇幻小说"的单纯性和形象化。她指出这类小说相当于"对我们所居住的世界的滑稽模仿"（132），它不是对外在世界的全知全能的再现，也不是对情感世界的曲折晦涩的表现，而是对心灵世界的嘲讽式的游戏。隐藏在这种轻松、幽默的笔调之后的是作家远离生活与情感负荷的超然心态和自由心境。"在讽刺作家的作品中，我们不曾体验到狂野的感觉和灵魂的冒险，却能体会到心灵的自由，因而能够看透并且摒弃另一类作家很严肃地解不开的东西。"（132—133）

伍尔夫认为，斯特恩是这种小说创作模式的代表人物，他不像普鲁斯特那样擅长剖析人的七情六欲，而是专注于呈现他自己的心灵以及心灵的怪异、敏感和奇思妙想，以自己的心灵"为作品增色，给作品支撑和形状"（134）。他所采用的基本方法就是对比，即让狡猾、粗俗却又富有同情心的叙述人与简单、朴实的人物相映成趣，用奇特的混合映现心灵的奇妙。其作品完整而自足。

伍尔夫最后观照的是"诗性"小说。她指出这是一种诗化的小说模式，其诗意不仅来自其诗性节奏或措辞，而且源于其诗性场景。她指出梅瑞狄斯和哈代的作品虽然有诗意，但其诗意游离于作品场景之外，与人物无关联，因而只会对小说造成损害。

真正的诗性小说需要具备诗化的场景，比如：斯特恩小说中那些具有音乐般旋律的描写；托尔斯泰的娜塔莎（《战争与和平》）透过窗户看星星时所传递的"一种深切而浓郁的诗意感受"（137）；艾米丽·勃朗特的凯瑟琳（《呼啸山庄》）从枕头中抠出羽绒所强化的"狂野的、暴风骤雨般的"（138）象征意味。普鲁斯特的诗意比上面几位作家更充分，它源于他的"双重想象力"，"每一个场景似乎都有两面：一面正对着光线，能够被精确地描绘，细致地考察；另一面藏在阴影中，只有当信心和视野契合的瞬间，用隐喻才能表现。"（139）

伍尔夫评论上述经典小说时，几个重要的特点是，它总是整体观照的、意象的、对比评判的。

四、伍尔夫批评模式之价值

伍尔夫的批评模式在西方批评史上几乎很难找到相同类型，西方学者只能将它列为"印象式批评"。其实它与中国传统的批评模式更相近一些。

（一）"普通读者"与"知人论世"

伍尔夫基于"普通读者"的基本原则，将批评界定为读者与作者之间的对话。她在批评实践的前半程，总是全景透视和勾勒作家所处的社会，作家的个性，以便对批评对象有全面的了解和把握。

这一思想与中国传统审美接受的总体原则"知人论世"比较相近。孟子云："颂其诗，读其书，不知其人，可乎？是以论其世也。是尚友也。"（《孟子·万章下》）它强调审美接受者为了更真实地评点作品，一方面必须全面了解作家所生活的时代、社会政治文化和自然环境，以便了解时代和环境对作家创作的影响（论世）；另一方面需要了解作家本人的性格、情感、思想、修养、气质与爱好，以便知晓作家艺术风格的根基（知人）。

（二）"透视法"与"以意逆志"

在研究作品的过程中，伍尔夫强调要通过作家的眼睛去透视整部作品，了解作家的布局，进入作品的世界。在此过程中，批评家要不带先入之见，将理解只基于此前对作家所处时代的了解和对作家个性的把握。

这一思想与基于"知人论世"法则上的"以意逆志"方法相近。"以意逆志"同样是由孟子提出的，"故说诗者，不以文害辞，不以辞害志。以意逆志，是为得之。"（《孟子·万章下》）孟子提出了作品的接受方式，不要因为"字"而妨碍了对"句"的理解，也不要因为"句"而妨碍了对"思想情感"的理解，合适的方式是"以意逆志"，即以古人之意求取古人之思想和情感。

"以意逆志"是对"知人论世"的实践，就如"透视法"是对"普通读者"的实施。两者的相近之处在于，它们均强调批评过程中不带先入之见，要基于对作家和社会的了解，尽量客观地把握作品，以保持批评的客观性。

（三）"对比评判"与中国传统批评方式

在完成对社会、作家、作品的客观透视后，伍尔夫对作品的批评同样是整体观照的。她的观照范围包括背景、人物、语言、风格、结构、思想等方方面面；为了增强分析的深度，她特别强调作家作品对比的重要性，要求将被研究对象与经典作家对比，以便映现它的优劣；在整个评判过程中，她强调要充分运用"想象力、洞察力和学识"，因而其批评具有"观物取象"的特性，擅长用生动的意象来阐述其评判；她的批评形式活泼而灵动，无拘无束，具有虚实相生之意境，其评判颇具空灵之意；批评过程中主客体合一的倾向明显。

中国批评模式中的"六观"是刘勰提出的。"是以将阅文情，先标六观：一观位体，二观置辞，三观通变，四观奇正，五观事义，六观宫商。斯术即形，则优劣见也。"（《文心雕龙·知音》）他所设定的批评范围非常宽广，要同时审视情感与文体、语言、创新意识、新奇与雅正、典故和声律等，这显然是伍尔夫无法达到的。

不过中国批评中所采用的活泼的方式在伍尔夫的评判中却常常可见。比如，"文为活物"，[①]一种用意象来表达对作品的评判的方式，像脂砚斋评论《红楼梦》时使用草蛇灰线、空谷传声、烘云托月、偷渡金针等鲜活意象评点作品。这种意象的使用在伍尔夫的随笔中时常可见。再比如"法须活法"，一种既符合法理又保持文章的活泼性的行文风格，它保证了中国传统批评的活

---

① "文为活物"、"法须活法"、"美在虚空"、"眼照古人"这四点是学者龚鹏程对中国传统批评法则的总结。详见龚鹏程：《中国文学批评史论》，北京大学出版社2008年版，第169—181页。

力和创意。伍尔夫的批评随笔同样是活泼的、随物赋形的，其风格随批评对象的变化而变化，但在总体原则上，则始终坚持"意境重构"与"对比评判"的结合。又比如"美在空虚"，一种虚实相生的批评方式，将象外之意的传达视为批评的根本要旨，因而语言是空灵虚幻的，不拘泥于事实，就像严羽的评点，"盛唐诸人惟在兴趣，羚羊挂角，无迹可求。故其妙处透彻玲珑，不可凑泊，如空中之音，相中之色，水中之月，镜中之象，言有尽而意无穷"①，关键之处在于"意"与"境"的契合。在伍尔夫的批评中，她的"意境重构"、"对比评判"均以"象"的构建为形式，其目标在于促使读者完成"意会"。还比如"眼照古人"，这是金圣叹的常用语，代表中国文人对文艺批评的根本理解，批评即借古人之事以表达自己之意，实质是一种创造活动。伍尔夫在阐释"普通读者"的内涵时，已经将这种"创造"本质表达得非常明确了，就她而言，批评就是普通读者"凭借自己所了解的一鳞半爪来创造一个整体"。

结语：伍尔夫的批评模式之所以在西方不受重视，是因为她的批评理论和模式都是基于审美阅读之上的本源思维，其直观的、想象的思维方式在西方一直处于边缘地带。而这一批评思想与方式在中国已经有悠久的传统和基础。阐明它的本质，从某种程度上可以为重新认识一种更贴近审美思维的批评思想和模式拓展空间。

---

① （宋）严羽：《沧浪诗话·诗辩》，载《中国诗学专著选读》，第59页。

第十一章　艺术境界

　　文艺的评判标准是什么？文艺的最高境界是什么？这是每一位优秀的作家和批评家都会倾心求索的问题。在西方诗学中，"真实"是衡量作品优劣的准绳，而在中国诗学中，"意境"则是观照作品高下的明镜。作为一名擅长直觉感悟的西方小说家和批评家，伍尔夫对艺术的标准和境界是如何思考的呢？

　　细细品味伍尔夫的作品，可以发现她对文艺的标准和境界的感悟频繁见诸她的小说、散文、评论文之中。比较集中地表达其思想的作品包括：《读书》（"Reading"，1919）、《星期一或星期二》（"Monday or Tuesday"，1921）、《在果园里》（"In the Orchard"，1923）、《镜中女士：反省》（"The Lady in the Looking-Glass：A Reflection"，1929）、《三幅画》（"Three Pictures"，1929）、《狭窄的艺术桥梁》（"The Narrow Bridge of Art"，1927）、《一间自己的房间》（*A Room of One's Own*，1929）、《倾斜之塔》（"The Leaning Tow-er"，1940）等。从发表时间看，其过程几乎贯穿伍尔夫的整个创作生涯，呈现持续深入的态势；从表现形式看，其思考大都以散文和短篇小说体裁表现，所传达的是一种介于情感和想象的领悟，而不是逻辑缜密的推理。其中最集中阐发她的思想的是《一间自己的房间》。具体地说，伍尔夫的思考经历了一个顺序渐进过程，所思考的问题主要有两个：文学的真实是什么？文学的最高境界是什么？本章的两节就围绕这两个问题展开。

第一节　从"模仿之真"走向"生命之真"①

　　何谓文学之真（Truth）？西方传统诗学对文学的理解一直摇摆在模仿性

----

　　①　本节已发表于 *Modernism and the Orient*，The New Orleans University Press，2012，标题为："Virginia Woolf's Truth and 'Zhenhuan' in Chinese Poetics"。

再现和想象性表现之间，文学之真或者被界定为作品与被再现客观事实的一致，或者被界定为作品与被表现主观精神的一致，主客二分的倾向明显。20世纪语言学转向之后，语言符号作为主观精神和客观现实的中介物的独立价值得到重视，文学的自律性和自我指涉性得到强调，文学之真转而指称无现实指涉性的语言符号真实，后现代的"表征危机"凸显。

　　文学之真究竟应该与主客观真实保持怎样的关系？文学之真的形态是怎样的？文学之真的本质是什么？弗吉尼亚·伍尔夫曾自觉探索这些问题，并多次阐述其观点。然而，由于伍尔夫对"物质主义者"的批判曾引发争鸣，同时她作为现代主义代表作家的定位明确，她长期被中西学术界认定为倡导和表现"内心真实"的典范。[①] 20世纪80年代以后，西方学者们开始综合解读伍尔夫在作品、文论和日记中对真实的表现和论述，指出其真实内含"现实本质、外在万物和内在思想"三重意蕴，[②]认为此真实"在人物身上表现为一种超越时间和死亡的渴望；在叙事结构上表现为一种暗示，暗示现实生活中存在着抽象的'空白'，它无法用语言表达，但确实是人类生活的潜在体验。"[③]这些观点突破先前的"伍尔夫只追求内心真实"的论断，重释了伍尔夫的"真实"理念在作品中的表现。

　　但是，迄今为止，还没有人揭示伍尔夫对作为艺术准则的"真"的理解和阐释，而这却是伍尔夫毕生求索的主要问题之一，也是她的小说理论最有价值的贡献之一。伍尔夫自1921年在《星期一或星期二》中提出"真是什么"的问题以后，先后在《现代小说》（1925）、《班内特先生与布朗夫人》（1925）、《到灯塔去》（1927）、《一间自己的房间》（1929）和《小说概观》（1929）等文章和作品中，反思西方传统真实观的局限，评述欧美小说中"真"的多种形态，并在此基础上揭示文学之真的本质。

---

　　① 持此观点的批评家包括乔治·卢卡奇、约翰·弗莱彻（John Fletcher）、马尔科姆·布拉德伯里（M. Bradbury）等著名学者；中国学者包括瞿世镜等。见 Lukacs, Georg. *Realism in Our Time: Literature and the Class Struggle*. Trans. John and Necke Mander. New York and Evanston: Harper and Row, 1964, p. 51；约翰·弗莱彻、马尔科姆·布拉德伯里：《内省的小说》，马·布拉德伯里、詹·麦克法兰主编：《现代主义》，胡家峦等译，上海外语教育出版社1992年版，第381页；瞿世镜：《弗吉尼亚·伍尔夫的小说理论》，《论小说与小说家》，上海译文出版社2000年版，第350—355页。

　　② Barzilai, Shuli. "Virginia Woolf's Pursuit of Truth". *Virginia Woolf: Critical Assessments*, vol. 2, ed. Eleanor McNees. Sussex: Helm Information Ltd., 1994, p. 21.

　　③ Hussey, Mark. *The Singing of the Real World: The Philosophy of Virginia Woolf's Fiction*. Columbus: Ohio State University Press, 1986, p. 96.

本节尝试阐明伍尔夫对文学之"真"的探索过程和思想内涵,并以艾布拉姆斯、海德格尔和中国传统诗学对"真"的阐释为参照,说明其思想的价值。

一、反思主客观真实,表现生命之真

伍尔夫探索"真"的旅程持续了10余年,其自觉的出发点是对西方传统真实观的质疑和反思,其基本思想源于审美感悟,最初以文学作品的形式表现。

1921年,她在《星期一或星期二》中通过苍鹭表达了对文学之真的困惑。盘旋在天穹的苍鹭可以看见世间万物,听见它们的声音、汽车、报时钟声、阳光、孩子、建筑物、吆喝声等;可以感觉和体会男人和女人言行举止间流露的情感;可以意会记忆的升降,渐次再现记忆中的印度洋、蔚蓝天空、闪烁星星。但是文学之真是什么呢?是忠实再现客观事物、情感或记忆,还是满足于逼真?[①]在这篇只有一页篇幅的散文中,"渴求真实"和"真是什么"这样的语句不断重复,让人强烈地感受到它对传统的"表现的事物"与"被表现的事物"相符合的文学准则的质疑,以及对何谓文学之真的求索。

1925年,伍尔夫在《现代小说》和《班内特先生与布朗夫人》中剖析西方现代社会两大主导小说类型"物质主义小说"和"精神主义小说",不仅指出单一的事实真实或精神真实准则的局限性,而且初步提出文艺的生命真实说。这两篇文章是伍尔夫积20余年批评功力后的厚积薄发。[②] 在这两篇文章中,她批判阿诺德·班内特等"物质主义小说家"只描写转瞬即逝的事实却不触及现实本质,其人物缺乏生命活力等缺陷;她同时指出乔伊斯等"精神主义小说家"只表现人的内在精神却忽视外在世界的局限,认为这不仅抑制读者的想象力,而且使作品局限于自我之中,不拥抱或创造外部事物,其思想较为贫瘠。最后她以俄国小说为例证,提出生命真实说。[③]她认为文学之真

① Woolf, Virginia. "Monday or Tuesday". *The Complete Shorter Fiction of Virginia Woolf*. ed. Susan Dick. London: The Hogarth Press, 1989, p. 131.

② 她自1904年至1925年在欧美主要报刊上持续发表大量文学评论,其评论范围涉及英、美、德、法、俄、希腊等国经典作家和当代作家的百余部作品,自觉地形成了以欧美经典为参照的批评思维。

③ Woolf, Virginia. "Modern Fiction". *The Essays of Virginia Woolf*, vol. 4, ed. Andrew McNeillie. London: The Hogarth Press, 1994, pp. 159—163.

既不是单一的事实之真，也不是单一的精神之真，而是综合的生命之真。她坚信，文学的本质就是使我们"更加接近我们愿意称之为生命本身的东西"，因为"没有生命，其他一切都没有了意义"①，而人物就是"我们赖以生存的精神，就是生命本身"②。她对事实之真和精神之真的二元对立持明确的反对态度，这一点还可以从她对托马斯·哈代的观点——"精确再现物质性的事实之真在艺术中已不再具有重要意义，我要看清外在景物之下更深层次的本质，这种表现有时被称为抽象性想象"——的点评中得到佐证。她这样评点道："但是一部小说应该将其抽象想象表现到什么程度却是一个问题。哈代曾如此单纯而谦虚地将观察各类言行举止和社会习俗视为小说家的主业，难道本质不会与这些观察发生严重冲突吗？"③从中不难看出她对哈代从一个极端走向另一个极端的批判态度和她对两者之间的融合程度的关注。

　　那么，究竟该如何融合事实与精神，表现整体的生命之真？1927年，伍尔夫在她的小说《到灯塔去》中充分表现了对这一问题的领悟。在小说中，艺术家丽莉·布里斯科投入全部精力和时间尝试用画布表现生命本真，却不知该如何穿越横亘在可感可视的世间万物与艺术作品之间的那条漫长的黑暗通道。她以拉姆齐一家为创作素材，从拉姆齐先生与拉姆齐夫人迥然不同的思维的比照中感悟生命的真谛：前者致力于探寻事物的本质，无法接受任何与事实不相符的想法和观念；后者热心于将分散的人与物聚合在一起，关注心灵之间的融合和天人之间的感应，无法接受违背情理的事实。这两种思维和立场的对峙困扰着丽莉的绘画创作，她始终无法将左右两边的景物和谐地联结为一个整体。10年后，经历了世界大战的惨痛，事物之间原有的关系被割断，一切都漫无目的地四处飘浮，她更加充分地认识到联结的价值和意义。她开始意识到，"任何东西都不是唯一的"，就比如"朦胧的银灰色灯塔"（从远处看）和"僵立在光秃秃岩石上的灯塔"（在近处看）都是真实的。④生命是一个包容各种事物的有机整体，而生命之真就是在"两股针锋相对的力量之

① Woolf，Virginia. "Modern Fiction". *The Essays of Virginia Woolf*，vol. 4，pp. 163，160.
② Woolf，Virginia. "Character in Fiction". *The Essays of Virginia Woolf*，vol. 3. ed. Andrew McNeillie. London：The Hogarth Press，1988，p. 436.
③ Woolf，Virginia. "Half of Thomas Hardy". *The Captain's Death Bed and Other Essays*. London：Harcourt Brace Jovanovich，Inc.，1978，p. 68.
④ Woolf，Virginia. *To the Lighthouse*. London：penguin Books Ltd.，1996，p. 273.

间取得瞬间平衡",就是在拉姆齐先生所追寻的现实本质和拉姆齐夫人所求索的心灵感悟之间取得平衡。这种平衡只能在似真似幻的情境中悟出,因为它"既置身于事物之中,又超然于事物之上;它不是虚空的,而是充溢的"。[①]丽莉·布里斯科借助她那双"中国式眼睛",用十年时光洞察生命的真谛,最终在画作的中央添上关键的一笔,完成了一幅融现实与精神为一体的生命艺术幻象。

伍尔夫则实践了对生命之真的直觉感悟和艺术表现。

二、小说之真的诸多形态

完成《到灯塔去》之后,伍尔夫以自己对生命之真的深切感悟为基点,以众多欧美小说为例证,全面综述和评析了小说真实的诸种形态及其境界。

小说作为一种艺术,曾以多少种形态表现生命之真?各自达到了什么境界?伍尔夫分别发表《一间自己的房间》(1929)(以下简称《房间》)和《小说概观》(1929)(以下简称《概观》),评述自笛福至普鲁斯特的欧美小说,阐释这些问题。《房间》旨在回答"女性如何写出真正的小说"这一问题,对事实之真、想象之真、情感之真、艺术之真和心灵之真作了充分论述;《概观》带着"依照自己的趣味品评小说"的宗旨,将欧美小说划分为写实的、浪漫的、人物刻画和喜剧的、心理的、讽刺奇幻的、诗意的等六种类型,剖析各类型小说所达到的真实境界。[②]虽然视角、例证和方法不同,目标和思想却一致,两部著作异曲同工地传达了伍尔夫对真实的思考。

伍尔夫关于文学之真的问题是这样的:

> 何谓真,何谓幻?我这样自问。比如,暮色中,这些红窗框的房屋朦胧而喜庆;而上午9时,屋里的糖果和鞋带尽现,房子显得简陋、鲜红而邋遢,哪一个更真呢?柳树、河流和沿岸错落有致的一座座花园,因为雾的笼罩而变得迷蒙,但是在阳光下它们又显出金色和红色,哪个是真,哪个是幻?[③]

---

① Woolf, Virginia. *To the Lighthouse*, p. 281.

② Woolf, Virginia. "Phases of Fiction". *Granite and Rainbow：Essays*. London：Harcourt Brace Jovanovich, Inc., 1958, pp. 93—148. 后文凡出自同一文章,只在文后标明出处页码,不再另行作注。

③ Woolf, Virginia. *A Room of One's Own*. San Diego：Harcourt Brace Jovanovich, Inc., 1957, pp. 15—16.

这一问题与她在《到灯塔去》中所领悟的真谛——朦胧的银灰色灯塔和僵立在光秃秃岩石上的灯塔都是真的——在思维方式上相近。可以说，《到灯塔去》中的结论正是伍尔夫有关文学之"真"的思辨的起点。

她概括并评析了欧美小说中五种"真"的形态。

其一，事实之真只是部分真实。

《概观》以笛福、诺里斯、莫泊桑、特罗洛普等写实小说家为例，说明写实小说用无数事实和行动所再现的是一个具体、可感、可视的固态物质世界。它与现实社会的表象酷肖，然而在实在的事实描写之外，缺乏思想意蕴。她对笛福的整体视角、和谐世界和道德寓意赞赏有加，但从总体上说，她认为写实小说的事实之真"只是部分真实，是真实的穿刺和边缘……它与事实相伴，模仿事实，就像一个影子，比原物只多了一点隆起和棱角"（102）。

《房间》从史实角度论述了事实之真背后的隐在动机之患。它证实，所谓"史实"对妇女的记载并不真实。由于不强调女性的低劣，就无法凸显男性的优越，这一隐在的创作动机使大量有关女性的记载失真。

其二，想象之真需要以事实之真为基础。

《房间》通过对比历史现实中女性的卑微和文学想象中女性的多姿多彩，指出想象之真需要以事实之真为基础。在史实记载中，妇女被关在屋里，遭受拳打脚踢；而在文学中，女性是极其重要的人物，或英勇或卑劣，个性鲜明。于是历史上的女性便成了一种怪物，"想象中，她无比重要；现实中，她无足轻重"，就如"一条蠕虫，却长着鹰的翅膀；一个生命和美的精灵，却在厨房里剁板油"。① 伍尔夫相信，要获得想象之真，必须同时拥有想象和事实之真："要让她栩栩如生，必须带着诗意去想象，同时又要用平凡的心态去看待，只有这样才符合实情——比如，她是马丁太太，36 岁，着蓝裙，戴黑帽，穿棕色鞋子；但是，也不能没有一点虚构，比如，她的身上总是流淌和闪耀着各种精神和力量。"② 伍尔夫自己虚构的"莎士比亚的妹妹的故事"就是这一理念的具体表现。虚构中的莎士比亚的妹妹，一位尝试像莎士比亚那样闯荡世界的聪颖女子，并没有像浪漫小说那样，被想象并塑造成一个成功才女的

---

① Woolf, Virginia. *A Room of One's Own*, pp. 45—46.
② Woolf, Virginia. *A Room of One's Own*, p. 46.

典范，而是恰如其分地在伊丽莎白时代的性别歧视、冷遇、怜悯和无助中走上了绝路。

《概观》以司各特、史蒂文森、拉德克利夫夫人等浪漫小说家为例，概括了浪漫小说的优势与局限：细节精致但缺乏整体性；情感细腻却不动人；想象丰富但荒诞。伍尔夫认为浪漫小说揭开了"小说王国另一块土地上的面纱"（110），它以自由的想象虚构了人物的情感，然而由于忽视事实，它远离普通人的真情实感，显得荒谬而离谱。在所有浪漫小说家中，伍尔夫认为司各特最出色，因为他具有非凡的整体布局能力。

其三，情感之真是由非个人化创作定位、有形结构和真诚原则共同构建的。

《房间》剖析了表现纯粹个人情感的小说的致命弱点，阐明小说的情感真实是非个人的。它以 17—19 世纪英国女作家的写作为例，指出创作若带有憎恨、哀怨、仇恨等个人情绪，文学作品会变形、失真。它"在本该平静叙述的地方，却写得怒气冲冲；在本该明智表达的地方，却写得很愚蠢；在本该描写人物的地方，却描述她自己"①。夏洛蒂·勃朗特就是例证："愤怒干扰了小说家夏洛蒂·勃朗特的真诚。她游离了本该尽心投入的故事，去陈述个人的怨愤……她的想象力由于愤怒而偏离了方向，我们能够感觉到这种偏向。"②伍尔夫相信小说是非个人的、澄明的（incandescent），莎士比亚是典型例证："为了尽力将内心的东西全部而完整地表现出来，艺术家的头脑必须是澄明的，就像莎士比亚的头脑一样……里面不能有障碍，不能有未燃尽的杂质"。③莎士比亚之所以伟大，是因为我们在他的作品中读不到憎恶、谴责、苦难等个人情绪，人类本真的性情喷薄而出。

伍尔夫相信小说是有形的，它像生命一样是由多种对立的情感和判断整合而成的，有着与生命情感相应的形体。

> 如果闭上眼睛，把小说作为一个整体来考虑，那么小说似乎就是一个与生命有着某种镜像般相似的创造物，尽管带着无数的简化

---

① Woolf，Virginia. *A Room of One's Own*，p. 73.
② Woolf，Virginia. *A Room of One's Own*，p. 76.
③ Woolf，Virginia. *A Room of One's Own*，pp. 58—59.

和歪曲。不管怎么说，它是留存在精神目光中的一个形体结构，时而呈方块状，时而呈宝塔形，时而伸展出侧翼和拱廊，时而就像君士坦丁堡的圣索非亚大教堂一样坚固结实且带有穹顶。……这一形体源于某种与之相应的情感。但是此情感随即与其他情感相融，因为形体不是由石头与石头而是由人与人之间的关系构成的。……显然，回顾任何小说名著，其整体结构都是无限复杂的，因为它是由众多不同的判断和情感构成的。①

唯一能够将众多不同情感和判断契合为一体的东西，是真诚（integrity）。"在少数传世之作中，使它们保持其整体性的是一种被称为'真诚'的东西……对小说家而言，'真诚'就是让人相信，这就是真。"②伍尔夫视"真诚"为情感小说之"真"，凸显了作家——作品——读者之间最为关键的联结点，揭示了文学作品之所以打动人心的奥秘。从本质上说，文学不仅是作者本人的诸多内在情感和判断的契合，而且是作者与众多读者的复杂情感和判断的契合。一部作品要获得无数不同背景的读者的认同并产生共鸣，唯一的契合点就是人类的共有之物，真情实感。它是人心所共有的那一道内在之光。"人们在阅读时，将每一句话、每一个场景都置于一道灵光之前，因为大自然似乎非常奇妙地在我们的心中亮起一道内在的光，我们可以借此判断小说家真诚与否。"③总之，情感之真的本质是真诚，它以一种非个人的、有意味的形式表现。

《概观》用英国小说实例阐明了情感之真所达到的境界。在狄更斯特立独行的人物刻画、奥斯丁自然贴切的性情描写、乔治·爱略特深刻敏锐的性格剖析之中，伍尔夫特别推崇奥斯丁的创作。她认为，奥斯丁用对话、作者引退、喜剧性等手法实现了人物和人物关系的非个性化提升；用"建筑式的情感特质"（architectural quality）将小说中所有的元素综合成一个有形物，而这种情感特质"不在故事之中，而是超越其上；不是事物本身，而是在事物的安排之中"；用人物、对话、场景和喜剧性传递出言语之外的深远"意味"

---

① Woolf，Virginia. *A Room of One's Own*，pp. 74—75.
② Woolf，Virginia. *A Room of One's Own*，p. 75.
③ Woolf，Virginia. *A Room of One's Own*，p. 75.

(significance)，即作者和读者琴瑟共鸣的性情之真。（114—117）她的作品代表了情感真实的最高境界。

其四，心理之真是多种矛盾思绪的和谐整合。

《房间》推崇柯勒律治的"双性同体"说（Androgyny），指出心灵之真就是拥有"和谐的头脑"①（Unity of the mind）。每个人的灵魂都同时受制于两种力量，男性的和女性的。在和谐的头脑中，男性和女性的力量是情投意合的，男人不会拒绝发挥头脑中的女性力量，女人不会拒绝发挥头脑中的男性力量，这便是双性同体。莎士比亚、柯勒律治、普鲁斯特等伟大作家都能平衡使用头脑中的双性力量，都是双性同体的，因为"要完成创作，头脑中的男性和女性力量必须取得协同。对立的力量必须联姻。整体思想必须敞开，这样我们才能感觉到作家是在完整地表现他的经历。心灵必须自由而平和"②。

《概观》以实例诠释了和谐头脑在心理小说中表现的和谐之真。在心理小说中，伍尔夫特别推崇普鲁斯特和陀思妥耶夫斯基那种"将意识活动的根源和表面都照亮的力量"（126）。普鲁斯特和谐整合了意识和诗意，他作品的一面是对思绪、梦想和知识的叙述，另一面是意象的飞翔，后者可以腾入空中，给前者以全新的视角。"这种双重视像使普鲁斯特的重要人物和跃然而出的整个世界更像一个圆球，其中的一面总是隐而不见，而不像一个平台，上面的一切一览无余。"（126）陀思妥耶夫斯基的作品则是多种矛盾思绪的和谐整合，灵魂的真实就在暴烈与单纯、粗糙与复杂等多种情绪和思想的对立统一中自然呈现。伍尔夫认为，这种将心理的内核与外壁立体呈现的真实是心理真实的最高境界："普鲁斯特致力于将所有迹象都呈现在读者面前，从中可以感知各种心境；陀思妥耶夫斯基的视像如此真实可信，他自然而然地跃入结论，其自身充满意蕴。"（128）

其五，心灵之真表现为对心灵整体的远距离、诗意化、嬉戏性的艺术观照。

《房间》以现代女作家玛丽·卡迈克尔（Mary Carmichael）的小说《人生历程》（Life's Adventure，1929）为例，阐释了艺术之真的内涵。伍尔夫指出，文学并不是一种自我表现，而是一门艺术；它超越现实表象和自我意识，

---

① Woolf, Virginia. *A Room of One's Own*, p. 100.
② Woolf, Virginia. *A Room of One's Own*, p. 108.

深入触及生命本质，实现艺术形式与所表现的思想情感的契合。她认为，要创作真正的小说，作者必须"由表及里，触及事物本质……随着写作的进展，使人觉得自己已经站在世界之巅，俯瞰下界，一切尽收眼底，无比壮观"①。

《概观》以皮考克和斯特恩的小说为例，剖析了他们对心灵整体的艺术表现。伍尔夫认为皮考克和斯特恩的讽刺奇幻小说既不是对外在世界的全知全能的再现，也不是对情感世界的曲折晦涩的表现，而是对心灵世界的嘲讽奇幻式的戏说，是"对我们所生存的人世间的滑稽模仿"②。隐藏在这种轻松、幽默的笔调之后的是作家远距离、诗意化的超然心态和自由心境，这种远距离的观照使艺术作品超然于纷繁的世间万象和复杂的心理情感之上，以一种胸有成竹的笔法，自主地运筹帷幄，自如地表现心灵的奇思妙想，达到了其他小说家所不曾达到的艺术创作境地。"在讽刺作家的作品中，我们不曾体验到狂野的感觉和灵魂的冒险，却能体会到心灵的自由，因而能够看透并且摒弃另一类作家很严肃地解不开的东西。"③伍尔夫认为，斯特恩是这类创作的代表人物，他以独特的表现形式使心灵以及心灵的怪异、敏感和奇妙成为独立自足的整体，不依靠外物的支撑也能够自立。

伍尔夫对欧美小说五种"真"的形态的提炼和评析，传达了"艺术表现生命之真"的理念。她相信生命像圆球，是完整而复杂的："岁月流逝，我有时自问是否被生命迷住了，就像孩童着迷于银色之球；这是否是生命？它短暂、灿烂、激动人心，却或许流于浅表。我愿意将生命圆球捧在手中，静静地感受它的圆润、柔滑和沉重，就这样，日复一日地捧在手中。我要读一读普鲁斯特。我要前后观照。"④在日复一日的阅读中，她以超越时空的共时目光，从18—20世纪诸多欧美小说中概括出五种类型的真实形态，其评析的重心既不是它们的内在特质也不是相互比照、取舍，而是如何补足已有真实形态的局限，使之以整体方式揭示生命本真的不同层面。她构想的五种生命圆球包括：在再现客观事实之真的同时揭示其思想意蕴，在表现情爱想象的同时保持事实之真，用有意味的形式表现人物的复杂情感以揭示人类的性情之

① Woolf, Virginia. *A Room of One's Own*, p. 97.
② Woolf, Virginia. "Phases of Fiction". *Granite and Rainbow：Essays*, p. 132.
③ Woolf, Virginia. "Phases of Fiction". *Granite and Rainbow：Essays*, pp. 132—133.
④ Woolf, Virginia. *Virginia Woolf：A Woman's Essays*. Ed. Rachel Bowlby. Harmondsworth：Penguin, 1992, p. 138.

真，以意识与意象的契合或者灵魂的内在张力传达心理活动之外的意味，用远距离、嬉戏性的观照揭示心灵的奇思妙想及其言外之意。同时，她对五种真实形态采取兼容并包的态度，指出这五种类型的真实都是必要且不可替换的，它们证明了小说的多样性和丰富性。

这一思维突破了西方理论家的惯常模式和假说。艾布拉姆斯曾在《镜与灯》的第十和十一章中详尽阐释西方文学之真，我们不妨略作比照。艾布拉姆斯以历年来西方众多思想家、批评家和艺术家有关真实的言论为例证，阐明：17世纪推崇基于模仿论之上的真实观，真实即作品与自然显在秩序之间的一致；18世纪虽然坚持模仿论立场，但更重视作品为读者带来快感的实用宗旨，其真实性在于与读者的期待保持一致；19世纪突破模仿论立场，不再视文学为模仿自然的镜子，而将其视为作者仿效上帝创世的方法而创造的第二自然，其真实性在于作者的情感和心境的真诚表现。[①]艾布拉姆斯探讨了不同时期有关真实的假说的涓涓细流如何被汇聚成几种主导理论之湖的历时过程，概括了不同历史时期真实观的形成过程及其特质。而伍尔夫尝试对同类型作品作共时比较和概括，提炼出数种文学真实的形态和境界，其概括和评价超越了"文学作品与被表现的事物相符合"的传统思维框架，充分体现了对寓于语言和形式之外的生命之真的求索。两者可以说是互为补充的。

三、文学之真的本质

伍尔夫的思考没有止步于对欧美小说的真实形态的梳理和概括，没有停滞于"文学表现生命之真"的观点，而是进一步揭示生命本真与文学形式之间的平衡的关系，阐明她对文学之真的本质的理解。

她指出，文学之真的本质就在于生命之真与艺术之幻的平衡。

> 风格、布局、结构的天赋在于使我们远离我们的特殊生活并消隐它的表象，而小说的天赋是让我们尽可能触及生命本质。这两种力量如果被强硬凑合，它们就会冲突。最完美的小说家必定是能够平衡两种力量并使它们相得益彰的人（144）。

伍尔夫相信，文学之真既非绝对的客观被表现物之真，也非绝对的主观创造之真，而是生命真谛的艺术表现，是形与灵的合一。伟大的小说家"需要有一种既非精确又非情绪又非感伤的能力来创造作品"（143），要牢记文学的本质是"记录一个活生生的人的生命的唯一的艺术形式"（141）。因此，要实现文学之真，他既需要感知并参悟生活，以突破表象的遮蔽，悟出生命真谛；又要有选择、掌控和组织生活素材（风格、布局、结构）的创造能力，以赋予无形的生命精神以有形的艺术幻象。

要实现生命之真与艺术之幻的融合，重要的是要突破被表现物的形质的局限。伍尔夫在《狭窄的艺术桥梁》（1927）、《房间》和《概观》中分别构想并阐释"未来小说"、"真正的小说"、"诗意小说"的特性，并提出三种方法，旨在超越被表现对象的形质局限，实现艺术形式与生命精神的合一。

其一，小说应该与生活保持更远的距离。

> 它将不同于我们现在所熟悉的小说，主要区别在于它将与生活保持更远的距离。它将像诗歌一样，描写轮廓而不是细节。它将几乎不再使用那奇妙的记录事实的力量，那曾是小说的属性之一。……它将从不同的视角贴切而生动地表现人物的情感和思想。它将像诗歌那样表现头脑与思想的关系以及头脑在孤寂时候的独白，而不是像小说迄今所做的那样，其表现仅仅局限在或者主要放置在人们之间的关系和他们的活动。①

这是伍尔夫在《狭窄的艺术桥梁》中描述的"未来小说"的特征。她相信，与生活保持更远的距离，可以获得更大的视野，超越事实、情感和意识的遮蔽，表现生活和生命的重要面貌。保持更远的距离，可以获得不同的视角，突破文学只表现人与人之间关系的局限，让人与自然、人与命运的关系成为小说的主旨，就像莎士比亚那样，超越哈姆雷特和奥菲莉亚的爱情关系，表现"人类生活的状态和存在的问题"（19）；就像《战争与和平》中的娜塔莎打开窗户看星星那样，让小说表现"我们对于玫瑰、夜莺、黎明、日落、

① Woolf, Virginia. "The Narrow Bridge of Art". *Granite and Rainbow: Essays.* London: Harcourt Brace Jovanovich, Inc., 1958, pp. 18—19.

生命、死亡、命运等事物所怀的情感"（18）。保持更远的距离，还可以始终与现实生活和人性趣味保持联系，始终扎根文学记录人的生命的主旨。伍尔夫所列举的伟大作家，无一例外都与生活保持着一定的距离，都拥有出色的掌控全局的能力，因此他们的作品总能超越单一的事实、想象、情感、心理和心灵之真，揭示关于人类和世界的思想和诗意。

其二，文学家应该从人与现实的关系出发去理解和表现人类。

> 我相信，假如我们能够再活上一个世纪……而且每人拥有五百英镑的年薪和自己的房间；假如我们习惯于自由而无畏地写下我们真实的想法；假如我们能够从常居的客厅里逃离一会儿，不是从人与人的关系而是从人与现实的关系出发去理解人类；对天空、对树木或者无论对什么东西也都能从它们本身出发去理解它们；假如我们的目光能够超越弥尔顿的幽灵，毕竟无人可以封闭我们的视野；假如我们能够直面事实，因为那只是事实而已，并没有臂膀可以让我们依附，于是我们独自前行，我们的关系是与现实世界的关系，并不局限于与男人和女人的世界的关系，那么，机会就会来临，莎士比亚的妹妹，那位死去的诗人，就会复活，重获她一再丢失的生命。①

这是伍尔夫在《房间》的结束语中阐释的"真正的小说"的特性。她在《房间》中用五个章节的篇幅，逐一阐明文学须超越单一的事实、想象、情感、心理、意识之真的观点后，从更大的范围观照，阐明西方文学的局限在于只关注人与人之间的关系，只能从人出发认知人和世界。她呼吁从人与世界的关系出发去理解人，从天空和树木等事物本身的立场出发去理解世界，唯有如此，艺术才能超越人类自身的盲洞和局限，揭示情感和事物之外的本真。

其三，文学是生命诗意的艺术表现。

伍尔夫在《概观》中阐发了"诗意小说"的特性。她认为伟大的作品都

---

① Woolf, Virginia. *A Room of One's Own*, pp. 117—118.

以独特的方式传达着生命诗意，其诗意与形式是完美合一的。"完美的小说家表达的是一种与众不同的诗意，或者说，他们有能力以一种无损于小说其他创作特质的方式表达这种诗意。"（137）斯特恩的诗意源于他那富有音乐旋律的词句，托尔斯泰的《战争与和平》的诗意源于其深沉而热情的情景，艾米丽·勃朗特的《呼啸山庄》的诗意源于其极具想象力和象征意蕴的场景，普鲁斯特的《追忆逝水年华》的诗意源于其深刻的情感分析中所设置的隐喻。"诗意小说似乎要求一种对场景做出不同的安排；人类是需要的，但是需要的是他们与爱、死亡或自然的关系，而不是人与人的关系。出于这一原因，人物的心理被简化……需要感受的不是生命的繁复，而是它的激情和悲怆。"（140—141）

可以看出，伍尔夫笔下的未来小说、真正的小说或诗意小说，其本质是一致的，所凸显的都是对介于艺术形式与生命本真之间的隔阂的消解。"与生活保持更远的距离"旨在突破视觉的遮蔽，实现视觉的有限与想象的无限的统一。"从人与现实的关系理解和表现人类"旨在克服创作主体的局限，获得一种整体视野的升华。"艺术形式与生命诗意合一"是对言外之意的推崇，文学之真就寓于艺术性和生命性的平衡之中。

如果再次回到伍尔夫所提出的"暮色中朦胧的房屋"与"上午 9 时邂逅的屋子"孰真孰幻的问题，我们可以看出，有关真幻的答案很大程度上取决于对物质具象、心灵感知与文学形式之间的平衡的把握。在"远距离的整体观照"与"近距离的事物/心灵局部细察"之间，伍尔夫更青睐前者。她深知，只有突破近距离的具象遮蔽，让心灵感知事物的整体并领悟其内在意蕴，艺术之形才可能表现并揭示无以言说的生命本真。

四、伍尔夫真实观的价值

伍尔夫真实观的重要思想价值在于：它突破西方真实观的线性发展轨迹，表达了从整体观照艺术本质的理念。

从古到今，西方真实观经历了从"镜"到"灯"再到"符号"的线性发展轨迹。艾布拉姆斯在《镜与灯》中深刻论述了西方文学从"镜"走向"灯"的思维范式的嬗变，揭示了西方文艺理念的一次重大转向。他用大量的例证说明：从柏拉图到 18 世纪，思想家和艺术家们喜欢将心灵比喻为"镜"，重视心灵对万物的反映作用，确立了"文艺即模仿"的核心理念和将艺术之真等同于客观被再现物之真的评判标准；浪漫主义时期，思想家和艺术家们喜欢将心灵比喻为"灯"，注重心灵对万物的感知和创造作用，建立了"文艺即表现"的核心理念和将文艺之真等同于创作主体心灵之真诚的真实准则。艾布拉姆斯以"镜"到"灯"的心灵喻体的转换，阐明了从模仿思维到表现思维的嬗变，揭示了真实的标杆从客观万物到主体精神的转变。

　　20世纪语言学转向后，真实与符号对等的原则逐渐占据主导地位，文艺理念再度发生重大转变。符号以逼真再现和精确复制等方法彻底置换现实，在极度推崇虚构的过程中割断了文艺与存在之真的关系。让·鲍德里亚对形象或符号四个发展阶段的概括充分说明了这一点："形象的承递阶段如下：1. 它是对某种基本真实的反映。2. 它掩盖和篡改某种基本真实。3. 它掩盖某种基本真实的缺场。4. 它与任何真实都没有联系，它纯粹是自身的拟象。"①这里，第一和第二阶段分别代表着"镜"的反映和"灯"的创造，第三和第四阶段喻示着"符号"的虚构和仿真的形成。

　　从两位西方思想家的有力阐说中，我们可以明晰这样的真相：西方学者遵循线性思维，在不同的历史时期，依次将文艺的三个基本要素（即客观对象、创作主体和艺术媒介）之一推崇为唯一的思维核心和真实标杆，其代价是放逐另外两个要素。

　　伍尔夫所做的，不是要素之间的替换，而是同时肯定三个要素的核心地位和真实性，获得它们之间的瞬间平衡。当然，她也是付出代价的，她的代价是分别削弱三个要素的强度。她用距离说淡化客观对象的形质性，用"人与现实"的关系消解主体精神的中心位置，用诗意说化解符号意义的确定性。她的目标是，表现基于事实、想象、情感、心理和心灵之真的生命之真，实现生命之真与艺术之幻的合一。

　　伍尔夫将文学之真归结为对生命本真的揭示，其观点与海德格尔有关艺术之真的思想相近。海德格尔在《存在与时间》中批判西方自亚里士多德以来所一贯坚持的"真"即"知与物的符合"的信条，②对"真"作了重新界定：

---

　　① 让·鲍德里亚：《仿真与拟象》，载汪民安、陈永国、马海良：《后现代性的哲学话语》，浙江人民出版社2000年版，第333页。

　　② Heidegger, Martin. *Being and Time*. Trans. John Macquarrie & Edward Robinson. San Francisco: Harper, 1962, p. 258.

"在最原初的意义上，真即此在的揭示，所揭示者存于现世之中。此在同时寓于真与不真之中。"①也就是说，海德格尔相信，真就是对处于遮蔽之中的存在之真的揭示。此后，他在《艺术作品的本源》中详尽地论证"艺术揭示存在之真"的本质。他从剖析艺术品的物性出发，批判了西方思想界将物的物性先后解释为"特性的载体、感觉的复合和有形的质料"的做法，指出它们不仅遮蔽真正的物性，而且阻碍通向艺术性的道路。他提出，艺术品的本源是艺术，而艺术的本性是"存在者的真理将自身设入作品"②。要表现艺术之真，需要将作品从自身之外的所有关系中解脱出来，让它根据并且为了自身而存在，因为它唯一属于它自身敞开的领域。在这一领域中，"真"只在世界和大地的对立中、在照亮和遮蔽的冲突中显现。他的结论是，"真理，作为所是的澄明和遮蔽，在被创造中产生，如同一诗人创造诗歌。所有艺术作为让所是的真理的产生，在本质上是诗意的。艺术的本性……是真理的自身设入作品。由于艺术的诗意本性，在所是之中，艺术打开了敞开之地，在这种敞开之中，万物是不同于日常的另外之物。"③海德格尔的突破点，不仅在于扬弃艺术之真与某一物性的对等关系，而且在于揭示了西方传统思想将艺术分裂为客体特性、主体感觉和媒介形式的弊端（他称它们为西方传统思想对物性的三种解释）。他将艺术品的本源还原于艺术，修复了艺术的整体性，凸显出它诗意地揭示存在之真的本质。伍尔夫虽然不曾深入破解传统真实观的弊端，却通过逐一修正或概括艺术作品的五种真实形态，同样完成了将偏于一端的艺术真实修复为整体的过程，阐明了艺术揭示生命之真的本质特性。

伍尔夫强调文学之真的本质在于生命之真与艺术之幻的平衡，这一观点与中国古典文论中的"真幻说"遥相呼应。中国诗学的"真"，始见于老子《道德经·第二十一章》（"其中有精，其精甚真"）和庄子《南华真经·渔父》（"真者，精诚之至也"）中，其本义为道之本性和生命之本真等。真即生命本真，这既是老庄思想的核心，也是中国诗学的主旨。在中国诗学发展史中，

---

① Heidegger, Martin. *Being and Time*, p. 265.
② 海德格尔：《诗·语言·思》，彭富春译，文化艺术出版社 1991 年版，第 37 页。
③ 海德格尔：《诗·语言·思》，彭富春译，文化艺术出版社 1991 年版，第 67 页。

思想家和艺术家们虽然曾提出"实录"说，①但主导思想是"事真景真，情真理真，不烦绳削而自合"②的真幻说。晚清梅曾亮的一段话最能说明真幻说的内涵："无我不足以见诗，无物亦不足以见诗，物与我相遭，而诗出于其间也……肖乎吾之性情而已矣，当乎物之情状而已矣。审其音，玩其辞，晓然为吾之诗，为吾与是物之诗，而诗之真者得矣。"③在梅曾亮看来，诗之真即"我"与"物"的契合在"诗"中的表现。由"我"与"物"的交感所悟出的生命之真与"诗"的艺术之幻交融，传达超越于语言和形式之外的本真意蕴，这正是中国诗学的"真"。明清时期学者们对小说的点评最能体现中国诗学对艺术的似真似幻本质的推崇。比如"《水浒传》文字原是假的，只为他描写得真情出，所以便可以与天地相终始"④；《西游记》"文不幻不文，幻不极不幻。是知天下极幻之事，乃极真之事；极幻之理，乃极真之理"⑤；《红楼梦》"其事并不真实，其情理则真"⑥；《金瓶梅》"其各尽人情，莫不各得天道"⑦，《儒林外史》"其人之性情心术，一一活现纸上"⑧。细细品味，这些点评宽容事实的不真，重视生命的情理，推崇艺术之幻，其重心正落在三者之间的平衡上。"穷神尽相"是对这一平衡关系的写照。伍尔夫同样追求平衡，但是作为西方艺术家，她首先致力于破解主客观对立，实现事实与精神的融合，然后才能够通达生命与艺术的平衡。她的感悟或许不像中国学者那样明晰和自如，但是她悟到了，这是最重要的。

---

① 从汉代到魏晋，思想家曾提出"实录"说。汉代王充撰写《论衡》以纠正当时文坛虚妄之言的盛行，指出"虚妄之语不黜，则华文不见息；华文放流，则实事不见用"（王充：《论衡·对作篇》）。班固对司马迁据实而作的《史记》大加颂扬，称其"善序事理，辩而不华，质而不俚，其文直，其事核，不虚美，不隐恶，故谓之实录"（班固：《汉书·司马迁传赞》）。晋代左思继承"实录"说，提出"美物者，贵依其本；赞事者，宜本其实。匪本匪实，览者奚信！"（左思：《三都赋序》）。

② （清）方东树：《昭昧詹言》，汪绍楹校，人民文学出版社2006年版，第98页。

③ （清）梅曾亮：《李芝龄先生诗集后跋》，载黄霖、蒋凡主编：《中国历代文论选新编·晚清卷》，上海教育出版社2008年版，第35页。

④ （明）李贽：《容与堂本李卓吾先生批评忠义水浒传回评》，载黄霖、蒋凡主编：《中国历代文论选新编·明清卷》，上海教育出版社2007年版，第102页。

⑤ （清）幔亭过客：《西游记题记》，载黄霖、蒋凡主编：《中国历代文论选新编·明清卷》，上海教育出版社2007年版，第218页。

⑥ （清）脂砚斋：《红楼梦评语》，载黄霖、蒋凡主编：《中国历代文论选新编·明清卷》，上海教育出版社2007年版，第352页。

⑦ （清）张道深：《批评第一奇书金瓶梅读法》，载黄霖、蒋凡主编：《中国历代文论选新编·明清卷》，上海教育出版社2007年版，第324页。

⑧ （清）闲斋老人：《儒林外史序》，载黄霖、蒋凡主编：《中国历代文论选新编·明清卷》，上海教育出版社2007年版，第362页。

结语：生命之真寓于无，而艺术之幻正是"无"中生"有"的利器。伍尔夫从诸多文学名著中所获的感悟早已被无数艺术家们实践，被中国明清思想家们领悟。然而在 20 世纪阐明这一思想，其价值是重大的。在艺术越来越脱离现实和感知，迷失在符号的抽象之中的时候，我们需要的正是一种基于艺术之幻之上的中和与超越。

第二节　生命真实的艺术境界：物境、情境、意境

中西诗学对艺术最高境界的理解是不同的。西方诗学的基点是"模仿论"，艺术是对世间万物的模仿，其最高境界是"真实"，即艺术与其表现对象之间的符合。① 自柏拉图的"理念说"、亚里士多德的"模仿说"到让·鲍德里亚的"类像说"，"真实"一直是西方诗学的评判标准，所不同的是其符合的对象。中国诗学的基点是"情志说"，艺术是对生命情感和志意的表达，其最高境界是"意境"，即艺术通过立象以尽意，实现意与境浑，以表达超越感性与具象的生命本真。自先秦《周易·系辞上》的"立象以尽意"到中唐王昌龄的"三境说"，再到王国维的"境界说"和宗白华的"艺境说"，"意境"一直是中国诗学的审美至境。

但是，中西经典作品本身并无"真实"与"意境"的对立，它们往往既体现"意境是一切优秀艺术品的共同追求和审美特征，古今中外，概无例外"② 这一事实，也传达"诗是真实的"③这一理念。那么，中西诗学中的"真实"和"意境"可否共融？

伍尔夫的文论和作品从未出现过"意境"概念，然而无论是阐释文学真实（truth），还是界定现实本源（reality），伍尔夫都表达了追求生命真实的审美境界。她认为，从本源上说，文学超越主体对尘世和自我的认知，体现

---

① 参见海德格尔：《存在与时间》，陈嘉映等译，三联书店 2009 年版，第 247 页。另外艾布拉姆斯在《镜与灯》最后两章中详尽阐述了作为西方批评最高评判标准的"真实"的多种内涵，详见 Abrams, M. H.. *The Mirror and the Lamp*：*Romantic Theory and the Critical Tradition*. Oxford：Oxford University Press, 1953, pp. 263—335。

② 朱立元：《美的感悟》，华东师范大学出版社 2002 年版，第 232 页。

③ Abrams, M. H.. *The Mirror and the Lamp*：*Romantic Theory and the Critical Tradition*. Oxford：Oxford University Press, 1953, pp. 312—319.

为心灵世界与物象世界之间的契合；从批评上看，文学超越感官和理性的评判，表现为从观到悟的审美体验；从形式上看，文学超越语言与情感的对立，是情感关系的艺术表现；从本质上看，文学超越物质与精神、形式与内涵、语言与情感之间的二元对立，是表现真实生命的艺术形式。①她始终追寻一种未来小说以表现这一超越意识。她指出，"我们对作品的真实性的相信程度，并没有达到饱和。找到某种使它获得新生的创作手法，这是唯一的问题。有能力有气度做到这一点的，不是莎士比亚，不是雪莱、哈代，或许也不是特罗洛普、斯威夫特、莫泊桑"，②她强调：文学不仅需要观察人与人之间的关系，更重要的是要观察人与现实的关系，只有这样，文学才能充分地再现人和世界。③

她用系列短篇小说形象地呈现对文学境界的反思和超越，这一系列短篇小说包括：《在果园里》（1923）、《镜中女士：反省》（1929）、《三幅画》（1929）。她以直观的创作形式表达了对文学最高境界的理解：文学的最高境界须超越再现事物与被再现事物之间的一致性，以意与境的交融为最高点。其观点与中国古典诗学的"意境说"的旨趣相通。

本节将以中国传统诗学中的"意境说"为参照，揭示其对文学意境的反思和表现。

一、"意境说"的内涵

何谓意境？意境是中国古典美学和文艺学中一个独特的、重要的范畴。唐朝时它从"意象"中脱胎而出，主要应用于文艺审美领域。它既继承自先秦《周易》的"立象以尽意"④、王弼的"寻象以观意"⑤、刘勰的"窥意象而

---

① 上述观点，分别参见本书下篇第八章第一节、第九章第一节、第十章第一节和第七章第一节。

② Woolf, Virginia. "Phases of Fiction". *Granite and Rainbow*: Essays. London: Harcourt Brace Jovanovich, Inc., 1958, p. 98.

③ 这一观点在《一间自己的房间》（1929）、《小说阶段》（1929）、《狭窄的艺术桥梁》（1927）中都有陈述。见 Woolf, Virginia. *A Room of One's Own*. London: Harcourt Brace Jovanovich, Inc., 1957, p. 118; Woolf, Virginia. "The Narrow Bridge of Art". *Granite and Rainbow*: Essays. London: Harcourt Brace Jovanovich, Inc., 1958, pp. 18—19; Woolf, Virginia. "Phases of Fiction". *Granite and Rainbow*: Essays. London: Harcourt Brace Jovanovich, Inc., 1958, pp. 117—118。

④ （先秦）《周易·系辞》，据《十三经注疏》本。

⑤ （魏）王弼：《周易略例·明象》，据中华书局《王弼集校释》本。

运斤"①等意象内涵，又充分吸收道家思想和佛学思想，因此，不仅包含"意象"的宽泛性、不确定性以及追求本真的特性，还包含道和佛摆脱一切世俗欲念，追求精神空明的超凡脱俗的境界。

自唐朝以来，对"意境"的论述不胜枚举。其中，唐代诗人王昌龄通过对比物境、情境和意境的微妙差异，昭示"意境"的本质。其阐释最为全面和明晰：

> 诗有三境：一曰物境。欲为山水诗，则张泉石云峰之境，极丽绝秀者，神之于心，处身于境，视境于心，莹然掌中，然后用思，了然境象，故得形似。二曰情境。娱乐愁怨，皆张于意而处于身，然后驰思，深得其情。三曰意境。亦张之于意而思之于心，则得其真矣。
>
> 诗有三格，一曰生思。久用精思，未契意象，力疲智竭，放安神思，心偶照境，率然而生。二曰感思。寻味前言，吟讽古制，感而生思。三曰取思。搜求于象，心入于境，神会于物，因心而得。②

我们不妨用简洁的语言解释王昌龄所描述的文学基本创作模式及其境界：

物境：诗人置身于泉石云峰之中，细致观察自然景物，将秀丽景色融入心中，然后用心理解和揣摩景物，获得对物景的"形"的酷肖把握。从构思过程看，它带着观物取象的特征，经心与物的长时间交感后，瞬间契合而成。可以说，物境是诗人因心与物的合一而获得的"景物"之"意象"。

情境：诗人尽心体悟多种复杂情感，然后用心品味并把握情感，获得对情感的"象"的深切感悟。从构思过程看，它带着心与情交感的特征，瞬间契合而成。可以说，情境是诗人因心与情的合一而获得的"情感"之"意象"。

意境：诗人用心感悟物景之"意象"和情感之"意象"，获得对超越尘世万物与自我情感的本真的把握。从构思过程看，它带着神与物游的特征，由

---

① （南朝梁）刘勰：《文心雕龙·神思》，徐正英、罗家湘注译，中州古籍出版社2008年版，第272页。

② （唐）王昌龄：《诗格》，据《诗学指南》本。

心与意象瞬间契合而成。可以说，意境是因心与意的合一而获得的"意象"之"境"，为文学的最高境界。

这里，物境、情境与意境的共性在于，它们都是情景交融的产物。它们的区别在于，物境和情境是"物"或"情"与"心"交感而产生的；而意境则是"意象"与"心"交感而产生的。清代林纾的概括可以清楚地阐明两者之间的区别："境者，意中之境也。……意者，心之所造；境者，又意之所造也。"①

更清楚地说，物境和情境是情景交融而呈现的"意象"，而意境则是在"情景交融、虚实结合、形神兼备的基础上创造出来的，由象内之象和象外之象构成"②。文论家更多以"象外之象"、"景外之景"来界定意境。比如，苏轼的"境与意会"③、刘禹锡的"境生于象外"④、司空图的"超以象外，得其环中"⑤、朱光潜的"诗的境界是情趣与意象的融合"⑥等均表达此喻义。其中以司空图的"超以象外，得其环中"最有影响力。这里，"超以象外"是指"象外有意"；"得其环中"源出庄子的"枢始得其环中，以应无穷"⑦，"环"是指插入门枢的那个环洞，将枢放入环中，门即可旋转自如，因此"环中"喻意万物之核心，宇宙之本真，生命之真谛。显然，"超以象外"需指向"环中"才能体现其意境。

二、反思"现实"之景

《镜中女士：反省》用三幅镜像映照一位女士的一生。镜像一：镜中清晰映现桌子、向日葵和花园小径，一切景物井然有序，静谧安详，休眠了一般。与之相应的是对房子女主人伊莎贝拉的描述。她的穿戴、举止、身世、经历和习惯就像镜中的桌子和向日葵一样，清晰而有条理。镜像二：巨大的黑影闯入镜中，向桌上扔了一些薄片后离开，是邮差送信。信件与镜中原有物件经重新排列后呈现出一幅新的画面，信件占据中心位置。与之相应的是对伊

---

① （清）林纾：《春觉斋论文·意境》，据人民文学出版社本。
② 胡经之主编：《中国古典文艺学丛编》（二），北京大学出版社 2001 年版，第 103 页。
③ （宋）苏轼：《题渊明饮酒诗后》，《东坡题跋》卷二，据《丛书集成》本。
④ （唐）刘禹锡：《刘宾客集·董氏武陵集纪》，据《四部丛刊》本。
⑤ （唐）司空图：《二十四诗品·雄深》，据《四部丛刊》本。
⑥ 朱光潜："诗论"，《朱光潜全集》（卷 3），安徽教育出版社 1987 年版，第 62 页。
⑦ （先秦）《庄子·齐物论》，据《四部丛刊》本。

莎贝拉的情感和思想的叙述，进而是对小枝叶被剪落时她的内心思绪的表现。镜像三：伊莎贝拉本人在镜子中现身，镜中影像越来越大，镜中原有物件纷纷向两边退开。当镜中人像与她本人一般大小时，她身体表面所有的东西统统脱落，呈现在面前的是一个赤裸的女人，先前的一切描写和想象都在瞬间烟消云散。①

上述三幅镜像折射出西方传统文学对人物（伊莎贝拉）的表象、想象和实象的塑造。第一幅镜像折射了伊莎贝拉在视觉之镜中的表象。就像镜中的向日葵和花园小径一样，视像之镜中的伊丽莎白的生平细节历历在目。人们用比喻描述她的形貌举止，用事实概括她的生活经历。远远看去，她的形象酷肖逼真；细细回味，她的情感思想一片迷糊。第二幅镜像折射了伊莎贝拉在心灵之镜中的形象。就像镜子中的信件内藏真相一样，心灵之境中的她袒露丰富的思想和情感。但是心灵之境中的伊莎贝拉是创作者凭借想象描绘的，粗略一看，似乎情感细腻；但是整体思想却并不真切，因为仅仅想象伊莎贝拉本人并不能真实而全面地揭示她的内心；只有捕捉到她剪落小枝叶时心头掠过的那丝惋惜和伤感，捕捉到她对生命渺小的无奈和对命运的坦然，才能真正表现她。第三幅镜像折射的是伊莎贝拉本人的实体。当她独自占据整个镜面的时候，镜子中所有可以衬托她的美丽和优雅的其他物件都不见了，她也因此变成了一种虚空，除了躯体之外，一无所有。与这三幅静态镜像相对应的是真实世界的鲜活和变动不居。现实世界中的动物、植物、物件都是瞬息万变、生机盎然的，然而这些动植物一旦被印入镜像就永远定格在那里了。伍尔夫用相同的叹息开始并结束了这个短篇："人们真不应该把镜子挂在房间里"。

三、表现"真实"的物境、情境和意境

伍尔夫曾创作了系列短篇小说，每一部作品都包含三种不同创作模式，呈现三种不同内质。这些作品包括：《在果园里》（1923）和《三幅画》（1929）。

《在果园里》以三种不同创作模式呈现同一个场景。共同的场景是：米兰

---

① Woolf, Virginia. "The Lady in the Looking-Glass: A Reflection". *The Complete Shorter Fiction of Virginia Woolf*. ed. Susan Dick. London: The Hogarth Press, 1989, pp. 215—219.

达睡在苹果树下的长椅上。模式一：近距离观看米兰达，看见她手中的书，书中的一行字，手指上的猫眼石、飘动的长裙、飞动的白蝴蝶；清晰地听到周围的学童、老师、牧童和醉汉发出的声音；然后拉开焦距，逐一从高处俯视 30 英尺之下、200 英尺之下、几英里之下的米兰达及周围的景物。模式二：米兰达仿佛在轻语、微笑，接着她的整个思想便呈现在我们面前：它在悬崖之顶、课堂、大海、醉汉的吆喝声、教堂、玛丽、骑马人等无数场景中快速切换；它快乐、恼恨、舒适、兴奋、平静……情随景转，瞬息万变。模式三：米兰达的紫色衣裙飘动在两棵树之间；果园里 24 棵苹果树姿态各异、旖旎可人；微风轻吹、小鸟嬉戏。和谐景象中，米兰达不再是中心，而是大千世界中的一抹紫色。①

　　三种模式，它们的人物、背景完全相同，但透视视角迥然不同，所呈现的内在构成也大有区别。第一种模式以米兰达为中心，以周围世界为背景，全方位再现视觉和听觉所感知之物。场景描写生动、形象、精巧，整体结构似同心圆，随着空间的增大而层层向外扩展，米兰达始终是圆心。这里，我们看到的是作者对人世间物景的取舍和再现，是一幅逼真的写实之景。第二种模式全方位呈现米兰达的思想和情感。四周的实物背景完全消失，虚化后嵌入思想和情感之中，成为情绪转换的诱因和背景；整体结构似万花筒，以米兰达的微笑为透视孔，可浏览米兰达的思绪和情感的快速变化和律动；米兰达仿佛是思想和情感的巨大载体，里面充满思绪的微粒和片段，却看不清整个人物。这里，我们看到的是作者对情感思想的取舍和再现，是一幅真切的抒情之作。第三种模式全面呈现人与自然的和谐景观。包括米兰达在内的所有实在物都各居其位，和谐相处，既是主角，又是配角；没有特别的视觉和听觉描写，也没有特别的情感描述；整体结构似后印象主义画卷，红、黄、紫色彩相间，树枝将所有景物连接在一起，吹拂的微风和飞翔的小鸟给画面带来动态的生命活力。整个画面鲜明地突出万物和谐相处的意象，却又似乎言有尽而意无穷。透过"每棵苹果树都有充足的空间"、"天空和树叶相称"、"几英里下面的泥土中，它们紧紧相连"② 等语句，我们恍然感悟其中所蕴含

---

　　① Woolf，Virginia. "In the Orchard". *The Complete Shorter Fiction of Virginia Woolf*, New Edition. ed. Susan Dick. London：The Hogarth Press，1989，pp. 143—145.

　　② Woolf，Virginia. "In the Orchard". *The Complete Shorter Fiction of Virginia Woolf*, p. 145.

的"天地一指也，万物一马也"①的齐物论思想。

《三幅画》以三幅画面呈现一个连贯的故事。画面一：晴朗的白天，"我"看见一名年轻水手背着包裹，一位姑娘挽着他的手臂，四周聚满了邻居。画面美好而温馨。画面二：半夜里，"我"听见一声哭号响彻整个村庄，然后是一片死寂。"我"感到无以名状的恐惧。画面三：几天后，同样晴朗的白天，"我"经过教堂墓地，看见一个男人在掘墓，他的妻子、孩子在旁边用餐，掘墓人的妻子告诉"我"，年轻的水手得了热病，在两天前的夜里死了。②

三幅画，透过"我"的观、感、悟，揭示了生命的表象、情象和本相。第一幅画面再现"我"之所"观"。"水手归乡图"，景象如画，完美无缺，然而只显其表不见其里。"我"看见并了解部分事实，如远航中国归来、丰盛宴席、给妻子的礼物、未来的孩子。画面在"我"的心中萦绕多次后，"我"依据自己的印象和感受，逐一添加幸福细节，在心中构成一幅"水手及其妻子的幸福生活"全景图。这是一幅由客观景物和创作者的感受合成的景物"意象"图。第二幅画面表现"我"之所"感"。"我"听见夜半哭喊声，隐约感觉到其中的不祥气息，却对具体情况一无所知。于是在一片死寂中，我的不安、恐惧、抗议……各种极端的情绪泉涌，并在想象中无限扩张；当所有的情绪慢慢平息后，定格在心中的意象是一只向上举起的巨大手臂，徒劳地抗议命运的不公。显然，外在的"哭声"与"我"内在的情绪在想象的作用下契合，形成独特的情感"意象"。第三幅画，幸福的图景与抗议的手臂在"我"的心中交替呈现，"我"面对晴朗的天空不知该如何理解生活。恐怖的哭声将美好的表象撕破，晴好的天空、祥和的自然和幸福的图景却竭力弥合不安和恐惧。这时，墓地一景令"我"恍然大悟：男人掘墓与女人和孩子用餐，墓穴泥块与新鲜食物，两种截然相反的事物竟然可以和谐并置；死竟可以是快乐的，生也可能是痛苦的。幸福意象、恐惧意象与墓地一景在"我"的心中瞬间合一，对生死的彻悟将画面提升到意境的高度。当然，感悟是通过画面传递的，作品本身并没有直接阐述。

如果说《镜中女士：反省》传递的是伍尔夫对传统的物质主义小说和心

---

① （先秦）《庄子·齐物论》，据《四部丛刊》本。

② Woolf, Virginia. "Three Pictures". *The Complete Shorter Fiction of Virginia Woolf*, New Edition. Ed. Susan Dick. London: The Hogarth Press, 1989, pp. 222—225.

理小说的质疑和对理想的文学境界的勾勒，而《在果园里》和《三幅画》则生动表现了伍尔夫的"物境"、"情境"和"意境"。三篇短篇，四种不同的视角，然而所对比的写作模式始终是物、情、意三种。从这一点看，伍尔夫与中国古典艺术享有共通的思维模式。

物境、情境和意境，以三种创作模式表现三种不同文学境界。其基本手法都是情景交融，但分别以"景中有情"、"情中有景"和"超以象外，得其环中"为表现理念。宗白华曾分别称它们为"直观感相的摹写"、"活跃生命的传达"和"最高灵境的启示"[①]，以意境为其中的至境。伍尔夫虽然较少作理论阐述，其思想精髓却在作品中尽显。

《在果园里》和《三幅画》充分表现三个层次的文学境界。为了论证的方便，依照宗白华的理论，将伍尔夫作品的境界三层次列简表如下：

	《在果园里》	《三幅画》
直观感相的摹写（物境）	模式一	画面一
活跃生命的传达（情境）	模式二	画面二
最高灵境的启示（意境）	模式三	画面三

"直观感相的摹写"：《在果园里》和《三幅画》中的第一个场景都生动再现了以人物为中心的直观景物，而且体现出"景中有情"特征。景物是直观描写的，以人物为中心，大小比例符合自然规律；视角可以是平视、俯视、仰视，焦距可近可远；重要的是，要体现"景中有情"，即在描绘直观景象的同时微妙地传达人物的情感和思想。《在果园里》和《三幅画》提供了形象的例证：米兰达的舒心畅意是通过紫衣裙在微风中翻飞、小草点头、蝴蝶嬉戏传递的；而归乡水手及其妻子的幸福是通过水手砍柴、妻子缝制婴儿服、小鸟轻飞、蜜蜂嗡嗡传递的。伍尔夫推崇直观景物再现，不仅因为它能直观再现景物，而且因为它能够以景抒情，表现完整的场景。她曾高度评价屠格涅夫的景中情："阅读间歇，我们眺望窗外，所悟的情感更为深切地回到我们心中，因为情感的传递是通过文字之外的其他介质来实现的，即通过树木、云

---

① 宗白华：《中国艺术意境之诞生》，载《美学与意境》，人民出版社1987年版，第214页。

彩、狗吠声或夜莺的歌声传递的。这样我们被四周的东西——交谈、沉默、事物的外观——所包围。场景异常完整。"①与"直观感相摹写"相对立，伍尔夫在《镜中女士：反省》的第一个镜像中，批判地叙述了西方传统的物质主义文学。她的批判目标是与"直观感相摹写"相对立的"概述事物"表现模式，比如，以比喻方式描写人物，或者以事实概述再现生活，所概述的文字始终与被概述的事物隔了一层。关于这一点，她曾在《现代小说》、《班内特先生与布朗夫人》等论文中作了深刻的理论性批判。

"活跃生命的传达"：《在果园里》和《三幅画》中的第二个场景均直观呈现人物或叙事人的思想情感，并体现出"情中有景"特征。伍尔夫写作前期，曾主要呈现人物的意识流，比如"米兰达接着想，我或许躺在崖石顶端，海鸥在我头上欢叫"②。然而在成熟期的作品中，她采用的大都是全方位表现感官知觉和意识思维的写作方式。在那里，记忆的湖水将情感、思绪中最重要的浮标托起，这些情感和思想的浮标在想象的串联下自由地流动，将活跃的内在生命完整地呈现出来。比如：

　　半夜，一声尖厉的哭喊响彻整个村庄。接着是一阵嘈杂的扭打声；然后一片死寂。从窗口望出去，只看见丁香树枝条，纹丝不动，笨重地悬挂在路的上方。那是一个闷热的、静谧的夜晚。没有月光。哭喊声让一切都显得不吉祥。谁在哭？她为什么哭？那是女人的声音，压抑在某种极端的情绪中，几乎变得既无性别特征也无情感内涵。就好像人性在哭喊着抗议某种不公，抗议无以言说的恐惧。一片死寂。明亮的星星不再闪烁。田野静寂。树木凝固。③

画面非常完整，似乎是某种记忆的回眸；情感鲜活生动，仿佛历历在目；场景立体而开阔，构图来自视觉、听觉、触觉、思绪等多种感官印象；语句简短凝练，可感觉到视野的空旷、神秘和压抑。"情中有景"的特征非常鲜

① Woolf, Virginia. "The Novels of Turgenev". *The Captain's Death Bed and Other Essays*. London: Harcourt Brace Jovanovich, Inc., 1978, p. 54.
② Woolf, Virginia. "In the Orchard". *The Complete Shorter Fiction of Virginia Woolf*, p. 144.
③ Woolf, Virginia. "Three Pictures". *The Complete Shorter Fiction of Virginia Woolf*, p. 223.

明。情感的引入非常简约，仅仅点到"尖厉的哭喊"和"嘈杂的扭打声"；而情感的厚度却莫测高深，全凭"纹丝不动"的枝条、"闷热的、静谧的夜晚"、"不再闪烁"的星星和"凝固"的树木等景物来表达，其内涵远远超出语言所能描述的。可以说，此处，通过情感观照而呈现在读者面前的景物，不仅隐约传达情感的状态，而且发挥着激发读者自己的情感和想象的作用。伍尔夫特别推崇屠格涅夫以情为枢、以景寓情的表现方式："屠格涅夫并不将作品视为事件的连续，而是视为主要人物的情感的连续……即使他启用的对比有些突兀，或者从人物身上游离开来，转而去描写天空或森林等，但是他真实的洞察力却将一切紧握在一起。"①与"活跃生命的传达"相对立，《镜中女士：反省》中镜像二的前半部分是伍尔夫对传统心理小说的一种批判式概述，所批判的是这样的写作模式：只关注对人物思想情感的描写或实录，却不关注人物与世界的关系。

"最高灵境的启示"：三个短篇都在作品的关键场景达到"意"与"境"的契合，其重要特征是"超以象外，得其环中"。按照王国维的理论，意境可分为"有我之境"和"无我之境"，前者"以我观物，故物皆著我之色彩"；后者"以物观物，故不知何者为我，何者为物"。②《镜中女士：反省》和《三幅画》可以说传达了"有我之境"。在《镜中女士：反省》中，女士剪落一片细小枝叶；她在枝叶落地的瞬间，一丝感悟之光亮起；枝叶的死亡意象与她对生命的脆弱和渺小的洞见蓦然合一；她的内心掠过一丝哀伤，随即又涌出对生死的坦然心境。寥寥数语就传递出"生命共感"的思想。在《三幅画》中，"我"既目睹水手的幸福又体验夜半哭号的恐惧，在凝视墓地的平静场景的时候，瞬间获得彻悟，将生与死合为一体。伍尔夫清晰呈现了"意象"与"境"合一的整体构思过程，使"枝叶"、"墓地"这些普通意象因为与"心"的合一而照亮了生命的真谛。而《在果园里》则传达了"无我之境"：米兰达隐入万物之中，表现为一抹紫色；人与周围的万物和谐相融。其描述不仅传递"和谐"或"万物为一"的哲学意味，而且意境灵动且虚实相间，几乎可

---

① Woolf, Virginia. "The Novels of Turgenev". *The Captain's Death Bed and Other Essays*, pp. 58—59.

② 王国维：《人间词话》，据人民出版社本。

以划入宋代严羽所描述的那种"羚羊挂角，无迹可求"①的言有尽而意无穷的
境界：

> 她的紫色衣裙舒展在两棵苹果树之间。果园中有 24 棵苹果树，
> 有的微微倾斜，有的挺拔而伸展，远远伸出的枝干形成红色、黄色
> 的圆滴。每棵苹果树都有充足的空间。天空与树叶相称。微风吹来，
> 对面墙头上的枝条微微侧斜又弹起，一只鹅鸽从一角斜飞入另一角。
> 一只榭鸫好奇地齐足跳向一只坠地的苹果；一只燕子从另一堵墙头
> 贴着草地飞过。树枝上冲的态势被这些动作缓解了；枝条紧密地聚
> 集在果园的围墙内。几英里下面的泥土中，它们紧紧相连；地面上，
> 它们在颤动的空气中轻柔起伏；横过果园的一角，青绿的色泽被抹
> 上了一道紫色。风向转了，一条苹果树枝摆得如此高，竟遮去了绿
> 草地上的两头牛……②

在这个场景中，所传达的"悟"并不像前两个短篇所传达的那么确定，
我们可以用中国清代著名思想家王夫之评点王俭《春诗》时的评语来概括它：
"光不在内，亦不在外，既无轮廓，亦如丝理，可以生无穷之情，而情了无
寄"③。万物生生不息的灵动跃然纸上，内含无穷妙处，却看似不加雕琢、不
加渲染。虽然尚未达到"采菊东篱下，悠然见南山"的"大音希声，大象无
形"④的最高境界，但其虚实相生的无形意境还是非常精妙地呈现出来。

从伍尔夫的构思和表现中可以看出，物境、情境和意境是一个逐步递进
的过程，是相辅相成的。唯有以物境和情境所表现的"意象"为基础，文学
作品才可以最终达到"意象"与"心"的契合，也就是达到意境。

四、关于"意境"的感悟

在理论上，伍尔夫对意境的理解主要体现在她对"意象"的阐释上。她
在《一间自己的房间》和 1928 年的日记中曾明确界定"现实"为"一个我眼

---

① （宋）严羽：《沧浪诗话·诗辩》，据人民出版社校释本。
② Woolf, Virginia. "In the Orchard". *The Complete Shorter Fiction of Virginia Woolf*, p. 145.
③ 王夫之：《古诗评选》卷三，据船山学社本。
④ 《老子·第四十一章》。意为：最大的乐声反而听起来无音响，最大的形象反而看不见形迹。

前所见到的东西，某种抽象的东西，但是现身在丘陵或天空上"①，也就是说，"现实"是客观"物象"与主观之"意"的契合，它的表现形式是"意象"。伍尔夫相信，文学的任务就是传达现实，唯有如此，文学才可以揭示本真：

> 在我看来，作家有机会比其他人更多地生活在这一现实中。他的任务就是去发现、收集并传达现实。至少，我在读过《李尔王》或《爱玛》或《追忆逝水年华》后，得出了这样的推论。阅读这些作品，仿佛能对感官施行奇妙的去障手术，此后视觉变得更敏锐；世界仿佛没有了遮蔽物，生活显得愈发强烈。②

她认为文学的最高境界在于小说场景的诗化。③她认为这种最高境界曾表现在普鲁斯特的小说中，因为在他的作品中，"每一个场景似乎都有两面：一面正对着光线，能够被精确地描绘，细致地考察；另一面藏在阴影中，只有当信心和视野契合的瞬间，用隐喻才能表现。"④在这一叙述中，伍尔夫相信，当所观察的"物"与"信心"契合为视像，再用隐喻表达，才能够表达最高境界。虽然表述不同，但内涵与中国诗学中的意境说相通。

伍尔夫对意象的理解几乎达到"大象无形"的最高境界：

> 最后阶段我感兴趣的是，我能够自由而大胆地从想象中选择和使用所有准备好的意象和象征。我肯定这是正确使用意象和象征的方法，那就是，不需要像我一开始那样合乎逻辑地连贯使用它们，而是从不试图表达它们的意蕴，只让它们暗示。这样，我希望能无意识地再现大海的声音、小鸟、黎明、花园，让它们在作品的深处

① Woolf, Virginia. *The Diary of Virginia Woolf*, vol. 3, ed. Anne Olivier Bell and Andrew McNeillie. London: The Hogarth Press, 1980, p. 196.
② Woolf, Virginia. *A Room of One's Own*. London: Harcourt Brace Jovanovich, Inc., 1957, p. 114.
③ Woolf, Virginia. "Phases of Fiction". *Granite and Rainbow*: Essays. London: Harcourt Brace Jovanovich, Inc., 1958, p. 137.
④ Woolf, Virginia. "Phases of Fiction". *Granite and Rainbow*: Essays, p. 139.

涌动。①

　　伍尔夫曾不断重申文学要揭示人与现实的关系，其目的正是为了打开通向意境之路。伍尔夫曾反复指出，我们的关系是与现实世界的关系，而不仅仅是与男人和女人的关系，②因为，只有这样我们才可能表现我们对玫瑰、夜莺、黎明、日落、生命、死亡等天地自然所怀有的感情，③而这正是生命中最重要的部分。三个短篇对这一点都作出了形象的解说。以人或人的情感为中心的世界虽然能够再现人的经历和人的情感，但是当人在镜中始终占据主要甚至整个位置的时候，人会因为距离太近或者因为没有比照物而看不清自己。《镜中女士：反省》的最后一个场景就是对这种缺陷发展到极致的写照：当镜子被伊莎贝拉一个人满满填充时，她身上的东西纷纷落下。镜子中，只看见一个女人的身体，所有本质的和非本质的东西统统消失。只有当我们将伊莎贝拉放回到她原本应该存在的位置上，让她按照正常比例成为世间万物的一员时，文学才能呈现整个世界的美丽与和谐，才能昭示生命的真谛。

　　结语：在西方传统文学的"写实"或"虚构"的抉择中，伍尔夫所追寻的既不是模仿之真，也不是表现之逼真，而是"物"和"情"与"意"交融所导向的言有尽而意无穷的境界。诚如朱光潜所言："自然与艺术的媾和，结果乃在实际的人生世相之上，另建立一个宇宙，正犹如织丝缕为锦绣，凿顽石为雕刻，非全是空中楼阁，亦非全是依样画葫芦。诗与实际的人生世相之关系，妙处惟在不即不离。惟其'不离'，所以有真实感；惟其'不即'，所以新鲜有趣。'超以象外，得其圜中'，两者缺一不可，像司空图所见到的。"④正是借助人类共有的直觉感悟和艺术表现，伍尔夫用艺术作品在西方的求真与东方的寻意之间架起了一座共通的桥梁。

---

　　① Woolf, Virginia. *The Diary of Virginia Woolf*, vol. 4, ed. Anne Olivier Bell and Andrew McNeillie. London: The Hogarth Press, 1982, pp. 10—11.
　　② Woolf, Virginia. *A Room of One's Own*. London: Harcourt Brace Jovanovich, Inc., 1957, p. 118.
　　③ Woolf, Virginia. "The Narrow Bridge of Art". *Granite and Rainbow: Essays*. London: Harcourt Brace Jovanovich, Inc., 1958, pp. 18—19.
　　④ 朱光潜：《诗论》，载《朱光潜全集》（卷3），安徽教育出版社 1987 年版，第 49 页。

第十二章 经典例证

在全面梳理和解读伍尔夫的论文、随笔和短篇小说等一手资料的基础上，我们已经从小说本质、创作定位、批评方法、文学形式、艺术境界五个方面论述了伍尔夫的诗学思想。为进一步验证她的思想，我们选择伍尔夫的代表作《海浪》为研究范例，从创作构思、内在构成、作品形式、艺术境界几个方面印证伍尔夫的诗学思想在作品中的体现。

第一节 《海浪》，生命写作的构想和构成[①]

1931 年，弗吉尼亚·伍尔夫的《海浪》（*The Waves*）一出版，便因其"新颖的形式，大胆的试验"[②]而获得批评界广泛的关注。肯定者称颂作品的"丰富、新奇和诗意的光芒"，[③]批评者指责其为"空心的"[④]作品。批评界对该作品矛盾的心态典型地表现在 E. M. 福斯特的评语中，"这（指《海浪》）是她最好的作品，虽然我个人最喜欢的是《到灯塔去》"。[⑤]这种针锋相对的观点对峙和莫衷一是的矛盾心态都是因为《海浪》"写作技巧过于复杂以至于作品形式不那么一目了然"[⑥]所致。自 20 世纪 30 年代迄今，西方批评界虽然基本肯定了《海浪》的经典作品地位，然而对该作品的评论却远不及《达洛维夫

---

① 本节已发表在《外国文学》2008 年第 5 期，标题为：《论伍尔夫〈海浪〉中的生命写作》。

② Sykes，Gerald. "Modernism". *Virginia Woolf Critical Assessments* （vol. 4）. ed. Eleanor Mc-Nees. Mountfield：Helm Information Ltd.，1994，p. 11.

③ Bullet，Gerald. "Virginia Woolf Soliloquises". *Virginia Woolf Critical Assessments* （vol. 4）. p. 9.

④ Sykes，Gerald. "Modernism". *Virginia Woolf Critical Assessments* （vol. 4），p. 11.

⑤ Forster，E. M. "Virginia Woolf". *Virginia Woolf Critical Assessments* （vol. 1）. ed. Eleanor McNees. Mountfield：Helm Information Ltd.，1994，p. 118.

⑥ 罗伯特·G. 柯林斯：《〈海浪〉：弗吉尼亚·伍尔夫感觉的黑箭》，载瞿世镜选编：《伍尔夫研究》，上海文艺出版社 1988 年版，第 319 页。

人》和《到灯塔去》来得详尽而深入。三四十年代对《海浪》的风格和内涵的评述都是概述型的，缺乏详尽分析。50—70 年代曾有几篇比较深入的批评文章，比如罗伯特·G. 柯林斯（Robert G. Collins）称《海浪》为"弗吉尼亚·伍尔夫感觉的黑箭"①，绪弗·库马（Shiv Kumar）用柏格森的意识绵延说阐释《海浪》，认为它传达了"隐藏于所有人经历之下的流质的冲动"②，弗兰克·麦克康奈尔（Frank D. McConnell）从现象学哲学思想出发，将《海浪》视为"对主体性的有力颠覆"③。在此期间，比较普遍的共识是，《海浪》再现了"对意识的本质的追寻和对'永恒整体'的艺术形式的追寻"④。八九十年代的批评以女性主义、后结构主义、后殖民主义批评为主导，或者认为《海浪》表达了伍尔夫对"艺术与观众之间的关系的关注"⑤，或者认为《海浪》讲述了"被湮没的帝国思想的故事"⑥。

虽然林顿·戈登（Lyndall Gordon）曾在《弗吉尼亚·伍尔夫：一个作家的生命历程》（*Virginia Woolf：A Writer's Life*）中称《海浪》为"生命的标本"⑦，但是很少有批评家深入探讨伍尔夫再现"任何人的生命"⑧时对"生命写作"的构想和构建。这正是本节探索的目标。

一、"生命写作"的构想：包着一层薄薄气膜的圆球

《海浪》是一部关于生命的诗性小说。小说包括 9 个部分，每个部分都以日出到日落过程中某个瞬间的纯自然景观为引子，让 6 个人物轮流述说自己从懵懂儿童走向中年的各阶段的感受，最后由其中一个人物回忆并总结他们

---

① 罗伯特·G. 柯林斯：《〈海浪〉：弗吉尼亚·伍尔夫感觉的黑箭》，载瞿世镜选编：《伍尔夫研究》，上海文艺出版社 1988 年版，第 319 页。

② Goldman, Jane (ed.). *Virginia Woolf, To the Lighthouse and The Waves*. Cambridge：Icon Books Ltd., 1997, p. 65.

③ Goldman, Jane (ed.). *Virginia Woolf, To the Lighthouse and The Waves*, p. 81.

④ Caughie, Pamela L.. *Virginia Woolf and Postmodernism：Literature in Quest and Question of Itself*. Urbana and Chicago：University of Illinois Press, 1991, p. 47.

⑤ Caughie, Pamela L.. *Virginia Woolf and Postmodernism：Literature in Quest and Question of Itself*, p. 50.

⑥ Marcus, Jane. "Britannia Rules *The Waves*". *Virginia Woolf Critical Assessments* (vol. 4). ed. Eleanor McNees. Mountfield：Helm Information Ltd., 1994, p. 75.

⑦ Gordon, Lyndall. *Virginia Woolf：A Writer's Life*. Oxford：Oxford University Press, 1986, p. 203.

⑧ Woolf, Virginia. *The Waves：The Two Holograph Drafts*. ed. J. W. Graham. Toronto：University of Toronto Press, 1976, p. 1.

的一生。这6个人物分别是：伯纳德、苏珊、珍妮、内维尔、路易和罗达。伯纳德是其中最重要的人物，不仅因为他独力承担了回顾6个人一生并说明人生真谛的重任，而且因为他以艺术家的身份讲述了探寻生命写作的奇幻故事。他所领悟的生命写作的意象喻示了整部《海浪》的创作形式。

伯纳德关于生命写作的故事奇特而虚幻，其背后却隐藏着对文学真实的思考。故事是虚构的，就像《一间自己的房间》中的"莎士比亚的妹妹"或者《奥兰多》中生活了400年之久的"奥兰多"那样，介于虚幻与现实之间。情节是这样的：就读大学期间，伯纳德立志成为生命探索大师们的继承者，当一名作家。于是他去拜访"人生"这件"家常成衣"的裁缝，寻找制衣的方法。他走进一间挤满顾客的屋子，看到了陈放在桌上的"各种传统、物件、成堆的垃圾和宝藏"。[①] 令他失望的是，屋里的人们不是面目不清，便是毫无特征。这时，一位太太将他带入一个隐秘的斗室。斗室里的人们关系亲密，说话坦率，但是伯纳德感觉他们仿佛"在柔软的心灵外包了一层壳，闪着珍珠般光泽，灿烂耀眼，却无法用感觉的利喙将它啄开"（170）。伯纳德很快掌握了缝制技巧，制作了衬衫、袜子和领带。但是他觉得"这种极度的精确，这种军人列队般的秩序，是一种贪图方便的做法，是一种欺骗"，因为，在白色马甲和彬彬有礼的举止下面本该是"流动的碎片残梦、育婴室的催眠曲、大街上的喧闹、零碎的语句和景象"（171），但是他却无法用目前拥有的技巧去裁剪这些活生生的生活潜流。最终，伯纳德明白了："生命的圆球……绝不是摸上去坚硬而冰冷的，而是包着一层薄薄的气膜。只要一挤它便会破裂。"（171）伯纳德用了一辈子的时间从"这口大锅里提炼出完整的语词，却只串联成6条被捉住的小鱼。而成千上万的其他鱼儿则在大锅内扑通扑通直跳，搞得大锅像银水一般冒泡，而它们却从我（伯纳德——笔者注）的手指缝里溜走了"（171）。更让伯纳德难堪的是，就在他回忆往事的时候，多张人脸重新浮现，在他的气膜壁上留下他们的美。"他们是奈维尔、苏珊、路易、珍妮、罗达以及成千上万的人"，而他却很难"有序地排列他们，区分他们，或者让他们呈现出整体效果"。（171）

这一奇幻故事内含两种不同的生命写作模式。故事中提到的两种圆

---

① Woolf, Virginia. *The Waves*. London：Vintage，2000，p. 170. 本章此后出自相同著作的引文，只在文后标明页码，不再另行作注。

球——"形状像圆球的固体物质"和"包着一层薄薄气膜"的圆球——代表
两种生命写作模式。（168）前者指称由童年故事、学校时代的故事、恋爱、
结婚、死亡等重要生活事件构成的静态生命形式，后者指称由情感和思想构
成的"包着一层薄薄气膜"的动态生命形式。伯纳德认为按第一种方法创作
的故事"没有一个是真实的"，第二种写作虽然"断断续续，含糊其词"，却
更符合人的真实情感那混沌而变幻的本质。（159）

伯纳德的观点与伍尔夫在众多论文中对小说理论的反思和构建一致。从
1922 年到 1931 年，伍尔夫发表了《论小说的重读》（1922）、《班内特先生与
布朗夫人》（1924）、《现代小说》（1924）、《生活与小说家》（1926）、《小说的
艺术》（1927）、《狭窄的艺术桥梁》（1927）、《小说概观》（1929）等重要论
文，完成了对"现代小说"的批判，对"现实"和"构思"的反思和构建，
对"批评"方法的提炼和总结，对"形式"的重构，对"真实"的探索和对
文学境界的表现。伯纳德关于生命写作的奇幻故事正是伍尔夫为"完整忠实
地记录一个真实的人的生命"这一核心思想提供的具体写作构想。这一构想
就生命写作提出了"包着一层薄薄气膜"的"圆球"的意象。

伯纳德作为小说中的重要人物，同时扮演着小说家伍尔夫的角色。他时
时以某种奇特的方式引导或提示读者，使读者能够从故事表面急速流动的情
感迷雾中跳出来，深入到持久而确定的生命的内在核心和实体。既然伯纳德
已经将生命写作理解为"包着一层薄薄气膜"的"圆球"，那么我们只要理解
"气膜"和"圆球"两个主要意象的内涵，就能够破解小说的构成。

二、生命写作的构成：用记忆构建生命的"气膜"

如何理解伍尔夫谜一般神秘的"气膜"呢？既然伍尔夫在《海浪》中将
童年、学生时代、恋爱、结婚、旅游和死亡等一些看起来很重要的生活事件
比喻成固体硬壳，认为它们并不是生命真正的构成物，那么与之相对的"气
膜"和"圆球"就只能指称她反复提及的情感和思想。但是，那些纷繁复杂、
变幻莫测的情感和思想又是如何构成均匀、和谐、完整的"气膜"和"圆球"
的呢？"气膜"和"圆球"之间又有什么区别呢？

伍尔夫"生命写作"的构想是建立在她对人类思维的理解的基础上的。
这种理解源于她对俄国作家陀思妥耶夫斯基作品的阅读和领悟。早在 1917
年，伍尔夫就开始关注陀思妥耶夫斯基用记忆之网连接人物的意识，再现人

物的精神状态的写作手法，并对此大加赞赏。她这样概括人类思维的基本
特征：

> 从纷至沓来的无数印象中，我们时而选择这个，时而选择那个，
> 毫无关联地将它们编织进我们的思绪之中；一个字的联想可能会另
> 外绕一个圈，然后再跳回到我们思想主线的另一个区域，整个过程
> 看起来既是必然的又是无比明晰的。但是，如果此后我们想要构建
> 这一思想过程，就会发现各想法之间的联结已经隐没。联结之环已
> 经消失，只有各想法的要点浮现，标出所经过的路程。①

伍尔夫认为陀思妥耶夫斯基是唯一成功地表现人类思维原态的作家。他
不仅有能力追踪已经成形的念头，"重构那转瞬即逝的且无比复杂的心理状
态，复现那瞬息万变的、时隐时现的思想全过程"，而且还能够"指向心理意
识之下那个幽隐而丰富的黑暗世界，那个欲望和冲动在黑暗中盲目驰骋的所
在地"②。她深切领悟陀思妥耶夫斯基小说奇异的力量，将其概括为这样一种
写作模式：它能够用大网搜索海底，捕捉巨大海怪，却只在水面露出一圈
浮标。

伍尔夫1917年从陀思妥耶夫斯基的作品中感悟到的浮标，在1931年她
自己的作品《海浪》中以"气膜"的形式出现，包裹着伯纳德等6个人物的
思想和情感。所不同的是，陀思妥耶夫斯基的浮标是由记忆中的思想要点构
成的，而伍尔夫的"气膜"则是由记忆中的情感瞬间构成的。也正因为如此，
伍尔夫特意强调，这层气膜不是坚硬而冰冷的。

这层"气膜"以一个无形的叙述人的形式出现。读者只消阅读几个章节
便会发现，《海浪》的正文部分虽然是由6个人物各自的言说组成的，但是小
说中不同人物的言语风格和同一人物在不同阶段的言语风格是完全一致的。
不仅其言语具有"相同的结构、相同的实质、相同的基调"③，而且其言语的

---

① Woolf, Virginia. "More Dostoevsky". *Books and Portraits*. ed. Mary Lyon. London: the Ho-garth Press Ltd. , 1977, p. 142.

② Woolf, Virginia. "More Dostoevsky". *Books and Portraits*, p. 142.

③ Guiguet, Jean. *Virginia Woolf and Her Works*. Trans. Jean Stewart. London: The Hogarth Press, 1965, p. 283.

内容也很奇特。它既无对话的相关性，也无独白的个性特征，也无意识流的
非逻辑性，却共享相同的意象和事件，用"纯粹的一般现在时"①陈述。显然
在"伯纳德说"和"奈维尔说"等明确的叙述人的标签之下，有一个无形的
叙述人。他似乎像埃里希·奥尔巴赫（Erich Auerbach）在其论文《棕色的长
筒袜》中指出的那个"能看透人的灵魂的无名精灵"②，更像约翰·希里斯·
米勒（J. Hillis Miller）分析《达洛维夫人》时指出的那个存在于人物之外，
不为人物所知，却可以感知人物意识的"心境"③。对于米勒来说，这个全知
叙述人是"一种普遍意识或者社会思绪，它在故事中产生于个体人物的集体
思维经验"；他存在于人物的意识之中，却不局限于人物，发挥着将多个人物
意识合为一个整体的作用。④

《海浪》中的无形叙述人具有奥尔巴赫和米勒所提到的那些特征和作用，
但是，他的呈现形式既不是精灵，也不是心境，而是一种记忆。之所以这样
说，是因为他既不是不知人间炎凉的，也不是侧重于普遍性和社会性的，而
是重在揭示生命的奥秘，因而是以记录生命过程的记忆形式呈现的。批评家
奈德·卢卡舍（Ned Lukacher）曾这样界定记忆："它是一种阐释，一种建
构，一种阅读"。⑤这从某种程度上佐证本文的观点。《海浪》中的无形叙述人
发挥的正是重新阅读、体验、阐释生命全过程、串联瞬间情感、聚合多个自
我、构建艺术生命体等多重作用。

首先，叙述人具有既飘然于人物之外又身在其中的特性。他站在小说内
部某一高处，"不是站在屋顶，而是从三层楼的窗子，观看生命的全景"
（161）。他通过 6 个人物的"说"，重复着不同阶段的情感和思想，阐释从情
感和思想中提炼的感悟；他还能够从 6 个人物中跳出来，以一个统一的"我"
回忆人生错综复杂的情感，并不断发出困惑的叹息："我甚至并不总是知道自

---

① Graham, J. W.. "Point of View in *The Waves*: Some Services of the Style". *Virginia Woolf Critical Assessments* (vol. 4). ed. Eleanor McNees. Mountfield: Helm Information Ltd. , 1994, p. 24.

② Auerbach, Erich. "The Brown Stocking". *Virginia Woolf Critical Assessments* (vol. 3). ed. Eleanor McNees. Mountfield: Helm Information Ltd. , 1994, p. 513.

③ Miller, J. Hillis. "Mrs. Dalloway: Repetition as the Raising of the Dead". *Critical Essays on Virginia Woolf*. Ed. Morris Beja. Boston: G. K. Hall&Co., 1985, p. 54.

④ Miller, J. Hillis. "Mrs. Dalloway: Repetition as the Raising of the Dead". *Critical Essays on Virginia Woolf*, p. 56.

⑤ 转引自殷企平：《重复》，载赵一凡等主编：《西方文论关键词》，外语教学与研究出版社 2006
年版，第 16 页。

己究竟是男人还是女人，是伯纳德，还是奈维尔、路易、苏珊、珍妮或者罗达——彼此间的交融是如此奇特。"（188）

其次，叙述人还具有滤去表面记忆，保留重要瞬间的特征。伍尔夫曾经明确地指出，创作构思便是从记忆中剔去那些表面印痕的过程，这样才可以从迷雾中看见那些纯粹而持久的东西，为混杂的情感激流撑起骨骼和实体。[1] 事实上，《海浪》中所表现的瞬间情感都是那些人物一辈子留在脑海里的记忆要点。

最后，叙述人具有抛开一切自我成见的无我特征。《海浪》中6个人物的志向、兴趣、态度和个性迥然不同，叙述人却能毫无隔阂地将他们的言说融合在一起，不掺杂任何偏好、成见和价值标准，仿佛他本身是虚空的，可以像气体一般渗入并包容所有人物的内心，带着超然的心境俯视一切事物，并欣赏它们的美。他其实就是《海浪》中那个进入了无我之境的"我"，能够无限地感受一切、包容一切，能够像神庙、教堂、宇宙那样广博且无羁绊，"能够无所不在地进入任何事物的边际"（196）。这也正是伍尔夫之所以称其为"气膜"的原因，因为唯有"气"可以容纳并弥合一切差异。

这里的"气"与庄子的"无听之以耳而听之以心，无听之以心而听之以气"[2]中的"气"的内涵相近。不论是庄子的"听之以气"，还是伍尔夫的聚之以"气膜"，都是因为唯有气是虚的，没有欲望、执着和偏见，因此可以虚以待物，容纳这个世界而不与其发生冲突。从中我们可以窥见伍尔夫隐藏于《海浪》中的生命境界。

我们不妨以伯纳德为例，看看叙述人将伯纳德一生中哪些主要情感瞬间融合在一起，制成了一层"气膜"。

1. 和苏珊一起进入埃尔弗顿，看见花园、房子和一个正在写作的女士；被康斯泰伯太太挤压的洗澡水激起丰富情感。

2. 用漂亮的语词抵挡离家的恐惧；中学开学典礼上，决心记笔记，为今后的创作做准备；发现自己特别喜欢说话，讲故事；中学

---

[1] Woolf, Virginia. "Life and the Novelist". *Granite and Rainbow: Essays.* London: Harcourt Brace Jovanovich, Inc. , 1958, p. 42.

[2] 《庄子·人间世》，据《四部丛刊》本。

毕业回家途中，悟到"人的语词有一种打消隔阂的力量"，"我们都不是独处世上，而是人间的一员"。(43)

3. 尝试以所崇拜人物的写作风格撰写情书，却屡屡失败；为"我是谁"而困惑；在奈维尔的信任中找回自我。

4. 订婚后心满意足；与偶像波西弗及五个伙伴聚会时，带着愉悦心情重新回忆洗澡水的刺激和埃尔弗顿那位写作的女士，用"七边形花朵"比喻聚会七人；意识到自己必须与外界连接才能构成完整的自我；感觉自我边界清晰，一个新的世界已经形成。

5. 儿子出生，波西弗死亡，为生死问题困惑；体验死亡的冲击，改变心目中波西弗的"神"的形象，获得全新生命感悟。

6. 伯纳德缺席。

7. 在罗马，意识到时间的流逝和生命的有限；反思人生，准备开始新生活。

8. 与其他五人再次聚会，回顾自己随和的个性；感受寂静和孤独；感觉六个人组成六边形花，感悟其中的生命内涵；再次感受融合的愉悦。

9. 回忆六个人一生经历的重要瞬间，感受无我之境界。

可以看出，这些重要的记忆瞬间都是叙述人站在人生的某个高度，等待朦胧的记忆薄雾散去后，从深层意识中筛选出来的重要瞬间。它们包括对世界的恐惧、对自我的疑惑、对生死的困惑等。这些瞬间之所以重要，是因为它们是伯纳德自我感知和自我认识过程中的顿悟，常常决定或改变着他的生命历程。例如，对波西弗的死的顿悟彻底改变了伯纳德的人生。除了第一阶段是无意识之外，其他所有阶段都是伯纳德的自我意识对外部事件的主动反应。各顿悟密切相关，虽然缺乏联结环，但是有一个明显的核心。这个核心就是伯纳德幼年时无意识中看见的"写作的女士"和感受到的"洗澡水激起的丰富情感"。他一生表现出对语词、故事、人际关系、自我、生命和死亡的特别关注和敏感，都是对这一核心的扩展。这些顿悟串联成一个整体，构成了伯纳德从瞥见"写作的女士"出发，经历一生的探索，最后感悟到"写作的女士"所象征的永恒境界的故事。

　　罗达、奈维尔、路易、珍妮、苏珊等人物的一生同样由重要的记忆瞬间构成，但是不同人物的情感瞬间完全不同，聚合情感瞬间的核心也各不相同。罗达的无意识核心是"漂洋过海的船队"和她独自留在教室中的孤独感，她的一生就生活在自己的内心世界，感悟隐藏在生命的水潭中的真谛。奈维尔的无意识核心是"苹果树下的惨死"，他终身沉浸在知识的海洋，期望能一眼穿透事物，望穿核心。路易无意识的核心是"蹬脚的野兽"，他立志建立"一种不同的、更好的、能永远体现理性的生活秩序"（23）。珍妮的无意识的核心是亲吻的冲动，她用一生的经历感受并表达肉体的欲望。苏珊的无意识核心是瞥见了珍妮亲吻路易，她在家乡结婚、生育、劳作，感受生活的简朴和自然的和谐。这些各不相同的生命欲望和情感瞬间之所以能够毫无隔阂地糅合在一起，像一层薄薄的"气膜"，包裹整部小说，是因为有一个超然物外的叙述人。他穿越悠长的人生岁月，在生命的暮年再次回忆走过的历程时，早已抛开了一切杂念，只拾起那些经受了岁月冲刷的真正的贝壳。

三、生命写作的构成：用情感和思想构建生命的"圆球"

　　既然生命的"气膜"是由叙述人对情感瞬间的记忆构成的，那么，生命的圆球就是瞬间记忆所指向的情感和思想的实体。这一实体就是欲望和冲动盲目驰骋的黑暗世界。那么，该如何呈现如此复杂、幽暗、混沌的情感世界呢？

　　1933 年，《海浪》出版两年之后，伍尔夫发表了题为《屠格涅夫的小说》（"The Novels of Turgenev"）的文章，深入剖析了屠格涅夫"探入心灵深处"①的作品的主要创作技巧。她重点剖析了屠格涅夫小说的完整性：场景的完整性，人物的完整性，结构的完整性。从某种程度上说，这篇文章折射了伍尔夫对生命写作技巧的理解和把握。

　　场景的完整性是通过将"事实与幻想相结合"来完成的。作者一方面用明察秋毫的法眼审视世界万物，另一方面从多个不同视角阐发与事物相关的种种想法。"我们从不同视角看同一事物，这就是为什么屠格涅夫的作品篇幅虽短却内涵丰富；它内含众多对比。就在同一页上，我们可以感受嘲讽与激

---

① Woolf, Virginia. "The Novels of Turgenev". *The Captain's Death Bed and Other Essays*. London: Harcourt Brace Jovanovich, Inc., 1978, p. 54.

情、诗意与平庸、水滴和夜莺的歌声。然而，场景虽然是由对比构建的，却仍旧是同一的；我们所获得的印象全都彼此关联"。①《海浪》的场景同样体现了将事实与幻想结合的特征，只是事实被压缩后作为背景植入人物的话语中，而整个场景淋漓尽致地展示的正是人物对事件（事实）的复杂情感反应。

《海浪》场景的完整性是由纵横两个方面的情感反应构建的。纵向线条上表现的是多个人物对同一事件的不同反应，横截面则借助周围环境全面释放某一人物对该事件作出的连贯或对立的复杂情感反应。比如，小说第五部分，面对波西弗的死讯，三个人物作出了完全不同的情绪反应。奈维尔经历了绝望、回避事实、沮丧、无助等心路历程。伯纳德的感觉更是变幻莫测，经历了困惑、伤心、鄙视、渴望、顿悟、激动、悔恨等等多重心理变化。罗达对波西弗的死同样表现出复杂的心态。她在彻底的绝望中，感觉到世界和人类的丑恶和可怕；她看穿人性的妒忌、仇恨、怨恨和冷漠的本质，渴望重新获得美，却又感觉到生命逝去时钻心的痛；她觉得已经看透生命的真相，决定放弃追求。而人物这一系列情绪的产生和变化，与他/她当时所处的环境密切相关。比如，奈维尔透过眼前那棵绕不过去的大树感受到绝望的心境；从试图丢弃手中的电报这一动作中感觉到回避痛苦的心态；他从街上慢吞吞行走的女人身上解读出自己心灰意懒的情绪；从跳上公交车时站立不稳的小伙子的动作中读出生命的脆弱。伯纳德则因为儿子的出生与波西弗的死亡同时发生而困惑不已；他从街上行走的老人身上感觉到心中偶像的消逝；看着大街上匆忙赶路的行人和屋顶的鸽子，忽然对波西弗无谓的死亡产生鄙视情绪；又透过发亮的信号灯渴望以另一种方式继续与波西弗交流；他在美术馆注视圣母像的瞬间忽然看清了波西弗的真实形象及其对自己一生的意义，于是激动得泪水纵横；他打了一个哈欠，感觉筋疲力尽，却又因为想起曾拒绝与波西弗一起去汉普顿宫而悔恨不已。正是借助人物四周的东西，由特定事件激发的情绪才更深刻地返回到人物的心中，使场景获得异乎寻常的完整。这便是《海浪》的场景描写，从纵向的多视角到横向的多层次，将短时间内发生在多个人物内心的错综复杂的情感变化充分展示出来，获得立体的完整性。

结构的完整性是建立在"以人物的情感为联结物，而不是以事件为联结

---

① Woolf, Virginia. "The Novels of Turgenev". *The Captain's Death Bed and Other Essays*, p. 57.

物"的理念的基础上的，凝聚结构的核心是作者的洞察力。"作品的联结物是情感而不是事件，如果我们在小说的结尾处感觉到作品的完整性，那必定是因为，屠格涅夫获取情感的耳朵无比灵敏，虽然他的叙事稍有缺陷。即使他启用的对比有些突兀，或者从人物身上游离开来，转而去描写天空或森林等，但是他真实的洞察力却将一切紧握在一起。"① 我们前面已经分析了《海浪》以记忆串联人物情感瞬间的基本结构特征，但这只是纵向的线条结构，需要进一步分析《海浪》看似散漫的各个部分又是如何聚合多个场景的。

《海浪》九个部分对场景的联结各不相同，主要可分为两种结构：不同地点或不同时间的多场景并列，和同一时间和地点的多场景交叉。属于第一种结构的包括：横跨整个中学阶段九个特定瞬间的第二部分，在大学和社会中分别经受入世磨难的第三部分，独自承受波西弗死讯震撼的第五部分，各自享受平静生活的第六部分和孤独感受生命危机感的第七部分。这些部分或因为时间不同，或因为地点不同，各场景基本并列。而六个人物相聚在一起的第一、第四和第八部分则是由多个场景交叉组合而成。这两种结构，前者初看起来分散而不连贯，后者则散漫而混乱。然而当我们抓住那些以问题形式出现的核心时，不仅结构变清晰了，而且作者对生命的洞察力也凸显出来。比如小说第四部分，六个人物聚会，欢送他们的偶像波西弗去印度。初次阅读，结构似乎杂乱无章，但是，一旦感觉到伍尔夫隐藏在所有场景之下的"自我与他人的关系问题"的核心，整部作品所包含的五个连贯场景就凸显出来了：波西弗到来之前，六个人物踌躇满志，自以为是；波西弗到来以后，六个人物围着波西弗，摒弃分歧，亲和友善；在和谐的氛围中，各人物回忆童年和少年的重要瞬间，回顾各自的个性；波西弗走了，所有人感悟到波西弗凝聚人心的力量，感觉到了互相融合的心境，感觉到自己的生命力被激发出来；要告别了，六个人祈求保持融合的心境。显然，在这一部分，伍尔夫让人物经历了从认识自我到敞开心扉，接纳他人的过程。而这一部分从疏离到融合的心境变化，与整部小说从合到分再到合，又从分走向合的整体布局是一致的。

如果场景展示的仅仅是曲折而朦胧的情感末梢，结构呈现的是完整的情

---

① Woolf, Virginia. "The Novels of Turgenev". *The Captain's Death Bed and Other Essays*, p. 58.

感洞穴，那么，人物正是借助这些场景和结构触及了无形的思想。

《海浪》中的六个人物不同于英国文学作品中主要人物的特立独行，是相互依存、互为补充的。伍尔夫认为，屠格涅夫的人物的完整性是由多个人物"相互遮蔽掩盖"构成的；多个人物的变奏可以构成一组微妙而深刻的类型，完全不同于英国文学独来独往的人物类型。[①]她不仅认同这一人物类型，而且在《海浪》中进行实践。她的人物的相互依存关系，在单个人物身上表现为个性的不确定性和不完整性，在多个人物身上则表现为不同品质的融合。从第二节中列出的伯纳德生命各阶段的瞬间情感可以看出，伯纳德的个性是变化的，不确定的，这种个性的变化随着他的自我认知的改变而发生。从第一阶段自我意识萌芽的产生，经过自我探寻和抉择，伯纳德在小说的第四个阶段，也即 25 岁前，基本完成了自我构建。然而波西弗的死给了他第一次个性变形，罗马之行又使他经历了第二次变形。在生命最后阶段，他又经历了一次巨大的醒悟，最后终于瞥见了生命的真谛。正是由于人物的性格是建立在自我认知的理念上的，《海浪》中的人物都是不完整的，只能呈现已经感悟的那一部分个性。比如，在中学阶段，伯纳德认识到"我们都不是独处世上"，因而他十分关注用语言打消与他人的隔阂；奈维尔朦胧意识到完美秩序的存在，于是潜心阅读和思考；路易感觉到内心的强大力量，向往遨游天下；苏珊渴望家乡和自然，讨厌学校的一切；珍妮喜欢自己的身体，整日期盼跳舞、约会；罗达感觉自己没有面孔，没有人格，只愿意游离世界之外，在孤独中幻想。他们都各不相同，只能寓居于自己的小天地之中。然而，如果将他们放在一起，就会发现他们其实是互补的。他们就像是一个人所拥有的多个自我中的一个，只有聚合在一起，才能构成一个完整的人。这其实也正是伍尔夫自己的构想。小说发表后，她曾经这样告诉她的朋友：

> 六个人物就设定指一个人。我已经越来越老了……越来越感觉到要将自己纳入一个弗吉尼亚有多困难。即便现在，我居于其躯体之中的那个特殊的弗吉尼亚对各种不同的情感就极为敏感。因此，我想要赋予一种整体感，而不是像大多数人说的，不，你赋予的是

---

① Woolf, Virginia. "The Novels of Turgenev". *The Captain's Death Bed and Other Essays*, p. 57.

流动感和消逝感，这不重要。[①]

其实，正如伯纳德在他的奇幻故事中所说的，六个人物只是他穷毕生精力用语言从那口大锅中捞出的六条小鱼，而成千条小鱼已经从他的手指缝里溜走了。那些小鱼其实就是人的一生中可能拥有的许多个自我，他们常常以各种声音的形式出现在一个人的心中，各执一词，固执己见，让那个整体的"我"在分歧中头痛不已。伍尔夫在多篇评论文中都提到了"一个人具有多个自我"这样的观念。她曾撰写随笔《夜幕下的苏塞克斯》，描写四个自我在一个躯体中一边对话一边走过生命旅程的经历。然而，她并不是因此强调，只有多个自我才构成人物整体。她追寻的是真正的自我。"虽然一个人的天性是命定的、必然的，但是作家可以选择如何表现它，这是非常重要的。"他必须是"我"，但是一个人身上会有许多个不同的"我"，只有当他"将一切次要之物推开"，他才能"发现自己"。[②]从这个角度来说，由多个人物合一构成的人物是完整的，而不确定、不完整、互相遮蔽的单个人物同样是完整的，因为他显示了真实的自我。

对伍尔夫而言，"圆球"的本意就是完整，但是完整并不是完美，而是立体的、复杂的和真实的生命。换言之，生命是"圆球形、有重量、有深度"（159）的整体，是超越可视、可感的躯体和生活经历的。只有当我们触及生命的情感内质，用记忆的细线串联我们曾经拥有的重要瞬间，再透过那些瞬间注视我们有形的躯体之内那一团混沌莫辨、汹涌激荡的生命的力量的时候，我们才能真正书写生命。

结语：1939 年，年近 60 岁的弗吉尼亚·伍尔夫在自传《往事杂记》（"A Sketch of the Past"）中这样写道："如果生命有一个根基，如果它是一只碗，一个人可以向里注入，注入，注入——那么我的碗毫无疑问就根植在这个记

---

① Woolf，Virginia. *The Letters of Virginia Woolf*，vol. 4. eds. Nigel Nicolson and Joanne Trautmann. London：The Hogarth Press，1978，p. 397.

② Woolf，Virginia. "The Novels of Turgenev". *The Captain's Death Bed and Other Essays*，p. 61.

忆上。"①这个记忆是这样的："半睡半醒中，躺在圣·艾维斯儿童室的床上"，"倾听海浪拍击声，一，二；一，二"，②感受着她"能够想象的最纯粹的狂喜"③。这是伍尔夫对生命最原初的记忆。它的美丽和温馨不仅令伍尔夫终生难忘，而且也成为伍尔夫终生探求的对象。经过 50 余年的经历、体验和感悟后，伍尔夫终于在《海浪》中用不断注入那只"碗"中的记忆将生命完整地呈现给读者。作为"生命的标本"，④《海浪》是神秘的、深奥的和不确定的，却又是极其真实和美丽的。

第二节　《海浪》，生命形神的艺术表现

文艺作品作为主体精神的物化形态，其最高境界是形神合一。这里的"形"指称艺术作品所呈现的人或物的形象，是可以感知并描写的；这里的"神"指称艺术作品所传达的思想和精神，是可以意会却言不尽意的。形与神的对应和融合是中西方艺术和诗学的永恒命题。西方传统诗学推崇模仿论，强调以形象的酷肖再现或表现现实，性格刻画或心理描写是主要的表现手法；中国传统诗学崇尚"诗言志"，强调"意得神传，笔精形似"⑤式的传神写照，立象尽意是主要的表现手法。20 世纪的西方现代主义作家超越现实模仿，表现出立意于象的创作态势，印象派、意象派等创作流派纷至沓来，其创作曾一度表现出形神合一的境界，伍尔夫的《海浪》便是一个典型例证。

按照伍尔夫自己的构想，《海浪》旨在表现"任何人的生命"。⑥这一生命主旨曾获得西方诸多批评家的回应和关注，比如：伯纳德·布莱克斯东（Bernald Blackstone）称其追踪了"人格的导线"，⑦罗伯特·柯林斯（Robert

---

① Woolf，Virginia. *Moments of Being：Unpublished Autobiographical Writings*. ed. Jeanne Schulkind. London：The Hogarth Press，1985，p. 64.

② Woolf，Virginia. *Moments of Being：Unpublished Autobiographical Writings*，p. 64.

③ Woolf，Virginia. *Moments of Being：Unpublished Autobiographical Writings*，p. 65.

④ Gordon，Lyndall. *Virginia Woolf：A Writer's Life*. Oxford：Oxford University Press，1986，p. 203.

⑤ （唐）张九龄：《宋使君写真图赞并序》，载《唐丞相曲江张先生文集》卷十七，《四部丛刊》本。

⑥ Virginia Woolf, *The Waves：The Two Holograph Drafts*，p. 1.

⑦ Bernard Blackstone. *Virginia Woolf：A Commentary*. New York：Harcourt Brace，1949，p. 165.

Collins）称其为"生活素质的体验之本质"，①詹姆斯·奈尔默（James Naremore）认为《海浪》暗示"人格理论，一种玄学体系，是对死亡这一痛苦事实的另一种反应"，②林顿·戈登（Lyndall Gordon）称其为"生命的标本"，③茱利亚·布里格斯（Julia Briggs）认为《海浪》探索了"人类生存的基本因素：爱的本质，对他人的需要和害怕，我们共享的处世经验，死亡和无情冷漠的自然以及我们用想象性的感应力进行的相互连结和相互沟通"。④然而很少有批评家们研究《海浪》生命形神的契合问题。本节将以中国诗学中的"随物赋形"、"神制形从"、"气韵生动"为参照，阐释《海浪》实现形神合一的表现手法。

一、随物赋形

要实现形神合一，重要的是要突破形似的局限，进入传神的境界，"随物赋形"正是超越形似以表现神似的重要方式。"随物赋形"由宋代诗人苏轼提出，用以评述文艺创作之佳境，"唐广明中，处士孙位，始出新意，画奔湍巨浪，与山石曲折，随物赋形，尽水之变，号称神逸。"⑤这里，苏轼将自然之水无常形，随物形的变化而变化的特性，誉为创作的最高境界（神逸），其中包含两层重要的思想。其一，创作需突破"常形"，才能表现"常理"。苏轼认为人禽宫室器用等有常形，而山石竹木水波烟云等无常形。有常形者只能呈现外在形象，无常形者却可以传达常理，即本真、道。水无常形，可以随物赋形，因而水能传达道之玄妙，同理，艺术创作只有不囿于一物之常形，才能传达出艺术之本真。其二，创作既需要合于天造，又需要合于人意。无常形的山水烟云被注入创作主体的思想精神，其品质与天道契合，传神因此得以实现。苏轼的"随物赋形"思想传达的正是中国诗学的主旨：即艺术的真谛在于呈现艺术的本体之真，艺术本真的关键是生命真实。要表现生命真实，

---

① 罗伯特·G. 柯林斯：《〈海浪〉：弗吉尼亚·伍尔夫感觉的黑箭》，载瞿世镜选编：《伍尔夫研究》，上海文艺出版社1988年版，第320页。

② James Naremore, *The World Without a Self: Virginia Woolf and the Novel*. New Haven: Yale University Press, 1973, p. 151.

③ Lyndall Gordon, *Virginia Woolf: A Writer's Life*. Oxford: Oxford University Press, 1986, p. 203.

④ Julia Briggis. "The Novels of the 1930s and the Impact of History". in Sue Roe. *Cambridge Companion to Virginia Woolf*. Shanghai: Shanghai Foreign Language Education Press, 2001, p. 77.

⑤ 《苏轼文集》卷十二，中华书局1986年版。

必须超越外在形似而进入生命本质的神似。

"随物赋形"正是伍尔夫的《海浪》表现生命之真谛的主要方法。

伍尔夫的《海浪》旨在表现生命之真谛。她不仅在创作过程中反复提醒自己："我不是关注一个人的生命，而是所有人的生命"，①而且在作品中通过主要人物伯纳德反复申明对生命的理解：生命是"圆球形、有重量、有深度的，是完整的"，生命是一个"充满各种人影的球体"，②"生命的晶体，生命的球体……摸起来绝不是坚硬而冰冷的，而是包着一层薄薄的气膜的"（171）。

伍尔夫表现生命真实的主要方式就是超越生命之常形。《海浪》记录了六个人物，伯纳德、苏珊、珍妮、奈维尔、路易和罗达，从懵懂孩童到孤寂老者的生命全程的九个瞬间。然而，这六个人物并不拥有生命之常形。生命常形的突破主要表现在两个方面：

其一，六个人物既无形貌也无举止，六个无形的人的言说组成了小说的主体部分。同时，小说中不同人物的言语风格和同一人物在不同生命阶段的言语风格几乎完全一致，具有"相同的结构、相同的实质、相同的基调"，③而且其言语的内容既无对话的相关性，也无独白的个性特征，也无意识流的非逻辑性，却享有共同的时空和事件。

其二，小说对生命过程的划分并不依照传统的情节顺序，以出生、恋爱、结婚、成功、死亡等重要事件为分界线，而是以生命体自我认知过程与自然运行规律之间的关系为分界线。伍尔夫曾通过伯纳德这样解释生命过程的分段原则："我把一根根火柴确定地埋在草地上，以标明感悟的各个阶段（可能是哲学的、科学的，或者是我自己的）。同时我那随意飘浮的感官末梢正在捕获种种模糊的知觉，过后再让记忆去吸收和消化它们。"（166）用感官捕捉知觉，经过感悟后获得对生命的理解，然后以生命过程中最重要的自我认知为分界线，将生命划分为若干阶段，这便是伍尔夫划分生命阶段的基本原则。

① Virginia Woolf. *The Waves: The Two Holograph Drafts*. ed. J. W. Graham, Toronto: University of Toronto Press, 1976, p. 42.

② Virginia Woolf. *The Waves*. London: Vintage, 2000, p. 159. 本章此后出自相同著作的引文，只在文后标明页码，不再另行作注。

③ Guiguet, Jean. *Virginia Woolf and Her Works*. Trans. Jean Stewart. London: The Hogarth Press, 1965, p. 283.

与六个人物生命全程的九个瞬间相对应的是人物的居住地——海滩边一幢带花园的房子——从日出到日落一天中九个瞬间的场景。九个瞬间的自然场景以楔子的方式独立放置在人物言说的前面，既充当着六个人物各个生命阶段的"背景"和"联结物"，[①]又以太阳运行的整体过程喻示生命过程的整体性。这种天人对应的结构用小说人物伯纳德的话说，就是："我们的生命自动调整得与庄重地走过天空的白昼保持一致"（182）。

整部《海浪》正是以这一思想为核心，按照太阳运行的轨迹将人物的一生划分为九个阶段，以"圆球"的意象表现了隐藏在这一显在的自然轨迹之下的是生命体的自我认知的九个阶段。依据它们的特性，我们可以依次将它们概括为自我识别、自我构建、自我确认、自我整合、自我认识、自我接受、自我变形、自我消融、自我升华九个阶段。

第一阶段：以自我识别为主要特征的儿童时期，与太阳升起前从海和天分离中射出的那道弧形光芒相对应。自我识别最初表现为生命个体与自然的区分，通过六个懵懂孩子分别述说"我看见"、"我听见"等来表现他们对外部世界的原初感觉和印象；然后表现为各生命个体之间的区分，以奈维尔对差异的认识为本阶段的最高意识："世界有一种秩序；万物是有区别的、是各不相同的，我现在刚刚踏上这个世界的边缘。"（10）站在世界的入口处，六个人物都有了最基本的自我认知：苏珊爱憎分明，思维单一；伯纳德擅长言辞，喜欢交往，从洗澡水流淌中顿悟自己情感的丰富；奈维尔喜欢思考，无意中听到有人被切断喉管惨死，对世界充满恐惧；罗达喜欢独自幻想，曾遭遇单独被留在教室中的经历，感觉被世界排斥在外；路易受困于他的澳洲口音，倍感压抑；珍妮喜欢色彩斑斓的服饰。人物所有的瞬间感觉都围绕着一个核心：差异。孩子们朦胧地意识到他们之间的差异，并从差异中辨别出自己的特征和缺陷，对自己的不完整，特别是对即将来临的分别感到恐惧和忧心。显然，太阳光照所导致的万物区分，与人物自我意识产生后感受到的人与人之间的区分形成对应关系，这种区分带给人的困惑和压力表露在所有人物的言语中。

第二阶段：以自我构建为主要特征的中学时期，与冉冉升起的太阳射出

---

① Lyndall Gordon. *Virginia Woolf: A Writer's Life*. Oxford: Oxford University Press, 1986, p. 203.

的朦胧光斑在花园中拼出的图案相对应。从离家就学到毕业回家的九个场景中，六个中学生分别诉说各自对外部世界的有意识反应，开始自我构建。伯纳德意识到"我们不是特立独行的，而是一体的"（43），因此努力用漂亮语词和故事抵挡恐惧，消除隔阂，建立人际关系。路易感受到外部世界的强大，他羡慕权威，渴望建立"另一种不同的却能永远体现理性的更好的生活秩序"（23）。奈维尔喜欢读书，讨厌虚假，钦佩超然物外的态度，他珍视心中瞬间涌现的"战胜混乱的完美感"，向往"炉火和清静"（32）。苏珊讨厌学校中的一切，渴望重新回到父亲和自然的怀抱。珍妮喜欢自己的身体，意识到自己能"随意打开或合拢身体"（40），渴望跳舞和得到他人的爱慕。罗达害怕外界，觉得自己没有面目和人格，她喜欢黑夜、孤独，喜欢感受内在生命之流，早早预见了生命的静寂。所有的瞬间情感都指向人物共同的心理特征：探寻自我。面对强大的世界，六个初涉人世的少男少女作出不同反应，并借助瞬间反应所产生的信念拼凑各自的自我意识构图，但图案尚未成形。

第三阶段：20岁前，以自我确认为主要特征，与明媚阳光下寻觅确定目标的小鸟相对应。六个人物或进入大学，或进入社会，都被同样的问题困扰：我是谁。伯纳德发现自己频繁转换角色，不断将自己幻想成所崇拜的偶像，却无法融合自我与偶像；他长久徘徊在多个自我之中，不断自问"我是谁"，最终从奈维尔的信赖中，认清自我的形象："一个忠诚而略带讥讽的人，一个不幻想也不怨愤的人，一个无确定年龄和无使命的人"（51）。奈维尔欣赏"坚定自如"的超然态度，坚信自己就是自己，不扮演任何人，却徘徊在追求学识，还是成为名人的两难选择中。（52）已经步入社会的路易痛感生活变化无常，但是在幻灭和绝望中，依然感受到生活节律的和谐完美，他相信生活自有其"中心旋律"，并最终认定自己的使命是"恢复秩序"。（61）苏珊视自己为自然的化身，渴望结婚、生育、成为母亲。珍妮擅长用"身体交流"，确信身体是她的全部，她的世界。（66）罗达喜欢独处，害怕交往，向往"世界彼岸的大理石圆柱和水池，那儿有燕子掠水飞过"。（68）面对纷繁复杂，真假参杂的世界，六个人物经历困惑，作出抉择，成为特立独行的个体。他们在瞬间感悟的一刹那瞥见自我。

第四阶段：25岁前，以自我整合为主要特征，与强烈光线射进室内化成的锋利楔形相对应。六个年轻人踌躇满志、个性各异，聚餐欢送他们的偶像波西弗去印度，内心经历了从自以为是到和谐共处的过程。波西弗到来之前，他们抱着既羡慕又妒忌的攀比心理相互尖刻地评价对方；波西弗到来之后，烦恼和不平衡的情绪消失，大家摆脱自我封闭的心态，变得亲近融洽。他们敞开心扉，回忆童年。伯纳德将他们七人喻为"一朵七边形的花"（82），奈维尔相信"光芒已经投射到真正的目标上……世界已经显现真实面貌"（83）。六个人物视波西弗为一个神，一个中心，一个整体，一种激流，一种心境，一种琼浆玉液，并以其为镜，深入剖析自我，获得内心的圆满与和谐。在春风得意中回忆往昔，解剖自我，众人物在相互观照中丢弃故步自封的局限，对自己有了更清楚的了解，对生命也有了更深入的感悟。

第五阶段：25 岁，以自我认识为主要特征，与高踞中天的太阳那耀眼的光芒给大地带来的酷热相对应。波西弗的死讯传来，众人物感受到死亡带来的苦痛、困惑和参悟，对生命的无奈有了认识。奈维尔痛感世界的船帆倾倒，世界之光熄灭，他心灰意冷，倍感孤独，觉得世界上再无知音。伯纳德在儿子出生之际忽闻好友亡故，对生死困惑不已，开始思考死亡对世界的影响和生命中什么最重要的问题。他经历了困惑、伤心、鄙视、渴望等复杂情感变化之后，面对美术馆中的圣母像，忽有所悟，发现占据心灵中心位置的波西弗已经从原来的神的形象变成了他自己那软弱自我的反面，即真人的形象，于是，伯纳德在心中为往昔的自我举行葬礼，准备开始新生活。罗达听到波西弗的死讯，感觉自己无法跨越命运的"水坑"，觉得"所有可触摸的生命形式都弃她而去"。（104）透过波西弗的死，她感觉人类面目可憎，到处充斥仇恨、嫉妒、冷漠；她看到了生命本质的灰暗，即所有人都走向死亡。生命从和谐的高峰一下子跌落到痛苦的低谷，面对死亡的打击，众人开始重新认识生命和自我，调整生命的状态和指向。

第六阶段：30 多岁，以自我接受为主要特征，与午后躲避强光、栖息林间的小鸟相对应。生命进入成熟期，众人在精心打造的小天地中畅游。路易事业有成，不管在阳光下还是在风雨中都傲然挺立，坚持不懈地"建立秩序"，并与罗达建立恋人关系。苏珊已经生育孩子，每日与田野、树林、四季为伴，精心呵护小生命，生活平静幸福。珍妮与多个男人亲近，通过身体享受生命乐趣，感受事物轮廓。奈维尔走出波西弗死亡带来的绝望心境，经过艰苦求索，不仅获得显赫地位，而且重获生命的"中心"：一个能够抚慰他的心灵的"爱人"。在忙碌的生活节奏中，众人用爱抚平自己的忧伤和痛苦，接受现实和自我的局限，体验生命的乐趣。

第七阶段：以自我变形为主要特征的中年时期（一），与西斜的阳光下被疾风吹得摇曳起伏的花儿、小草相对应。日复一日中，六个人物蓦然意识到时间的流逝和生命的有限，开始在失落中反思自己的生命状态，感悟真实的自我。伯纳德感觉到时间坠落，世界急速逝去，于是来到罗马，"蜕去生命中的一层皮"，用心灵的眼睛看见"汪洋中的鱼鳍"（125），从此不再看重以前十分介意的东西，以超然的神态看待事物，虽然尚未触及但是已经感应到生命的真谛。苏珊看着长大的儿女和富裕的家园，觉得愿望已经实现，同时也意识到压抑多年的欲望在心底迸流，面对狭窄的一生怅然若失。珍妮正置身于生活的中心，却发现自己孤独而憔悴，但还是鼓足勇气前行。奈维尔感到自己不再年轻，他丢弃妒忌、心计和烦恼，开始对已取得的成果淡然视之，并质问为什么要像路易一样刨根问底，或像罗达一样追寻真谛。他终于学会用心阅读，不再刻意追寻某种知识，而是倾听真我的心声，并准备好坦然面对死亡。路易已经拥有权威和声望，他在反复吟诵雪莱的《西风颂》的过程中，反思自己多年承受的使命的价值，最终相信自己不是孤独的过客，他的生命之线将传递下去。罗达害怕生活，憎恨人类的丑恶，因为害怕拥抱而离开路易，并渴望跳入死亡的深潭。众人成年的意识透过瞬间顿悟，穿刺生命的奥秘，瞥见真实的自我，于是生命的轨迹改变或调整，各自的归宿大致确认。

第八阶段：以自我消融为主要特征的中年时期（二），与沉落的太阳、哆嗦的树叶、悲啼的鸟儿、黯淡的群山和轰鸣的海浪相对应。六个人物聚会汉普顿宫，回顾消逝的岁月。再度相聚，众人相互交锋，努力证明自己比别人更出色，却发现自己"完全融化，个性特征消隐，难以与人区分"（149）。他们在孤寂中思考可以拿什么与时间抗衡，是历史，是人与人的融合，是情感，还是真理？伯纳德觉得他们六人已经变成了一朵"六边形的花"，这朵花由六种生活组成，汇集成"一个生命"（152），这便是他们六人留下的东西。在记忆的碰撞中，他们一起赋予生命以意义。

第九阶段：以自我升华为主要特征的老年时期，与消失的太阳、混沌的海天、坠地的树叶、黑暗的世界和叹息的海浪相对应。生命已经接近尾声，六个人物有的已经去世，伯纳德比所有人都长寿，于是由他来对生命作回顾和总结，并阐释生命的意义。伯纳德按照小说前八个部分所述的自我意识发展顺序回顾六个人的生命全过程，以自我剖析的姿态，深入解读自己的灵魂，剖解不同的生命形态，最终进入"没有自我的世界"："今晚，我的身体高高矗立，就像一座冷穆的神殿。铺着地毯的地板上人声鼎沸，祭坛上烟香袅袅；然而，在上面，在我平静的头脑中，只有阵阵悦耳的乐声和涌动的馨香……当我超然地俯视时，就连那些散落的面包屑也显得如此美丽！"（195）在这一瞬间，伯纳德摆脱了那些形影不离的"魔怪"，即自我，以及那个"浑身长毛的野人"，即躯体，在超然无我的心境中体验生命的轻灵和美丽。

可以看出，《海浪》中生命过程的九个阶段是连接的、生长的，是以自我认知、情感反应、人与自然/人与人的关系变化为生长链构成的一个感悟性的整体，而不是如戈登所言，"某种与实验科学具有相同性质的东西"①，或者如弗莱绪曼（Avrom Fleishman）所言，是一系列"必然的遗传阶段"②。

二、神制形从

实现形神合一的关键是神制形从。文艺作品的"神"指称作品所表现的灵魂和精神，"形"则指称艺术作品呈现在我们面前的可感知的"象"。形是外相，神为内蕴；无形不能通神，无神则形无生气。诚如《淮南子·诠言训》所云："神贵于形也，故神制则形从，形胜则神穷。"③《淮南子·原道训》也云："以神为主者，形从而利；以性为制者，神从而害。"④ 形与神虽然是一体的、整一的，但是居主导地位的是神，而不是形。

伍尔夫在她的小说理论随笔中反复申明了"神制形从"的思想。她在随笔《现代小说》、《班内特先生与布朗夫人》中，强烈批判了"物质主义者"徒有其形，却让精神逃走的致命局限；在《俄国人的视角》中热诚推崇陀思妥耶夫斯基、契诃夫、托尔斯泰对生命"灵魂"的深刻表现；在《蒙田》、《三百年后读多恩》等随笔中称赞蒙田、约翰·多恩对生命的复杂性的整体表

---

① Lyndall Gordon. *Virginia Woolf：A Writer's Life.* Oxford：Oxford University Press，1986，p. 248.

② Avrom Fleishman. *Virginia Woolf：A Critical Reading.* Baltimore：The Johns Hopkins University Press，1975，p. 151.

③ 《淮南子·诠言训》，据《诸子集成》本。

④ 《淮南子·原道训》，据《诸子集成》本。

现……这样的例子不胜枚举。"神制形从"可以说是她评判文学作品的基本原则，也是她创作时遵循的基本原则。

在《海浪》中，伍尔夫通过主要人物伯纳德反复申明：生命是"圆球形、有重量、有深度的，是完整的"。她在表现生命的"圆球"之形的同时，已经将生命之神即它的"重量、深度"充入其内。它们是："生命与天地同构"、"乐天知命"以及自我认知从"无我"到"有我"再到"无我"的精神变形历程。

（一）生命与天地同构

"圆球"所具有的整一性昭示生命的本质在于"与天地同构"。伍尔夫曾在散文《飞蛾之死》（"The Death of the Moth"，1942）中表现她对生命本质的感悟。她昭示小小的飞蛾是世界巨大能量中非常细小而纯粹的一缕，是生命能量"极其简单的一种形式"，它是如此奇妙，仿佛"有人握着一颗微小而纯净的生命之珠，极其轻柔地给它缀上羽绒和羽毛，让它起舞、辗转，向我们揭示生命的本真"①。从这些精美的描述中可以看出，伍尔夫相信：生命作为个体，其形态各不相同，却都是天地间自然能量的表现形式之一，因而无论其大小、形体、内质、生存状态如何不同，它都是世界整体中的一个部分，与天地自然共享同一的本质。

这一生命与天地同构的思想在《海浪》中呈现为"天人合一"的境界。这一境界是通过"外部世界"与"人物意识"的对应关系得以表现的，即外部世界的变化（比如太阳升落的高度、小鸟生存的状态、花园光照的亮度、海风海浪的力度等等）与人物内在意识的发展密切对应。我们不妨将《海浪》九个部分中"外部环境"与"人物意识"的对应关系列简表如下：

1	太阳即将升起，海天分离	人物自我意识产生，能够辨别与自然、与他人的不同
2	太阳正在升起，阳光尚未照亮整个花园	人物自我意识逐渐形成其基本构图

① Virginia Woolf. "The Death of the Moth". *The Death of the Moth*. New York: Harcocourt, Brave and Company, Inc., 1942, pp. 3—6.

（续表）

3	太阳升起，小鸟目光锐利，专注搜索目标	人物在真假自我之间抉择
4	锋利的阳光给万物涂上锋芒和棱角	人物展示锋芒毕露的自我
5	高踞中天的太阳以炙热的光照和温度熔化一切	死亡沉重击打人物
6	太阳侧斜，小鸟栖息林间	人物心态成熟，享受生活
7	太阳西斜，疾风阵阵	人物蓦然意识到时间的逝去和生命的有限，心情怅然
8	太阳即将沉落，暮色弥漫	人物回顾一生的收获
9	太阳落山，海天一色，万物逐渐消融	生命进入无我状态，包容一切

可以看出，自然界从太阳升起到落下所构成的"圆球"与人物从自我辨认到自我混沌所构成的"圆球"浑然一体。

（二）乐天知命

与天人同构思想相呼应的是伍尔夫对"乐天知命"这一浑厚圆满的生命态度的称颂。

《海浪》六个人物中的五个都将一生维系在所认定的某一单一目标上，或者"为追求完美而呕心沥血"，或者"飞向荒漠"，或者"对烈日的炎热和霜打的青草又爱又恨"，或者活得像"野兽"，他们的生命就在竭尽全力的求索中随风飘逝。

这五个人物中，路易像"拴着铁链的野兽"（83），意志坚强，头脑敏锐，终生肩负沉重使命，"不论在阳光下还是在风雨中都挺直脊梁，像斧头一般重重落下，拼尽全力砍倒橡树"（110），却给人留下望而生畏的背影，在成功的光环下独自承受孤寂。奈维尔像一条猎犬，从早到晚都在追猎，但无论是跋涉荒原追求完美，还是追求名誉或金钱，他都觉得毫无意义，给人留下"一片飘扬的飞絮"的印象，在一片盛名中很早便对一切漠然视之。（163）罗达始终觉得自己没有面目，无所归属，她沉浸在自己内心世界的深潭中无法自拔，无法跨越现实世界丑陋和肮脏的"水坑"，终日生活在对世界和他人的害怕和憎恨之中，渴望飞向死亡。（104）苏珊视自己与自然一体，沉溺于天伦之乐，对世界又爱又恨。珍妮像熊熊燃烧的"火"，一生用身体与他人交流，无论是在青春飞扬中，还是在衰老憔悴时，都毫无顾忌，勇往直前。这五个人物的生命状态类似庄子在《养生主》中所警示的："吾生也有涯，而知也无涯。以有涯随无涯，殆已！"①以有限的生命，追索无限的知识、欲望，无疑就像渺小的人挑战浩瀚的大海。生命随时会被大海吞没，因为在这种状态中，人与知识或欲望的海洋处于一种对立状态，即一种征服与被征服的状态，而生命本身却被忽略了。

伍尔夫赞赏伯纳德的生命态度：顺应自然规律，进退安命。这是一种人与大自然达成默契，将生命置于一切行动的中心的生命状态。伯纳德像他的伙伴们一样也设定了人生目标，但始终在目标与生命感悟之间寻求平衡。他渴望寻求"一种完整的东西"，他感兴趣的是"生命的全景"。（161）他避免像他的伙伴们那样走极端（比如珍妮的无度、苏珊的狭隘、罗达的偏激），因此比伙伴们都长命；他用探索而不是用对抗（如路易的刚硬）或者隐退（如奈维尔的孤寂）来消除自己对外部处境的畏惧；他以成年人的"知足和听天由命"（180）的心态来消解好友猝死所带来的沉重打击以及时间流逝所带来的危机和绝望的感觉，而不是像奈维尔那样在打击中崩溃，或者像罗达那样在打击中愤世嫉俗。从某种程度上说，伯纳德的生命态度达到了庄子"知不可奈何而安之若命"②的生命境界，能够以超然物外的心境"无限地感受和包容一切，为内心的充实而震颤，然而又清醒而自制"（195）。

（三）精神变形历程

伍尔夫的"生命构图"是自我意识从"无"到"有"（前四个阶段），再从"有"化为"无"（后五个阶段）的过程，四次"变形"贯穿全程。依据美国分析心理学家默里·斯坦因（Murray Stein）的理论，所谓变形，就是"生命的态度、行为、意义感的彻底重构"，而引发变形的因素是"一个引发变形的心象，比如一个带着宗教意味的象征、一则梦、一个给人留下深刻印象的人、一种鲜活的想象，或者重要的生命创伤，比如离婚、孩子夭折、父母或爱人去世"。③

---

① 《庄子·养生主》，据《四部丛刊》本。
② 《庄子·人间世》，据《四部丛刊》本。
③ Stein, Murray. *Transformation: Emergence of the Self*. College Station: Texas A&M University Press, 1998, p. 7.

《海浪》对人物变形过程的描述与这一理论极其相似。在《海浪》的九个阶段中，从"自我识别"到"自我整合"的成长过程代表着从"无我"走向"有我"的第一次变形，在这一过程中，六个人物借助波西弗的完美形象所发挥的"心象"作用，将众多飘忽游离的自我努力包容在"我"之中，成人的模样初步形成，就像幼蚕结出蚕茧一样，但是"真我"尚隐而不见。从"自我认识"到"自我接受"，代表着从"理想自我"到"现实自我"的第二次变形。在这一过程中，波西弗的死所带来的创伤发挥着"心象"的作用，促使"我"对生命产生顿悟，并努力适应外部世界；这期间，"真我"开始显露，就像蚕茧中的幼蚕逐渐变成蚕蛹，为破茧做准备。"自我变形"代表着从"假我"（或者说"小我"）走向"真我"（或者说"大我"）的第三次变形，也是唯一一次真正意义上的变形，即"诞生一个人的'真我'"①的精神历程。这是一次裂变，日积月累的细微变化在瞬间发生质变，"真我"从"假我"中脱颖而出，就像蚕蛹破茧而出，化为飞蛾。其间，对生命有限性的顿悟发挥着"心象"的作用。从"自我消融"到"自我升华"，代表着从"真我"走向"无我"的最后一次变形，"真我"从充实走向虚无，并随着身体的消亡而终结。伍尔夫这一生命过程的描述与默里·斯坦因在《变形：自性的显现》（*Transformation: Emergence of the Self*，1998）中描述的生命中的四次变形②基本一致。

伍尔夫的"生命构图"将"没有自我的世界"作为生命的真谛来揭示，彰显她对生存境界的思考。伯纳德的"没有自我的世界"与庄子《齐物论》中南郭子綦的"吾丧我"状态颇为相似。他们进入的都是一个没有成心③、没有区分的世界。伯纳德曾这样申明他的无我之境："我和他们是无法分离的。我这会儿说话的时候，我觉得'我就是你'。我们曾觉得如此重要的区别，如此狂热地珍视的身份，如今都被抛开了"（194）。批评家布莱克斯东也曾为伯纳德的无我之境归纳出八种特征："对世事的淡定"、"对居所的无意识"、"对

---

① Murray Stein, *Transformation: Emergence of the Self*, p. 10.
② Murray Stein, *Transformation: Emergence of the Self*, p. 10.
③ 成心，指心的某种状态，即"吾丧我"中的"我"。心本是虚明的，像镜子一般，可以映照万物而不留痕迹。成心却是实有的，以自己的好恶或是非观接纳或拒绝事物。它其实是一种自我意识，用以区分自己和世界；也正因为这一区分，导致各种争斗、冲突和焦虑，对世界和自己都造成伤害。因此需要超越成心，进入一种无心状态，即吾丧我。更详尽的阐释见王博：《庄子哲学》，北京大学出版社 2004 年版。

物质世界现实的怀疑"、"与他人认同"、"对自然全面接受"、"对万物无私的兴趣"、"丢弃欲望"、"无处不在的感觉"。①

　　这种境界与庄子《齐物论》中的"大知"和"大言"应合。"大知闲闲，小知间间。大言炎炎，小言詹詹。其寐也魂交，其觉也形开。与接为构，日以心斗。"②这里的"大知"和"大言"居无我之境，无须区别"我"、"你"、"他"、"世界"，处于一种洒脱和淡定状态，而"小知"、"小言"则居有我之境，有明确的"我"、"你"、"他"、"世界"之区别，因此日日算计，夜夜焦虑，长久与他人处于钩心斗角的冲突之中。伍尔夫的"没有自我的世界"类似于庄子"天地一指也，万物一马也"③的齐物之境。

三、气韵生动

　　实现文艺作品形与神合一的媒介是"气"。《淮南子·原道训》曾明确指出这一点："夫形者，生之舍也；气者，生之充也；神者，生之制也。一失位则三者伤也。"④"气"介于形与神之间，是用于充实生命的一种物质，它承担着调节形与神的融合状态，使之呈现生机勃勃之势的重要作用。它是"精神"的体现者，"精者，人之气也；神者，人之守也"⑤。文学作品实现形神合一的重要方式就是"气韵生动"。

　　伍尔夫特别关注"气"与"生命"的关系，呼吁现代文学能表现那个包裹在"气"中的"生命"整体。比如，她在《现代小说》中用"气囊"包裹"生命"："生命不是一系列对称并置的马车灯；生命是一圈光晕，一个半透明的气囊，包裹着我们，从意识的开端到意识的终结。表达这种变化的、未知的、无限的精神，不论它可能以怎样不合常规或者错综复杂的形式呈现，尽可能少掺和混杂的外在事物，这难道不正是小说家的任务吗？"⑥又比如，她在《海浪》中用"气膜"包裹住"生命的圆球"："生命的圆球……绝不是摸上去坚硬而冰冷的，而是包着一层薄薄的气膜。只要一挤它便会破裂。"（171）

---

① Bernard Blackstone. *Virginia Woolf*：*A Commentary*. New York：Harcourt Brace，1949，p. 101.
② 《庄子·齐物论》，据《四部丛刊》本。
③ 《庄子·齐物论》，据《四部丛刊》本。
④ 《淮南子·原道训》，据《诸子集成》本。
⑤ 《淮南子·精神训》，据《诸子集成》本。
⑥ Woolf, Virginia. "Modern Fiction". *The Essays of Virginia Woolf*，vol. 4，pp. 160—161.

在她的作品中，"气"是以"昼夜运行"、"四季更替"、"海浪涌动"等大自然的运行来表现的，其作用是推动生命"圆球"的循环和生生不息的运动。伍尔夫是按照"节律而不是情节"[①]来构思《海浪》的，这种构思不仅体现在白昼运行与生命阶段之间静态的对应关系中，而且体现在四季更替与生命进程之间动态的递进关系中，体现在海浪的节律与人物的思想情感之间息息相关的应和关系之中。虽然前者是显在的、有形的，后者是隐在的、无形的，然而两者之间密切呼应，相互契合。

《海浪》中白昼运行规律与自我意识变化的对应关系已经在本章第一部分中列出，尚需进一步阐明的是，从日出到日落的太阳运行并非发生在同一天，而是春、夏、秋、冬四季不同时辰的组合。我们在每个人物的中学生涯里看到了春天的"蓓蕾"："随着光照增强，时不时会有花苞开放，绿色的丝纹微微颤抖"（16）；在人物25岁时，我们感受到盛夏的酷热："它（阳光）照在果园的墙壁上，在砖墙的坑洼和纹理上激出耀眼的银色和紫色，火烫烫的，仿佛快要融化，好像只要一碰便会化为焦土似的"（97）；在人物的中年，我们看见秋天的"谷穗"："午后的阳光暖暖地照在田野上，阴影中透着蓝色，将谷穗映红"（120）；在人物的老年，我们看到冬天的凋零："树枝摇曳，树叶纷纷落下。它们安静地躺着，等待消融"（157）。与春天的蓓蕾、夏天的酷热、秋天的谷穗、冬天的落叶相对应的是少年的探索、青年的锤炼、中年的温馨和老年的睿智。这一隐在的四季更替结构，解构了白昼运行的完整性和封闭性，不仅使我们感受到由无数个昼夜和四季的更替所构建的时空的绵延，也感受到由无数个日子和岁月的流动所组成的生命节律的循环。显然，作品中的生命"圆球"是动态的、递进的、绵延的。

《海浪》不仅以昼夜运行和四季更替对应人物意识的消长和情感的变化，而且将海浪涌动的声音像脉搏和呼吸一样嵌入人物的思想、情绪、话语和聚散之中，使作品呈现出真正的生命活力。我们可列简表如下：

---

① Virginia Woolf, *The Diary of Virginia Woolf*, vol. 3. ed. Anne Olivier Bell and Andrew Mc-Neillie, London: The Hogarth Press, 1980, p. 316.

1	儿童期	海面稍有涟漪，接着微微起伏； 人物话语从简短明快转向简洁多样，情感由平静转向担忧；众人聚合。
2	中学期	海浪扫过海岸，浪涛碎裂时发出沉闷回响； 人物思想多样而凌乱，情绪激烈，自主意识日益增强；女孩和男孩分离。
3	20岁前	海浪似击鼓般拍打海滩，似勇士般冲上海岸； 人物情绪热烈，思想敏锐，却困惑多多，风趣、坦然、感伤、热情、烦恼、憎恶、怨恨等多种情绪同在；众人基本处于分离状态。
4	25岁前	涛声隆隆； 人物个性热烈、言辞锋利、信心十足；众人聚合。
5	25岁	海浪高高涌起，猛然落下，浪花飞溅，似巨兽蹬脚； 人物遭受沉重打击，情绪低落，思想转入较深层次；众人分离。
6	30多岁	海浪汹涌起伏，迸然四散，溅起高高浪花； 人物意志坚定、爱情浓烈、生活忙碌；众人基本处于分离状态。
7	中年期（一）	海浪开始退潮，露出珍珠般白色的沙子； 人物情绪茫然，思想逐渐透视生活迷雾，心态逐渐趋向平和，生活节奏放慢；众人分离。
8	中年期（二）	海浪似倒塌的墙壁，在轰鸣中碎裂、落下； 人物陷入沉思，思维穿透一切，生活变得空明、虚无；众人聚合。
9	老年期	海浪远远地退离海滩，在黑暗中发出叹息声； 伯纳德独自回顾一生，目光超然，剖析深邃，进入无我境；众人消逝。

在这里，"海浪"宛若"气"一般，时时刻刻渗透在生命之中，与生命的思想共呼吸，与生命的情感共搏动。它的律动和起伏的形态和强度，不仅与人物的思想、情感和言行相应和，而且与人物的聚合状态相呼应。它像一面镜子，映现出生命各个阶段丰富的姿态和节奏；它更像一盏灯，照亮了生命的内质与外延。

至此，我们可以看出，代表轮廓、重量、深度和完整性的显在的"圆球"

意象与代表循环、绵延、生生不息的隐在的"海浪"意象是契合的。"海浪"带着不可阻挡的自然之力将"圆球"整合、打碎又整合，不断向前推进。正是通过双重自然节律的叠合，《海浪》昭示了生命的循环性：个体生命是短暂的，又是永恒的，它的永恒性是通过生命个体之间的循环来体现的，换一句话说，一种生命形式的圆满和结束，意味着另一种生命形式的开始。伍尔夫这样阐发生命循环的思想："于是奈维尔、珍妮、苏珊和我，就像海浪拍岸一般碎裂、散落，让位于下一片树叶、某一只小鸟、一个拿铁环的孩子、一只腾跃的狗、炎热一天后聚集在树林中的热浪、白丝带一般在水波中闪动的光"（186）。她还给小说安上了一个富有循环寓意的开放式结尾："浪涛击岸，纷纷碎落"（199）。

伍尔夫的生命循环观源于直觉感悟。它不同于西方文明所推崇的一维时间性，而更接近于东方文明中的生命循环观，比如"日夜一昼，圜道也。……精行四时，一上一下各有遇，圜道也。物则动萌，萌则生，生而长，长而大，大而成，成而衰，衰乃杀，杀乃藏，圜道也。"①日夜轮回，四时更替，万物由生到死，再由死到生，循环往返，都是自然界的运行规律。伍尔夫以"圆球"和"海浪"双重意象所喻示的生命的圆满性、完整性和循环性，充分体现了她"对生命的挚爱"。②

结语："传神者必以形，形相与心手凑而相忘，未有不妙者。"③在艺术创作中，形与神一直是一对对立统一的概念。《海浪》一方面将大自然形态与生命意识并置，独具匠心地将生命的"圆球"之形与"生命与天地同构"、"乐天知命"、"精神变形"之神融合，映现生命的过程与本质的圆满、质朴和壮美；另一方面让自然节律之"气"与生命精神互动，自然而传神地用四季和海浪的节律表现生命的循环和生生不息。最终，生命的形神呈现为"圆球"意象与"海浪"意象的契合，既体现其完整性，又传达其绵延性。正是通过形、气、神的自然融合，伍尔夫以形之神似传达神之意蕴，以气之充盈揭示形神之生动，用意象直观呈现生命精神，使作品达到了形神兼备的境界。

---

① （先秦）《吕氏春秋·圜道》，据《诸子集成》本。
② 朱良志：《中国艺术的生命精神》，安徽教育出版社2006年版，第59页。
③ 胡经之主编：《中国古典文艺学丛编》（二），北京大学出版社2001年版，第190页。

结语：伍尔夫生命诗学的构成和意义

全面研究伍尔夫的随笔后，我们无疑强烈感受到英国、古希腊、俄罗斯、法国、美国及东方部分国家的文学作品留给伍尔夫的巨大审美感悟空间，即反思西方传统诗学和构想生命诗学之间的空间。正是基于广博的审美感悟和深切的创作体验，伍尔夫构建了以生命为本源，以整体观照和直觉感悟为方法，以意境重构和比较评判为模式，以生命之真和象外之意为目标的生命诗学。它努力融直觉感悟与理性思辨、印象批评与知性批评、主观洞见与客观分析为一体，尽力体现美学与艺术之间的融合，不失为未来诗学的一种走向。

一、本研究的创新之处

从全球化视野出发，整体研究伍尔夫对英、古希腊、俄、法、美及东方部分国家的作家作品评论，揭示其生命诗学的思想渊源是审美体验：本书基于大量的随笔分析，阐明伍尔夫对英国文学的评论重在揭示它对生活、身体、自我、人性、情感思想的幽默知性表现，对古希腊文学的探讨着重阐明其生命形态的"非个性化"特性，对俄罗斯文学的剖析重在揭示其灵魂艺术的深邃和博大，对法国文学的探讨侧重阐明其心灵表现的整体和谐，对美国文学的反思重在指出其生命表现的创新局限，对中国、日本等东方文学的评点特别推崇其超然宁静和天人合一的审美取向。它们构成了伍尔夫的生命诗学的渊源和视野。

透过伍尔夫的批判，反思西方传统诗学的局限，揭示伍尔夫作为浪漫主义诗学的推崇者与突破者，其诗学创新在于确立了以生命为核心的诗学体系。伍尔夫生命诗学的出发点是对模仿论与修辞学研究法等西方主导诗学理念的反思，和对理性认知与二元对立等思维模式的质疑。所批判的观点包括：文学本源（现实）被视为所认知的客观现实、心理现实或精神理念；文学构思被视为对素材和主题的组合及确认；文学批评被视为对作品的内在构成或外在语境的认知或阐释；文学形式被视为再现或表现认知对象的手段；文学真实被视为认知对象之真；以及主观与客观、物质与精神、内容与形式、事实与想象等二元对立的思维局限。为走出局限，伍尔夫实践了五个方面的超越：文学本质上，实践从表象到本真的超越；创作理论上，实践从感知到想象的超越；批评思想上，实践从认知到观照的超越；文学形式上，实践从对立到统一的超越；文学境界上，实践从真实到意境的超越。基于这些思想上的超越，她在创作实践中实现了从传统程式到现代创新的转变。

以创作实践映现伍尔夫生命诗学的价值。伍尔夫生命诗学在其文学创作中得到了充分实践，她不仅创新艺术形式，而且表现其价值。以伍尔夫的小说《海浪》和《雅各的房间》为例，前者表现了以"记忆叙述生命"的构思模式，以"情感思想构建生命"的构成特征，"随物赋形、神制形从和气韵生动"的形式特征，以及"天人合一、乐天知命"的象外之境；后者展现了"以声音表现形神，以物象并置实现诗意升华，以内外聚焦铸就整体，用意象揭示对命运的彻悟"的现代小说原创形式。

研究方法的创新主要体现在：以中国诗学为参照，以中国传统观照法为方法，不仅揭示伍尔夫生命诗学的渊源、内涵和价值，而且重新认识融艺术与美学为一体的生命诗学的价值。伍尔夫之所以能洞察西方诗学的局限，是因为她的思想融艺术与美学为一体。其生命诗学的渊源是生命共感，源自审美阅读、创作体验和欧美浪漫主义诗学。其生命诗学的范畴聚焦于文学本质、创作思维、作品形神、文学批评、艺术境界，其方法是透视、对比和评判，具有全景性、澄明性、超感官、超理性和重趣味的本质特性，与中国诗学的情志说、虚静说、神思说、知音说、妙悟说、趣味说、文质说、形神说、真幻说、意象说、意境说等诗学范畴相呼应。采用中国传统审美的"观照法"，以观照主体的澄明心境去体悟被观照物的本质，可以洞见伍尔夫的思想与苏格拉底、雪莱、柯勒律治、陀思妥耶夫斯基、屠格涅夫、庄子、王弼、刘勰、陆机、司空图、王国维、朱光潜、宗白华等众多中西思想家的美学观点和艺术境界的共通之处在于：以生命真实为最高准则，超越人类理性认知的局限，走向广阔的天人合一之境。全球化视野和跨文化研究，以及理论与实践相结合是另外两个主要的创新方法。

二、本研究的主要观点

伍尔夫的生命诗学的核心理念是：文学本质上是表现生命的艺术形式，

因而其创作、形式、批评和境界都是以生命真实为最高准则的，它既超越理性认知又超越与现实的直接对应。文艺诗学本质上是美学与艺术的综合，任何单一的偏颇都可能使它走入困境。

（一）伍尔夫生命诗学的思想渊源是她对英国、古希腊、俄罗斯、法国、美国和部分东方文学作品的审美感悟

弗吉尼亚·伍尔夫在大量阅读和评论英国文学作品的基础上，为英国文学疆界作出了有机建构，主要包含三个层面的内容：在总体形态上，构建以"愉悦"为核心的编年史结构，将文学的超越性和文学的历史性有机结合；在内在构成上，用虚实相映与对比评判的审美方式揭示英国文学的独创性与局限；在特性概括中，以国别文学对照方式提炼出英国文学侧重个性描写和擅长幽默喜剧的特征。揭示了自 14 世纪至 20 世纪英国文学不断向外向内拓展的动态发展历程，即从乔叟对"生活"的幽默直观描写，到锡德尼和斯宾塞对"身体"的无边幻想，到多恩和布朗对"自我"的探索，到笛福和斯特恩对"人性"的表现，到司各特、奥斯丁和狄更斯对"情感思想"的刻画，直至哈代、康拉德和劳伦斯对"生命"的表现。

伍尔夫毕生喜爱古希腊文学，她在随笔中纵论索福克勒斯、欧里庇得斯、埃斯库罗斯等古希腊戏剧大师的作品，以主客合一的审美感悟和由感及悟的整体观照，揭示古希腊文学独特的情感性、诗意性、整体性和直观性。其批评不同于亚里士多德《诗学》所树立的分析性和概念化范式，重在揭示文学作品的经验性、独特性和形象性而不是其超验性、普适性和抽象性。

在 20 世纪初期英国的"俄罗斯热"中，伍尔夫在充分了解俄罗斯文化和思想背景的基础上，揭示了俄罗斯小说家的"灵魂"表现技法：陀思妥耶夫斯基的网状结构，契诃夫的情感布局，托尔斯泰的生命视野和屠格涅夫的虚实交融，从中洞见他们的基本特性：直觉性、记忆性、整体性和人性。并以俄罗斯文学为参照，照见英国现代文学的局限和重心，大胆实践创新技法。演绎了一个作家借他山之石，将本国的现代小说推向全球的创新过程。

基于对法国文学的多年阅读，伍尔夫以典范式参照的方式昭示法国文学的优异之处，并从著名作家蒙田、普鲁斯特、司汤达、莫洛亚等人的作品中总结出法国文学的共通特质：表现生命整体。她从法国文学中获得的是一种从语言到形式再到本质的根本性启示，这一启示从本源上激活了她的现代小

说创新。

基于对美国文学的广泛涉猎，伍尔夫从华盛顿·欧文、爱默生、梭罗、惠特曼、梅尔维尔、亨利·詹姆斯等作家的作品中感受到两种创作形态：传承英国文学和彰显美国意识。剖析两种形态的利与弊，伍尔夫指出国别文学创新的关键在于：深深扎根于自己的国土和内在社会结构，同时汲取一切有益于发展的外来思想和技法。

在 20 世纪初期英国人热切关注东方文化的氛围中，伍尔夫不仅从东方文艺作品中体验、感知和想象东方人人与自然共感的审美思维和恬淡宽容的性情，而且借"中国眼睛"表现了她对文学创作的全新感悟，用中国式超然自如的创作心境、淡泊宁静的人物性情和天人合一的审美视野，创建了英国现代主义小说的新视界。

（二）基于审美感悟，伍尔夫以源自天性的心灵之悟，反思西方传统诗学中的理性之思，构建出生命诗学。它在内涵上表现为对西方传统诗学五个方面的超越

第一，就文学本质而言，伍尔夫实现了从表象到本真的超越。

伍尔夫首先超越的是现代创作浮于物质表象或精神表象的局限。她借助经典的力量，提出文学表现生命本真的宗旨。她依据自己对西方现代小说 20 余年的阅读和评论，详尽剖析现代小说的两种类型，即物质主义小说和精神主义小说。其本意并非像西方学界所认定的那样要从中选择精神主义小说为现代小说的理想模式，而是旨在揭示西方现代小说的困境：无论再现现实还是表现意识，现代小说都漂浮在表象的层面。它或者沉浸在事实的琐碎中，因为浮光掠影而缺乏生命力；或者陶醉在自我意识和心理活动的繁复中，因为囿于自我而缺乏思想深度。伍尔夫以英、俄、法、古希腊等文学经典为标杆，高度赞扬英国文学经典对人性的场景式再现，古希腊文学经典对原初本性的直观呈现，俄国文学经典对灵魂的深刻透视和法国文学经典对心灵的整体表现，深刻揭示现代小说割裂物质与精神、表象与本质、形式与内容的致命缺陷。她从文学的任务、素材、人物等方面入手，提出文学的"生命创作说"：创作的任务在于表现生命整体；创作的素材是开放的，只要它们能够表现生命本身；生命的形象——人物——具有无限的能力和无穷的多样性。

然后伍尔夫通过反思文学形式和小说本质，提出文学是生命艺术的诗学

理念，以超越西方传统诗学偏重模仿论和修辞学的局限。她批判了20世纪二三十年代英国最具影响力的小说理论专著，帕西·卢伯克的《小说的技巧》和E. M. 福斯特的《小说面面观》，不仅质疑两部著作以主题、人物、情节、结构、叙述等基本元素剖析文学作品的传统程式，而且深入反思西方传统诗学的核心理念。她批判卢伯克将形式等同于技巧的观点，提出形式是情感的关系和情感的表现的观点，其观点超越形式内容二元论和修辞学研究的局限。她质疑福斯特视文学与生活的一致性为文学的评判标准的立场，指出英国学界只关注模仿的逼真性却忽视文学的艺术性的弊端。

正是在超越西方诗学的基石和支柱，即修辞学研究模式和模仿论主导思想的基础上，伍尔夫建立了她的生命诗学。其生命诗学的核心是：小说是记录人的真实生命的唯一艺术形式。为了阐明这一核心思想，她从创作构思、批评方法、艺术形式、文学境界四个主要方面对生命诗学进行了建构。这一建构促成了更为具体的四个方面的超越。

第二，就创作理论而言，伍尔夫实现了从感知到想象的超越。

伍尔夫通过两条途径超越西方诗学的基本创作原则。

其一，重新界定创作的本源——现实。她一方面将"现实"从无数观念的捆绑中剥离，还"现实"以客观实在物的本来面目；另一方面强调"现实"的直觉感知性，以疏离理性认知模式。在此基础上，将"现实"界定为客观实在（象）与主观精神（意）的契合。她的观点的源头可追溯到柯勒律治和穆尔的思想，但她的表述更为完整清楚，体现出与中国传统的"感物说"与"观物取象"相近的直觉感悟特性。

其二，重构创作构思过程。伍尔夫将直觉感知与想象构思确定为创作的两个必要阶段，强调小说家在感知现实之后必须超越现实，把握现实，将直觉感知锤炼成艺术品。同时，她强调创作构思必须以"澄明心境"为先决条件，只有去除自我意识并略去生活表象，才能表现生命本真。伍尔夫的创作构思理论是在综合吸收霍布斯、休谟等人的机械幻想论、柯勒律治的有机想象论、G. E. 穆尔的伦理学原理等思想的基础上建构的，重点强调创作构思的整体性、生长性、同化性、内在性和有机性。她突破柯勒律治的植物生长隐喻，提出了"想象之游"的隐喻，以"游"的意象更贴切地体现了创作构思从无形到有形的特性。伍尔夫的创作构思观点与中国诗学中的虚静说、神思说相通。

第三，就批评思想而言，伍尔夫实现了从认知到观照的超越。

西方诗学重逻辑、重认知的特性决定了它的批评方法以修辞学研究为主导模式，伍尔夫通过质疑这一模式以超越其局限性。她批评哈罗德·威廉姆斯和克莱顿·汉密尔顿按时期或划流派的批评方法，质疑卢伯克的修辞学批评方法和福斯特的模仿论批评导向。

她提出从"透视"到"对比评判"的整体观照批评法。这一方法要求以澄明心境为基点，首先全面透视作者的创作思路，然后以洞察力、想象力和学识对比评判作品中的复杂思想情感，最终从整体视象中感悟其持久真义。伍尔夫所倡导的是一种超越理性认知的审美观照模式。这种批评模式不曾被列入艾布拉姆斯的文学批评四坐标。其批评所追寻的目标既不是与世界的对应程度，也不是对欣赏者的施与效果；既不是创作者表现情感思想的准确性，也不是作品内在各部分之间的关系和结构，而是欣赏者对作品的完整意义的整体领悟。

这一批评方式虽然不曾被先前的批评家所概括，却为那些集创作与美学为一体的艺术家所运用。它是一种从观到悟的直觉审美体验，其以"心"观"心"的质朴审美特性与中国传统诗学思想相通。伍尔夫认为透视（观）的要义在于心境澄明和全景透视，其批评思想与中国诗学中的观照说的内蕴相通。伍尔夫认为"对比和评判"（悟）的要义在于超越感官与理性，注重趣味，其思想与中国传统审美思想中的知音说、妙悟说和趣味说相通。

她在批评实践中忠实体现其批评理念，构建了以读者、作品、作者的对话为核心，以"意境重构"与"对比评判"为形态的批评模式。她在批评中不仅透视时代特性、作家个性、作品布局，用"呈于象、感于目，会于心"的意象方式召唤读者的参悟；而且采用比较的方法来实现对作品的深度评判，超越批评家的个人主观评判。其理则和模式与中国诗学中的"知人论世"、"以意逆志"和批评细则相近。

依据此模式，伍尔夫对比评判了数十部欧美小说，揭示了欧美小说从笛福式的客观写真出发，历经司各特式的情感想象，简·奥斯丁式的性格刻画，普鲁斯特、陀思妥耶夫斯基式的意识表现，斯特恩式的心灵奇幻，最后回到诗性生命写真这样一个从"物象"至"心象"再至"意象"的小说创作之圆，圆的核心是"人的生命"。她不仅清晰地总结了欧美小说的类型和特征，而且充分揭示了小说的多样性、生命本质和艺术性。

第四，就文学形式而言，伍尔夫实现了从对立到统一的超越。

西方诗学的模仿论理念使形式和内容长期处于二元对立的困境。形式通常被视为表现现实或情感的手段，而不是融语言与情感思想为一体的艺术。要超越内容形式二元论，重要的是去重新界定形式，这正是伍尔夫所做的。

伍尔夫充分吸收克莱夫·贝尔的"有意味的形式"、罗杰·弗莱的"形式与情感合一"和柯勒律治的"文学是一种有机物"等思想，提出"形式是情感的关系和情感的表现"的观点，将内容形式理解为一个统一整体。以此为基础，她进一步就人与人、人与自我、人与自然、人与命运等基本情感关系阐发了"心灵交感"、"生命非单一性"、"生命与天地同构"和"乐天知命"等观点，并提出以整体性、形象性表现情感关系的观点。伍尔夫的情感形式说超越"再现说"和"表现说"所内在的形式内容二元论，与卡西尔、苏珊·朗格的符号论美学思想和中国传统"文质说"及朱光潜、宗白华的艺术观相近。

伍尔夫的小说《雅各的房间》是形神合一的范例。她在构思和创作《雅各的房间》的创新形式时，充分领悟、汲取和重构古希腊戏剧，以"非个性化"和"整体"为创作目标，构建了全新的现代小说形式：以声音表现形神，以物象并置实现诗意升华，以内外聚焦铸就整体，用意象揭示对命运的彻悟。

第五，就文学境界而言，伍尔夫实现了从真实到意境的超越。

西方诗学视作品与所模仿物之间的一致性和作品内在各部分的一致性为真实的标准。伍尔夫并不完全认同西方诗学所设定的真实标准。

她从反思西方传统的事实之真和精神之真的二元对立出发，从大量欧美小说作品中总结出事实之真、想象之真、情感之真、心理之真、心灵之真等诸种小说真实的形态，传达艺术表现生命之真的理念和文学真实的本质乃生命之真与艺术之幻的平衡的观点，并提出距离说、人和现实关系说和诗意说以实现这一平衡。伍尔夫的真实观的价值在于：它突破西方真实观的线性发展轨迹，表达了从整体观照艺术本质的理念，其观点与海德格尔的"真"和中国传统诗学的"真幻说"相近。

伍尔夫的文学作品表现出虚实相生的意境，其旨趣与中国传统的文艺意境论相近。以中国古典艺术学中独特的"意境"范畴为镜，观照伍尔夫的四个短篇小说《星期一与星期二》、《在果园里》、《镜中女士：反省》和《三幅画》，可以看出，伍尔夫一方面深刻反省西方真实观所追求的"表象"、"心象"和"实象"的缺陷，一方面以空灵的笔触表现出意蕴深远的"物景"、"情景"和"意景"；所表现之景分别体现出"景中情"、"情中景"和"象外象"等特征，与王昌龄的"物境"、"情境"和"意境"以及宗白华的"直观感相的摹写"、"活跃生命的传达"和"最高灵境的启示"应和，形象地传达"超以象外，得其环中"的意境。

三、基于其生命诗学思想，伍尔夫在创作的构思、构成、形式和境界等方面，实现了从传统程式到现代创新形式的转换

伍尔夫在创作《海浪》时，彻底打破传统构思以情节为框架和联结的模式。她用"包着一层薄薄的气膜的圆球"的意象呈现生命，其中"薄薄的气膜"是指由超然物外的记忆所叙述的生命中重要的情感和思想瞬间，而"圆球"则是指由立体的场景、立体的结构和相互依存的人物构建的情感和思想的整体。这种构思克服了"物质主义"写作模式的表面化特征，不仅完整呈现了飘忽弥散的人类情感，而且深入触及生命的内在核心。

与欧美传统小说不同，伍尔夫以生命体验的包容性将混沌莫辨、汹涌激荡的生命力整合在"包着一层薄薄的气膜的圆球"的意象中，既表现人与真实世界的对应关系，又表现人与人之间的复杂情感；既表现个体人物的鲜明性格，又表现心灵意识的瞬息万变；既具有超现实的奇幻色彩，又拥有虚实相生的诗意境界，充分体现生命思想的复杂构成。

形神合一是她的创作的最大特性。在《海浪》中，她以"随物赋形"的形式，让白昼太阳升落的历程对应生命从自我识别到自我升华的全程，彰显生命的"圆球"之形。然后她依照"神制形从"的观念，让生命的"圆球"体现"天人合一"、"乐天知命"和从"无我"到"有我"再到"无我"的精神变形历程的生命境界。最终，用太阳升落、四季更替、海浪涌动等自然节律之"气"融合生命的形与神，其生动的气韵赋予生命形神以生机和活力。

总之，伍尔夫的小说理论以文学评论和创作感悟为基础，深入反思和批判西方传统诗学的核心理念，构建了以生命为最高真实的生命诗学思想。其完整的思想可概括如下：小说从本质上说是记录生命的艺术形式；它以生命

为创作定位，视现实为主体精神和客观实在的契合，视构思为澄明心境和想象之游的结合；它坚持批评是从透视到感悟的审美体验；它视生命的情感思想为文学的肌质，视情感思想的艺术表现为形式；它将文学真实视为生命之真和艺术之幻的契合；它以物境、情境和意境表现文学的境界，其意境具有"超以象外"的特征，其核心指向生命本真。伍尔夫的代表作《海浪》是表现活泼泼的生命艺术的典范。

四、本研究的目的、意义和价值

一是整体观照和阐释伍尔夫生命诗学的意蕴和价值。不仅全方位廓清其思想，而且在目前盛行的政治、文化研究之外另辟蹊径，回归伍尔夫思想及作品本身。

二是反思西方文论的价值和局限。西方文论研究中普遍存在着重美学家的文论而轻艺术家的文论的现象。这一取向昭示了西方学术界对基于理性认知的美学理论的推崇和对基于艺术感悟的诗性思想的忽视。美学理论和艺术感悟之间裂缝的扩大，正是西方文论陷入困境的主要原因之一。在 20 世纪的"理论热"之后，我们需要重视美学理论与艺术创作之间的关系，构建融美学和艺术为一体的审美理论。21 世纪初，希利斯·米勒在《论文学》(*On Literature*，2002) 中作出尝试，从艺术家的作品和美学家的理论中提炼共同理念，重新揭示文学的本质。本书从本质、创作、批评、形式和境界等方面全面研究伍尔夫融美学与艺术为一体的诗学思想，不仅旨在揭示西方传统诗学的局限，而且旨在重新认识西方文明中不曾被充分探讨的诗性思想的价值。

三是认识中国诗学的价值。中国诗学源远流长，其主导思想始终是融美学与艺术为一体的，然而其诗学价值却不曾获得国际思想界的全方位认识。本书以西方文论家伍尔夫的诗学思想为切入点，对比中西诗学的异同，充分展示老子、庄子、王弼、陆机、刘勰、钟嵘、皎然、司空图、顾炎武、梁启超、王国维、朱光潜和宗白华等众多中国著名思想家、文论家的诗学思想的博大精深，有益于在国际学术界重构中国传统思想的重要地位。

附录一：

西方近百年弗吉尼亚·伍尔夫研究现状述评

自 1915 年伍尔夫第一部小说《远航》（*The Voyage Out*，1915）出版至 1941 年最后一部小说《幕间》（*Between the Acts*，1941）发行，伍尔夫的小说作品获得了福斯特（E. M. Forster）、罗杰·弗莱（Roger Fry）、威廉·燕卜逊（William Empson）、T. S. 艾略特（T. S. Eliot）、克莱夫·贝尔（Clive Bell）、丽贝卡·韦斯特（Rebecca West）、利顿·斯特雷奇（Lyton Strachey）等同时代著名小说家、批评家、艺术家的持续关注和高度评价。①大约自 1928 年起，伍尔夫已经被英国文学界认定为重要的小说家。②20 世纪 70 年代以后，随着伍尔夫的随笔、日记、书信、自传等相继出版，欧美诸国持续出现伍尔夫作品研究热，大量专著和论文涌现，呈现出几乎无法跟踪研究成果的局面。③我们所熟知的西方著名批评家埃里希·奥尔巴赫（Erich Auerbach）、伊莱恩·肖瓦尔特（Elaine Showalter）、简·马库斯（Jane Marcus）、托里尔·莫瓦（Troil Moi）、帕米拉·考费（Pamela Caughie），杰弗里·哈特曼（Geoffrey Hartman）、希利斯·米勒（J. Hillis Miller）、哈罗德·布鲁姆（Harold Bloom）、特里·伊格尔顿（Terry Eagleton）、斯皮瓦克（G. C. Spivak）、戴维·洛奇（David Lodge）等都曾对伍尔夫的作品作出评论。

但是，站在 21 世纪的门槛上，我们依然深切地感受到伍尔夫作品带给大家的困惑。1931 年，威廉·燕卜逊曾对伍尔夫的作品发出叹息："要是那些散

---

① Majumdar, Robin and Allen McLaurin eds. *Virginia Woolf: The Critical Heritage*. London: Routledge & Kegan Paul, 1975, p. 3.

② Majumdar, Robin and Allen McLaurin eds. *Virginia Woolf: The Critical Heritage*, p. 6.

③ Mepham, John. *Criticism in Focus: Virginia Woolf*. London: Bristol Classical Press, 1992, p. 1.

落的理解单元能够被整合成一个体系；要是有一个索引，能够展示什么与什么进行对比；要是这些奔涌而出的、用于想象性比喻的原材料，能够被汇聚成可记忆的诗歌晶体，我们才会感到更安全。"① 2005 年，哈罗德·布鲁姆在《西方正典》（*The Western Canon*，1994）对中伍尔夫研究作出质疑性点评："将伍尔夫作为政治理论家和文化批评家来分析将完全抹杀她的特性。"② 他呼吁："一个新的时代或许会来临，那时我们将发现目前种种政治立场都已经陈腐过时而遭淘汰，那时伍尔夫的景象也会按照它的核心要素来理解：受恩时刻的狂喜。"③燕卜逊和布鲁姆从不同的视角阐说了伍尔夫批评的困惑。前者揭示了伍尔夫作品的"形"的模糊性、矛盾性和飘忽性，其叹息几乎道出了所有伍尔夫批评家的共感；④后者点明了伍尔夫批评的局限性，其呼吁表明了突破 20 世纪文艺批评困境的渴望。

伍尔夫作品研究可以宽泛地框定在现代主义、女性主义和后现代主义研究之中。这是简·戈德曼（Jane Goldman）全面梳理伍尔夫代表作《到灯塔去》和《海浪》的全部研究成果后作出的总结。⑤这一总结作于 1997 年，精练地概括了近百年来伍尔夫研究的现状。纵观伍尔夫研究史，其研究成果呈现与文艺思潮同步发展的特征，主要集中在上面提到的三个领域：20 世纪 20 年代至 70 年代，英美新批评盛行，批评界重点探讨伍尔夫的现代主义创作特征；70 年代初至 90 年代，女性主义批评成为伍尔夫研究的主要范式，与此同时，马克思主义批评、精神分析批评和哲学批评也悄然呈现；90 年代后，伍尔夫研究表现出浓郁的后现代主义特征。本文将从这些方面展开，概括和评述伍尔夫研究在欧美诸国和我国的进展状况及存在的问题。

一、现代主义批评

现代主义既是一种创作形式也是一种美学思想。布雷德伯里（M. Bradbury）在《现代主义》（*Modernism*：1890－1930，1976）中这样评述道：现

① Majumdar, Robin and Allen McLaurin eds. *Virginia Woolf*：*The Critical Heritage*，p. 307.

② 哈罗德·布鲁姆：《西方正典》，江宁康译，译林出版社 2005 年版，第 345 页。

③ 哈罗德·布鲁姆：《西方正典》，江宁康译，译林出版社 2005 年版，第 352 页。

④ 参见 Caughie, Pamela L.. *Virginia Woolf and Postmodernism*：*Literature in Quest and Question of Itself*. Urbana and Chicago：University of Illinois Press, 1991, p. 16.

⑤ Goldman, Jane（ed.）. *Virginia Woolf, To the Lighthouse and The Waves*. Cambridge：Icon Books Ltd., 1997, p. 6.

代主义，作为一种时代风格，是指一种"由现代思想、现代经验而产生的艺术形式"，其创作形式具有"朝向深奥微妙和独特风格发展的倾向，朝着内向性、技巧表现、内心自我怀疑发展的倾向"①；现代主义，作为一种美学思想，是指对现代世界所经历的文化危机的一种审美反映，具有先锋派的性质，是对未来的人类意识的探索。它带着"最深刻、最真实地了解我们时代的艺术状况和人类处境的倾向"②，所追寻的既不是以理性为主导的世界观，也不是以非理性为主导的世界观，而是它们的复合体，即"理性和非理性、理智和感情、主观和客观相互渗透、调和、联合与融合"③的新的整合体。不论从创作形式看，还是从审美思想看，伍尔夫都被认定为最著名的现代主义小说家之一，对她和她的作品的研究也主要集中在这两个方面。

伍尔夫最先引人注目的是她的创作形式。学术界对伍尔夫的研究从她第一部小说发表之日起就开始了，早期的评论和争论主要集中在作品形式上。1915 年至 1941 年的主要评论文章汇集在罗宾·玛嘉姆达（Robin Majumdar）和艾伦·麦克洛林（Allen McLaurin）主编的《弗吉尼亚·伍尔夫：批评传统》（*Virginia Woolf：The Critical Heritage*，1975）一书中，所收集的 135 篇评论文章大都发表在当时主要的文艺报刊上。与伍尔夫同时代的 E. M. 福斯特、T. S. 艾略特、凯瑟琳·曼斯菲尔德、罗杰·弗莱、克莱夫·贝尔等作家、批评家和艺术家对她的作品都发表了积极而中肯的评论，同时也坦诚地提出了批评意见。批评家们的肯定性评价大都集中在想象的丰富、文字的细腻、意象的精巧、结构的精致和意蕴的深刻等方面，批判性评价则主要集中在人物、情节和内在连贯性的缺失等方面。可以看出，当时的批评大都以传统的创作理念为准绳，对伍尔夫所倡导和实践的风格迥异的现代创作深感欣喜，又困惑不解。这种矛盾心理典型地体现在福斯特 1941 年在剑桥大学所作的学术报告《论弗吉尼亚·伍尔夫》之中。福斯特细致分析并高度评价伍尔夫的主要小说，盛赞《海浪》之精妙："少一笔——它将丢失诗意。增一笔——它将跌落深渊，变得冗长乏味和附庸风雅。"④然而，他却认为伍尔夫的

---

① 马·布雷德伯里、詹·麦克法兰：《现代主义》，上海外语教育出版社 1992 年版，第 9—10 页。

② 马·布雷德伯里、詹·麦克法兰：《现代主义》，上海外语教育出版社 1992 年版，第 13 页。

③ 马·布雷德伯里、詹·麦克法兰：《现代主义》，上海外语教育出版社 1992 年版，第 34—35 页。

④ Forster, E. M.. "Virginia Woolf".. *Virginia Woolf Critical Assessments*（vol. 1）. ed. Eleanor McNees. Mountfield：Helm Information Ltd.，1994, p. 118.

人物只拥有"纸上的生命"，并不存在于现实生活之中："像大多数有价值的小说家一样，她游离了小说的常规。她梦想、设计、开玩笑、祈求神示并观察细节，但她却不讲故事，也不编排情节——那么，她能够塑造人物吗？这是她的问题的核心之所在。"①面对各种质疑、批评和忠告，伍尔夫在小说创作的同时，陆续发表《论小说的重读》（"On Re-reading Novels"，1922）、《现代小说》（"Modern Fiction"，1925）、《班内特先生与布朗夫人》（"Mr. Bennett and Mrs. Brown"，1925）、《小说的艺术》（"The Art of Fiction"，1927）、《狭窄的艺术桥梁》（"The Narrow Bridge of Art"，1927）、《倾斜之塔》（"The Leaning Tower"，1940）等大量文论。通过这些文论，她与班内特为代表的英国爱德华时期的小说家争鸣，反思以詹姆斯·乔伊斯为代表的英国乔治时期的现代主义小说家的创作，回顾和对比古希腊、英国、俄国、法国、美国的文学创作模式，努力突破现代文学的困境，阐明她的创作理念。

　　伍尔夫的美学思想受到关注后，她的创作形式才逐渐获得学界的认同。从1941年到20世纪60年代末，伍尔夫去世后的头30年，学术界对《到灯塔去》、《达洛维夫人》和《海浪》的研究逐渐深入，批评焦点从单纯的形式问题转向形式与思想的关系问题。裘·班内特（Joan Bennett）的《弗吉尼亚·伍尔夫：作为小说家的艺术》（Virginia Woolf：Her Art as a Novelist，1945）是继1932年赫特比（Winifred Holtby）第一部不太成功的伍尔夫研究专著《弗吉尼亚·伍尔夫》（Virginia Woolf，1932）②之后比较有深度的批评著作。班内特强调作者的视角对作品理解的重要作用，指出伍尔夫的人物塑造和作品结构之所以不同于传统小说，是因为她的小说旨在再现现代生活的流动性。③戴维·戴奇斯（David Daiches）的《弗吉尼亚·伍尔夫》（Virginia Woolf，1945）从创作主体的视角出发分析其作品与当时社会背景的关系，对伍尔夫作出肯定性评价。④詹姆斯·哈夫雷（James Hafley）的《玻璃屋顶：小说家弗吉尼亚·伍尔夫》（The Glass Roof：Virginia Woolf as Novelist，

---

① Forster, E. M. . "Virginia Woolf". p. 119.

② Holtby, Winifred. *Virginia Woolf：A Critical Memoir*. London：Wishart, 1932.

③ Bennett, Joan. *Virginia Woolf：Her Art as a Novelist*. Cambridge：Cambridge University Press, 1945.

④ Daiches, David. *Virginia Woolf*. Bournemouth：Richmond Hill Printing Works Ltd. , 1945.

1954）阐释了柏格森的"绵延"理论在伍尔夫作品中的体现；①库马（Shiv Kumar）论述伍尔夫的意识流与柏格森理论的对应性；②布鲁斯特（D. Brewster）在《弗吉尼亚·伍尔夫的伦敦》（*Virginia Woolf's London*，1959）中专题研究伍尔夫的小说背景——伦敦——的重要性；③穆迪（A. D. Moody）的《弗吉尼亚·伍尔夫》（*Virginia Woolf*，1968）反驳 F. R. 利维斯④等学者40年代发表在《细察》（*Scrutiny*）上有关伍尔夫作品缺乏道德和行动的观点，着重研究伍尔夫作品在混乱的、分裂的时代中所体现的人文价值观及其意义。⑤这一时期的研究中，特别值得重视的是埃里希·奥尔巴赫（Erich Auerbach）的著作《模仿：西方文学中的现实再现》（*Mimesis：The Representation of Reality in Western Literature*，1946）。其中评论《到灯塔去》的章节《棕色的长筒袜》被认定为伍尔夫研究资料中"最重要的、最有启发性的、最有影响力的"⑥研究成果。它深入细致地剖析伍尔夫《到灯塔去》第一部分第五节，揭示了伍尔夫创作的主要特征："人物意识的多重再现、时间的多层次性、外部事件连贯性的瓦解和叙述视角的转换"。⑦文章从伍尔夫"将现实分解成复合多义的意识"的写作中提炼出它的"综合宇宙观"，⑧第一次详尽剖析了伍尔夫作品的内在美，揭示了现代小说凭借时间和记忆再现人物意识的创作特征。

　　20世纪70—90年代，随着伍尔夫的书信、日记、散文全集陆续出版，她作品中的美学思想得到全面研究。这些全集包括：六卷本《弗吉尼亚·伍尔夫书信集》（*The Letters of Virginia Woolf*，1975—1980）、五卷本《弗吉尼亚·伍尔夫日记》（*The Diary of Virginia Woolf*，1977—1984）和四卷本《弗吉尼亚·伍尔夫随笔集》（*The Essays of Virginia Woolf*，1986—1992）。这些

---

① Hafley, James. *The Glass Roof：Virginia Woolf as Novelist*. Berkeley：University of California Press, 1954.

② Kumar, Shiv K.. "Memory in Virginia Woolf and Bergson". *The University of Kansas City Review*. Kansas City, XXVI, 3, March 1960, pp. 235—239.

③ Brewster, Dorothy. *Virginia Woolf's London*. New York：New York University Press, 1959.

④ F. R. Leavis. "After *To the Lighthouse*". Scrutiny 10 (January 1942), pp. 295—298.

⑤ Moody, A. D.. *Virginia Woolf*. Edinburgh：Oliver and Boyd, 1963.

⑥ Goldman, Jane (ed.). *Virginia Woolf，To the Lighthouse and The Waves*. Cambridge：Icon Books Ltd., 1997, p. 29.

⑦ Auerbach, Erich. "The Brown Stocking". *Virginia Woolf Critical Assessments* (vol. 3). ed. Eleanor McNees. Mountfield：Helm Information Ltd., 1994, p. 525.

⑧ Auerbach, Erich. "The Brown Stocking". *Virginia Woolf Critical Assessments* (vol. 3), pp. 528—529.

全集全面展现伍尔夫对小说创作、构思、结构和本质的感悟，加深了批评界对伍尔夫的认识。此后，批评家开始重点探讨伍尔夫作品的美学思想。M. 利斯卡（Mitchell A. Leaska）的《弗吉尼亚·伍尔夫〈到灯塔去〉：批评方法研究》（*Virginia Woolf's To the Lighthouse：A Study in Critical Method*，1970）通过风格研究，阐释《到灯塔去》的情感和思想发展历程。① 1977 年，利斯卡发表专著《弗吉尼亚·伍尔夫的小说》（*The Novels of Virginia Woolf*，1977），通过分析伍尔夫七部小说中的人物，阐释她的思想。②詹姆斯·奈尔默（James Naremore）的《没有自我的世界》（*The World Without a Self：Virginia Woolf and the Novel*，1973）以"极度的敏感性"和"水的意象"为切入点，研究伍尔夫小说的风格、技巧和意蕴，论证伍尔夫作品思想的一致性，以及她用小说建构"一个前所未有的经验秩序的努力"。③ A. V. B. 凯利（Alice Van Buren Kelley）在《弗吉尼亚·伍尔夫的小说：事实与视象》（*The Novels of Virginia Woolf：Fact and Vision*，1973）中指出伍尔夫作品呈现笛卡儿式的二元特征，事实与视象分别代表她的作品中物象世界的孤寂和精神世界的和谐。④戴维·洛奇在《现代写作模式》（*Modes of Modern Writing：Metaphor, Metonymy, and the Typology of Modern Literature*，1977）中分析伍尔夫自《远航》至《海浪》的现代主义创作过程，认为这一过程体现了人物、情节、背景等传统小说要素被象征、母题等现代小说要素替换的历程。洛奇对比研究伍尔夫的存在瞬间与乔伊斯的顿悟之间的相似性，指出伍尔夫创作的目的是凸显生命的价值和存在瞬间的喜悦；同时指出，伍尔夫对生命与死亡的不确定描写削弱了存在瞬间的力量，其作品也因此无法超越个体感悟的范围。⑤罗伯特·基里（Robert Kiely）的《超越自我主义：乔伊斯、弗吉尼亚·伍尔夫、劳伦斯小说研究》（*Beyond Egotism：the Fiction*

---

① Leaska，Mitchell A.. *Virginia Woolf's Lighthouse：A Study in Critical Method*. London：The Hogarth Press，1970.

② Leaska，Mitchell A.. *The Novels of Virginia Woolf：From Beginning to End*. London：Weidenfeld and Nicolson，1977.

③ Naremore，James. *The World Without a Self：Virginia Woolf and the Novel*. New Haven：Yale University Press，1973，p. 4.

④ Kelley，Alice Van Buren. *The Novels of Virginia Woolf：Fact and Vision*. Chicago：University of Chicago Press，1973.

⑤ Lodge，David. *Modes of Modern Writing：Metaphor, Metonymy, and the Typology of Modern Literature*. London：Edward Arnold Ltd.，1977.

of James Joyce，*Virginia Woolf*，*and D. H. Lawrence*，1980）对比分析了
三位重要现代主义作家"逃离自我个性"①的写作理论和实践。莫里斯·贝加
（Morris Beja）在《弗吉尼亚·伍尔夫批评选辑》（*Critical Essays on Virgini-
a Woolf*，1985）中分析了伍尔夫的视象瞬间（moment of vision），认为这些
视象瞬间出现在伍尔夫所有小说之中，是伍尔夫作品的基本技巧，也是理解
伍尔夫作品的关键，因为这些瞬间"尽管是稍纵即逝的，或者正因为它们是
稍纵即逝的，它们在很大程度上决定了人物，特别是小说的结构"②。贝加重
点剖析了《达洛维夫人》和《到灯塔去》中的视象瞬间，认为它们探索了双
性同体、时间关系、人际关系、主客体关系和现实本质等多重问题，并指出
伍尔夫小说的共同结构是："经历多个重要顿悟，最后进入视象瞬间，这一瞬
间综合数个重要主题，将故事分散的线索聚合在一起。"③卢西欧·鲁托娄
（Lucio P. Ruotolo）的《打断的瞬间：弗吉尼亚·伍尔夫小说研究》（*The In-
terrupted Moment：A View of Virginia Woolf's Novels*，1986）研究伍尔夫
小说中反复出现的人物意识被打断的瞬间，指出正是这些"被打断的瞬间"
使作品不确定且令人困惑，它们隐含着伍尔夫既不喜欢被打断又希望通过打
断扩展对世界的感悟的矛盾心理，表达了创作策略的封闭性与审美感受的完
整性之间的对立。④西克斯顿（W. R. Thickstun）在《现代小说的视象闭合》
（*Visionary Closure in the Modern Novel*，1988）中分析了福斯特、劳伦斯、
乔伊斯、伍尔夫和福克纳等作品中的视象瞬间，指出伍尔夫《到灯塔去》中
的视象瞬间不仅照亮小说而且将其幻化为整体，使永恒与有限连接，并赋予
碎片化的生活以意义。⑤布雷德伯里的《现代世界：十位伟大的作家》（*The
Modern World：Ten Great Writers*，1989）将伍尔夫列为现代世界十位伟大
作家之一，认为伍尔夫凭借印象主义写作风格成功表现其深刻主题。⑥简·惠
瑞（Jane Wheare）的《弗吉尼亚·伍尔夫：戏剧小说家》（*Virginia Woolf：*

---

① Kiely，Robert. *Beyond Egotism*，*the Fiction of James Joyce*，*Virginia Woolf*，*and D. H. Lawrence*. Massachusetts：Harvard University Press，1980，p. 7.

② Beja，Morris（ed.）. *Critical Essays on Virginia Woolf*. Boston：G. K. Hall，1985，p. 212.

③ Beja，Morris（ed.）. *Critical Essays on Virginia Woolf*，p. 228.

④ Ruotolo，Lucio P.. *The Interrupted Moment：A View of Virginia Woolf's Novels*. Stanford：Stanford University Press，1986.

⑤ Thickstun，W. R.. *Visionary Closure in the Modern Novel*. London：Macmillan，1988.

⑥ Bradbury，M.. *The Modern World：Ten Great Writers*. London：Penguin，1989.

Dramatic Novelist，1989）探讨了伍尔夫的《远航》、《夜与日》（*Night and Day*，1919）和《岁月》（*The Years*，1937），指出它们是戏剧小说，具有强烈的现实性和显著的作者引退特征。①斯特拉·麦克尼柯（Stella McNichol）的《弗吉尼亚·伍尔夫与诗性小说》（*Virginia Woolf and the Poetry of Fiction*，1990）指出，"伍尔夫小说由创造性想象激发的意象和结构从深层内涵而言是具有诗性本质的"，②并力图揭示伍尔夫全部小说的诗性特质。米歇尔·惠特华斯（Michael Whitworth）在《弗吉尼亚·伍尔夫和现代主义》一文中详尽探讨伍尔夫与同时代现代主义作家的异同。文章认为伍尔夫虽然直接或间接地接受了弗洛伊德、爱因斯坦、柏格森、尼采等伟大思想家的影响，但是她对待维多利亚文化遗产的态度并不像其他现代主义作家那样绝对，她对待城市、秩序、技术现代性、神话现代主义等诸多现代问题的观点也颇为独特。文章的结论是："她的现代主义思想中包含着维多利亚后期时代的美学观点，这使她在审美倾向上与同时代其他现代主义者保持批判性距离。"③安·巴菲尔得（Ann Banfield）的《桌子幽灵：伍尔夫、弗莱、罗素与现代主义认识论》（*The Phantom Table：Woolf，Fry，Russell and the Epistemology of Modernism*，2000）在全面研究剑桥大学"使徒社"精英分子对伍尔夫的思想影响的基础上，重审现实主义与形式主义的关系，详尽阐释伍尔夫的双重现实感。④

总体而言，现代主义研究从剖析创作形式出发，探寻伍尔夫的作品形式与美学思想的关联，最终从独特写作中发现其深刻美学内涵。所作研究深入细致，"瞬间"、"视象"等伍尔夫反复提及的术语受到特别的关注。

二、女性主义批评和后现代主义批评

直到20世纪70年代中期，伍尔夫依然作为现代主义的代言人而备受瞩目。但是随着女性主义批评在欧美的兴起，伍尔夫女性主义研究快速发展，

① Wheare，Jane. *Virginia Woolf：Dramatic Novelist*. London：The Macmillan Press Ltd.，1989.

② McNichol，Stella. *Virginia Woolf and the Poetry of Fiction*. London and New York：Routledge，1990，p. xi.

③ Whitworth，Michael. "Virginia Woolf and Modernism". Sue Roe and Susan Sellers. *The Cambridge Companion to Virginia Woolf*. Shanghai：Shanghai Foreign Language Education Press，2001，p. 147.

④ Banfield，Ann. *The Phantom Table：Woolf，Fry，Russell and the Epistemology of Modernism*. Cambridge：Cambridge University Press，2000.

在 80 年代下半期和 90 年代上半期达到鼎盛。

20 世纪 70 年代，伍尔夫女性主义批评的焦点是身份问题。当时的女性主义理论和批评建立在这样的假说的基础上：女性作为一个沉默的社会阶层，一直受到社会秩序的压迫，女性主义批评的目标就是要揭示并批判这种不合理的压迫，为女性获得政治、文化和思想上的平等。以这一假说为出发点，伍尔夫女性主义批评不仅是性别的，而且是情感的，双性同体是其中一个热点问题。1968 年赫伯特·马德（Herbert Marder）的《女性主义与艺术》（*Feminism and Art：A Study of Virginia Woolf*，1968）研究了伍尔夫女性主义思想产生的背景和发展过程，指出她的双性同体观是女性主义与神秘主义的综合体，她的小说则表现了对立因素取得协调的过程，即双性同体观念产生的过程。① 1973 年，南希·托·巴辛（Nancy Topping Bazin）的《弗吉尼亚·伍尔夫与双性同体视象》（*Virginia Woolf and the Androgynous Vision*，1973）对伍尔夫的主要小说作了心理分析研究，认为它们无一例外地表达了伍尔夫"寻求男女气质在同一个体内达到和谐平衡"②的双性同体的观念，这种观念源于伍尔夫自身所患的精神疾病，代表了对缺失的整体感的追寻。随后，著名女性主义批评家肖瓦尔特（Elaine Showalter）对伍尔夫的双性同体观点提出质疑，她在《她们自己的文学》（*A Literature of Their Own*，1978）中批评伍尔夫以双性同体观念抹杀女性的愤怒的企图，指出伍尔夫的双性同体观念代表了逃避社会问题和逃避对立冲突的消极态度。③帕特丽莎·斯塔伯斯（Patricia Stubbs）在《妇女与小说》（*Women and Fiction*，1979）中表达了与肖瓦尔特相同的观点，认为伍尔夫只重视主观世界，忽视物质世界，忽视妇女现实生活，遁入双性同体的幻想，未能重塑女性形象。④

20 世纪 80 年代，女性主义批评家充分肯定伍尔夫对女性主义思想的积极

① Marder, Herbert. *Feminism and Art：A Study of Virginia Woolf*. Chicago：University of Chicago Press，1968.

② Bazin, Nancy Topping. *Virginia Woolf and the Androgynous Vision*. New Brunswick：Rutgers University Press，1973，p. 44.

③ Showalter, Elaine. "Virginia Woolf and the Flight into Androgyny". *A Literature of Their Own：British Women Novelists from Bronte to Lessing*. Beijing：Foreign Language Teaching and Research Press，Princeton：Princeton University Press，2004，pp. 263—297.

④ Stubbs, Patricia. *Women and Fiction：Feminism and the Novel 1880—1920*. Hemel Hempstead：Harvester，1979.

影响和作用。简·马库斯（Jane Marcus）在 80 年代主编三部伍尔夫研究论文集，撰写两部专著，以激进的姿态全面肯定伍尔夫在建构女性主义批评和理论的进程中的重要作用。她在《新女性主义伍尔夫研究论文集》（*New Feminist Essays on Virginia Woolf*，1981）中将伍尔夫视为女性主义批评之母，追踪女性主义理论与伍尔夫女性主义思想之间的亲缘关系。① 她在论文集《弗吉尼亚·伍尔夫：一种女性主义倾向》（*Virginia Woolf：A Feminist Slant*，1983）中强调女性主义批评的政治倾向性，重点探讨伍尔夫文论在女性主义理论形成过程中所发挥的重要影响。② 她的另外三部著作《弗吉尼亚·伍尔夫与布鲁姆斯伯里》（*Virginia Woolf and Bloomsbury：A Centenary Celebration*，1987）、《艺术与愤怒：像妇女一样阅读》（*Art and Anger：Reading Like a Woman*，1988）、《弗吉尼亚·伍尔夫与父权主义语言》（*Virginia Woolf and the Languages of Patriarchy*，1988）分别研究伍尔夫与布鲁姆斯伯里文化圈的关系、伍尔夫的传记和伍尔夫较少获得关注的作品。③ 蕾切尔·博尔比（Rachel Bowlby）是另一位重要的伍尔夫女性主义研究者，她的《弗吉尼亚·伍尔夫：女性主义的目的地》（*Virginia Woolf：Feminist Destinations*，1988）追溯伍尔夫笔下妇女的生活模式和身份的变化历程，并将这种变化与弗洛伊德的女性气质说相对照。④

20 世纪 90 年代以后，伍尔夫女性主义研究的范围日益宽泛。许多有影响力的女性主义批评家都出版专题论文集，探讨伍尔夫对历史、社会、文化等各种概念范畴的理解和阐释。比如，蕾切尔·博尔比的《弗吉尼亚·伍尔夫》（*Virginia Woolf*，1992）和《女性主义的目的地和伍尔夫后续研究论文集》（*Feminist Destinations and Further Essays on Virginia Woolf*，1997）；⑤吉利

---

① Marcus，Jane（ed.）. *New Feminist Essays on Virginia Woolf*. London：Macmillan，1981.

② Marcus，Jane（ed.）. *Virginia Woolf：A Feminist Slant*. Lincoln：University of Nebraska Press，1983.

③ Marcus，Jane（ed.）. *Virginia Woolf and Bloomsbury：A Centenary Celebration*. Basingstoke：Macmillan，1987；Marcus，Jane（ed.）. *Art and Anger：Reading Like a Woman*. Ohio：Ohio State University Press for Miami University，1988；Marcus，Jane（ed.）. *Virginia Woolf and the Languages of Patriarchy*. Bloomington：Indiana University Press，1988.

④ Bowlby，Rachel. *Virginia Woolf：Feminist Destinations*. Oxford：Blackwell，1988.

⑤ Bowlby，Rachel.（ed.），*Virginia Woolf*. London and New York：Longman，1992；Bowlby，Rachel. *Feminist Destinations and Further Essays on Virginia Woolf*. Edinburgh：Edinburgh University Press，1997.

安·比尔（Gillian Beer）的《弗吉尼亚·伍尔夫：共同的基础》（*Virginia Woolf*：*The Common Ground*，1996）。①另外，批评家开始涉足一些先前较少研究的论题，比如，丹尼尔·法雷尔（Daniel Ferrer）的《弗吉尼亚·伍尔夫与语言的疯狂》（*Virginia Woolf and the Madness of Language*，1990）探讨伍尔夫小说的再现危机和主体性等。②艾丽·格兰尼（Allie Glenny）的《贪食的身份：弗吉尼亚·伍尔夫生活和作品中的吃和吃的痛苦》（*Ravenous Identity*：*Eating and Eating Distress in the Life and Work of Virginia Woolf*，2000）探讨伍尔夫与吃食的复杂关系及其在作品中的表现。③

伍尔夫后现代主义研究是在质疑伍尔夫女性主义批评的基础上展开的，因此其批评主要集中在后现代女性主义范畴内。最早对伍尔夫作出后现代主义解读的批评家是托里尔·莫瓦（Troil Moi）。莫瓦的《性/文本政治》（*Sexual/Textual Politics*，1985）在分析早期女性主义代表伍尔夫时，借助法国女性主义理论，批判肖瓦尔特对伍尔夫的否定性批评，认为这是一种受制于二元论思想的倒退的批评态度。莫瓦呼吁构建解构批评模式，从多元视角解读伍尔夫的现代主义审美观。④马基科·米努品克内（Makiko Minow-Pinkney）的《弗吉尼亚·伍尔夫和主体问题》（*Virginia Woolf and the Problem of the Subject*，1987）用德里达和拉康的后结构主义思想分析伍尔夫主要作品，指出伍尔夫并没有"逃避社会责任而遁入晦涩的现代主义，她的作品表现了女性主义对父权社会秩序最深层的准则的颠覆"⑤。帕米拉·考费（Pamela Caughie）的《弗吉尼亚·伍尔夫与后现代主义》（*Virginia Woolf and Postmodernism*，1991）在深入批判现代主义批评和女性主义批评的局限性的基础上，提出要将"伍尔夫放置于后现代主义的叙事和文化理论的语境中进行研究"，以便将伍尔夫研究从现代主义和女性主义的牢笼中解放出来，

---

① Beer，Gillian. *Virginia Woolf*：*The Common Ground*. *Essays by Gillian Beer*. Edinburgh：University of Edinburgh Press，1997.

② Ferrer，Daniel. *Virginia Woolf and the Madness of Language*. London：Routledge，1990.

③ Glenny，Allie. *Ravenous Identity*：*Eating and Eating Distress in the Life and Work of Virginia Woolf*. London：Palgrave，2000.

④ Moi，Toril. *Sexual/Textual Politics*：*Feminist Literary Theory*. London：Methuen，1985.

⑤ Minow-Pinkney，Makiko. *Virginia Woolf and the Problem of the Subject*. Brighton：Harvester，1987，p. x.

让伍尔夫进入各种文学关系，避免将伍尔夫局限于某一特定流派或思潮。①考费认为，批评的目的并非是以某种方式寻找并确定伍尔夫的本质属性，而是从多元的视角出发合理地理解伍尔夫作品的模糊性、矛盾性和飘忽性，因此批评的问题应该从"作品是什么"变为"作品发挥了什么作用"。②考费在另一部论文集《机械复制时代的弗吉尼亚·伍尔夫》(*Virginia Woolf in the Age of Mechanical Reproduction*，2000)中探讨了瓦尔特·本雅明的大众文化和技术理论与伍尔夫的文化观念之间的关系。③简·戈德曼 (Jane Goldman) 的《弗吉尼亚·伍尔夫的女性主义美学：现代主义、后现代主义和视觉政治》(*The Feminist Aesthetics of Virginia Woolf: Modernism, Post-Impressionism and the Politics of the Visual*，2001) 指出伍尔夫传达了一种富有挑战性的女性主义美学，虽然表面起来有些自相矛盾。④最新的后现代主义研究力作是克里丝汀·弗娄拉 (Christine Froula) 的《弗吉尼亚·伍尔夫和布鲁姆斯伯里先锋派：战争、文明、现代性》(*Virginia Woolf and the Bloomsbury Avant-Garde War, Civilization, Modernity*，2005)。克里丝汀将现代性理解为一项未竟的争取人权、民主、自治、世界沟通与和平的"永久革命"，并在现代性的语境下肯定了历来受到忽视的布鲁姆斯伯里文化圈在英国现代主义运动中的重要作用。克里丝汀指出，布鲁姆斯伯里文化圈的重要价值在于："它以自我批判的目光，在第一次世界大战的危机中，不是试图去'拯救'文明，而是努力将欧洲推向它从未实现的理想，推向一种从未存在的文明"⑤，而伍尔夫作为布鲁姆斯伯里的一员，身在其中又飘然其外，将妇女运动界定为争取自由、和平和权利的先锋运动，用小说完成了走向尚未存在的文明的思想航程。

对伍尔夫的后现代研究并未局限在女性主义范围内，欧美著名解构主义批评家对伍尔夫作品同样作出了独特的解读。希里斯·米勒 (John H. Mill-

① Caughie, Pamela L.. *Virginia Woolf and Postmodernism: Literature in Quest and Question of Itself*. Urbana and Chicago: University of Illinois Press，1991，p. 2.

② Caughie, Pamela L.. *Virginia Woolf and Postmodernism: Literature in Quest and Question of Itself*, p. 17.

③ Caughie, Pamela L.. *Virginia Woolf in the Age of Mechanical Reproduction*. New York: Garland Publishing，2000.

④ Goldman, Jane (ed.). *The Feminist Aesthetics of Virginia Woolf: Modernism, Post-Impressionism and the Politics of the Visual*. Cambridge: Cambridge University Press，2001.

⑤ Froula, Christine. *Virginia Woolf and the Bloomsbury Avant-Garde War, Civilization, Modernity*. New York: Columbia University Press，2005，p. xii.

er）在《小说与重复》（*Fiction and Repetition*，1982）中解读了《达洛维夫人》，指出伍尔夫的创作是英国传统创作的一种延伸而不是断裂。他认为两者的共性在于以故事讲述的方式表达主题意义，以人物的记忆和叙述人的记忆重复过去，以"记忆重复"模糊上与下、过去与现在、生与死、短暂与永恒的二元对立，构建整体小说形式。①哈特曼（Geoffrey H. Hartman）发表《伍尔夫的网络》一文，探讨意义的来源。他认为伍尔夫的小说证明，意义产生于想象。②保罗·里科（Paul Ricoeur）在《时间与叙述》（*Time and Narrative*，1985）中解读《达洛维夫人》。他相信，我们有必要探讨读者真实生活中的时间与读者遭遇虚构世界时所体验的时间之间的不同，以及这种不同和交叉的意义。里科认为，小说中，塞普蒂莫斯的死亡增强了达洛维夫人的生命力，昭示了伍尔夫不同于实际生活的时间观。③斯皮瓦克（Gayatri Chakravorti Spivak）用后现代思想解读《到灯塔去》，认为小说结构本身是一个隐喻，昭示着主题。她认为，小说第一部分可以被视为婚姻语言，拉姆齐夫人代表主语，小说第三部分可以被视为艺术语言，拉姆齐夫人代表谓语，小说第二部分对应着伍尔夫的疯癫时期，预示一种不连接状态，割裂了第一和第三部分。④哈罗德·布鲁姆（Harold Bloom）在《西方正典》（*The Western Canon*，1994）中毫不客气地批评女性主义和文化政治批评对伍尔夫作品的曲解，称颂伍尔夫在《奥兰多》（*Orlando*，1928）等作品中表现出的对阅读的热爱，认为伍尔夫的创作核心是唯美主义。⑤林登·皮奇（Linden Peach）的《弗吉尼亚·伍尔夫》（*Virginia Woolf*，2000）运用福柯和巴赫金的理论揭示伍尔夫小说的政治观点，比如《远航》预示福柯的权力观，《雅各的房间》（*Jacob's Room*，1922）批判了战前的英国，《达洛维夫人》喻示着战前英国和战后英国之间的对话，等等。⑥

---

① Miller, J. Hillis. "Mrs. Dalloway: Repetition as the Raising of the Dead". in Morris Beja. *Critical Essays on Virginia Woolf*. Boston: G. K. Hall & Co, pp. 53—54.

② Hartman, Geoffrey H., "Virginia's Web", *Beyond Formalism: Literary Essays* 1958—1970. New Haven: Yale University Press, 1970.

③ Ricoeur, Paul. *Time and Narrative*. vol. 2. Chicago: University of Chicago Press. 1985.

④ Spivak, Gayatri Chakravorti. "Unmaking and Making in *To the Lighthouse*". *Women and Language in Literature and Society*. ed. Sally McConnell-Ginet, Ruth Barker and Nelly Furman. New York: Praeger 1980; *In Other Worlds: Essays in Cultural Politics*. London: Methuen, 1987.

⑤ 哈罗德·布鲁姆：《西方正典》，江宁康译，译林出版社 2005 年版，第 341—352 页。

⑥ Peach, Linden. *Virginia Woolf*. Hampshire: MacMillian Press Ltd., 2000.

以特定的理论假说为立足点，女性主义和后现代主义从"女性"、"现代性"、"解构"等视角切入，对伍尔夫的作品进行了持续的思考。其研究观点独到而深入，研究视野呈现日益开放态势。

三、社会学批评、马克思主义批评与精神分析批评

除女性主义、后现代主义批评之外，批评家们也用社会学、马克思主义理论、精神分析学理论研究伍尔夫的作品。

社会学批评争论的问题是：伍尔夫是否局限于自己的主观世界。从 20 世纪 20 年代到 70 年代末，批评家们似乎达成一种共识：伍尔夫不关心现实世界。关于这一点，我们可以从福斯特（E. M. Forster）、利维斯夫妇（Leavis）、莱纳德·伍尔夫（Leonard Woolf）、昆丁·贝尔（Quentin Bell）、女性主义批评家肖瓦尔特（Elaine Showalter）等人的言论中得到佐证。亚历克斯·沃德林（Alex Zwerdling）的《弗吉尼亚·伍尔夫与真实世界》（*Virginia Woolf and the Real World*，1986）对此论点提出质疑。沃德林通过分析作品的社会内容及所反映的历史语境，指出伍尔夫的小说表达了挑战并改变社会权力关系的愿望，比如《雅各的房间》批判了当时社会的文化机制，《达洛维夫人》考察了 20 年代的英国统治阶级。沃德林的结论是：伍尔夫是一位有政治倾向的作家。[①]安娜·斯奈斯（Anna Snaith）的《弗吉尼亚·伍尔夫：跨越私人和公共领域》（*Virginia Woolf：Public and Private Negotiation*，2000）研究了伍尔夫从私人领域走向公共领域的历程。作者认为，传统研究往往忽略伍尔夫的公共倾向性，近期研究又单纯强调伍尔夫在公共领域的作为，其实伍尔夫表现了来回跨越于私人和公共领域的姿态。[②]

马克思主义批评的重点在于考察伍尔夫的阶级态度和立场。威廉·燕卜逊是最早论及伍尔夫的阶级态度的批评家。他认为，伍尔夫一方面通过小说人物否认她和她自己阶级的势利观念，一方面又诚实地对其进行批判，因此她的立场是模糊的，同时站在统治精英和他们的批评者两边。特里·伊格尔顿（Terry Eagleton）在《流放者和流亡者——现代文学研究》（*Exiles and Emigres：Studies in Modern Literature*，1970）中将伍尔夫的小说归类为

---

① Zwerdling, Alex. *Virginia Woolf and the Real World*. Berkeley：University of California Press，1986.

② Snaith, Anna. *Virginia Woolf：Public and Private Negotiation*. London：Palgrave, 2000.

"上层阶级小说"。他通过分析伍尔夫的《达洛维夫人》，指出小说主人公克拉丽莎一方面清醒地认识到上层阶级晚会的虚空无聊，一方面又为晚会的成功沾沾自喜，这种矛盾态度体现了伍尔夫对自己阶级的暧昧态度，即一方面讽刺统治阶级的僵化，一方面却依附于它。[①] 2005 年，伊格尔顿在《英语小说导论》（The English Novel：An Introduction，2005）中探讨伍尔夫思想和创作中的矛盾性，认为她是"不喜欢女性主义的女性主义者"、"自我批判的势利者"、"轻视普通人的社会活动家"、"精英阶层的反叛者"，最后给她系上"唯物主义现代主义者"的标签。[②]霍桑（J. Hawthorn）在《弗吉尼亚·伍尔夫的"达洛维夫人"：异化研究》（Virginia Woolf's "Mrs. Dalloway"：A Study in Alienation，1975）中指出，克拉丽莎的人格分裂和塞普蒂莫斯的疯癫不仅是病理的，而是与社会机制密切关联的。作者认为，由于伍尔夫不能全面看待物质世界和社会的关系，过于重视有闲阶级聚会的重要作用，因此她缺乏社会经验，无法提供有效的消除异化的方法。[③]

对伍尔夫的精神分析批评较多集中在伍尔夫传记研究中，研究文学作品的专著不多。精神分析传记包括：吉恩·拉夫（Jean Love）的《弗吉尼亚·伍尔夫：疯癫与艺术的源泉》（Virginia Woolf：Sources of Madness and Art，1977）、罗杰·坡尔（Roger Poole）的《不为人知的弗吉尼亚·伍尔夫》（The Unknown Virginia Woolf，1978）、斯蒂芬·特罗姆伯雷（Stephen Trombley）的《这个夏天她疯了》（All that Summer She was Mad，1981）、马克·斯皮尔卡（Mark Spilka）的《弗吉尼亚·伍尔夫与哀伤的争吵》（Virginia Woolf's Quarrel with Grieving，1980）、路易斯·德沙尔弗（Louis De-Salvo）的《弗吉尼亚·伍尔夫：儿童期性伤害对她的生活和作品的影响》（Virginia Woolf：The Impact of Childhood Sexual Abuse on Her Life and Work，1989）、皮特·达利（Peter Dally）的《弗吉尼亚·伍尔夫：天堂与地狱的结合》（Virginia Woolf：the Marriage of Heaven and Hell，1999）。伊

[①] Eagleton，Terry. Exiles and Emigres：Studies in Modern Literature. London：Chatto and Windus Ltd.，1970.

[②] Eagleton，Terry. "Virginia Woolf". The English Novel：An Introduction. Oxford：Blackwell Publishing，2005，pp. 308—330.

[③] Hawthorn，J.. Virginia Woolf's "Mrs. Dalloway"：A Study in Alienation. Sussex：Chatto and Windus for Sussex University Press，1975.

丽莎白·艾贝尔（Elizabeth Abel）的《弗吉尼亚·伍尔夫与精神分析小说》
(*Virginia Woolf and the Fiction of Psychoanalysis*, 1989) 是迄今为止比较
重要的伍尔夫精神分析专著。该专著研究伍尔夫作品与同时代的精神分析学
家弗洛伊德（S. Freud）和梅兰妮·克莱（Melanie Klein）的精神分析理论之
间的互文关系，认为伍尔夫的作品"回应并重写了精神分析成长小说"[①]。作
者指出伍尔夫在《达洛维夫人》和《到灯塔去》中所用的叙事模式分别与弗
洛伊德的精神分析叙事模式和梅兰妮·克莱的精神分析叙事模式呈对应关系。
此外，约翰·梅兹（John Maze）在《弗吉尼亚·伍尔夫：女性主义、创造
力、无意识》(*Virginia Woolf: Feminism, Creativity, and the Unconscious*,
1997) 中细致分析了伍尔夫作品中的精神病理学主题。[②]

社会学批评、马克思主义批评和精神分析批评分别以"社会现实"、"阶
级关系"、"心理意识"为研究视角，探讨伍尔夫作品的道德功用、文学立场
和精神状态。其研究的切入视角比较现实，因而成果中的批判基调比较鲜明。

四、哲学批评

哲学研究的重点是伍尔夫对生存和生命的关注。最早的成果当推布莱克
斯东（Bernard Blackstone）的《弗吉尼亚·伍尔夫：评论》 (*Virginia
Woolf: A Commentary*, 1949)，该专著深入研究伍尔夫的玄学思想，指出伍
尔夫之所以在创作上与传统决裂，是因为她需要用不同的创作模式表达她的
哲学观点。[③]影响较大的专著是法国批评家让·盖吉特（Jean Guiguet）的《弗
吉尼亚·伍尔夫和她的作品》(*Virginia Woolf and Her Works*, 1965)，该书
自从 1965 年发行英文版以来，一直被视为伍尔夫研究最重要的成果之一。盖
吉特的论著深受法国哲学家萨特的存在主义思想的影响。他指出伍尔夫前期
研究的局限在于未能超越表面话题，几乎不触及伍尔夫作品中的存在、生命、
死亡等主题；他相信伍尔夫全部小说都建立在"存在的内核"基础上，这一
"存在的内核"表现为一种基本哲学框架，围绕自我、生命、艺术和对真实的
感悟展开；他认为正是为了表现这一"存在的内核"，伍尔夫放弃传统写作模

---

① Abel, Elizabeth. *Virginia Woolf and the Fictions of Psychoanalysis*. Chicago: University of Chicago Press, 1989, p. xvi.

② Maze, John. *Virginia Woolf: Feminism, Creativity, and the Unconscious*. Westport: Greenwood Publishing Group, 1997.

③ Blackstone, Bernard. *Virginia Woolf: A Commentary*. Lond., 1949.

式，着力表现人的不确定性、内在苦痛、潜在变化能力和重生能力等。①哈维纳·里奇特（Harvena Richter）的《弗吉尼亚·伍尔夫：向心的航程》（*Virginia Woolf：The Inward Voyage*，1970）从哲学视角出发，以松散的结构探讨伍尔夫对意识的理解，涉及双性同体、非个人化、瞬间等论题。②霍华德·哈珀（Howard Harper）的《在语言和沉默之间》（*Between Language and Silence：The Novels of Virginia Woolf*，1982）以这样的假说为基础：文学的任务在于揭示最深层的、沉默的存在世界。哈珀指出伍尔夫所有的作品都表现了追寻超验意义的过程，它们共享一种戏剧性模式，即从焦虑或者情感诱惑走向超验的幻象瞬间的模式。③马克·哈瑟（Mark Hussey）的《歌唱真实界：弗吉尼亚·伍尔夫哲学研究》（*The Singing of the Real World：The Philosophy of Virginia Woolf's Fiction*，1986）以专题研究的方式，综合分析伍尔夫小说中的身体、身份、自我、他者、艺术、现实、沉默和时间等主题，从中找出伍尔夫的哲学语词以及所体现的焦虑，呈现伍尔夫自己的声音。哈瑟认为，伍尔夫的哲学思想未曾受到任何哲学大师的影响，因为没有任何哲学体系能回答她所思考的存在问题，即一种无形的、无名的、无以言说的自性④问题，它只存在于真实界之中。⑤

如果说现代主义、女性主义、后现代主义、马克思主义、社会学、精神分析等批评重在研究创作形式、美学思想、性别、现代性、解构、阶级、社会、心理等特定议题，哲学批评则通过整体观照，追寻伍尔夫对存在的感悟和对超验意义的把握。其观点大都深刻而透彻，在伍尔夫研究中具有长久而

---

① Guiguet，Jean. *Virginia Woolf and Her Works*. Trans. Jean Stewart. London：The Hogarth Press，1965，pp. 15—28.

② Richter，Harvena. *Virginia Woolf：The Inward Voyage*. Princeton：Princeton University Press，1970.

③ Harper，H.. *Between Language and Silence：The Novels of Virginia Woolf*. Baton Rouge：Louisina State University Press，1982.

④ 自性，即 self，所代表的是人与生俱来的"原始存在"，或称为"心灵本质"、"超验存在"等。与它相对应的是作为个体存在的小写的"自我"，即 ego，所代表的是个体与外界交互作用后所形成的那个表面的"自我"。超越虚假的"意识自我"（ego），走向自性（self）是分析心理学家荣格为"个性化进程"设定的永恒之途。为了清楚区别这两个术语，国内心理学专家申荷永等将"self"译为"自性"，将"ego"译为"自我"。详见戴维·罗森：《荣格之道》，申荷永等译，中国社会科学出版社2003年版；默里·斯坦因：《变形：自性的显现》，喻阳译，中国社会科学出版社2003年版等。

⑤ Hussey，Mark. *The Singing of the Real World：The Philosophy of Virginia Woolf's Fiction*. Columbus：Ohio State University Press，1986.

深远的影响力。

五、伍尔夫研究中的问题

上述批评方式均具有鲜明的优势和隐在的局限。如果纯粹从各自的批评视角看，大部分研究观点和分析过程都独到而深入，但是整体考察和对比研究后，还是可以看出其中的问题。现代主义批评以文本分析为基础，揭示作品的创作形式和美学思想，以及两者之间的关系。其剖析深入细致，但是批评视野基本框定在文本范畴之内，因缺乏有力的参照，其批评观点之光芒大都不足以照亮作品整体。女性主义批评、马克思主义批评、社会学批评、精神分析批评等从特定的外在视角切入，对作品所作的阐释新颖而独到。但是由于其研究视角带有鲜明的理论导向性，所照亮的往往是作品与该理论相应合的那一部分，其余部分隐而不见，因而所得出结论的合理性有待商榷。后现代主义充分意识到各种"主义"的局限性，因而将破除"二元对立"确立为首要任务，以一种包容的态度接纳作品自相矛盾的各个方面，强调多元共存的重要性。然而也正是为了破解二元对立的局限性，它否认整体性的存在，结果碎片漂浮，无所依傍。与上述批评模式相比，哲学批评的整体思考方式无疑比较适合观照伍尔夫矛盾而模糊的文体，哲学思想的深邃也有助于透视伍尔夫作品的深刻性，实现碎片的整合。但是已有的成果大都以追寻伍尔夫作品的统一"原则"为目标，所得出的结论往往比较具体，未能包容伍尔夫开放的思想。

各流派之间的相互批判进一步昭示伍尔夫研究的主要问题在于视角的褊狭。后现代主义批评家帕米拉·考费曾深入剖析现代主义批评与女性主义批评的局限性。她指出它们的主要问题是：两者均以二元对立为基本思考范式，前者只关注伍尔夫对 19 世纪写作模式的创新，后者只关注伍尔夫对父权制写作形式的扬弃；它们的共同代价是：丢弃了伍尔夫作品中所有不能分离的、但又不符合二元对立原则的那些成分。考费的批判同样适用于反思马克思主义批评、心理分析批评和社会学批评。考费的重要性在于点出了各种"主义"的单一思维的狭隘性，那么后现代批评是否摆脱了这种片面性呢？为了脱离二元对立的陷阱，考费就伍尔夫研究提出了这样的建议：以动态的方式而不是以二元对立的方式思考伍尔夫的作品，将研究的问题从"作品是什么"变为"作品发挥了什么作用"，以包容伍尔夫作品的矛盾性。但是，将"作品是什么"与"作品发挥了什么作用"放在对立的位置上，这样的定位是否同样代表了一种二元对立？不再讨论文学作品的本质，这样做是否有一种将洗澡水与婴儿一起泼掉的嫌疑？批评家奈尔默（James Naremore）对现代主义研究的批判同样具有重要意义。奈尔默剖析了伍尔夫现代主义研究的观点含混不清的现状，认为这种混乱不仅起因于批评界对"意识"、"心理"的不同理解，而且源于批评界对一个重要事实的忽略，即伍尔夫的创作并没有终止于"意识"，而是超越于"意识"之上的。从某种程度说，奈尔默点出了伍尔夫研究中一个显著的弱点，即批评家从各自的视角出发，充分注意到伍尔夫对写作、现实、意识、性别、历史、战争等问题的关注和追寻，但往往从一个视点切入，然后终止于这一视角，没有能够深入而全面地探讨伍尔夫之所以关注这些问题的深层内涵。再者，考费、马基科·米努品克内等许多批评家都不断发出"回到作品本身"的呼吁，然而由于批评方法的局限，伍尔夫研究常常陷在理论和观念的旋涡里打转。我们需要反思我们的研究方法。

伍尔夫研究一个较为显著的盲点是，迄今尚无人整体研究其小说理论。作为英国著名小说家和文论家，除了小说创作，伍尔夫一生撰写数百篇论文和随笔，其中大部分是有关小说创作和批评的。然而学术界对伍尔夫小说理论的研究是零散的。在英美，伍尔夫文论研究的重心是其女性主义思想和后现代主义思想，所出版专著都是女性主义的或历史的。比如：朱丽叶·达辛贝尔（Juliet Dusinberre）在《弗吉尼亚·伍尔夫的文艺复兴：妇女读者还是普通读者？》（*Virginia Woolf's Renaissance*：*Woman Reader or Common Reader*？1997）中探索伍尔夫对妇女文学传统的追寻，以及对出版、身体、业余爱好者等多个问题的思考。①蕾拉·博罗斯南（Leila Brosnan）的《阅读弗吉尼亚·伍尔夫的文论和新闻报道》（*Reading Virginia Woolf's Essays and Journalism*，1997）从历史视角解读伍尔夫部分文论。②艾丽娜·吉尔梯瑞（Elena Gualtieri）的《弗吉尼亚·伍尔夫的文论：勾勒过去》（*Virginia Woolf's Essays*：*Sketching the Past*，2000）细致研究伍尔夫文论的两种写作

---

① Dusinberre, Juliet. *Virginia Woolf's Renaissance*：*Woman Reader or Common Reader*. London：Palgrave, 1997.

② Brosnan, Leila. *Reading Virginia Woolf's Essays and Journalism*. Edinburgh：Edinburgh University Press, 1997.

类型，认为它们为女性主义批评确立了写作模式。①只有在讨论伍尔夫的现代主义作家身份的时期，学者们曾有选择地探讨她的小说理论，所作的评价一直在否定和肯定的争议中摇摆。主要研究论题包括：质疑其人物塑造理念，②批判其诗性风格和轻视现实的态度，③探讨其形式主义美学渊源，④引证其观点以说明现代主义特征，⑤质疑其小说理论的狭隘性，⑥赞誉其小说理论的后现代主义立场 ⑦ 等。在中国，伍尔夫小说理论研究尚处于总体评述阶段，主要研究者包括瞿世镜、盛宁、殷企平、伍厚恺等，研究观点包括时代变迁论、主观真实论、人物中心论、突破传统论、人物形象说、生活决定论等。⑧一些重要问题尚待廓清：伍尔夫小说理论与柯勒律治、屠格涅夫、陀思妥耶夫斯基等作家的思想的渊源；她对西方诗学核心观念的批判和超越；她对现代小说困境的反思和突破；她纵论欧美文学的广博批评视域；她对现实、构思、批评、形式、真实、境界等诗学问题的思考和构想；她视生命为文学的最高真实的核心理念等。而这些问题正是深入理解伍尔夫作品的基础。

① Gualtieri, Elena. *Virginia Woolf's Essays: Sketching the Past*. London: Palgrave, 2000.

② 见 Arnold Bennett. "Is the Novel Decaying?". *Cassell's Weekly*, 28 March, 1923: 74 和 Arnold Bennett. "Another Criticism of the New School". *Evening Standard*, 25 November: 5; 2 December 1926: 5。

③ 见 Horace Gregory. "On Virginia Woolf and Her Appeal to the Common Reader". *The Shield of Achilles*. New York, 1944, p. 192; Diana Trilling. "Virginia Woolf's Special Realm". *The New York Times Book Review*, 21 March 1948, p. 28; Mark Schorer. "Virginia Woolf". *The Yale Review*, xxxii, December 1942, p. 379.

④ Goldman, Mark. "Virginia Woolf and the Critic as Reader". *Virginia Woolf Critical Assessments* (vol. 2). ed. Eleanor McNees. Mountfield: Helm Information Ltd., 1994, pp. 105—122.

⑤ 约翰·弗莱彻、马尔科姆·布拉德伯里：《内省的小说》，马·布雷德伯里、詹·麦克法兰：《现代主义》，胡家峦等译，上海外语教育出版社1992年版，第380—381页。戴维·洛奇：《现代主义小说的语言：隐喻和转喻》，马·布雷德伯里、詹·麦克法兰：《现代主义》，胡家峦等译，上海外语教育出版社1992年版，第450页。

⑥ Yaseen, Mohammad. "Virginia Woolf's Theory of Fiction". *Virginia Woolf Critical Assessments* (vol. 2). ed. Eleanor McNees. Mountfield: Helm Information Ltd., 1994, pp. 123—131.

⑦ Caughie, Pamela L.. *Virginia Woolf and Postmodernism: Literature in Quest and Question of Itself*. Urbana and Chicago: University of Illinois Press, 1991, pp. 169—193.

⑧ 瞿世镜：《弗吉尼亚·伍尔夫的小说理论》，载《论小说与小说家》，上海译文出版社1986年版，第347—369页；殷企平、高奋、童燕萍：《英国小说批评史》，上海外语教育出版社2001年版，第180—191页；盛宁：《关于伍尔夫的"1910年12月"》，《外国文学评论》2003年第3期。

附录二：

新中国 60 年伍尔夫小说研究之考察与分析①

　　弗吉尼亚·伍尔夫（1882—1941）的贡献在于，她不仅创作了《到灯塔去》、《海浪》、《达洛维夫人》、《雅各的房间》、《奥兰多》、《幕间》等多部令人瞩目的小说，而且发表了《一间自己的房间》、《现代小说》、《班内特先生与布朗夫人》等众多思辨性论著。她出众的领悟力、感知力和洞察力赋予她的作品以融多种思想为一体的活力，足以使她在多变的现代批评思潮中经久不衰。她既是公认的现代主义文学代言人，又是令人敬仰的女性主义思想之母，也是"天启式的审美家"②。西方伍尔夫研究重点探讨其现代主义形式、女性主义思想和后现代主义特征，我国的伍尔夫研究则主要集中在形式主题、小说理论、女性主义研究等范畴。

　　本文以西方伍尔夫研究为参照，考察和分析新中国 60 年来的伍尔夫小说研究。伍尔夫的思辨性论著因与其小说研究密切相关，也纳入本文考察范围。我国的伍尔夫小说研究始于 20 世纪 20 年代末，新中国成立后可大致分为前 30 年和后 30 年两大时期。

一、新中国成立前的简要回顾（1929—1948）

　　伍尔夫最初是作为西方著名现代小说家之一被简略地介绍给国内读者的。赵景深于 1929 年发表《二十年来的英国小说》一文，将伍尔夫与乔伊斯和多萝西·理查德森并列，称他们为有名的心理小说家。③两年后，他又在《现代文学评论》发表《英美小说之现在及其未来》，重点论述英美现代小说的心理描写特征，特别指出伍尔夫小说的秘诀是"选择有力的最激动情感的地方来

---

① 本文已发表于《浙江大学学报》2011 年第 5 期。
② 哈罗德·布鲁姆：《西方正典》，江宁康译，译林出版社 2005 年版，第 345 页。
③ 赵景深：《二十年来的英国小说》，《小说月报》1929 年第 20 卷第 8 号。

描写"①。当时由中国学者撰写的 3 部西方文学论著都高度称赞伍尔夫的创作，或称其为"小说家的爱因斯坦"②，或赞誉其为"极有价值的作家"③，或指出其小说"废除时间与形式"，表现"滚滚不尽的紊杂无章的意识之流"的特征。④

　　三四十年代的评论以生平介绍和作品点评为主，学者们点到即止的批评不乏真知灼见。费鉴照、彭生荃、叶公超、谢庆尧、吴景荣、萧乾、陈尧光等分别在《益世报》、《人世间》、《新月》、《时与潮文艺》、《大公报》、《新路》、《文潮》等报刊发表文章，题目大多类似《吴尔芙夫人》，主要概述其创作经历，也有点评具体作品的，包括《墙上的斑点》（1917）、《弗拉西》（1933）、《岁月》（1937）。他们的介绍和点评言简而意繁，入木三分，体现中国传统批评整体妙悟的特性。叶公超的评述最具代表性。他为译文《墙上一点痕迹》作"译者识"时，不仅指出伍尔夫小说的审美特质，而且充分肯定其价值："吴尔芙绝对没有训世或批评人生的目的。独此一端就已经违背了传统的观点。她所注意的不是感情的争斗，也不是社会人生的问题，乃是极渺茫、极抽象、极灵敏的感觉，就是心理分析学所谓下意识的活动……吴尔芙这条路是极窄小的，事实上不能作为小说创作的全部，但是小说的基础……是建立在个性的表现，所以吴尔芙的技术是绝对有价值的。"⑤ 叶公超这一段话是针对当时英国批评界对伍尔夫贬褒不一的现状和伍尔夫与班内特之间的激烈论战而作的剖析。面对传统思想与现代理念的对峙，叶公超寥寥数语便道出纷争的缘由和伍尔夫创作的优劣，充分体现了中国学者深切的领悟力和判断力。

　　该时期的翻译集中于伍尔夫有关创作的文章，国内文艺界对西方现代小说创作动向的热切关注略见一斑。除了叶公超翻译《墙上一点痕迹》，范存忠翻译了《班乃脱先生与白朗夫人》（1934），卞之琳翻译《论俄国小说》（1934），冯亦代翻译《论英国现代小说》（1943），王还翻译《一间自己的屋

　　① 赵景深：《英美小说之现在及其未来》，《现代文学评论》1931 年第 1 卷第 3 期，第 12 页。
　　② 赵景深：《一九二九年的世界文学》，神州国光社 1930 年版，第 80 页。
　　③ 金东雷：《英国文学史纲》，商务印书馆 1937 年版，第 476 页。
　　④ 柳无忌：《西洋文学的研究》，大东书局 1946 年版，第 164 页。
　　⑤ 叶公超：《〈墙上一点痕迹〉译者识》（原载《新月》1932 年第 4 卷第 1 期），载陈子善编：《叶公超批评文集》，珠海出版社 1998 年版，第 128 页。

子》(1947)。所翻译的作品都是伍尔夫现代创作理念和实践的代表作,体现当时学术界对西方文学动态的敏锐把握。相对而言,伍尔夫长篇小说的译作较少,仅有石璞翻译的《弗拉西》(商务印书馆 1935 年版)和谢庆尧翻译的《到灯塔去》(节译本)(商务印书馆 1945 年版)。

与同时期英美伍尔夫研究相比,中国文艺界对伍尔夫的译介和接受是积极而开放的。在英美,伍尔夫的创作虽然获得她所在的布鲁姆斯伯里文化圈的真诚推崇,却受到阿诺德·班内特等传统作家的质疑,也备受利维斯夫妇等批评家的批判,当时的评价莫衷一是。①在中国,虽然当时文学社团的主流思想是"文学为人生",但坚持文学的自由纯正原则的批评家和作家并不在少数,尤其是留学欧美归国的年轻学者。他们不仅及时译介伍尔夫的文章和作品,热诚肯定其创作风格,而且充分吸收其创作技巧。"新月派"和"京派"作家徐志摩、林徽因、凌叔华、李健吾等人的创作都直接或间接地受到伍尔夫的影响。②

二、第一时期(1949—1978)

这一时期的伍尔夫研究基本处于停滞状态。

新中国成立后,文艺界接受苏联日丹诺夫为代表的文艺思想,强调文学艺术为政治斗争服务,西方现代主义作家和作品被扣上"政治上反动、思想上颓废、艺术上搞形式主义"的帽子。③

在文学研究政治化的形势下,西方作家被划分为左翼、中间派、右翼三类,伍尔夫被认定为中间派,既不颂扬也不批判,基本处于被遗忘状态。批评方面,仅袁可嘉在论文《美英"意识流"小说述评》(《文学研究集刊》第 1 册,人民文学出版社 1964 年版)中曾批判性地涉及伍尔夫的《达洛维夫人》、《到灯塔去》和《海浪》;翻译方面,仅有朱虹的译文《班内特先生与布朗夫人》,被收入内参《现代英美资产阶级文艺理论文选》(作家出版社 1962 年版)。

而同时期的西方伍尔夫研究取得很大进展,学术界出版了 30 余部专著和

---

① Robin Majumdar and Allen McLaurin, eds. *Virginia Woolf*: *The Critical Heritage*. London: Routledge & Kegan Paul,1975.

② 关于"新月派"、"京派"与伍尔夫的关系,详见杨莉馨:《20 世纪文坛上的英伦百合:弗吉尼亚·伍尔夫在中国》,人民出版社 2009 年版,第 29—119 页。

③ 袁可嘉:《现代派论·英美诗论》,中国社会科学出版社 1985 年版,第 40 页。

大量论文。学者们重点探讨伍尔夫的现代主义美学思想和创作技巧。埃里希·奥尔巴赫在《模仿：西方文学中的现实再现》（1946）中精妙分析《到灯塔去》第一部分前 5 节，揭开了伍尔夫小说的形式之谜。① 此研究成为伍尔夫研究中"最重要的、最有启发性的、最有影响的"成果，② 为确立伍尔夫的文学地位发挥了重要作用。伍尔夫小说深邃的思想引起批评家的关注，最重要的专著是让·盖吉特的《弗吉尼亚·伍尔夫和她的作品》（1965），它揭示了伍尔夫小说的存在、生命主题。③ 女性主义研究于 70 年代兴起，议题重点落在伍尔夫的双性同体观上，赫伯特·马德的《女性主义与艺术：伍尔夫研究》（1968）④ 和南希·托·巴辛的《弗吉尼亚·伍尔夫与双性同体视象》（1973）⑤ 代表了当时的研究深度。我国的伍尔夫研究直至 90 年代后期才涉及上述部分议题。

三、第二时期（1979—2010）

1979 年至 2010 年，我国的伍尔夫研究逐渐获得深度和广度，研究议题主要集中在三个方面：形式主题研究、小说理论研究、女性主义研究。

1. 形式主题研究

伍尔夫的形式主题研究得益于袁可嘉的现代派研究。1979 年至 1985 年，袁可嘉在《文艺研究》、《外国文学研究》、《外国文学》、《读书》等学术期刊上发表近 20 篇论文，阐述西方现代派文学的社会背景、思想渊源、思想特征和艺术特色等。虽然有关伍尔夫的论述主要以具体例证的形式出现，却为进一步研究提供了必要的总体视野和良好的开端。袁可嘉现代主义研究的基础，源自 40 年代就读西南联大时叶公超、冯至、卞之琳等人对他的影响。可以说在新中国的现代派研究中，他担负着承上启下的作用。⑥

---

① Erich Auerbach，"The Brown Stocking". *Virginia Woolf Critical Assessments*（vol. 3）. ed. Eleanor McNees. Mountfield：Helm Information Ltd.，1994.

② Jane Goldman（ed.）. *Virginia Woolf，To the Lighthouse and The Waves*. Cambridge：Icon Books Ltd.，1997，p. 29.

③ Jean Guiguet. *Virginia Woolf and Her Works*. Trans. Jean Stewart，London：The Hogarth Press，1965.

④ Herbert Marder. *Feminism and Art：A Study of Virginia Woolf*. Chicago：University of Chicago Press，1968.

⑤ Nancy Topping Bazin. *Virginia Woolf and the Androgynous Vision*. New Brunswick：Rutgers University Press，1973.

⑥ 袁可嘉：《自传：七十年来的脚印》，《新文学史料》1993 年第 3 期，第 148—149 页。

瞿世镜为开拓和推进伍尔夫研究发挥了重要作用。1982 年和 1986 年，他分别在《外国文学报道》和《外国文学研究》上发表论文《伍尔夫的〈到灯塔去〉》和《〈达罗威夫人〉的人物、主题、结构》，率先拉开伍尔夫小说形式主题研究的序幕。两篇论文均以文本细读为基础，剖析伍尔夫小说的结构、主题、人物和艺术特征。

1987 年，瞿世镜发表标志性论文《伍尔夫·意识流·综合艺术》，在纵览伍尔夫全部小说的基础上，郑重提出并论证"意识流并不能包含她的全部创作实践"的观点。[①]论文指出伍尔夫的创作经历了从传统到意识流再到综合化艺术形式几个阶段，分析伍尔夫与乔伊斯、普鲁斯特在意识流技巧上的差异，阐述伍尔夫小说的诗化、戏剧化和非个人化特征，认为伍尔夫在创作中融合了音乐、绘画、电影等多种艺术因素，最后探讨精神分析心理学、经验主义哲学、实在论哲学对伍尔夫创作的影响。这篇长达 2.5 万字的论文的意义是重大的，它不仅将伍尔夫的作品置于现代主义作家、现代艺术和现代哲学的比照之中，突出其原创性、综合性和开放性，而且就多个重要议题进行分析，提出富有见地的观点，充分体现了中国学者的整体视野和敏锐感悟。这篇论文预示了此后 20 年伍尔夫研究中较为集中的议题：伍尔夫意识流创作的特点、伍尔夫小说的绘画特性、伍尔夫的小说理论及其与传统的关系等。

瞿世镜的贡献还体现在：他出版了国内第一部伍尔夫评传《意识流小说家伍尔夫》（上海文艺出版社 1989 年版），在概述其生平、创作经历和文学理想的基础上，分析其主要作品，并对其小说艺术作评价；他选编了《伍尔夫研究》（上海文艺出版社 1988 年版），所精选的欧美伍尔夫研究成果兼顾影响力和代表性，既有总体批评又有作品批评，体现了良好的评判眼光和广博的阅读范畴；他还出版了专著《音乐·美术·文学：意识流小说比较研究》（1991），翻译了伍尔夫的名作《到灯塔去》（1988）等。他在伍尔夫小说理论的研究和翻译上同样成果丰硕，我们将在下面论述。在很长时间内，这些成果都是年轻学者的重要参考文献。

伍尔夫小说的形式研究重点探讨其意识流特征。学者们从整体视角出发，揭示伍尔夫意识流作品的叙事、话语、结构特征。各阶段的代表性论文包括：

---

① 瞿世镜：《伍尔夫·意识流·综合艺术》，《当代文艺思潮》1987 年第 5 期，第 132 页。

王家湘的《维吉尼亚·吴尔夫独特的现实观与小说技巧之创新》（1986），以
伍尔夫的现实观为基点，剖析其 9 部小说的基本结构；①张烽的《吴尔夫〈黛
洛维夫人〉的艺术整体感与意识流小说结构》（1988），通过整体感悟，揭示
伍尔夫以印象画面和象征物为结构，以自由联想、意识汇流、时空蒙太奇为
叙述关联的特征；②韩世轶的《弗·伍尔夫小说叙事角度与对话模式初探》
（1994），以热奈特叙事理论为参照，指出伍尔夫小说多视角、变换聚焦的叙
事技巧和转换话语模式；③李森的《评弗·伍尔夫〈到灯塔去〉的意识流技巧》
（2000），剖析其间接内心独白、自由联想、象征手法、时间蒙太奇和多视角
叙述方式；④申富英的《〈达洛卫夫人〉的叙事联接方式和时间序列》（2005），
整合罗森塔尔的 4 种联接方式和迈法姆的 4 种时间序列，构建经纬纵横的整
体叙述框架；⑤高奋的《记忆：生命的根基——论伍尔夫〈海浪〉中的生命写
作》（2008），以伍尔夫的生命写作理论为基点，揭示小说的艺术形式与其中
心意象"包着薄薄气膜的圆球"的契合，指出小说的记忆叙述呈"气膜"形
态，包裹着由心理场景、情感结构和人物思想构建的生命"圆球"。⑥ 朱望、
王贵明、伍建华、程倩、秦红、朱丹亚、刘荡荡、蔡斌、赵秀凤、陈丽、洪
勤、卢婧等学者均从不同视角切入，探讨其意识流形式。在伍尔夫研究中，
这一议题起步最早，持续时间最长，汇聚论文最多。整个研究经历了从直觉
感知到理论探微，再到整体透视的过程，学者们的研究视角开放而多元。

伍尔夫小说的绘画特性是另一个引人注目的议题。代表性论文是张中载
的《小说的空间美——"看"〈到灯塔去〉》（2007），它用优美的语言，分析

① 王家湘：《维吉尼亚·吴尔夫独特的现实观与小说技巧之创新》，《外国文学》1986 年第 7 期，第 56—61 页。
② 张烽：《吴尔夫〈黛洛维夫人〉的艺术整体感与意识流小说结构》，《外国文学评论》1988 年第 1 期，第 54—59 页。
③ 韩世轶：《弗·伍尔夫小说叙事角度与对话模式初探》，《外国文学研究》1994 年第 1 期，第 94—97 页。
④ 李森：《评弗·伍尔夫〈到灯塔去〉的意识流技巧》，《外国文学评论》2000 年第 1 期，第 62—68 页。
⑤ 申富英：《〈达洛卫夫人〉的叙事联接方式和时间序列》《外国文学评论》2005 年第 3 期，第 59—66 页。
⑥ 高奋：《记忆：生命的根基——论伍尔夫〈海浪〉中的生命写作》，《外国文学》2008 年第 5 期，第 56—64 页。

伍尔夫用文字表现的景物之光和色，揭示出小说营造的空间美。①冯伟、万永芳、许丽莹等探讨了光和色在《到灯塔去》和短篇小说中的表现方法和象征意蕴。学者们基于伍尔夫深受后印象主义绘画影响的事实和诗画同源的理念，探讨光与色在空间营造和主题表达上的作用，从另一个侧面揭示伍尔夫小说的形式美。

主题研究体现出学者们对伍尔夫的超越意识的感悟。代表性论文包括：申富英的《评〈到灯塔去〉中人物的精神奋斗历程》（1999），该文通过分析主要人物的精神历程，阐明他们分别代表现代人走出虚无的三种途径：理性、爱和艺术；②杜娟的《死与变：〈达洛维太太〉、〈到灯塔去〉、〈海浪〉的深层内涵》（2005），文章通过分析三部作品中主角与次主角之间"死与变"的对立融合关系，揭示其超越死亡、延续生命精神的主题意蕴。③她们的研究注重整体透视，比较深入地揭示了伍尔夫小说的深层意蕴。

2. 小说理论研究

瞿世镜是国内最早研究伍尔夫小说理论的学者。他自 1983 年起陆续在《文艺理论研究》发表伍尔夫有关小说理论的译文，并于 1986 年将 21 篇译文结集为伍尔夫论文集《论小说与小说家》，由上海译文出版社出版，其中包括 1 篇 3 万字的论文《弗吉尼亚·伍尔夫的小说理论》。论文从 7 个方面概括伍尔夫的小说理论（时代变迁论、主观真实论、人物中心论、突破传统框子论、论实验主义、论未来小说、文学理想），再从 3 个方面归纳其批评方法（印象式批评、掌握作家的透视方法、开放式理论体系），最后探讨其小说理论的局限、启示和历史地位。④论文对伍尔夫小说理论研究产生较大影响，观点被多次引用，并引发争鸣。

伍尔夫小说理论的研究通过争鸣得以推进。殷企平在《伍尔夫小说观补论》（2000）中评析了瞿世镜对伍尔夫小说理论的概括，提出其核心思想是生

---

① 张中载：《小说的空间美——"看"〈到灯塔去〉》，《外国文学》2007 年第 4 期，第 115—118 页。

② 申富英：《评〈到灯塔去〉中人物的精神奋斗历程》，《外国文学评论》1999 年第 4 期，第 66—71 页。

③ 杜娟：《死与变：〈达洛维太太〉、〈到灯塔去〉、〈海浪〉的深层内涵》，《外国文学研究》2005 年第 5 期，第 65—71 页。

④ 瞿世镜：《弗吉尼亚·伍尔夫的小说理论》，载《论小说与小说家》，上海译文出版社 1986 年版。

活决定论。①盛宁在《关于伍尔夫的"1910 年的 12 月"》（2003）中，全方位考察伍尔夫的名言"1910 年的 12 月，或在此前后，人性发生了变化"的由来，对"人性说"提出质疑，指出伍尔夫真正要说的是："人物形象发生了变化"。② 这一辨析不仅阐明了伍尔夫的现代创作观，而且重申了艺术创作的实践性。

伍尔夫小说理论以生命真实为最高准则的思想得到多方位的深入探讨。高奋发表 4 篇论文，从本质、批评、现实观、诗学理论等方面阐明伍尔夫小说理论的生命本质。《小说：记录生命的艺术形式——论伍尔夫的小说理论》（2008）全方位剖析伍尔夫有关现代小说、人物、形式、艺术性和本质的思想，阐明其小说理论的精髓是：小说是记录人的生命的艺术形式。③《批评，从观到悟的审美体验——论伍尔夫批评思想》（2009）考察伍尔夫关于批评的系列文章，揭示其批评思想中超感官、超理性、重趣味的生命体悟本质。④《中西诗学观照下的伍尔夫现实观》以中西相关诗学为参照，指出伍尔夫在重构现实观时，剥离了其中的认知成分，将其还原为直觉感知与客观实在物的契合。⑤《弗吉尼亚·伍尔夫生命诗学研究》（2010）全面阐述了伍尔夫生命诗学的要旨。⑥这些研究基于对欧美研究成果的充分把握，以中国传统诗学为参照，视野开阔，观点富有原创性。

伍尔夫小说理论与传统的关系也得到学者的关注。郝琳的《伍尔夫之"唯美主义"研究》（2006）不仅梳理伍尔夫与唯美主义代表人物的交往关系，而且剖析两者在文学观点、道德关怀及艺术理念上的相通之处，深入地阐发了伍尔夫与唯美主义的关系。⑦李儒寿（2004）则初步探讨了伍尔夫与剑桥学术传统的关系。

① 殷企平：《伍尔夫小说观补论》，《杭州师范学院学报》2000 年第 4 期，第 35—39 页。
② 盛宁：《关于伍尔夫的"1910 年 12 月"》，《外国文学评论》2003 年第 3 期，第 33 页。
③ 高奋：《小说：记录生命的艺术形式——论弗吉尼亚·伍尔夫的小说理论》，《外国文学评论》2008 年第 2 期，第 53—63 页。
④ 高奋：《批评，从观到悟的审美体验——论弗吉尼亚·伍尔夫的批评理论》，《外国文学评论》2009 年第 3 期，第 32—40 页。
⑤ 高奋：《中西诗学观照下的伍尔夫现实观》，《外国文学》2009 年第 5 期，第 37—44 页。
⑥ 高奋：《弗吉尼亚·伍尔夫生命诗学研究》，《英美文学研究论丛》2010 年第 12 期，第 334—342 页。
⑦ 郝琳：《伍尔夫之"唯美主义"研究》，《外国文学》2006 年第 6 期，第 37—43 页。

3. 女性主义研究

伍尔夫女性主义研究始于 20 世纪 90 年代中后期，主要包括女性主义思想研究和女性主义小说批评两方面。

学者们从多个角度梳理和阐释伍尔夫的女性主义思想。童燕萍在《路在何方》（1995）中解读《一间自己的房间》，概括伍尔夫关于女性现状、创作、阴阳合一心态等主要观点。[①]林树明在《战争阴影下挣扎的弗·伍尔夫》（1996）中，指出伍尔夫对男权主义的评判与她对战争的评判紧密相连。[②]吕洪灵发表了 2 篇论文，从"走出愤怒的困扰"和"中和观"两个视角阐释伍尔夫的妇女创作观。[③]潘建的《伍尔夫对父权中心体制的评判》（2008）剖析伍尔夫作品对公共/私人领域二元对立的批判和从边缘走向中心的尝试。[④]两部基于博士论文的专著探讨了伍尔夫的女性主义思想：吴庆宏的《伍尔夫与女权主义》（中国社会科学出版社 2005 年版）和吕洪灵的《情感与理性——论弗吉尼亚·伍尔夫的妇女写作观》（南京师范大学出版社 2007 年版）。由于起步较晚，对伍尔夫女性主义思想的研究在议题的丰富性和深度方面与西方研究有一定距离。

伍尔夫的双性同体观是学者们研究得较为深入的议题。姜云飞在《"双性同体"与创造力问题》（1999）中指出该理论侧重于揭示艺术家的双性化与艺术创造力之间的关系，并通过分析当代中国女作家的双性同体人格与其创造力的关系揭示其局限性。[⑤]李娟的《转喻与隐喻——吴尔夫的叙述语言和两性共存意识》（2004）从文体角度探讨伍尔夫作品中"两性共存"意识的生成过程。[⑥]袁素华的《试论伍尔夫的"雌雄同体"观》（2007）剖析《奥兰多》对双性同体的演绎，指出其精神实质是两性平等与和谐。[⑦]伍尔夫双性同体观曾在西方引发激烈争论，我国的研究则基本持肯定态度，结论大体指向和谐共存

①　童燕萍：《路在何方——读弗·伍尔夫的〈一个自己的房间〉》，《外国文学评论》1995 年第 2 期，第 13—19 页。

②　林树明：《战争阴影下挣扎的弗·伍尔夫》，《外国文学评论》1996 年第 3 期，第 67—73 页。

③　吕洪灵：《走出"愤怒"的困扰——从情感的角度看伍尔夫的妇女写作观》，《外国文学研究》2004 年第 3 期，第 88—92 页；吕洪灵：《伍尔夫"中和"观解析：理性和情感之间》，《外国文学研究》2007 年第 3 期，第 44—49 页。

④　潘建：《伍尔夫对父权中心体制的评判》，《外国文学评论》2008 年第 3 期，第 95—103 页。

⑤　姜云飞：《"双性同体"与创造力问题——弗吉尼亚·伍尔夫女性主义诗学理论批评》，《文艺理论研究》1999 年第 3 期，第 34—40 页。

⑥　李娟：《转喻与隐喻——吴尔夫的叙述语言和两性共存意识》，《外国文学评论》2004 年第 1 期，第 17—24 页。

⑦　袁素华：《试论伍尔夫的"雌雄同体"观》，《外国文学评论》2007 年第 1 期，第 90—95 页。

的主旨，体现独立的思维和理念。

女性主义批评从一个特定视角揭示出伍尔夫小说的主题内涵。葛桂录的《边缘对中心的解构：伍尔夫〈到灯塔去〉的另一种阐释视角》（1997），以莉丽为解读视角，指出小说揭示了边缘人物解构中心人物话语霸权的过程。①王丽丽的《时间的追问：重读〈到灯塔去〉》（2003）通过分析小说的时间结构和意识叙述，指出它表达了对逻各斯中心主义的批判。②吕洪灵的《伍尔夫〈海浪〉中的性别与身份解读》（2005）探讨伍尔夫的"其他性别"的内涵及其在《海浪》中的演绎。③李爱云的《逻各斯中心主义双重解构下的生态自我》（2009）剖析《雅各的房间》对男性中心主义与人类中心主义的解构及其生态自我的呈现。④段艳丽、杨跃华、束永珍、王文、郭张娜等也作了研究。由于该批评视角本身包含着明显的预设假说，研究过程和观点明显受制于研究模式，对西方批评方法和理念的借鉴成分比较多。

4. 其他研究与翻译现状

对伍尔夫小说的后现代批评近几年才展开，呈现开放而多元的特征。杜志卿、张燕的《一个反抗规训权力的文本——重读〈达洛卫夫人〉》（2007）用福柯理论剖析小说所表现的规训权力运行机制和被规训者的生存状态。⑤谢江南的《弗吉尼亚·伍尔夫小说中的大英帝国形象》（2008）阐释伍尔夫小说对大英帝国形象的积极描写和反讽解构。⑥吕洪灵的《〈幕间〉与伍尔夫对艺术接受的思考》（2009）探讨伍尔夫对艺术接受者的作用的思考。⑦秦海花的《传记、小说和历史的奏鸣曲——论〈奥兰多〉的后现代叙事特征》（2010）从文

① 葛桂录：《边缘对中心的解构：伍尔夫〈到灯塔去〉的另一种阐释视角》，《当代外国文学》1997 年第 2 期，第 171—175 页。

② 王丽丽：《时间的追问：重读〈到灯塔去〉》，《外国文学研究》2003 年第 4 期，第 63—67 页。

③ 吕洪灵：《伍尔夫〈海浪〉中的性别与身份解读》，《外国文学研究》2005 年第 5 期，第 72—79 页。

④ 李爱云：《逻各斯中心主义双重解构下的生态自我》，《外国文学》2009 年第 4 期，第 63—67 页。

⑤ 杜志卿、张燕：《一个反抗规训权力的文本——重读〈达洛卫夫人〉》，《外国文学评论》2007 年第 4 期，第 46—53 页。

⑥ 谢江南：《弗吉尼亚·伍尔夫小说中的大英帝国形象》，《外国文学研究》2008 年第 2 期，第 77—84 页。

⑦ 吕洪灵：《〈幕间〉与伍尔夫对艺术接受的思考》，《外国文学研究》2009 年第 3 期，第 89—95 页。

类模糊、元小说特征、历史文本化三个方面剖析其后现代特征。[①]吴庆宏的《〈奥兰多〉中的文学与历史叙事》(2010)指出《奥兰多》的狂想式虚构展现和重构了英国社会发展史。[②]杨莉馨的《〈远航〉：向无限可能开放的旅程》(2010)指出小说女主人公的旅行呈现女性在男权话语与帝国意识共谋的世界中自我发展的艰难。[③]学者们倚重西方后现代理论，对伍尔夫作品进行了探微性研究。

比较文学研究正在推进，以平行研究为主，体现出中国学者的视角和特色。比如：王丽丽的《追寻传统母亲的记忆：伍尔夫与莱辛比较》(2008)，从女性传统这一视角切入，对比两位女作家追寻女性传统的共通苦痛和建构女性创作的不同取向。[④]柴平的《女性的痛觉：孤独感和死亡意识——萧红与伍尔夫比较》(2000)，从平行角度对比萧红和伍尔夫在孤独和死亡主题上的异同。[⑤]特别值得一提的是杨莉馨的专著《20世纪文坛上的英伦百合：弗吉尼亚·伍尔夫在中国》，它以翔实的资料，论析伍尔夫与"新月派"和"京派"作家的文学关联和精神契合，综述伍尔夫在现当代中国的接受与影响。[⑥]其他议题包括：伍尔夫与海明威、伍尔夫与乔伊斯、伍尔夫与张爱玲、伍尔夫与张承志、伍尔夫与劳伦斯、伍尔夫与丁玲、伍尔夫与王蒙、伍尔夫与曼斯菲尔德、伍尔夫与陈染、伍尔夫与俄罗斯艺术等。研究的面已经铺开，我们期待深入的探讨。

国内外伍尔夫研究的成果都得到了及时梳理和总结。目前已有国内外综述论文4篇：王家湘的《二十世纪的吴尔夫评论》(1999)，重点评述西方研究现状；[⑦]罗婷、李爱云的《伍尔夫在中国文坛的接受与影响》(2002)，侧重分析伍尔夫对中国现当代创作的影响；[⑧]高奋、鲁彦的《近20年国内弗吉尼

---

① 秦海花：《传记、小说和历史的奏鸣曲——论〈奥兰多〉的后现代叙事特征》，《国外文学》2010年第3期，第131—138页。

② 吴庆宏：《〈奥兰多〉中的文学与历史叙事》，《外国文学评论》2010年第4期，第111—118页。

③ 杨莉馨：《〈远航〉：向无限可能开放的旅程》，《外国文学评论》2010年第4期，第101—110页。

④ 王丽丽：《追寻传统母亲的记忆：伍尔夫与莱辛比较》《外国文学》2008年第1期，第39—44页。

⑤ 柴平：《女性的痛觉：孤独感和死亡意识——萧红与伍尔夫比较》，《外国文学研究》2000年第4期，第111—116页。

⑥ 杨莉馨：《20世纪文坛上的英伦百合：弗吉尼亚·伍尔夫在中国》，人民出版社2009年版。

⑦ 王家湘：《二十世纪的吴尔夫评论》，《外国文学》1999年第5期，第61—65页。

⑧ 罗婷、李爱云：《伍尔夫在中国文坛的接受与影响》，《湘潭大学社会科学学报》2002年第5期，第89—93页。

亚·伍尔夫研究述评》（2004），重点评述国内研究现状；①潘建的《国外近五年弗吉尼亚·伍尔夫研究述评》（2010），主要综述国外近期研究现状。②

已发表的伍尔夫研究著作有 8 部。除了上面已经提到的瞿世镜、吴庆宏、吕洪灵、杨莉馨的著作外，还包括：陆扬、李定清的《伍尔夫是怎样读书写作的》（1998），伍厚恺的《弗吉尼亚·伍尔夫：存在的瞬间》（1999），易晓明的《优美与疯癫：弗吉尼亚·伍尔夫》（2000），代新黎的《伍尔夫小说概论》（2009）。8 部著作中 5 部是评传，以瞿世镜和伍厚恺的论析最见功力。

伍尔夫的小说和随笔不仅全部译出，而且有多种版本且多次再版，译作的繁荣推进了伍尔夫研究。80 年代初至 90 年代末，上海译文、三联书店等 10 余家出版社陆续推出伍尔夫的小说、随笔、日记的中译本，瞿世镜、刘柄善、谷启楠、李乃坤、伍厚恺等诸多学者参与翻译。21 世纪初，伍尔夫作品的翻译和出版从零星转入系统。"弗吉尼亚·伍尔夫文集"（上海译文出版社 2000 年版，5 种）、《伍尔芙随笔全集》（中国社会科学出版社 2001 年版，4 卷）、"吴尔夫文集"（人民文学出版社 2003 年版，12 种）等相继推出，蒲隆、吴均燮、黄梅等更多学者参与翻译。这些文集几乎包括伍尔夫全部的小说和随笔，此后新版和再版不断。中译本的全面出版大大激发了国内读者和学者对伍尔夫作品的阅读和研究兴趣。③目前，尚未译出的伍尔夫作品包括传记《罗杰·弗莱》、自传《往事杂陈》、日记和书信全集。

四、伍尔夫小说研究反思

新中国成立前 20 年，国内学者重点翻译、介绍和点评伍尔夫的创作理念和代表作品。他们对伍尔夫作品的形式风格的直觉点评虽然点到即止，缺乏详尽的分析和论述，却是从心而发的妙悟，寥寥数语，即昭示神韵，体现中国诗学"不着一字，尽得风流"（司空图）的思维特性。

新中国成立后，前 30 年的伍尔夫研究基本无进展；后 30 年既取得很大成就，也存在一些问题，值得深入剖析。

---

① 高奋、鲁彦：《近 20 年国内弗吉尼亚·伍尔夫研究述评》，《外国文学研究》2004 年第 5 期，第 36—42 页。

② 潘建：《国外近五年弗吉尼亚·伍尔夫研究述评》，《当代外国文学》2010 年第 1 期，第 123—132 页。

③ 有关国内翻译更详尽的信息，见高奋、鲁彦：《近 20 年国内弗吉尼亚·伍尔夫研究述评》，《外国文学研究》2004 年第 5 期，第 36—37 页。

首先，论文数量急剧递增。1979—1989／1990—1999／2000—2010 所对应的论文发表数分别为 10/33/690，2007 年以后递增速度最快，以每年 100 多篇的速度增长，其中 2010 年高达 160 篇。硕士论文总数达 300 篇，博士论文总数为 9 篇。数字的增长与质量的提升虽然不成正比，但能够显示研究队伍的扩大和研究兴趣的提高。

其次，研究领域逐渐扩展，研究方法变得多元，研究质量逐步提升。1979—1989 年：研究议题主要集中在形式主题研究和小说理论解读上，所涉及的作品集中于伍尔夫的代表作；研究人员寥寥无几；虽然有视野开阔的好文章为后续研究开拓总体图景，但总体而言，作品介绍的比重较大。1990—1999 年：研究议题除形式主题外（约 27 篇），新增女性主义研究（约 6 篇）；西方理论的运用增强，叙事角度、话语模式、双性同体等议题得到关注，研究视角变得细微；但由于参考资料很少，部分论文只是浅表性的介绍和对他人观点的重复。2000—2004 年：研究议题依然偏重意识流形式剖析和女性主义批评，小说理论研究、双性同体和女性创作观的研究得到推进，小说中的绘画元素和比较文学等研究开始起步；运用叙事学、语言学理论分析意识流技巧的文章增加，但生搬硬套和重复现象时常出现。2005—2010 年：研究呈现良好态势，大量引入国外参考资料，研究视角更为多元，形式主题、小说理论、女性主义、后现代主义、比较文学的研究全面推进，研究更为规范，原创性观点不断涌现。

与同时期的西方伍尔夫研究作横向对比，同时与新中国成立前叶公超等人的"点到即止"作纵向对比，我国近 30 年的研究优势主要体现在中国传统批评的整体妙悟和西方批评的分析论证的融合。在西方近 30 年的伍尔夫研究中，现代主义分析更为精深，重点探讨技巧，比如视象、瞬间、诗性等；女性主义论析重在深入阐明伍尔夫思想的价值，并以此构建女性主义美学；后现代研究侧重从文化、政治、后殖民等视角剖析伍尔夫小说对主体、文明、现代性、战争、帝国、公共私人领域的表现。分析细微而深刻，逻辑严谨而明晰，硕果累累，但也时常遭遇研究模式束缚研究结论，只见树木不见森林等问题。我国三四十年代的点评虽然能够画龙点睛，但论述过于简练，缺乏说服力。而我们近 30 年的标志性、代表性成果擅长对研究对象作整体观照，并不刻意锁定研究视角和方法，在综合感悟之际道出原创性观点，再赋以明晰的论证和阐发。伍尔夫研究的原创性主要体现在：在形式研究上我们注重领悟内、外在艺术成分之间的应和关系，从整体把握其特征；在主题研究中我们更关注文本之外的审美超越意识；在小说理论研究中我们深入揭示其具体观点之下的生命本体定位；在女性研究中我们感悟其解构立场与和谐思想。这种批评的力量在于，它既立足于中国传统诗学的妙悟天性，在"不涉理路"（严羽）的未封境界中悟出作品的"机心"，又吸收西方批评的分析性和逻辑性，充分阐发和论证观点。

伍尔夫研究的主要问题也体现在原创性方面，主要表现在研究议题和观点的重复、不加消化的吸收和对西方研究方法的不恰当运用上。首先，我们的研究中存在着部分低级重复，只是将同行已经发表的议题和观点复述或拼凑一下，无任何价值。这种现象频繁出现在文献资料匮乏的年代。其次，我们的研究中存在着不加消化的吸收，将国外的研究议题、观点稍加变换便写成论文在国内发表，虽然有益于介绍新观点，但并无创意。这种现象表现为中西研究在议题、观点上的部分相似性。最后，我们的研究中存在着用不相干的外在理论机械地剖析文学作品的现象，以至于将作品的整体性扯成碎片，违背文学的艺术本质。这一现象表现为对基于当代西方理论的叙、证、辩的刻意关注，却忽视研究观点的不当、研究对象与研究方法的不契合。

结语：纵观新中国成立 60 余年来的伍尔夫研究，我们虽然经历了停滞，存在着局限，但成就有目共睹。我们的研究规范已经形成，视角和观点的优势和原创性正在呈现。在今后的研究中，我们需要用更多时间去综合本土思想与西方理论，以便拥有深厚的功底去辨别西方研究的优劣，发出自己的声音。真正的原创来自深厚的修养和学识，就像伍尔夫通晓英、法、德、俄、古希腊文学后才最终成为文学大家一样，我们实现超越的途径同样是博览、比照、妙悟和洞见。

附录三：

弗吉尼亚·伍尔夫短篇小说研究述评①

英国著名现代主义小说家弗吉尼亚·伍尔夫（Virginia Woolf，1882—1941）不仅发表了《到灯塔去》、《达洛维夫人》、《海浪》等世人瞩目的长、中篇小说，也发表了《一间自己的房间》、《现代小说》等言辞犀利的随笔和《墙上的斑点》、《楸园杂记》、《镜中女士》等意味深长的短篇小说。然而，在近百年的伍尔夫研究中，学者们的研究主要聚焦在她的长、中篇小说上，顺便也关注她的随笔中与现代主义、女性主义和后现代主义有关的作品，但较少探讨她的短篇小说。伍尔夫短篇小说研究在中国的缺失尤为明显。

其实，伍尔夫最先获得中国文艺界关注的正是她的短篇小说。20世纪30年代，叶公超翻译《墙上一点痕迹》，并撰写"译者识"，为国人充分认识伍尔夫"极渺茫、极抽象、极灵敏"创作风格的价值发挥了重要作用。西方批评家在20世纪80年代后逐渐重视伍尔夫短篇小说研究，已经发表和出版了一些论文和专著。评述西方伍尔夫短篇小说研究现状，有益于促进我国的相关研究。

西方伍尔夫短篇小说研究起步于20世纪80年代后期，学者们重在解读作品。伍尔夫一生共创作了44篇短篇小说，发表于生命的不同时期。这些作品长期处于四散状态，直到1985年才由苏珊·迪克将全部作品汇集成《弗吉尼亚·伍尔夫短篇小说全集》出版。虽然早在20世纪三四十年代，凯瑟琳·曼斯菲尔德、E. M. 福斯特就简短点评过伍尔夫的个别短篇，但此后很长时间内，伍尔夫的短篇都被视为其长篇小说创作的试验品，仅作为长篇小说的研究资料被提及。80年代后期，学者们开始探讨伍尔夫短篇小说研究滞后的

---

① 本文已发表于《外国文学动态》2012年第2期。

原因，并解读了这些作品。在为数不多的研究论文中，代表性论文有以下几篇。约翰·奥克兰德的《评弗吉尼亚·伍尔夫的〈楸园杂记〉》（1987），这通过细致的文本分析，阐明《楸园杂记》既非一种印象或一种创作试验，也非生命无意义主旨的表现，而是以独特的形式表现了世界万物和谐相融的有机性。苏里·巴兹莱的《弗吉尼亚·伍尔夫对真实的追求》（1988），通过分析《星期一或星期二》、《存在的瞬间》和《镜中女士》三个短篇，说明伍尔夫的"真实"是现实、外在客体和内在思想的综合。苏珊·迪克的《"我不想讲故事"：伍尔夫的三个短篇》（1989），通过分析《镜中女士》、《池塘的魅力》和《三幅画》三个短篇，揭示伍尔夫破解无限的情感与有限的形式之间的冲突的方式：以场景替代情节。

至 2010 年，西方批评界有关伍尔夫短篇小说的著作有 4 部：

1989 年，迪恩·鲍德温的《弗吉尼亚·伍尔夫：短篇小说研究》（*Virginia Woolf：A Study of the Short Fiction*）出版。它旨在为学生、教师和普通读者提供伍尔夫全部短篇小说的概述，未深入探讨伍尔夫批评的主要问题，是一本入门读物。鲍德温声称，伍尔夫作为短篇小说家的声誉尚未建立。

2004 年，凯瑟琳·本塞尔和露丝·霍伯门主编的论文集《侵入边界》（*Trespassing Boundaries*）出版。论文集集中探讨了伍尔夫的短篇小说，其中既有总体论述，也有女性主义解读，比如：贝丝·多赫梯探讨伍尔夫短篇小说被批评界忽视的原因；朱丽叶·布里吉斯指出伍尔夫的短篇故事只是其长篇小说创作的试验田；爱丽丝·斯坦弗利认为《楸园杂记》以多种声音质疑了正统的浪漫史、性别、阶级和战争，表现了按权力等级和从属关系所建构的闲散人际关联；克里斯汀娜·科尔本探讨伍尔夫短篇故事中的同性恋欲望。

2004 年，妮娜·斯科比克出版专著《自由肆意奔涌：读伍尔夫的短篇小说》（*Wild Outbursts of Freedom：Reading Virginia Woolf's Short Fiction*），旨在阐明伍尔夫短篇小说独特的艺术特征和价值。她探讨伍尔夫有关短篇小说的创作观，剖析埃德加·爱伦·坡、弗洛伊德、乔伊斯、契诃夫、陀思妥耶夫斯基等人对伍尔夫的影响，揭示伍尔夫短篇小说的主要特征是：以平淡形式揭示深刻意蕴。

2010 年，希瑟·莱维出版专著《弗吉尼亚·伍尔夫短篇小说中欲望的仆人》（*The Servants of Desire in Virginia Woolf's Short Fiction*）。它将伍尔夫短篇小说划分为"1917 年以前"、"1917—1921"、"1922—1926"、"1929—1941"和"僧舍遗稿"五个时期，指出不同时期短篇小说中的劳动妇女分别表现出隐于无形、自闭绝望、渴望平等、穿梭于封闭和开放社会领域、知性与自足自尊等特性。它探讨伍尔夫短篇小说中各阶层妇女如何占据私人和公共领域，其欲望如何被束缚、被怂恿或受影响，以及她们如何表达自己的智力、精神和肉体欲望，旨在考察伍尔夫短篇小说中的劳动妇女和中产阶级妇女对"生活世界"的建构。

从概述到深入解读和剖析，西方伍尔夫短篇小说研究起步虽晚，推进却很快。学者们或者从主题解读入手揭示伍尔夫短篇小说的思想、形式特征和创作理念，或者从形式分析入手揭示其创作对传统的继承和突破。这些研究拓展了伍尔夫研究的深度和广度。

最近几年，我国年轻学者对伍尔夫短篇小说有所关注，尝试着分析《墙上的斑点》、《楸园杂记》、《新装》、《飞蛾之死》等短篇的元小说特征、时空叙事、反讽、隐喻等技巧。但研究视野还不够开阔，尚未挣脱理论方法的束缚，分析也有待深入，研究尚处于起步阶段。

正如批评家尤朵拉·威尔提所言，伍尔夫的短篇故事在表现美和思想上与她的长篇小说是同样完美而有价值的。伍尔夫的短篇小说值得我们更多关注。

附录四：

霍加斯出版社与英国现代主义的形成和发展[①]

英国霍加斯出版社（the Hogarth Press，1917—1987），由伦纳德·伍尔夫（Leonard Woolf）和弗吉尼亚·伍尔夫（Virginia Woolf）夫妇共同创建和经营。在前 30 年的出版历程中（后 40 年并入查特与温达斯出版社，维持其原有出版风格），它出版了弗吉尼亚·伍尔夫、T. S. 艾略特、罗杰·弗莱、克莱夫·贝尔等英国作家的作品，引进了弗洛伊德、琼斯等心理学家的系列作品，翻译了陀思妥耶夫斯基、托尔斯泰、契诃夫等俄国小说家的作品，在催生和推进英国现代主义的过程中，发挥了举足轻重的作用。霍加斯出版社之所以能发挥推进英国文化发展的作用，源于它独到的理念、联动的运作机制和开放的国际视野。回顾和总结霍加斯的出版理念和文化推进举措，有益于我们借鉴并汲取国外文化出版的机制和特质。

一、霍加斯的出版理念：杂糅思想

霍加斯是 20 世纪初期英国诸多私营出版社中的一家。当时英国私营出版社流行，运行时间短则 3 至 5 年，长则 10 至 20 年，几乎无法持久经营。在这一态势中，霍加斯的营运却一直处于良好状态，这在很大程度上是因为它拥有适合自身发展的出版理念。出版社负责人伦纳德·伍尔夫曾用非常直白的话描述他的出版理念，并称它为"杂糅"[②]：

> 我们的基本关注点是图书非物质的那个部分：作者说了什么以及他怎么说的。我们的经营观点是，出版商业出版社所不能出版或

[①] 本文已发表于《中国出版》2012 年第 13 期。

[②] Leonard Woolf. *Down All the Way*：*An Autobiography of the Years* 1919 *to* 1939. New York：Harcourt Brace Jovanovich，1967，p. 79.

不愿出版的书籍。我们要求我们的书籍"看起来很好",对于书中哪些部分必须看起来很好,我们自有主见,不过我们对印刷和装帧的精美不感兴趣。我们也不在乎图书的精致和精确,这些东西是文化在艺术和文学中催长出来的某种真菌,它们在英国很普遍,在有教养的美国人身上也习以为常。①

这一段直白的话语道出了霍加斯出版社的两条基本原则:1. 坚持以图书的内在品质为最根本的评判标准;2. 采取独辟蹊径的商业运作方式。这两条原则综合成一个完整的出版理念,就是一种杂糅思想:图书品质和商业运作兼顾。在霍加斯的出版史上,这一杂糅思想在关键阶段以下面的方式表现出来。

(一)出版初期:拒绝单纯追求雅致或个人趣味

在霍加斯出版社创建初期,伍尔夫夫妇的出版理念并不明确。他们建立霍加斯的初衷源于对文学的热爱,希望将自己和身边好友的作品印制成册,最大限度地享受出版自由;同时期望它能够缓解弗吉尼亚·伍尔夫的小说创作压力。

在这一阶段,他们能够仿效的私营出版社大致有两种。一种以英国思想家兼作家威廉·莫里斯创办的克莱姆斯哥特出版社(Kelmscott Press,1890—1896)为典范,它以图书的精美为最高目标,信奉"有用之作也就是艺术之作"的理念。当时类似的出版社较多,比如阿逊德尼出版社(Ashendene Press,1894—1935),以出版英国经典名著为己任;欧米加工作室(Omega Workshops,1913—1919),主要出版艺术类作品。另一种是当时流行于巴黎、伦敦的小型家庭出版社,比如黑太阳出版社(Black Sun Press,1925—1936),只出版家庭成员和好友的作品,在很小的社交圈内交流个人趣味。这些出版社常常昙花一现,很快便消失。

出版初期的霍加斯与上述两类出版社都有点相似,而不同的是,出版社负责人伦纳德清醒地意识到,他们必须与上述两类出版社拉开距离,要以一种完全不同的方式经营。从 1917 年至 1922 年,他们以手工制作的方式出版

---

① Helen Southworth，Leonard & Virginia Woolf. *The Hogarth Press and The Networks of Modernism*. Edinburgh：Edinburgh University Press，2010，p. 4.

了约 20 种图书，大部分是家庭成员和好友的作品，但也开始出版俄国作家契诃夫、陀思妥耶夫斯基等人的作品的英译本。

总之，霍加斯创办初期便开始采取比较开放的出版策略，拒绝单纯追求雅致或个人趣味。

（二）转折时期：拒绝被完全商业化

1922 年是霍加斯重要的转折年。伍尔夫夫妇决定寻求合作者来更好地经营出版业。好几家较大规模的商业出版社先后向他们提出合作或合并意向，比如康斯特伯（Constable）、海纳曼（Heinemann）出版社等。经过一段时间的商谈后，伍尔夫夫妇预感小小的霍加斯出版社被合并后很可能会变成纯粹的商业营利性出版社的一个部分，完全失去他们原有的重视图书内在品质的特性。他们最终放弃了与其他出版社的合作或合并意向，决定保持出版的独立和自由。此外，也有人推荐当时牛津大学出版社某分社的经理到霍加斯负责经营，最后也被伍尔夫夫妇拒绝了，原因同样是不愿意霍加斯被完全商业化。

（三）发展时期：坚持自己的品味，开拓全新出版领域，打造霍加斯品牌

经历抉择后，伍尔夫夫妇的出版理念逐渐成熟。他们决定让霍加斯向社会上"所有的人开放"[1]，以自己的独立标准和品味开拓新的出版领域；同时着手组织和打造霍加斯图书系列。自 1917 年至 1946 年，霍加斯大约出版了 525 种图书，这些图书充分体现了他们兼顾图书品味和商业运作的杂糅理念。

为实施以自己的品味开辟新的出版领地的思想，伍尔夫夫妇放弃了商业出版社所占据的传统经典和主流文化这些影响力大、获利快的出版领地，重点开发先锋文化、大众文化和国际文化等边缘乃至未开垦的出版领域。作为知识分子，伍尔夫夫妇更关注思想的传达，并不以营利为目标，因而出版规模一直控制在适度范围内。为保证出版社顺利运转，霍加斯的图书范围非常宽泛，包括文学、艺术、政治、音乐、教育、法律、心理、哲学、文化人类学、绘画、摄影、书信、游记、翻译作品等多个学科、领域，思想性、专业

---

[1] Leonard Woolf & Virginia Woolf. "Are too many Books Written and Published?". *PMLA* 121.1, 2006：241.

性著作与通俗浅显的畅销书籍并举。①

　　除了开辟新领地，以图书的多样性保证资金的运转外，伍尔夫夫妇在商业运作中另一个有力的措施是出版霍加斯品牌系列丛书。霍加斯的重要丛书系列包括：1. 霍加斯文学批评系列（包含 1924—1926、1926—1928、1947 三个系列），共有 35 种图书；2. 霍加斯文学演讲系列（包含 1927—1931、1934 两个系列），共 16 种；3. 莫登斯战争与和平演讲系列（1927—1936），共 8 种；4. 霍加斯当代诗人系列（包含 1928—1932、1933—1937 两个系列），共 29 种；5. 霍加斯书信系列（1931—1933），共 12 种；6. 当今问题小册子系列（1930—1939），共 40 种，旨在探讨当时的社会、政治和经济问题；7. 建构世界与动摇世界系列（1937），即苏格拉底、达尔文等西方著名人士的传记。②伍尔夫夫妇邀请当时社会上的著名人士就文学、批评、社会、政治、时势等议题撰写论著，作者们的论点大都代表时代的声音，对当时的社会具有较大的影响力。

二、霍加斯出版社与英国现代主义的形成和发展

　　霍加斯出版社作为传媒机构，在英国现代主义的形成和发展中发挥了重要的作用。1917 年，霍加斯出版社成立之际，英国的现代主义仅仅是一种处于萌芽状态的先锋文化；经过 30 年的图书出版和运作，至 1946 年它已经进入英国主流文化圈，成为英国重要的文艺思潮，其思想深度和表现力度绝不逊色于西方其他国家的现代主义。在英国现代主义从萌芽走向成熟的漫长过程中，霍加斯发挥了极为关键的培育、策划和传播作用。

　　首先，霍加斯为现代主义的形成发挥了"生产工场"或者"筹备场所"③的思想培育作用。"现代主义不仅仅是一系列文本和观点的表现，它更是一种社会现实，由机构和实践构成，在 20 世纪话语大家庭中集中地生产、营销和出版一种约定的、共享的语言"。④英国现代主义在当时社会中的前卫性质，

---

① "Hogarth Press Publications，1917－1946：Duke University Library Holdings". http：//library. duke. edu/rubenstein/scriptorium/literary/hogarth. htm.

② Yela，Max. "Seventy Years at the Hogarth Press：The Press of Virginia and Leonard Woolf". ttp：//www. lib. udel. edu/ud/spec/exhibits/hogarth/.

③ George Bornstein. *Material Modernism：The Politics of the Page*. Cambridge：Cambridge University Press，2001，p. 1.

④ Lawrence Rainey. *Institutions of Modernism：Literary Elites and Public Culture*. New Haven：Yale University Press，2001，pp. 4－5.

决定了它只能依靠一些边缘的出版社、期刊和报纸来发出它微弱的声音，直至逐渐变得强大。这些边缘的传播媒体为现代主义的发展提供了大型商业出版社所无法提供的作品审查和出版规程上的自由空间。①

其次，霍加斯凭借其独到的出版理念和运作机制，在图书策划和传播过程中十分重视作品的创意、宣传的力度和思想的深度，并构建了现代主义的作家网络、批评网络和思想网络，这使它在众多小型出版社中脱颖而出，成为传播英国现代主义的重要媒体。

（一）现代主义作家网络的建立

霍加斯的作家网络大致包含三个层次，由内而外，构成英国现代主义创作圈。

核心层是伍尔夫夫妇和他们的布鲁姆斯伯里文化圈中好友罗杰·弗莱、克莱夫·贝尔、T. S. 艾略特、E. M. 福斯特等人。这些中青年作者大都毕业于剑桥大学，在艺术、美学等领域有着敏锐的领悟和独到的见解。他们从世界大战的硝烟中觉察到西方文明的局限性，开始反思西方社会的困境和出路，每周在弗吉尼亚家中聚会一次，从美学、艺术、文学、政治、社会、文化等多个视角剖析西方思想，并独立撰写著作。他们的著作很多都由霍加斯出版。这些出道不久、名不见经传的年轻人的著作出版后，他们的思想慢慢汇聚成一种力量，在经历质疑、争论、探讨等过程后，渐渐为社会所知晓和接纳，英国现代主义便也慢慢形成并推进。从弗吉尼亚·伍尔夫的《两个故事》(1917)、《楸园杂记》(1919)、《雅各的房间》(1922)，凯瑟琳·曼斯菲尔德的《序曲》(1918)，克莱夫·贝尔的《诗歌集》(1921)，伦纳德·伍尔夫的《东方的故事》(1921)，T. S. 艾略特的《荒原》(1923)，罗杰·弗莱的《艺术家与心理分析》(1924)一直到 E. M. 福斯特的《英国乐园》(1940)、弗吉尼亚·伍尔夫的《幕间》(1941)等，霍加斯可以说主持了英国现代主义著作的出版史。

霍加斯作家的中间层是霍加斯品牌系列丛书的作者。这些作者大都是当时英国社会的名流，他们从文学、文学批评、艺术、审美、传记、社会学、政治、经济等多个领域就当时的社会现状进行艺术表现或文化评述，再现了

① Peter D. McDonald. *British Literary Culture and Publishing Practice 1880—1914*. Cambridge: Cambridge University Press, 1997, p. 228.

当时的思想者、学者、艺术家对西方社会的反思和质疑，在一定程度上促进了人们对现代主义新思想和新艺术的渴望和呼唤。

霍加斯作家的外围层是诸多普通大众，他们撰写浅显易懂的通俗书籍，反映英国社会特定时期的观点和现象，记录时代的情绪。部分书籍在当时很畅销，曾给普通读者带来轻松快乐的阅读时光。这些大众的声音是不易被大型商业出版社所接纳和传播的，经过霍加斯的出版后，它们让社会看到了事物的多样性和复杂性，为现代主义的创新提供了环境和素材。

（二）现代主义批评网络的建立

霍加斯批评网络大致可分为两种。两者相辅相成，形成并强化了英国现代主义在欧美的影响力。

第一种批评是由霍加斯主导的，由霍加斯成员和霍加斯所组织的人员撰写的文艺评论。在这些人当中，弗吉尼亚·伍尔夫是当之无愧的核心人物。弗吉尼亚从 1904 年开始，便在《泰晤士报文学副刊》、《全国书评》、《耶鲁评论》、《纽约先驱论坛报》等英美多种报刊上发表文学评论。所评论的范围包括英美现代作家福斯特、劳伦斯、毛姆、高尔斯华绥、威尔斯等人的作品；现代批评家汉密尔顿、威廉斯、哈里斯等人的理论著作；欧美经典作家的作品，比如英国作家乔叟、斯威夫特、笛福、斯特恩、柯勒律治、雪莱等；俄国作家陀思妥耶夫斯基、托尔斯泰、契诃夫等；法国作家蒙田；美国作家爱默生、梭罗、惠特曼和古希腊戏剧家索福克勒斯、埃斯库罗斯、欧里庇得斯等。[1]弗吉尼亚的全部评论文多达 500 余篇，她弘扬经典，剖析当代，其批评涉及百余名欧美作家作品。正是基于对欧美传统的深刻领悟和对当代文学的慎重反思，弗吉尼亚发表了她的核心之作《现代小说》、《班内特先生与布朗夫人》，详尽阐明现代主义艺术的特性和本质，为英国乃至西方现代主义的发展铺平了道路。此外，霍加斯策划出版了"霍加斯文学批评"系列丛书（共 35 种），丛书撰稿人包括重要的现代主义者弗吉尼亚·伍尔夫、T. S. 艾略特、格特鲁德·斯特恩、伦纳德·伍尔夫等，充分传播了现代主义批评思想。

第二种批评是对霍加斯图书所作的评论，评论人部分来自布鲁姆斯伯里文化圈，大多数是霍加斯图书的读者。霍加斯所出版的重要现代主义作品，

① Virginia Woolf. *The Essays of Virginia Woolf* (vol. 1, 2, 3, 4), ed. Andrew McNeillie. London: The Hogarth Press, 1988—1994.

比如艾略特的《荒原》，弗吉尼亚·伍尔夫的《雅各的房间》、《达洛维夫人》、《到灯塔去》、《奥兰多》、《海浪》、《岁月》、《幕间》等，均引起欧美学界的广泛关注，大量书评发表在英美报刊上，批评家之间的争鸣异常激烈。现代主义就是在争鸣之中逐渐获得了人们的理解、接纳和推崇的。

（三）现代主义思想网络的建立

霍加斯的思想网络表现为两个层面：第一层是 T.S. 艾略特、弗吉尼亚·伍尔夫等人的现代主义作品，此处不再详述；第二层是霍加斯从国外引进的心理学、文学、文化著作。两者就像冰山的两个层面，前者浮在海面之上，显在地表现现代主义艺术；后者沉在海面之下，以多元的思想和形式隐在地支撑并催生英国的现代主义艺术。

英国现代主义的生命力在很大程度上源于它对国际上其他文化思想的借鉴和吸收。诚如西方著名批评家艾布拉姆斯所言，西方现代主义是"对西方艺术乃至对整个西方文化某些传统的有意和彻底的决裂"，其思想和形式上的剧变源于尼采、马克思、弗洛伊德等西方思想家对支撑西方社会结构、宗教、道德、自我的传统理念的确定性的质疑。①霍加斯的出版历程表明，英国现代主义所汲取的思想养分不仅源于欧美，还源于东方诸国。霍加斯不仅从奥地利、俄国首次引进和翻译弗洛伊德、陀思妥耶夫斯基、托尔斯泰、契诃夫等人的心理学、文学著作，也翻译来自德国、法国、中国、印度、非洲的作品。这些翻译作品既为英国文化打开了国际视窗，也为英国现代主义的形成和发展带来了丰富的思想源泉和推进动力。

英国现代主义在意识流描写的深刻性和完整性上堪称一绝，这在很大程度上与霍加斯系统地引进国际书籍有关。1924 年霍加斯出版社获得了国际心理分析协会（International Psycho-Analytical Institute）论文的出版权，从而成为弗洛伊德在英国的授权出版商。在著名心理学家厄内斯特·琼斯主编下，1924 年至 1946 年霍加斯共出版该协会的论著 27 种，率先将当时的心理分析理论完整地引入英国。其中比较著名的作品包括弗洛伊德的《论文集》（1924—1925）、《自我和本我》（1927），厄内斯特·琼斯的《论噩梦》（1931），安娜·弗洛伊德的《自我与防卫机制》（1937）等。这些著作的编辑和出版，无疑让

---

① M. H. Abrams. *A Glossary of Literary Terms* (7ᵗʰ Edition). Shanghai: Foreign Language Teaching and Research Press，2004，pp. 167—168.

现代主义作者深入了解心理的基本运行机制和轨迹，有益于他们生动形象地描写人物的意识流。此外，自 1921 年开始，伍尔夫夫妇亲自参与翻译俄国作家陀思妥耶夫斯基、托尔斯泰、契诃夫等人的作品，俄国人深刻的心理描写为现代主义作家打开了全新的视域，关于这一点，弗吉尼亚曾多次撰文论述，足见其影响力之大。

可以看出，霍加斯以独特的理念和运作，建立了霍加斯的作家、批评、思想网络，这些网络交织在一起，自然地形成了出版、评论、翻译、文化圈的联姻。正是这一联姻，为英国现代主义的形成和发展提供了充足的养分和空间，促成了它的茁壮成长。

三、霍加斯出版社的启示

霍加斯出版社可以为我们提供的启示是多方面的，从出版经营的角度来说，主要表现为下面五点：

（一）出版人的良好素养

霍加斯出版社的负责人是伦纳德·伍尔夫和弗吉尼亚·伍尔夫。伦纳德毕业于剑桥大学，曾作为公职人员在斯里兰卡工作数年。他经营霍加斯出版社期间，兼任《国际评论》、《当代述评》、《政治季刊》等学术期刊的编辑，撰写并发表专著 17 部，主要是政论性著作，比如《国际政府》（1916）、《经济帝国主义》（1920）、《帝国主义与文明》（1928）等，是一位思想深邃、刚正不阿的知识型出版人。弗吉尼亚·伍尔夫出身于知识分子家庭，父亲和兄弟均毕业于剑桥大学，她在家庭图书馆中博览群书，对人性有着极为敏锐的领悟力，一生创作 9 部现代主义经典名作，500 余篇评论文和传记、短篇小说等其他作品，是公认的西方现代主义代言人。她同样是一位知识型出版人。出版人所必备的开阔视野、敏锐思想、独到见解、高度责任心伍尔夫夫妇均兼而有之，因而能够在整个出版历程中坚定不移地保持自己的特色。

（二）出版方针的兼容性

霍加斯出版社既重视图书品质又兼顾商业运作的"杂糅"理念超越了"纯真时代"和"资本时代"分别只关注"趣味"和"商业利益"的偏颇，因而能够既保持传统出版业的智性价值、美学价值和社会批判功能，又能获得适度的商业利益却不沦为娱乐业的附庸。①正是坚持文化价值和商业利益兼备的出版方针，它大胆且成功地开辟了先锋文化、大众文化和国际文化新领地。

（三）出版视野的国际性

霍加斯出版社的国际视野既源于伍尔夫夫妇的内在学养，又出于时势的需要。伦纳德的东方经历和他对政治的关注自然使他的视线超越国界，弗吉尼亚曾博览欧美及东方作品，尤其喜爱俄国、古希腊作品，同样不可能将视野囿于国内。而第一次世界大战的爆发激发了欧美知识分子对西方文明的质疑，布鲁姆斯伯里文化圈正是反思西方传统的场所。他们意识到必须依托他者文化来反观自己文化的问题和狭隘之处，因此俄国、奥地利、德国、法国、中国、非洲等均成为他们反观自我的参照物，相应书籍大量引进。

（四）出版运作的品牌意识

商业品牌的策划和经营是霍加斯出版社变劣势为优势的一个例证。小型的出版规模和有限的出版能力促使伍尔夫夫妇将注意力集中在一些特定的专题上。这些特定专题正是伍尔夫夫妇各自的长处：弗吉尼亚对文学的擅长和伦纳德对政治的擅长。霍加斯七大丛书系列基本锁定在文学和政治两大领域之内，伍尔夫夫妇的社会影响力得到充分的发挥，丛书的学术性和社会性得到了保障，在当时文化界取得了良好的品牌效应。

（五）出版定位的普通读者意识

霍加斯的出版定位是普通读者的共感，而不是少数专家的理性判断。伦纳德曾声称"我们要求我们的书籍'看起来很好'"，它指称书籍所表现的情感思想的内涵、意义和价值的"好"，而且这种"好"能够被普通读者所感知。用弗吉尼亚的话说，那就是"依照自己的直觉，运用自己的心智，得出自己的结论"，以便从瞬息即逝的表象中获取"坚实和持久的东西"，那种从心而发的东西。要获得这种最根本、最有价值的东西，所需要的是一个人的"想象力、洞察力和学识"②。正因为倚重这极易被人忽视的"普通读者意识"，霍加斯的书籍深受读者的喜爱。

---

① 陈昕：《应该拥有一个怎样的"出版"》，《新华文摘》2012 年第 4 期，第 132—136 页。

② Virginia Woolf. "How should One Read a Book?". in Virginia Woolf. *The Common Reader* (*Second Series*). London：The Hogarth Press, 1959, pp. 268—270.

结语：文化的催生和发展不仅需要文化人的感悟、发现和表达，而且需要文化媒体的培育、策划和传播。霍加斯出版社对英国现代主义的催生和推进无疑是一个极好的例证。对文化推进而言，我们需要萌发思想的土壤，培育思想的空间，观照自我的国际视域和传播文化的策略；对出版传播而言，我们需要取得图书的智性价值、美学价值、社会功用与商业利益之间的平衡。当思想和传播达到适度的融合时，原创性的文化便会萌发、成长。

参考文献

一、英文类

（一）弗吉尼亚·伍尔夫作品及作品集

Woolf, Virginia. *A Room of One's Own*. San Diego: Harcourt Brace Jovanovich, Inc., 1957.

Woolf, Virginia. *A Writer's Diary*. ed. Leonard Woolf. London: The Hogarth Press, 1953.

Woolf, Virginia. *Between the Acts*. London: The Hogarth Press, 1941.

Woolf, Virginia. *Books and Portraits*. ed. Mary Lyon. London: The Hogarth Press, 1977.

Woolf, Virginia. *Granite and Rainbow: Essays*. London: Harcourt Brace Jovanovich, Inc., 1958.

Woolf, Virginia. *Jacob's Room*. London: The Hogarth Press, 1922.

Woolf, Virginia. *Moments of Being: Unpublished Autobiographical Writings*. ed. Jeanne Schulkind, Second Edition. London: The Hogarth Press, 1985.

Woolf, Virginia. *Mrs Dalloway*. London: Penguin Books, 1996.

Woolf, Virginia. *Night and Day*. London: Duckworth, 1919.

Woolf, Virginia. *Orlando. A Biography*. London: The Hogarth Press, 1928.

Woolf, Virginia. *Roger Fry: A Biography*. London: The Hogarth Press, 1940.

Woolf, Virginia. *The Captain's Death Bed and Other Essays*. London: Harcourt Brace Jovanovich, Inc., 1978.

Woolf, Virginia. *The Common Reader* (Second Series). London: The Hogarth Press, 1959.

Woolf, Virginia. *The Common Reader* (First Series). London: The Hogarth Press, 1925.

Woolf, Virginia. *The Complete Shorter Fiction of Virginia Woolf*, New Edition, ed.

Susan Dick. London：The Hogarth Press，1989.

Woolf, Virginia. *The Death of the Moth*. New York：Harcocourt，Brave and Company, Inc. ，1942.

Woolf, Virginia. *The Diary of Virginia Woolf* (5 vols). ed. Anne Olivier Bell and Andrew McNeillie. London：The Hogarth Press，1977—1984.

Woolf, Virginia. *The Essays of Virginia Woolf* (4 vols). ed. Andrew McNeillie. London：The Hogarth Press，1986—1992.

Woolf, Virginia. *The Essays of Virginia Woolf* (vol. 5，6). ed. Clarke，Stuart N. London：The Hogarth Press，2009—2011.

Woolf, Virginia. *The Greek Notebook* (*Monks House Papers*/A. 21). MS. University of Sussex Library，Brighton，United Kingdom.

Woolf, Virginia. *The Letters of Virginia Woolf* (6 vols). ed. Nigel Nicolson and Joanne Trautmann. London：The Hogarth Press，1975—1980.

Woolf, Virginia. *The Moment and Other Essays*. London：Harcourt Brave Jovanovich, Inc. ，1948.

Woolf, Virginia. *The Voyage Out*. London：Duckworth，1915.

Woolf, Virginia. *The Waves*. London：Vintage，2000.

Woolf, Virginia. *The Waves*：*The Two Holograph Drafts*. ed. J. W. Graham. London：The Hogarth Press，1976.

Woolf, Virginia. *To the Lighthouse*. London：Penguin Books，1996.

Woolf, Virginia. *Virginia Woolf*：*A Woman's Essays*. ed. Rachel Bowlby. Harmondsworth：Penguin，1992.

Woolf, Virginia. *Women and Writing*. ed. Michele Barrett. London：The Women's Press，1979.

（二）弗吉尼亚·伍尔夫研究论著

Abel, Elizabeth. *Virginia Woolf and the Fictions of Psychoanalysis*. Chicago：University of Chicago Press，1989.

Auerbach, Erich. "The Brown Stocking". *Virginia Woolf Critical Assessments* (vol. 3). ed. Eleanor McNees. Mountfield：Helm Information Ltd. ，1994.

Banfield, Ann. *The Phantom Table*：*Woolf*，*Fry*，*Russell and the Epistemology of Modernism*. Cambridge：Cambridge University Press，2000.

Barzilai, Shuli. "Virginia Woolf's Pursuit of Truth". *Virginia Woolf*：*Critical Assessments*，vol. 2，ed. Eleanor McNees. Sussex：Helm Information Ltd. ，1994.

Bazin, Nancy Topping. *Virginia Woolf and the Androgynous Vision*. New Brunswick: Rutgers University Press, 1973.

Beer, Gillian. *Virginia Woolf: The Common Ground. Essays by Gillian Beer*. Edinburgh: University of Edinburgh Press, 1997.

Beja, Morris (ed.). *Critical Essays on Virginia Woolf*. Boston: G. K. Hall, 1985.

Beja, Morris. *Epiphany in the Modern Novel*. Washington: University of Washington Press, 1971.

Bell, Barbara Currier and Carol Ohmann. "Virginia Woolf's Criticism: A Polemical Preface". *Critical Inquiry*, vol. 1, No. 2 (Dec. , 1974).

Bell, Cliver. "On Virginia Woolf's Painterly Vision". in Robin Majumdar and Allen McLaurin (eds). *Virginia Woolf: The Critical Heritage*.

Bell, Quentin. *Virginia Woolf: A Biography* (2 vols). London: The Hogarth Press, 1972.

Bennett, Arnold. "Another Criticism of the New School". *Evening Standard*, 2 December 1926: 5.

Bennett, Arnold. "Is the Novel Decaying". *Virginia Woolf Critical Assessments* (vol. 1). ed. Eleanor McNees. Mountfield: Helm Information Ltd. , 1994.

Bennett, Joan. *Virginia Woolf: Her Art as a Novelist*. Cambridge: Cambridge University Press, 1945.

Beresford, J. D.. "The Successors of Charles Dickens". in Majumdar, Robin and Allen McLaurin (eds). *Virginia Woolf: The Critical Heritage*. London: Routledge & Kegan Paul, 1975.

Bishop, Edward. *A Virginia Woolf Chronology*. London: Macmillan Press Ltd. , 1989.

Blackstone, Bernard. *Virginia Woolf: A Commentary*. New York: Harcourt Brace, 1949.

Bowlby, Rachel. *Feminist Destinations and Further Essays on Virginia Woolf*. Edinburgh: Edinburgh University Press, 1997.

Bowlby, Rachel. *Virginia Woolf: Feminist Destinations*. Oxford: Blackwell, 1988.

Bowlby, Rachel (ed.). *Virginia Woolf*. London and New York: Longman, 1992.

Bradbury, M. . *The Modern World: Ten Great Writers*. London: Penguin, 1989.

Brewster, Dorothy. *Virginia Woolf's London*. New York: New York University Press, 1959.

Briggis, Julia. "The Novels of the 1930s and the Impact of History". ed. Sue Roe. *Cambridge Companion to Virginia Woolf*. Shanghai: Shanghai Foreign Language Education Press, 2001.

Briggis, Julia. *Virginia Woolf, An Inner Life*. London: Penguin Group, 2005.

Brosnan, Leila. *Reading Virginia Woolf's Essays and Journalism*. Edinburgh: Edinburgh University Press, 1997.

Brown, Nathaniel. "The 'Double Soul': Virginia Woolf, Shelley and Androgyny". *Keats—Shelley Journal*, vol. 33 (1984), pp. 182—204.

Bullet, Gerald. "Virginia Woolf Soliloquises". *Virginia Woolf Critical Assessments* (vol. 4). ed. Eleanor McNees. Mountfield: Helm Information Ltd., 1994.

Caughie, Pamela L.. *Virginia Woolf and Postmodernism: Literature in Quest and Question of Itself*. Urbana and Chicago: University of Illinois Press, 1991.

Caughie, Pamela L.. *Virginia Woolf in the Age of Mechanical Reproduction*. New York: Garland Publishing, 2000.

Caws, Mary Ann. *Women of Bloomsbury: Virginia, Vanessa and Carrington*. London: Routledge, 1990.

Daiches, David. *Virginia Woolf*. Bournemouth: Richmond Hill Printing Works Ltd., 1945.

Dally, Peter. *Virginia Woolf: The Marriage of Heaven and Hell*. London: Robson Books, 1999.

Daugherty, Beth Rigel. "The Whole Connection Between Mr. Bennett and Mrs. Woolf, Revisited". *Virginia Woolf Critical Assessments* (vol. 2). ed. Eleanor McNees. Mountfield: Helm Information Ltd., 1994.

DeSalvo, Louise. *Virginia Woolf: The Impact of Childhood Sexual Abuse on Her Life and Work*. London: Women's Press, 1989.

DiBattista, Maria. *Virginia Woolf's Major Novels: The Fables of Anon*. New Haven: Yale University Press, 1980.

Donaldson, Scott. "Woolf vs Hemingway". *Journal of Modern Literature*, vol. 10, No. 2 (June 1983).

Dowling, David. *Bloomsbury Aesthetics and the Novels of Forster and Woolf*. London: Macmillan, 1985.

DuPlessis, Rachel Blau. "Woolfenstein". *Breaking the Sequence: Women's Experimental Fiction*. ed. Ellen G. Friedman and Miriam Puchs. Princeton: Princeton University

Press, 1989.

Dusinberre, Juliet. *Virginia Woolf's Renaissance: Woman Reader or Common Reader?* London: Palgrave. 1997.

Fantannaz, Lucienne and Barbara Ker Wilson. *The Williow Pattern Story*. London: Angus & Roberyson Publish, 1978.

Ferrer, Daniel. *Virginia Woolf and the Madness of Language*. Trans. Geoff Bennington and Rachel Bowlby. London: Routledge, 1990.

Fleishman, Avrom. *Virginia Woolf: A Critical Reading*. Baltimore: The Johns Hopkins University Press, 1975

Forster, E. M.. "Virginia Woolf". *Virginia Woolf Critical Assessments* (vol. 1). ed. Eleanor McNees. Mountfield: Helm Information Ltd. , 1994.

Freedman, Ralph (ed.). *Virginia Woolf: Revaluation and Continuity*. Berkeley: University of California Press, 1980.

Froula, Christine. *Virginia Woolf and the Bloomsbury Avant—Garde War, Civilization, Modernity*. New York: Columbia University Press, 2005.

Gillespie, Diane Filby. *The Sisters' Arts. The Writing and Painting of Virginia Woolf and Vanessa Belt*. Syracuse, New York: Syracuse University Press, 1988.

Glenny, Allie. *Ravenous Identity: Eating and Eating Distress in the Life and Work of Virginia Woolf*. London: Palgrave. 2000.

Goldman, Jane (ed.). *The Feminist Aesthetics of Virginia Woolf: Modernism, Post-Impressionism and the Politics of the Visual*. Cambridge: Cambridge University Press, 2001.

Goldman, Jane (ed.). *Virginia Woolf, To the Lighthouse and The Waves*. Cambridge: Icon Books Ltd. , 1997.

Goldman, Mark. *The Reader's Art: Virginia Woolf as Literary Critic*. Netherlands: Mouton & Co. B. V. , Publishers, The Hague, 1976.

Goldman, Mark. "Virginia Woolf and the Critic as Reader". *Virginia Woolf Critical Assessments* (vol. 2). ed. Eleanor McNees. Mountfield: Helm Information Ltd. , 1994.

Gordon, Lyndall. *Virginia Woolf: A Writer's Life*. Oxford: Oxford University Press, 1986.

Graham, J. W.. "Point of View in *The Waves*: Some Services of the Style". *Virginia Woolf Critical Assessments* (vol. 4). ed. Eleanor McNees. Mountfield: Helm Information Ltd. , 1994.

Graves, Ida. *The China Cupboard and Other Poems*. London: Hogarth Press, 1929.

Gregory, Horace. "On Virginia Woolf and Her Appeal to the Common Reader". *The Shield of Achilles*, New York, 1944.

Gualtieri, Elena. *Virginia Woolf's Essays: Sketching the Past*. London: Palgrave, 2000.

Guiguet, Jean. *Virginia Woolf and Her Works*. Trans. Jean Stewart. London: The Hogarth Press, 1965.

Hafley, James. *The Glass Roof: Virginia Woolf as Novelist*. Berkeley: University of California Press, 1954.

Handley, William R.. "War and the Politics of Narration in Jacob's Room". In *Virginia Woolf and War: Fiction, Reality and Myth*. ed. Mark Hussey. Syracuse: Syracuse University Press, 1991.

Harper, H.. *Between Language and Silence: The Novels of Virginia Woolf*. Baton Rouge: Louisina State University Press, 1982.

Hartman, Geoffrey H.. "Virginia's Web". *Beyond Formalism: Literary Essays*, 1958—1970. New Haven: Yale University Press, 1970.

Hawthorn, J.. *Virginia Woolf's "Mrs. Dalloway": A Study in Alienation*. Sussex: Chatto and Windus for Sussex University Press, 1975.

Heilbrun, Carolyn. *Towards Androgyny: Aspects of Male and Female in Literature*. London: Victor Gollancz, 1973.

Holtby, Winifred. *Virginia Woolf: A Critical Memoir*. London: Wishart, 1932.

Homans, Margaret (ed.). *Virginia Woolf: A Collection of Critical Essays*. Englewood Cliffs, New Jersey: Prentice Hall, 1993.

Hussey, Mark (ed.). *Virginia Woolf and War: Fiction, Reality, and Myth*. Syracuse: Syracuse University Press, 1991.

Hussey, Mark. *The Singing of the Real World. The Philosophy of Virginia Woolf's Fiction*. Columbus: Ohio State University Press, 1986.

Hussey, Mark. *Virginia Woolf A—Z: A Comprehensive Reference for Students, Teachers and Common Readers to Her Life, Works and Critical Reception*. Oxford: Oxford University Press, 1996.

Hynes, Samuel. "The Whole Contention Between Mr. Bennett and Mrs. Woolf". *Virginia Woolf Critical Assessments* (Vol. 2). Ed. Eleanor McNees. Mountfield: Helm Information Ltd., 1994.

Johnstone, J. K.. *The Bloomsbury Group*. New York: Secker & Warburg, 1954.

Kelley, Alice Van Buren. *The Novels of Virginia Woolf: Fact and Vision*. Chicago: University of Chicago Press, 1973.

Kiely, Robert. *Beyond Egotism, the Fiction of James Joyce, Virginia Woolf, and D. H. Lawrence*. Massachusetts: Harvard University Press, 1980.

Koulouris, Theodore. *Hellenism and Loss in the Work of Virginia Woolf*. Franham: Ashgate Publishing, 2011.

Kronenberger, Louis. "Virginia Woolf as Critic". in *Virginia Woolf Critical Assessments* (vol. 1). ed. Eleanor McNees. Mountfield: Helm Information Ltd. , 1994.

Kumar, Shiv K.. "Memory in Virginia Woolf and Bergson". *The University of Kansas City Review*. Kansas City, XXVI, 3, March 1960.

Lamb, Charles. "Old China". In *The Portable Charles Lamb*. ed. John Mason Brown. New York: Viking, 1949.

Latham, E. M.. *Critics on Virginia Woolf*. Coral Gables: University of Miami Press, 1970.

Laurence, Patricia. *The Reading of Silence: Virginia Woolf in the English Tradition*. Stanford: Stanford University Press, 1991.

Laurence, Patricia. *Lily Briscoe's Chinese Eyes: Bloomsbury, Modernism and China*. Columbia: University of South Carolina Press, 2003.

Laurence, Patricia. *Virginia Woolf and the East*. London: Cecil Woolf Publishers, 1995.

Leaska, Mitchell A.. *The Novels of Virginia Woolf: From Beginning to End*. London: Weidenfeld and Nicolson, 1977.

Leaska, Mitchell A.. *Virginia Woolf's Lighthouse: A Study in Critical Method*. London: The Hogarth Press, 1970.

Leavis, F. R.. "After *To the Lighthouse*". *Scrutiny* 10 , January 1942.

Lee, Hermione. "Virginia Woolf's Essays". *Cambridge Companion to Virginia Woolf*. ed. Sue Roe. Shanghai: Shanghai Foreign Language Education Press, 2001.

Lee, Hermione. *The Novels of Virginia Woolf*. London: Methuen, 1977.

Lee, Hermione. *Virginia Woolf*. London: Chatto & Windus, 1996.

Lodge, David. *Modes of Modern Writing: Metaphor, Metonymy, and the Typology of Modern Literature*. London: Edward Arnold Ltd. , 1977.

Love, Jean O.. *Worlds in Consciousness: Mythopoetic Thought in the Novels of Vir-*

ginia Woolf. Berkeley, Los Angeles and London: University of California Press, 1970.

Madison, Elizabeth C.. "The Common Reader and Critical Method in Virginia Woolf's Essays". *Journal of Aesthetic Education*, vol. 15, No. 4 (Oct., 1981).

Majumdar, Robin and Allen McLaurin (eds). *Virginia Woolf: The Critical Heritage*. London: Routledge & Kegan Paul, 1975.

Marcus, Jane (ed.). *New Feminist Essays on Virginia Woolf*. London: Macmillan, 1981.

Marcus, Jane (ed.). *Virginia Woolf and Bloomsbury: A Centenary Celebration*. Basingstoke: Macmillan, 1987.

Marcus, Jane (ed.). *Virginia Woolf: A Feminist Slant*. Lincoln: University of Nebraska Press, 1983.

Marcus, Jane (ed.). *Art and Anger: Reading Like a Woman*. Ohio: Ohio State University Press for Miami University, 1988.

Marcus, Jane, ed. *New Feminist Essays on Virginia Woolf*. London: Macmillan, 1981.

Marcus, Jane, ed. *Virginia Woolf and the Languages of Patriarchy*. Bloomington: Indiana University Press, 1988.

Marcus, Jane. "Britannia Rules *The Waves*". *Virginia Woolf Critical Assessments* (vol. 4). ed. Eleanor McNees. Mountfield: Helm Information Ltd., 1994.

Marder, Herbert. *Feminism and Art: A Study of Virginia Woolf*. Chicago: University of Chicago Press, 1968.

Mares, C. J.. "Reading Proust: Woolf and the Painter's Perspective". *Comparative Literature*, vol. 41 (1989), pp. 327—359.

Maze, John. *Virginia Woolf: Feminism, Creativity, and the Unconscious*. Westport: Greenwood Publishing Group, 1997.

McConnell, Frank D.. " 'Death Among the Apple Trees': *The Waves* and the World of Things". *Bucknell Review* 16 (1968): 23—29.

McLaughlin, Thomas. "Virginia Woolf's Criticism: Interpretation as Theory and as Discourse". *Virginia Woolf Critical Assessments* (vol. 2). ed. Eleanor McNees. Mountfield: Helm Information Ltd., 1994.

McLaurin, Allen. *Virginia Woolf: The Echoes Enslaved*. Cambridge: Cambridge University Press, 1973.

McNees, Eleanor. *Virginia Woolf Critical Assessments* (vol. 1—4). Mountfield:

Helm Information Ltd. , 1994.

Mcneillie, Andrew. "Bloomsbury". *Cambridge Companion to Virginia Woolf*. ed. Sue Roe. Shanghai: Shanghai Foreign Language Education, 2001.

McNeillie, Andrew. "Introduction". in Virginia Woolf. *The Essays of Virginia Woolf* (vol. 1). ed. Andrew McNeillie. London: The Hogarth Press, 1986.

McNichol, Stella. *Virginia Woolf and the Poetry of Fiction*. London and New York: Routledge, 1990.

Meisel, Perry. *The Absent Father: Virginia Woolf and Walter Pater*. New Haven: Yale University Press, 1980.

Mepham, John. *Virginia Woolf: A Literary Life*. Basingstoke: Macmillian, 1991.

Mepham, John. *Criticism in Focus: Virginia Woolf*. London: Bristol Classical Press, 1992.

Mepham, John. "Figures of Desire: Narration and Fiction in *To the Lighthouse*". *The Modern English Novel*. London: Open Books, 1976.

Miller, J. Hillis. "*Mrs. Dalloway*: Repetition as the Raising of the Dead". *Critical Essays on Virginia Woolf*. ed. Morris Beja. Boston: G. K. Hall&Co. , 1985.

Miller, Ruth C.. *Virginia Woolf: The Frames of Art and Life*. New York: St Martin's Press, 1989.

Minow—Pinkney, Makiko. *Virginia Woolf and the Problem of the Subject*. Brighton: Harvester, 1987.

Moody, A. D.. *Virginia Woolf*. Edinburgh: Oliver and Boyd, 1963.

Moore, Madeline. *The Short Season Between Two Silences: The Mystical and the Political in the Novels of Virginia Woolf*. London: Allen & Unwin, 1984.

Morris, Feiron. "Review of 'Mr. Bennett and Mrs Brown". *Virginia Woolf Critical Assessments* (vol. 2). ed. Eleanor McNees. Mountfield: Helm Information Ltd. , 1994.

Naremore, James. *The World Without a Self: Virginia Woolf and the Novel*. New Haven: Yale University Press, 1973.

Peach, Linden. *Virginia Woolf*. Hampshire: MacMillian Press Ltd.. 2000.

Phillips, Kathy J.. *Virginia Woolf Against Empire*. Knoxville: University of Tennessee Press, 1994.

Poole, Roger. *The Unknown Virginia Woolf*. Cambridge: Cambridge University Press, 1978.

Reid, Su (ed.). *New Casebooks: Mrs Dalloway and To the Lighthouse*. *Critical Es-*

says. Basingstoke: Macmillan, 1993.

Richter, Harvena. *Virginia Woolf: The Inward Voyage*. Princeton: Princeton University Press, 1970.

Ricoeur, Paul. *Time and Narrative* (vol. 2). Chicago: University of Chicago Press. 1985.

Roberts, John H.. " 'Vision and Design' in Virginia Woolf". *PMLA*, LXI (1946).

Roe, Sue. *Cambridge Companion to Virginia Woolf*. Shanghai: Shanghai Foreign Language Education Press, 2001.

Roe, Sue. *Writing and Gender: Virginia Woolf's Writing Practice*. Cambridge: Cambridge University Press, 2000.

Rooyen, Lindy van. *Mapping the Modern Mind: Virginia Woolf's Parodic Approach to the Art of Fiction in "Jacob's Room"*. Herstellung: Diplomica Verlag, 2012.

Rose, Phyllis. *Virginia Woolf: Woman of Letters*. London: Routledge & Kegan Paul, 1978.

Rubenstein, Roberta. "Virginia Woolf and the Russian Point of View". *Comparative Literature Studies*, vol. 9, No. 2, June, 1972.

Rubenstein, Roberta. *Virginia Woolf and the Russian Point of View*. New York: Plagrave Macmillan, 2009.

Ruotolo, Lucio P.. *The Interrupted Moment: A View of Virginia Woolf's Novels*. Stanford: Stanford University Press, 1986.

Schwartz, Beth C.. "Thinking Back Through Our Mother: Virginia Woolf Reads Shakespeare". *ELH*, vol. 58, No. 3 (Autumn, 1991).

Scott, Bonnie Kime (ed.). *The Gender of Modernism: A Critical Anthology*. Bloomington and Indianapolis: Indiana University Press, 1990.

Seshagiri, Urmila. "Orienting Virginia Woolf: Race, Aesthetics, and Politics in *To the Lighthouse*". *Modern Fiction Studies*. vol. 50, No. 1. Spring 2004.

Sharma, Vijay L.. *Virginia Woolf as Literary Critic, A Revaluation*. New Delhi: Arnold—Heinemann Publishers (India) Private Ltd. , 1977.

Shore, Elizabeth M.. "Virginia Woolf, Proust, and *Orlando*". *Comparative Literature*, vol. 1 (summer 1979).

Showalter, Elaine. "Virginia Woolf and the Flight into Androgyny". *A Literature of Their Own: British Women Novelists from Bronte to Lessing*. Beijing: Foreign Language Teaching and Research Press, Princeton: Princeton University Press, 2004.

Smith, J. Oates. "Henry James and Virginia Woolf: The Art of Relationships". *Twentieth Century Literature*, vol. 10, No. 3 (Oct. , 1964).

Smith, Logan Pearsall. "First Catch Your Hare". in Majumdar, Robin and Allen McLaurin (eds). *Virginia Woolf: The Critical Heritage*. London: Routledge & Kegan Paul, 1975.

Snaith, Anna. *Virginia Woolf: Public and Private Negotiation*. London: Palgrave. 2000.

Southworth, Helen. *Leonard &Virginia Woolf, the Hogarth Press and the Networks of Modernism*. Edinburgh: Edinburgh University Press, 2010.

Spivak, Gayatri Chakravorti. "Unmaking and Making in *To the Lighthouse*". *Women and Language in Literature and Society*. ed. Sally McConnell — Ginet, Ruth Barker and Nelly Furman. New York: Praeger, 1980.

Sprague, Claire (ed.). *Virginia Woolf: A Collection of Critical Essays*. Englewood Cliffs, New Jersey: Prentice Hall, 1971.

Stubbs, Patricia. *Women and Fiction: Feminism and the Novel* 1880—1920. Hemel Hempstead: Harvester, 1979.

Sykes, Gerald. "Modernism". *Virginia Woolf Critical Assessments* (vol. 4). ed. Eleanor McNees. Mountfield: Helm Information Ltd. , 1994.

Trilling, Diana. "Virginia Woolf ' s Special Realm". *The New York Times Book Review*, 21 March 1948.

Warner, Eric. *Virginia Woolf. The Waves*. Cambridge: Cambridge University Press, 1987.

Waugh, Patricia. *Feminine Fictions: Revisiting the Postmodern*. London: Routledge, 1989.

Wheare, Jane. *Virginia Woolf: Dramatic Novelist*. London: The Macmillan Press Ltd. , 1989.

Whitworth, Michael. "Virginia Woolf and Modernism". Sue Roe and Susan Sellers. *The Cambridge Companion to Virginia Woolf*. Shanghai: Shanghai Foreign Language Education Press, 2001.

Woolf, Leonard & Virginia Woolf. "Are too many Books Written and Published?". *PMLA* 121. 1, 2006: 235—44.

Woolf, Leonard, *An Autobiography*. 2 vols. Oxford: Oxford University Press. 1980.

Woolf, Leonard. *Down All the Way: An Autobiography of the Years* 1919 *to* 1939.

New York: Harcourt Brace Jovanovich, 1967.

Yaseen, Mohammad. "Virginia Woolf's Theory of Fiction". *Virginia Woolf Critical Assessments* (vol. 2). ed. Eleanor McNees. Mountfield: Helm Information Ltd., 1994.

Zwerdling, Alex. *Virginia Woolf and the Real World*. Berkeley: University of California Press, 1986.

(三) 西方诗学研究论著及其他

Abrams, M. H.. *A Glossary of Literary Terms* (7th Edition). Shanghai: Foreign Language Teaching and Research Press, 2004.

Abrams, M. H.. *The Mirror and the Lamp: Romantic Theory and the Critical Tradition*. Oxford: Oxford University Press, 1953.

Bennett, Arnold. "The Twelve Finest Novels". in *Arnold Bennett: The Evening Standard Years: "Books and Persons"* 1926—1931. ed. Andrew Mylett. London: Chatto and Windus, 1974, pp. 32—34.

Bornstein, George. *Material Modernism: The Politics of the Page*. Cambridge: Cambridge University Press, 2001.

Bradbury, M. and McFarlane, J. (eds) .*Modernism: 1890—1930.* London: Penguin, 1976.

Brewster, Dorothy. *East—West Passage: A Study in Literary Relationships*. London: Allen and Unwin, 1954.

Brook—Rose, Christine. *A Rhetoric of the Unreal*. Cambridge: Cambridge University Press, 1981.

Culler, Jonathan. *Literary Theory, A Very Short Introduction*. Oxford: Oxford University Press, 1997.

Eagleton, Terry. *Exiles and Emigres: Studies in Modern Literature*. London: Chatto and Windus Ltd., 1970.

Eagleton, Terry. *Literary Theory, an Introduction*. Minneapolis: University of Minnesota Press, 1996.

Eagleton, Terry. *The English Novel, An Introduction*. Oxford: Blackwell Publishing, 2005.

Edel, Leon and Gordon N. Ray (ed.). *Henry James and H. G. Wells*. London: Rupert—Davis, 1958.

Eliot, T. S.. "The Perfect Critic". *The Sacred Wood*. London, 1920.

Forster, E. M.. *Aspects of the Novel*. 1927. London: Edward Arnold, 1974.

Fry, Roger, Laurence Binyon, et al. *Chinese Art: An Introductory Handbook to Paint-*

ing, Sculpture, Ceramics, Textiles, Bronzes & Minor Arts. London: B. T. Batsford Ltd, 1935.

Fry, Roger. "M. Larionow and the Russian Ballet". *A Roger Fry Reader*. ed. Christopher Reed, Chicago: The University of Chicago Press, 1996, pp. 290—296.

Hanson, Clare, ed. *The Critical Writings of Katherine Mansfield*. London: Macmillan, 1987.

Heidegger, Martin. *Being and Time*. Trans. John Macquarrie & Edward Robinson. San Francisco: Harper, 1962.

James, Henry. "The Art of Fiction". *The Great Critics: An Anthology of Literary Criticism* (3ʳᵈ edition). eds. James Harry Smith, Edd Winfield Parks. New York: W. W. Norton & Company, 1967.

Kaye, Peter. *Dostoevsky and English Modernism*, 1900—1930. Cambridge: Cambridge University Press, 1999.

King—Hall, Stephen. *The China of Today*. London: Hogarth Press, 1927.

Kumar, Shiv K.. *Bergson and the Stream of Consciousness Novel*. London and Glasgow: Blackie, 1962.

Lawrence, D. H.. "Letter to John Middleton Murry and Katherine Mansfield". 17 February 1916, in James T. Bolton et al. ed. *Letter of Lawrence* (vol. II). Cambridge: Cambridge University Press, 1979.

Lawrence, D. H.. "Psychoanalysis and the Unconscious". *Fantasia of the Unconscious*. London: Heinemann. pp. 171—208.

Levenson, Michael. *Modernism*. Shanghai: Shanghai Foreign Language Education Press, 2000.

Lewis, Pericles. "Proust, Woolf, and Modern Fiction". *Romantic Review*, vol. 99, 2008.

Lukacs, Georg. *Realism in Our Time: Literature and the Class Struggle*. Trans. John and Necke Mander. New York and Evanston: Harper and Row, 1964.

Martin, Wallace. *Recent Theories of Narrative*. Ithaca: Cornell University Press, 1986.

McDonald, Peter D.. *British Literary Culture and Publishing Practice* 1880—1914. Cambridge: Cambridge University Press, 1997.

Moi, Toril. *Sexual/Textual Politics: Feminist Literary Theory*. London: Methuen, 1985.

Moore, G. E.. *Principia Ethica*. Cambridge: Cambridge University Press, 1903.

Murdoch, Iris. "The Sublime and the Beautiful Revisited". *Yale Review*, XLIX (December, 1959),

Murray Stein. *Transformation: Emergence of the Self.*. College Station: Texas A&M University Press, 1998.

Murry, John Middleton, ed. *Between Two Worlds: An Autobiography*. London: Jonathan Cape, 1935.

O' Sullivan, Vincent &Margaret Scott, eds. *The Collected Letters of Katherine Mansfield* (vol. I). Oxford: Clarendon Press, 1984. , p. 309.

O'Here, Patricia. "The Willow Pattern that We Know: The Victorian Literature of Blue Willow". *Victorian Studies*, 1993 (summer).

Plato. *The Republic*. Book 6. Trans. B. Jowett (3rd ed.). Oxford: Clarendon Press, 1888.

Rainey, Lawrence. *Institutions of Modernism: Literary Elites and Public Culture*. New Haven: Yale University Press, 2001.

Selden, Raman. *A Reader's Guide to Contemporary Literary Theory* (4th edition). Beijing: Foreign Language Teaching and Research Press, 2004.

Selden, Raman. *The Theory of criticism: from Plato to the Present*. London: Longman Group UK Limited, 1988.

Smith, James Harry, Edd Winfield Parks. *The Great Critics: An Anthology of Literary Criticism*. New York: W. W. Norton & Company, Inc. , 1967.

Stead, C. K. , ed. *The Letters and Journals of Katherine Mansfield: A Selection*. London: Penguin Books, 1977.

Stein, Murray. *Transformation: Emergence of the Self*. College Station: Texas A&M University Press, 1998.

Taine, H. A.. *History of English Literature*. In *The Theory of Criticism, From Plato to the Present*. ed. Raman Selden, Essex: Longman Group UK Limited, 1988, pp. 423—424.

Thickstun, W. R.. *Visionary Closure in the Modern Novel*. London: Macmillan, 1988.

Waley, Arthur. *A Hundred and Seventy Chinese Poems*. New York: Alfred A. Knope, 1918.

Watt, Ian. *The Rise of the Novel: Studies in Defoe, Richardson and Fielding*. London: Chatto &Windus, 1963.

Woods，Jonna. *Katerina*：*The Russian World of Katherine Mansfield*. Auckland：Penguin Books Ltd.，2001.

Woolf，Leonard. *Beginning Again*：*An Autobiography of the Years* 1911 *to* 1918. London：The Hogarth Press，1964.

Yela，Max，"Seventy Years at the Hogarth Press：The Press of Virginia and Leonard Woolf". http：//www. lib. udel. edu/ud/spec/exhibits/hogarth/.

"Hogarth Press Publications，1917－1946：Duke University Library Holdings". http：//library. duke. edu/rubenstein/scriptorium/literary/hogarth. htm.

Zytaruk，George. *D. H. Lawrence's Response to Russian Literature*. The Hague：Mouton，1971.

二、中文类

（一）弗吉尼亚·伍尔夫译著（中国）

伍尔夫：《奥兰多》，韦虹等译，哈尔滨出版社 1994 年版。

伍尔夫：《达洛维夫人　到灯塔去　海浪》，谷启楠译，人民文学出版社 1997 年版。

伍尔夫：《达洛卫夫人　到灯塔去》，孙梁、苏美、瞿世镜译，上海译文出版社 1988 年版。

伍尔夫：《达洛卫夫人　到灯塔去　雅各布之屋》，王家湘译，译林出版社 2001 年版。

伍尔夫：《达洛卫夫人》，孙梁、苏美译，上海译文出版社 2007 年版。

伍尔夫：《到灯塔去》，林鹤之译，安徽文艺出版社 2004 年版。

伍尔夫：《弗吉尼亚·伍尔夫文集》，瞿世镜、曹元勇等译，上海译文出版社 2000 年版。

伍尔夫：《黑夜与白天》，唐在龙、尹建新译，湖南人民出版社 1986 年版。

伍尔夫：《论小说与小说家》，瞿世镜译，上海译文出版社 1986 年版。

伍尔夫：《普通读者》，刘炳善译，北京十月文艺出版社 2005 年版。

伍尔夫：《墙上的斑点：弗吉尼亚·伍尔夫小说》，黄梅等译，浙江文艺出版社 2002 年版。

伍尔夫：《墙上的斑点》和《达罗威夫人》（节译），载袁可嘉等选编《外国现代作品》（第 2 册）1982 年版。

伍尔夫：《墙上一点痕迹》，叶公超译，《新月》1932 年 1 月第 4 卷第一期。

伍尔夫：《邱园记事》，舒心译，《外国文艺》1981 年第 3 期。

伍尔夫：《书和画像：伍尔夫散文精选》，刘炳善译注，译林出版社 2008 年版。

伍尔夫：《书和画像》，刘炳善译，三联书店 1995 年版。

伍尔夫：《岁月》，金光兰译，敦煌文艺出版社 1997 年版。

伍尔夫：《维吉尼亚·伍尔夫文学书简》，王正文等译，安徽文艺出版社 1996 年版。

伍尔夫：《吴尔夫经典散文选》，黄梅译，湖南文艺出版社 2000 年版。

伍尔夫：《吴尔夫精选集》，黄梅译，山东文艺出版社 2002 年版。

伍尔夫：《吴尔夫文集》，蒲隆、林燕等译，人民文学出版社 2003 年版。

伍尔夫：《伍尔夫读书随笔》，刘文荣译，文汇出版社 2006 年版。

伍尔夫：《伍尔夫批评散文》，瞿世镜选编，上海文艺出版社 1999 年版。

伍尔夫：《伍尔夫日记选》，戴红珍、宋炳辉译，百花文艺出版社 1997 年版。

伍尔夫：《伍尔夫散文》，黄梅等译，浙江文艺出版社 2001 年版。

伍尔夫：《伍尔夫散文》，刘炳善译，中国广播电视出版社 2000 年版。

伍尔夫：《伍尔夫随笔》，伍厚恺、王晓路译，四川人民出版社 1998 年版。

伍尔夫：《伍尔夫作品精粹》，李乃坤译，河北教育出版社 1990 年版。

伍尔夫：《伍尔芙随笔集》，孙小炯等译，海天出版社 1993 年版。

伍尔夫：《伍尔芙随笔全集》（1—4），石云龙、刘炳善等译，中国社会科学出版社 2001 年版。

伍尔夫：《现代小说》，赵少伟译，《外国文艺》1981 年第 3 期。

伍尔夫：《一间自己的屋子》，王还译，沈阳出版社 1999 年版。

伍尔夫：《一间自己的屋子》，王还译，三联书店 1989 年版。

伍尔夫：《一间自己的屋子》，王还译，上海人民出版社 2008 年版。

（二）弗吉尼亚·伍尔夫主要研究论文、著作（中国）

柴平：《女性的痛觉：孤独感和死亡意识——萧红与伍尔夫比较》，《外国文学研究》2000 年第 4 期。

杜娟：《死与变：〈达洛维太太〉、〈到灯塔去〉、〈海浪〉的深层内涵》，《外国文学研究》2005 年第 5 期。

杜志卿、张燕：《一个反抗规训权力的文本——重读〈达洛卫夫人〉》，《外国文学评论》2007 年第 4 期。

葛桂录：《边缘对中心的解构：伍尔夫〈到灯塔去〉的另一种阐释视角》，《当代外国文学》1997 年第 2 期。

韩世轶：《弗·伍尔夫小说叙事角度与对话模式初探》，《外国文学研究》1994 年第 1 期。［Han Shiyi, "Narrative and Discourse in Woolf's Fiction", *Foreign Literature Studies*, No. 1 (1994), pp. 94—97.］

郝琳：《伍尔夫之"唯美主义"研究》，《外国文学》2006 年第 6 期。

姜云飞：《"双性同体"与创造力问题——弗吉尼亚·伍尔夫女性主义诗学理论批评》，

《文艺理论研究》1999 年第 3 期。

蒋虹：《弗吉尼亚·伍尔夫的俄罗斯文学观》，《俄罗斯文艺》2008 年第 2 期。

李爱云：《逻各斯中心主义双重解构下的生态自我》《外国文学》2009 年第 4 期。

李娟：《转喻与隐喻——吴尔夫的叙述语言和两性共存意识》，《外国文学评论》2004 年第 1 期。

李森：《评弗·伍尔夫〈到灯塔去〉的意识流技巧》，《外国文学评论》2000 年第 1 期。

林树明：《战争阴影下挣扎的弗·伍尔夫》，《外国文学评论》1996 年第 3 期。

罗婷、李爱云：《伍尔夫在中国文坛的接受与影响》，《湘潭大学社会科学学报》2002 年第 5 期。

吕洪灵：《〈幕间〉与伍尔夫对艺术接受的思考》，《外国文学研究》2009 年第 3 期。

吕洪灵：《伍尔夫"中和"观解析：理性和情感之间》，《外国文学研究》2007 年第 3 期。

吕洪灵：《伍尔夫〈海浪〉中的性别与身份解读》，《外国文学研究》2005 年第 5 期。

吕洪灵：《走出"愤怒"的困扰——从情感的角度看伍尔夫的妇女写作观》，《外国文学研究》2004 年第 3 期。

潘建：《国外近五年弗吉尼亚·伍尔夫研究述评》，《当代外国文学》2010 年第 1 期。

潘建：《伍尔夫对父权中心体制的评判》，《外国文学评论》2008 年第 3 期。

秦海花：《传记、小说和历史的奏鸣曲——论〈奥兰多〉的后现代叙事特征》《国外文学》2010 年第 3 期。

瞿世镜：《弗吉尼亚·伍尔夫的小说理论》，载《论小说与小说家》，上海译文出版社，1986。

瞿世镜：《伍尔夫·意识流·综合艺术》，《当代文艺思潮》1987 年第 5 期。

申富英：《〈达洛卫夫人〉的叙事联接方式和时间序列》，《外国文学评论》2005 年第 3 期。

申富英：《评〈到灯塔去〉中人物的精神奋斗历程》，《外国文学评论》1999 年第 4 期。

盛宁：《关于伍尔夫的"1910 年 12 月"》，《外国文学评论》2003 年第 3 期。

童燕萍：《路在何方——读弗·伍尔夫的〈一个自己的房间〉》，《外国文学评论》1995 年第 2 期。

王家湘：《二十世纪的吴尔夫评论》，《外国文学》1999 年第 5 期。

王家湘：《维吉尼亚·吴尔夫独特的现实观与小说技巧之创新》，《外国文学》1986 年第 7 期。

王丽丽：《时间的追问：重读〈到灯塔去〉》，《外国文学研究》2003 年第 4 期。

王丽丽：《追寻传统母亲的记忆：伍尔夫与莱辛比较》，《外国文学》2008 年第 1 期。

吴庆宏：《〈奥兰多〉中的文学与历史叙事》，《外国文学评论》2010 年第 4 期。

谢江南：《弗吉尼亚·伍尔夫小说中的大英帝国形象》，《外国文学研究》2008 年第 2 期。

杨莉馨：《〈远航〉：向无限可能开放的旅程》，《外国文学评论》2010 年第 4 期。

杨莉馨：《20 世纪文坛上的英伦百合：弗吉尼亚·伍尔夫在中国》，人民出版社 2009 年。

叶公超：《〈墙上一点痕迹〉译者识》（原载《新月》1932 年第 4 卷第 1 期），载《叶公超批评文集》，陈子善编，珠海出版社 1998 年版。

殷企平：《伍尔夫小说观补论》，《杭州师范学院学报》2000 年第 4 期。

袁可嘉：《现代派论·英美诗论》，中国社会科学出版社 1985 年版。

袁可嘉：《自传：七十年来的脚印》，《新文学史料》1993 年第 3 期。

袁素华：《试论伍尔夫的"雌雄同体"观》，《外国文学评论》2007 年第 1 期。

张烽：《吴尔夫〈黛洛维夫人〉的艺术整体感与意识流小说结构》，《外国文学评论》1988 年第 1 期。

张中载：《小说的空间美——"看"〈到灯塔去〉》，《外国文学》2007 年第 4 期。

瞿世镜：《论小说与小说家》，上海译文出版社 1986 年版。

瞿世镜：《伍尔夫研究》，上海文艺出版社 1988 年版。

瞿世镜：《意识流小说家伍尔夫》，上海文艺出版社 1989 年版。

昆丁·贝尔：《伍尔夫传》，萧易译，江苏教育出版社 2005 年版。

陆扬、李定清：《伍尔夫是怎样读书写作的》，长江文艺出版社 1998 年版。

吕洪灵：《情感与理性：论弗吉尼亚·伍尔夫的妇女写作》，南京师范大学出版社 2007 年版。

吴庆宏：《伍尔夫与女权主义》，中国社会科学出版社 2005 年版。

伍厚恺：《弗吉尼亚·伍尔夫：存在的瞬间》，四川人民出版社 1999 年版。

易晓明：《优美与疯癫：弗吉尼亚·伍尔夫》，中国文联出版社 2002 年版。

（三）中西方诗学论著及其他（古典文献按时期排列，其余按拼音）

（先秦）《礼记·乐记》，据《四部丛刊》本。

（先秦）《尚书·虞书·舜典》，据《四部丛刊》本。

（先秦）《周易·系辞》，据《十三经注疏》本。

（先秦）《论语·雍也》，据《四部丛刊》本。

（先秦）《道德经》，据《四部丛刊》本。

（先秦）《吕氏春秋·圜道》，据《诸子集成》本。

（先秦）《庄子·渔父》，据《四部丛刊》本。

（先秦）《庄子·齐物论》，据《四部丛刊》本。

（先秦）《庄子·人间世》，据《四部丛刊》本。

（先秦）《庄子·养生主》，据《四部丛刊》本。

（汉）《毛诗序》，《毛诗正义》，据《十三经注疏》本。

（汉）班固：《汉书·司马迁传赞》，据中华书局本。

（汉）班固：《汉书·艺文志》，据中华书局本。

（汉）《淮南子》，据《诸子集成》本。

（汉）王充：《论衡·对作篇》，《论衡注释》，据中华书局本。

（汉）扬雄：《太玄文》，据《四部丛刊》本。

（魏）王弼：《周易略例·明象》，据中华书局《王弼集校释》本。

（晋）陆机：《文赋》，《文选》卷十七，据《四部丛刊》本。

（晋）左思：《三都赋序》，据《四部丛刊》本。

（南朝宋）宗炳：《画山水序》，据《中国历代画论选》本。

（南朝梁）刘勰：《文心雕龙》，载周振甫：《文心雕龙今译》，中华书局 2007 年版。

（南朝梁）钟嵘：《诗品序》，据人民文学出版社本。

（唐）皎然：《诗式·文章要旨》，据《历代诗话》本。

（唐）孔颖达：《诗大序正义》，据《十三经注疏》本。

（唐）李商隐：《樊南文集·献侍郎巨鹿公启》，据《四部备要》本。

（唐）梁肃：《周公瑾墓下诗序》，据《全唐文》本。

（唐）刘禹锡：《刘宾客集·董氏武陵集纪》，据《四部丛刊》本。

（唐）司空图：《二十四诗品·雄深》，据《四部丛刊》本。

（唐）司空图：《司空表圣文集》卷二《与李生论诗书》，据《四部丛刊》本。

（唐）王昌龄：《诗格》，据《诗学指南》本。

（唐）张九龄：《宋使君写真图赞并序》，载《唐丞相曲江张先生文集》卷十七，《四部丛刊》本。

（五代）徐铉：《骑省集·肖庶子诗序》，据《四库全书》本。

（宋）苏轼：《东坡七集》后集卷十《既醉备五福论》，据《四部备要》本。

（宋）苏轼：《经进东坡文集事略》卷十六《书唐氏六家书后》，据《四部丛刊》本。

（宋）苏轼：《苏东坡集》前集卷二十三《书李伯时山庄图后》，据商务印书馆本。

（宋）苏轼：《苏轼诗集》（第 29 卷），中华书局 1992 年版。

（宋）苏轼：《苏轼文集》卷十二，中华书局 1986 年版。

（宋）苏轼：《题渊明饮酒诗后》，《东坡题跋》卷二，据《丛书集成》本。

（宋）严羽：《沧浪诗话·诗辩》，《沧浪诗话校释》，据人民文学出版社本。

（元）陈绎曾：《诗谱》，《历代诗话续编》，据无锡丁氏校印本。

（元）方回：《桐江续集·为合密府判题赵子昂大字兰亭》，据《四库全书珍本初集》本。

（元）郝经：《郝文忠公陵川文集》卷二十二《文说送孟驾之》，据乾隆刊本。

（元）杨维桢：《东维子文集·剡韶诗序》，据《四部丛刊》本。

（元）元好问：《遗山先生文集·杨叔能小亨集引》，据《四部丛刊》本。

（明）艾穆：《大隐楼集》卷首《十二吟稿原序》，据 1922 年甘氏刊本。

（明）方孝孺：《苏太史文集序》，《逊志斋集》卷十二，据《四部备要》本。

（明）李梦阳：《李空同全集·诗集自序》，据明万历浙江思山堂本。

（明）李贽：《焚书·童心说》，据中华书局排印本。

（明）李贽：《容与堂本李卓吾先生批评忠义水浒传回评》，载黄霖、蒋凡主编：《中国历代文论选新编·明清卷》，上海教育出版社 2007 年版。

（明）陆时雍：《诗境总论》，《历代诗话续编》，据无锡丁氏校印本。

（明）宋濂：《宋文宪公文集》卷三十四《叶夷仲文集序》，据严荣校刻本。

（明）汤显祖：《合奇序》，《汤显祖》诗文集卷三十二，据上海人民出版社本。

（清）方东树：《昭昧詹言》，汪绍楹校，人民文学出版社 2006 年版。

（清）顾炎武：《日知录·诗体代降》，据商务印书馆本。

（清）黄宗羲：《南雷文定·景洲诗集序》，据《四部丛刊》本。

（清）梁启超：《小说小话》，据《晚清文学丛钞·小说戏剧研究卷》本。

（清）林纾：《春觉斋论画》，据《画论丛刊》本。

（清）林纾：《春觉斋论文·意境》，据人民文学出版社本。

（清）刘熙载：《艺概·赋概》，据上海古籍出版社本。

（清）幔亭过客：《西游记题记》，载黄霖、蒋凡主编：《中国历代文论选新编·明清卷》，上海教育出版社 2007 年版。

（清）梅曾亮：《李芝龄先生诗集后跋》，载黄霖、蒋凡主编：《中国历代文论选新编·晚清卷》，上海教育出版社 2008 年版。

（清）石涛：《苦瓜和尚画语录》，载潘运告编注：《中国历代画论选》（下），湖南美术出版社 2007 年版。

（清）王夫之：《古诗评选》（卷三），据船山学社本。

（清）王国维：《人间词话》，据人民出版社本。

（清）闲斋老人：《儒林外史序》，载黄霖、蒋凡主编：《中国历代文论选新编·明清卷》，上海教育出版社 2008 年版。

（清）叶燮：《原诗·外篇》，据人民文学出版社本。

（清）袁牧：《答何水部》，《小苍山房尺牍》卷七，据民国十九年国学书局刊本。

（清）张道深：《批评第一奇书金瓶梅读法》，载黄霖、蒋凡主编：《中国历代文论选新编·明清卷》，上海教育出版社 2008 年版。

（清）郑板桥：《郑板桥集·题画》，据中华书局本。

（清）脂砚斋：《红楼梦评语》，载黄霖、蒋凡主编：《中国历代文论选新编·明清卷》，上海教育出版社 2008 年版。

埃里克·埃里克森：《同一性：青少年与危机》，孙名之译，浙江教育出版社 1999 年版。

艾布拉姆斯：《镜与灯》，郦稚牛、张照进等译，北京大学出版社 2004 年版。

艾布拉姆斯：《以文行事——艾布拉姆斯精选集》，赵毅衡、周劲松等译，译林出版社 2010 年版。

安东尼·福斯吉尔：《弗吉尼亚·伍尔夫的批评随笔》，载彼得·福克纳：《现代主义》，昆仑出版社 1989 年版。

巴赫金：《陀思妥耶夫斯基诗学问题》，载《诗学与访谈》，白春仁等译，河南教育出版社 1998 年版。

柏格森：《笑》，载《二十世纪西方美学名著选》（上），蒋孔阳主编，复旦大学出版社 1987 年版。

陈伯海：《中国诗学之现代观》，上海古籍出版社 2006 年版。

陈铭：《意与境》，浙江大学出版社 2001 年版。

陈昕：《应该拥有一个怎样的"出版"》，《新华文摘》2012 年第 4 期。

成复旺：《神与物游——中国传统审美之路》，山东人民出版社 2007 年版。

崔海峰：《王夫之诗学范畴论》，中国社会科学出版社 2006 年版。

戴维·罗森：《荣格之道》，申荷永等译，中国社会科学出版社 2003 年版。

戴维·洛奇：《二十世纪文学评论》，葛林等译，上海译文出版社 1987 年版。

戴维·洛奇：《现代主义小说的语言：隐喻和转喻》，载马·布雷德伯里、詹·麦克法兰：《现代主义》，胡家峦等译，上海外语教育出版社 1992 年版。

蒂博代：《六说文学批评》，赵坚译，三联书店 2002 年版。

杜威：《内容和形式》，载《二十世纪西方美学名著选》（上），蒋孔阳主编，复旦大学出版社 1987 年版。

恩斯特·卡西尔：《人论》，甘阳译，上海译文出版社 1985 年版。

弗·阿·利维斯：《伟大的传统》，袁伟译，三联书店 2002 年版。

傅璇琮、许逸民等：《中国诗学大词典》，浙江教育出版社 1999 年版。

高奋：《"现代主义与东方文化"的研究进展、特征和趋势》，《浙江大学学报》2012 年第 3 期。

龚鹏程：《中国文学批评史论》，北京大学出版社 2008 年版。

顾祖钊、郭淑云：《中西文艺理论融合的尝试》，人民文学出版社 2005 年版。

郭庆藩：《庄子集释》，中华书局 1961 年版。

哈罗德·布鲁姆：《西方正典》，江宁康译，译林出版社 2005 年版。

海德格尔：《诗·语言·思》，彭富春译，文化艺术出版社 1991 年版。

何培忠主编：《当代国外中国学研究》，商务印书馆 2009 年版。

胡经之主编：《中国古典文艺学丛编》（一），北京大学出版社 2001 年版。

胡经之主编：《中国古典文艺学丛编》（二），北京大学出版社 2001 年版。

胡经之主编：《中国古典文艺学丛编》（三），北京大学出版社 2001 年版。

华兹华斯：《〈抒情诗歌谣〉一八一五年版序言》，载《西方文论选》（下），伍蠡甫主编，上海译文出版社 1979 年版。

济慈：《书信》，载《西方文论选》（下），伍蠡甫主编，上海译文出版社 1979 年版。

简·卢文格：《自我的发展》，韦子木译，浙江教育出版社 1999 年版。

蒋孔阳：《美在创造中》，广西师范大学出版社 1997 年版。

蒋孔阳主编：《二十世纪西方美学名著选》（上、下），复旦大学出版社 1987 年版。

金东雷：《英国文学史纲》，上海商务印书馆 1937 年版。

柯勒律治：《方法初论》，载《西方文论选》（下），伍蠡甫主编，上海译文出版社 1979 年版。

柯勒律治：《关于莎士比亚的演讲》，见《古典文艺理论译丛》（卷一），知识产权出版社 2010 年版。

柯勒律治：《论诗或艺术》，载《西方文论选》（下），伍蠡甫主编，上海译文出版社 1979 年版。

柯勒律治：《文学传记》，载《西方文论选》（下），伍蠡甫主编，上海译文出版社 1979 年版。

柯勒律治：《文学生涯》，见《十九世纪英国诗人论诗》，人民出版社 1984 年版。

柯林伍德：《艺术原理》，载《二十世纪西方美学名著选》（上），蒋孔阳主编，复旦大学出版社 1987 年版。

克莱夫·贝尔：《有意味的形式》，载《二十世纪西方美学名著选》（上），蒋孔阳主编，复旦大学出版社 1987 年版。

克罗齐：《美学纲要》，载《二十世纪西方美学名著选》（上），蒋孔阳主编，复旦大学出版社 1987 年版。

赖力行、李清良：《中国文学批评史》，湖南教育出版社 2003 年版。

蓝华增：《意境论》，云南人民出版社 1996 年版。

勒内·韦勒克等：《文学理论》，刘象愚等译，江苏教育出版社 2005 年版。

雷纳·韦勒克：《近代文学批评史》（第五卷），杨自伍译，上海译文出版社 2009 年版。

李钧主编：《二十世纪西方美学经典文本》（卷三，结构与解放），复旦大学出版社 2001 年版。

李泽厚、刘纪纲：《中国美学史》，安徽文艺出版社 1999 年版。

李泽厚：《美的历程》，文物出版社 1981 年版。

利维斯：《伟大的传统》，袁伟译，三联书店 2002 年版。

梁漱溟：《东西文化及其哲学》，上海商务印书馆 1921 年版。

梁宗岱：《梁宗岱批评文集》，李振声编，珠海出版社 1998 年版。

柳无忌：《西洋文学的研究》，大东书局 1946 年版。

罗伯特·G. 柯林斯：《〈海浪〉：弗吉尼亚·伍尔夫感觉的黑箭》，《伍尔夫研究》，瞿世镜选编，上海文艺出版社 1988 年版。

罗伯特·凯根：《发展的自我》，韦子木译，浙江教育出版社 1999 年版。

罗杰·弗莱：《回顾》，载《二十世纪西方美学名著选》（上），蒋孔阳主编，复旦大学出版社 1987 年版。

罗杰·弗莱：《论美术》，载《二十世纪西方美学名著选》（上），蒋孔阳主编，复旦大学出版社 1987 年版。

罗杰·弗莱：《罗杰·弗莱艺术批评文选》，江苏美术出版社 2010 年版。

吕同六主编：《20 世纪世界小说理论经典》（上、下），华夏出版社 1995 年版。

马·布雷德伯里、詹·麦克法兰：《现代主义》，上海外语教育出版社 1992 年版。

马尔库塞：《作为现实形式的艺术》，《二十世纪西方美学名著选》（下），蒋孔阳主编，复旦大学出版社 1987 年版。

马恒君：《庄子正宗》，华夏出版社 2005 年版。

默里·斯坦因：《变形：自性的显现》，喻阳等译，中国社会科学出版社 2003 年版。

潘运告：《中国历代画论选》（上下），湖南美术出版社 2007 年版。

普鲁斯特：《驳圣伯夫》，王道乾译，百花洲文艺出版社 1992 年年版。

钱穆：《现代中国学术论衡》，岳麓书社 1986 年版。

乔纳森·布朗：《自我》，陈浩莺等译，人民邮电出版社 2004 年版。

乔治·布莱：《批评意识》，郭宏安译，百花洲文艺出版社 2010 年版。

让·鲍德里亚：《仿真与拟象》，载汪民安、陈永国、马海良：《后现代性的哲学话语》，浙江人民出版社 2000 年版。

让·贝西埃、伊·库什纳等主编：《诗学史》（上、下），史忠义译，百花文艺出版社2001年版。

让一伊夫·塔迪埃：《20世纪的文学批评》，史忠义译，百花文艺出版社2002年版。

塞缪尔·约翰逊：《〈莎士比亚戏剧集〉序言》，见李赋宁等译：《莎士比亚评论汇编》（上卷），中国社会科学出版社1979年版。

沈弘：《〈青花瓷盘的传说〉——试论填补中国电影史空白的一部早期古装默片》，《文化艺术研究》2012年第4期。

史忠义：《中西比较诗学新探》，河南大学出版社2008年版。

苏珊·朗格：《情感与形式》，刘大基等译，中国社会科学出版社1987年版。

苏珊·李·安德森：《陀思妥耶夫斯基》，马寅卯译，中华书局2004年版。

苏珊·桑塔格：《反对释义》，载《二十世纪西方美学经典文本》（卷三），李钧主编，复旦大学出版社2001年版。

孙海通译：《庄子》，中华书局2007年版。

泰纳：《艺术哲学》，傅雷译，人民文学出版社1963年版。

王博：《庄子哲学》，北京大学出版社2004年版。

王朝闻：《美学概论》，人民出版社1991年版。

王岳川：《二十世纪西方哲性诗学》，北京大学出版社1999年版。

伍蠡甫、胡经之：《西方文艺理论名著选编》（上、中、下），北京大学出版社1985年版。

希利斯·米勒：《文学死了吗》，广西师范大学出版社2007年版。

锡德尼：《为诗辩护》，载伍蠡甫、胡经之：《西方文艺理论名著选编》（上），北京大学出版社1985年版。

徐复观：《中国艺术精神》，华东师范大学出版社2001年版。

徐书城：《绘画美学》，东方出版社1991年版。

雪莱：《诗辩》，载《西方文论选》（下），伍蠡甫主编，上海译文出版社1979年版。

亚里士多德：《诗学》，罗念生译，人民文学出版社1990年版。

亚里士多德：《修辞术》，载《亚里士多德全集》（卷9），苗力田主编，中国人民大学出版社1997年版。

叶维廉：《中国诗学》，人民文学出版社2006年版。

伊夫·塔迪埃：《20世纪的文学批评》，史忠义译，百花文艺出版社1998年版。

殷光宇：《透视》，中国美术学院出版社1999年版。

殷企平、高奋、童燕萍：《英国小说批评史》，上海外语教育出版社2001年版。

殷企平：《小说艺术管窥》，百花文艺出版社1995年版。

殷企平：《重复》，载《西方文论关键词》，赵一凡等主编，外语教学与研究出版社 2006 年版。

张大明：《西方文学思潮在现代中国的传播史》，四川教育出版社 2001 年版。

张耕云：《生命的栖居与超越》，浙江大学出版社 2007 年版。

张乾元：《象外之意——周易意象学与中国书画美学》，中国书店 2006 年版。

张寅彭：《中国诗学专著选读》，广西师范大学出版社 2006 年版。

赵景深：《二十年来的英国小说》，《小说月报》1929 年第 20 卷第 8 号。

赵景深：《一九二九年的世界文学》，神州国光社 1930 年版。

赵景深：《英美小说之现在及其未来》，《现代文学评论》1931 年第 1 卷第 3 期。

赵一凡：《西方文论关键词》，外语教学与研究出版社 2006 年版。

郑旭：《中国美术史》，团结出版社 2005 年版。

朱光潜：《朱光潜全集》，安徽教育出版社 1987 年版。

朱良志：《中国艺术的生命精神》，安徽教育出版社 2006 年版。

宗白华：《美学与意境》，人民出版社 1987 年版。

宗白华：《宗白华全集》，安徽教育出版社 1994 年版。

责任编辑:卓　然
封面设计:林芝玉
责任校对:吕　飞

图书在版编目(CIP)数据

走向生命诗学:弗吉尼亚·伍尔夫小说理论研究/高奋 著. —北京:
　人民出版社,2016.5
ISBN 978－7－01－016108－2

Ⅰ.①走…　Ⅱ.①高…　Ⅲ.①伍尔夫,V.(1882~1941)-小说研究
　Ⅳ.①I561.074

中国版本图书馆 CIP 数据核字(2016)第 079904 号

走向生命诗学

ZOUXIANG SHENGMING SHIXUE

——弗吉尼亚·伍尔夫小说理论研究

高　奋　著

人 民 出 版 社 出版发行
(100706　北京市东城区隆福寺街 99 号)

北京汇林印务有限公司印刷　　新华书店经销

2016 年 5 月第 1 版　2016 年 5 月北京第 1 次印刷
开本:710 毫米×1000 毫米 1/16　印张:26.5
字数:400 千字

ISBN 978－7－01－016108－2　定价:55.00 元

邮购地址 100706　北京市东城区隆福寺街 99 号
人民东方图书销售中心　电话 (010)65250042　65289539